半亩塘文萃

（第二辑）

姚圣良　王振海　主编

郑州大学出版社

图书在版编目(CIP)数据

半亩塘文萃. 第二辑 / 姚圣良, 王振海主编. — 郑州：郑州大学出版社，2022.4（2024.6重印）
ISBN 978-7-5645-8468-9

Ⅰ. ①半… Ⅱ. ①姚… ②王… Ⅲ. ①中国文学 – 当代文学 – 作品综合集 Ⅳ. ①I217.1

中国版本图书馆 CIP 数据核字(2021) 第 279825 号

半亩塘文萃（第二辑）
BANMU TANG WENCUI（DI–ER JI）

策划编辑	李勇军	封面设计	孙文恒
责任编辑	孙精精	版式设计	孙文恒
责任校对	刘晓晓	责任监制	李瑞卿

出版发行	郑州大学出版社	地　　址	郑州市大学路40号（450052）
出 版 人	孙保营	网　　址	http://www.zzup.cn
经　　销	全国新华书店	发行电话	0371–66966070
印　　刷	廊坊市印艺阁数字科技有限公司		
开　　本	710 mm × 1 010 mm　1 / 16		
彩　　页	2		
印　　张	35.25	字　　数	497千字
版　　次	2022年4月第1版	印　　次	2024年6月第2次印刷

书　　号	ISBN 978-7-5645-8468-9	定　　价	88.00元

本书如有印装质量问题，请与本社联系调换。

文学院创意写作教学团队

何建明

信阳师范学院创意写作学科带头人。著名作家，中国作家协会副主席。曾三获鲁迅文学奖、四获徐迟报告文学奖、五获中宣部“五个一工程”奖。代表作有《那山，那水》《落泪是金》《国家行动》《第一时间》。

沈文慧

信阳师范学院研究生处处长，文学博士，教授，硕士生导师。主持国家社科基金项目1项，出版学术论著3部，发表论文50余篇。主讲现代写作学、影视艺术学、文学经典研究、申论写作等课程。

徐洪军

信阳师范学院文学院副院长，文学博士，副教授，硕士生导师。河南省文艺评论家协会理事。出版学术专著3部，发表论文50余篇。主讲当代文学、小说写作理论与实践等课程。

方志红

信阳师范学院文学院教授，文学博士，硕士生导师。河南省青年骨干教师。主持国家社科基金后期资助项目1项，出版学术专著1部，发表论文20余篇。主讲大学写作、创意写作基础理论与训练等课程。

禹权恒

信阳师范学院文学院副教授，文学博士，硕士生导师。中国鲁迅研究会理事。主持国家社科基金项目1项，出版学术专著1部，发表论文60余篇。主讲当代文学、非虚构写作理论与实践等课程。

李群

信阳师范学院文学院副教授，文学硕士。在《小说评论》等刊物发表学术论文10余篇。主讲现代文学、女性文学等课程。

王委艳

信阳师范学院文学院副教授，文学博士，硕士生导师。河南省教育厅学术技术带头人。主持国家社科基金后期资助项目1项，出版学术专著3部，发表论文60余篇。主讲文学概论等课程。

朱国伟

信阳师范学院文学院副教授，文学博士。中国文章学研究会理事。出版学术专著1部，发表论文20余篇。主讲古代文学、古典诗词鉴赏与旧体诗词创作等课程。

刘家民

信阳师范学院文学院副教授，文学博士，硕士生导师。主持国家社科基金项目1项，发表论文近30篇。主讲大学写作学、散文写作理论与实践等课程。

柴鲜

文学博士。主持省级项目3项，发表论文20余篇，参编教材1部。主讲外国文学、比较文学、剧本写作理论与实践等课程。

陈星宇

文献学博士，文学博士后。在《中国现代文学研究丛刊》《文艺争鸣》等刊物发表学术论文20余篇。主讲中国现当代文学等课程。

尹威

文学博士。参与完成国家社科基金1项，在《新文学史料》等刊物发表学术论文10余篇。主讲鲁迅研究等课程。

序一

春水融融看小荷

田中禾

读过《半亩塘文萃(第二辑)》,想起宋代诗人杨万里“小荷才露尖尖角”的诗句。扑面而来的青春气息,稚嫩清纯的文笔,蓬勃绽放的才情,这些文字,就像春水荡漾的池塘里刚刚露出嫩芽的小荷,清新,可爱,激起人的欣喜和期待。

“文萃”不厚,却呈现了丰富的色彩。既有小说,也有诗歌、散文、剧本、社会调查,体裁的品种,反映出艺术尝试的多面实践;题材内容既有地域风情、社会生活,又有个人情感、亲情往事,是青年学子对生活的发现,对乡土与民生的关怀;文风、情调各异,有传统叙事、古典语言,更有夸张、变形、网络风格,显示了年轻一代的个性和想象力。

我一直认为,一个人可以不做作家、艺术家,但不可以不爱好文学、艺术。人与动物的区别,就在于,人不只追求物质享受,更需要精神抚慰。当你快乐时,当你悲伤时,当你孤独时,当你想要倾诉时,文学,就是你心灵的驿站。无论你读书求学或是为事业、为职业、为人生奔波,有文学相伴,就有一个让自己性灵有所寄托的精神家园。当我们唱歌、跳舞,当我们讲述真实与幻想的故事,当我们把自己的情感写成诗篇,变成文字,寄给亲爱的人,寄给远方的朋友,我们就有了一个属于自己的世界。这个世界,无论多么奢侈的现实生活也无法代替。这个世界,使生命湿润,人性温暖,浪漫活力不竭。

“文萃”作品的作者,正是充满激情与幻想,富有质疑、反叛精神,正在做青春梦的年轻人。收集在这里的作品,没有以自我为中心的狂妄、自恋,看不到青年时代多愁善感的颓废和病态的感伤,这些作品充满阳光，洋溢着生活气息，表达了对现实的热情，对人生、对生活的热爱。这是《半亩塘文萃(第二辑)》可贵的底色，是刚刚踏入文学殿堂的年轻一代健康成长的基调。

小荷初露，也许会有蜻蜓来停落。因为稚嫩，它们显得清纯可爱。要长成浓绿的荷叶，开出美丽的荷花，结出诱人的莲蓬，还有待时日。你必须知道自己还很幼稚，半亩塘一鉴春水期待你从初露尖角的小荷成为一道惊世的风景。你必须吸收阳光雨露，付出艰辛努力。写作没有窍门，成功没有捷径。要使自己成熟，就必须读万卷书，行万里路，用自己的心、自己的视角去体察社会和人性，发现美和文字的意义。“读书破万卷，下笔如有神”，前人的经典，给你历史和哲学的滋养，让你汲取无法亲身体验的人生历练和感悟；写作，只需辛勤耕耘，不必在意收益和回报。写作使你快乐，使你享受创造、构思、天马行空的幸福，让你体验文字变成神话的奇迹。你的文章就是你开出的花。当你在阳光下茁壮成长时，蜻蜓飞来，鱼儿游来，青蛙嬉戏，白云、彩霞向你微笑。有文学的世界，就有美好的人生。

2021年初冬于同石斋

序二

“后浪”奔涌的文学新潮

房　伟

中国古典文学作为我们民族宝贵的文化遗产之一，为中国文学奠定了悠久而坚固的历史传统；而五四新文学的先驱者们在危难时刻点燃了理想的火炬，他们是逃出洞穴，走到阳光底下的思考者，也是最先从沉睡中苏醒，想要挣破铁屋的勇士。正因有了先驱者们的开拓，才有了我们后人继承与创新的空间。一代又一代作家为文学的蓬勃生机而辛勤耕耘，在文学天地中留下斑斓印记。如今的文学世界，有无数的“后浪”涌现，他们向文学这片宽广的汪洋大海奔涌而去，坚定地执笔、落笔，将文学香火袅袅延续。

“中文系不培养作家”这个观念在很长一段时间里都被默认为一种定论，直到近些年“创意写作”课程在高校的出现。但创意写作课程与专业的设立依然引起了争议：“创意写作”究竟能否训练出学生的写作创意？创作者是否能像传统文学那样留存文学的精神与灵魂？经过系统训练后的创作者呈现给读者的作品是否还能保持个性与独特性？还是只会留下机械僵硬的程式化作品？真正的作家是不可能在标准化的课堂与系统的训练中培养出来的，这一点毋庸置疑；但创意写作课程或者专业的存在，其真正意义，或许是为作家成长提供了一个良好的平台。在进行创意写作学习的过程中，训练的是学生的写作技巧与语言能力，通过不断练习，增进学生的写作能力。同时，好的创意写作课程能够启发学生进行多面、多样化的思考，激发学生的潜能与想象力，为以后的创作实践做好铺垫。

《半亩塘文萃(第二辑)》中，我们看到了来自信阳师范学院文学院的同学们交出的一份份令人满意的答卷，同时也看到了许多热爱文学的非文学专业同学的佳篇。在他们的文字中，我们感受到了来自后浪的、不容忽视的力量。这本集子主要由小说、散文、诗歌、剧本等几种文体构成，充分表现了当代大学生的文学热情和创造力。

小说创作并不是一件容易的事情。从人物、情节的构思到真正开始写作，再到反复多次的修改，直至最后定稿，其中会遇到的瓶颈与挫折远比我们最开始想的要多。因此，在这里要恭喜同学们。有了你们的努力，《半亩塘文萃(第二辑)》中的十九篇小说作品才得以顺利诞生。在某些特殊时刻，我们也会遇到如安娜·卡列尼娜般不再受作家控制的人物。当然，这样的时刻少之又少，因而显得弥足珍贵。在大多数时候，小说人物还是在替创作者发声。正如普鲁斯特所说，小说“有如一面生活的镜子”，同学们在自己的作品中，借人物之口，或流露出对生活的真实感受，或试图提出现今社会依然存在的严峻问题。《指标》《初冬》《田埂上的梦》等篇章将关注点落在乡村，为我们揭示出如今依然留守于乡村中的人们所面临的生存困境。《十一月》《二泉映月》《香痕》等篇章则聚焦于探寻现代人生活在高速发展的现代社会中所面临的精神落寞与困惑。可以说，同学们在创作过程中做到了对生活保持敏锐，不仅从生活中汲取素材，使作品不悬空、不虚浮，更有着自己对生活的表现与思考。当然，值得欣喜的是，在培育属于自己的“文学之树”时，同学们牢牢抓住生活之根，同时也在努力向上探索。《女贞子》中，人与鬼的双重叙述视角让人耳目一新；《傀儡师》里的人偶小莲被赋予了人的灵魂与情感，与杨师傅、李姮月之间的情谊令人唏嘘……种种探索，都十分可贵。

散文向来被认为是一种发之于心，随之于笔的文学体裁，或沉着有力，或轻巧灵动，一字一句都是创作者对世间百味的品尝与咀嚼，也是对生活百态的感知与领悟。散文虽然体式自由，却并不意味着毫无要求。散文写作贵在“形散神聚”，这需要情怀，需要创作者善于发现生活的细微之处，当然也需要行云流水般的文字功底。《半亩塘文萃

(第二辑)》中辑选的二十四篇散文让我们看到了同学们对于生活的细致体察与各具特点的语言表达，在平淡无奇的生活中体悟到精彩的人生韵味与丰沛的情感心绪。在《油油的烟火气》《味道》《外婆家的院子》《那份榆钱情》等篇章中，我们看到了这个年纪青年眼中的家乡容貌。同学们或是凭物寄托，或是以食起意，抑或从景出发，无论哪一种，都饱含着对家乡与亲人的思念之情。《恋清秋》《花树下》《一方天地》等篇章里展现出的，是对四季流转、旖旎风光的灵巧捕捉与定格。在《盲》《关于死亡》等篇中，可以看到同学们在与世界的碰撞中产生的思想火花，虽仍有进一步待深掘之处，却已十分宝贵。

非虚构文学这类被西方文学界称为“第四类写作”的文学形式，打破了以往文学或多或少的虚构特质，要求的是完全真实，强调的是真实性与现场感。但除此之外，既然是文学，当然也要注意保持作品一定的文学性。我们可以看到，文集中的五篇非虚构作品，分别从环境、教育、旅游、留守老人以及乡村建设这五个社会问题出发，对所选取的考察点进行详密考察与调研，最终呈现出的，是一篇篇对社会问题的深入分析与具有文学气息的语言自然融合的作品。当然，本次辑选的非虚构作品多为调查分析类写作，这也让我们更加期待同学们之后更多的叙事类非虚构作品。如何进行叙事切入点的选择？如何在保持故事真实性的同时使叙事不显得平铺呆板？这些都是有待同学们去进行探索和尝试的方向。

此外，诗歌板块与剧本板块中也频有佳作。在诗歌板块中，我们可以惊喜地发现，同学们从生活的土壤中，孕育出了奇思妙想的果实。《巩义，要以多种美学来诠释(组诗)》中，作者跟随先人脚步，在“诗圣”杜甫的家乡巩义探寻他的踪迹；《少女变奏曲》里，作者将对成熟的渴望、对未知世界的困惑等思考糅进一个个奇异诡谲的意象中；《寻光录(组诗)》中，一曲独奏、一场冬雪、一次观察，都化作作者笔下灵动的文字……如果说在《半亩塘文萃(第一辑)》中因未辑入剧本而留下些许遗憾，那么在第二辑中，这份遗憾得到了圆满。《鱼藏》《世界上所有的夜晚》《变形的狐狸》《慢慢长大》四部剧本类作品让我们看到了同学们展现出的无限可能。

在《半亩塘文萃(第二辑)》中,我们还能看到一个十分令人欣慰的现象,那便是同学们对经典所抱持的重视态度。经典总是常读常新,在回味与品读经典的过程中,我们也必然会获益匪浅。更难得的是,同学们并没有把自己的笔力一味地束缚于经典与传统中,而是进行了开拓与创新。《女贞子》中,作者将京剧的西皮、二黄两种唱腔与小说巧妙结合,让人眼前一亮;《绛珠仙子外传》里,作者新续了《红楼梦》中黛玉香消玉殒后的故事,圆了宝黛二人未曾告别的遗憾,也使二人之间的爱情显得越发悲凉。

在文学这片没有边际的大海中,已有无数先行者留下了自己的印记与痕迹,或铿锵有力,或轻灵飘逸;如今,无数后浪奔涌而来,少年意气,挥斥方遒,在与世界和生活的碰撞中,用自己的创作为文学世界增添新的朝气与活力。同学们,在你们的辛勤灌溉下,你们心中的这棵"文学之树"已经长出青绿嫩叶、柔枝嫩条;请继续精心浇灌,耐心等待,待它长成参天大树,必将熠熠生辉。继续坚持对生活的挖掘吧,去发现它,感受它,领悟它;同时,也要尽情挥动"想象"这双腾飞的翅膀,去触碰流云和微风,追寻星空和宇宙。同学们,你们都是后浪,请保持对文学、对创作的热爱与热忱,向着文学这片广阔海洋继续奔涌下去,终有一天,会在文学之海中留下属于你们的浓墨重彩的一笔!

是为序。

辛丑年冬于磨剑斋

序三

文心向明月

姚圣良

书写是记录，也是创造，它是对灵魂的拷问，对生命的遐思，是性灵与真我的表达。信阳师范学院文学院文化厚重，文脉绵长。我们一直重视对文学院学生写作能力的培养，为此，数年来，文学院领导和教师付出了极大的努力，源源不断地为社会输送了大量的写作人才。

学生们不断书写，不断进步，有些已成长为国内小有名气的作家，被吸收为河南省诗歌学会、信阳市作家协会等文学团体的会员，在文学期刊上发表作品，在文坛上崭露头角，推动着“信阳师范学院小作家群”这个文学群体走上中国当代文坛，为新时代的中国文学事业发出了盈盈之光。

2014年，为拉近作家与学生的距离，我们启动了“作家讲堂”，邀请作家们走进校园，与学生面对面交流文学，讲述个人的创作历程，分享他们的写作经验、写作技巧。一场场讲座给学生提供了大量的可行性建议和有益的启发，让学生有机会近观中国当代文坛，开拓了学生文学视野。在交流的过程中，作家们鼓励学生积极投稿、发表作品，并对部分学生的作品予以点评、帮助修改，给学生营造了浓厚的写作氛围。

2016年9月，我们成立了“大别山非虚构写作中心”，引领学生关注现实、潜心创作，通过研学活动、文学采风，带学生走出书斋，看长河落日，看炊烟袅袅，在青春的涟漪中感受自然的磅礴，在真实的行走中体味人间的疾苦、人生的百态，用非虚构的写作记录个人、记录社会、记录时代。

2017年9月，经过大量的学科准备工作和充分的科学调研论证，文学院招收了汉语言文学专业创意写作方向的首届本科生，并聘请中国作家协会副主席何建明先生担任学科带头人，着力培养创意写作人才，以期对国家社会做出贡献。在教学方面，我们提倡创意写作团队教师发挥专业特长和教师个性，提倡教学方法、教学手段的多样化。自创意写作课程设立以来，我们多措并举，加强课程建设，一方面加强教学本体的研究，发表了诸多关于创意写作的教研论文；另一方面，强调理论和实践并重，开设各类文体的鉴赏与写作课程，让学生在鉴赏中提升写作水平。

2018年4月至12月，为鼓励学生创作，我们成功举办了信阳师范学院首届“大别山杯”大学生创意写作大赛。大赛得到了广大学子和文学爱好者的积极响应和参与，组委会共收到参赛作品332篇，经过晓苏、穆涛、李云等著名作家和大别山非虚构写作中心指导教师严谨慎重的匿名初评、复评和终评，最终评选出小说、散文、诗歌类获奖作品52篇，部分优秀作品被选入《半亩塘文萃(第一辑)》结集出版。

2021年3月至12月，在首届“大别山杯”的基础上，信阳师范学院第二届“大别山杯”大学生创意写作大赛成功举办，评审出的大量优秀作品被选入《半亩塘文萃(第二辑)》，并将结集出版。同时，为扩大本辑选编范围，被选入的作品中还有在全国大学生文学大赛中的优秀获奖作品以及学生们在各类文学报刊上发表过的作品。

本辑作品内容多姿多彩，清新可喜，文风活泼，不拘一格，形式上大胆创新，具有探索精神，散发出“惟有绿荷红菡萏，卷舒开合任天真”的青春气息，展现出大学生的活力与锋芒。形式方面，涵盖了小说、散文、诗歌、戏剧、非虚构等各类体裁。内容方面，有些作品书写山水风景、旅行游记，将祖国大地的人文与自然娓娓道来；有些作品书写人与人之间的爱恨纠缠、悲欢离合，在人的复杂环绕中对人性进行深入独立的思考；有些作品关注社会现实，用质朴的文字客观呈现，并尝试提出自己的想法。写作风格方面，有的作品含蓄隽永、意味深长，有的作品逻辑清晰、语言犀利，有的作品文辞清浅、婉转低回，有的作品浪漫夸张、波澜壮阔，有的作品充满哲思，有的作品富于想象……这些作品展现了学生们初步形成的不同文风，虽略显稚嫩，却不失落英缤纷之姿，且颇具冰雪纯净之态。

孟冬之际，文心亭下秋草枯黄、含霜带露。经冬复历春，一年年，文学院培养了一批又一批优秀的创意写作人才，学生们在文学前辈和创意写作教师团队的带领下，以文为海，泛舟作乐，深入生活的精微，描绘人生的繁复，呈现社会的现实，表述时代的进步。信阳师范学院“大别山杯”大学生创意写作大赛的一届届举办、“半亩塘文萃”的一次次结集出版都记录着我们前进的历程，它们共同铸成了一种传统、一枚勋章、一个使命，在遥远的时间里，我们是文学的赶路人。时间匆匆，路途漫长，希望文学院的小作家们继续耕耘文字，书写生活，有“奋迅碧沙前，长怀白云上”的胸襟，也有“山暝行人断，迢迢独泛仙”的情怀，锻造厚重的精神，捕捉心灵的闪光，存志于高远，文心向明月！

2021年11月28日于信阳师范学院

目录

小说

散文

诗歌

剧本

非虚构

小说

青春梦想的多彩表达

——小说作品短评

徐洪军

自2017年信阳师范学院文学院汉语言文学专业开办创意写作方向以来，我就一直担任小说写作理论与实践课程的教学工作。四年来，我逐渐在小说写作教学方面摸索出了一些粗浅的经验，也见证了2017、2018、2019三届创意写作班学生在小说创作方面的成长。

同学们的才华令人欣喜。他们或书写自己生命中珍贵的片段，或描绘社会生活中重要的时刻，或捕捉人性深处那幽暗的灵光一闪，或虚构历史长河中那迷人的风刀霜剑……他们的创作见证着他们的成长。收入这本文集中的19篇小说，有一半是他们在小说写作课上的成果。这些小说有的关注当下的社会现实，如关豆豆的《初冬》、彭文文的《帮衬帮衬》、张贺敏的《病》；有的书写寂寞的童年，如张俊晓的《田埂上的梦》、贾颖的《二泉映月》；有的探究凡俗生活中的人情人性，如崔琪琪的《浅水湾》、阮思浓的《重山》；有的虚构别样的世界与别样的人生，如刘新静的《傀儡师》、冯译冉的《路口》、李佳佳的《绛珠仙子外传》、刘可人的《不闻鹿铃》……他们的手法或偏于写实，或倾向空灵；有的似抒情散文，有的像侦探传奇；有的成熟得令人惊叹，有的逼真得让人心疼。

在这段最好的年华里，小说是他们的梦，他们可以借助于小说重塑历史、憧憬未来。小说是他们的心，借助于小说，他们可以倾诉童年的创伤、青春的躁动。小说是他们的武器，他们可以借助于小说展示力量、表达勇气。小说是他们的情人，借助于小说，他们可以表露最隐私的深情，寻找最动人的温馨。我希望，创意写作班的小说写作课可以陪伴一届又一届的年轻人走向明丽幸福的未来。

崔琪琪，女，河南洛阳人，信阳师范学院文学院2017级汉语言文学专业创意写作班学生，西北大学2021级中国现当代文学专业硕士研究生，系信阳市作家协会会员。喜欢阅读与写作，坚信唯有不断磨炼方能更进一步。

浅水湾

崔琪琪

看着眼前的景色，姜丽才明白自己当初真的错了。

“碧海潮生浅水湾，享受临海的北欧生活！”现在眼前出现的画面和广告中的话，似乎在同一时刻重合了。车越往前走，眼前的景象越开阔，瓦蓝的天空似乎将所有的彩云都吞没，只吐出了团团燥热。葱郁的树木将腾起的热浪扑减，视线追逐着这黑青色的道路而去，远远可见被丛丛翠绿掩映着的白色建筑物。细细去听似乎真有海浪的声音袭来，姜丽坐在车后排给开车的老公扇着扇子，小心翼翼地问："立民，好像真的有海浪的声音，你听到了吗？"

魏立民头上的汗珠不断地冒，蹙起眉头，从嘴中间挤出来个"嗯"便不作声了。副驾驶上的女儿小雨却不断抱怨，"大热天的非要出来，出来就算了，还不让我爸开空调！"

姜丽连忙把扇子凑向女儿："你李娟阿姨回国一年了，邀请咱去她家吃个饭，咱能不去吗？"

"我知道，可非要带着多多干吗！"女儿的小脸充满了愠怒。

"多多没人照看嘛，咱都出门了，多多谁来照顾？"姜丽小心地安抚女儿的情绪。她盯着多多，脑海里浮现出另外一幅画面。

上次相见，已经是阔别数年后的事情了。那天，李娟走进他们家门的时候，她看出她丰腴了许多，脸庞圆润而透着光泽，一身貂绒皮草，限量版的耳饰手镯，让这个三室一厅的小房子黯然失色。

"娟儿，来了。你赶紧坐，我这边还有一个菜，马上炒好了就在家吃！"姜丽笑着在围裙上擦了擦湿漉漉的手，准备拉李娟往沙发上坐。

李娟轻轻摆摆手："不了，这次就是回国几周，顺便来看一下。下周日来浅水湾吃个便饭吧。"说完放下手上提的礼物袋便要出门，姜丽急忙赶上去："这是干吗呀，你快带回去！"

"给你的就是给你的，带回去给谁？"李娟似乎想开个玩笑，可语气却带着嘲弄。

"汪，汪！"沙发上的多多听到声响，抬眼看着两人，兴奋地跑到李娟身边用身子蹭着她的小腿。

"啊！哪来的狗，走走走。"李娟蹙起眉头，眼睛不由得向上翻，涂着鲜艳的口红的嘴瞬间撇向一边，不自觉一抬脚便踢到了多多的腹部。黄色的小狗"叽"一声，夹着尾巴呜咽着跑走了。"哦，土狗。"李娟小声地嘟囔了一句，转身就走，留给姜丽一个说不上是美还是丑的背影。姜丽站在门口，脸上一阵红一阵白，笑容早已凝固。

这次，听说李娟也养的有狗，她才执意要带多多来。多多长得很漂亮，几乎人见人夸，那一身黄得发亮的皮毛，炯炯有神的一双眼睛，除了不是纯种名狗，哪里比别的狗差？

啪，小雨手指一按将车载空调打开。

“你这孩子怎么这么不听话啊！马上就到了，开着空调多耗油啊。油价又涨了，开着空调这一趟又得多花钱！”姜丽急了，伸手就要拉女儿手臂。

“行了，你俩别吵了。你也是，是你非要来，来了又嫌费油，你不来哪有这事！”正在开车的魏立民脾气上来了，语气有些冲。

姜丽强行将火气按下去：“行行行，怨我怨我，开着就开着吧。不过，小雨找工作这事你可真的要开口跟老王说说了，看他能不能帮把手。小雨这都大学毕业两年了，没着没落的，你也不发愁。”

魏立民的汗珠顺着脖子直往怀里淌，燥热让他像个随时会爆炸的气球。“干脆直接送给王大勇当儿媳妇得了，她还找什么工作，直接就享清福了！”

小雨在一旁戴着耳机不知道听没听到，并不作声。姜丽气不打一处来：“你说的叫什么话！有你这么当爸的吗？你有本事你给闺女找个工作啊，这段时间我一直小心翼翼怕惹你生气，你别不知道好歹！”

车内只剩一片沉寂，车外几只蝉在鸣叫。

魏立民本科学的是教育，毕业之后留在本地做了一名中学教师，姜丽本科学的是建筑，毕业之后早早地嫁给了魏立民，因为身体不好便在家做起了家庭主妇。魏立民一做教师就是二十来年，进学校的时候就是个一级教师，分了套小房子。可是二十几年后还是个一级教师，住的还是那个小房子。每年职称评定的时候都有一大批同事甚至后辈评上了高级教师，跟他一年进学校的老同学老张，现在已经是副校长了，而魏立民还是安安稳稳地在他一级教师的位置上坐着。姜丽曾提示过他，跟老张联络联络感情，让他在评职称的时候帮衬一下。

按姜丽的话说，老魏就是一头犟驴。姜丽把东西都给他准备好了，他走到老张办公室外面竟然抽了几个小时的烟硬是没进去，又把东西原封不动地提回来了。按魏立民的话说，我兢兢业业，问心无愧，评不评得上没关系。可魏立民的放心并没有维持多久，上个月评职称结束之后副校长老张把他叫进办公室："老魏啊，你这次还是没评上，校委会觉得前面教学任务比较繁重，你年龄也上来了，不如就转到后勤吧！"魏立民气得手发抖，他搞不明白凭什么要把他调离教学岗位，是他教得不好吗？还是真的像丽丽说的是因为自己太犟了？

魏立民想不明白，郁闷让他好像变了个人似的。乌云时时都笼罩着他，随时会有两团乌云发生剧烈摩擦，瞬间爆发出雷鸣闪电。所以姜丽这段时间一直小心翼翼，生怕哪句话触怒了他。

女儿大学毕业之后一直没找到工作，姜丽一直为了这件事发愁。老魏的工作又调到了后勤上，这一下似乎把姜丽打入了冰窖，她只觉得周身发寒。可眼前突然出现了一根救命稻草，她想试试这根稻草能不能把她们拽出来。

"是不是到了！"小雨的一声惊呼把姜丽从回忆中唤醒。

车停稳，姜丽将多多抱在怀里，从车里出来。眼前的豪华壮观让她有一瞬间的失神，成双的壁柱、重叠的雕花、巨大的涡卷。她错愕地以为是来到了大学时期课堂上讲过的罗马圣卡罗教堂，因为这座别墅是再典型不过的巴洛克风格建筑。魏立民一家刚刚将脚放在庭院里，一座变化形状的喷泉便映入眼帘，清泉和着燥热的风不断喷涌而出，连带着庭院中的姜丽也感觉燥热。正门口早已有了管家在等候，深色的燕尾管家服，雪白的衬衫和手套，笔挺的黑色长裤和锃亮的黑色皮鞋。

多多挣扎着从姜丽怀里跳下来，朝着院子左边一只灰白相间的罗秦犬跑了过去。两只狗互相在对方身上闻了一阵，又汪汪叫了几声就一起在院子里撒起欢儿了。管家脸上挂着程式化的微笑，微微躬腰，双手一前一后为客人开门。魏立民礼貌性地颔首，姜丽拉着小雨紧紧跟在魏立民身后。

凉气瞬间袭来。仿佛踏入了欧式宫殿一般，精致的金箔贴面模型装饰将布满浮雕的天花板点缀得富丽堂皇，璀璨的水晶吊顶灯悬在他们头顶。远处用大理石雕刻而成的壁炉，完美融合了涡旋的弧形线条，将整个厅堂的典雅气质轻而易举地衬托出来。墙面则是用多彩壁毯和华丽的织物堆砌出来的，姜丽认得出那上面的图案，是半人鱼和花环。那是多年前她和李娟一起看肥皂剧时，她们一起喜欢过的女主人公家里的墙面装饰。而那时，李娟因为家中突遭变故而被迫退学了。

姜丽的胸口好像被什么堵住了一般，闷闷的。

这栋房屋的主人王老板，原来是他们小区菜市场卖面条的王大勇。当年他和李娟趁保安不在时，偷偷在小区大门口卖点蔬菜。夫妻俩租的店面很小，中间用木板隔开，后面放机器还有一张床，前面卖面条。夫妻俩经常扛面粉袋子，浑身弄得都是面粉。两个儿子趴在小椅子上写作业，困了就把用纸盒子拆开做成的板子铺到地上，拿张报纸盖着就开始午睡。

有一天中午，姜丽让魏立民出去买些面条做炸酱面，可半个多小时过去了，魏立民面条没买，倒是领回来俩孩子。原来魏立民去菜市场买面条，刚好到王大勇的店，王大勇正在卸面粉袋子，而旁边蹲在地上趴在小板凳上写作业的男孩却让他非常眼熟，走近之后才发现就是自己班上个子最小、最不讲究个人卫生的学生。旁边地上还躺着个年龄稍微大些的小孩。他就对王大勇说："要是你们同意，以后中午让这孩子来我家吃饭午休吧，把他哥也带上，有什么不会的题可以问我。"王大勇听到之后，肩头的面粉袋子"砰"一声掉在地上，夫妻俩连声感谢魏立民。从那以后，逢年过节王大勇和李娟总是扛着袋面粉提着几兜蔬菜送过来。每次姜丽都不想收，又怕不收让他们觉得不舒服。魏立民板着脸说："这是干什么，我说了不要不要，我教孩子们不是为了这些。"

听了这话，王大勇从椅子上站起："魏老师，你要是连这些都不收的话，我就不敢让孩子过来了，这些便宜货不值钱的，根本不足以报答你。"

魏立民心里一震，姜丽赶忙出来打圆场："说这是干什么，又不是外人，什么报答不报答的，都是应该做的。"王大勇夫妻俩激动得说不出话的时候，姜丽就去厨房给他们沏一壶茶，让他们自己坐在客厅，免得让他们觉得不自在。

可这一切不知道从什么时候开始一去不复返了，他们一家人再也不提过去的事情，再也不是过去浑身白面、卷着裤脚的样子了。王大勇自从俩儿子中学毕业之后，便将卖面条十几年攒下来的钱投入股市，刚好那几年股市一路飘红，他顺势将整个店盘出去投入股市，所有人都说他疯了。可让所有人没有想到的是，那一年股市涨停板，王老板赚了个盆满钵满，之后的几年间结识了一大帮朋友，从开连锁便利店、火锅城、购物中心，一直到现在的商业大厦。二十年的工夫，王老板渐渐成了全市屈指可数的富豪，两个儿子也都留学国外，他和妻子则住在全市最高档的社区浅水湾。不过，也有不少关于王老板的花边新闻。

正出神时，李娟从室外游泳池进来，跟当年的瘦削迥然不同，肥胖的躯体紧紧撑满泳衣，似乎肥肉会趁人不注意蹦出来一样。管家适时捧上备用的米色披肩，李娟披上之后便径直去换衣服。再出来时已经端着精致的咖啡杯，坐在了天鹅绒罩面宝石拼嵌的长沙发主位上。

姜丽开口："娟儿，经常游泳啊！"

"没事的时候就在家里的泳池，想出去的时候就去浅水湾的私人海滩。"李娟懒懒地说。

"浅水湾不是靠内河建的吗？怎么有海滩啊？"小雨不明就里地问出了口。

"真是个傻孩子，有钱就行了。"王大勇从泳池归来，甩了甩头发上的水珠，披上衣服，"下面都有人工蓄水池，专门为了每栋别墅打造专属的私人海滩，还有定制音效，你想要什么样的都行。”

两只狗一前一后跑到李娟身边趴下，李娟随手从桌子上拿起一根香蕉，剥开黄灿灿的皮喂给那只干净漂亮的罗秦犬。多多也凑过去想要吃，罗秦犬突然地转过头，对着多多低吼。多多也不甘示弱，两只前爪扒着地板，咧开了嘴。两只狗面对面站着，似乎都进入战备状态，嘴里发出呜呜的吼声。姜丽赶忙把多多拉开，脸上堆着笑对李娟说：“哎呀，真是不好意思。”李娟撇撇嘴：“没事，狗嘛，不懂事。咱们去吃饭吧。”

吃饭的时候，姜丽问起他们的俩儿子怎么不在家。王老板感叹地说：“留学回来是回来了，可是还要去学习啊。这年头知识越多，挣的钱就越多，我就希望他们能跟魏老师一样有知识。”

魏立民切牛排的刀子有些用力，划到了盘子，发出刺耳的声音，面露尴尬。姜丽心里有些不舒服：“有知识有啥用，还是挣不来钱，比不上王老板。”

李娟接笑道：“老王这算什么有钱，比人家还是差得远呢。”

王老板随即哈哈一笑：“前些日子去伦敦酒庄品红酒，那个酒庄大亨一个人对着红酒庄园的葡萄看了一个多小时，这才是他跟一般人不一样的地方，这才是有钱人，你说穷人哪有这境界。”

整个吃饭过程中，王老板都在卖弄他的金钱和境界。姜丽只觉得头疼，她打了个手势，欲起身去透透气，用人却会错意以为她在叫服务。用人开口竟是英语，她并没有听清楚，离开大学后早已将口语抛诸脑后，脸一下变得通红，只是点了点头。一会儿，用人又给她倒了半杯干红，没办法，她只得坐在这儿，有些气不过，仰头喝了小半杯的红酒。

小雨心思不在吃上，很快便说自己吃饱了，到前面陪多多和那只罗秦犬玩。之前进门两只狗发生了不愉快，但小雨偏偏抱着罗秦犬让它去多多那里，罗秦犬满脸的抗拒，伸动着前腿，小雨就咯咯地笑。

两只狗玩累了就都趴在客厅吐着舌头，用人端着装满狗粮的盆子放到罗秦犬面前，这只毛发被修剪成狮子一样的狗伸着鼻子闻了闻狗粮，立刻嘎嘣嘎嘣地嚼了起来。旁边的多多闻到逸出的香气，飞快地跑了过去，狗鼻子刚一接近喷香的狗粮，甚至连舌头都没来得及伸，罗秦犬便“汪”一声扭过了头，尾巴用力地向上挺起，眼神中充满了狠厉。多多也立即剑拔弩张，朝它大声地吼叫，这一场争吵很快演变成了打斗。听到声音的用人急忙跑了过去，从后边一把掐住多多的脖子，将它们拉开。

“怎么了？”李娟放下手中的叉子问。“太太，是魏先生家的狗和贝贝因抢吃的打了起来，已经把它们拉开了。”用人微微弯腰说道。李娟慢慢敛起了脸上的笑容：“不要让它们在一块。”姜丽赔笑说：“就是，我们多多太调皮了，还是把它们分开吧。”李娟伸出三根胖胖的手指端起酒杯，左一圈右一圈地晃着，盯着杯里的酒轻轻地说：“不是一个品种的玩不到一块去。”

王老板举起红酒杯，敬魏立民：“话说回来，想想当年我那俩不争气的小子，多亏了魏老师教导，不然指不定变成什么样呢。”

姜丽脸上一层冰，还是强按下脾气将笑容解冻：“客气了，你那俩孩子一直都懂事，现在又有个好前程。你看我这小雨，真是不省心，大学毕业两年了还没找下个合适的工作，可愁死我了——”

“就是，现在这年头工作是越来越不好找了。”李娟接话道，“我们家老王的公司都快办成亲戚朋友的家族企业了。”

话头被轻轻挑过去了，姜丽心里说不上来是什么滋味，她不禁想起当年，他们夫妻俩在她家的时候，当时她和李娟一起洗菜做饭，聊两个人的共同爱好，讲起大学时代学到过的那些欧式建筑，李娟小心翼翼不多言，而她也很知道分寸，绝不说多了显得卖弄，生怕让李娟不好受。王大勇总是笨嘴拙舌比李娟还木讷，经常直直地傻坐在沙发上不敢动一下。

酒劲上来，姜丽觉得眼前似乎有些迷乱，她借着微微的醉意，涨红了脸，声音却是朝着李娟飘去：“我想起来了，哈哈哈。当年……”

李娟脸色一沉："丽丽，你想起来什么了？"

姜丽却故作神秘，偷偷把嘴凑到李娟耳朵旁，又轻轻移开一点儿，然后仿佛喝醉般提高了音量："想起来，当年王老板卖的面条，整个菜市场就你家的面筋道。哦，配上你卖的青菜，做的炸酱面就一个字，香！你那时候多瘦啊，你们感情好得那真是没话说！现在也是，连我都羡慕。"

李娟的脸色瞬间塌下来，魏立民赶紧站起来扶着姜丽："丽丽，你喝醉了。"

姜丽不知道是不是要感谢那一杯酒，她忽然间不怕了，仿佛卸下了所有的包袱。她握着魏立民的手："立民，你这个犟驴，有钱没钱咱都是一家人，我在乎的是你人好，对我也好，永远都不会变。"

话音刚落，便听到客厅传来一声惊叫。

多多正把罗秦犬按在地上，小狗在它的爪子下挣扎，发出委屈的呜咽声。小雨正在沙发旁边，冷冷地看着，嘴角挂着一抹笑。李娟脸上青一阵白一阵，王老板的脸上也很是精彩。周围的用人乱作一团把两只狗拉开，随后李娟便说身体不舒服要回房休息，又吩咐管家安排姜丽休息一下，不妨住上一晚。

魏立民扶着姜丽走到客房。房间是整座欧式建筑中少有的现代化装修，后现代极简风格。魏立民把姜丽放在床上，去卫生间取湿毛巾。姜丽睁开眼睛，盯着天花板，垂下去的手臂不小心碰到了智能触屏遥控，整张床瞬间从中间拱起对折，往墙壁收缩，姜丽从床边连着被子一起跌落在地板上。

魏立民听到声音，赶紧出来，只见姜丽坐在地上，眼望着窗外，泥塑一般面无表情一动不动。

愣怔了片刻，他说："我去叫上小雨，咱们走吧。"

姜丽点了点头。

——发表于《大观·东京文学》2019年11月上旬刊

关豆豆，女，河南许昌人，信阳师范学院文学院2018级汉语言文学专业创意写作班学生。

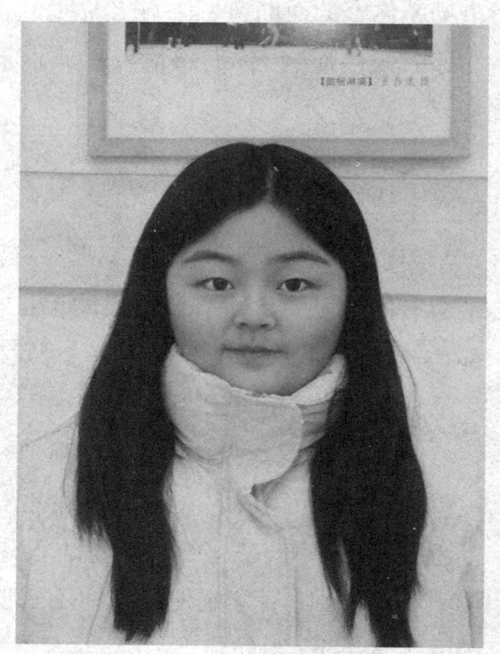

初冬

关豆豆

雪花在初冬的一个夜晚肆意飘荡，朽木门发出的声音伴随着细碎的脚步声，村子里时不时传来几声狗叫。

“咋样了？这事儿有奔头儿没？”

“有是有，人家就是专门干这哩。不过，叔，你给的这钱嘛，确实有点低了，不过好在人家说了，先看看照片，有看上的再说。”

在呼出的白气笼罩下，这个男人用他那冻得通红的双手从上衣内袋里拿出了几张照片，递给对面那个佝偻着身子的老头子，又赶忙把手揣进袖子里。几片雪花从身上掉落，融入二人的影子之中，不见了踪迹。

瘦干的老头子从破烂的棉袄中伸出手接过，照片上还残存着男人身上的余温。老头侧着身子，眯着眼睛，借着路灯微弱的光一张一张地翻看着，迟迟不作声。

男人看出了老头子的犹豫不决，便用手拍了拍肩头的雪花，低头看着他枯瘦的手一张张来回翻看照片，紧锁的眉头使脸上的皱纹看起来像干裂的土地，像是满意，又似乎犹豫着下不了决心。男人终于绷不住了。

“叔，有对眼儿的没？刚子呢？要不让他出来瞅瞅，毕竟这日子是跟他过，光你相中也没用啊。这我看着长得还不赖啊，听人家说那儿的人都能干着哩！”

正在低头看照片的老头听见这句话，慢慢抬起头，一双浑浊的眼里满是沧桑。说话的声音似乎刻意压低，仔细听还有一丝紧张的颤抖。

“这钱不能再少点？强儿啊，你跟他们熟，再帮叔说说好话，行不？你也知道刚子他……唉！都怨叔没本事啊，一个囫囵媳妇都给他娶不来。”说着，他紧紧地攥着手中的照片，抬头看着路灯周围那片昏暗的光亮，雪花落在他黢黑的脸上，一片、两片……浸湿了他皴裂的皮肤，也打湿了他的眼眶。

“中！叔，那我再去说说，有信儿了俺再来找你。回去吧，回去吧，这天也怪冷的。”男人低头瞅了瞅他紧攥照片的手摇了摇头，叹了口气。

“哎——哎。”老头连声应着。

吱呀一声，那腐朽的木门关上了。

转眼到了开春，寒意渐渐散去了，村里的人都脱去了厚重的棉袄，开始忙碌农事。

“强哥，最近忙啥啊？在村里都瞅不见你人，这是挣大钱去了啊？”一个小伙子骑着三轮车，憨厚地笑着打趣儿。

“我能挣啥大钱啊，瞎忙，瞎忙。”王强脸上神色有那么一刻不自然，捂着嘴咳了两声就转移了话题。

俩人闲扯了几句，小伙子走后，王强就顺着路转了个弯儿到了刚子家门口，伸手拍了几下门，见没人应，便弯腰用手撑着两扇门，想从门缝里看看有人没，见里屋门开着就喊了几声。听到有人应后，便看见刚子从里屋门出来，拖着一条腿，走起路来身子一高一低的。

刚子把门上的挂钩放下，看见是王强，面露喜色，连忙招呼他往屋里坐。王强跟着刚子进了屋里，眼神便上下打量屋中陈设。中间一个黑白电视，放了几把椅子，内屋连门都没有，里边堆了一个麦圈，上面放着一捆化肥袋子。

刚子注意到了王强打量的眼神，目光跟着他看了一圈，脸上没了王强刚来时的喜悦，眼神也黯淡了下来。

“哥，你坐，喝茶不？俺爹大清早就去地里了，估摸着一会儿就回来了。”刚子一边倒水，水气在掀开瓶塞的一瞬间喷涌而出，掩盖了他脸上和脖子上细微的疤痕。

王强把水接到手中只是托着，看着刚子双手扶腿缓慢地坐下。

“刚子，你看这俺叔也不在，那我就不停了。你回来跟俺叔说说，事儿啊，就算定下来了。人家说，先付一部分钱，过段时间你们去把人一接，接到人把尾款一付就行了。这价儿我也是好说歹说才说通的。你也准备准备，收拾收拾，接回来就和人家好好过日子啊。”说着，就把手中的茶杯放在了桌子上，环视了一圈，站起来准备走。

刚子也连忙站起来，由于站得有些急，险些绊倒，王强立马伸手去扶。

“不碍事儿不碍事儿，站得太急了，我回来就给俺爹说。”刚子叹了口气，接着说，“强哥，不瞒你说，我也知道我这情况，这也是没法儿了，人家来也不知道嫌不嫌弃，做这事儿其实是违法，可是……”说到这里，刚子止住了，王强上前一步，拍了拍他的肩膀，打断了他接下来的话。

“别想那么多了，现在可多人家都这样弄，你这些日子就好好准备，我先回去，看看人具体啥时候能给咱送到。”王强抬起腿要走，看见刚子有送他的意向，又看了一眼他的腿，回过头说：“不用送了，你这也不方便。”说完便走了，走到门口又顺手把大门给带上了。

临近晌午，村子里弥漫着柴烟，飘荡着饭香味。刚子坐在锅台前正在做饭，火苗蹿出灶台把刚子的脸熏得红彤彤的，身上也烤得暖洋洋的。听到开门的声音，刚子便回头，看到父亲背了一大捆柴火正要往院里卸，就连忙按着椅子站起来，过去帮他把背上的柴接了过来。看着父亲满脸的灰和压弯的背，脚上还穿着破了洞的棉鞋。刚子又看看自己那条不争气的腿，把手中的柴火往地上一扔，又回到灶台前，弯下腰把灶台里烧得正旺的柴火一根根往外拿，插到地下的锅灰里闷灭，扭头看了看正在劈柴的父亲。

“爹，别劈了，搁那儿准备吃饭吧，今儿早上俺强哥来了。”正在闷头劈柴的父亲立马把斧子放下了。

“咋说，啊？”

刚子一边闷头盛饭一边说：“强哥说，让我们这两天把钱准备好，家里收拾收拾，过几天他就把人送过来。”

“中中中，那我下午去把咱的土地补贴款取出来，再去找你二姑借点，凑凑应该够了。”

老头说着就走到屋里掀起褥子，拿出那个暗红色的存折本，走出来，眯着眼，借着门口的一点光，伸长了脖子想要去看清余额。刚子端着饭，坐在门口用树疙瘩做的凳子上，看着自己的父亲，一口面条迟迟没有咽下去，听到父亲提起二姑，脑中想起，年前二姑也给自己介绍过一个姑娘，好像是个哑巴。

刚子迷失的思绪被父亲的声音拉了回来。

“刚子啊，我算了算，这存折上的钱凑凑差不多够买这个媳妇儿了，赶明儿我去你二姑家给他们说说这事儿，顺便再借点，等咱这粮食卖了再还她。唉，你妈走得早，是爹没顾住你，你现在成了这样，我也老了，不能陪你一辈子。现在好了，你能娶个媳妇儿，我也有盼头儿，能歇歇了。”老头目光望向远方，依然佝偻着身子，手里还握着那个存折，紧紧地握着。

刚子咽下嘴里的一口面条，喉结跟着滚动了两下，张了张嘴，像是想说点什么，却迟迟没有发出声音，可手里的碗却似乎有千斤重，压得刚子的手微微颤抖。

夜晚，刚子躺在床上翻来覆去地睡不着，床发出吱呀吱呀的声音，扰得刚子的心更乱了。由他爹白天说的话想到了那个买来的媳妇儿，听说她是南方山里那一片儿的，也不知道能不能听懂他说话。又想到自己掏钱把人家买了，是她自己愿意的还是家里人把她卖了？想到那么多拐卖妇女和女孩的新闻，刚子心里又多了些不安，又想到二姑说的那个哑巴，再想想自己，不由得感叹，都是可怜人啊。闭上眼睛想把这些乌七八糟的事儿赶走，想着想着也就睡着了，梦到了母亲去世后父亲在坟前偷偷抹眼泪的情景。

天蒙蒙亮，刚子就醒了，想起今天要去二姑家，就准备起来做早饭，而一想到是要去借钱就又退缩了。正当刚子内心纠结的时候，父亲房间传来一阵低沉的咳嗽声，像是压制不住地迸发，止也止不住。刚子心中猛地一抽，一瞬间又想到什么，心情反而舒畅了起来。

刚子迅速穿好衣服，出屋门的时候看到父亲正准备烧火做饭，便走过去说：“爹，我来吧，一会儿吃完饭我开三轮儿带住你，咱俩一起去俺二姑家。”

“我自己去都行了。”

“我去和二姑商量点事儿。”

“你能有啥事儿？现在最重要的就是你这娶媳妇儿的事儿，咋说也得弄成喽。”老头被锅台的烟气熏得眯住了眼，眼眶周边已经湿润。

吃完饭，刚子还是铁了心要跟去，父子两人把三轮车推出去后，把门上锁。一路上两个人都没说话，都在思考着什么，似乎各有心事。

由于来之前已经给二姑打过电话，二姑对他们的到来也不意外。领着他们到屋里坐下，倒了两杯水。

“哥，你这大清早给我打电话说过来，咋了啊！有啥急事儿？”

“这不是最近给刚子张罗了一门亲，想着先使你五千块钱，等这粮食……”

“咱先不说钱，姑娘哪村的？谁介绍的啊？”老头话还没说完就被刚子他二姑打断了。

“不是咱这儿的，爹让俺王强哥帮忙从南方买来的。”

“这会靠谱？不知根不知底的。”

“这我也是没办法啊，刚子这情况，家里又穷，正常姑娘有几个愿嫁过来受罪啊。”老头说完低下头，看着自己手上的老茧。

他二姑一听这话，心里也难受，二话不说就进里屋拿出了六千块钱，多出的一千块说让刚子置办点东西，又嘱咐了几句话。临走时，刚子把二姑拉到一边，问了之前那个哑巴女孩儿的事儿。

“唉，这也是，刚子，你不说我都给忘了，你是咋想的啊？姑之前给你说的那个其实挺不错的，就是不会说话，我还给人家说你这情况了，人家一听也有点意思，也不要啥彩礼，父母也就是想给她找个伴儿。”

“姑，这两天要不俺俩见见吧，先不给俺爹说，怕他不愿意。”他二姑点点头应下了，说这事儿她安排。

这两天，刚子趁着父亲不在家，偷偷跑去二姑家和那个哑巴姑娘见了面，人家也打听过刚子，感觉人比较憨厚，并不嫌弃刚子腿脚不便。回家后，刚子犹豫再三还是给父亲说了这事儿。

“刚子啊，我想让你娶个正常人，才掏钱去给你买一个，不就是想着你以后能过得好点儿，这哑巴再知根知底她也不会说话，这我不同意，这都跟强子说好了，这……”

“我回去给强哥说说，咱不买了。爹，我想了一夜，感觉还是不能接受买媳妇儿这个事儿，也不知道被买的那个女孩愿意不，咱也不知道啥途径，我这几天心里一直在打鼓，咱家也穷。我呢，又这样。人家哑巴咋了？我还是个瘸子呢，人家不嫌弃我就算了，咱有啥理由看不起人家？明明没钱还要去买，你挣钱就那么容易？”刚子觉得父亲不理解自己，又想起父亲累死累活才挣了存折上的那点钱，说着说着，嗓门就大了起来。

“我是你爹，难不成你连我的话都不听？钱又不让你出，养你不是让你跟我对着干的！”

这次争吵后，俩人一下午都没说话。刚子越想越觉得这个媳妇儿不能买，于是傍晚就拨通了王强的电话。

“强哥，吃饭没？”

“咋了，刚子？迫不及待想见媳妇儿了？”说完，电话那头传来王强调侃的笑声。

“强哥，我这几天想了又想，不打算买了。”

“咋了？刚子，你放心，哥不会骗你，这价钱都够低了，你不要可是有人要，现在农村的光棍儿可是一大把啊，你是不是听到别人说啥了？”王强的声音变得正经起来，仔细听似乎带着一点慌乱。

“没，强哥，是俺二姑给俺介绍了一个，双方觉着都不错，所以……”

“你这不是叫哥难办嘛，都说好了，你这一弄……”

“哥，过几天请你吃饭，就当赔罪，这事儿是我不地道了。”

刚子又同王强扯了几句才把人安抚住，接着走进了父亲屋里。老头抬眼看了刚子一眼，吸了口手上夹的烟，开口说：“你给王强打电话我都听见了，你说你咋这么倔啊？唉，你要是不愿意，就觉着那哑巴比一个正常的好，我也不管你了。”

“爹，我就是心里不舒服，我恨我自己是个瘸子，我恨我自己不能出去干活挣钱，我也不想看着你为我操这么大的心。俺娘走得早，你自己养活我不容易，我觉着俺二姑给我介绍那个挺好的，我俩以后谁也不嫌弃谁。”

屋子里昏黄的灯光勾勒出父子二人的轮廓，而今晚的月光洒在院子里显得格外柔和。

“听说了吗？隔壁村有一家刚娶的媳妇又跑了，买来的就是不靠谱啊。”

“可不是嘛，一家人都在找，听邻居说，新媳妇把家里的钱和贵重东西都卷跑了。”

“这敢报警？人是非法买来的，只能吃哑巴亏了。听说是咱村王强介绍的，大早上就来拍门了。”

“婶儿们，该回家做饭了，再不回去俺叔们又得出来喊。”刚子坐在三轮车后面对着路口正在说话的妇女们笑着喊道。说完就拍了拍前边开三轮女人的肩膀，用手对她比画了几下，女人就对着他们笑了一下，一踩油门就走了。

“哎，你这孩子，娶了个能干媳妇儿就不是你了。”后面一个妇女笑骂道。

“不说了不说了，不早了，真该回家做饭了。”

刚子坐在三轮车后面，看着前面开三轮车女人的后脑勺，嘴角不自觉地上扬起来。

——发表于《奔流》2021年第7期

贾颖，女，河南周口人，信阳师范学院文学院2017级汉语言文学专业创意写作班学生，信阳师范学院文学院2021级硕士研究生，系信阳市作家协会会员，作品散见于《牡丹》《诗歌月刊》《大观·东京文学》。

香痕

贾　颖

一

在沈河镇，我找到了七年前的她，那个我丢失在婚姻里的恋人。

我的夜晚有时平淡，有时销魂，实在无聊，便与身边的女人完成一些轻描淡写的肢体动作，然后畅快地睡一觉。但是数月来，我似乎已经对这种催眠方式麻木了，常常把自己弄得疲惫至极，却也躲不了彻夜的失眠，像是对药物产生了抗体，也或许，是药不对症。

厚厚的棉被温暖过头，一阵燥热。我索性将胳膊双双抽出，外放在身体两侧，让冷冷的空气在袖筒里穿梭。身边的妻正睡得憨熟，她干得起皮的嘴唇形成一个黑孔，呼呼地对着我的脖颈喷出一股股浊臭。我别过脸，背对她，将头重重压在枕头上，鼻孔被我弄得一张一张地翕合……吵完你睡得倒好，吵吵吵，这日子过得真是没劲！原来的可爱乖巧，在一言一行中都像是从骨子里散发的，还记得当初在情书上写下“和你一起熬制生活的蜜汤”，呵，结了婚一尝，原来是一锅辣椒油！什么狗屁文静贤淑，全都仅仅飘逸在蕾丝边的裙摆上，一经风吹，就剩一把柴米油盐了，早知道是这样，还不如自己一辈子吃吃喝喝！

六七年来，和她在一起还不如出去找个，只要给足了钱，让她浪荡她浪荡，让她温顺她温顺，然而对妻，我却无计可施。依从，垂首，道歉，为了让父母安心，为了传宗接代，我强忍了七年，过这七年，就像喝一碗加了糖的中药，浓烈的苦喝到碗底，剩下刺刺啦啦的甜，这甜不仅不会让你得到味觉的舒缓，反而让那些咽下的苦汁在胃里翻江倒海，但是为了治病，又不敢吐，这是一个病人的怯懦……方慕！你真他娘的不是个男人！体内的热浪又一次袭来，不知从身体哪个部位升出的一股怒气，直冲发梢，顶得我脸色通红，像火烧一样。眉毛不由得拧着，我烦躁地咧起嘴，猛地掀开被子，跳下床，叉腰，赤脚对着窗子笔直地站着。

冬夜总是又冰又冷。

风被挤压在未关严的窗户缝里，呼呼的，扑棱着翅膀，声声哀号。

下雪了，飘飘洒洒，偶尔闪出一点针尖似的晶光……

我又想起来几个月前在沈河镇遇见的那个姑娘了，她对着池水吹笛子的样子多么温柔，多像床上的那个七年前的妻……那个我丢失了的恋人。

她的笛声又开始在我脑海里回旋，它有时平静舒缓，像只无力的风筝，若即若离，让人想要追赶却欲触不及；有时又像一挂悬着的飞湍，奔流而下，如雷轰顶，空荡荡的胸腔里似乎只剩一颗动乱的心脏，它弹跳，就像鼓槌击打着鼓面，荡起层层涟漪。接着，鼓声的错乱零碎便被笛音揪扯成一缕，在胸膛中，左缠右绕，上下盘旋，噼里啪啦地迸裂……

通体的热气逐渐消退。

一团碎雪被狂风卷着，甩在玻璃窗上，发出“吱吱”声。我冷不防打了个寒噤，叉腰的胳膊塌了下来，垂手站着，回头瞥了一眼背后的床，又扭过头，拖着忽冷忽热的身子，坐在书桌旁的实木椅子上，抚摸着光滑而带有木香的把手，想叹口气。

今夜又是难耐的……

我在黑暗中摸索着——桌面，记事本，覆有轻薄灰尘的灯座，香水瓶，我拧开灯，突然的亮光眨得人眼睛发疼，我慌忙闭上眼，灯光打在眼皮上，于是黑暗中显现出一片暗紫，混沌而虚幻，分不清是在眼前，还是在脑海，但是，似曾相识。我忍痛睁开眼，手边的记事本上，深深浅浅刻印着前页纸上留下的字迹，凹凸不平，在台灯的笼罩下愈加清晰：

亲爱的云夕：

很抱歉我的失约，送你一本书以表歉意。

我想你是喜欢湖的，有一片湖我经常去，很美，像这书上的画一样。

比赛结束后，能否邀你一起共赏？

（乘9路车，长安大道向西50米，香舍花店，我在门口等你。晚上六点，不见不散！）

慕

我知道，她不会来，可还是忍不住要写这封信。与其说是邀请，不如说是一种召唤，召唤什么呢？我不知道，也没想过，就像在河面上放下一枚纸船，只管放，没想过它会回来。

二

今晚，我收到一份快递，拆开是一本书，书皮上印着一片深蓝色的湖，湖上弥散着白色雾气，朦朦胧胧看不到对岸，湖的中央有一叶木舟，舟上空无一人。我好奇地翻开，一张牛皮纸滑落到地上，我俯下身正要去捡，却不小心被一个字撞晕了——“慕”！啊，慕……那个字像一颗红玛瑙被镶刻在了纸上，莹润深厚的深红色味道，尝起来竟让人神魂荡漾。

我俯下的身子忘了直起，热着眼读着，读到“我想你……”那句，我的心猛一紧，看到后面半句才松下来，不过松得有些失落，有些埋怨，“我想”后面是应加个标点的。想想，又觉得害怕——我失落什么呢？于是，继续往下看，直到最后一个字。

我直起身，双手捧着那页纸，蜷缩在椅子里，又看了一遍，觉得两腮发热，耳朵发烧，烫得直至发根。我想笑，又像怕人看到似的，牙齿紧咬着下嘴唇，强忍着绽开的弧度。我将那页纸安放在面前的书桌上，在台灯下，它散发着熟悉的香水味，博柏利的香水，博柏利——它穿透我的棉质睡衣，如潮水般涌进我铺满玫瑰花瓣的胸膛……

镇外的林子边上有一片池塘，半方不圆，涨水的时候像一片湖。

池塘的对面是几十亩麦田，风一吹，麦苗此起彼伏，像一堆平铺又被吹皱的绿丝绒。麦田的尽头是一大片杨树林，与我身后的这片林子遥遥相望。一条细长的小路将麦地一分为二，路边搭着一个破旧的木棚，是农人们之前在地里过夜用的。日子久了，西侧的黑褐色撑木便断了半截，被大长钉死死钉着，迟迟不掉，一有风就摆来摆去。棚顶也因塌了一角，向南歪斜着，远远看去，像个瘦骨嶙峋的木偶，晃动着它那半残的臂膀仰天长叹……

天阴沉沉的，偶尔有一丝风。我靠着粗糙潮湿的杨树坐下，眯着眼，将目光撒在满池的细波上。我喜欢这支小竹节给我带来的这种葡萄酒微醺般的迷醉感——满池的水，满池的风……

麦田里的大木偶又开始摇晃它的手臂了，那半截枯木扬起，摆下，扬起，又摆下……蓦地旁边出现了一个黑影，很小，仿佛是那木偶的残臂被风吹歪，不小心将它从肚皮里揪出来了一般，那影子离得远，黑黑的一点，在清晨的雾气中竟分不出是人是狗。这里虽然离镇子不远，但除了麦收，极少有人来。我想，许是林大娘家的狗又因偷吃鸡被打得没处躲了。

池水的亮波映在带着细竹纹的光洁笛子身上，泛着明棕色的光晕，一不小心笛子从我的膝上滚下，正要滚到泥凹处，我猛地躬身抓起，笛子被赶去的手紧握着，另一只手却“啪嗒”一声盖进了泥污里。

风有些大了，天越来越暗，木棚边的黑影也不知什么时候不见了。

我站起来，走向池边，将泥手整个浸在池里，塘里的水很清，被洗掉的污泥在水里慢慢散开、延伸，一溜烟不见了。

我起身，翘着湿手指将黑皮笛套拉开，抽出夹在腋下的笛子，把它轻轻放进去，又小心拉上——突然冒出一个声音：“姑娘？”我不由得惊了一声：“哎哟！”未拉到头的笛套差点被抖掉。

我抬头，眼前是一个三四十岁的男人，他戴着黑色细框眼镜，一身黑色风衣，里面是一件缀有灰色纽扣的藏蓝色衬衫，整洁中略带洒脱，一双深棕色皮鞋虽沾着泥点，但依然能看到它在泥渍下隐约散发着的崭新光泽。虽有风，但他的头发却排列得一丝不苟。

“笛子吹得不错嘛！”男人打断了我的观察，他的声音稳健而浑厚。

我用微笑包裹着疑惑，尽量保持礼貌。

“哦，我是刚才在那里散步时听到的。”男人指着麦田里的那条路，他兀自解释道，语调自由而愉快。

我侧头朝他指的方向看，竟差点“扑哧”笑出声来，心想：我竟将人看成了狗！我忍住笑，回过头，发现那男人正盯着我看，嘴角挂着笑。我马上保持着对陌生人的戒备，问道：“您，一人？”

“是啊，我周末喜欢来郊外散步，一个人倒是自在！”

我拉好笛套，故意抬头看看天色，想让他看出我有意要离开。

男人仿佛毫未察觉，他身姿笔挺，从我身旁走过。“这片池水不错！你经常来吗？”他扭过头来问道。然而，突然飘来的香气，让我没有一点准备，一瞬间，我不知正身处何方……

博柏利！他身上散发着爸爸的博柏利！我虚幻了，错乱了，魔怔了！就在那一瞬间，香气把我包围，在我即将要跌进记忆的时候，一阵风把它吹散，我对着它去的方向，惊慌失措。

“哦，是的。”这仅仅是我对那阵香气的肯定，根本没有在意他刚才的问题。

“练笛子？”

“嗯。”

我靠着树干，他站在池边，距离不近，但足够交流。我不知道和他说了什么，或说了多久，我将全部精神聚焦在一点，从池上吹来的一阵阵的风，漫过他，扑向我，夹杂着博柏利香水的风。

我站在现实的悬崖，目光上上下下地彷徨，这风的力量足够强大，对我一阵阵猛击，身体一颤，我跌进了记忆的深渊……

一地的碎瓷碗片，妈妈像疯了一样，把盘子和碗全摔了。

“您去哪儿？”我追上他。

他转回头，微微张开口，但没说话，又扭头走了。

他宽阔的背。

“你的香水！”

我正要赶上去，妈妈一把夺走，紧抓着瓶身，指尖都失去了血色，她怒视着爸爸的背影，狠狠地将香水瓶摔在了地上，在碎瓷片堆中，爆碎。

香水淌出来了，浓郁得呛人，满屋子都是，满屋子都是……

爸爸的博柏利，爸爸的黑色风衣——随风舞动。

我和妈妈，脚底生香……

“爸爸！爸爸，爸，爸！”这个字在我的气管中一个个呼啸而过，经过紧涩的喉头，终于变成了一团团“啊，啊，啊”的叹息，我恨当时自己那软弱的两瓣唇，最终也没能拍打出一个响亮的“爸”。

我走向他，和他并排站着，面对着池水。他身上的香将我的思绪唤来唤去，我找不到定点，只想再靠近他。

铜钱草上沾了几滴泥水，是刚才洗手时洒落的，圆滚滚的巧克力色水珠伏在草叶上，映在池水里晃晃闪闪。

我似乎不想那么快离开了。

他侧脸看着我，目光深邃，仿佛能将一切看穿似的。

“你叫什么名字？”他温和地对我笑。

“沈云夕……”三个字被我说出来却像是在叹气。

“云夕——”他像赞美，又像在感叹，那个“夕”字的尾音被他拉得很长，长得能牵到池的对岸，最后变成了“伊”的音，缠绕在挂满红色枸杞的枝杈上。

“你呢？”我扬起脸。

“方慕。”他又注视着我的眼睛，加了四个字——“爱慕的慕。”他依旧对我保持微笑，眼角和眉梢意味深长……

我被后面这个“慕”字刺了一下，刺得不疼，像被四月初的绿色麦芒扎到了手心。

这时，雨开始落了，很小，落在水面上不动声色。

方慕转过身亲切地说：“下个周末能有幸来这儿再听你吹奏一曲吗？”那话音带着温和的请求。

“当然可以。”我吃惊于自己的毫不犹豫。

方慕走了，雨点变大，杨树叶子被打得啪啪作响，墨绿色叶子散发着温润的光泽，硕大的雨滴落进水池里，水面被击打着，泛出一个个冰葫芦，精巧透明，在这沸水一样的池水中翻滚着，激荡着。

我看他越走越远，又变成了那条路上的一个小黑点，那黑点走到木偶旁似乎转了半圈，像是回头看，这时我赶紧转身，握着手中的笛子，低着头，匆匆回去了。

以后的几天，我照旧在林子里练习，长长的曲谱带来新鲜的疲惫感，这种疲惫是前所未有的。我总是走神，或是忍不住慌乱，有时一个早上竟一直吹着某一节，来来回回，仿佛要把自己吹睡着了似的。我索性停下，顶着晕乎乎的脑袋在池边坐着，眯着眼——远处的麦田在黑色睫毛的掩映下由墨绿变成灰绿，天空由浅蓝变成蓝黑，而那木偶旁的纤细小路则变得愈加清晰，似乎它尽头处绿色麦秆上的叶子我都能数得清，直到他出现……

等他，就像等爸爸回来，但又不完全是，好像还有一些我自己未发觉或是不愿承认的东西，有时候就像雪原上的一株绿草，隐隐约约藏匿在远处，若只一点，则会给人一种清冷的奇妙感，但多了就会变味儿，泛滥的绿便会玷污雪的纯净，绿，倒成了纯白雪原上让人恶心的污染物。

有时候我会突然问自己，这一次次，我究竟在等待什么，或是想得到什么，但这类似的问题却总让我的意识更加混乱。

林子边上的野草深了许多，乱蓬蓬的，池里的水也浅了。

已经好久没下雨，他也好久没有来。

空气闷闷的，蛙声也闷闷的。头顶像是盖了一层厚厚的棉被，压得人喘不过气，偶尔从被面上的细密针线眼里穿进一丝风，也潮潮的，夹杂着池水因久静不动而生发的一股甜腥味儿。

池面的细密波纹渐渐变得大而稀疏，层层卷来，携着一股股的风，头顶的那层棉被仿佛瞬间被掀开，深深的野草被吹得挤来倒去。蛙声大起来，浑厚有力，听起来有些熟悉……这雄性的沙哑。

雨下起来了，细细密密，像一群纷纷落下的银针，垂直刺进那一池黛色绸缎上，不动声色。

今晚，天空晴朗。

我将信重新折好，装进信封，抱起枕头，把它平铺放好，又用枕头盖上——我要去吗？

熄灯，侧身躺下，缓缓地、小心地把头搁在枕头上，我闭上眼睛，食指勾弄着睡衣袖口的蕾丝边，睫毛发颤。我要去吗？

窗外，月光很满，不过风有些大，远远地刮来，像笛子的低音呜咽。

三

比赛结束了，云夕换了身平日常穿的淡粉色半宽松小旗袍，一头披散的浓密乌发遮住了肩头，伏在她素净而不修身的衣衫上，更显得她格外娇小。当拎着笛子和一包换下的礼服准备走时，她猛地想起了前不久收到的信，她的脚停下了，接着开始在候演厅的走廊下徘徊，她大口呼了会儿气，又紧闭着嘴巴走了两圈儿，低着头，叉腰，抬头，低头……无形中仿佛有一根丝线牵引着她，力量不大，却拉得很紧且绵绵不绝。

她被这根线拉拽着，最后，还是挣扎着向着相反的方向，艰难地回家了。

进门换鞋的时候她便后悔自己回来。大门是虚掩的，她穿过院子，发现葡萄架冒了几点新绿，莹莹的，这让她心里的那根线松了不少，她脚步轻盈地走到内门外的鞋架旁准备换鞋，就在她看向鞋架的那一瞬间，各种情绪，全碎了；与此同时，嘴角还荡出了一弯狰狞的笑——一双男士皮鞋，外面锃锃发亮，内里滑动着浅咖色纹路，在鞋架上正襟危坐。这双鞋她已经是第二次看到了，第一次被她撞见，母亲没有解释，男人也坦然地换鞋，微颤的手透露着心虚，三个人一个站在卧室门口，一个换鞋，一个拿着钥匙站在客厅，三人之间沉默着，在同一个时刻和场景，各进行各的动作，好像谁也不认识谁。

现在她看着面前反锁着的门，猫眼镜面上反射着葡萄架上的点点的绿，她俯身一阵无声地干呕，借着俯身，她重新穿上左脚上的鞋，最后，像放下了一切般放下手里的包，带着笛子，走了。

她直奔信里的香舍花店。下公交，转过路口，她一眼就看到了那身黑色风衣，这次方慕没戴眼镜，他转过身，看到缓缓走来的云夕，脸上大放异彩，但随即换上了微笑，温和地注视着慢慢走近的她。

他上前关切地问道：“演出怎么样？”云夕一路无话，只剩他小心的问题在她四周笨拙地绕来绕去。他寄信的时候就没想过她会来，自然没有做好迎接她的准备，不过，经过一番快速的自我调节，他开始表现得游刃有余。

过马路时，他侧过身牵起她的手，她呆愣地望着他宽阔的后背，不知道该不该抽出，只听到：“牵着你，就像牵着一个孩子。”她终于听清他在说什么了。

云夕脑子一片空白，只呆呆地仰着脸看他高大的身影，他潇洒飘动的风衣，他身上的博柏利——黑色风衣，博柏利，风衣，香气……爸爸。他的手是微凉的，却能给她带来一种温暖，那种实实在在的温暖。方慕的步子时大时小，她在后面小步紧随，这是她熟悉的感觉，梦里无数次出现又被惊醒的感觉——被一只大手拉着，紧紧地拉着，生怕自己丢了。

她胳膊僵硬，眼睛盯着面前的这只手，想抽出，又不愿抽出，她分不清是在紧随着前面的这个人，还是紧随着某种让她依恋的味道。总之，有种强烈的感觉，就是自己的心，正在向那只宽大的手上偏移。

他们开着车，沿着山上的公路一圈一圈绕着，路旁树木浓密，有啾啾的鸟叫，枝叶的缝隙里漏下夕阳的碎片，洒在地上，变成光斑，星星点点。云夕向窗外看着，山风吹拂面颊，她将手半露出窗外，风从指缝间穿过，像水，凉而软的水……她扭过来头，咧着嘴，朝方慕开心地笑了，她看到方慕的脸上也喜色渐浓。她装作已经忘记了一小时前的事，她在给自己演戏，说不定就能假戏真做，谁知道呢？总之，现在她是放松的，即使在梦幻中快乐，也不要再睁开真实的双眼……她又将视线转向窗外，沉醉在这眼前让人赏心悦目的一切！

这时，突然伸来了一只手，那只手将她的手腕紧紧抓住，她本能地想要抽出，但被握得愈加紧，眼看一丝的挣扎被挤压得不到半丝，她看着身边的方慕，依然开着车平视前方，似乎伸来的这只手不是他的，他扭过头朝云夕轻轻一笑。一看到这个微笑，云夕浑身一颤，正不知怎么办好，她的手却被握着移了位置，慢慢向上，越过头顶，直至天窗。

顿时，一股股更狂放的风挤过她的指缝，像一片一片的海水，漫过手掌，漫过天窗，她感到了这山林间铺天盖地的狂欢。

她欣喜地看着方慕，觉得快乐无缘由地占据了整个心！好像真的找回了关于父亲的一切，父亲的宽厚手掌，脉脉温情，以及那种带有男人气息的独特浪漫和神秘……

云夕放下了高举着的双手，将它们安安静静地放在膝盖上。“你一定有一个机灵可爱的女儿。”和他在一起，云夕总是不经意间提起父亲和女儿的话题。

“家里有个母老虎了，再弄出来个张牙舞爪的，徒耗军粮。”这本身夸张的诙谐，经方慕突然冷淡的语气说出，却让人笑不出声来，两人一段长久的沉默。

车还在盘旋中上升，云夕的心依然飞驰在她自己营造的纯洁雪原，她已经钻进了爱的牛角尖，在这个缺氧、昏暗的牛角尖里，她还没意识到自己思维的混乱和所处的境况——她正坐在一个男子的车上，在山林间萦绕，去一片不知名的湖，湖上有船，很小很小的船，他划着船带她到湖的中央，那里远得仿佛在世界之外，寂静的月光，无边的黑夜，黑洞洞的夜像黑色帐幔一样遮盖一切的丑陋，让人可以自由地释放，尽情地狂欢！

“冷吗？”方慕打破安静。

“你备好船了？”云夕没有回答他关于冷的问题。

“嗯，一直在岸边系着，只是好久没用了。”

“多大的船？”

“容下两人没问题。”

“哦……你会游泳吗？”

“游泳？呵，不用担心，船很安全。”

“那就是不会喽！”云夕朝他撇撇嘴。

“小姑娘还嘲笑我，你会？”

“不在话下！”

山风送来松树的清香，车慢慢地越爬越高，空气也愈加活跃起来。

到山顶时，天色已暗至七分，他们把车停靠在一棵老梧桐树下，旁边是一片墨绿色的女贞。梧桐花远看淡紫雅致，离近了，却香得发臭。

“云夕，快啊，来看！”方慕已经在湖边急不可耐地解开他的小船了，云夕把梧桐花塞进笛套里，从高地沿着野土坡一路跑到湖边，真是一片大湖！那尽头处烟云难辨，如一片平静的汪洋……

两人的船缓缓向湖心深入，天还没有黑透，月亮升起来了，他拉过她的手，把双桨放在她手里：“你来试试。”邪恶的征兆常常是一个不起眼的动作，或是一句不值得推敲的话。云夕端坐在船的另一头，放下笛子，双桨在她的手里木讷地摆来摆去。“这样……”方慕凑上来，将手搭在她的手上，她有点不自在，僵硬着身体，只觉得他的呼吸声和博柏利的香气离她的耳根越来越近，这逼得她的身体已经向右前方三十度角倾斜了，她脸上的毛孔紧缩又张开，张开又紧缩，不一会儿面色被逼得通红。这时候，她觉得两人之间那株绿色的草，正迅速蔓延在纯白的雪原，可怕的是，她越发控制不住这种态势。她一把丢开双桨：“还是你来吧！”船桨已被她撂开，但双手却被方慕紧紧攥着，且整个后背已被他的前胸包围，她僵硬着不知所措，只是呆呆地保持住一个姿势，任两只宽大的手掌在她的身体上一寸一寸地游走，一寸一寸地被寻觅和侵犯。

雪原上的纯白彻底消散，绿在向天际张狂。而她就像是走神了一样，爸爸也曾这样握着她的手，抱着她，亲吻她的脖颈和耳垂，她则是仰卧在父亲宽大的怀里，头顶是灿烂的星空，耳边是神秘不见底的童话，她依偎在爸爸的怀里，指甲也被他身上的博柏利染香！

“爸爸，小男孩找到挂在山上的蓝袋子了吗？”

“找到了。”

…………

“妈妈，爸爸什么时候回来？”

“小夕，雨天可不能再往水里踩了，看这小脚冰的！”

…………

“爸爸，小男孩自己去的吗？”

“对啊，呵呵。”

“山上那么黑，他自己吗？他不害怕吗？”

“小男孩比小夕勇敢哦，胆小鬼！”

…………

“妈妈，爸爸到底什么时候回来啊？”

“洗完脚去睡觉。”

…………

“那小男孩他爸爸呢，怎么不和他一起？”

“他爸爸，哦，他爸爸被女巫迷惑，嗯……变成了巨人，在山脚下的小木屋里出不来了。”

“为什么出不来了呀？”

“因为太胖啊，哈哈！”

…………

“妈妈，爸爸他……”

“怎么还不去睡！你也不听话了是吗？我死了就好了，死了他就回来了，你去找他吧，去吧！”

“妈妈，我睡，我睡，呜呜……妈妈我听话，我不要爸爸，不要爸爸了……”

…………

隔着时空交织着的片段回忆，组合在一起，形成一张细密的电网，原本混乱的思维被这张网紧紧包裹，在电的强烈冲击下，变得愈加清晰。凭着这股力，她冲破了牛角尖的围困。她看见眼前真真切切的黑夜，感觉到身下摇摇摆摆的木船，她在他的身体下疯狂地反抗，像只欲释放凶猛而又力气不足的狼崽，然而博柏利的香气还在逼近腋窝和发丝。

“爸爸，爸，爸！”她在心里无声地呼唤着，经过嘴唇，依然还是“啊，啊，啊！”的叹息。

那支刚才被丢在船角的笛子，像是爸爸伸来的救她的手，在关键时刻，被她的脚尖意外地碰到。她惊喜，于是用脚尖一点点勾来，圆滚滚的笛子在平坦的船板上忽远忽近，在脚后跟与脚尖的配合下，几个回合，终于滚至她伸手能够到的地方，她一把抓起，朝方慕的头试图连连暴击……没两下，断了。一半碰到船板，反弹后，落入水中；另一半，被方慕从手里夺走，扔进了水里。

一支笛子，分成两截，在湖水中各自沉浮。

云夕笑了，士兵赴死般地笑了。狂放、直白、裸露地笑了，酸涩、麻木、冰冷地笑了，和不久前那个狰狞的笑有相似之处，只是经湖水的黑色晕染，在无形的洁白宣纸上显得更加力透纸背。

方慕迟迟不肯停下，动作由粗糙变得精细，像等一杯沸水渐渐变温，然后一口一口地抿。

云夕盯着星空，隐约感到手掌下有一股微弱的力量，那种力量带着凉滑，像一尾苏醒的蛇，汩汩向上——船，漏了。

湖水悄悄浸湿云夕背部，一个念头如一束星光在她心头悄悄闪过。云夕一个激灵，一跃跳进湖中。方慕伸出手臂，试图拉住云夕，但云夕像一尾鱼，越游越远。方慕在惊慌中怅然，低头才感觉到脚踝边湖水的冰凉。水已灌了半船，不一会儿船身便开始摇摇晃晃，他后悔没有和云夕一起跳下去。当然不是赴死，而是求生，但一切都晚了。

云夕向湖边游去，留下湖中央那个海螺似的人在水中咕噜噜冒泡，一堆堆，像大海中的黑色泡沫，她身上的淡粉色衣衫被寒水浸透，经白月光和黑暗夜色的调和，变成了暗紫，桐花一样的悲伤暗紫。

泪，如泉涌。

像个无家可归的弃婴，她撑起软塌塌的背，向水天混沌的烟云处眺望，呼哧呼哧地倒吸着凉气，湖上的潮湿水汽被团团拥挤着窝进气管，终于，一个喷射，那团巨大的冷气从肺的深处腾冲直上，冲破了卡在喉间十四年的痛哭："爸——！"这轮巨大的声波震碎了丝丝缕缕的月光，温柔且明亮，从远到近，在湖面上纷纷折断……

——发表于《牡丹》2019年第12期

二泉映月

贾　颖

今天，老人又去公园了。五年来，他每天都去。

今晚，老人想去死。五年前，他就想死了。

他用枯瘦发皱的手扶着楼梯扶手慢慢爬着，一步，一步，肥大的裤腿被楼栋间穿梭的寒风吹得忽闪忽闪，和他那微颤的双腿一起晃动着。他另一只手里拿着一把破旧的二胡，这二胡无论走到哪儿他都带着，仿佛成了身体的一部分，只是许久不拉了。不过那二胡虽破旧，但看起来却比老人硬朗。老人抬头看了看，再上一层就到家了，他微微喘着气，停下来靠着扶手歇着。这时，楼上传来熟悉的女人的哭泣，听得出来，这是儿媳妇的声音："儿啊，我的儿……妈想你啊……"除了儿媳妇的哭声外，他还听出了儿子在一旁轻声安慰时强忍的哽咽。那断断续续的隐泣和因哽咽而窝成一团的叹息，丝丝缕缕地交缠着，像数百根琴弦勒着老人的喉咙，勒得他刺痛而酸胀，接着，又蔓延到鼻孔、眼珠，于是整张面目都酸胀起来，最后，终于勒出了老人的一汪浊泪，而那泪却只在布满血丝的眼睛里闪晃着，迟迟未能流下。老人再没有力气爬上去了，一步也迈不上。于是，他又攥了攥手里的二胡，转身下楼，去了趟地下室。

年年的春天都来得特别早，门口的迎春花盛开了，黄灿灿的，一丛丛，一簇簇，亮得扎眼，扎得老人眼中的浊泪又深了一层……五年前，也是这样一个早春，阳光多温暖啊，照得人身上酥痒痒的，公园里真热闹，糖葫芦，糖人，棉花糖，大人小孩，在阳光下熙熙攘攘。他和四岁的小孙子在湖边的长椅上坐着，揪了些狗尾巴草正编毛毛兔，还差两只耳朵就编好了，小孙子吃着棉花糖倚在老人怀里 ，半张着嘴，认真地看着爷爷编兔子，突然小脑袋瓜一扭："爷爷，我去摘些小黄花来，一会儿插在兔子头上，看，就那儿，一会儿你编好了叫我。"他胖胖的小手指着不远处白色长廊后旁的一丛迎春花。老人顺着孙子手指的方向看了看，嘿嘿笑着："去吧，当心花枝子扎着腿。"小昊存走到路边时，老人又高声喊道："摘完就回来啊！""知道啦！"这时，老人的手不小心一松，编的快成形的兔子全散了，老人低下头又重新编起来……终于编好了，他的手指有些发酸，手心还沁出了汗，潮潮的。老人看着手里的毛毛兔，微微笑着，这时，他才意识到，昊存还没回来，心想：这小子，一定又贪玩捉蚂蚱呢，于是朝那片花丛中喊了一声："昊存，兔子编好了！"没回声。"快回来，再不回来我可走了啊！"每次这样说，故意藏起来的小孙子都会立马出现，但这次却没有。老人猛地一惊，心头一紧，慌忙站起来奔向那片花丛。登时，老人傻眼了！那茂密的花丛中，除了花，还是花，除了金黄色，还是金黄色，其他什么也没有……

老人眼前发黑，一阵眩晕，整个人开始旋转，在熙熙攘攘的春天里，在空空荡荡的花丛中，无助而绝望地旋转着……

他们住的地方四面环山，小昊存在的时候，老人经常带他去山头拉二胡。说来也奇怪，小孙子似乎一生下来就喜欢二胡声，闹人时，一听见爷爷的二胡便安静了。自从孙子丢后，老人只是拿着二胡不离手，却再未拉起过了。今天，老人又准备上山拉琴，只是这次，他还有别的想法，因为他还拿了一捆在地下室扒出的灰黑色麻绳——山上树多，人少。

老人到山下时，夕阳正好，高远青天的尽头，烟霞散彩，像团团彩色棉花糖，老人呆呆地看了许久……待到老人爬上山头，天已是灰蒙蒙的了，一弯浅月如一片薄薄的冰渣印在深蓝的天空上。老人一眼望见了那块熟悉的小方石，那是小孙子听他拉琴时常坐的地方，不过现在上面已长了很多杂草，细细的草叶在早春料峭的寒风中摆来摆去。老人又握了握手中的二胡，坐在了自己常坐的大石头上；脚边那块长满杂草的小方石安安静静的，像个听话的孩子。他将麻绳顺手放在小方石上，竖起琴身，调了弦，对着夜空，一声长叹，忧缓地拉了起来。

那幽幽怨怨的声音，像云雾般弥散着，哽咽了整个山头。

半山腰处，有座半新不旧的坟，坟旁正坐着一个十来岁的男孩。此时，他正靠在墓碑旁仰脸望着月亮，半张着嘴，眼睛里闪闪烁烁。当二胡的乐音如棉花般轻柔地触碰到他的耳膜，他却像是被什么狠狠地击中了似的，双手撑地，噌一下站起来，向前走了几步细听，越往上走，声音越清晰，听着像是从山头传来的，他听得出，这是《二泉映月》——爷爷生前最喜欢拉的曲子！他急促地呼着气，两手紧攥着衣角，一撇嘴，呜的一声哭了："爷爷！"于是，拔腿奋力向山头奔去……他边跑边哭，泪水模糊了夜里的山路，也顾不得擦，只一个劲地向前。他终于跑上了山顶，站在老人身后，哇地大哭一声："爷爷！"老人的手僵住了，灰白纤细的琴弦这时还正嗡嗡地颤着，两行浊泪也未来得及奔涌，于是猛地转过身："昊……"

山上的月亮升得很高了，散着洁白的光，照得原本黑黑的山头亮如白昼。泪眼，面孔，心跳，在琴弦的余音中交杂着，静止着。激动的喘息在寒风中凝固，又被月光融化……

老人扭过脸慌忙擦了擦眼泪，回头问道："孩子，你叫什么名字？"

"子牧。"男孩答道。

"你来这山上干什么？这么黑你自己不害怕吗？"老人关切地问。

男孩犹豫了一下："我……我来看我爷爷……"

"你爷爷在山上？他人呢？"

“我爷爷……死了。”男孩强压住啜泣。走到老人身边的小方石上坐下来，擦了擦脸上的泪问道：“您刚才拉的是《二泉映月》？”

“你会拉二胡？”老人吃惊地问。

“不会，我爷爷会，他最爱拉这个。”男孩脸上泛着一丝笑。

两人坐在石头上，一时间，沉默不语。男孩抽出屁股下的绳子，举起来问道：“这是您的？”

“呃，哦……”老人埋下头，片刻，又忽地抬起，“给你玩吧，能绑秋千。”男孩嘿嘿地笑了。

子牧拿着绳子把玩了一会儿，看了看老人，欲言又止，终于，他放下手中的绳子，热切地望着老人，发现老人正好也在看着他，这眼神让男孩产生了一种错觉！于是，他小声地乞求道：“爷爷，您能再拉一遍吗，《二泉映月》？”老人愣了一下，拿起琴，深深地吸了口气道：“好！再拉！”

此时，明月高悬，净洁清透，照得山头更明朗了。

二胡声飘飘荡荡，如遥远的丝线，将天边隐藏着的几片云彩拉开又聚拢。老人与男孩对着山外的丛林并排坐着，他们身体之间正闪着一道月光的清辉，像一泓清澈的泉，而他们俩就像是那泉上两株一大一小的墨绿色水草，歪歪斜斜地在水上游离，披着月光，托着寒露。随着夜风滑来滑去，忽急忽缓而又时远时近……

——获信阳师范学院首届“大别山杯”大学生创意写作大赛小说类三等奖

杨家美，女，河南驻马店人，信阳师范学院文学院2017级汉语言文学专业创意写作班学生，系信阳市作家协会会员。

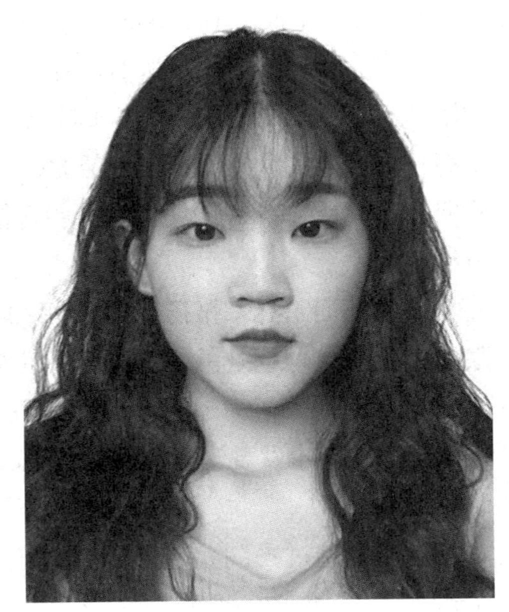

十一月

杨家美

一

十一月，已经进入深秋，早晚的风让人觉得已然置身于冬天，午后的阳光又带着些许不具侵略性的温暖。陈瑜喜欢这样的季节，完全脱离了初秋残留的夏意，又未至寒风料峭的冬天，此时的清冷却让她觉得莫名温暖，逐渐缓慢下来的节奏像是有人在等她，静悄悄地让她有处可躲。

陈瑜是个很普通的女生。一头黑色的长发，铺满了她细弱的肩膀，不高不矮的个子，皮肤苍白得毫无血色。从她身后看，长发似乎快要将她淹没了，你若是拍拍她的肩，想唤住她，要轻轻地，否则会硌得你的手生疼。等她慢慢转过头看向你，你首先会注意到她那双大而狭长的眼睛，一层薄薄的眼皮覆盖在眼眶上，微眯着眼时，掩住了一切，并没有什么特别的。然而若是她努力撑起眼皮，用她那双清凌凌的大眼看向你时，你会惊讶，明明黑白分明得像婴儿，偏偏里面又盛满了万千思绪。

那时还是春天，祁扬与朋友相约在球场打球。正酣畅淋漓时，眼角余光扫过球场外的一抹黑色。不知为何，运球时便因此分了心，手上不自觉地失了力道，投出去，没进篮，反而砸到那抹黑色上。等他反应过来，才发现球砸到了一个长发女孩身上，力度太大竟将她砸倒了。

他连忙跑过去，将女孩扶起来，连声道歉：“抱歉抱歉，我不小心砸到你了，有事没？砸到哪里了？”

女孩低着头缓了一会儿，借着他的手站直，祁扬才发现面前的姑娘竟这般瘦小，才将将及他的肩膀。女孩抬起头，祁扬对上她的双眼，直直地愣住了，这眼神太冷淡，明明很专注地在看你一个人，但让人感受不到半点儿温度，正是这样的眼神，将他因打球而起的躁意熄灭了，只觉得心里飘起了虚无的烟。

祁扬更觉抱歉，心想着，她一定生气了。手上微松了一些，却还牢牢地扶着她，避开眼神，放轻声音问：“哪里摔到了吗？要不我带你去看医生？”

“不用了，没事。”女孩开口了，声音没有眼神那般冷淡，倒是有些沙哑绵软。说着，复又垂下眼帘，手上挣扎着要挣脱。

他感觉到女孩的意图，才发觉自己汗津津的手还抓着她细弱的胳膊呢，颇有些不好意思，赶紧放开，佯装淡定，然而红了的耳根却暴露了他的窘迫。

“那……真的没关系吗？你叫什么名字？是哪个专业的？如果有问题可以联系我。”他有些不放心，即使手上放开她了，手臂还架在空中。

“不用了。”女孩绕过他的手臂，吐出这么一句话，就往前走了。

祁扬没反应过来，想说什么又说不出口，不好意思再追人家，就目送着她消失在第二教学楼后。

这天过后，祁扬心里一直想着这件事，回想着女孩的容貌，却发现只记得那双特别的眼睛，不觉懊恼怎么没厚着脸皮问个清楚。

后来，他几乎每天都会去篮球场打一会儿球，没有刻意寻找，只是心中隐隐期待着会再遇见。所以他固执地只用与她第一次相遇的那个场地，打球时还不忘眼角顾及场外那片他们曾短暂交谈过的地方。然而，运气不佳，这样的坚持并没有让祁扬再次遇到那个特殊的女孩。

他将与女孩的相遇，包括内心的种种波动都掩藏起来，不让人发觉。因为他自己还没有搞清楚对女孩到底是什么样的感情，心里像是装了一个怪物，想遇到她，看看她是不是还安好，又害怕再遇见她，害怕那双眼睛的注视。

“那个怪物真可怕啊！”他时常这样想着，因为预感到再遇到女孩时，即使似乎有一个深渊等着他跳下去，但他还是会无法控制自己的本能，想不顾一切地靠近她，去触碰她的世界。

二

星期一的上午，祁扬被室友拉着去上他从没有去过的一节公修课，随便在最后一排找了个空位，坐在那儿打算掏出手机打发时间，无意间扫了一圈教室，视野里突然又出现了那一抹久违的熟悉的黑色。

他再定睛一看，那抹黑色还在，不是他的幻觉，他突然不知道自己心里该有什么反应了，不是高兴，而是一种自己好不容易压下去的东西，又轻而易举地涌上来了，他发现自己从来都无法控制。

闭了闭眼，他紧张着，压低嗓子问旁边的人，给他们指那个女生，都说不认识。

没办法，他就盯着女孩的背影枯坐了一节课。下课后，他悄悄靠近女孩的课桌边，趁她不注意，将她的书碰掉在地上，一边说着抱歉，一边蹲下来捡起书，颤抖着翻开扉页，看到上面写着几个简单的字：陈瑜，中文系二班。他有些惊讶，女孩看着更像理工科的。他偷偷记下班级和名字，站起来，将书放在她的课桌上，努力维持着笑，对陈瑜说："同学，还真巧，抱歉啊，这次又是我的错。"

陈瑜怔了一下，那双眼睛没完全睁开，就那样看了祁扬一眼，眼神里有些怀疑，但更多的还是冷淡。

"四月，篮球场，我不小心砸到你了，还记得吗？"祁扬问得小心翼翼。

终于，她好似记起了他，因为祁扬看见她点了点头，平静无波地说："没关系。"

祁扬不免有些挫败，他看不见陈瑜眼里有一丝波动。

他从陈瑜的同学那里要到了她的联系方式，存在手机里，然后搜索着她的微信，昵称只是简单的"CY"，头像是一片深海，从海面上投射到水里一丝光亮。

"还真是一个哪里都安静的女孩。"祁扬心里想。

日子一天天过去，祁扬总有意无意地想办法接近陈瑜。每逢一起上的公修课，他也不再缺席，都早早地去了，坐在陈瑜附近。他不敢直接坐在她旁边。

这样反常的行为引起了他朋友们的注意，都调侃他到底看上谁了。他听了也只是微微一笑，不做回应。

转机发生在十月中旬的午后，祁扬从下课后就跟着陈瑜，看她饭吃了一半就走出餐厅，也匆忙扒了几口饭就跑出去跟着她。

往常陈瑜是从不回头看的，她只是径直走着，而祁扬也胆大地将她“送”到寝室楼下。但今天，就在祁扬一如既往地跟在她后面时，她突然停住了脚步，毫不犹豫地转过身，直直地看向祁扬。

直到后来，祁扬还清楚地记得当时的自己，心里猛地一慌，手脚发麻，脑子里努力想着各种借口，甚至想拔腿逃跑，但是他不甘心，就定在那里，勇敢地试图与陈瑜对视。

“你是谁？”陈瑜往前，靠近祁扬，保持了两步的距离，开了口，还是那副沙哑绵软的嗓子。

“我……祁扬。”他抬起右手挠挠头，不自然地说着，复又紧紧攥着放到身后，手心里早就出了汗，另一只手垂在裤缝线那里，拇指揉搓着食指，心里的怪物发出一声怪叫。他唾弃自己的软弱。

“什么？”陈瑜好像没有听清，又侧了一下身，将耳朵转向他的方向，睁开眼，仰起头看着祁扬。

“我说我叫祁扬，是金融专业的。”他定了定神，将不安分的怪物按捺住，却仍固执地与陈瑜对视。

“哦，有事吗？如果我没猜错的话，这段时间一直在跟着我的人是你吧？”

“没，我没恶意，我就是……想问问你。不，我是想认识你一下。”

“为什么？为什么会有想认识我的想法呢？”陈瑜像是听到了什么不可思议的事情，更睁大了她那双黑白分明的眼睛，眼里闪烁着的是满满的疑惑。

“为什么不呢？我觉得你很好，我们应该……可以成为朋友的。”祁扬也奇怪为什么陈瑜会有这样的反应，像是千不该万不该的事。

“没必要，你会后悔的。”陈瑜微扯了一下嘴角。这是祁扬看到的她为数不多的表情，姑且当作她在笑吧。

“我不会！”祁扬急急地下保证，来不及思索她的话。

“会的！都会后悔的。”陈瑜像是在自言自语，但又很坚定，说完不等祁扬回应就转身离去。

祁扬怔在那里，看着她瘦弱的背影，头发在身后披着，随着稍显急促的步伐一荡一荡的，扫进他的心里，调皮地拨动着那头怪物。

他就这样看着她消失在寝室楼门口，理智也慢慢回笼。回去的路上，祁扬脑子里一遍又一遍地回放着刚刚他们的对话，回想着陈瑜说话时，半睁不睁的眼，薄薄的没什么血色的唇，还有她听见自己的请求时，那双睁大了的迷惑的双眼。

想着想着，他就忘却了紧张，心里只剩下隐秘的欢喜。他觉得自己不能再想下去了，否则心脏一定会超负荷的，他怕回不到宿舍，就会因为过度兴奋而晕倒在地。

三

此后，祁扬就变得极其亢奋，又到了一起上的公修课，他主动坐在陈瑜旁边。陈瑜起初还皱着眉头瞪他，后来见祁扬从不烦她，也就渐渐无视了他的存在。

下了课，祁扬跟在陈瑜身后，巴巴地搭讪："嘿！陈瑜陈瑜！一起去吃饭吧，我知道南门有一家特别好吃！"

陈瑜不理他，他就紧紧地跟着，企图说动她。

"我上次忘了跟你说，你以后不要再跟着我了，我不喜欢。"陈瑜被烦得开了口。

"别啊，一起吃呗，你自己吃也是一个人，两个人还热闹些，我请你啊。"他笑嘻嘻地，并不被陈瑜的冷漠打退一丝热情。

陈瑜不为所动，加快了步子，想要甩掉他。祁扬一时情急，拉住她的胳膊想拦住她。

"嘶"的一声，陈瑜脸皱在一起，那双眼睛也紧闭着，像是承受了极大的痛苦。祁扬慌了，赶紧放开手，颤抖着问："怎么了？你哪里不舒服？是我……"

"跟你没关系。"她打断他的话，慢慢平复下来，样子有些无力。

“你，你有什么……有什么需要帮忙的就跟我说！”他实在不知道该如何应对这样的局面，只觉得女孩子真是碰不得，跟他那帮朋友完全不一样，容不得他半点儿鲁莽。

不知道这句话怎么就触到陈瑜的笑点了，她就在正午的阳光下，突然笑起来，轻轻地，微微沙哑，是真的发出声的笑，但这样的笑让祁扬有些惶恐。

“你能帮我什么呢？”她呓语一般，声音轻飘飘的。

“只要我力所能及。”祁扬以为自己得到了她的认可。

“真好笑，又是这样……”她像是陷入了回忆，眼神发直，没有焦距地望向不远处的银杏树。

“怎么了？又是什么样？”祁扬不自觉地反问她。

她才猛地反应过来，眼睛又恢复了清明，抿了抿嘴，突然问他：“你一定有很多朋友吧！你们这种人，总自以为是地认为所有人都能成为朋友，没觉得很廉价吗？”她说这话时，眼里像生出了冰刀子，直往祁扬心里扎去。

他顿时觉得心里发凉，那头怪物好像也冷静了下来，静悄悄的，不再作怪地嘲笑他的没出息，好像也被陈瑜吓着了一样。

半晌，他才找回自己的声音：“我朋友确实有很多，但是真正好的也就那几个，我想……大概也不廉价……我们都很珍惜，你说的可能有点儿严重？”他不太赞同她偏激的观点，但还是小心翼翼地，怕她生气。

“怎么？觉得我不可理喻？那就别跟着我了，好吗？”陈瑜做出咄咄逼人的样子。

祁扬看看脚下他们的影子，发现在正午阳光下，不论自己比她高多少，那影子都一样短小，被他们踩在脚下。他张了张嘴，不知道该说什么，才能让面前这个奇怪的女孩对自己释放一些善意。他只要一些就够了。

不记得两人究竟是谁先离开了。

夜凉如水，浸着寒意的月光透过窗子洒在祁扬的被子上，他微合着眼，想着为什么每次他们的交谈总是无疾而终，没有进展；为什么自己每次都被陈瑜堵得说不出话来；为什么陈瑜会是这样的人。那么，陈瑜究竟是什么样的人呢？他不知道，他从来没有看懂过她。缓缓闭上眼睛，他想，没事啊，那我就努力看看好了。

以后的几天，祁扬没有再继续跟着陈瑜。

陈瑜走在路上，条件反射地侧侧脸，瞟了一眼身后，发现没了那个傻傻的影子。她在心里嗤笑了一声，不知是嗤笑自己还是对方。

祁扬在这几天里，找机会问了所有对陈瑜有印象的人，他们都说陈瑜很孤僻，从不与人说话，还劝祁扬不要跟她接触太多，估计她有心理问题。祁扬却从不回应他们的劝告。

他还找了她的辅导员，辅导员本来为了保密不愿意告诉他，但是看祁扬真心想帮助陈瑜，就跟他稍微说了一些基本情况。

陈瑜的家庭情况调查表上只写了妈妈的信息，辅导员只知道她的父母在她小时候就离异了，更多的就不好再了解了，而且据他猜测，陈瑜母女的关系有些问题。因为陈瑜的性格问题，他曾经跟陈瑜的母亲联系过，但她母亲只说了一句话："她的事跟我没关系，以后不要再联系我。"就挂断了电话，后来辅导员试图再联系，却被对方拉黑了。陈瑜上大学的费用都是暑假兼职了几份工，再加上学校贷款才凑够的，她妈妈应该不给她钱。

听到这里，祁扬心里难受得窒息："她没有其他家人吗？"

"我问过，但她老不吭声，只说不需要特别的照顾，她能处理好。"这个胖胖的颇有些像弥勒佛的辅导员说着，又叹息了一声，"那孩子倔，应该还有其他困难，看着瘦瘦的有点儿营养不良，但也没听说有什么身体不舒服的。估计有抑郁症，我不敢太逼她，怕她想不开。"

祁扬在心里描绘她苍白的脸，猛地想起了什么，那天不小心握着她的胳膊，她的反应……他似乎猜到了什么，但不敢肯定。

"哦！对了，她的成绩还不错，去年还拿了国家奖学金。"辅导员这才笑起来，嘴咧起来，脸上的肉挤在一起，却莫名和谐。

祁扬勉强笑笑，屋里沉默下来，谁都没有说话。

“现在的孩子啊！也难……”辅导员摇着头，惋惜着，打破了平静。

“慢慢来，还有，你可不能到处说啊！一个大男生，可别欺负女同学！”辅导员正色道。

祁扬站起来，忙不迭地表态：“不会的，我向您保证！我有分寸，谢谢老师告诉我这些。”他真的由衷感激这位负责任的老师。

“不用感谢我，你要是能解开陈瑜的心结，我还要感谢你呢。”他摆摆手，开了个认真的玩笑。

与辅导员告别后，祁扬在心里反复思考那个猜测的可能性，他想他要赶紧找到陈瑜。

四

又是一个星期一，下课后他跟上陈瑜，不动声色地打量她。陈瑜很敏感，察觉到了奇怪的目光，一扭头，又是他。

“嘿！又遇到了。你这几天还好吗？”她看着祁扬笑着走向自己，然后对她开口。

“嗯，有什么事？”陈瑜觉得他好像怪怪的。

“有啊，一起去吃饭吧！这次不许再拒绝我了。”祁扬厚着脸皮说。

“好。”她想了想答应了。跟他说清楚吧，说清楚她有多可怕。

祁扬没想到她竟然答应了，差点跳起来。

祁扬带着她，走过了半黄的银杏树林和校门口的喷泉，又护着她走过了车水马龙的十字路口，然后一起走进那个餐馆。

祁扬问她有没有喜欢吃的，陈瑜摇了摇头，他也没在意，就挑了几份清淡的菜。

“哎，你们专业平时上课好玩吗？”祁扬起了话头。

“还好。”陈瑜的声音有些僵硬，她发现这个之前还紧张羞涩的男生变得从容又健谈。

他笑了笑，又打算说，但被陈瑜打断了："我最后一次跟你说，你不要再缠着我了，我跟你不一样，你会后悔的。"她发现主动权渐渐到了祁扬的手上，她不允许自己这样被动，于是又将自己武装起来。

祁扬发现，陈瑜总是造一个壳子将自己包裹起来。

"你怎么这么肯定？万一我不会呢？"他还是很自信。

"因为跟我交往过的所有人都后悔了。"她的声音有些嘶哑。

"那是因为他们不理解你！"

"你就理解了吗？"

"我会努力理解的！"

安静了一会儿，陈瑜说："努力，这个词太虚伪了。"

不等祁扬回答，她继续反击："你的爸爸妈妈一定很爱你，才会将你养得这样天真。"

顿了顿，她又说："我之前也是有过朋友的人，她叫吴慈，最初也是像你一样，说看我总不说话，想帮我变得开朗起来，想跟我做朋友。我那时候啊，太想有个朋友了……"她陷入回忆，嘴角柔软地牵起。

"然后呢？"

"你不知道我听到她的话有多开心。我把她当最好的朋友，我想我一定会一直对吴慈好的，就像她对我好一样，她说什么我都觉得对，都是为我好。"她又笑起来。

"后来呢？"祁扬继续问下去。

"可是，后来呢？我让她害怕了，你知道我是怎么对她的吗？我做什么都要跟她一起。我不喜欢跟吴慈玩的其他人，她们看我的眼神不对，我知道。我经常因为她们不开心，闹情绪，次数多了，吴慈不耐烦了，觉得我是个神经病，说我一直黏着她，像个跟屁虫，性格不好，天天冷着脸。还跟那些人说我……是个没人要的孩子。"她说着呼吸开始急促，眼睛里起了雾。

祁扬没有打断她，无声地把水杯推到陈瑜面前。

她顿了顿，慢慢端起，喝了一口水，就握着水杯靠在椅背上，低着头半眯着眼，认真摩挲着杯子，开了口："说我没人要？我当然不开心了，就想着怎么报复吴慈，还有她那些……好朋友。哎？你猜我怎么报复的？"她说着抬起头，含笑地看着祁扬，甚至还笑出了声。

"嗯，让我猜猜，你把她们打了一顿？"祁扬还真的就认真想了想，学着陈瑜的无所谓。

"嘁！没意思。"陈瑜顿时觉得自己的伎俩拙劣极了，将水杯放在桌上。

"难道是比打架更严重的？"

陈瑜想了想，望向窗外。"我成了大家最不齿的那类人，成了一个不能原谅的背叛者，你懂了吗？"她转头看着祁扬，讥笑着，"我就是有毛病，如果别人不让我如意，我就不择手段也要让她受到教训！"

"我不觉得全是你的错，你并没有说出来到底当年做了什么。每个人都有阴暗面，更何况，是她先过分的。"他盯着陈瑜的眼睛，没有退避。

"你不觉得说这话很假吗？跟你说实话好了，我当时为了报复，找人把她们都打了一顿，我自己跑去跟老师举报，说她们聚众斗殴，然后老师赶到正好抓了现行，她们有的退学了，有的被处分了。吴慈就跟学校的人说是我干的，然后就越来越没人跟我玩了。"陈瑜说着搓弄着手指，毫不在意的样子，但声音却开始颤抖。

"哎，你何必编这些谎话来骗我，真相是什么你自己知道，别人伤害你，你也帮着别人伤害自己吗？"祁扬丝毫不信她的自白。

陈瑜听着，更用力地搓弄手指，她低着头，黑发遮了大半张脸。祁扬看不清她的表情，却看到几点晶莹的泪滴落到她的手背上，她擦去，却落得越来越多。

忽然，陈瑜感觉到了头顶的温暖，一只大手盖在她头上抚摸了两下，眼前蒙胧地出现一张纸巾，她接过来，擦干眼泪，抬头看向祁扬，眼睛红红的，反而有了一些神采。她不好意思地红了脸，懊恼自己的失态。

“是吴慈先背叛你的，如果她没准备好跟你做朋友，就不该给你希望又让你失望。你扪心自问，如果没做过对不起她的事，就不该这么否定自己。”祁扬总觉得，早已被伤害得千疮百孔但依然坚强的她，不会做出让人失望的事情。

“可是，你是不是知道什么？”她确实没说实话，却疑惑祁扬的理解，软下来的眼神又陡然变得凌厉。

“我只知道一些，但是我发誓再也没有第三个人知道了。放心，我的嘴很严。”祁扬对她的敏感哭笑不得。

“你都知道什么？”

“你……跟你妈妈住对吗？你们之间是不是有什么矛盾？”

“跟你有关系吗？”她低着头。

“好了好了，我不问了，不重要，饭好了，快尝尝。”祁扬若无其事的样子，好像真的不再好奇，看到菜端上来，就招呼着陈瑜动筷子。

她着实松了一口气。这一顿饭，没有很多话，祁扬说着新学的笑话逗着陈瑜，她有一搭没一搭地笑着。

五

或许是到了她最喜欢的十一月，或许是有了一个太温暖的人出现，总之，从那以后，陈瑜不再排斥祁扬。他跟她说说笑笑，却总把自己逗笑。陈瑜想，或许他值得相信呢？她觉得，终于有一个人，时隔多年，愿意将她从深海里捞出来接触阳光。

又是一次祁扬死皮赖脸求来的散步，他们走在那条落满银杏叶的路上，陈瑜想，是时候告诉他真相了。

“我想跟你说说我和吴慈的事情。”陈瑜停住脚步，靠在旁边的银杏树上。

“好，你说吧，我听着。”祁扬觉得真好啊，这是不是证明自己真能打开她的心结？

她开始讲起往事："其实我们的关系越来越不好之后，她跟那些女生走得越来越近了。可是那些人太危险了，我经常看到她们打架，吴慈跟那些人原本就不是一个圈子的，我看得清楚，她们接近吴慈无非是想排挤我罢了。其实我也不太明白，为什么她们看我那么不顺眼，可能我的情况比较特殊，也可能因为无聊吧，反正欺负我让她们有成就感。

"但是吴慈呢，她却觉得跟那些'厉害'的人在一起玩儿有面子。我劝过她，但没用。那些女生只把吴慈当玩具的，我那天听见她们说要把吴慈打一顿，让她不要打着她们的名号张扬。我跟吴慈说，她却不相信，我就只能每天跟在她后面，结果有一天真的撞上了。我让她赶紧去找老师，她跑了，那些人却过来开始打我，我等她来救我，可是……等来的却是她带着老师，大声说：'陈瑜跟那些人在打群架。'然后，我们就被请了家长，她们有的转学了，有的家长求情落下处分。我妈妈不来，老师实在没办法，就没再管我。我转不了学，只能在学校越来越被孤立。然后，我熬了三年，熬到了这个没人认识我的地方。"

这次陈瑜没有哭，祁扬却听得近乎失控，他心里那头怪物时不时地发出悲鸣，挣扎着撞着，让他的心酸软刺痛。

他控制不住自己，想抱住陈瑜，猝不及防的动作却让她来不及害羞，就疼得冷汗都下来了。这次他没有再手足无措，而是像要揭开什么真相一般，掀起了她的长袖。手臂青紫一片，红肿不堪，是新的伤痕，陈瑜猛地挣开，遮住自己的手臂，低着头，身体有些颤抖。

"这是怎么弄得？是不是你妈妈？"祁扬咬着牙问陈瑜。

陈瑜没有回答。祁扬证实了自己的猜测，气得脑袋发昏。

"多可笑，我都这么大了还经常挨打，是不是很失败？"她的声音轻飘飘的，像是要坠落下去。

"她这是家暴！你为什么不报警？"祁扬深呼一口气。

“她是我妈妈啊……”陈瑜抬起头，“我唯一的亲人了，她还要我，就是我不听话了，她会打我而已，但只有她要我了。”

“她……不爱你，她在拿你发泄。你不能再跟她生活在一起了，你已经成年了。”

“我什么也不知道，我从小就是这样过来的，但她从来没有把我抛下。”陈瑜闭起眼。

“你爸爸呢？”祁扬忍不住问道。

“我没有爸爸。”陈瑜抖得更加厉害了。

“哎……先跟我去医院吧。”祁扬不愿在这种场合逼迫她，小心地不碰到伤口，拉着她去敷药。

医生看了，担忧地看了陈瑜一眼，问她是怎么弄的。

祁扬抢着回答：“不小心摔了。”

医生怀疑地看了他一眼，低头写着单子，但也没再追问。

出了医院，陈瑜一直没说话，祁扬就跟在她身边，想着该怎么开口，才能让这个女孩稍微放下心防。就这样一直沉默着走到寝室楼下，他准备开口，突然听见了陈瑜略带哭腔的沙哑声。故事情节没有太大的稀奇，是无数相似悲剧中的一个而已：陈瑜的爸爸，在她还很小的时候婚内出轨，抛弃了妻女，陈瑜从此成为妈妈的拖油瓶，失去了父爱，又得不到正常的母爱。

过了几天，陈瑜的伤好了，但像是又有了新的。后来，陈瑜给祁扬打了电话，她再也没受过那样严重的伤，祁扬把每次的伤痕都拍了下来，存着，也刻在了脑子里。

十一月已经过半，天渐渐凉得要入冬了。陈瑜主动约了祁扬去吃饭，他觉得很不可思议，陈瑜从没有这么主动过。

还是那家餐馆，陈瑜看着祁扬，眼神里是她独有的坚定，说：“等吃完这顿饭，你陪我去报警吧。”

“好。”祁扬摸摸她的头，心里那头怪物发出一阵阵沙哑绵软的嘶鸣声，很好听。

吃过饭，他们走出去，往公安局的方向，没有犹豫。影子在他们脚下，一高一矮。路旁的树叶已经黄了，金灿灿的，正一片片掉着，踩在脚下沙沙作响。祁扬侧着头，对着陈瑜笑得开怀。

——发表于《大观·东京文学》2019年11月上旬刊

刘新静，女，河南信阳人，信阳师范学院文学院2016级汉语言文学专业学生。

傀儡师

刘新静

人说闽南是木偶之乡，此言不谬。漳台地区，有着“一口道尽千古事，十指操弄百万兵”的布袋木偶戏，而泉州一带，则风靡着十指牵丝的提线木偶戏。

杨师傅是这提线偶一门的奇才。他不仅身手矫健，操偶操得出神入化，更是心灵手巧，雕偶雕得惊为天人。他手下的角儿，不论生旦净末丑，个个都精妙绝伦，尤其有一尊女偶，美得好像仙女下凡。

那女偶好生漂亮，柳眉凤眼，乌丝如缎，虽是木偶，身段比例一点不输任何妙龄美人。杨师傅尤为疼她，不仅给她取了个乳名“小莲”，还托裁缝给她准备了不少衣裳行头。一会儿将她扮成素衣白裳的九天仙子，一会儿将她扮成雍容华贵的皇家贵妇，一会儿将她扮成青衫长辫的闺中小女。这女偶不论怎样都好看，然而杨师傅还是最喜欢让她穿一件鹅黄色的长裙，发髻轻挽，插一只沉香木钗，端庄又不失娇俏。

说来也怪，杨师傅相貌堂堂，又有一手漂亮绝活儿，谁知过了三十岁竟还是孑然一身。有人传他性格孤僻，有人说他只醉心才艺，有人说他被一堆傀儡玩意儿摄走了魂魄……丢了魂儿没我们不知道，但杨师傅确实特爱与他那群傀儡，尤其是和小莲待在一起。

他总爱坐在一堆傀儡间，将小莲放在腿上，与她聊天说笑。别人都不知道，这些傀儡在杨师傅的眼里从不是死物。他们会笑，会哭，会眨眼……除了不会说话不会动外，其他地方与常人无异。而所有的孩子里，小莲又是最灵巧的一个。她眼睛最大最有神，每次跟杨师傅独处时，她都格外聪慧可爱。时而点头时而摇头，时而瞪眼嗔怒，时而眯眼撒娇。杨师傅为她换行头时总要问问她的意见，这孩子最喜欢的就是那身鹅黄长裙。有时候强行换别的，她还会噘嘴不高兴。

杨师傅没孩子，但手艺不能绝，于是便又收了个徒儿。那小徒弟名唤阿悟，刚满十六。人如其名，悟性高，虽然和普通男孩一样有些手笨，偶雕得平平，但身手颇好，操起偶来，已经胜过当年的杨师傅。

阿悟最羡慕师父的手艺，央告师父教自己绝活儿。这日，杨师傅被求烦了，只把小徒儿领到小莲面前，问道：“你看见什么了吗？”

“我就看见您手底下的小莲啊。”

“她没对你说什么吗？”

“师父，您别说笑，木偶能开口吗？”

杨师傅摇摇头，便把徒儿劝了出去，道：“看不见木偶心的人，永远都雕不出最好的木偶。”

回头便折返屋里，把一脸委屈的小莲抱起，哄道：“罢了罢了……阿悟看不出你也正常……谁像我一样天天没事就陪着你们瞎玩……”

杨师傅好带着自己的傀儡们跟着各班子全国演出。他是名角儿，谁都来看。跑生意的小贩，带洋枪的警察，花枝招展的妓女，甚至还有得体大方的新派师生。每次看到杨师傅出来，特别是带着小莲上旦角的时候，下头便是一片欢腾。

这一日，演出结束，客人渐散，杨师傅去后台整理行李，阿悟帮着搬人偶。一个不小心，便让小莲从他手里滚落下来。

“当心！”一声娇呵，下一个瞬间，小莲便被一个温暖却有力的怀抱稳稳接住。阿悟抬头，就见面前站了个二十来岁的女子，素衣长裙，短发齐肩，臂内夹着书本，像是知识分子。

“多谢您！”阿悟赶忙道谢，女子刚要摇头，杨师傅便从幕后赶来。看看俩人，再看看小莲，便已有数。阿悟匆匆解释几句，他却气得一个爆栗敲上：“跟你说过多少回？那么大男孩子不会稳重点！”又看向女子，连声道谢。那女子笑笑，美丽温暖，小心翼翼地将小莲还到杨师傅怀中。

杨师傅和那女子多聊了几句，才知那姑娘名叫李姮月，是当地女中的老师。受着西式教育，却也极喜欢老家的提线木偶戏。她最喜欢杨师傅的偶，尤其是可爱的小莲。这次遇着本尊，把她也高兴得不行。

杨师傅与李老师聊得投了缘，便邀请她多来看看，戏票全免。李姮月高兴点头，当然不敢领戏票的情。两人告别时，姮月突然回身，道：“杨师傅，你家小莲对我笑了！”

“你能看到她笑？”杨师傅一惊。姮月赶忙点头：“是啊，我也觉得新奇，你这偶真神了！”

旁人听声也来看，却都笑着散开。姮月有些尴尬地离去。只有杨师傅扶正了小莲，却看见她嘴角笑意仍旧未断，眼里还有几分玩味。

“你这鬼丫头。”杨师傅点点小莲的木脑袋，“人小鬼大，还猜起大人的事儿来了！”

小莲不服气地瞪回好几眼。

“罢了罢了，看在今天你阿悟兄弟让你受委屈的分上，我就不同你吵了……明天再给你做件新衣服好不好？”

小莲摇摇头。

“那你到底要怎么办？”

小莲朝李姮月离开的地方看了一眼，努努嘴。

“你！”杨师傅刚要发火，小莲突然又变了眼神，双眼瞪得极大，眼里水雾迷蒙。

“好好好……没想到小丫头一个也跟外面那些男人一样好色……世风日下……”杨师傅抱着小莲，匆匆往后台去。

日子一天天过去，姮月总是如期而至。杨师傅越发欣赏这个聪慧沉静的女性，小莲也喜欢和她亲近。每当姮月抱起小莲，她便会往她身上不住蹭去。姮月浅笑，杨师傅摇头，笑骂她是“吃里爬外的东西”。

直到那天，乐团演出换了地方，杨师傅一行便要离开。他询问姮月是否同去，得到的却是否定的答复。

“杨先生，你爱傀儡，我爱学生，我们都有自己的事业。”她道，“很高兴认识你，也很高兴认识小莲。”

李姮月离开时，杨师傅颓了生气，小莲也哭了鼻子。

“你难受什么？”杨师傅奇怪。

小莲默默地哭。

“你也喜欢她？”

小莲依旧是哭。

“那你留下来陪她好不好？”

小莲摇摇头，哭得更厉害了。

杨师傅于心不忍，也不再逗她，只得安慰道：“算了算了……明天我们去新地方，带你去玩好不好？”

日子就这样一天天过去。剧团走遍了大半个中国，阿悟一天天长大，杨师傅一日日变老，而小莲依旧青春可爱。

直到那天，剧院里闯进来一群人。

他们说着听不懂的话，拿着带刀的枪，看起来比警察的洋枪还威风几分。他们一进来便破口大骂，又抢又砸，好多精致的傀儡都遭了殃。杨师傅见状，赶忙抱着小莲躲到后台。

杨师傅知道，小莲和其他的孩子不能落在他们手上。

可杨师傅不知道，自己除小莲外最爱的孩子已经投靠了这群强盗。

阿悟趁他外出，已将所有的傀儡都交给日本人把玩。知道这一切的杨师傅匆匆返回，却仍旧晚了半步。

他突然发疯一般地寻找，却死活不见小莲的下落。他走到当地最大的剧场，发现阿悟拿着他所有的孩子在那群人面前晃悠。那些孩子无精打采，泣不成声。他焦急地往里挤，却被宪兵死死挡在门外。

他失神一般地跪下，突然，一只手搭上他的肩膀——

是许久未见的李姮月！

李姮月俯身拉起他到一个角落，悄然打开身边的皮箱。

“是小莲！”他惊叫。

李家算是社会贤达，不久前搬迁到此地，李父应邀出席此会，姮月同往，经过前台却发现了向她哭诉的小莲。

她小心地将她藏进皮箱，突出重围。

“你带着她快走吧。”李姮月小心叮嘱。杨师傅起身，抱起小莲，又要问姮月，对方故作镇定：“我父亲不会让我有事，你快走。”

“糟糕！”就在杨师傅准备离开时，身后剧场突然传来一阵骚动。原来是一队士兵，在阿悟的带领下，向外冲去。

“是我家的方向……”杨师傅痛心疾首，“这个畜生……”

突然，他好似想起了什么，紧紧抱了抱小莲，然后不顾她的哭闹，将她交还到李姮月手里。“李老师，拜托你带她离开，走得越远越好……千万别遇见我那混账徒弟……”

杨师傅回到家时，刚巧遇见翻箱倒柜的阿悟和外国兵。一见师父，阿悟先是一怔，后又嬉皮笑脸地凑来：“师父，您看……”

“我看？我看什么？”

“您这小莲能不能拿来……让太君们瞧瞧？”阿悟说着走近几分，“您看啊，您不传我手艺也成……那您总得让太君们开开眼吧……”

“混账！”杨师傅一耳光打在阿悟脸上，“小莲是我的女儿，你的亲妹，也是你的亲人。你竟把亲姊妹送给外人糟蹋！”

“师父……”阿悟一脸阴沉地站起，“我知道，小莲才是您的心尖肉。您护着她，纵着她，疼她爱她……可她毕竟是个死玩意儿。我是活生生的人！我对您不孝敬？对她不关心？您为什么从没一碗水端平过！”

“你猜忌心这样重，我当初没把你培养成名角儿是对的！”

“放屁！”阿悟再不掩饰，直接大骂，“你不过是想找个小跟班小使唤，在你这儿，我出头？做梦！你何时把雕偶手艺传给我过？你就是怕我聪明，抢了你的风头，才拿个死东西敷衍我！”

“阿悟，我从没有少教过你什么东西，倒是你自己看不破……”杨师傅颓然，“你要的东西，我没有，小莲不在我这儿……”

“不可能！”丧心病狂的阿悟眼中血丝暴起，一拳打向曾经的恩师。杨师傅年近不惑，早不如徒弟硬朗，一拳下来，已是眼冒金星。一旁的士兵见阿悟动手，纷纷围来，对着杨师傅一阵拳打脚踢……

直到次日下午，李姮月才敢把小莲送回。来到杨家，就见大门敞开，屋内血腥刺鼻。李姮月心道不妙，没走几步，便看见了躺在地上面目全非的杨师傅。

“杨先生！”她惊呼起来，赶忙跑去。奄奄一息的杨师傅听见声音，缓缓睁眼，就见李姮月一脸悲痛地守在他身边，怀里还抱着失声痛哭的小莲。

“来……小莲……”他吃力地伸手，从李姮月手中接过最珍爱的东西，将之紧拥入怀。一时间，一人一傀儡，相拥而泣。

“小莲，你要听话……”杨师傅浑身是伤，已然气若游丝，“以后估计没人再给你添行头衣裳了……你跟了谁，都不许胡闹……”

小莲只是哭。

“不许……哭……哭了也……也没人……陪你玩……”

小莲闹得更厉害了。

“看我……这样了……你还……气我……？”

小莲终于安分下来，埋在杨师傅胸口一喘一喘。

杨师傅眯起眼睛，最后一次摸了摸小莲。今天的她还是以往那样的装束。李老师是心细的女子，将她收拾得更为精致，盘起的发髻上还多了一个蓝色的洋发卡……

除了他，还有懂她的人。除了他，还有愿意陪伴、愿意保护她的人。

这就足够了。

杨师傅放心了。

“太君说得对，你一定会回来！”

这边，小莲仍旧趴在杨师傅渐渐冷却的胸膛上，门后，就传来了一声嘲弄。

“是你！”李姮月回身，看着门口步步逼近的阿悟，护紧了身后的小莲，“你要是还有良心，就别再伤害你师父的杰作！”

“杰作？我才是他的杰作！”阿悟仰天大笑，“李老师？不不不……该喊你……师娘？哈哈哈……你跟我师父还是至交啊……只可惜……”

话音未毕，他突然抄起地上的木棍，闷头朝李姮月敲了下去。俊美的身影瞬间倒地，粉雕玉砌般的脸上，留下一条长长的血河。

“只可惜，你不该在我面前充好人。”阿悟扔掉棍子，恨恨地笑笑，继而一把扯起地上的小莲，看着那精致的脸。

“什么鬼东西，分明就是个死的！”

当晚，剧场里再次热闹起来，人们都知道杨师傅的亲传要来操弄他最钟爱的傀儡。

后台，阿悟将小莲放在自己的单间里，照着士兵给的样子，把她细细打扮了一番。

“没想到你还真是个不挑剔的小美人，穿和服都这样好看。”阿悟边说边生硬地拉扯她的头发，将之盘成个高髻，“这样就更像了……”

突然，他全身一颤，就见那小莲不知何时已扭过头来正视着自己，眼露寒光。

“你……你不要过来……”他吓得连连后退。小莲一言不发，嘴角已然挑起一丝冷笑。

“不要……鬼啊！”阿悟慌乱地逃窜，一不小心跌坐在地，再想开门出去，却发现自己锁好的门却怎样也无力拉开。

“我求你了，莲姑娘，莲奶奶，莲祖宗……”他哭着连连叩头。恍惚间，他突然看到小莲已从台上跳下，一把散开自己的头发，朝自己步步逼近……

“别杀我，我不想害师父，也不想害李老师……我……我是被外面的人逼的。他们要杀我，你救我，你杀他们好不好？我求你了……”

小莲停步，端起门边小桌上的烛台，向着阿悟狠狠砸下……

当晚，剧场燃起一把大火，现场一片混乱，烧死、呛死了无数观众。人说这火来得莫名其妙，好像是操偶师父不小心碰翻了烛台，可他为什么要把自己锁起来焚毁？

答案没人知道。

火光里，阿悟的惨叫声很快消失。小莲安静地坐在桌上，面容平静地任由火舌将自己寸寸吞噬。烈火焚木，发出“噼噼啪啪”的爆裂声响，熊熊烈焰里，她看见了好多好多——

曾经朝夕相处的傀儡旧友，

曾经温柔相助的姮月姐姐，

曾经穿过的行头、去过的地方，

曾经紧紧依偎的温暖怀抱……

“你们慢一点……”她在心底默默呐喊。

“我就来了……我就来了！”

——获信阳师范学院首届“大别山杯”大学生创意写作大赛小说类一等奖

张俊晓，女，河南南阳人，信阳师范学院文学院2019级汉语言文学专业创意写作班学生。

田埂上的梦

张俊晓

一

毛蛋在田埂上做过许许多多梦，梦见过许许多多人和事。

每年五月中旬，家里就要开始种水稻了，为了家里那头老牛能够有力气犁田、赶架车、运秧苗……毛蛋在这段非常时期的唯一任务就是把这头牛给喂饱了。说句实话，这不是什么累活儿，比起大人一天到晚头都不抬一下地插秧，放牛这个活儿简直轻松多了。虽然放牛这个活儿对大人们来说是最轻松的，但是对毛蛋就不一样了，毛蛋还小，理解不了一天到晚插秧腰酸腿痛的滋味。毛蛋觉得放牛累，因为放牛需要跟着牛，跟着一个不会说话的畜生瞎转悠，对于毛蛋来说是最累的。毛蛋七岁，正是无天管无地收的年纪，满心思都是和小伙伴去村东头掏鸟蛋，还是去村西头捅马蜂窝。所以毛蛋总是不满意这个活儿，每次都推三阻四找各种理由不想去，但是看到奶奶坚定的目光和手中跃跃欲试的鞭子之后，毛蛋只能赶快牵着牛，用力地拉扯着牛绳子把牛鼻子引得高高的，步伐沉重地走了。

夏天的前几个清晨，潮气很重，路边的杂草上都凝结着一层露水，地里的庄稼也都被露水打得湿漉漉的，好像整个世界都被水淋过似的。还没有走几步，毛蛋的凉鞋便被水打湿了，小脚在凉鞋里一滑一滑的，这就让毛蛋的步伐变得很缓慢，在青草折腰和枯叶破裂的细微声响中，小小的毛蛋牵着大大的牛，一步一停地走上河堤。在田野里插秧的村里人，偶尔抬头和毛蛋搭上几句话："哟，毛蛋这么听话，这么早就来放牛了。"这时毛蛋总是轻轻地应一声，并不多说什么话。因为毛蛋没底气，自己是不情愿被奶奶逼着来的。五月的阳光是温热的，照在毛蛋的脸上却火辣辣地痛。所以每当有人夸他时，他总是蹲在河堤上，把双手夹在两个腿弯子里，下巴放在削尖的膝盖上。他感到自己的心像耗子在身体里刺溜刺溜地跑着，有时在喉咙里，有时在肚子里，有时又跑到大腿里去了，体内仿佛有四通八达的鼠洞。人们越说，毛蛋心里越毛躁，所以每次他牵着牛路过这里时，总是情不自禁地加快了脚步。

毛蛋牵着牛走进一片树林，过了这片树林就到了放牛的地方。树林里朦胧着一种神秘的氛围，虫不鸣，鸟不叫，连树都是哑巴，风吹起来，树叶都瑟缩着，没有噼里啪啦的响声，安安静静地。地上有一团团乱糟糟的东西，透露着水汽的小柴棍和经年腐烂的树叶在土里沤着，散发着令人作呕的味道。阳光从树林的缝隙中探出头来，不时地趴在毛蛋脸上，从光线里可以微微看到那些膨胀着非烟非雾的绿色气体，好像吸到嘴里都会中毒一样。毛蛋把嘴巴紧闭着，眼睛直勾勾地瞪着前方，像一个轻轻飘浮在空中的幽灵一样，拉着那头老牛走出树林了。

二

毛蛋终于到了那条经常让他做梦的田埂了。这里是一个废旧的水库，几只鸭子在河上游动着，不时把橘红色的嘴巴插到水草里“呱唧呱唧”地搜索着，也不知道吃到什么没有。由于插秧抽水的原因，湖底腥臭而肥沃的淤泥泛起来，滋养着各式各样的青草，有高耸挺拔的棒棒草，有鲜嫩多汁的莜麦草，有长相怪异的毛蛋说不出来名字的草。反正牛到了这里，就好像到了天堂，老牛可以闷着头一直吃。毛蛋到了这里也好像到了天堂，因为他不用管牛了，只需要把牛拴在一个地方，他就可以到处围着水库的洼地打转，光着脚踩在泥土上，泥土的热从脚心一寸一寸地上行，先是很粗很盛，最后仅仅如一条蛛丝，好像沿着骨髓，一直钻到脑袋里，他搞不清自己身体在哪里，整个人变成了模模糊糊的一团，像个捉摸不定的阴影，全身到处都是火辣辣的感觉。玩累了，然后美美地睡上一觉，睡到自然醒，看到村里的房子上空升起袅袅的炊烟，就牵着老牛满载而归了。

毛蛋放牛最喜欢来这里，不为别的，就为了做梦。在他的心里，这是一个有灵性的地方，他从爷爷那里听说这个废旧的水库有个别称叫“天塘”。毛蛋还没上学，不识字，所理解的东西大多是从电视学来的，单纯地把“天塘”理解成了“天堂”这个词。他从电视里知道“天堂”是个神奇有魔力的地方，所以每次来这里他都会做梦。

直到现在，他还记得他做的第一个梦。那是一个晴朗有风的下午，湖水像怀揣着祸心一样动荡不安，拉扯着阵阵声响，宛如战场上的号角，在暗红的日光下，田野里翻腾着排山倒海般的巨浪，风穿过衣服轻轻地吹拂在毛蛋干瘦的脸颊上，就这样，毛蛋迷迷糊糊地睡着了。梦里他拥有了一柄骨节分明坚硬如小棒槌的“称手的剑”，他飞奔着冲向汪洋似海的油菜花地，他咬着牙拼命一样地在手中狂舞那把剑，那些温润柔弱翡翠般的油菜花便纷纷倒地，翠绿的油菜花汁液从他手里一直流到剑尖，如鲜血一般清洗着那把剑。毛蛋嘴里不时地念叨着什么，两片红润渗透着微微血色的嘴唇忽而噘起，忽而张开，从他唇间流出冤魂一般的叫声。响，脆，那一刻毛蛋感觉自己是以一当十，精忠报国的勇士，他无所不能，肆意地在这片宽阔的土地浪荡着。正当毛蛋感觉要突破天地间的桎梏时，一只不明所以的蚂蚁悄无声息地爬上他的脖子，没来由地恶狠狠地咬了一口，瘙痒感和疼痛感使得毛蛋从梦中惊醒，一把抓住那只蚂蚁，用手捻成碎末。毛蛋不耐烦地站起来，看见那牛正在水里舞动着尾巴，似在嘲讽自己，毛蛋气急败坏，捡了一块石头扔过去，把老牛惊了起来，老牛连声都不出一下，晃晃悠悠地向洼地走去。

毛蛋把外套蒙住头想继续睡，但是无论如何也睡不着了，想到那场可歌可泣的梦，毛蛋心里就来气，一屁股坐起来，专门逮那些从田埂路过的蚂蚁，然后把它们一分两半。到了回家的时候，蚂蚁的尸体堆成一个馍馍那么大。看到这么多蚂蚁为它们的错误举动付出了生命的代价，毛蛋心满意足地哼哼着回家了。

三

自从那次美梦被打断以后，毛蛋放牛都随身带着奶奶给他的艾叶。艾叶味道奇特，有毒一样，蚂蚁都离得远远的，所以毛蛋做了好几个圆满而舒坦的梦。昨天奶奶说牛肚子没吃饱，干活儿没劲，把毛蛋好一顿说道。所以今天毛蛋在老牛面前监督了好一会儿，用小手指指这里，指指那里，像个手舞足蹈的小老师一样。牛也听话，硕大的牛头左一晃右一晃，吃得扑扑腾腾打着粗气，升起来的太阳越来越大，把田埂上的露水都吸干净了。牛肚子也像太阳一样越来越大，于是毛蛋便在田埂上躺了下去，拿外套把脸一蒙，便灰头土脸地睡着了。

毛蛋今天睡得很死，他的身体时不时抽搐一下，额头上的汗也慢慢渗透进外套里，几个土蚂蚁在他的肚子和腰上咬了好几下，也不见他醒来。说实话，这确实是毛蛋做过的最好的梦，因为他自己不愿意醒来。毛蛋这次梦到了过年，村里年味浓重，小伙伴都给他炫耀着在外地打工的父母给他们新买的衣服，有的是可以正反两面穿的，有的绣着铠甲勇士的图案，各式各样的新衣服让毛蛋目不暇接，新衣服让大家好像都变成了一个新人一样，对毛蛋说话也开始上下打量了，吓得毛蛋仓皇地跑回家了。突然看到了自己的爸妈也回来了，正站在堂屋里和爷爷奶奶说话，桌子上摆着大包小包的吃的和衣服。毛蛋愣怔住了，和雕塑一样一动也不动。最先说话的是妈妈，嘴里絮叨着“这小脸黑的，又跑去哪里野了，搞得一点都不像我的儿了”。妈妈烧了一壶热水，又兑了一点凉水，用温热的毛巾把毛蛋的脸擦干净，终于显出毛蛋的面容，脸是白白的，眉毛是黑黑的，衬托出满面英姿，好像只有这样才配做妈妈的儿子一样。爸爸拿出新衣服贴身比了比，有模有样地说道：“还好没听他妈的买小一号，要不穿着肯定小。”毛蛋看着绣着刑天铠甲的衣服，硬生生半天没松手，一会儿用手摸摸铠甲的头，一会儿用手摸摸铠甲的佩剑，欢喜得不得了，穿着衣服就去和小伙伴炫耀去了。刚出门，就听见电话铃声响了，毛蛋的脑袋好像爆炸一般空白了一下，他竭尽全力喊了一声，胸口一阵灼热，有干燥的纸片破裂声在空中响了一声，紧接着是难以忍受的寒冷袭来，这让他清晰回忆起来昨天晚上他听见爸爸和爷爷在电话里商量今年过年不回来了。

毛蛋捂着沉闷的头缓慢地坐了起来，低头一看却发现一览无余的水库里没有牛的身影，毛蛋慌张地跑向那棵拴牛的树，树上空空如也，只有几道显眼的绳子勒痕。毛蛋狠狠地挠自己被土蚂蚁咬的包，直到抓出了血痕。

没过多久，毛蛋的哭声如雨水一样铺天盖地地撒在田野里，从那以后我便知道毛蛋再也不会在这条脊梁般的田埂里做梦了。

——获信阳师范学院第二届“大别山杯”大学生创意写作大赛小说类一等奖

冯译冉，女，河南禹州人，信阳师范学院文学院2017级汉语言文学专业创意写作班学生。

路口

冯译冉

棉绒般的云朵衬着蓝色的天空，随着微风轻轻移动，太阳光将一个男人的影子拉得很远。他面无表情地抽着烟，烟圈一股一股地从他嘴中吐出，钟城站在监狱门口看着远处被押进去的人，大门缓缓关上，记忆也随之涌入脑海。

六年前，钟城以优异的成绩进入渌口公安缉毒大队。在这里，短短一年他就侦破了37起案件，他的实力很快得到大家的认可。他的破案速度让同事们很是惊讶，尽管都是一些小案件，但已经算得上是新人中的佼佼者了。局长也有意好好培养这个新人，尤其队长陆仲任特别看重钟城，每次出任务都会带上他。钟城思维敏捷，消息灵通，许多线人都无法获得的消息他却能顺利得到，钟城说他有自己的线人，但不方便透露，尽管队长对这些情报存疑，但钟城的消息从未出现过差错。这无疑给缉毒工作带来了许多便利，队长对他也愈加信任。

钟城来到局里的第三年就发生了一件大案。队长得到情报，他们追踪多年的一个贩毒组织要在路口港进行一笔大买卖，这个团伙的头号人物钟行也会出现。陆仲任对信息的来源没有过多地探究，只要是与这个团伙有关的消息，队长是宁可信其有，不可信其无，立刻就开始分配任务，陆仲任和钟城一组，为其他队友探路。来到港口处，果然有两辆黑色轿车相向而对，钟城看着陆仲任的眉头紧紧地挤在一起，默默地低下了头。

“出来了，大家提高警惕！”队长用极其细微又紧张的声音通知大家。

钟城抬头看着前面，并没有表现出多么紧张与激动。从车上下来两个人，分别提着一个黑色皮箱。正当他们准备交易时，“行动！”队长一声令下，警队的人立马冲出来，钟城跟着队长就向前冲。两个黑衣人一看情况不妙，拿出枪就开始乱打，“砰砰砰”“咣咣咣”，激烈的枪战使这本该沉睡的港口一下子处在了水深火热中，开始沸腾起来。刚露出头，就听见子弹“嗖嗖嗖”地打在了脚下的地面上，钟城一把将陆仲任推到障碍物后，两人靠着木板深吸一口气，陆仲任探出头去，“哐哐哐”，对方突然多出几十人。陆仲任向地上的两只黑箱子望去，哪里有什么毒品，分明就是一张张的白纸。

“不好！上当了，快撤！全体队员，撤离！”陆仲任这才意识到上当了。他拉起钟城准备撤退，可是没想到一支枪正瞄准了他们。砰！只听一声枪响，钟城猛地推开队长，钟城被枪射中了小腿。

“钟城！”

“我没事，快走！”钟城回头看了一眼，便搭着队长的肩膀拖着左腿撤离了。

“快快快！有伤员！医生！快！”陆仲任的声音回荡在走廊里，整个医院都开始紧张起来。医院的灯瞬间亮起，医护人员推着病床从对面跑来，滚动的车轮呼呼啦啦，似乎也揪着每个人的心，令人急躁、害怕。

急救室外陆仲任在焦急地等待，外边不知什么时候下起了雨，啪啪啪地打在窗户上，让人心烦。局长和一些领导，还有同事们披着雨衣走进来，空荡荡的楼道里只有烦躁的雨声和埋头抱着脑袋的陆仲任。局长一干人问明情况后，便紧盯着急救室门上的那盏红灯。陆仲任两手抱着自己的脑袋，他后悔自己当初的不严谨，他恼自己害了兄弟们，他更害怕因为自己的失误害死钟城。砰的一声，急救室的红灯灭了。所有人都紧张起来，陆仲任猛地站起来。“手术很成功，但病人要多注意休息，暂时不能参加任何行动。”听到这儿，陆仲任长舒了一口气。钟城被推进了监护室。

陆仲任每天都会去看钟城。

“你可是队里的一把手，一个宝啊。”

“队长，又拿我开玩笑。”

“不过，钟城，这次真的谢谢你，要不是你，恐怕……”

“队长，不要想那么多，在工作上，你给了我不少经验，在生活中，我没有亲人，早就把你当成了大哥，所以不要再跟我说这么见外的话了啊。”

自从钟城负伤之后，钟行集团消停了不少，他倒可以静静养伤了。

“钟城，这一枪你害怕吗？万一……”陆仲任不敢再往下想。

“队长，我来到这里快三年了，也见了不少生生死死，成为警察的那一天，我也已经想到了死亡的那天。”

陆仲任静静地看着钟城，若有所思。

“咳咳！队长，你这样看着我，浑身不自在，两个大男人，看得我都不好意思了啊，哈哈哈！”

“臭小子，总是吊儿郎当的。”两人哈哈大笑起来。

后来陆仲任带着他来到戒毒所，一个个吸毒人员狰狞的表情，有的被绑在床上痛苦挣扎，有的面对亲人极度懊悔，戒毒让这些人痛不欲生。许多时候，这一幕幕回放在钟城的眼前，这一刻，他沉默了。

三个月后，钟城的腿也恢复得差不多了，与此同时，队长又得到消息，明天钟行集团在路口港有交易。

“钟城，这次消息确切，明天可能是一场激战，你的腿伤有问题吗？”

“放心吧，队长，我铜墙铁壁、刀枪不入的身子骨，一颗子弹算什么？哈哈哈。”

“臭小子，整天嘻嘻哈哈，明天一定要谨慎点。”

“遵命！”

会议结束，钟城搂着队长的肩膀：“放心吧队长，这次我一定会小心的。”

第二天凌晨，天阴沉沉的，海风卷起海浪撞击着岸边，港口上的杂物互相撞击着，铁链发出呼呼啦啦的声音。陆仲任带领队伍早早便做好了埋伏，他们死死地盯着港口处，害怕一不小心错过最佳时机，不敢出一丝差错。

1小时、2小时、3小时……

难道不来了？大家正有一丝丝失落的时候，10点5分时，相向驶来两辆黑色轿车，从车上分别下来两个人，陆仲任一眼就认出其中一个人是钟行，他们手提黑色皮箱，交谈片刻便开始进行交易。这一次陆仲任并没有着急行动，他极力压抑住内心的激动，等双方都快要上车的时候，陆仲任朝天放了一枪，埋伏人员立刻冲出来，钟城和陆仲任打在最前方准备抓活口，没想到这时候对方又冲出一拨人马从两边包抄，围住了陆仲任的人。陆仲任意识到不对，可是他又不愿放弃抓捕钟行的机会，“哐哐哐”，一场枪战之后，陆仲任追着轿车消失在混乱中，钟城追着队长：“别再追了，小心有诈！”但陆仲任什么也听不进去，他只想立刻将钟行抓捕归案，钟城拉住队长，劝他不能再向前走了。拉扯之间，砰的一声枪响，陆仲仁猛地将钟城推开。

“队长！”

钟城瞄准三点钟方向，击倒了埋伏在那里的人，用力将陆仲任拖到隐蔽的地方。他撑着队长，看着自己一手的血，他慌了。

“队长，你挺住，挺住，我马上带你去医院！”

“钟城，别急，我不行了，成为警察的那一天，我也就想到了死亡的那天。你一定要帮我抓获钟行，咳咳，我……知道……知道你……”

陆仲任的眼前滑过曾经的一幕幕，他和队友们在枪林弹雨中并肩作战，一幕幕的生离死别，完成任务后同事们脸上的喜悦，飘扬的五星红旗在他眼前飘过，他第一次穿上警服，“我宣誓，我志愿成为一名中华人民共和国人民警察。我保证忠于中国共产党，忠于祖国，忠于人民……我愿献身于崇高的人民公安事业……”

“队长！”钟城痛苦地叫喊，“我不值得，不值得，不值得你这样对我！”

…………

殡仪馆内，钟城看着队长的照片，面无表情。他依旧沉默着。

两年了，钟城沉浸在队长离世的悲痛中不能走出来，很多人都劝他，可这一直是钟城心里过不去的坎儿，每到这时候他就会一个人坐在队长的办公桌前狠狠地抽烟，再将一根一根的烟头捻灭在烟灰缸里。

可这天他无意中在队长的邮箱里看到一个未发的草稿，点开之后，他的眼睛突然睁大，他深深吸了一口气，眼眶中的泪水再也克制不住了。

钟城：

当你看到这封邮件的时候，我可能已经牺牲了。其实我早就知道你不是孤儿，我曾调查过你的背景，所有的信息都很完整，普通家庭的独生子，父母健全，没有犯罪记录，可是网络上关于你的信息几乎空白，所以我对你一直有所防备。我知道你一直与一个神秘人有联系，我甚至一度怀疑你是卧底，可是就在你为我挡枪的那一刻，我知道，你会是一个好警察。我也深深地记得你看到吸毒人员那一刻时眼神中透露的是怜悯与惋惜，与多数警员相比，你经验并不丰富，可就是这份怜悯会让你在缉毒的路上走得更坚定更远。

你来到这个团体的时间不长，但你的分析能力惊人，我相信你可以干好缉毒这份工作。钟行集团是我调查多年的一个贩毒团伙，即使我走了，以你的能力，我相信你一定会完成我的遗愿，将钟行集团一网打尽。

钟城，对不起，原谅我曾经对你的不信任，接下来要靠你自己了。

钟城看了一眼保存日期，2012年5月17日17点10分。正是当年那场交易的前一天，钟城终于压制不住了。他苦笑了一下，接着泪水如雨般落下，淹灭了手中的烟头。

外边又下起了雨，哗啦哗啦地下着，打在窗户上，啪啪啪地敲击着人心。此时已经是深夜1点，一切都沉睡了，夜空如泼上了一层漆黑的墨，陆仲任走的那天晚上也是这样的夜。

不久，钟城当上了队长。在他的指挥下，一年的时间，他们已经摸清了钟行集团的贩毒网。钟城没想过这一天来得这么快，过了明天，钟行会在港口处进行一场更大的交易，他决定是时候让这个集团消失了。任务前一天，钟城来到陆仲任的墓前，带了几瓶啤酒，在碑前洒下。“陆队，对不起，对不起，我还是骗了你，这一杯敬你！接下来的路我替你走。”他就静静地坐在陆仲任的墓前，由于明天有任务，他不能喝酒，天上飘动着几片云，蓝色的天空，雪绒般的棉朵，微风拂动着旁边的枝叶，又从他面前掠过，撩动了他的头发，钟城看了一眼队长，笑了。

离“毒王”钟行交易的时间已经不到半天了，钟城到队里做了最后的安排。

“各位，对不起，这些年来谢谢大家的照顾，能认识你们是我的荣幸。”大家从没见钟城这样严肃过。

“钟队，别这样啊，这几年你的厉害大家有目共睹，明天一定会打赢这场仗的。”

钟城紧紧地拥抱每个人，是一种明显的不舍与留恋。

离交易时间不到两小时，警方都在焦急地等待着，这一刻他们等得太久了。下午5点10分，对方终于出现了，三辆车子驶向一个简易房前，经过前几次的教训，钟城知道他们肯定埋伏的有其他人，并没有贸然行动，他先带领一批人在前面探路，靠近房子，钟城从门缝中看到有三拨人在桌子前坐着，他向其他人打手势表示确实有钟行，然后钟城一脚踹开大门。

“别动！警察！”

“钟城，你还是来了，这么多年，你终究还是变了。”说话的人正是钟行。

“收手吧，这么多年，你还没有醒悟吗？”

“几十年的父子情，你难道一点儿也不顾吗？”

所有人都面面相觑。怎么回事，贩毒集团头目跟缉毒第一警竟是父子！所有人都呆住了。

“爸，这么多年，我终于知道原来我一直走错了路，从我上警校的第一天起就错了。”

“当初让你上警校本想让你在警局埋伏，做我的得力助手，没想到啊，你竟然真的成了警察。”

“我也没想到，可我庆幸自己选对了方向。爸，收手吧！”

只听砰一声枪响，吴奇从对面打过来一枪，钟城迅速躲到木板后边，接着对面冲出一堆人来，其他警察也闻声赶来，场面陷入混乱。钟城眼看着父亲要跑，他紧随其后，结果刚出门就被打晕了。

等醒来的时候，钟城发现自己被绑在椅子上，抬头就看见钟行和另一个男子。

“吴奇，过一会儿让弟兄们都撤了吧，今天的目的达到了。”

“什么！大哥，兴师动众就为引出这个小兔崽子……”吴奇的话音还没落，就听见“啪”的一声耳光。

“他是我儿子！”

“可他已经是警察了！”

“别忘了，你也是警察。”

吴奇猛地后退一步，没想到自己藏了几十年的秘密还是被发现了。

“你……你……你怎么知道的？”吴奇面部抽搐，脸上惊慌、恐惧的表情让他整个人看起来很猥琐。

“从你杀死你的上线的时候，我就开始调查你了，你贪图钱财，为了金钱出卖了自己的兄弟。”钟行叹了长长的一口气，“唉，埋藏我心里多年的秘密该说出来了，你当年杀死的那个警察是我的过命兄弟。曾经我也是一名警察，为了调查我今天所在的这个贩毒组织，我在这儿当了五年卧底，可当我正准备归队的时候，我的唯一联络人被杀害，家中失火，我的身份得不到认可。我迷茫了，而当时上一任毒王准备重用我，于是我变成了今天这样。而钟城就是我那兄弟的儿子。”

“什么？你再说一遍！我父亲是谁！”

钟行扭过头来：“你醒了，事实就是你听到的那样。”他走向钟城，准备替他松绑。

“你干什么！放了他……放了他，我们都会死的！”吴奇拿着枪对着钟行，一脸恐慌地看着，钟行没有理他，此时吴奇已经惊慌失措，他颤抖的手举起枪对着钟城：“老大……老大你不能这样，把他杀了，把他杀了我们什么事没有！”吴奇瞪大了眼睛，抽搐的表情，准备扣动扳机。

“吴奇，别冲动！”

只听“砰”的一声，钟行挡在了钟城前面，鲜血浸染了地面。警察闻声立刻跑过来了，当场抓获吴奇。

“爸——！”

“哈哈，警察来了，你安全了，儿子，我不后悔救了你，我后悔……后悔自己没有像你这样……”

钟行死了，以后再也没有钟行集团了，一切似乎都平静了。

钟城站在监狱门口，天空飘着一片片的白云，蓝天，微风，阳光，他看见陆仲任向他笑着伸出大拇指，但他的眼睛渐渐模糊，那身影消失在眼前，只剩下两人相对而坐。“成为警察的那一天，我也就想到了死亡的那天。”

钟城踩灭最后一根烟头，渌口的故事结束了，钟城走了，这里再也没有缉毒第一警，也没有人知道他去了哪里。

2015年5月10日，钟行贩毒集团立案入狱，大门缓缓关上。

“我宣誓：我志愿成为一名中华人民共和国人民警察，我保证忠于中国共产党，忠于祖国，忠于人民……我愿献身于崇高的人民公安事业……”

——获信阳师范学院首届“大别山杯”大学生创意写作大赛小说类二等奖

韩情情，女，河南驻马店人，信阳师范学院文学院2019级汉语言文学专业创意写作班学生。

指标

韩情情

招教指标下来了，只有一个名额。

一大早，村支书老潘就拿着申请表来到四季家，四季娘正系着破围裙抱门口那堆碎柴火，听说是为了儿子当教师的事，顿时一个激灵，慌忙把柴火一扔，拍拍手上的灰就拉老潘进屋坐。

四季娘这辈子最值得骄傲的事就是自己的儿子有出息，在村里孩子都不爱读书，满村溜达着斗鸡打鸟的时候，只有四季坐得住，整日捧着借来的旧书沉醉其中。他爹让他看麦场他拿书，他娘让他烧火他拿书，就连去村里吃席口袋里也揣着书。村里人见了四季娘都说四季这孩子将来肯定不一样，瞧着不像是咱这一辈子握镰刀的命，四季娘一边拍着人肩膀说还不知道呢，一边笑得合不拢嘴。

时间过得很快，四季高中就要毕业了。他爹寻思着家里孩子多，再读下去学费越来越贵，这学历也可以了，够在乡镇弄个老师的职位当当。四季起初不愿意，坚持继续读下去。他娘开始有些不忍心，说咋样也得让孩子上完。为了挣更多的钱，四季娘去老远的地方给人摘辣椒，晚上回去的时候一不小心从沟边掉了下去，摔断了腿。四季开始动摇了，不想看到父母这么辛苦。高中最后一个学期结束，四季就背着大包小包的被褥旧书回家来。

四季爹开始到处打听哪个村镇缺老师，东问西问也没问到。在地头浇粪时遇到东头他三爷，不知道在哪儿听的，说每年镇上都会有一个教师指标，找村支书说说去，让他帮着留意下。也不管可不可信，四季爹挑着空粪担子就去了支书家。

村里人都知道四季这孩子是真有学问，支书也夸这孩子中，村里好几代都没出过这样的文化人，听到四季爹说想让帮着留意招教指标，支书一口答应下来，拍着胸脯说没问题。

春天的时候四季娘在地里薅草，用脏手拨拉脸上的碎头发，看见隔壁村刘生爹从地头走过，直起腰问他弄啥去嘞。“这不，晌午在集上碰到俺支书了，说今年镇上招教指标下来了，叫我给俺刘生去拿个申请表。孩子毕业一年多了，终于等到个机会。”说着，大步跨过田垄往村委会走。

四季娘一听，咦？这招教指标下来了，咋没听支书吭声啊？没把俺四季的事儿放心上，啥支书啊，净不为俺百姓干事儿！抓着的一把草随手一扔，呼呼地走向支书家。

“有人吗？支书在家吗？”还没进门四季娘就开始嚷嚷。

“谁啊？老潘出去开会了，还没回来。”支书媳妇从屋里走出来。没等四季娘回话，“哎呀，是嫂子呀！找老潘啥事儿啊？快进来坐！”伸手就把四季娘往屋里拉。

“俺下地的时候听说今年招教指标下来了，咋没听支书跟俺说呀？不是说好帮俺四季留意着吗？”四季娘边往屋里走边说着。

支书媳妇一听是为这事就笑了，拉着四季娘的手坐下。“昨晚上他还在跟我说呢，今年指标下来了，答应过要帮你们留意。”

“那咋没听他跟俺说起呢？俺还是从别人那儿听来的。”四季娘撇了撇嘴。

“不是啊，老嫂子。听他说是每年的指标都只有一个，镇上那么多个村子抢着要。今年新规定说的是要轮流，一个村子一年，不知道啥时候才轮到咱村。昨天还在说有时间就去跟你们说一下情况，这不还没来得及嘛！”说着又拉了拉四季娘的手。

“指标轮流？那俺还得等几年啊？这都半年多了，四季还在家闲着，农活儿也不会干。唉，等就等吧！咱也没有办法不是。”四季娘拍拍支书媳妇的手背起身就往外走，“俺地里还有活儿，不坐了。”

听了这个情况，四季爹啥也说不出来，饭还没吃又扛着锄头出去了。四季坐在门口，想着不知道还要继续吃闲饭到啥时候，手里的书怎么也看不下去。

第二天天还没亮，四季就从床上爬了起来，蹲在门口的小菜园里。四季娘一出门吓了一跳。“这孩子起那么早蹲这儿干啥？赶紧回屋去！”

四季赶紧站起来。“娘，我想好了，那指标不知道啥时候才到咱。我不能这样干等着，不如先学着干点活儿吧！也帮你跟我爹分担点儿。”

四季娘没有吭声，进屋拿了东西就往地里走，肩上的两个锄头把原本就不高挑的身材显得更加矮小。

天还没亮透，一望无际的小麦地里，隐约可见一个少年吃力地举起锄头往地上砸，在一行麦子边上砸出另一排弯弯曲曲的松土。

麦子收了一季又一季，黄了又绿，绿了又黄。田间地头上那个瘦弱的身影逐渐变得壮硕有力，一趟又一趟地奔波在家和麦田之间。村里人起先觉得奇怪，觉得瘦弱白净的四季与这嘈杂无趣的田间格格不入。见到四季娘就问啥时候指标能下来，别累坏了孩子。渐渐地，也没人问起了，似乎四季已经与这田间，与手中的锄头、背上的药桶，与周围的所有人融为一体。

大片的麦田金灿灿地闪着光，堆在黄土地上等待着镰刀的洗礼。四季除了吃饭睡觉，剩下的时间都跟着他爹穿梭在麦地里，汗珠把泛黄的上衣透了一遍又一遍，黝黑的脸上怎么也看不出刚下学时的稚嫩与青涩。

听到招教指标又下来了，今年轮到了自己村，支书晚饭不吃就跑到镇上去领了申请表，一早就给四季家送了过来。

“嫂子，这指标终于到咱了。四季在家吗？赶紧让他写了申请表，我拿镇上给交上去。”

“哎呀，支书，你是不知道，俺等这个指标等得多苦啊！俺四季一个念书的硬是干活累成了庄稼汉。”

“嫂子，俺知道不容易。这机会终于来了不是。赶紧叫四季回来，咱今儿晚上就交过去！”支书掏出文件包里的一张表格，递到四季娘手上。

等待的日子太久了，机会终于来临，一家人高兴得手足无措。四季爹说得赶紧给四季置办几身新衣服，赶明儿去学校教课，咱得有个老师样儿。四季娘第二天一早就跑镇上选布，特意叮嘱裁缝一定得好好做，俺儿子要去当老师了。四季也激动，兴奋得睡不着觉，愣是把封了好几年的三个书箱全部打开，一本书一本书地抚摸，藏了那么久的宝贝们又用得上了。

申请表交上去后，四季一家每天的盼头就是等着支书来通知啥时候去学校报到。三天过去了，四季说可能上头在审批，没那么快。一周过去了，四季娘说可能还没审批好，再等等。很快，半个多月过去了，田间的麦子都已经倒在了地上，只等一个石碾来让它们吐出金粒。四季爹实在是等不耐烦了，活儿也干不下去，迎着大日头就往镇上赶。

还没到镇上，刚好碰到了拎着文件包急匆匆往村里走的支书。“支书啊，这是咋回事儿啊？这申请都交上去多久了，俺四季啥时候去学校报到啊？”

支书的脸突然一紧。“四季他爹，我正要去跟你们说呢！我也是一直在村里等这镇上的通知，干等没信儿，就来问问了。”

“那咋样了啊？你问出个啥？”四季爹更着急了。

“唉，我才到这儿就听说今年的招教结果早就出来了……”

四季爹一脸茫然地听完，回去的路上脑子一片空白，啥也想不出来了。只觉得自家四季命苦，等了那么久的机会还是不属于他，老天爷就是想让俺四季当一辈子庄稼汉吗？

家里气氛一下子变得沉重起来。四季娘坐在床边抹泪。“好不容易等来的指标，说给俺抢了就给俺抢了，舅舅是镇长咋了？有个当官的亲戚就能胡作非为吗？有俺四季有学问吗？俺去告他，告他个鳖孙儿不干好事儿……”边说边朝四季望去。

四季蹲在门口，任凭他爹一根一根地抽烟，他娘不住地哭骂，就低着头一声不吭。

天刚破晓，昏暗的房间隐约从窗户缝里透出一丝光亮。四季一夜没有合眼。黑夜短短的几个小时，在他这里仿佛过了几个世纪。四季起身穿上衣服，把那曾经让他骄傲和满足的三个大箱子重新塞回床底，出门捧儿把水揉了揉脸，就往田间走去。

这时的地头已经好多人在干活儿了，空气中充斥着镰刀和石碾与麦子碰撞的声音，一个个面朝黄土的身影让四季觉得陌生又熟悉。容不得多站，旁边地里的大哥开始喊了：“四季，今儿咋来那么晚啊？现在就剩你家地里的活儿最多喽！”

四季转头朝他笑了一下，提了提裤子径直走向自家的麦场。

——获信阳师范学院第二届“大别山杯”大学生创意写作大赛小说类二等奖

阮思浓，女，河南信阳人，信阳师范学院文学院2018级汉语言文学专业创意写作班学生。始终坚持阅读，坚持写作，探求更好的记录生活的方式。

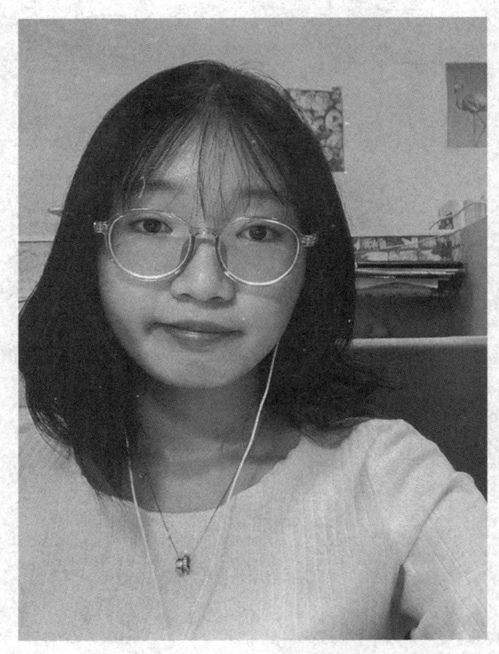

重山

阮思浓

一

颜妍醒的时候身上都是冷汗，房间里只有她沉重的呼吸声。她盯着漆黑的天花板出了一会儿神，而后缓慢地翻了个身，摸摸旁边已经凉透的被子，蜷缩起来。

她是被梦惊醒的。

梦里她小腹上插着一根长长的绣花针，走遍医院的每一个诊室却没医生愿意帮她。他们说那根针把她肚里的东西都刺穿了，治不好的，她已经是个废人了。她不甘心，跪下来求那些医生，可医生只是摇头。她终于死心了，带着针混混沌沌地生活，可那针却好像有生命一样，日日夜夜吸食她的血肉。某天清晨，她艰难地拉上窗帘站在镜子前，发现自己的小腹已经成了一个漆黑的空洞，可针却仍旧死死地扎在她的皮肉上。头顶的灯照着她，惨白的光把那针衬得像一柄淬了寒光的剑，冷得她浑身止不住地颤。

天花板从黑到白的过程漫长而枯燥，墙外渐渐有了人声。颜妍背对着窗户，看阳光缓慢地爬上床头相框中亲吻的两人的笑脸，她像是缺氧一样狠狠呼吸了几下，捏紧拳头，坐了起来。

她还有很多事情要做。她应该做很多事情。

客厅里一片狼藉，茶几还是昨夜被掀翻的模样，玻璃混着烟灰洒了一地，还有几个烟头在未熄灭时被扔下，在地毯上烧出了几个不大不小的洞。太难清理了。颜妍把那些碎玻璃扫起来，长时间的弯腰低头让她的脸憋得通红，小腹隐隐作痛。烟灰和地毯的绒线纠缠在一起，怎么也打扫不干净，那几个洞似乎还散发着焦煳味，让颜妍一下子就想起来昨夜她和男人之间焦灼的气氛。

太不可思议了。她想。平时需要两个人抬动的茶几昨夜竟然被她一个人就掀翻，幸好玻璃只碎了一层，只是可惜了地毯，这还是新婚时两个人一起买的。可能昨天她回来就是一个错误，但错在哪里呢，这明明也是她的家啊，她有权利在任何时候回来。错的是男人，他不该把那个女人带来，打着介绍朋友的名义让女人在她面前耀武扬威。可她隐隐又觉得男人没有错，甚至有些同情他。

今天的颜妍实在扶不起来翻倒的茶几，只能任由它躺在那里。打扫完一切，她坐在沙发上喘了很久。她觉得昨天的争吵和今天的打扫实在耗干了她的精力，四肢像是被人捶断了筋骨，无论如何再也抬不起来。她看着已经被损坏的地毯，想起自己曾经以为两个人永远也不会吵架，可如今不过五年，婚姻就已经走到了破碎的边缘。

昨天吵架结束时，男人冲过来抱住她，两个人像新婚时那样，紧紧相拥睡倒在床上。

正午时，阳光从巨大的落地窗侵入客厅，洒在躺在沙发上的颜妍的头发上。她喝了药就躺下了。脸色苍白，眼睛紧闭着，呼吸轻浅，两只手搭在小腹上，有一种难以言说的脆弱和平静。如果电话不响起来，她可能会一直这样躺下去。

颜妍看到来电显示是母亲。

“吃饭了吗？下午回家里一趟吧，末末来月经了，咱俩带她去医院看看。”末末是她同母异父的妹妹，算来今年也十二了。

听到末末来了月经，颜妍心里咯噔一下，赶忙应下，说下午会早点回去。

“你这两天感觉怎么样？有什么事情先忍忍吧。你现在不能生气，不能累着了。不管怎么样日子总得过下去。忍过了这段时间，等后面你有了孩子，什么事再说也不迟。”

颜妍低头抠着自己衣服的缝边，不知道该怎么接话。耳边母亲的劝解让她无端生出了一股反胃感，但她知道自己缺了几顿饭的胃里实在没有什么东西，只能干咽了几下，压下那一阵感觉。她听见自己小声地“嗯”了一下，跟母亲说最近挺好的，没什么不顺心，尽管放心，多看着末末。

“妍妍，你要好好照顾自己知道吗？现阶段身体最重要。等你身体好了，什么都会好的。”母亲的声音飘忽着，像是在说服她，也像是在说服自己。

“我知道了妈，别担心了，下午我早点回去。我挺好的，真的。”

挂掉电话，颜妍觉得那股恶心感越来越强烈地涌了上来，她终于控制不住自己，跌跌撞撞跑到卫生间开始呕吐。头发胡乱散着，眼泪硬生生流了满脸，她模模糊糊间看见马桶仍旧是干净的样子，不知想到了什么，突然笑了起来。她摸了摸自己的小腹，慢慢长出一口气，脸上绽开一个带着苦涩的笑容。

二

下午三点，她们已经在十字路口堵了十分钟。

小姑娘坐在车的后排，眉眼低垂着，沉默地望向窗外，母亲翻看手里厚厚的中医书一言不发。车内的空气不断沉下来，一层玻璃将车内和车外完全分隔成两个世界。

颜妍手里紧握着方向盘，张了几次口都没有找到合适的话题来打破沉默。她的心里像是弥漫着一层浓雾，连自己也看不清里面到底有什么，所以她近乎放弃地想，就这样吧，本来去医院对她们三个来讲就不是一个含有任何好的意味的事情，在很多时候，沉默往往代表着理智，而理智则有利于她们面对任何糟糕的情况。

医院冰冰凉凉的，空气里的消毒水味像是一根又一根细针被吸到了颜妍的体内，在她的身体里乱窜，让五脏六腑都开始疼痛。妇科的走廊上有不少人，大多是年轻姑娘，坐在诊室的门口，精致的妆容也掩盖不了深色的憔悴。护士行色匆匆，手里抱着厚厚的病历本。整个走廊里低语声、压抑的抽泣声，还有脚步声构成了一个奇妙的低沉的封闭空间。

医生是母亲和颜妍都熟悉的，是个很随和的中年女性。她看到一旁低着头的末末露出一个了然的眼神，然后微笑着牵过小姑娘的手，将她带进了一旁的B超室。颜妍和母亲跟在两个人的后面，她看见母亲僵硬的表情和捏紧皮包泛白的手指，眼角忽然酸涩，她深呼吸几下压下泪意，将手搭上母亲的肩膀，轻轻拍了两下。

“别担心妈，末末肯定没什么的。”

母亲扯出一个笑，顷刻间红了眼眶，泪水打着转但终究没掉下来。她点点头，呼出一口气，抬起手将鬓发别到耳后。

“末末还小，要是查出来有什么问题可以早点调理。”

母亲握住颜妍搭在自己肩上的手，拍了两下，然后抬起头看她，抚摸她苍白的脸颊。

“你呢？中午电话里说不清我就没细问，你这两天身体怎么样？工作还忙吗？和小何没再吵架了吧？”

听到丈夫的名字，颜妍将自己已经想好的回答都咽了回去。她抿抿唇，努力让自己忘掉昨天两个人的不愉快，耸耸肩，一派轻松地笑了，就好像她正处在一个平稳幸福的阶段。

“哪能啊，我俩没吵架了。这两天挺好的，过段时间我准备把工作辞了，安心在家养身体。”

“你不是快晋升了吗？前段时间不是说公司准备提你当副经理吗？”

“工作还能再有，我怕时间长了，我和他走不远。”

颜妍眼眶泛热，用力扯出一个还算自然的微笑。她反握住母亲的手，抿了几下嘴，眨眨红肿的眼，吐出一口气。

“没事，都挺好的，女人嘛。进去看末末吧，她一个人在里面，别害怕了。”

末末躺在床上，扭着头看一旁仪器的显示屏。她裤子褪了一半，小腹上抹着大片的水凝胶，皮肤带着年轻生命的柔韧感和活力。颜妍走过去，俯下身撩了撩末末有些长的刘海。小姑娘回过头看她，面上露出害羞的笑，两颊红红的。颜妍和末末之间差了十七岁，正好错过了培养感情的那几年，两个人平日里并不怎么亲近。

“姐。”

“嗯，这两天肚子难受吗？”

末末声音细细的，缩缩脖子，平躺着，手指抓着身下的床单。

“不怎么难受，就是有点疼。前两天肚子疼，还做了个梦，梦到我肚子上扎了根针，快醒的时候针就被拔出来了，这两天不怎么疼了。”

颜妍听了这个梦的结局心里有些酸涩，不知道该做出什么表情，只能把手柔柔地放在她脸上，笑了笑。

“疼是正常的，平时吃东西多注意就行了。”

母亲站在医生旁，看屏幕上的画面来回晃动，她这半生看着这个画面从黑白变成彩色，看着病床上躺着的从自己变成如今才十二岁的小女儿。时间一眨眼就过去了，什么都变了，但又好像什么都没有变，她们家的女人还是躺在这张床上。

不知画面转了几番，医生终于停下了转动屏幕的手。她摘下口罩，扯了两张纸递给颜妍让她帮着末末擦身子。医生转过来，冲母亲笑笑。母亲一下子绷直了背，两只手紧紧相握，指节都泛着白色。

“大夫，末末她……这刚来我就带她过来……”

“没事，别紧张。小姑娘没啥事，年龄小先不考虑积液和阻塞，主要是看子宫这方面有没有畸形和异常，目前来看是没有的，先天的病基本排除了。就是子宫发育不是很好，还小，一般随着年龄的增长会好的。”

医生拍拍母亲的胳膊，站起身，带着母亲走到外边的办公桌前坐下，写了张方子。

“小姑娘没事，别太担心，往后注意点，定期来检查。”

颜妍牵着末末从里间走出来，看见母亲坐在凳子上抹眼泪。末末跑过去扑在母亲怀里。颜妍手抖了抖，但她扭头看见医生脸上轻松的笑，霎时间泄了全身的力气，用手一摸脸，湿乎乎的。

三

她们家的女人似乎命都不太好，这么多年过去了只有末末一个人是好好从那张床上起来的。

外祖母死在了那张床上，母亲躺在上面十几年，颜妍躺过之后大把大把的药就再没离过身。

外祖父是知识分子，一生坎坷，和外祖母相互扶持。外祖母体弱保不住孩子，只孕有母亲一个。因为只有一个女儿，外祖母在婆家抬不起头，连带着外祖父也被人在背后说三道四。外祖母死得早，因为她拼死也想给外祖父生个儿子，想争口气，可结果不仅儿子没有生下来，自己也走了。外祖父抱着外祖母冰冷的尸体在病床上坐了一夜，第二天抛下还年幼的孩子，再也没有回来。

母亲说她坐在门槛上等了一天又一天，没等回来母亲口中的弟弟，没等回来母亲，后来，连父亲也不见了。她是个女孩不受重视，被亲戚推来推去，最后早早地嫁了出去。

她十九岁那年就生下了颜妍。

父亲家姊妹兄弟多，住在一个大院子里。母亲喜欢晴天时搬个凳子坐在院子里抱着颜妍晃啊晃，身上暖暖的，怀里软软的，尽管女儿不是很得丈夫的喜爱，但她觉得日子是有盼头的，孩子可以再生，总归会越来越好的。她的前一段生命在冷眼和苦难里挣扎，她不想让自己的女儿也这样，所以她爱着颜妍，无论如何都想着维持家的完整性。

颜妍三岁的时候父亲提出想要个儿子，说兄弟几个只有自家没有男孩，说什么也想要一个。母亲看颜妍还小，而且那段时间家里条件不太好，两个人都忙得脚不沾地，没有精力来照顾孩子，就没同意。颜妍隐约记得父亲被母亲拒绝时皱起的眉毛中间的那条沟壑，和父亲瞪向自己时愤恨失望的眼神。渐渐的，父亲忙碌的时间越来越多，母亲就抱着颜妍坐在门槛上等他，有时候等到深夜父亲也没有回家，有时候还没走到门边他就回来了。

颜妍五岁的时候，母亲终于同意生第二个孩子。父亲高兴了很长时间，连带着对颜妍的疼爱都多了不少，一家三口经常在一起吃饭玩闹。一年后母亲终于怀孕，父亲快乐疯了，姑姑叔叔们挤满了小小的房子，说一定是个男孩。到处都是笑声。这段记忆成了颜妍脑海里仅存的有关完整家庭的暖色记忆。

四个月后，母亲流产。

后来母亲越来越消瘦，开始频繁出入医院，家里常年弥漫着一股艾草味。慢慢地，颜妍甚至开始在洗手间看见带血的纸巾。争吵，埋怨，痛苦开始一点点填满这个转瞬间就变得空荡荡的房子。颜妍又开始和母亲一起坐在门槛上等待父亲回家了。

母亲和父亲的婚姻走到尽头时颜妍十六岁。这十一年里，母亲怀孕五次，每一次孩子都没保住。习惯性流产简直透支了她的身体，这么多年来，母亲流下的血和泪填满了家的每一个角落。离婚的前一年，有人看见父亲在街上抱着一个小男孩和一个年轻女人举止亲密。

母亲终于放弃了。

末末和颜妍之间差了十七岁，她是母亲再婚后拼死生下来的。十几年来，父亲的阴影始终笼罩着母亲。母亲再嫁的男人不觉得一个女儿有什么不好，他心疼母亲的身体，没再提过要孩子的事情。

颜妍结婚那年，是叔叔送她走过了长长的红毯。

生不了孩子这种病像是一种诅咒，潜伏在她们家女人的血脉里伺机行动。它用噩梦编织了一个牢笼，将外祖母关了进去，将母亲关了进去，将颜妍也关了进去。幸好，末末还在门外。

从医院里出来的母女三人都轻松了许多。母亲直接是笑着走出了医院的大门，她左手牵着颜妍，右手牵着末末，多年来心里积压的阴云总算散去了一部分。

“末末没事就好，没事就好。”

末末低着头抿嘴笑，不说话。颜妍也难得高兴了起来，苍白的脸上有了些红润的颜色。

“末末没事，等过段时间妍妍的身体也养好了，妈就放心了。”

颜妍听到母亲说自己，心里沉了沉，但一想到今天检查没事的末末，又忍不住有了幻想，她抬手摸摸自己平平的小腹，心里慢慢有了隐秘的雀跃。

四

颜妍准备回家的时候已经是晚上十点。母亲把她送出屋，将门轻轻掩住，拉着她走到一边的路灯下。母亲的手缓缓抚上颜妍的脸，看着她的眼睛，就像幼年时无数个白天黑夜做的那样。

昏黄的光让两个人的影子变形，交错，缠绕在一起。一边的树枝低垂着，一片叶子掠过颜妍的发梢，轻轻落在她的肩上。颜妍看着母亲捏起那片叶子，转动了两下，然后牵起她的手把叶子放在她手心里。

“颜妍，现在妈妈就只担心你一个了。你说要辞职，是已经想好了吗？”

“想好了。我这个病一时半会儿也好不了，就是当初太忙了，阑尾炎造成感染才导致输卵管堵塞的。这段时间闲一闲也好，养养身体，而且前段时间听医生的意思估计是要做手术。没事儿的，妈，我都想好了。这个病好了，我就和他要个孩子。”

“你想好了就行。你最近和他也别吵架，感情啊越吵越淡，你也不能老是生气。我当年和你爸闹成那个样子，我不想你跟我一样。”

颜妍的思绪一下子乱了。她握住叶子，叶子在掌心被揉碎，绿色的汁液慢慢流了出来。她想起昨天男人指间燃烧的香烟，想起被她掀翻的桌子，想起那张破了个洞的地毯，她脑中关于争吵的画面争先恐后地涌到眼前，最后定格在回家打开门时看到的那张明丽红润的脸上，那张女人的脸。

那张脸可真好看，明艳，红润，一看就是个美好的健康的姑娘。

颜妍的眼泪霎时间争先恐后地溢出眼眶，顺着脸颊的弧度滑落，然后隐没在黑暗里。她似乎没有意识到自己哭了，还想冲母亲笑一下，可使了半天劲，也没感受到嘴角提起的力度。

“妍妍……”

母亲上前抱住她，一下下拍着她的背。颜妍张开嘴，好半天才找回自己的声音。

“他外面有人了……昨天我回家，开门的，是个女人，他说是他朋友，介绍我们认识……我看见他亲了那个女的一口，我看见他亲了那个女的一口！”

颜妍说出这些话像是用尽了一身的力气，她趴在母亲肩头急促地喘息。她的大脑在这喘息中以一种缓慢的速度停止了思考，再听不清任何声音。一阵风吹过，树叶簌簌作响，她的灵魂似乎脱离了身体，飘向了无尽漆黑的夜空。

颜妍到家时在门前站了许久才掏出钥匙打开门。家里没人，黑洞洞的客厅像是怪兽张大的嘴，只等着她自投罗网。她弯下腰把鞋换下放进柜子，小腹猛地一痛，颜妍猛跪了下去，膝盖磕在地板上，钻心地疼。颜妍哆哆嗦嗦地摸出手机，翻找着通讯录，指尖停留在男人的名字上。颜妍咬咬牙，最终没有按下去。她扶着柜子站起来，把自己拖上了床。

她做了个极其混乱的梦。

梦里是她和男人的过往。第二天早上颜妍醒的时候，眼睛肿成了核桃。

男人回来的时候，颜妍刚吃过药，正躺在沙发上热敷眼睛，听见开门声她坐起来，一下就看见男人身上穿了一件她没见过的衣服。男人瞥了她一眼，看见仍旧翻倒的茶几，想说些什么，但站门口半天还是没能说出来。

他关上门，走过来把茶几摆正，然后进厨房倒了两杯热水，一杯放在颜妍面前。男人坐下，在一个靠近门，颜妍对面的位置。

热气上升，横亘在两个人之间，白茫茫一片，就像迷雾，他们看不清彼此的脸。静默在漫延，客厅里只有钟表指针走动的嘀嗒声。

“如果你不回来，这个茶几可能要一直倒着了。”

颜妍伸手想端起茶杯，却被烫得瑟缩了一下。她揉了揉被烫的手指，率先打破沉默。可是男人并没有说话，他两条胳膊支在膝盖上，半边脸埋在手掌里，眼睛愣愣的不知道在看向哪里。颜妍肿胀的眼眶开始泛热，她赶忙低下头。

“这两天是比较忙吗？你那天带来的朋友……”

“你这几天身体怎么样？肚子还疼吗？”

男人打断她的话，似乎是不想再听她说下去。他端起茶杯却并没有喝，只是放在手里，像是打发时间一样转着它。颜妍越发看不清男人的脸。

“挺好的，昨天和妈还有末末一块去的医院，末末她……”

“妍妍……”

男人看着她。颜妍听见自己的心跳声在耳边隆隆地响，她开始不希望男人再说下去，于是脑子里飞快地想着接下来该说些什么。但她没能在男人开口之前说些什么。

“咱们离婚吧。”

“什么？不好意思我……”

颜妍端起杯子猛灌一口水，却被呛得直咳嗽。男人坐过来拍着她的背，又一字一句地，清晰地说：

“妍妍，离、婚、吧。”

五

人的灵魂应该是很轻的，因为颜妍发现自己飘了起来，她停留在客厅的上空，感受到杯子里的热气穿过自己，水蒸气在身体里留下冰冷的温度。她看见自己的身体仍旧坐在沙发上，脸上的表情僵硬得像一个苍白的面具。

“为什么离婚？”

“妍妍……我们……”

“你说啊。”

颜妍看见自己直视着男人的眼睛，脸上扯出有些扭曲的笑，把杯子猛地放在桌子上，水洒了一桌子。

“我知道，那个女的不是你同事。”

颜妍扭过头盯着男人的眼睛。

“这只是我看到的一个。还有没有？你告诉我，还有没有？”

“这只是我们中间的一个原因，她不是主要的。”

男人别过头，把脸埋在了手掌心。

“咱们俩在一块多久了？从大学开始……有……”

“八年了。”

说出那个数字之后，颜妍看见自己突然笑了，这个笑是自然的，甚至脸上有了红润的颜色。

“八年了，结婚也有五年了。妍妍，你一直知道的，我想要个孩子。”

男人上前抱住她，这个拥抱让颜妍觉得无比冰冷。

“离婚吧，别互相耽误了。”

颜妍推开他。

“你觉得咱们两个是互相耽误？”

当人伤心或者震惊到了一种极致时，便达到了绝对的冷静。颜妍觉得自己从未如此冷静地面对过这个和自己在一起八年了的男人。在这种冷静中，她因为这句话近乎想笑。

“是你觉得我耽误了你吧？”

颜妍听见自己用一种平稳的声音对男人说。

“毕竟我这么多年了生不出来孩子，让你挺为难的吧。你妈那边催你不少，我天天被人背后说三道四，说我是个不能下蛋的母鸡，连带着你也被不少埋怨吧？”

“妍妍……”

颜妍抬起手，示意男人别开口。

“互相耽误，也不能说全错，我让你这么多年没孩子，你让我想放弃自己的工作。但是总的来说还是我的不是，毕竟我生不出来啊，毕竟我是个不会下蛋的母鸡。

“我前两天想着辞职吧，回来养身体，看这两年咱们努力努力能不能生个孩子。这些在你眼里是个笑话吗？毕竟你又找了一个能生的。”

男人似乎听不下去了，皱着眉，仍旧一言不发。

“可是你也没什么错啊，你就是想要一个孩子嘛，可是我生不出来啊！”

颜妍终于绷不住了。她的嘴唇不断颤抖，哆哆嗦嗦开始一句话也说不出来。她怕自己一张嘴就会哭出来。

“就是因为我不能生嘛。”

男人终于忍受不住，大声吼了一句。

“够了，别说了。”

颜妍的眼泪夺眶而出。

“够了？怎么够了呢？你要和我离婚，八年了，在一块八年了你说要离婚。”

“那怎么办？妍妍那你告诉我该怎么办，我家那边我可以不在乎，但是我们两个之间应该怎么办？我不想再等下去了，我等不下去了。”

“是不是她怀孕了？”

颜妍看着满脸痛苦的男人突然开口，男人愣住了。整个空间又重归于安静，只有颜妍平息情绪的喘息声。

“……是。”

颜妍又冷静了，甚至比刚才还要冷静。她的灵魂似乎又回到了身体，连带着那些穿过身体的冰冷水汽，她的五脏六腑都被冻得生疼。

她的小腹又开始疼了。梦里的那根针似乎真的出现了，死死扎在她的皮肉伤里，折磨着她。

“你出去。”

颜妍挣扎着吐出这三个字。

“什么？”

“你滚啊！”

手边的杯子被颜妍扔在了门口，玻璃四溅，杯子再也没有了复原的可能性。

六

“妈，我和他离婚了……我不能生孩子嘛……不辞职了……那个女人怀孕了，我不离婚都硌硬得慌……我知道，我知道……妈我挂了，我想休息一会儿……没事，就是累了，想睡会儿……好好照顾末末，我过两天就回去……妈，没事，我挂了。”

放下电话，颜妍长出一口气。她并没有按自己刚才说的那样回房间躺下，她坐在了阳台上。

大大的落地窗让她可以一眼就看见外面的夜景。

颜妍看见高高的楼房肩挨着肩，每一层都闪烁着不同的光。行进的汽车变成了一条又一条光带奔向不同的方向，整个城市灯火通明，可房间是黑的。

可能往后会一直这么黑下去。

——获信阳师范学院第二届“大别山杯”大学生创意写作大赛小说类二等奖

王文君，女，河南驻马店人，信阳师范学院文学院2015级汉语国际教育专业学生。

苹苹

王文君

一

暮色从西边袅袅生起，那一轮火红的落日已经触碰到不远处一座小山丘的山峰了，眼看着就要跌下去，苹苹直起眼睛目不转睛，仿佛魂魄已经被那绚烂的红光给摄取了，此刻正穿过一棵棵风中摇曳的银杏树，朝着那颤巍巍的地方幽幽飘去。她没有听见爷爷叫她回家吃饭的声音，虽然这条路上空无一人万般静寂。慢慢地，她那因夕阳照射而变得柔和的脸上露出了一抹惊喜的微笑。“苹苹！苹苹！你咋跑这儿来了？你爷爷正到处找你回家吃饭呢，发什么呆呢？赶紧回去，一会儿你爷爷找不到你该着急了！”荣升奶奶不知道什么时候站在她身后轻轻推了她一把。一个激灵，她的魂魄就闪电般掉头附回了她僵硬许久的身体。那个让她惊喜的身影骤然消散。一丝失望悄然爬上她的眼睛，她转过身来看了荣升奶奶一眼，不声不响地走了。

“这孩子，真是越长越傻了，咋跟鬼魂儿附体了呢……”荣升奶奶看着那个离她愈来愈远的瘦小身影，感到莫名其妙，喃喃自语着也朝同一个方向走去。

鸡又在咕咕咕叫唤了，三只鸡围着爷爷转来转去，抢着吃地上刚撒的粮食。苹苹爷爷愈加显得老了，佝偻着的腰无言地昭示了这些年来对沉寂生活的妥协，脸上的皱纹盛满了灰暗的气息，他的眉头连为数不多的笑着的时候都呈现出深锁着的状态，狭长的眼睛早已不复当年的神气，而今挤成了一道窄缝，压抑着不易觉察的凄然。旁边红瓦顶黄土墙的灶房里，苹苹看见一丝丝炊烟正透过房顶的瓦片往外渗。“回来了？去吃饭吧。炒了你喜欢吃的土豆。”爷爷并没有多问。“我看见妈妈回来了，真的，不骗你……”爷爷手中的碗忽地一倾，稻谷撒了一地。三只鸡哗啦一下子冲了上来，咕咕咕叫着，院子里鸡毛乱飞。

苹苹今年十岁，正如荣升奶奶所说的那样，从小看起来就像个傻子，从小就和爷爷住在这栋矮矮小小的红瓦黄墙的土房子里。十岁了，她从来没有走出山里这个偏僻的村落。她常常一个人站在门前看那三只鸡没完没了地啄食，也常常站在那条长长的弯弯的看不到尽头的小土路上，对着过往的稀疏行人发呆，倘若那总是急匆匆的行人也驻足好奇地看一眼这个小姑娘，苹苹就会露出一个大大的微笑。于是村子里所有人都很快知道，这孩子原来是个智障。他们再看到她，就会摇摇头叹口气：“唉，可怜的孩子！”然后很快地就走了过去。她不是没有上过学，然而只在村子里的小学里读了一年级就辍学了，这一方面是由于村子里的孩子愈来愈少，学校也快办不下去了，另一方面自然还是她自己的原因——她是个傻子，或者说，在别人眼里像个傻子一样。这上学来的一年对于她可谓噩梦，至少在了解情况的人看来是如此，她自己也许并没有这种意识，她只知道傻笑、发呆和沉默，恍恍惚惚游离在另一个世界。顽皮又可恶的那一群孩子，总是拽下她自己费劲梳好的两条辫子，她猛地一回头，却只能看见一张张讳莫如深的神秘的脸。那个穿着漂亮衣服的女生总是鄙夷地指点着她那件袖子上裂了一道缝的上衣；那个总有零花钱的男生总是故意买一大堆好吃的零食摊在桌子上，大口大口往嘴里塞，还夸张地吧唧出诱人的声音来，一边吃一边瞟着直勾勾盯着他的嘴巴不由自主咽口水的她，然后指着她，大声叫起来，就好像捡到了钱似的："哈哈哈，快看快看，傻子流口水了！"她放学走在路上，身旁总有一群活蹦乱跳的孩子一边走一边取笑她："傻子！傻子！你是哑巴吗？傻子！傻子！你妈去哪儿啦？"老师也不待见她，把她叫到讲台前面，拿起她的作业本噼里啪啦训骂一通，看着她呆呆傻傻的模样，不免更加心烦，一把把她推出门外，啪一声关上门，留下她和班里那个因打架被老师赶出教室的男生在外面面面相觑。她在前门站，他在后门站，这时，两个孩子忽然对视着笑了。开家长会的时候，爷爷总是家事缠身，于是她一个人坐在教室角落里，看着前排那个总是趾高气扬对她指手画脚的小姑娘，正舒舒服服地坐在妈妈的怀抱里，听一旁老师对她的表扬。就是这个舒舒服服的小姑娘，是班里的班长。苹苹想起了那次，这个小姑娘从第一排站起来对着班里同学说："谁给我撕一张纸？我只要一张纸。"哗啦啦班里每个同学都拿起本子，刺啦一声，又刺啦一声，不一会儿厚厚一沓作业纸就被一张张传到了班长面前，苹苹坐在后面看见了那样一沓厚厚的纸，心想着够了，自己就不撕了，谁知先是身边的人催促着她赶快撕，她犹豫又疑惑，接着竟然整排同学都开始催促，这催促声蔓延到了整个班里，四面八方涌来了同样的似乎不怀好意的声音："撕呀！怎么不撕！快撕……”她一抬头，班长仍然站在第一排满脸笑意。一瞬间，她感到了害怕。

她愈来愈害怕她身边所有的同学和老师，她不再愿意去学校，但她还是天天去学校。她还是天天被别人指着叫傻子，被那个高高的短发女生一路逼着还那一元钱——她也搞不清楚什么时候欠的。但她总是被她周围的那一群人逼着还钱。有一次她没办法还，被人教唆着偷偷从爷爷的大褂里摸出了二十元钱，还给了也许并不亏欠的同学。爷爷为着这件事还曾大动肝火，可她这个死倔的傻子却始终缄默不语。是的，爷爷对于她在学校里遭受的所有事情一概不知。但不能否认爷爷是爱着苹苹这个小孙女的，只不过是以一种近乎沉默近乎游离的方式。苹苹家的邻居荣升奶奶有时候来到苹苹家里，总是感到这个家少了点儿什么。当然，这个家已经少了很多明显的东西，比如，人。但荣升奶奶也许是性格使然，这里对她而言太过于死气沉沉，所以她不常来苹苹家。

村子里的孩子近来愈加少了，于是接连着学校也办不下去了，苹苹的噩梦也要终止了。当然，在她自己看来，不过是终于远离了一群讨厌和害怕的人而已。于是，苹苹就彻底地辍学了。她留在家里和爷爷相依为命，而她的那些可恶的同学们则一个个跟着父母搬出了村子，去往各个不同的镇里城里上学去了。

二

这天，苹苹一个人站在门口目不转睛地盯着这三只鸡出神。一只羽毛蓬松色彩斑斓的大公鸡和两只暗黄色的母鸡，它们像往常那样优哉游哉地漫步在门前的一方空地上，荣升奶奶忽然踏着细碎匆忙的步子走过来了，鸡仿佛受到了惊吓，扑扇着翅膀在一片荡起的尘土中四散而去，苹苹抬头，对着荣升奶奶扬起一个微笑。“苹苹呀，你爷爷在家吗？”苹苹愣了一下，疑惑地看着荣升奶奶点点头。荣升奶奶就弯着腰，进了那扇窄窄小小的门。

“苹苹爷！苹苹爷！”苹苹爷正卧倒在床上小憩，“苹苹爷呀，别睡觉了，赶紧起来，我跟你说个事儿……好事！”苹苹爷坐起来掀起床头的大褂披在了身上，疑惑地望着荣升奶奶。“你还不知道吧，咱们村要评贫困户了，我也是刚才听万书记她媳妇说的，说是最近可能会下来一批上面的干部，带领咱们脱贫哩！”“哦……扶贫。”苹苹爷继续穿着大褂。“你看看，你看看，这老头子整天就知道种地，啥也不操心！这不是要评贫困户了吗？贫困户可是有补助哩！上面还专门派干部下来帮助咱脱贫，这不是好事呀？”荣升奶奶语气急促，苹苹爷一时哑口无言，沉默了下来，像是在听一件无关紧要的事。“我可是跟你说了啊，最近肯定要忙着评贫困户，咱们都留意点儿，争取评上，你也不用天天摆弄你那两亩地了……”说罢，荣升奶奶又踏着细碎的步子走了出去，她那茧一般的身体仿佛有了某种魔力，又把小苹苹的魂魄摄去了。苹苹爷起身，嘱咐苹苹看好鸡，出门去了。

说起地来，他忽然想起今天该播种了，多亏荣升奶奶提醒，要不他怎么今天总感觉这么闲呢？他朝着自己那两亩地走去。已经四月初了，天气渐暖，水稻种子已经出芽，这一袋芽种也是时候播撒到地里去了。沿着田埂朝前走，他看见已经有零零散散几个人勾着腰在忙活。走到自己的那两亩地地头，卸下袋子，也开始一个人默默忙活起来。近来他愈加觉得体魄大不如从前了，好像半年前他还能背着一麻袋粮食走半个山都不曾疲惫，而现在才走了几步就汗如雨下。他索性坐在了田埂上。这样子让他又看到了一些记忆的图景。那天他和儿子在这块儿地里插秧，那年四月初的阳光灼热了他的眼，可是他依然很兴奋。他眯起眼睛打量着前面的一个男人的身影：“大毛啊，没发现你都长成个大小伙子了，能帮你爸干活儿了！好好干，等回来给你娶个排场的媳妇！”大毛漠然不语，蓦地转过头来抹了一把额上的汗，这张面孔和他父亲是如此神似，尤其是眼神。同样狭长的眼睛，眯起来的时候是那样的桀骜不驯，只是这种桀骜不驯在父亲眼中已经不易觉察了。他满脸堆笑，看着回过头来的儿子，可对视着对视着，他脸上的笑容逐渐僵硬了起来。

“我打算明天就走。”

“去哪儿？”

“哪儿都行，反正离家越远越好。”

“……你就这么……”

一阵剧烈的咳嗽。他坐在田埂上又想起了这么一段往事。说是往事又不是往事，在他看来那天的情景无论过多久，都会历历在目。

四月初的天气，反常得毒烈。他望着儿子那桀骜不驯的眼神，胸中掀起一阵堵塞，压制住了胃里翻涌上来的失望，还有一阵恶心——可能是烈日的缘故。他失神地看着儿子转过头去，揉了揉眼，却怎么也看不清前面那个男人的轮廓了，他想喊他，他想伸手去碰他的明亮的肩膀，却动弹不得，颓然坍塌在田埂上。晚上回去，儿子开始收拾行李，第二天走了。儿子怨恨他，他知道。也许是从六年前他居然从外地带回来一个陌生的女人，儿子的生母气愤不过一走了之那天开始，儿子就在心里埋下了怨恨的种子，可悲的是他这个父亲竟想着儿子还小，还不懂事……

唉！快八年了！留不住的人都走了！忽然，一丝疼痛惊醒了他，一只蚂蟥悄悄爬到了他腿上，不动声色地噬咬着他的脚脖。

他站起身，默默地拿起袋子，往水田深处走去。

三

这里是南部一个偏僻的小山村。李准摸索了好久才找到这里。他先是坐了三个小时的火车，又一路翻山越岭颠簸着坐了将近一个小时的公交车。一下车，他立即拽下背包从中扒出来一瓶矿泉水，咕噜咕噜瞬间就灌完了。歇息了一阵，他沿着小山坡的土路朝前走去。李准是平西县政府部门的一个年轻干部，今年才二十五岁，是个刚毕业两三年的大学生。两三年来，他在部门表现很不错，所以今年就被上面派下来参与阳山村精准扶贫工作了。他趁着这个周末的大好春色提前来这里视察。

“没想到这儿还是个顶漂亮的地方！”李准看着沿途静寂的风景，不免飘飘然起来，脚步也慢下来。路边长满了银杏树，比家里马路边上种着的杨树略小巧些，更灵动更见风致些。在四月初灿烂阳光引诱下，这银杏树已经早早发了新叶，一个个像小扇子似的在阳光中扑闪扑闪，挠得李准心里直发痒。愈往前走，视野变得愈加开阔了，他看到了不断闯入眼帘的低矮连绵的青山和青山的空地间一块块儿参差不齐的稻田。青山黄土在热烈明亮的阳光下色调明朗清晰，李准松弛了全身的肌肉，尽情地呼吸着这纯净的气息，一双眼睛贪婪地捕捉着那清新的绿色，他沉溺在这大自然的天然图景里了。朝前走去，一面面堵在眼前的青山变魔术似的一次次倏忽而来，疑似山穷水尽，却再一次次飘然退去，恰逢柳暗花明。这连绵别致的小山未可知的魅力，让这个刚从充盈着刺鼻汽油味道的公交车上下来的疲惫虚弱的青年，此时此刻脱胎换骨精神百倍。“山里的春天何以竟来得比其他地方要早呢？比那大马路上乌烟瘴气的好多了，就是……这路虽说走着是挺赏心悦目挺有趣的，可是走的人真少，过个机动车也不方便得很哪！”李准走了大半天都没有碰见一个人影儿。这是一条蜿蜒的盘山小路，很窄，车肯定是过不去的，他需要一直朝前走，绕过北坡走到南坡，再往坡下走才能到达。渐渐地，隐映在山坡下的生活显露出来了。李准站在半山腰处，看到了星星点点分布着的房屋和稻田。一些烟火气息袅袅地晕染开来，他闻到了一些鸡鸭粪便的味道。

可是说是生活，却又不像生活。何以如此空旷静谧呢？他是来到了一个被人遗忘的“世外桃源”吗？一个小男孩儿站在自家门前流着鼻涕呆愣愣地看着李准。

前面一排红瓦顶黄土墙的老房子一下子吸引了他的注意。他从没有见过这种房子，以至于一开始竟惊叹它配色的鲜亮，惊叹它门前那棵垂柳的温柔，那三只鸡的泰然，还有那一只鸭子，在门前那方小小绿池上凫水，自娱自乐。他大抵是忘了此行的目的，而把这里当作一个农家乐园了。

一个小女孩儿在门前盯着那趾高气扬的公鸡发呆。

“嘿！小姑娘，一个人在这儿干吗呢？家里有大人吗？”李准走上前去笑着跟小姑娘打招呼，却发现这小姑娘盯着他一动不动，像是好奇，也许是戒备。“小朋友，别害怕，哥哥可不是坏人哪！”李准自认为还年轻，比这个小姑娘大不了几岁，就替小姑娘称自己为哥哥了。说着李准把手往包里掏了掏——居然真掏出一包饼干来，递给了小姑娘。这时候小姑娘看着李准蓦地露出了一个大大的微笑，她清亮的眼眸里，倒映出了李准的轮廓。

苹苹看着手中的饼干，她又想起了以前班里的那个嘲笑她的男生。于是她撕开饼干，一口气吃了个精光。

四

荣升奶奶又在抱怨了。

她刚刚又给出门在外的儿子打了电话，对面传来的却是一个不耐烦的声音，说什么村里都不通路，他在外头买了车买了房，要回来得开车吧，车都开不回来，让他咋回来！说什么这一段时间正忙着呢，赶上领导在这儿，让荣升奶奶没事儿待在家里好好的，不要再打电话搅扰他了。“死在外面得了！哼，一走就忘了家忘了他老娘了！这没良心的东西。我看这儿子大了都一样，苹苹，你也别想你爸了啊，看看那个没良心的连他爹都忘了，我也不想荣升了，他想咋弄就咋弄，干脆一辈子别回来了！可别回来咱这个连路都没有的破地方！啥破地方，连个路都没有，这说的下来扶贫的，到时候我可一定得给他反映反映，唉！别是我听错了，就这连个人影儿都见不着的破地方，那领导能找着地儿找不着……”荣升奶奶嘟囔着，像是自言自语，又像是对着正站在门口若有所思的苹苹。

苹苹没有想过爸爸。“爸爸”这个字眼儿在她脑海里尤其陌生，依稀很小很小的时候，三四岁，家里好像的确是来过一个男人，当时妈妈还在，居然让她对着那个男人叫爸爸，苹苹张开嘴，蹦出了两个没有含义的音节。但她并没有笑，因为那男人的面孔让她觉得冷飕飕的。她不甚理解这两个字是什么含义，还兀自一个人看着蚂蚁想了很久。她依稀记得那男人只是那么点了一下头，就转而和妈妈一起进了爷爷屋里，商量那些她丝毫不感兴趣也搞不懂的大人之间的事情了。后来她听见了妈妈带着哭腔的尖锐质问声，那男人不耐烦的辩解声，还有随之而来的爷爷的一声叹息。当然，当时的苹苹是不会想出这么多成人世界里的词儿来的，这是后来的时候她反反复复回想形成的概念。那男人总共来家里不长时间，后来怎么样她记不得了。对，她还想起来有一回，那男人抡起胳膊朝妈妈脸上甩了一下，妈妈摔倒在地。苹苹站在旁边，靠着墙，惊惧地看着那个眼神里露出凶光的男人，看着翻倒在地指着男人大声哭骂的妈妈不知所措，连哭都不敢哭。那男人拿起一个包来，看了苹苹一眼，苹苹惊惧地望着那双让她寒冷的眼睛，紧贴着土墙一动不动，生怕他也扇自己一巴掌。那男人在苹苹惊惧的目光中推门而去。

“唉……”哪里忽然传来一声爷爷的叹息。

但是她忘了什么时候有一天家里突然就只剩下爷爷和她了。什么时候呢？

苹苹站在土屋前，看着荣升奶奶在自家门口整理一些旧布料，荣升奶奶还在嘟囔个不停。从小，苹苹的记忆里就有荣升奶奶这个人，荣升奶奶很是开朗，喜欢说话，小时候苹苹还经常跑到她家里，能花上一天时间好奇地听荣升奶奶说些她似懂非懂却又很感兴趣的话，可现在她已经很久没去过了。荣升奶奶对此感到莫名其妙，也愈加坚定地认为苹苹这孩子脑子确实不灵光。

家门前的土路上空无一人，这是黄昏时刻，地里干农活儿的稀稀拉拉的那几个人也都收拾了农具回家了。路边就是成片的稻田，家门前这片稻田是山脚下最开阔的一片地方，苹苹看着那接连几天火红的美丽的夕阳，现在正渐渐嵌进那座山头。她扬起脸来，感受着余晖残留的暖意，继续思考那个问题：是什么时候家里突然间只剩下她和爷爷了呢？

一天晚上，她和妈妈一起睡觉的时候，忽然听见了妈妈低低的哽咽声，第二天她叫妈妈起床给自己做饭，她饿了。妈妈不理她，她开始哭闹，妈妈转过身来，她看见妈妈的那双眼睛红肿得可怕。爷爷过来拉她，对她说妈妈病了，让妈妈再睡一会儿，别打扰她。可她就是不听，还是站在妈妈床边倔强地不肯离去，看着再一次转过身去的妈妈哭闹个不停。后来……后来，她的记忆模糊了。

妈妈不见了。

她疯狂地找了一天，床底下，衣柜里，门后，以为妈妈又在和她玩儿游戏——妈妈的确是会时不时这样子逗她一下的。她开始哭，放声大哭，接着是一阵阵抽搐地哭，到最后只剩下了顺着气息的哭喊。妈妈始终没有跳出来对着她盈盈地笑，出来的是佝偻着腰的爷爷。

“妈妈去哪儿了？我要妈妈，我想找她……”

“妈妈明天就回来，别哭了……”

现在，无数个“明天”已经过去了，可好像还有更多个“明天”，“明天”什么时候才能到来呢？

她有时候也问荣升奶奶见到她妈妈没有，知不知道她妈妈去了哪里，她已经好几天好几天都没看到妈妈了。荣升奶奶不知道为什么，用一种让她感到奇怪的眼神看着她：

“苹苹啊！可怜的孩子，你妈她去找……她跟你一样啊，也想她自己的妈妈了，她也去找妈妈去了！”

“她什么时候回来啊？她怎么不回来呢？”

“……等有一天这儿的路修好了，她就回来了。”

苹苹看着这条她从未走完过的长长的路。路一直延伸到那边夕阳晕染的群山里，消失不见。这条路太长太绕，她曾经试图沿着这条路找妈妈，可是走到半路，迎面接踵而来的青山就把她引入了迷宫。她站在青山不动声色的怀抱里，惊惧地看着青山打着转儿似的和她捉迷藏，看着太阳一点点往青山的背后隐匿。惊恐让她不断地喃喃自语：“我找妈妈……找妈妈……”

“小姑娘你咋一个人在这儿转悠呢？你妈妈呢？”

苹苹抬头看见一张陌生人的脸：“我找妈妈……我找妈妈……”

后来那陌生人抱起她走了好久，她看到了跌跌撞撞跑过来的爷爷的身影。

“路啥时候修呢？修好了荣升就回来了……修好了苹苹妈苹苹爸就回来了……”荣升奶奶还在整理着那一团旧布料，像是一些发霉的衣服。她好像在自言自语，又好像在对着苹苹说话。“苹苹！来来来！把这两件衣服拿给你爷爷，拿给你爷爷看看穿得穿不得吧！就剩下这两件儿没发霉，样式也好好的……”

五

李准趁着周末，就在这个山村里转了一天，他想要详细了解这里的情况。他已经从村干部万书记那里了解到了这里一共八十三户人家，可这八十三户人家里，几乎没有年轻人，留下来的都是孤寡老人，有的缺胳膊少腿，有的瘫痪在床，有的年纪很大了，啥也干不了。

“老人都是自己住吗？”

“基本上都是。有的身体稍微强一点儿的还带着个小孩子。”

“年轻人在外面打工？经常回来吗？”

“回来干啥？有很多人走了就再没有回来过，基本上都定居在外头了！”

“那父母怎么办？不把家里老人带过去住？”

“这边儿没有这样的习惯，都是分开住。老人也习惯自己在家里住。家里老人都守着地，能下地的种点儿菜种点儿庄稼，不能下地的种几棵菜，孩子外头寄点儿钱就行了！”

“你在哪儿住啊？”

“我？我不住这儿，村里我家的老房子不能住人了，我也没有个啥老的牵挂，搬到镇上了。”

“这两天我们这一班人就会下来了，到时候驻在村里。这两天你们的任务主要是把贫困户的名单确定下来，顺便做好扶贫宣传工作。我去村子里走走看看，再了解一下情况……”

回忆着万书记所说的情况，李准不免皱起了眉头。照这种情况，那他们要面临的工作就难上加难了！本来从县政府来到这个阳山村，已经是大费周折，没想到这个一开始让他感到惊喜的世外桃源般的小山村，里面的生活竟是如此单调灰暗。年轻人都没有，那要怎么去帮助阳山村脱贫呢？这是个问题。

他沿着门外空寂的小土路往前走，每碰见一户人家，他都要敲一敲门进去看看情况。一路看下来果不其然，正如万书记所说的那样。这一次他看到很多村民其实已经住上贴有瓷砖的两层小楼了。村民告诉他说，这都是几年前自己的儿子回来盖的房子，盖好以后，儿子就又出去打工去了。

“盖这么大的房子干吗呢？也不回来住。就俺们老两口住。整天守着这大房子，你看这房子里头实在是太空了啊……”

“你们是要带领俺们脱贫？”

“是的，最近就会开始。”

“贫困户有啥好处没？”一个村民诚惶诚恐地问道。看到李准这样一个年轻人，听说还是县里来的大官儿，村民们不禁都有些激动和忐忑。

“好处肯定是有的，你们想要啥好处？”李准看着这群诚惶诚恐的村民，感到饶有兴趣。

“呵呵……”问这话的村民不好意思地笑了笑。

村民要留李准在家吃饭，李准只得说自己还要去村里视察，还没有走完呢，顺便问了问路。

“书记呀，村子北边儿都快没有人住了！那边儿都是老房子，就住了两三户人家，你要是想去的话得从另一条路绕，还有好远呢！”

“没事儿，我就当是到处转转。那边儿为什么都是老房子啊？”

“你是不知道呀，那几家的情况有点儿特殊。”

李准起了兴趣。

“有一家老的，他儿子都走了好些年了……”村民声音放低了，李准哭笑不得。

李准沿着一大片稻田地走去。越往村北走，房子就越少，而眼前呈现的青山却显得更近了——咦？这不就是他走来的时候翻过的那些山吗？李准嘲笑自己这么大的人了，居然也搞不清楚方向，他之前一直误以为自己是从南边走到村委会这边的。

看来这个方向就是村子边缘了。他看见了一些老房子。

那几个村民告诉他，有一个老汉的儿子还不大就出去打工了，结果打工半年就带回来一个大着肚子的女人。老汉气得不轻，不理他们。但有啥办法呢？就让那女人在家生了孩子。没过多长时间，他儿子又走了，留下那女人在家养孩子。结果谁知道老汉他儿子竟然在外边又找了个女人，家里的媳妇不知道咋听说了，骗他赶紧回来，回来结果就开始闹，当时闹得可厉害了！闹不几天，那男人啥也不管了，撇下媳妇孩子，也不要他爹了，就走了。那小媳妇也是性子倔，咽不下这口气，收拾收拾找那男的去了。家里就剩下个孩子，剩下个老汉，凄惶得很哩！就是可怜那孩子了啊，没爹没娘的，脑袋瓜还不灵……孩子她爹她娘这一走再没有回来过，有七八年了吧……”

像这些带上一点儿猎奇性质的别人家里头的事情，人们总是很感兴趣，即使那老汉一家住在村子北头的最边缘地带，几乎和这些村民不相往来，也不妨碍这样的事情像瘟疫一样迅速蔓延开来。

李准想起来，他来的时候的确看见了这样一些红瓦顶黄土墙的老房子的，当时他居然还深深陶醉在自己给它营造的一番农家乐意境当中，现在仔细想想，这些房子的确是年代久远，破烂不堪。不下雨还好，倘若一下雨，院子里必定泥泞一片像个沼泽地，即使雨停了，住在里面的人也还是只能一连几天老老实实待在这小屋里头不得迈出半步，穿上胶鞋也走不出去。何况还得提防瓦片顶是否会漏雨，何况这屋子的确太小了点儿，让李准不禁想起南边那些两层小楼刚好相反的情形——是“太空了啊”。太大太小，终究都不是舒适的。李准只好弯着腰挤进了老屋。

“有人吗？”李准敲了敲那扇木门。

“谁呀？”一个两头尖尖中间胖胖的大婶从里屋走了出来，看见李准，脸上写着一丝疑惑和好奇。但是不等李准解释，她居然就颠着碎步热情地迎上前来：

“小伙子来啦！来来来，进来，给板凳，坐坐！我再拿个板凳去……喝水不？刚烧开的，来来，快尝尝！”

“这位大婶可真热情啊，哈哈……快别忙活了，你也坐下来吧，咱们聊聊天儿！”

“我就是看见生人高兴哩！平常哪儿有人上我这儿来啊？我天天要么给小孩儿说话，要么给大黄说话……”说着指了指旁边懒洋洋蜷缩着的一只黄狗，“要么就自己给自己说话，哈哈，我这人就是好说话，没办法！”荣升奶奶兴致甚好。

李准听了这话也哈哈大笑起来，大婶是个乐天派。

“婶子，是这样的，我是县里头下来的，您喊我小李就行。这一次来呢，主要是想看看咱们啥情况，这不是现在咱这个村被列为贫困村了吗？上头派我下来视察视察情况。婶子你看起来精精神神的，知道扶贫是啥吧？”

“扶贫？”荣升奶奶愣了几秒，“啊呀，原来你是……哎呀，原来是干部呀！咋这么年轻哩！小伙子可不得了……我知道啥是扶贫，我之前也听说过哩！”荣升奶奶眼睛变得晶亮起来，对这个话题饶有兴趣，“前两天我去赶会，听见俺村的人说要扶贫，我不知道啥意思，那媳妇儿给我解释半天，噢，我明白了，扶贫，帮助俺们村脱离贫困，是吧？那媳妇说的，我就记住了！我还想着俺们村在山里头，路可不好走哩，不知道那领导干部找着找不着地方哩！哎呀，小伙子你已经到这儿了！”

“是啊是啊，大婶明白就好办了……”李准看着这位热情可爱的大婶，不由得也为大婶高兴的表情所感染。

“可别嫌弃家里穷呀，今天中午得搁俺家吃饭，我出去上那边儿摘点新鲜菜去！前两天赶集还买回来一斤肉，还没吃哩！”说着，荣升奶奶已经一只脚踏出了门槛。李准赶忙拉住。“大婶可别忙活了，现在还不到中午哩，咱们坐下来好好聊聊天，您不是喜欢说话吗？”

荣升奶奶这才不好意思地笑着重新坐了下来。

“一个人住吗大婶？”

“是啊，家里除了我没别人。”

“那，孩子……”

荣升奶奶立刻换了口气接道：“孩子，都不想提他！我儿子在外头干活儿干几年了，就是不回来！忘了他娘了！”

李准忽然想起了刚才村民说的那个老汉的儿子。“怎么不回来呢？”

“在外头工作哩！也不知道干的啥，天天那忙得哟！电话都打不通，好不容易打通了问他啥时候回来，结果你知道他说啥？咱们村路太难走，他车开不过来！唉！我也是没办法，要不是我想得开，早叫他气死了……对了，说到路，小李呀，你是咋过来的呀？那路恁难走。”

李准正在专心致志地听着荣升奶奶讲她儿子，冷不丁问到自己，一个激灵，说道：“啊？噢……您说我呀？我走过来的！”

“走过来？那可是真不容易呀！你第一次来居然没有迷路！”

“也差点儿呢！不过这边儿的风景挺好。”

“好啥呀！风景好不顶啥用哩！天天连个人影儿都见不着，要是好了，那村里的年轻人咋天天都愿意待在外头不想回来？”荣升奶奶不屑地说道，“挣了钱了，也忘了家了啊……”忽而语气里又显示出一丝悲伤来。

李准一时想不出什么合适的话来安慰她。

“对了！你看我这记性，说着说着最重要的事儿都差点儿忘了……小李啊，你这次下来能不能把路修一修，路太难走了你也知道。路修好了这年轻人说不定就想回来了，回来也方便了，荣升也回来了……”

荣升奶奶死活要留李准在她家吃饭。李准不愿意再给她添乱，就以工作任务为由推辞掉了，并且答应她还来看她。

六

爷爷这几天一直在地里忙活，早出晚归，留下苹苹一个人整天和那三只鸡玩儿。不过那三只鸡似乎只有在苹苹拿起粮食喂它们的时候才显示出点儿亲昵来，啄啄苹苹的裤脚，围着苹苹跑上两圈儿。吃饱喝足以后，那只漂亮的大公鸡不由得就雄赳赳气昂昂地在院子里踱步，引逗得那两只母鸡也躁动不安起来，不由自主就都贴了上去，彻底冷落了想要讨它们欢心的苹苹。鸭子呢？看见岸上鸡们的那一幕，不屑地调了个方向，背对着它们，兀自陶醉在凫水的乐趣当中了。

苹苹于是又走到了门前小路上，她看着这长长的弯弯的路，一直消失在那边连绵的小山里。看着看着，她又放纵自己的灵魂朝向那边飞去了。一个陌生人的身影……近了……好像不是陌生人，这人似曾相识？再近一点儿……她见过这个人——这不就是早上背着一个黑色的包儿，还对着自己微笑，还伸手勾头往包里掏了半天终于掏出来一包饼干的那个人吗？苹苹从另一个世界又不由自主地回来了，想起了饼干香香的、甜甜的、脆脆的味道，不由得咂了咂嘴巴。

她蓦地有些紧张和兴奋。咦？他又冲她笑了，他开口说话了，他的眼睛像月亮一样弯弯的，但是又和那太阳一样亮堂堂、暖和和的。

“又见面了，小姑娘！”

“爸爸妈妈在家吗？怎么一个人在这儿呢？”

苹苹愣愣地看着他。

“家在哪儿呢？走，我送你回家好不好？”

苹苹看了看那双温暖的眼睛，又看了看身后的老土屋。

“这小姑娘真腼腆，那是你家吧？走，哥哥带你回家！”

鸡不叫了，惊讶地看着来人，抬起一只脚定在那里，忘了走路。鸭子从水里猛地钻出头来，“嘎嘎……嘎……”

“家里没有人？”李准弯着腰进了小屋。屋子里凉飕飕的，令人昏昏沉沉，他就又出来了。

外面传来了苹苹爷爷的呼声。苹苹立刻回头张望。爷爷扛着农具气喘吁吁地走过来。看样子累得不轻，喊苹苹出来帮忙。李准明白过来，立刻走上前去接过老汉的农具，扶着苹苹爷爷走到了屋里。

“这爷孙俩……怕不就是北边那几家村民说的那个老汉家吧？”这么一想，李准激动起来了。哑巴似的小姑娘，老汉，老房子，肯定是了！这样的话，小姑娘可真是太可怜了点儿。

老汉精疲力竭，刚从田地里回来，又走了长长的山路，四月的阳光依旧热烈。李准把老汉扶到老屋的凳子上，给老汉倒了一碗水，老汉这才慢慢缓过劲儿来。“唉！老了老了不中用了……呵呵……”老汉咳嗽两声，接着说道，“你是？”老汉满是灰色沟壑的脸上浮现一丝疑惑，李准赶紧给他说了自己来的目的。

“噢……”老人不多言语。

“还是来了啊……”

“您说什么？”李准不解。

“来了也好，热闹热闹也好……”

“叔，上面这两天就会有人下来扶贫哩，您家说不定也能评上贫困户。”

“噢……”

“叔，这小姑娘是您孙女吗？叫‘苹苹’？名字真好听啊！”

“她妈给她起的，唉……”

“她爸爸妈妈也出去打工了吗？”

“走了，都走了……”老汉仿佛陷入了沉思，他那狭长的而今已经挤成一条缝的眼睛看着院子，看着苹苹，看着鸡鸭，看着那条没有尽头的小路，看着远处的山头。

“别走了，留在这儿吃饭吧，我做饭！”老汉在凳子上休息良久，要留李淮在这儿吃午饭，李淮想要推辞，却猛然间感受到一股小小的拉力——苹苹拽着他的衣襟，苹苹就那么看着他，清亮的眼睛里满是留恋。看着这张小小的，呆呆的，亮亮的，却让人心怜的脸，李淮想到了那些村民说的话，留了下来。

“荣升奶奶说，路修好了，荣升就回来了，我妈妈也回来了，不骗你。”

七

李淮回去了，向上面汇报自己趁周末去阳山村考察的情况。“位置偏僻，村民很少……最要紧的是先修一条路出来，解决村民们的出行问题。”

“都是老弱病残，出行需求好像不大吧？”

李淮看着那个干部，说道：“有可能是因为路不好，才没有了出行需求。何况还有外头的年轻人。”

李淮走后，苹苹的日常生活里就多出了一项内容，她不再总是望着那三只鸡和一只鸭，望着那条看不见尽头的小路，望着远处连绵的小山和柔和的夕阳若有所思了，不再整天仿佛沉浸在另一个世界里了，那时常呆立着的瘦瘦小小的影子也忽而灵动了起来。

修路了。

要修路了。有一天苹苹正在玩弄着院子里池塘边的泥巴——她想做个鸭子的模型，忽然听见了一阵嘈杂的声音，打破了村子北边长长久久的寂静。她站起来，看着那一群嘈杂的人忙碌。她看见他们拿起标尺丈量着什么，拿起笔在纸上写写画画，看见有个胖胖的人拍了拍身边的树，果断地说："砍掉！"后来她又看见了没见过的大车——荣升奶奶说，这是挖掘机。她早上在梦里听见了打雷的声音，起来一看，原来是那大车。"轰隆隆……轰隆隆……"一个人坐在高高的车座上灵巧地把动臂转来转去。有时候荣升奶奶还请那些汗流浃背的人到她家吃饭，苹苹站在院子里，细细听着隔壁荣升奶奶愈加爽朗的大笑。接着苹苹还看见了奇形怪状的轧路机，她看着那铁带子滚了过去，凹凸不平的地面顷刻间就变得像那个小池塘的水面一样平一样亮……也有人到她家里来要口水喝，她总是快速拿出来几个大碗，打上一桶水，烧开了放在院子里。她喜欢看那些脏兮兮的，但是眼睛却暖和和的人走过来灌个一两碗，再心满意足离去的样子。也许还因为，那些人走的时候都会竖起大拇指，夸道："小姑娘，真懂事！"

苹苹每天的生活里多的那一项内容，就是想着那个说要再来她家的大哥哥，会什么时候来呢？要等到路修好再来吗？荣升奶奶近来愈加快活了，她一见到苹苹，就忍不住对苹苹说："苹苹呀，路一修好，他们就都回来啦！你高兴不……哈哈……"苹苹爷爷的生活还是照旧。他并没有表现出什么过分的兴奋来。这些天他依旧早早地起来，从另一条小路绕更远的路去往稻田地里，然后回来做饭，精疲力竭地倒头便睡。

施工的效率很高，一条水泥路在这轰隆隆的声响中神奇地诞生了，只是暂时还不能通行。

李准这段时间正忙着村里贫困户的工作，一连忙了一星期这才得了点儿空闲，他就往村子北边赶过来。他这次来，带来了一大包东西。

苹苹很欣喜地看到李准风风火火的身影。她停下手中的泥巴。李准打开包，里面是一些五颜六色的油画笔，还有那白得让人心颤、滑得让人目不转睛的画纸。李准把画板、画笔和画纸递给苹苹，那双弯月形的眼睛笑着："我看我们那边儿的孩子都有这个东西，我想着小孩子都喜欢画画，我小时候也很喜欢。这画具就送给你吧，苹苹，你想画什么就画什么！"

苹苹抱着这样一堆色彩斑斓的东西，看着李准，忽而觉得这昏暗的老屋怎么也变得流光溢彩了呢？爷爷灰沉的脸上怎么也在闪烁一些星星一样的东西？她忽而看到了大公鸡，看到了夕阳，看到了夕阳里朝她走来的妈妈。

李准还给老汉带来了一包东西，他说，这是他特意从县里一个老中医那里拿的药，可以治胸闷气短治咳嗽。

李准发自内心地可怜苹苹这个孩子，可怜老汉。一开始听南边村民说起这件事，他还只是有一点好奇和一点感叹，但是当他再次来到这儿，再次碰见苹苹，看见苹苹那双清亮的爱发呆的眼睛，看见老汉沉默颓唐的样子，听见苹苹对妈妈的呼唤，看见这过于静寂了点儿的老土屋，他觉得自己心里有一块儿地方软了下去。他想要帮助他们。怎么帮？帮什么？李准也并不是很明白，但是，他就是隐隐觉得这爷孙俩需要一个人来帮助，他就心甘情愿来了。

他一有空就陪着苹苹玩泥巴，跟随苹苹到田野去放他从家里带出来的小时候的燕子风筝。他陪着苹苹用五颜六色的画笔在白纸上勾勒出青山、夕阳、公鸡、苹苹、自己、爷爷、荣升奶奶，甚至苹苹妈妈的轮廓。他陪着苹苹在山林里穿梭，他甚至有一天把苹苹带到了那条路的尽头，把苹苹第一次带出了这个山村。有时候他看着苹苹脸上溢满的天真的笑，分明觉得这就是个不识愁滋味的孩子，而有时候他也发觉，苹苹的眼神突然就会那么定住，朝着某个不确定的方向。他能够猜想得到，苹苹在过去的这些年里，过的是怎样一种生活。

八

老汉在昏暗逼仄的老屋里煎着药，草药的香气很是浓郁，倏忽间就弥漫了整个老屋，然后幽幽袅袅飘溢了出去，鸡沉醉了，鸭沉睡了，阳光无声地洒在堂屋的空地上，闪烁着一小片金色的波浪。老汉也在这万籁俱寂中沾惹上了沉沉的困意。

“大毛？”

老汉深更半夜被一阵敲门声吵醒。门外站着大毛，只有他一个人。

老汉被这突如其来的惊喜冲昏了头脑，一时呆愣在门口不知所措。

“爸……”

“孩子，你……你，咋回来了呢？”

“爸，这些年在外面啥事儿都经历了，到现在我什么都没有了，就想通了，我还有个家，还有个女儿，还有个爸……”

老汉泪如泉涌，一道道污浊的泪水顺着他脸上的沟沟壑壑曲曲折折淌下来，滴在地上，滚成一个泥球一样的水疙瘩。

“大毛，爸对不住你呀！爸这些年……这些年老是想起你走的那一天，你打了苹苹妈一巴掌，我没敢拉你，你拿起东西走了，我赶忙出来看着你，一步一步，你离家越来越远，后来我就看不见你了……我就再也没有见过你了啊……快八年了啊……”

“是我对不住您，爸！”大毛的鼻孔里涌上来一阵酸意，他连忙走进屋来，背对着那微弱的灯光。

“咱们爷儿俩太像了啊！你第一次出去打工带回来苹苹妈，我就有预感，坏了，咱们爷儿俩没准儿要走上同一条邪路。你还不知道你爹过去的事儿吧？我这就告诉你。咳……咳……想当年我年轻的时候和你一样，心比天高，傲气得很，我跟你妈其实根本就没有结过婚，当时我在外地碰见了你妈，两人看对眼儿了一时冲动就有了你，不得已把你妈带回家来，可是你妈那时候年龄不够，还没有办法结婚，但眼看肚子就大了，这不能让别人说三道四啊，你爷爷奶奶气得不轻，撒手不管这事儿了，怪我啊，你奶奶还气出了病来。我们没办法，村里要好的一个人就跟我说他有办法，他拿着你妈的证件，居然回头弄了个假的回来了，我们也是着急，只想把这事儿赶紧办办，唉，对不起你妈呀，我们的结婚什么……都是假的！”

大毛震惊了：“你们……”

“大毛，你先不要多问，这些年来这些事情在我心里头啊，就像鬼一样缠着我不放，我要是不说出来，我真的就要憋死了！我对不起你妈。你妈生下你，我在家待了一年，感觉种地没意思，就又去外地打工了，那时候年轻气盛，鬼迷心窍啊，我现在都想扇年轻时候的我几巴掌。我一出去这心就收不回来了，很快我居然就忘了你妈忘了你，又认识了一个新的女人。也许是仗着我们俩的结婚证都是假的吧，我才胆敢把那个女人给带回来，把你妈给气走，把你奶奶给气死……我……孩子啊，爸不求你能原谅，我也不值得你去原谅。爸根本就不是个称职的父亲，你恨爸也是应该的……"

"都晚了啊……晚了……"大毛痛苦地低下头去。

"孩子啊，"老汉沉浸在了回忆当中，仿佛要把他这些年来的沉默所压抑着的东西一下子爆发出来，"你知道当我看到那年的你，像是对我挑衅似的带回来了苹苹妈，我就开始害怕呀！可是我没办法跟你说些什么，因为我这个父亲是那么不堪。我只好一边对你冷眼相待表现我作为父亲该有的威严和不满，一边却又掩饰着我的懦弱和自卑怕被你发现……可是……可是……唉！"老汉陷入深深的痛苦泥沼当中。

"可是，你终究像我抛弃你妈那样抛弃了苹苹妈！这是对我的报复吗……你再一次走后，苹苹妈哭了好几天，然后有一天她趁着苹苹睡着，半夜起来找我，对我说她要去找你，她是个好女人呀！她是苹苹的好妈妈，可是她为了找你，也走了……走了……都走吧，不管苹苹了……那可怜的孩子呀，才三岁呀！我们都对不起她！她那样一个可爱的孩子，凭什么就要生在我们这个一错再错的家庭呢？

"大毛啊！确实都晚了，晚了啊！可你爸我还是要对你说这些话，这些年我一直把这些事情放在心里，我这心头上，堵得很哪！"

九

万籁俱寂。银杏树枝头的麻雀唱和着这整个世界的静寂。

渐渐地，老汉听见了咕嘟咕嘟冒泡儿的声音；渐渐地，老汉闻到了丝丝缕缕草药的香气，大毛是太累了睡着了吗？为什么突然间一切都这么安静？我是什么时候睡着的呢？“咯咯咯……咯咯咯……”这是什么声音？噢，这是远处传来的一阵笑声。大毛你听？这是苹苹在笑吗？苹苹怎么笑得这么开心？我已经很久很久没有听见她这样笑过了……

老汉蓦地睁开眼睛。

咕嘟咕嘟的是药，丝丝缕缕冒香气的还是药，堂屋地上那片金色的波浪变成一道细长细长的金线了。老汉揩了揩眼角，佝偻着腰，吱呀一声推开了老木门。

十

有一天村子里忽然热闹起来了。

也许是因为路修好了。

苹苹看见她家门前过去了一辆三轮车、一辆电动车、一辆黑色的小轿车。这路还是从那边的连山里伸出来的，只不过这路变得开阔平坦了许多，分叉少了许多，似乎也能看得更远了。李准也可以开着他的摩托车来阳山村了，他还常常在空闲的时候带着苹苹回县城，去游乐园，去电影院，甚至带到他自己家里。李准一个人住，他就给苹苹做好吃的饭菜，买可爱的娃娃，买带有插图的有趣的故事书。只是每次问起苹苹愿不愿意在县里上学，苹苹都会重新陷入沉默。于是李准也便不再多问。

贫困户名额定下来了，苹苹家还有荣升奶奶家都被认定为特殊困难户，政府也给予一定的帮扶措施。荣升奶奶更开心了，连日的热闹让她看起来年轻了几岁，走起路来更加利索了。

“苹苹呀！路修好了，他们就要回来啦！开心不？”荣升奶奶一见苹苹就要说这些话。要回来了吗？苹苹沿着刚修好的水泥路朝前走着。时间过得可真快，转眼间一个月已经过去了，可是仅仅这一个月的时间里就发生了许多像梦一样的事情。苹苹顺着水泥路不慌不忙地走，看着路边的水稻田里长出的青苗，有的已经开了花。她走着走着，远处的晚霞再一次吸引了她的注意。今天的晚霞是火红色的，萦绕在那座山头上经久不散。她常常凝视着夕阳和晚霞，因为从这些绚烂的光里面，常常会走出来一个女人的身影。她对着苹苹招手，慢慢呼唤苹苹，苹苹认得，那是记忆中的妈妈。长长的头发，小小的个子，胖胖的手，最重要的是，那双最慈爱和善的眼睛。她于是站在新修好的水泥路上，向前跑去。风呼啦啦掠过耳边，她听见了银杏树叶子招手的声音。而从那晚霞的红光里，从那闪烁着金光的银杏树林深处，真的走出来了一个身影！向她招手，轻轻地呼唤着她——她定住了，妈妈的身影模糊而去，幻灭在了一抹红光里。走出来的是另一个人：李准。

“苹苹。”

“嗯？”

“你又看见妈妈了吗？”

“妈妈真的不见了。”苹苹忽然对着李准笑起来，笑得很单纯。像什么？噢，像路边的一朵蒲公英。

“走吧，咱们回家。”

爷爷在家里做饭。他近来也觉得这世界好像发生了什么变化。好像……变热闹了，变明亮了，变简单了，还有……变快乐了。他近来常常听到苹苹的笑声，这让他一次次感到惊讶。苹苹什么时候已经长这么高这么大了呢？这些年来，他印象中的苹苹不一直都是那个瘦瘦小小，沉默寡言，脑袋瓜还不灵光，喜欢发呆的孩子吗？对谁都是那样不冷不热的，包括对他也是。苹苹还常常时不时告诉他自己看见了妈妈，每逢这时他的心就会百感交集，像是上了一条拉紧的锁链。可现在，苹苹很少再提起妈妈了，苹苹喊“爷爷”的次数多了，苹苹咯咯笑的声音也愈加清晰了。这些，都是那天午后他一场大梦之后渐渐发现的。还有李准这个小伙子，每次来总要给他和苹苹带来点儿什么。想到这里，老汉布满沟壑的嘴角竟然不由自主地浮现了一抹笑意。果然这路修好了，就不一样了啊……

十一

“爷爷，荣升今天要回来了。”苹苹说。

“你……想妈妈了？”爷爷低着头啜一口开水，良久才开口。

“爷爷。”

“嗯？”老汉抬起头，看见的却是苹苹脸上大大的微笑。

“爷爷，荣升奶奶让我们今天到她家吃饭，她说，做了一大桌菜，她说，中午荣升就到家了……”

“荣升……回来了啊……”

“荣升奶奶说，路修好了，荣升真的回来了。

“爷爷，荣升奶奶说让你不要天天这样待在家里不出来，外头的阳光可好了……

“爷爷，李准哥哥今天也来了，我去找他玩儿去啦！不跟你说了，中午千万别忘了过去呀！我们在那边儿等你！”

苹苹一溜烟儿地跑出去了。老汉望着那个小小的灵动的身影，恍然大悟这些年来犯下的最大的一个错误。

“爷爷爷爷！快看我画的画！我画的你，你刚才睡着啦！咯咯咯……”

老汉眯起眼睛，端详着那张画：“你这孩子，哈哈哈，看把你爷爷画得！你爷爷有那么老吗……”

三只鸡咕咕咕直叫，一只鸭子嘎嘎嘎地游，红瓦顶上冒起了缕缕炊烟，山头夕阳的余晖洒了一路，路上走着一个风尘仆仆的人。

——获信阳师范学院首届“大别山杯”大学生创意写作大赛小说类二等奖

张帅欣，男，河南平顶山人，信阳师范学院文学院2015级汉语言文学专业专业学生。

女贞子

张帅欣

二黄导板

离开一年后，我又回到了村子，从远方，从地下，带着疲惫的尘土。我回来了，村子里什么都没变。我从远方赶来，它一直都在这里。

四平调

我拖着疲倦的身体，走在村子的正街上。天刚亮，街上只有几个没有睡觉的老人。爷爷说，人上了年纪就开始睡不着，多是因为年轻时做过些亏心的事，欠下些不该欠的账。就说是再好的人，也难免会犯下点过错，或是尿尿冲了蚂蚁窝，或是睡觉翻身压死只臭虫。到了将死的时候，亏心事在内里翻腾，仿佛煮开的水里翻起来的茶锈，恶了喝茶人的口。要账的鬼一到了晚上就纠缠不清，睡下了还不如不睡得好。爷爷说这话时，我还是个没长大的小姑娘，还没有体验过婚姻和爱情。那时候，爷爷总爱拉着我给我讲故事，是了，那时候他已经开始睡不着了。

爷爷，那横死的人呢？是不是就没有鬼来讨债呢？

横死的人啊，横死的人没来得及把账还清楚，就不能投胎，因为他还带着恶，魂就沉，过不了奈何桥，就只能在人间游荡，跟要账鬼打架。等啥时候还完了，身子轻了，就能重新投胎了。

所以我现在回来了，我将要重新投胎，但我并没有遇见什么鬼来找我讨债，大概我还没来得及犯下错，还是纯洁的，是善的。或是我所做的，都在我主的饶恕里，抑或我所欠下的，在我死时的一刀刀已经还完了。

是的，我在死时曾受了刀砍之苦。我现在的身体，还留着当时的伤，横七竖八的刀伤，遍布如一朵盛开的花儿。我的头上，半个头皮已经被削下，露出白惨惨的头盖骨，仿佛是花朵间娇嫩的白蕊。那是第二个男人，我的第二个男人头一刀砍偏了削去的，他的手腕软了，是因为胆怯，或是被仇恨冲昏了头脑，那时我很害怕，当然那一刀后我就不怕了，因此我笑话他，死了的和活着的我一同笑话他，笑他是个胆小鬼，笑他算不上个男人。我终于鼓励了他，他像个男人一样砍了第二刀，他的手腕不软了，身子也不抖了，于是他的第二刀就非常准，非常深，像个杀了一辈子猪的屠户。我的头上现在还有深深的疤，流出的血凝固了头发。连带着我的手指，三根手指，是我抱头时一起砍下的，它们现在又长在了我的手上，只是中间印着扭曲的疤。后来，他的刀砍向我的身体，肋下，肚子，乳房，胳膊，每一处都有几刀落下，那时他很兴奋，就如结合的第一晚。最后他把刀插进了我的下体，如宝剑归鞘。那时，那天晚上，他杀了我，他离开了。

我的第一个男人回到家看到了血泊中的我，就像浸泡在羊水中的婴儿，他以慈父的眼神看了我很久，从我的身下抽出了刀，那时我还没有断气，顺着他拔刀的纹理，我身体微微颤动。当然我知道他不是为了救我，也不是为了让我免于受辱，刀出了鞘，便只有见血这一个道理。他拿着刀端详很久，应该是在找没被砍过的地方，找一块儿完整的肉。破碎，他想的该是破碎。那时我的身体还未完全死去，我的灵魂正在身体中挣扎。终于他看向我的脖子，他砍向我的脖子，像所有英雄一样砍向了荡妇的脖子，他用的力气很大，比头一个大得多，这么看来，他比他更像一个男人，矿上的人，力气一向是很大的。刀透过脖子，我的头和身体分开。他的力量有些过猛，一刀下去，身体失去了平衡，手便按在了我断了的脖子上，于是我的头和身体就都感受到了他手的粗糙，那感觉，与结婚时他抚摸我的身体时一样。我看着他惊恐地后退，他还是那个怯懦的孩子。我解脱了。

一年后我便又回到了村子，这时间短得让人吃惊，作为荡妇的我，上辈子的经历还如空气般在村子里流传；下辈子就已经到了，我将要投胎，死去的我和作为灵魂的我将开始一段新的人生。

我走在村子的街上，时间还早，我默默地看着熟悉的村子，街上的老人们也都默默地看着我，他们有的已经死去，有的将要死去，但毫无疑问，我们都能互相看得到彼此。这样说来，主是宽容的，他让每个即将走完一生的人看穿了生死的界限。他们看到了我，就缓缓地都围了上来。

“你回来了？”一位老婆婆开口问我。

“是的，我回来了。”

“你终于回来了，孩子，祝福你得到了新生。”

“新生和前生有什么区别？”

“你的罪恶将被抹去，从此你的灵魂是纯洁的，是善的，你将以纯洁的灵魂成为善的人。”

“纯洁终究会被玷污，善与恶，你能说得清吗？”我用残缺的手掌抚摸身上的伤口，“我从来都是善的，它们做证。”

他们很吃惊，似乎觉察到我与前世没有什么不同。

“你没能明白自己的罪，为什么能从地狱中走出来？”

“大概我本身就是善的。”

“连贞刑都不能让你悔改吗？”一个老太说。

“连贞刑都不能让她悔改吗？”他们互相问道。

“连贞刑都不能让你悔改吗？”所有人都说，聒噪得让人厌烦。此时我才感受到了上天对我的惩罚，或许是为我本身所应当承担的最后一点罪恶吧。

“我该走了，有人在等着我。”

我推开了人群，朝着一户人家走去。那里，有一位年轻的父亲正在焦急等待着我，等待着我的出生。

屋里的床上，孕妇也在等待着我，如果我不来到，她怎么用力也不会将孩子生出来的。我钻进了她的肚子，蜷缩在子宫里，随着她的用力，慢慢地朝着外边挪动，我仿佛钻进了一条黑暗的通道，在通道里走了一年的光景。我的记忆在通道里慢慢地模糊，直到通道的前方，一丝光亮出现。

西皮原板

我重又成了一个女婴，经历我曾经历过的一生，我和我重合了，我们成了一个人。当我成年后，很少能够回忆起自己年幼时的时光。那些年，我沉浸在对前世的回忆中无法自拔，常常做梦梦到一个已经陌生了的男人挥刀向我砍来，而白天，那把刀就真的落在了我的身上，我的脖子上，我常去抚摸那已经留在了母亲子宫中的不再存在的刀痕，抚摸着长久不能褪去的疼痛，以至于无法顾及现实。

我常在想，是否我们每个人都是如此，在新生的几年，把自己淹没在前世的记忆里无法自拔，或是对死亡时的窒息(却被误解为在母亲体内的压抑)，或是对前世未了的眷恋和遗憾，以至于我们错过了人生之初最纯洁的几年。我的前世，或者所有人的当世，是否仍然是这样呢？我们就这样因果循环着，也是因于此，我们都在成长中失去了善而倾向于恶，就是对幼年经历缺失的一种恶报呢？我主是仁慈的，他在创人时让人善恶平衡，那每个人都将是天使，我们却自己丢掉了天赐的礼物，滑向深渊。我又想起那深深的伤痕了！

是的，我说我主，是因我在淡去了前世记忆而真正地新生时就接受了洗礼，那时候我们村子里有一个小小的教堂，容纳着所有被天堂拒之门外的罪恶的人们，我的母亲就是其中之一，我常被母亲带着去教堂——那个昏暗无光的小屋里，看着一群庄稼汉在挥洒了汗水之后向主忏悔着自己并不明白的罪恶，我看着他们癫狂地做礼拜，看着他们低头默默向主倾诉自己的罪恶，像一个个落满了灰尘的泥塑。我悄悄地坐在他们旁边，听着他们告诉主，说今天他们做了哪些错事，祈求上帝的原谅，就好像他们对上帝犯了错。那时候，他们圣洁如同天使。当他们做完了礼拜，便都起身离开，将自己背上的翅膀摘下，走出门去拿上放在门口的锄头，依旧为着犯错而犯错。我跟在所有人的身后，看着他们离开，门里边放着他们脱下的翅膀，一双双一对对，横七竖八地胡乱堆在门后，天花板上的灰尘悄无声息地落下，在翅膀投出的光束里荡然起舞……

在还没有弄清主的身份前，我就已经学会了这一整套的礼拜，那我当然也是一个基督徒，主指引我接受了洗礼。那时，我们的洗礼是在村旁的一条河里，后来就成了在澡盆里了，我并不知道是否有一条教义重新规定了洗礼的地点和容器，又或者只不过是因为小河干涸了，他们就换了一种接近上帝的方式。但我想我当时接受的洗礼方式还是有些圣洁的意味的：我泡在河水里，流淌着的水如同上帝的荣光，赦免了我今生和前世犯下的罪恶，无论是否真实，我的前辈是这样告诉我的，虽然我的脖子仍然在隐隐作痛。当我把整个身体埋进水里时，那疼痛，连带着我的记忆都清晰了，那我便相信主是存在的。我浸入水中，直到自己完全缺氧时才探出水面，旋转着的天空似乎象征着我的新生，纵然那只是暂时的。从那时起，我就迷恋上了这样的行为。当我从水中站起，水珠顺着头发流过我的眼睛、鼻子、嘴，从下巴滴落在我还未发育的胸脯上，带着我的罪恶回到河里，带着它朝着下游流去。我的母亲舀起一碗水从我的头顶倒下，水落在头发上时，圣母玛利亚以处女之身孕育了我主耶稣，流到我的胸脯时，耶稣向信他的人们传教，流过我的肚子时，耶稣被犹大背叛，被钉上了十字架，铁钉穿过了他的双手和双脚，留下无法消去的伤痕，一如我背叛了自己的丈夫，一如我身上的伤。母亲继续往我的头上舀水，前一次的水珠还没有回到水里，后一次的就流了下来，它们渐渐混乱了顺序，一如我模糊了时间：当第二瓢水流下时，我主复活并向信他的人现形传教。当第三瓢时，主的化身开始书写旧约。一整套洗礼下来，圣经在我的身体上完成了。我看向水中那一半身体，它与上身的倒影重叠在一起，在如镜般破碎的水面上，我看到自己血泊中的躯体，她散发着圣洁的光，我看到了过去，也看到了未来。

西皮慢板

我还是常常做梦，梦到自己躺在血中，有时候是那个男人拿刀砍向我，有时候是我的头离开了身体，这样的梦我做了十八年。当然，我的梦并不只是这场面的重复，其中穿插着的，还有一段奇妙的记忆。倘若我能理直气壮地说出自己并不因放荡而内疚，也不因疼痛而有过后悔，那么，我就应当为这样的梦而忏悔了。

我仁慈的主啊，但愿你原谅我的梦，又或者这梦里本是你降下的天使来指引我去的：那梦里似乎不存在时间，但又无处不存在着它的流动，就仿佛我们见到的每一条河，正因为它不停歇地流，反而让人觉得静止。那梦是另一个世界，那个世界只有女人，又或者只为了女人而存在。我在十二岁初潮的夜晚第一次来到的这里，却又好像是死后灵魂被引导着的归处。这里只有女人，或者说，男人并不作为社会的成分而仅仅是工具一样的存在，他们只对某个女人起作用，而无法形成一种普遍的认知。这里的女孩子们一个个都年轻貌美，并且随着驻足于时间而愈加美丽——在她还是处女的前提下；当一个女孩子放弃了自己的纯洁而选择与男人交合时——当她的念头兴起，作为工具的男性就出现了——她将不再拥有青春永驻的权利且迅速地变老变丑，直到死去。当然，这里是否存在着死亡这一概念还是未知，而消失是一定的。我在那里经历了十二岁到十八岁的六年的梦，血色与白色一直笼罩着我的夜晚，成了别样的阴阳鱼，在那个世界里，我去时已经有很多女孩生活，我来后也不断有人到来，当然，也有很多人选择以那种不洁的方式离开，我很难理解她们——美貌与永生，于女人是多么重要啊——然而在十八岁那年，我终于理解了她们，并迫切地想要加入她们。那时，永生于我是一种寂寞，而美貌，没有男人，女人自我间又能欣赏出些什么呢？我竟怨恨起自己的童贞了，以至于我胡乱地创造了一个男人，连他的样貌也没能捏好，就胡乱地让他占了身子。在最后一个梦里，我看着自己的头发花白，看着自己皱纹遍布，却生出了解脱似的快感。

我迫切想要逃离这个梦，去投身那个血淋淋的夜晚。我一挣扎，梦便醒了，这样，我就从深埋于地下的远方里复活，来到了我的十八岁。

西皮二六

那一年的夏天，村子里有人结婚，夜晚就请了一场电影，是《李豁子离婚》。我随着母亲去看，幕布上的丑角向县长哭诉着自己的不易而不肯离婚，滑稽的唱词唤起了所有人的笑声，笑声里满是对自我婚姻的解嘲。我却觉得很是烦闷，以至于愤愤不平，这人长得这样丑而又粗俗，又怎么能不让人离婚呢？倘若我是他的媳妇，那便只有自杀这一条路了。想到这里，我仿佛就成了电影上的媳妇，面对着自己的丈夫，忍不住地想吐。母亲看我脸色不对，问我是不是不舒服，我说是，可能是晚上吃多了吧，我先回去了，就搬着板凳离开了。

回去时我仍在想，尤其让我无法理解的是村里那几个买回来的蛮子媳妇，她们的丈夫，不就是如电影中那样的吗？也亏得她们还能笑得出来，再想来，也就明白了，她们被卖进了这一家，卖进了这个村，就成了村子里的人，即便不是，她们生了孩子，孩子也总该是村子里的人，那么她们也就是帮凶了，否则，她们的孩子又该去哪里娶媳妇呢？

我又想到了自己，我的丈夫会是个什么样的人？想时我正走到家门口不远的一座破庙旁，庙墙里就钻出了一只黄鼠狼来，它打个滚，一个穿着黄衣服的男人就站在我身边，看着我笑。我问：

你笑什么？

他说：你是我的媳妇。

我骂道：滚开。

他说：嘿嘿，你是我媳妇，明天我来提亲啊。

他还是笑，露出自己两颗大牙。

我拿了板凳朝着他摔过去，板凳落在空地上，人就凭空不见了。我顾不得拾起板凳，急忙跑回了家。那一晚我从没有这样不安，我想要回到那个失贞的梦，也想回到那个血淋淋的梦，可是我总也睡不着，眼前只飘着黄鼠狼的影。后半夜听到母亲回来骂道：那么大姑娘了一点也不长心，板凳掉了都不知道捡起来，败家也不是这么个败法，赶紧找个人家嫁出去祸害别人……我才昏沉沉地睡着，可仍然没有做梦，从那以后，我再没有做过梦，它伴随着我的纯洁而去了。

第二天，果然有媒人上门了。母亲与父亲在客厅里陪着，我躲在小屋里，暗暗告诫自己，无论如何也不能答应，任凭母亲怎么喊也不出来，却怎么也耐不住好奇，就在门帘子后偷偷地听媒人说话。我透过帘子缝想看看媒人的模样，似乎看到她就能知道那人的眉眼一样。果然，她长着黄鼠狼的样貌，尖嘴猴腮地四处打量，像是在找寻鸡窝里最好下嘴的那一只鸡，我不由得瑟瑟发抖，竟就成了一只半大的雏鸡了。这当口儿，媒人看到了我，就对母亲说："你看你看，姑娘也应承呢，要不怎么就躲在门后边听，还单把腿露了出来。"我这才发觉，门帘子只挡了我上半身子，两条腿正在黄鼠狼的爪子下面呢，可笑我还不知道，只以为把身子藏在草堆下就能免于被吃的命运。

母亲说："嗐，这么大的丫头了，还是这样不知羞，嫁人的事哪有姑娘在旁听的，偏偏还装着害羞，怎么喊也不出来，真是不知礼数。"

父亲道："丫头，快出来见见你李婶儿，给倒杯水喝啊。"

父亲喊完，却又不怎么真诚地叹了口气："女大不中留啊，留来留去留成愁。"似乎不如此，就不能表白他的父爱。

我在里边陷入了尴尬，想退回去一头蒙进被窝里，脚却怎么也挪不动，而话已经挑明再不出去总有些欲盖弥彰的味道在里边。这会儿家里的猫儿进了屋，我看看它，它看看我。

猫儿，你说我嫁吗？你说我出去吗？她是黄鼠狼，他肯定也是黄鼠狼。你是猫，他们是鼬科呢，你说，我应承吗？要是叫我应承，你就叫一声。

猫儿却只是盯着我看，不肯出一声。

哦，你是猫，却怕他是狼吗？你真是个胆小鬼，白让我疼了你一场，往后我要是嫁了人，你看看还有谁喂你！

这样说完，我冒出了些赌气的念头，就挑帘走了出去。

"李婶儿，这事儿，我应下来了。"

"呸呸呸，丫头真是不知羞，哪有你应承的道理？这么大姑娘说话不过脑子，你也不知道那家是个什么光景就应承，你爹妈死光了？"母亲骂道。

"哪怕他是瞎子是瘸子，是要饭的是狗是蛆，我也嫁嘞。"

媒人这会儿是高兴了，额头上的皱纹松了下来，全都堆在脸面上，眼啦鼻子啦眉毛啦嘴啦都笑着挤成了一团："你放心，李婶儿哪能坑了你？咱们是实在亲戚，又是街里街坊，我能向着外人来骗你，倘要不是好人家来托我说和，不用你们我就把他腿打折了扔出去。给你说的这家跟我也带点亲，是我娘家的一个侄儿，家里殷实，爹妈身体好能给你们带孩子还有退休金，小伙子叫明彦，跟你年龄一样，长得精神，虽说没啥文化，但人踏实，在矿上是个组长呢，一个月少说也有个四五千块往家里拿，就是人木了点，不爱说话……"

我听着就不想再听了："都说了，这事儿我应下来了，哪怕他是个黄鼠狼子我都嫁。妈，我出去啊，你们说吧。"

西皮摇板

不知道为什么我就出了门，许是家里容不下我了吧。出了门却没有什么目的，脑子里也什么都没有想。我有些糊涂了，似乎有某种东西一时间阻住了思路，脑海中无数念头闪过却都黯淡无光，那唯一的应闪光的片段，却不知道藏在哪里，我寻找不到，却深知它是我人生的关键。思绪飘忽，在我脑中流转，又跳出了脑子，到了村子外，到了天空上，到了太空里，倏忽间，被扯回了现实。

我竟游荡到了河边，就是那条我面见主的河。我醒过来时就站在河边，还差一步就能进了河呀。可是我醒过来了，是河边石子落水吵醒了我，是河里青蛙吵醒了我，是天上的白云吵醒了我，是水流吵醒了我，是村里的孩子们打闹吵醒了我，是主吵醒了我，我恨这一切，你们都是牢笼吗？你们就不愿意放我出去吗？远处的近处的，实的虚的，结成了一张密密的网，让我逃不出去，也让我想不起来。我干脆不去想了，随手捡一块儿石头扔进了河里，打碎了这网的虚影，河里的鱼顺着涟漪跳出了水，扑棱棱化作一只鸟冲上了天空，我看到那实的虚的网结得更密，想要拦住它，白云翻滚，树枝摇摆，河水流得更急，远处的孩子们拿着木头的刀枪向这里跑来，他们是小的狱监嘛。可惜却来不及了。我心里默想，快飞，快飞，它飞得更快了，一瞬间就跳出了网，朝着远处成了小小的黑点。哦，我想起来了，那个梦中断了我头的男人，不就是叫作明彦嘛。那一刻我几乎想跑回家要母亲回绝了亲事，这当口儿，那只鱼化的鸟却被另一只大鸟抓去了，看来网外边还是网。那么，逃出去还有什么意思呢？命难道是可以逃的？

西皮慢流水

那以后我同明彦见了一面，谈不上有什么好感，但也没有厌恶，甚至没有留下什么印象，可没想到他却相中了我，后边就是两边下聘定亲的事了，无非是礼金和摆酒席时间的问题，我是插不上什么话的，因此也就不管，整日就是待在屋里，脑中老是想着被抓去的鸟，还有那个已经不再做了的梦。

爷爷活着时告诉我，过日子跟过钱是一回事，你精打细算着花钱，钱就少得慢；你留心着过日子，日子也就过得慢，可是要是你不注意着花钱如流水，那泉眼总是会干的。如今我不再去想日子怎样过，它也就流得特别快，昨天我还在河边化成了一只飞鸟，今天就到了出嫁那天了。

看得出明彦家里对我很重视，摆酒席就有四五十桌，不光是他的亲戚，还有我们家的亲戚街坊也都一一下了大红的请帖请来吃席，这是给我们家长脸嘞，父亲的腰都因着这而直了几分，见人直说这个女婿找得值了，再眯着眼听人说一句“你闺女有福，找了个好姑爷，连带着你们都要沾光的”，脸上就笑在了一起，回到家里把话给母亲和我再学一遍，其实已经说了许多回了。

他这样高兴，结婚那天果然就喝多了，我们正在拜堂的时候就喝多了。其实按照规矩他是不应当来的，至少也是不该上席，可是他还偏要坐首席，跟明彦家里的长辈坐在一起，一杯接一杯，来者不拒。我们拜堂的时候他还要跟着别人喊叫调笑，就属他的声音大，喊一声就要喝上一杯，没有一会儿就喝了个烂醉，趴在旁边靠着树吐。拜了堂，我忙端了杯水给他送去，骂他：“你闺女上了人家的户口本，就等于你家里没了一口人，你死了闺女还高兴吗？”

父亲接过去呼噜噜漱口，半睁着眼看了看我：“我……我还有姑爷嘛，高兴！喝！”

我不高兴父亲的回答，却也说不清为什么不高兴，我离开了这个家，可这个家并不怎么需要我，家里从有我的弟弟起，我就成了他的铺垫，哪怕是这次出嫁，也是为了能凑够弟弟结婚的彩礼。而我在新的家里是有位置的，不光是明彦相中了我，他的父母也非常满意。可以想象，做媳妇总比做女儿要好过些，可我为什么不高兴？是因为父亲对我的满不在乎？然而他还是在乎的，否则也不会喝这么多的酒。我不由得想起来那只变成鸟的鱼，想到它飞上了天就被老鹰抓走了。我曾经跟很多人讲过那只鸟，可他们都不相信我，说我疯了，或者是说我看错了，我还在出嫁前问过爷爷，爷爷说：“那是鲲吗，可哪有这样小的鲲，又哪有能吃了鲲的鹰呢？丫头，你能看见稀罕物，你有贵气哩！”那以后我再没给别人说过这件事，而只专心在屋里忙着出嫁，忙着忙着就把它也给忘了。如今不知怎么又想起来它，大概我也就是它吧，出了自家的网，就该撞进另一层网了。

我不愿意搭理父亲，就去唤母亲来管他，母亲正在酒席上跟媒人说得火热。

“她李婶儿，闺女的婚事全仗了你了，给找这样好的人家。”

“那是，我当初就说嘛，咱们是亲的，我咋也不能坑自己人，你闺女，那不也是我闺女嘛。”

“是是是，来，我给您端一杯，一来是为着谢媒，二来呢，你大侄儿也快到寻媳妇的年纪了，这个事儿还得靠您嘛。”

“你放心，包我身上了，保证找个比咱家闺女更俊的来，到时候，我得连喝三杯谢媒酒。”

突如其来的烦躁包围了我，我顾不上再跟母亲说话，也懒得理会周围人的说笑，扭头回了新房，这屋子跟我的那间大小差不太多，只是全都是新的，新的床新的被子新的桌椅新刷的墙面，到处都是陌生。我铺了床把自己裹在被子里，身下边用枣用花生用桂圆用瓜子写的“早生贵子”硌得人浑身难受，它们仿佛都在扎我的肉，却让我舒服了不少，昏昏沉沉地睡着了。从前我总是被梦吓醒，如今我却很想能做回原来的梦来让我知道自己活着，可我仍然是没有梦，睡着了就好像死了。

我死了一年，活过来时已经是傍晚，酒席早已散了，父母也都回了家，是明彦把我叫醒。

“你没事吧？”

“没事，太热闹了，头有点晕。”

“我说白天一转眼就看不到你去哪儿了，后来看你在睡觉，咱妈说也没啥事了不让叫你。你起来吗？”

“起来，头还是有点疼，我起来见见爸妈。”

“那行，我带你吃饭去。”

明彦拉着我从床上起来：“爸妈都等着你呢。”

那一刻仿佛所有的网都不存在了，它们密密地结成了明彦的手，又结成了笼子，我成了笼子里的鸟，可我是甘愿要钻进这笼子里的啊，我愿意站在架子上唱一辈子，甘愿让明彦来喂食喂水了。

我起身后，他看到了床单下鼓起来的“早生贵子”：“你就躺这上边睡了啊？也不嫌硌得慌。”说着就要掀开来扔出去，我拦住他：“别扔了，爸妈不高兴。”

“噢，”他笑道，“你要给我生儿子是吧？可生儿子是靠的咱俩，这些东西帮不上忙。”

我没法跟他解释它们硌得我很舒服，也不想解释，只是说：“放着吧，不碍事。”

新媳妇见公婆当然该是很羞涩的，饭桌上我几乎什么话都没有说，爸妈不停地问，我不过就低着头回答“嗯”“嗯”。吃完了饭，明彦拉着我回了屋，似乎很急躁，可到了屋里我们俩坐在床上却都没什么话说，也不知道该做些什么。我这时才闻到他身上酒气很大。

“你喝了多少酒啊？”

“不知道，挨桌敬酒，每桌都得喝。”

“往后少喝点。”

“唉。”

“你难受吗？”

“不碍事。”

“我给你倒水洗脚吧。”

我起身去倒了杯茶晾着，又往盆里倒了热水，再掺些凉水，试了试水温，先给他擦了脸，再给他洗了脚。我出门泼水回来，看着他端着茶杯冲我笑：“嘿嘿，咱也能过有老婆伺候的神仙日子了。”

我不怎么想说话，就没有搭理他。我俩坐在床边，气氛有些尴尬。

“你吃枣吗？”他问我，从床单下拿出来一个枣。

“压床上压了半天了，还能吃吗？”

他想了想，说：“你不吃我吃。”就一口咬下来半个，顺手扔到了床边。

西皮原板

气氛仍然尴尬。

半晌，我说：“睡吧？”

他又提到：“那把床上的东西弄过去？”

“不用了，就放那儿吧。”

我话一说完，他就起身去关了灯，然后把我扑倒在床上。

“等等，衣服还没脱呢。”

他讪讪地坐了起来，我起身解自己的衣服扣子，解得很慢，他几次想伸手帮忙，都被我瞪了回去，就三下五除二地脱了自己的衣服，坐在床边看着我。等我脱了衣服，他又把我扑在床上，他扑得那样狠，大概是忘了床铺下的东西了。它们先于明彦与我贴在一起，狠狠地硌着我的背，仿佛是要刺穿我的肉，进到我的肚子，进到我的子宫里，先是枣然后是花生是桂圆是瓜子，它们在我的身体里将要化成我的孩子。明彦的脸贴着我的脸，他的呼吸很重，就在我的耳边，我的呼吸也渐渐急促，只是在两种呼吸之外，我竟能听到第三个呼吸声了。它好像很远又好像很近，我仔细地听，压下了自己的气息才听清是从床的下边发出的。是老鼠吗？还是谁藏在了床底下来听床？如果是村里哪个坏小子的话，那他是什么时候钻了进去？我想要听清楚是谁的呼吸，就尽力放缓自己的呼吸，逐渐地跟床下的呼吸同步。这样，我竟已经钻到床下边，发着另一个人的呼吸了。

我在床下边趴着，听着床上男女的低吟与低吼，我的呼吸也越来越重，吹着床下的尘土往鼻子里嘴里钻，混合着嘴角流出的口水，糊在了我的脸上，我一动也不敢动，听着床的摇动，却幻想着床上的两人在翻滚，在纠缠，仿佛一个人要吃掉另一个人。我很想钻出去，想要杀掉明彦，然后跟那个女人滚在一起，想要吃了她，连皮带骨吃个干净。

我是想要杀掉明彦的，倘若我不杀了他，就一定会被他杀死。在那个梦里，他用刀砍了我的头，我跟他有仇恨，有杀身之仇，那么，我就不应该留情的，他就趴在我身上，一点都没有设防，我想要杀了他很容易。

我真的动手了，我拿着刀在他的背上砍了一刀。他痛得叫了一声，从我身上跳下了床，一只手摸着后背，看着我却迷惑不解，似乎还没明白我为什么要砍他。趁着他没有反应过来，我坐起来砍下了他的胳膊，又插进了他的胸膛。他倒下了，血在他的身下淌成了小河，就像是梦里我的结局一样，在血河里冒出了一条小鱼，跳起来化成了一只鸟，从窗户空儿里飞走了。我应该砍下他的头，就像他对我那样，可是我犹豫了，你怎么能犹豫呢？他杀了你，他可没有一点手软啊，你不杀他，他就会杀了你的！可是我为什么要杀他呢？我们才认识没多长时间，他对我也很好，虽然刚才他让我硌得生疼，那也是我自己要求的，虽然他杀了我，可那毕竟是在梦里，那么，我是杀错人了？那么，他是不该被我砍了头的，甚至，他是不该被我杀死的，不该被我砍下了胳膊，不该被我在背上砍一刀的，我怎么能有一把刀呢？我想着，窗外的鸟又飞回来落成鱼，河水倒流回了他的身体，胳膊回到了身上，背上的伤也没有了，他又重新站起来压在我身上，我手里并没有这样一把刀，我只有长长的指甲，在他背上划出一道道血印子。我努力地听，屋子里也只有两种深重的呼吸，一种是畅快，一种是不甘。

他终于发泄完了，我的背上早已感觉不到疼痛，是没了直觉，也是那些东西都已经进了我的身体，它们将被我孵成一个孩子。他问我：“你的眼睛怎么那么红？”

我说：“没什么，睡吧。”

他就打起了呼噜，我也渐渐地睡着了。那一夜太长太长，我仿佛睡了很久才把它睡过去，我好像又做了梦，可又好像仍然是死去了一夜。

西皮快板

平心而论，我是真的想跟明彦过日子的，否则也不会第二年就给他生了一个闺女。虽然生的不是儿子，可是他也没有怪我，反而对闺女非常疼爱，每天从矿上回来就抱着孩子“亲亲”“乖乖”得不行，只是我的公婆有些不太高兴，他们是想着头一胎能生个儿子，哪怕后边再生，闺女，儿子，儿子闺女的都行，如今他们老两口面上就有些不好看。我是新媳妇，他们不好跟我说啥，可我偏要跟他们先提起来：妈，这事儿可怨不了我，本来这个就应该是儿子的，您给我铺的“早生贵子”我可都忍着没动，是您儿子非要吃一个枣，儿子不全，可不就是闺女嘛。

我这样说，他们就埋怨起明彦来，指着他的头骂：“你个混账东西，连你儿子的鸡儿都吃了，咋就那么馋，馋死你！”

明彦大概也觉得自己理亏，每次话说到这儿都蹲在门口抽烟，骂他狠了，就抬起头回一句：“我还能生嘛，再过几年让你俩抱不过来。”

可总归他们是不埋怨我不会生儿子了，我还能躲在一旁里暗笑：那这闺女也就不应是明彦的了，她是枣化来的，亏得明彦那么疼爱，竟不是他的种。这样想来，我倒有些可怜他了，就想真给他生下一个儿子，流他的血的儿子来。

因为是枣化的孩子，我的闺女小名就叫“枣儿”，大名叫“盼盼”，是她爷起的，可我还是只叫她枣儿。枣儿从一岁断了奶就跟她爷奶一块儿睡了，为的就是不耽误我俩再要一个儿子。可是这么些年过去了，我却再没有生养过。有时候我想，枣儿是枣化的，那这次就应该是花生化的了？可是花生花生，生出来不还是闺女吗？那可不能再要了，总不能说明彦又把花生咬了一口去，太不像话。每次想到这里，我就暗自想笑，就算花生的是个儿子，那不照样该是花生的种而不是明彦的，莫非活该是他家没有儿子的命？有时候我又想起来那个床下的呼吸声，第二天我起来检查过，床下并没有人，那么点空子，也钻不进去一个人来。那床下就该是哪个托生鬼了？枣儿就是他投胎来的？我以为这该是个正解，因此躺在床上，我总是支着耳朵听床下的动静，可惜除了老鼠什么也没听出来。

虽然终究没能生出个儿子，可我的日子也没有因着难过。没有几年，枣儿才四五岁的时候，她爷她奶就相继去世了，家里就剩了我们三口人，明彦虽然有时候喝多了会骂我不能生儿子，说要再找个女人，可是酒醒了他就给我道歉，还要抱着枣儿亲两口，说：“孩儿闺女都一样，闺女长大了更疼爹呢。”

日子就这样过着，他上矿了我就在家里抱着枣儿等着，盼着，就怕他出事儿。好在这些年虽然矿上过些日子就要出些事故，他总能平安回来，那些年他去下矿，我连一个安稳觉都没睡过啊，后来小矿整成了大矿，由国家开公司来管，各方面都安全了许多，连着几年都没再出事，我晚上才能睡得着。明彦每天下矿，半个月白班，半个月夜班，平时回到家就是睡觉，他本就不怎么爱说话，如今话更是少了。枣儿上学不在家的时候，他一天跟我也说不上几句话。这样的日子是没有精打细算着过的必要了，因此我就浑不在意，任意地挥霍着自己的年纪，二十、三十、三十五、三十八，枣儿一岁、十岁、十五、十八岁，太阳老是挂在天上还没有落下，她就快要长到了我那年出嫁的岁数了。

说也奇怪，这些年我又开始做梦了，不过再没梦到过什么杀人了什么鲲鸟了的乱七八糟的东西，而是黑夜梦到了白天，白天过成夜里的梦，有时候梦到生了儿子，有时候梦到枣儿出嫁，跟我问的那些小媳妇大婶子们梦见的一样。

我再开始做那些梦，是枣儿十八岁生日以后。她初中毕业上了中专，中专毕业那年跟我说：

"妈，我找了个男朋友，过几天带他来见见你跟我爸。"

说得那么突然，还那么随意，时代变了吗，孩子们的事儿我们怎么管得了呢？

"咋认识的？"

"我俩是经过朋友介绍认识的，他朋友也就是我朋友，我们在市里教幼儿园，一块儿去唱歌碰上的，加了微信才知道都是一个县的，就恋爱了。"

"哦，咱们县的，那行，也不算远，多长时间了？"

"半年多了。"

我看了看枣儿，已经出落成大姑娘了，也该有人家了。

"我没啥意见，你爸同意就行，他估计舍不得，这么些年最疼的就是你。"

"我过几天带他来啊，我们是自由恋爱，你们可不许给人家下不来台。"

"我才不管你呢，你自己找我还省心了。"

话虽然这样说，可明彦晚上下了班我还是赶紧跟他说了，明彦这些年越来越不爱说话了，他想了半天，就憋出来一句："见见再说吧。"

说话那天晚上，我又做回了当初的梦。梦里面乱七八糟，只有我躺在血泊里一成不变，只是旁边模糊地躺着枣儿的尸体，周围全是黑暗，黑暗中不时掠过刀影。我从梦中吓醒，忙起身去枣儿的房间。我悄悄推开门，她正蜷缩着熟睡，脸上还挂着一丝微笑，看来并没有做噩梦。我给她掖了被角，又把门关上，半夜里房屋外没有半点生机，所有人只有把自己裹进被窝里再闭上眼睛才算是活着。天上值班的几颗星星又大又亮，竟有月亮大小，好像正朝着我砸来。院门外两棵树高过了大门，露出一人高的树顶在平房上，仿佛两个人对面交谈，一个对另一个说："我明天去提亲啊。"

另一个就笑话说："你才第一次上门，提亲还远着呢，你不怕人家里不同意？"

"跑不了，跑不了，注定了是我的媳妇，我给他家看了三十年门，他还我一个媳妇当工钱嘛。"

"那恭喜你啦！"

"同喜同喜！"

树怎么会说话，它又不是人，它当然不是人，这会儿是人的都应该裹在被窝里再闭上眼睛才算是活着的人。我打了个激灵，发现自己已经躺在了床上，或者是就没出过屋子。那一晚上我再没睡着。

第二天，我一早上起来就把明彦叫醒："我问你，咱们家门前的树有多少年了？"

"你问这干啥？"

"你就说。"

"大概快三十年了吧，我七八岁时候种的。"他想了想回答，"咋了？树招惹你了？"

"没啥，你给矿上请假没？"

"哟，哟，我都忘了，现在就打电话。"

我起来去买些肉和菜，回来做饭。快十点的时候，枣儿带着她男朋友到了家，明彦把他迎进了屋，他们在屋里说话，我出去照了面，就仍回厨房做饭。这男孩儿身量跟明彦差不多，却要瘦上几圈，头发长得有一拃，一缕一缕地像极了树叶子。我在厨房叫枣儿：

“盼盼，你来。”

闺女来了厨房。

“妈，你别忙活了，就随便炒几个菜就行。”

“没事，妈问你，他叫啥？”

“叫小树，咋了？”

“不咋，你去吧，在中间说和着，俩大男人，别冷了场。”

果然，就是树。“三十年的树。”

“妈，啥三十岁啊，他比我大一岁，才十九。”

“我没说他，你去吧，把这个菜先端去，柜子里有酒。”

我一个人在厨房里炒菜，中午我们一起吃了顿饭，明彦跟小树两个喝了不少酒，饭桌上我说：“你们只要觉得合适就处下去，最好是能长久点，过些日子叫上你爸妈咱们吃个饭，你爸妈要来提亲我就应下了。”

明彦瞪了我一眼，我知道自己失言了，这种话我怎么能先说呢？可是我就是要说，他怎么能明白呢？早就定下了的事。

下午枣儿送小树回去，回来给我拿了个手机。我说我有，她说这是小树送的，手机能上网，比我原先那个强，她给我下载了个微信，教给我怎么聊天。我说我成天在家里，跟谁聊天去？她笑着说先学了嘛，学了就有朋友了。不知怎么，我觉得她的笑有些奇怪，那时候我怎么会知道，这手机最后会成了一把刀，直接砍下了我的头。

二黄快三眼

枣儿有了男朋友，周末也不怎么回家了，明彦跟我就更没有话，家里里里外外就是我一个人。说来也怪，十几年每天都是这样，如今走过来了却又不习惯了，我又觉得这家成了一张网，我已经有很多年没有过这种感觉，如今又想起来那只小小的鲲鸟。

晚上我跟明彦说，我想做个小买卖，能挣几个钱也好给闺女当陪嫁。明彦笑话我：“你现在做买卖，到枣儿嫁人能攒几个钱？我这些年的工资还不够她做个陪嫁？再说了，你能干啥？”

“我弄个小摊儿卖凉粉嘛，又不用咋学就会。”

“那随你。”

“你得给我买个三轮车，我上城里卖。”

明彦真就给我买了车，还买了架子给我改成了能拉着走的摊子，过了没几天我就能骑着车出去做生意了。头一天我骑车出大门的时候，真觉得自己又逃出了一层网子。

小树家里觉得孩子现在还小，就跟我们商量过一两年再定婚事，现在让孩子们先处着，这样，日子就又按下了波澜，平静地流着。

有一天我在城里卖凉粉，一个男人来买，买了就端着在旁边吃。

“妹子，你家是哪儿的？”

“北乡的。”

“我这一段老在你这儿吃，你是成天就在这一片卖吗？”

“没啥事就天天出来，咱这一片都爱吃我做的凉粉，生意好嘛！”

“那是你做得好，我就成天吃你做的，现在一天不吃就浑身难受，你可得天天来啊！”

“我也就是现在卖，等闺女出了门就不卖了，也就是给她赚点零花钱。”

“妹子你闺女都这么大了？可看不出来，我觉得你也还是个闺女。”

“大哥真会说笑话，农村人，看着显老着呢。不像你们城里人。”

“你看着可一点都不老。我也不是城里人，我是东乡的，就是在这片给人装修，都是下苦力的人。”

他吃完了凉粉，给了我一百块整钱，我说大哥，找不开啊，他说就当是给侄女儿的零花钱，我说非亲非故的，他说那就抵下次吃粉的钱，啥时候吃够了再说。他还说妹子你可不能不干了，你不卖了我以后上哪儿吃这么好吃的凉粉？我说大哥你啥时候想吃了我给你做了送去。他说那咱们可就说好了啊。

那天晚上，我站在镜子旁，看着里边的自己，仿佛看到了那个白色的梦。

我的微信上终于有了几个好友，就是村子里几个妇女，没出嫁前，我们常一块儿玩，后来都嫁了人，也就是见面了说上几句话。我们加上了好友，可是并不常聊天，她们经常聚在一起打牌，叫我，我有时候跟着去，但大多时候不去。有一回她们喊我去城里跳舞，那天我没有出摊，就跟着她们去瞧热闹，我说我不会哩，她们说去看看城里人的活法。

我跟她们去了就碰上了他。在舞厅里，她们跟着去扭，可我怎么看也觉得那些女人扭得丑陋，就坐在一旁歇着。他大概是先看到了我，就过来打招呼。

“妹子，是你啊，你也来这儿跳舞？我常来的咋没有见过你？”

“哟，是你啊，大哥！我以前没来过，头一回，她们带我来的。”我指着跳舞的人群，却没看到她们。他也没有顺着我的手去看，而只是看着我。

“看来咱们还是有缘，我就今天没去吃凉粉，你就给我送这儿来了。”

我们在一旁说了会儿话，却怎么也不见她们出来，我觉得该回家了，就跟他说那大哥我得先回去了，咱们往后有机会再说话。你见有人找我就跟她们说一声我先走了。

我要走，他说那咱们加个微信吧，我要吃凉粉了就给你发微信你给我送。

我们加了微信。他微信名叫老鹰，头像就是一只飞翔的鹰，看着头像，我就想到了那只抓走了我的鹰，身子有些发软，我是终究逃不了吗？我是逃出了网就得被老鹰抓了吗？这就是我的命吗？我说大哥，你叫老鹰啊。他说，我叫英民，小名叫鹰子，因为我鼻子尖而有钩，他们就都叫我老鹰。我这时才看清了他的脸，果然鼻子有钩，又是个长脸，像极了老鹰。我说大哥长得好相貌嘛。他笑笑，问我，妹子，还没问你叫啥。我鬼使神差地回答道：“我叫麻雀。”可我是不叫麻雀的，说出口我也觉得不太对，就赶忙出来骑了车回家了。

日子虽说还是平静地过着，可水下面的浪，没翻上来时候谁又能看得到呢。我还是天天卖凉粉，他天天去吃凉粉，后来他们装修换了地方，我就跟着换个地方去卖。我们俩聊天越来越多，了解的也就越来越多。他说妹子咱们都是一个命啊，我说啥命？他说没儿子的命呗，我俩姑娘，却没有儿子。我说大哥那你再生一个呗。他说生啥啊，老婆都死了好些年了，俩闺女现在也嫁了人了，家里就我一个人。我说闺女有闺女的好。他说对，闺女知道疼爹妈嘛。他问我麻雀你多大了，我说老鹰我三十八了。他说那我比你大几岁，我都四十多了。他说你男人多大了？我说跟我差不多。他说两口子年龄一样了好。我说好啥啊，男人大些才知道疼人哩。

后来有一回我就给明彦打电话说晚上我不回去了，跟几个姐妹去玩牌，明彦也没说啥，就说玩玩也行，别玩太大的，得给闺女存钱呢。他晚上上夜班，也不回去，让我记得早点回家给他做饭。

英民问我你在家里是你做饭吗？我说哪有女人不做饭的？他说我老婆活着的时候就是我做饭。我说那是大哥你疼媳妇嘛。他说就这么疼着她还不领情呢，年轻轻的就没了。我说没了不是又有一个了吗？他说是啊，我命好嘛，天生就是伺候老婆的命。

我记得结婚时候明彦说过，他就是被老婆伺候的命。

我跟村里的几个姐妹一块儿到了城里，又跟她们说我有点事去别处让她们不用等我。一个妹子说："姐你会情郎去啊？"

"别瞎说，我去办点事儿，买点东西，时间要是还早就去市里看看枣儿。"就跟她们分了手。

我当然没有去看枣儿，后来也就常常趁着明彦上夜班的时候进城，然后再去东乡。十回有九回我都能回来给明彦做饭，有时候赶不回来了我也能遮掩过去，他本来就不爱说话，我说了他也就听了。我跟明彦结婚快二十年，媒人说他木讷，直到现在我才发现是真的木讷。可后来村里就有了流言，那几个小姐妹里有人说我没跟她们去打牌，还有人说在东乡办事看到有人骑车送我，还有人说在村头看到我跟一个男人在一块儿……村子就这么大，整个县也就那么大，人也就那么多，这种事儿怎么能瞒得住呢？

我问英民，怎么办？他说，那你就跟他离了吧，不要他的钱，你净身出户，过来跟我。我就把女儿叫回来，当着她的面跟明彦坦白了。

我没想到明彦能木到这种程度，他低着头，坐在门口，一根接一根抽烟。我本来想着能冷静着跟他说，冷淡着对他，尽力地表现出我的不亏心，可是他这样我就越是着急，一气之下就冲过去把烟抢过来扔到地上还踩了两脚。他抬头看着我：

“你说咋办？”

“咱们离吧？反正枣儿也大了，没了妈也不是不行。这事儿是我对不起你，你的钱我一分也不要。”

枣儿听了我说的话就给我跪下了，头撞得地砰砰响，几下脑门就见了红。我说：“枣儿你别哭，闺女你起来，妈没办法了，妈做错了事，妈要是不走在村里就没脸见人呢。”

枣儿哭着喊：“妈，你给爸道个歉认个错，咱们还是一家人，咱们过咱们的日子，不管别人咋说的。”

我说：“妈虽说是不要脸，可妈还是要脸的，事已至此，还是离了好。”

不管枣儿怎么哀求，我终究还是狠下心来决定跟明彦离婚，他也同意了，我又挣脱了一层网。

办完了离婚手续，明彦给了我五千块钱，说不能真让我净身出户，我给这个家操持了这么多年，临走了怎么也得有点路费。我迟疑了一下，还是拿了钱，收拾了自己的衣服用品，出门走了。英民在村口等着我，我出来他就带着我回了他家。他成了我第二个男人。

西皮二六

去了英民家里，他办了几桌酒席，请了自己的女儿女婿，还有近处的亲戚过来喝酒，宣布他有老婆了。他两个女儿冷着脸问他：“你为啥不跟我们商量商量？”

“我娶媳妇，干吗要跟你们商量？”

“你对得起我妈吗？”

“嫁出去的姑娘，就是别人家的人了，怎么还管我们家的事儿？”

“反正你别想让我们认她当妈。”

“你认不认这个妈都不要紧，我认这个媳妇就行了。我还就告诉你，妈你们可以不认，可是要是她给我生个儿子，这兄弟你们不能不认！”

“你别想！”

后来他们就吵了起来，一方骂“老不要脸”，另一方骂“不孝顺”。

亲戚们还是很热情的，毕竟是别人被窝里的事儿，他们还在旁边劝着，英民的两个女婿也让女儿别吵架好好说，我只是低着头，什么也不说，如同在明彦家里吃第一顿饭时一样。

最后，他的两个女儿摔门走了，两个女婿忙跟着离开，走的时候跟英民说：“爸你消消气，我们过两天劝好了她们再来。”

走的人终究要走，留下来的人却没什么影响，他们仍然在喝着酒，我就先回了房。床上清一色全是新的，只是墙面来不及刷新，陈旧得不像我第一次嫁人时的新房，让我有一种陌生感。

我坐在床上等着英民，晚上他醉醺醺地回来了。我给他脱了鞋和袜子，打了热水给他喝给他洗脚，他坐在那儿就看着我笑。我倒完水回来，也坐在床边，我俩半天都没有说话。后来，我说：“我想闺女了。”

他说：“闺女总归是要嫁人的，嫁了人就是别家的人，你亲她她不亲你，你想她她可想不起来你了。等咱们生个儿子出来，你就不想闺女了。”

我说：“咱们都这么大了，还要生儿子吗？”

“那当然了，”他红着脸说，“我们家不能绝了后嘛。”

我想，那明彦家终究还是绝了后了，看来还是我对不起他。他应该再找一个，给他也生一个儿子来。

“要生儿子，那得去拿枣花生桂圆瓜子来铺成‘早生贵子’四个字。”

“哎，咱们又不是新婚，是二婚，就不用那个了，要生儿子，还是得咱们努力呀。”

我没有说话，男人们都是这样自信。

他说："睡吧。"就关了灯。

他说："麻雀。"

我说："老鹰。"

老鹰就吃了麻雀。老鹰吃麻雀的时候是先一口给麻雀开了膛，而不是先啄头把麻雀啄死。它给麻雀开了膛，就从里边开始吃，把麻雀身上的肉一条一条地撕下来扯下来再啄到嘴里吃掉而麻雀还活着。我的身子就被老鹰一口一口地吃了，虽然没有背上的疼痛，可我的五脏六腑都被他一口一口地啄破吃掉，那是一种钻心的疼痛，我终于被吃得昏死过去。

英民也是要专心地跟我过日子的，他花了钱把房子重新装修布置了一遍，又换了新的家具，他是想好好跟我生活而不是骗我。当然，他更想让我给他生一个儿子，可是他没有准备枣花生桂圆瓜子这四样东西，我也终究没有怀上孩子，他们家还是绝后了。

西皮流水

英民一开始对我很好，就像明彦对我一样好，他比明彦会说话会哄我，也比明彦的工作安全而不让我成天担心，比明彦的工作轻松而不让我独自待在家，比明彦活得潇洒而能常带我出去玩玩转转，他常带我去打牌去唱歌去跳舞。然而他还是有一些不好，他爱喝酒，明彦虽然喝却没有那么凶，结婚时我不让他喝酒，他就再没有喝多过。而当英民发现我也给他生不了儿子时，他就开始打我。男人是不能打女人的，一旦开了头就容易上瘾就停不下来，一开始他只是喝醉了打我，可后来他就只要一想到自己没有儿子而闺女也不再来看他就打我。一开始他打我打得并不狠，只是身上有几块瘀青，有时是胳膊，有时是腿，后来他就开始打我的脸，打我的头，踢我的肚子，虽然还是带我出去，可他却像看不到我一样、像没有我这个人一样跟别的女人撩骚。

当有一回他一脚踢向了我的胸口让我昏厥了半天才苏醒过来后，我终于知道他死了的老婆不是有病而是因为生不出儿子被他逼得没有办法喝了药，我终于忍受不了这样的日子了。我只是一只麻雀，哪怕是鲲鸟也不能跟老鹰做伴；我只是一只小船，适合在河里飘着而顶不住海上的狂风大浪。

我想我一定会被他打死的，可我又能怎么办呢？我想我应该离开，可我又能离开去哪里呢？我的娘家不会让我回去的，我的弟弟弟妹为了不让自己在村里人面前抬不起头而宣布不认我这个姐姐了。那么我回明彦家里？我怎么能有脸回去呢？

可我只能回到那个家里去。我想我不能直接回去，倘若我回去了他们不让我进家门，那么我就只能去死了，去上吊去喝毒药去投水自杀。我应该先给明彦或者给枣儿打个电话。

可是我拿着手机怎么也按不出这个电话来，我坐在床边待着，房间里的床单被子家具地板墙都有了些用过的陈旧痕迹，这才只过了不到一年。

（我给枣儿打了电话，我跟枣儿说我想回去，跟闺女说妈后悔了，枣儿听了我的话只是哭一直哭哭个没完。她哭了好长时间，我问她，枣儿，你能来接妈回去吗？妈自己没脸回去。枣儿说妈你记得我给你跪下磕的头吗？妈我都磕出血来了，妈我的头现在还疼呢。说完枣儿就挂了电话。

我又给明彦打电话，我说明彦我想回去，我说我后悔了我还能回去吗？你还要我吗？你能不能来接我回去，我自己没脸回去。明彦就开始破口大骂，他骂我是个荡妇是个婊子骂我对不起他对不起枣儿，我说你骂得都对，骂完了能来接我回去吗？他就说我如何如何对不起他而他又如何如何为这个家挣钱为这个家下矿干死人活儿挣活人钱，为这个家成天下到几百米的地下每次下去了都不知道能不能上得来，他说我连个儿子都生不出来，走了也就走了还想回来，他说他还要再找个女人生儿子呢，就挂了电话。）

房子跟别的东西不一样，家具越用越旧可房子是越住越新，没人住的房子破败得特别快。我一直住在房子里，可这房子却像没人住一样迅速地破了旧了，还结了很多蜘蛛网，我怎么扫都扫不干净。

我就坐在这越来越旧的屋子里发呆，才一会儿的工夫，屋子就更旧了，像好几十年没有住过人那样结满了蜘蛛网，网上盘着的蜘蛛一会儿就长了碗底那么大，我想这屋子真的不能住人了，我要走要逃出去，可我还是不知道怎么打这个电话，不知道是先给枣儿打还是先给明彦打，不知道打了枣儿是不是就要哭头疼而明彦就要骂我。可是屋子里的蜘蛛越来越大。我终究还是下决心要逃走。

我给明彦先打了电话，我说明彦，我对不起你，我对不起枣儿，可老鹰他不是东西，他非要逼着我生儿子，他每天都打我，快要把我打死了，我想枣儿了。你骂我吧，你想怎么骂怎么骂，只要你能来接我，来接了我哪怕你也打我，哪怕你打死我也行，可我不想被老鹰啄死。明彦说你想回来就回来吧，那个家不要你这个家要你，虽然你不是我媳妇可你是枣儿的妈，你是枣儿的妈你就能回这个家。可我是个男人我也得有脸面，我让你回来可我不能去接你，你给枣儿说吧，让她去接你回来。

我就给枣儿打了电话，我说枣儿妈知道错了，妈做错了，妈想回了，妈再不回去就要被打死了，你爸愿意让我回去了，你能来接我吗？可接电话的是小树，小树说姨你先别急，盼盼去上课了，她手机在我这儿没拿，我让她下课了给你回过去，姨你放心，我好好劝劝盼盼，她不去接你我去接你。

我挂了电话，过一会儿枣儿打了过来。她没有哭也没有骂，只是说让我收拾收拾，下午就来接我回去。

我收拾了东西，又怕英民回来看到，我就把衣服藏在床底下，后来想了想就把衣服又放回去不要了。我坐在床边发愣，想他们没有说不要我而愿意让我回去，可是枣儿只是说来接我可没说认我这个妈，明彦说让我回去只说了我是枣儿的妈没说还要我，想我干脆利落地离了婚出走又灰头土脸地回去，想英民虽然说打我可没有打死我而我给明彦和枣儿认错求救是不是太低三下四不知羞耻，想我为什么想了那么多活得这样狼狈却狠不下来心去死呢？

下午，枣儿来接我了，她也停在村口给我打了电话让我出去。一如我当初走的时候那样，我给英民留了一张字条：我走了，如果再不走，你就要打死我了，我不能死，不能死你的手里，明彦还愿意要我，我去给他当牛做马，给他当笼子里的鸟去了。

留了字条我就出了门，英民没有回来，街上也没几个人，碰上问我的，我就说，我出去转转啊。到了村口，枣儿骑着车在等着我。我在她后面坐上车，她问我：你的东西呢？我说不要了。她说你走的时候可还收拾了衣服的。我说快走吧。枣儿说坐好了吗？我说快走吧。

枣儿拧了油门就走，起步太快我身子往后猛地一仰，手自然地就抓住枣儿的衣服，她的身子顿时一僵，没有说什么，但身子就这么僵着，我只得松了手，扶住车的后架子。我们俩一路上也没有说几句话，我想说，可是说不出来，枣儿只顾着骑车，不想说话。快到家了，我问她：“枣儿，你额头还疼吗？”她说：“那都多久的事儿了，早就不疼了。”

进村的时候已经是傍晚，幸好并没有碰上什么人，到家门口枣儿停下了车说你进去吧。

我问她：“你不回去吗？”

她说：“我不回了，昨天才回过，今天说好了去小树家吃饭。”

我怔了怔：“哦，那行，那你去吧。”

枣儿走了以后我才想起来，我应该问一问她跟小树处得怎么样，问一问跟小树爸妈处得怎么样，不管咋说我是当妈的啊。可是我都没想起来问，枣儿也没有跟我说。

我进了院子，明彦就坐在屋门口抽烟，一根接一根，地上扔了一地烟头，跟我们离婚时候一样，仿佛他一年里一动不动就蹲在那里抽烟。

他看了看我，说：“回来了。”

我说：“嗯，回来了。”

“回来了就做饭去吧，我今天上夜班，一会儿吃了饭就该走了。”

我去厨房里做了饭，明彦吃完了就准备走，他推着摩托车出院子的时候说：“枣儿的事儿定下来了，今年十一结婚。门口那棵树我准备砍了，不然到时候来往过婚车不方便，你弄点糨子贴个条。”说完了就走了。

二黄原板

枣儿要结婚了？回来这一路上她没有跟我说，她是真的不认我这个妈了吗？

我打了糨子，在屋里找一张红纸裁成小条，又写上“姜太公在此”贴在树上。贴的时候树不停地抖，不停地晃，晃得树叶落了一地落了我一身。我说：“树啊树，枣儿嫁给你你可一定要对她好点。”树就晃得更厉害了。贴了条，我回厨房吃点东西就去屋里了，屋里的摆设还跟原先一样，床一样桌子一样连墙都没有什么变化。

我坐在床上，英民给我发来微信，让我回去。我说我不回啊，我回去你要打死我的。他说你回来吧我不打你了。我说我生不出儿子你还是要打我。他说你要是不回来信不信我杀了你？不光杀了你还要杀了你全家，把你闺女强奸了！我说你敢！我说我求求你放过我吧，一日夫妻百日恩哪。他说你当我不敢，你来我家我装修了房子，我办了酒席我带你吃喝带你玩，你把我的钱都花光了你拍屁股走了？你让我两个闺女都不养活我了你就走了？你想得美！你要是不回来我拿刀砍了你，大不了杀了你全家我再自杀，咱们都好不了。

他这样说，我仿佛能看到他恶狠狠的面孔，就跟他每次打我时一样，我仿佛看到他拿着刀从手机里跳了出来，看到他举着刀，刀口上泛着光。我赶忙删了他，又删了微信，终于在他跳过来之前把他锁进了手机里，我再也听不到他的咒骂他的威胁。我好累，就脱了衣服躺床上睡着了。

我又做了梦。梦里我来到了嫁人那年的小河边，看着一条小鱼跳出水面扑棱棱飞上了天，飞得越来越远，可我还是能看到它，仿佛我就在鸟的背上，我看着一只老鹰朝它抓来，可是它躲过了。虽说躲过去了可也被吓破了胆，又一头扎回了水里，重又化成了鱼，钻进了淤泥里再不肯出来。

我钻进了水里，乖乖地做一只笼中鸟，每日被明彦喂水喂食，再不想跑出去的事。明彦问我，还要出去摆摊吗？我说不去了，他说不去了也行，那就待在家里吧，就拆了三轮车后的架子。

回去后的那一个月我过得很滋润，虽然说这个家里并没有我的位置，这是明彦的家可我跟他离婚了，虽说我是枣儿的妈可枣儿并不认我，她只认明彦是她爸，这是他们两个的家，我只是个外人是个租客。可是我仍然觉得我过得不错，枣儿该出嫁了当妈的总要准备些陪嫁，虽说她不认我不叫我妈，可我给她买的衣服她也都收下了，我给她套被子的时候她也愿意帮我缝被里儿，我给她套了几床新被子摞在床里边，她看到了还会在那上边坐坐蹦蹦，虽说她不肯叫我妈了，可我知道她还是在心里认我的。

西皮慢流水

我以为日子就能这样过去，没想到三月底有一天晚上村支书来了我家，跟我说，他接到乡派出所通知，有人给他们打电话说三天后要来杀我全家。村支书说完我就愣了，他再说了什么就没有听太清楚，只听到他说："派出所的同志认为这只是一种恐吓，一旦有什么情况就及时打110他们再出警。"还听他说："这都是造孽啊！"等我愣过神儿来村支书已经走了。我不知道该怎么办，只能等明彦回来跟他商量。

我说老鹰要来杀我们啊，要来杀我们全家。

明彦说："他应该不会来杀，他要是真想来杀我们就不会通知派出所了。你放心吧，给枣儿打电话让她这两天不要回来。"

明彦说完了就出门绕着房子转了一圈，回来说：“放心，这两天我都不去下矿了，明天我把门口的树砍了，就从那儿能翻墙进来，砍了树门一锁就没事了。

后来两天他就真的没去下矿，第二天叫了几个人把树砍了当天就卖了，然后就待在家里。他待在家里并不是什么都没干。他把家里的一把砍刀磨了又磨，不磨刀的时候就坐在门口抽烟，抽几根就去磨刀，直到他把磨刀石打薄了一层，才只坐在门口抽烟而不干别的事。我除了做饭就是坐在屋里看他磨刀看他抽烟，他有时候也抬起头看看我，眼神里泛着光泛着红泛着兴奋，吓得我不敢再看他。

第三天一整个白天都没有什么事，到了傍晚，我做了饭，我们俩吃了，刷了锅刷了碗就坐在屋里。

“你说，他不会来了吧？”

“说不定，要是来就是今天晚上了，哼，他要是来，我拿起刀来就给他当胸来一下。你心疼吗？”

我心疼吗？我怎么会心疼？可我又不想他杀了老鹰，他杀了老鹰是活该，可他也该被抓起来了。那我又能怎么说？我说你不要杀他？你跟他好好说说，你跟他说明白了，谁也不要杀谁不行吗？我不能这么说，我这么说是对不起明彦了。我就一声不吭。

五点，六点，七点，八点，天越黑明彦就越兴奋。八点，他忽地站起来，说：“你在家里等着。我怕万一我制不住他再被他剁了，我去喊咱亮哥来坐着，坐到天明要是没来就没事了。”

他说完把刀塞到床单下边。我不想让他去，不想自己一个人在家里，可是我不敢说不让他去。我要是说了不让他找人那就等于是说我巴不得让老鹰夺了刀再砍了明彦。我不能这么说，也不能这么想，所以我还是不说话。只是等他走到门口时跟他说：“你千万快点回来。”

他说：“我喊了人就回。”

我说：“你千万把门给我锁上。”

“我肯定给你锁上。”

我听到大门重重地响了一下，才放下心来。我站起来锁上了屋门，可又怕万一老鹰来踩开门我没有准备，又站起来把门打开。

我等着明彦回来，可明彦还没回来，英民就先来了。

我在床上坐着，英民就从外边进来。我正发着愣，他就到了我跟前，说："我来杀你全家了。"

我这才回过神来，可回过神就吓了一跳，我说："你咋进来的？"

"你还是不相信我敢杀你是吧？我都跟你说了今天要来杀你，你却连个大门都不锁，是不是看不起我？觉得我不敢来？我还就告诉你，我来了，来了就要杀了你。"

他说着，喊着，脸憋得通红，脖子上青筋暴起，这会儿我却不害怕了，或者说是害怕得忘了害怕。

我问他："你喝水吗？我给你倒杯水吧？"

他是觉得我在看不起他，可实际上并不是，我很害怕，我怕得要死，我的女儿就要出嫁了可我要被杀了我怎么能不害怕，可我能说什么呢？我向他求饶认错？我已经向明彦向枣儿认过错了，认了错的感觉比死还要难受。

我说："你不会杀我的，你杀了我你也得偿命，你要是想杀我你就不会给派出所打电话了。"

我又说："你赶紧走吧，一会儿明彦回来了他要跟你拼命的。"

我这样说，他就更恼了："他敢拼命我就不敢吗？他是男人我就不是男人了？我告诉你，我今天来就是来杀你的，杀了你我就自杀，咱们一块儿玩完。"

他话虽然这么说，可是我看到他手腕子在发抖，一直抖，我知道他也害怕了，他不敢杀我，他不敢跟我一块儿死。

我说："明彦已经出去半个小时了，他快回来了，你听我的劝就走吧，这样对咱们都好，往后各自过各自的日子，行吧？"

他说："你花光了我的钱，让我闺女也不管我了，你现在跟我说过日子？我跟谁过去？"

“我没有花你的钱，我花的都是明彦离婚时候给我的，装修房子买家具是你自己要买的。”

兴许我这样说才真的刺激到他，他的眼睛开始发红了：“我他妈要不是为了娶你这个婊子，我干吗要花这些钱？现在你说跟你没关系？反正老子也没有儿子也绝后了，大不了跟你一块儿死了到阴间让阎王爷评评理。”

他真的恼了，被我说的话惹恼了，我不知道我为什么要说这些话，他刚进来的时候还没这么恼还没准备真的要杀我，可现在他是真的要杀了我了。

他从身上抽出来一把刀，刀背是锈的刀刃也是锈的，这样的刀砍到我身上一定会很疼，肯定比枣花生桂圆瓜子硌在我背上疼，只是不知道会不会有老鹰吃我的肉把我撕成一条一条那么疼。

他还在朝着我吼，边吼还边挥舞着刀，刀影在屋里时而划出，笼罩着这一小片空间，这刀影之外全都是黑暗，这黑暗是如此熟悉，渐渐地与我的梦重合。二十年前，我从出生到十八岁常常做过的那个血淋淋的梦，本来早已经模糊了如今却无比清晰而又无比真实。我顿时明白了我今天是必定要被他杀死的了。既然如此，我还有什么好害怕的呢？

他朝我挥着刀，却没有砍出，有一刀从我的鼻尖划过，我下意识往后一退就坐在了床上，手从床上摸出了明彦藏着的刀。

“好啊你，老子还没有真的要杀你，你就准备好了要杀我了？臭娘们儿，我饶不了你！”

他一把夺了刀，我坐在床上没有动也没有说话，他扔了自己的刀拿着明彦的刀朝我砍了下来。他砍得很干脆，就像在案板上剁一块排骨，就像明彦用斧头砍门前的树。可他还是手软了，不是心软，而是因为害怕而心软了，他奔着我的头砍来，刀刃却斜着砍下，削去了我一片头皮。

我因为疼痛而不由得喊道：“主啊！”从嫁人以后，我就再没有去过教堂，没有参加过礼拜也没有再信过主，可如今我却喊出了主的名字，那时候喊他是为了让自己不做噩梦，如今喊是为了让自己不痛，可我的噩梦并没有消失而如今我痛到了骨头缝里，主并没有能帮到我什么。

头上的血顺着我的脸留下，流到脖子又流到胸口，让我想起了年幼洗礼时从头浇下的水。

英民砍完了第一刀就不再害怕了，他的第二刀干脆利落，又砍在我的头上，连带着我捂着伤口的手上三根手指都落入尘埃。我跟着倒在血泊当中，他又砍了我的腿我的胳膊我的乳房我的所有曾被他触碰而又不属于他的部分，都被印上了他的痕迹，而最后他收刀归鞘于我的下体，此时我身下的血已经淌成一片，我就躺在血泊中残喘着，游着，如搁浅的鱼。我看着他，他坐在血泊里喘气。半晌，他对我说："我不想杀你，可我还是杀了你，我杀了你就会给你抵命。"

他走了。而明彦又回来，他看着躺着的我，一如新婚时的温柔，他慈爱地看着我，仿佛看着一个犯了错的孩子。他想给我合上双眼，可我还没有死啊，他说："我本想让你送枣儿出嫁后再受这一场。"他把刀从我下体中拔出，又砍下了我的头，他的手指从我脖子上擦过，粗糙而温柔。

反西皮

我已经算是死了，头被砍下当然没有不死的，可我还是活着的，我看着明彦给枣儿打电话，看着他给我操办丧事。看着枣儿趴在我身上痛哭，最后哭晕在小树的怀里，枣儿先是哭，哭我死得好惨，再是骂，骂我不该做个荡妇，再是哭，哭自己没了妈哭这个家散了，再是骂，骂英民不得好死而明彦是个胆小鬼不该把我一个人撇在家里。我就在旁边看着她哭，看着她的泪水落下滚到我的脚下。

我看着明彦家被警察围起来，看着法医检查我的身体，看着他们用一个大袋子把我一块儿一块儿地装进去带走验尸，看着村里人围着警戒线久久不肯散去。

她们说：明彦家里的真是活该被砍死，勾三搭四地找野男人，这种人就是这个结果。

她们说：那也是命里该着，可明彦是个好人啊，怎么就落得这么个下场？

她们说：得让咱们村那些不安生的女人们看看，这就是婊子的下场。我得让我姐姐来看看，她要是再无法无天，这就是下场。

蛮子媳妇说：嫁了人就得好好过日子，这要是我，我们家爷儿们就得给我打死，还用得着外人？

一个老太太说：我四十不到就守了寡，守了一辈子了，都没有想过再走一家。现在的女人啊，坏啦！

母亲对女儿说：你看，往后嫁了人得有当媳妇的样子，否则，连个全尸都没有。

孩子们围着院子跑着，喊着，婊子荡妇，婊子荡妇。

天上的鸟儿在喊着：不清不楚，碎了尸骨。

她们在说着，他们在说着，它们在说着，他们的话一句一句在空中盘旋，一句一句都成了一把一把的刀，一刀刀割碎了我的灵魂。她们在说着，她们时刻不停地在说着，在田间地头在厨房茅厕在大街小巷在床头床尾，她们能说一天说一月说一年说一生……这是她们长久的谈资。

我被拉走验了尸后又拉了回来，没有在明彦家停尸就入了殓封了棺装了车，明彦开着车而小树陪着枣儿扶棺，葬礼无比冷清，围观者挤满了所有的巷子。当然，我是进不了明彦家的祖坟了，所以我被埋在了孤零零的一个墓坑里，从此无人问津。

西皮回龙

我在棺材里躺了很久，终于破开了我的尸体破开了棺材破开了土而化成一只乌鸦。我盘旋在坟上良久，又飞到了河边一棵枣树上，我在树上梳理羽毛，而一颗红枣倏地离开了树落入水中，惊得我慌忙飞起，“呱”一声叫着飞往了远方。

我飞到了远方一个男人只是工具的部落，这个部落所有纯洁的女孩儿都永远青春美貌，却没有人欣赏。她们迎接了我，她们接纳了我，我将在这里生活到再也无法忍受，而从远方归来。

——获信阳师范学院首届“大别山杯”大学生创意写作大赛小说类二等奖

李佳佳，女，河南驻马店人，信阳师范学院文学院2016级汉语言文学专业四班学生，现为河北大学2020级语言学及应用语言学专业硕士研究生。

绛珠仙子外传

——林黛玉香消玉殒之后

李佳佳

话说，正值宝玉迎娶宝钗这个时辰，黛玉一口气没上来，魂归西天。恍恍惚惚之时，听见紫鹃、探春等人痛哭之声，黛玉心中诧异：今日宝玉娶亲，为何在此流泪？便叫了声：“探春，汝等为何在此啼哭？”

哪曾想自己已是亡魂，世人怎会听得见自己的声音呢。又连连叫了数声，皆无人应答。黛玉不禁有些气恼，心想："宝哥哥娶了宝姐姐，你们便这等欺负我，连紫鹃也不听我话了，以后这日子恐怕更是难过了。"思及此处，掩面痛哭，泪珠串串，真个是"绛珠仙子垂泪下，晶莹剔透珍珠坠。天上掉下个林妹妹，柔柔弱弱让人怜"。

黛玉正肝肠寸断之时，忽闻一声仙音传来："妹妹何须在此痛哭。今日尘缘已尽，姐妹们甚是想念。快快同我携手去太虚幻境，你我姐妹许久不见，好好叙叙前尘旧事。"黛玉乍闻此言，诧异不已，定睛细看，只见旁边立着一娉娉仙子，好个"风流体态道不尽，婀娜潇洒有余姿。洛神见之愧不如，世间女子皆尘埃"。你道那是谁，原来是警幻仙子。黛玉正思虑疑惑之时，警幻仙子轻笑一声，朱唇微启："妹妹这人世走一遭，连我们姐妹也不认识了，真是好没情意。"听她此言，前世种种涌上心头，黛玉方想起自己乃是为报神瑛侍者的灌溉之情下凡而来，既然最后一滴眼泪都为他而流，也算大恩得报，重返仙宫，复归仙境才是要务，只是不知以后是否还能得见宝玉。想那没心肝的人此时正是良辰美宵之时，恐怕早不知将她忘到何处了。思及此处，黛玉对警幻仙子说道："姐姐稍等，妹妹尘缘未了，回去也恐难安心，且等候片刻，容我去去就回，如此方能和姐姐安心归去。"警幻仙子怎会不知她是因为何事，略一思索，嘱咐黛玉："需速去速回，不可久耽。"黛玉回道："姐姐放心，妹妹不敢耽搁。"

此时宝玉和宝钗已行完大礼，宝玉仍痴痴呆呆，口中叫道："林妹妹，林妹妹。"宝玉上床后，贾母恐其病复发，便命人点了安魂香。宝玉昏昏沉沉地睡去，宝钗只好被丫鬟们搀着来到里间就寝。黛玉香魂飘飘忽忽来到了宝玉的新房。好个金碧辉煌的房子。从外面看，亭台楼阁一应俱全，八角屋檐高起，位置隐秘安静，又有连接四处的甬道，房前是一弯碧泉，掩映在假山之中。来到屋内，映入眼帘的便是一方紫檀圆桌，上有几个青瓷茶杯和一个古铜茶壶，烟气从茶壶中缓缓冒出，大红色被褥铺在红木床上，红色锦帘高高悬起，其中只见宝玉一人，更不见宝钗踪影，黛玉心生纳闷。忽听宝玉边哭边喊："林妹妹，林妹妹，你再不要我了吗？我以后不敢再惹你生气了。"黛玉吃了一惊，来至宝玉床前，只见宝玉痴痴傻傻，全不见平时的爽朗劲。黛玉急唤道："宝哥哥，我是颦儿啊，你怎会如此？"宝玉睁开眼，朦朦胧胧瞧见个人影，好像是林姑娘，嘿嘿笑道："林妹妹，今天是我们的大喜之日，快让我好好看看你。"黛玉一听此话，掩面抹泪，叹道："休提此话，要怪只能怪你我缘分太浅，枉费我一片心意，罢了罢了，这一辈子也算偿还了前世之债。既然你已娶了宝姐姐，便要一心一意待她，切莫辜负了她。今日与你一别，不知何时才会再见。"谁知那宝玉仍是痴痴笑道："林妹妹说的哪里话，以后你我长长久久，提宝姐姐做什么呢？"那黛玉本是仙子，自香魂脱离肉体凡胎，一颗八面玲珑剔透心洞察世事，晓谕世情，方知事情的始末，也知道迎娶宝钗非宝玉本意。她心中本就悲痛，如今见宝玉这等模样，更是泪如雨下，不住地掩面拭泪。宝玉见了，心疼道："妹妹，你有什么不开心的，如今我们喜结连理，更加恩恩爱爱才是，切莫再哭哭啼啼的了。"黛玉方才止了泪，扶着宝玉躺下，正色道："宝哥哥，今日我来是与你告别的。当年的灌溉之恩已还，你我以后便无瓜葛。你非俗人，不可作等闲之物视之，望你以后切切珍重。不知可还记得当年梦中去过的太虚幻境，内有玄机不可泄露，望你好生领会。"黛玉本想再温存几句，无奈警幻仙子催促，只得匆匆告别。临行前又嘱咐："宝哥哥，勿要这等模样，我走后，便和宝姐姐好生过日子才是，他日有缘再相见吧。"宝玉见黛玉要走，伸手去拉，大喊道："林妹妹，你去哪儿，等等我！林妹妹……"宝钗、袭人等听见宝玉的呼喊，连忙赶来将他唤起。此时，鸡叫三声，正是日出之时。宝玉醒来，环顾左右不见黛玉，气性发作，甩开众人，大叫道："林妹妹，你在哪儿，你快回来。"众人见劝解不住，只得叫了王夫人和贾母来。贾母一阵安抚，告诉他黛玉生病需要静养，才将他劝住。众人扶下他安歇暂且不提。

却说那黛玉跟着警幻仙子来到太虚幻境，处处仙台楼阁，奇花异草，好个缥缈仙境，有诗为证："云雾缭绕灵气溢，无边无际无止境。

此景只应天上有，人间那得几回见。”黛玉环顾四周，正见苗圃里百花争艳，内有数棵灵草点缀，傲然独立，与世无争。黛玉不禁想起自己原为绛珠草之时，幸得神瑛侍者灌溉，方能有机缘修成人形。如今自己来到这太虚幻境，然他仍在凡间历事，况以后还要经受更多的磨难，忍不住悲从中来。正忧郁之际，忽听得一阵嬉笑声由远及近。“绛珠妹妹可算来了，可让我们姐妹好等。妹妹可要好好跟我们说道说道在凡间的好玩之处。”你道那是谁，原来是太虚幻境的诸位仙子，听说黛玉今日回来，特来此处迎接。只见那仙子共一十二人，个个气韵天成，仙姿妙态。她们挽着黛玉的手邀她到大殿同坐，姐妹共叙前情，好一番热闹景象，且暂时冲淡了黛玉心中的悲伤。

原来那一十二个仙子中有秦可卿，当年在贾府乃贾蓉之妻也，后因病早逝，真身为警幻仙子的妹妹。昔日在贾府时，秦可卿素来与众人交好。如今，黛玉一来，二人更有说不完的话儿。这日，可卿邀黛玉前去赏花。二人沿着小径向前去。一路上兰芳蕙草好不热闹。往前走到一处，便是一挂悬空的大瀑布。二人便向左进，入眼竟是草木衰落，落叶纷纷，一片萧索凋败之景。黛玉甚是诧异。秦可卿莞尔一笑，说道：“妹妹才来，可是不知，此处乃是警幻仙子特意所造，你看那前面纵是千般媚，万般娇，仍逃不过这繁华落尽后的沧桑。正如今日之贾家，盛极必衰。当初的富贵繁华到了这一代，竟无一个可用之才将其延续。在人世间时，我素来与那凤姐交好，临走前特意劝她修学堂，收田地，如此种种，她却未把我的话放在心头，也该贾家衰败啊。”黛玉听闻，思忖片刻，说道：“宝玉哥哥怕也要经历此况，当年我俩一起读禁书，宝姐姐总是劝告，多次惹得宝玉气性大发。如今想来竟是我之错了。既如此，应当读那些个四书五经，以考取功名为要了。”可卿知她素来喜欢多想，宽慰道：“也不是这个理，焉能知道所谓的‘闲书’就毫无用处吗，关键是看能从书中领悟到什么罢了。若能从中得到些平常不可得的，也是一桩妙事啊。况宝玉是个极有福气的，定会顺顺利利。妹妹且勿如此挂念，方要保重好身体，他日相见再续前缘。”黛玉心中怎会不知她和宝玉的缘分，情知可卿是在安慰自己，心中哀叹数声，脸上苦笑道：“姐姐说的极是，宝玉命数如何，还看他自己的造化吧。”说着，便要先告辞回去，可卿知她心情不畅，未作强留，只说让她好生歇息，改日再来相邀。

谁知这秦可卿是个有心人，知道黛玉心结不解，无法在这神仙妙境安心，其实仍和处于贾府无异，内心又平添许多思虑罢了。思及此处，便去拜访警幻仙子，想着和众姐妹寻个解决法子。到了警幻仙子处，召集众姐妹，可卿便把来意说了一遍。警幻想到：解铃还须系铃人。当年那神瑛对这绛珠有救命之情，二人又同到凡间经历这一场，更加难以忘怀，不如寻个好时机，让绛珠把这恩情报了，斩断这桩前世情缘。可卿回道：“这个办法没错，可哪有机会呢？”警幻笑道：“怎么没有，眼下怕是快到了。贾家衰落不可避免，不如可卿你先去警醒那凤姐，然后我再让绛珠妹妹与宝玉见上一面。看能否感化那宝玉的心。”可卿连忙应允，众仙也都称好。

这厢便有了第一〇一回《大观园月夜感幽魂　散花寺神签惊异兆》，暂且不提。却说警幻仙子过些时日来看望黛玉，见黛玉正在咬帕凝思，悄悄走去，把个黛玉唬了一跳。仙子道：“妹妹在想什么，如此出神？”黛玉回说：“姐姐，我在想当年我写给宝玉的那些诗，还有诗稿和手帕，都被我烧毁了，真真是可惜了。”“妹妹既然如此思念，如今可有个和宝玉见面的机会，如何？”黛玉闻言，喜不自胜。“不过，此次前去，还望妹妹好生劝解宝玉，万万以读书为要，考取功名，振兴贾家。”黛玉自是答应不提。

且说那日宝钗生日，贾母宴请众人，想借替宝钗庆生的机会将众人召集起来热闹热闹。因近来贾家祸事太多，众人心情皆不好，宴会并不热闹。想那宝玉心中不快，借酒消愁多喝了几杯，感觉头昏脑涨，便要去四处走走吹吹风，吩咐众人勿要跟随。走着走着，便来到了当初和姐妹们居住的园子。正当此时，皎月在天上孤零零地挂着，偌大的园中再无一人，偶尔传来一阵虫鸣。阵阵冷风吹来，宝玉不禁感到些许寒冷，看着满地的枯枝落叶，想到当年这园子里何等的热闹，悲从心来，一步一步来到潇湘馆。馆前的竹子久未打理却长得格外繁茂，和这满园子的荒芜相比，倒是另一番景象。宝玉推开潇湘馆的门，只见手中凝了一层灰尘，忍不住掩面啼哭起来，口中喊着："林妹妹，你自走后，一次也未曾见过我，莫非你竟如此恨我，连见面也不愿意。林妹妹，你可知娶宝钗并非我本意啊。"谁知那黛玉早知他会来此，已等候多时，如今听到这话，再也止不住啼哭，倒把那宝玉唬了一下，旋即又镇定下来。"林妹妹，是你吗？你来看我了？为何不早早出来，让我好好瞧瞧。"黛玉现了原身。宝玉瞧她，两眼凝泪，含情脉脉。玉面浑成，身段轻妙。"宝哥哥……"两人重见，一时千言万语涌上心头，却不知从何说起。宝玉问及黛玉的归处，黛玉一一讲起。不知不觉，三更已过，二人仍有万千话语要聊。真是个有情人无奈何，只嫌时间不够长。眼看到要离去的时间了，黛玉不得不提及自己的来意。"宝玉，你可知我们这段情缘本是上辈子修来的，可惜这辈子缘分浅啊！"遂将上辈子神瑛侍者浇灌绛珠草一事说了出来。听得宝玉唏嘘不已，更加难舍难分。"宝玉，你可知今日我来所为何事吗？""难道妹妹不是特意来见我的吗？妹妹如今为仙子，我真想随妹妹一同前去，免得在这浊世受尽苦楚。"黛玉冷笑了两声："那太虚幻境乃是女儿所去，男子万万是去不得的。今日我来，是劝你多读那些个'朝廷'所需之书，考取功名，重振贾家，方不会落到今日之地步。"谁知那宝玉一听这话生气了："尤记得当初和妹妹一起读那些个被世人称为'闲书'的乐趣，我和妹妹一向同心同德，妹妹说这话，莫不是饮惯那琼汁玉浆，忘了昔日的情分吧。"黛玉心中哀叹，想着自己本意并非如此，不过是为了获得和宝玉见面的机会罢了。反而不再劝他了，只说以后贾家定是一日不如一日，问他有何打算。宝玉以为那黛玉还要劝他，赌气说道："反正妹妹也不在身边了，以后苦痛都要一人承受。真要无法，便去做和尚罢了。摆脱这尘世的纷扰，图一分清静。"说着又难过地落下泪来。黛玉听言，急忙劝道："宝哥哥说的哪里话，我不过是一提，你便当真，真是禁不起逗。再不要提做和尚的事来，你万一去了，不是把宝姐姐抛下了。这辈子又欠了宝姐姐的债，哪辈子还得清呢？”“好妹妹，我只欠你的债，这辈子你为了我流干了眼泪，你走时我竟没陪着你。”两人回忆起前尘旧事，紧握双手，泪流满面，只恨造化弄人。眨眼，到了黛玉离去的时间，二人自是一番缠绵不舍。次日清晨，袭人、宝钗在潇湘馆寻到宝玉时，见他呆呆愣愣，口里直喊着“林妹妹”，以为又是疯病犯了，急忙扶回去好生照料。

黛玉回到太虚幻境，警幻仙子知她并未劝告宝玉，心想：黛玉尚不能劝解他，想那宝玉自有造化，不可强求，也罢了，但不知这桩情缘何时可了。

再说黛玉在这太虚幻境，整日愁容满面，不知不觉已过去许多时日。那日，众姐妹正在用饭，忽见东方一片祥瑞之气，好生纳闷，皆撇下饭食前去看。向下望去，乃是贾家的方向。原来那宝玉中了乡魁，正应了文中第一一九回：《中乡魁宝玉却尘缘　沐皇恩贾家延世泽》。谁知宝玉中魁后反而出家了，世人皆称怪事。原来那宝玉数载人世红尘，历经世事沧桑，经一僧一道感化，乃出家为和尚。你道那一僧一道是谁？原来是当初点石为玉的二仙，感化过甄士隐，也是神瑛侍者的主人。二者见宝玉在人间历练到此时，遂在中魁之日试探他。那厢中乡魁的消息传来，举家上下无不欢呼，唯宝玉面色如水。原来那宝玉本就轻视功名利禄，自从黛玉死后更无心人事方面，谁曾想看淡了反而拥有了。这厢宝玉端坐在大厅，一片嘈杂声中，忽听得两个人高声大唱：“富贵皆浮云，名禄不足贵。做我一闲人，羡煞天上仙。”众人只道是两个疯子，宝玉听完却觉得心中透亮，急忙出去找寻二人。三人行到一转弯处，谁也不明白发生了什么，竟然一起消失了。慌得个王夫人晕了过去，宝钗强打精神命丫鬟小厮去找，却一无所获。这正是：“忙忙碌碌不得闲，到头来竹篮打水一场空啊。”

宝玉跟着二仙游历世间，见过了多少爱恨离别，心中大彻大悟。这也是当年下凡的初衷。这天，寻一良机，宝玉前去拜访黛玉。黛玉早知他出家为和尚，不禁感叹当初竟一语成谶，心中也明白自己和宝玉的情缘终究是该断了，无奈万般不舍。正百转回肠之时，忽听得大殿传来一声熟悉的声音："绛珠仙子可在？"黛玉又惊又喜，急忙迎出去看。只见那宝玉仍是风流俊态，不过平添了一股子清冷之气，身着道袍，颈配佛珠，眼神静默，目不斜视。"哥哥近来可好？""多谢仙子挂念，贫僧一切都好。"黛玉听此言再无先前的亲热，忍不住一阵心痛，涕泪交加。宝玉一见，心中多有不忍，但也得道出来意："仙子当年为绛珠草之时，我不过是举手之劳。修炼至今，还是仙子的造化大。仙子把前世的眼泪都奉给了小僧，小僧倍感荣幸。还望仙子以后用心修炼，切勿再记挂此事。"黛玉遂知他今日是来诀别的，纵然心中有万千不舍，也只能强颜欢笑："侍者说的哪里话。侍者的灌溉之情，小仙定会永生牢记。前路漫漫，还望侍者多多珍重。""多谢仙子，小僧告退。"脚步声响起，一步一步远离大殿。黛玉支撑不住，一下子倒在了椅子上。

好一段令人悲切的爱情故事，有诗为证："为报恩情来世间，阴阳相隔意缠绵。纵然双双都得道，奈何离愁九重天。情长切切深似海，奈何缘浅是个愁。愿做双飞比翼鸟，只羡鸳鸯不羡仙。"其中的万般滋味，唯有当事人方可体会啊！

——获信阳师范学院首届"大别山杯"大学生创意写作大赛小说类三等奖

刘可人，女，河南三门峡人，信阳师范学院文学院2017级汉语言文学专业创意写作班学生，系信阳市作家协会会员，小说曾发表于《牡丹》。

不闻鹿铃

刘可人

天早已经黑得看不见太阳了，天边连红霞都褪了个干净，只有西侧将要翻山而出的月色给予着一丝的明亮。这里秋日的桦树林在夜晚是裹了凉风的，一排排笔直的桦树由于下半部分的“简陋”而使风任意穿梭着。

这时本应是将要入睡前的宁静，然而风太远了，一阵阵的风，一阵阵的鹿铃，听得清的，听得隐约的，全融在了风里，送到了哈吉敏锐的耳朵里。

“走这边，小心脚下！”风里又传来了刻意压低的男声，那是哈吉的，伴随着一些有些凌乱的步伐，“这里这里！”

又是一阵混乱，“扑哧”一声，哈吉身后的人立马“啧”的一下，狠狠地将脚拔出地面，一面做着倒霉的表情一边向他道着歉：“不好意思，不好意思，一时没注意踩了水。”

哈吉没有转头，黑暗中后面的人只能辨别出他大概的轮廓，然后那人看到轮廓静了一瞬：“当心些，咱们快跟不上了。”

“好，胖子小心脚下，动静轻点儿。”说话的是胖子身后的人，因为在黑暗中盲目地行走，已经有些吃不消，显得有气无力。

这三人在山林里快步走着，窸窸窣窣，偶尔发出的也只是胖子误踩的闷哼声和后面那位喘气的声音。就这样不知在山林里穿行了多久，攀了多少密枝浓草，终于，哈吉停下来，叹了口气：“就在这里吧，不能太近了。”

听哈吉一说，身后的两人顿时松了口气。这样消耗体力的跋涉总算是结束了，他们静伏在一旁的草丛里，也就在前方不远的地方，丁零丁零的，传来清晰的鹿铃声。

这是哈吉家的驯鹿群。驯鹿们通常会在白天休息而晚上入山林觅食，可近几个月的驯鹿，总是会奇怪地变少。开始时会偶尔少个一只两只的，这也是常见的情况。驯鹿们夜晚自己在林中觅食，有时多走几步，就会跑到山林深处。但这回驯鹿走丢得越来越多，几乎每天都有。当哈吉意识到不对的时候，驯鹿已经少了二十多只了。

“哎，哈吉，你说这驯鹿会去哪儿呢？这么多鹿可不是小损失。”窝在草堆里的胖子忍不住出声，他的动静有些大，在寂静的夜里十分突兀。

夜晚的辨别能力本就不好，哈吉现在格外留意周边驯鹿们的动静，这会儿已无心同他多说，只暗中做了个噤声的手势，就又伏在了地上。

现在月亮差不多刚好升到头顶，影影绰绰的树影下正好可以看到那些正在嚼食苔藓的驯鹿，银辉落在它们被梳洗干净的皮毛上，月色都显得柔软可爱起来。它们像是生长在这山林里最美好的生灵，拥有着最美丽的角、最矫健的身姿、最清澈的眼神以及最柔软温暖的皮毛。所以有很多人都觊觎这份美好，每年都有许多偷猎的人来抢夺这群精灵。

夜风又起，树影随风而动，一些细碎的声响从他们身后由远及近。哈吉顿时紧张了起来，他不禁有些后悔自己的莽撞，随便带着两个声称要进一步研究驯鹿文化的外人来到这里，风险太大了。

不知道是兽是人，哈吉只好抽出随身的猎枪，慢慢地挡在两人身前等待着。时间一点点过去，那声音近了，但鹿铃声也往森林那边飘去。

“呼——”风依旧慢条斯理地送着声音的消息，哈吉侧耳听着，那声音好像到了这里，又好像追寻着鹿铃继续向前走着。忽然，教授用几乎压抑着的别扭声音道：“树后！树后两个影子！”

此话一出，另外两个人心里皆是咯噔一下，哈吉又仔细看去，果然看见身后大概三米远的树林里有两个晃动的影子，正隐约向这边移过来。

“怎么办？”胖子换了气音问道。

哈吉安慰性地碰了下胖子的胳膊。“没事。”说着，哈吉还向身后动了动，更仔细地观察了片刻，“偷猎的，别动。”

这是两个偷猎者。哈吉估摸着他们拿了武器，偷猎的人一般有枪，不然还有锋利的匕首。而他们现在要说武器，也只有他身边的一把老枪，更别说还有两个无法自保的人。哈吉一边想着，一边观察地形：这里是少走的密林地，桦树密集地分布着，地上的草木也高到了人的大腿部，所以三个人藏在这里很难被发觉，只要在他们经过的时候隐蔽起来，人就不会有事。

哈吉摇了摇头，用动作示意他们蜷起身子。

此时两个影子并没有注意到前方草丛里的异样，一心只看着专心觅食的驯鹿，眼中的贪婪几乎快要溢出来。尤其是听到驯鹿向前走去的时候，影子们更加激动起来，其中一个竟然开口道：“快了，快了。走——哎，走——”那人的声音上挑，听着就让人十分厌恶，胖子忍不住做了个恶心的表情。

也就在同时，前面一声闷响，鹿铃声登时哑了一瞬，接着就传来驯鹿疼痛的哀叫以及铃声的震颤，那两个影子许是觉得时机成熟，直接从树后冲了出来，一边跑一边取了背上的长枪托在手里。前方的鹿有的因为受了惊吓，四散逃离，有的本来想往左右的林中逃窜，结果两个影子一边一枪，虽然是空放，却也生生折回了不少的鹿。不光如此，有的向回奔跑的，因为看到了这两个人，又转身向前跑去，却还没几步就同前面的驯鹿一起，哀哀地惨叫着。声音却不再往前了。

不过是短短两分钟的事情，山林由哗闹变为只有驯鹿哀叫的死寂。竟连原先还争吵不休的一些虫萤，现在也好像消失了一般。

“哈哈，收获不赖。”难听的声音又开口了，带着满满的扬扬自得，“赶紧数数，一头小四万呢！”

说着，两个影子都走了过去，其中一个瘦猴模样的从身上摸出了一个小手电筒，往前面扫了扫：“嗐，才摔进来五头！”

另一个一直在一旁放哨的人也说话了：“五头不错了，前两天才两头你怎么不嫌少？赶紧的，这么多鹿既然带不回去，不如挑了有用的带，剩下的扔在这荒郊野岭的也不会有人知道。”两个人嘿嘿说笑着举起了枪，那枪头的部分都套有一个油壶样的塑料空桶，哈吉明白那是专门戴上去的“消音器”，有了那个，开枪时可以极大降低枪响发出的声音，常人听去也只是近距离的几声闷响。

“砰——”那个瘦猴率先打出了子弹，在手电筒苍白的光柱的照映下，子弹像是一支锋利的箭，划开了月色凉风，射中了驯鹿的心脏。

“哟，准头不错。”另一个桀骜不驯地笑着，顺手给枪挂上了一发子弹，“比比准头？”

“来！”

“呸！”哈吉的头嗡的一声，要不是胖子死死地钳制着他让教授将枪丢走，他几乎要冲上去拼命！他们的枪算什么？这两只冷血的臭虫又算什么？为什么不能将这些人渣就地正法？为什么偷猎的人都可以悠闲地用流血的钱享受着？哈吉大口喘着粗气，死死抠进土里的手被地上的碎石杂枝硌出了血……不，那血不是他的，那血是驯鹿的！这整片林子里，空气里，泥土里，全是驯鹿们的血！全是驯鹿们无辜的哀灵！

而那两个臭虫开完了枪，立马换上了匕首，一边转着圈打量着倒地的驯鹿，一边用匕首比画着："从角开始，要完整的！还有舌头！还有腿！嘿嘿！"

哈吉养鹿这么多年不是没碰到过偷猎，只是没亲眼看见过这样的惨状。以往那些可怜的驯鹿，要么被全部带走，要么被弃了不要的隐在草丛里。哈吉发现时也已经被其他动物吃得差不多了，从来没有亲眼见过这样的惨状。然而这个惨状，也正是哈吉不能亲身面对的。

这边的那两个人已经开始动刀了，他们的枪放在一边，刚才哈吉是担心身后的两个人，现在却是最好的机会。他果断地掰开胖子有些犹豫的手，轻手轻脚地摸走了两个人的猎枪，又轻轻蹲伏在了瘦猴身后。瘦猴此时正卖力地对付着一只驯鹿的后腿，鲜血浸红了它们周围的土地，悲哀而惊悚。此情此景，哈吉再也忍不住，一个后枪托狠狠地打在了瘦猴的颈部，然后猛地一踹，转手又是一下，就把另一个打翻在地。

哈吉的这一手很是突然，这两个人都没有想到有人出现在这里，震惊之下，完全忘记了反抗，任由哈吉一下一下地打着。而在一旁的胖子和教授赶忙爬起来劝住了两眼发红的哈吉，再看那两个人时，已经伤得无法动弹。

此时还不到午夜，月亮也只是稍向东偏了那么一度，可这里却经历了一场生死。驯鹿的鲜血刺痛着哈吉的双眼："不能再待了，山里有熊出没，这里血腥味太重了。"

临走之前，哈吉将网坑的绳子取下来捆住了那两个人，并且小心地捡起了那个一直为他引路的鹿铃。暗色的铃铛虽然隐在黑夜，可上面的鲜血却无声控诉着人的罪恶。

第二天，哈吉为胖子和教授准备了丰厚的食物，作为昨晚的感谢和歉意。他们没有多说什么，哈吉还沉浸在低沉的氛围里没有出来。当教授问起如何处置时，他说，这两个人因为不能自己处置，就只好报警等专人过来，他愿意相信会有更好的处置方法来对付偷猎。至于驯鹿，它们因为受到惊吓而跑散，早晨回来的几乎少得可怜。没办法，哈吉只好决定进山寻鹿。

然而寻鹿是件运气活儿。驯鹿跑散在山林里，而这片桦树林是山林中的一小片，但驯鹿的脚却能穿过森林里的大多数溪流，遇到各种各样的威胁。没办法，哈吉苦笑了一下，望着剩下的不到一半的驯鹿，对胖子和教授做了个似哭非哭的微笑。

不过谁知道呢，寻鹿这事，或许有的找得到，而有的丢了，或许有的只寻了几天就可以找到，而有时就是坚持一个月也收获甚微。或许偷猎的人在驯鹿回来后依旧偷猎，或许在明天，驯鹿们就可以不再遭受人类的威胁。谁又能知道呢？

哈吉又取出了几瓶酒，为胖子和教授满上。

——获信阳师范学院首届“大别山杯”大学生创意写作大赛小说类三等奖

吕鸣宇，男，河南郑州人，信阳师范学院文学院2019级汉语言文学专业四班班长。喜好读书，感怀于生活浮沉，取王平仄为笔名，欲记录平凡中的微澜，虚实中的灰色，写作不求荣登大雅，但求心意飘然。

鱼的庆生

吕鸣宇

一

他掏出最后一根烟，点燃，尼古丁的味道使他精神一振。他狠吸一口，灰色的烟气从咽喉进入，在肺里循环。他叼烟的嘴紧抿着，致使鼻子成了烟囱，两道浓浓的白雾从鼻子喷出，就像刚刚结束战斗的北非公牛，鼻孔喷着热腾腾的白气。烟开始蔓延，四散，稀释。他挠了挠杂乱又有些油腻的头发，越挠越痒。他叹了口气，恋恋不舍地把手移开，将嵌在指甲缝里的头皮屑弹掉，起身。

微暗的光被窗帘过滤得更加卑微，窄小的屋子里只有一点火光明灭可见。烟灭了，他打开了灯。灯光不费力地将这小麻雀般的屋子瞬间充实，五脏六腑也显现出来：几个黄木板拼凑起来的柜子，说不上独具匠心，不过是他老爹生前做的，他不舍得扔，也图省几个钱。由简易支架组装成的衣柜，也因为表皮的过度磨损而不得不用一些红白绳来进行固定。正中间是一张床，这是这间屋子里唯一能排得上号的奢侈品了。这是他弟弟淘汰下来给他的，床送来时，他没跟弟弟谈钱，只是装大尾巴狼似的塞给侄子二百块钱，搞得他自己的孩子满脸羡慕。

床上除了一个摊开的红鸳鸯被子外，还有一个叠好的青花被子。这是他结婚时丈母娘家送的，一红一青。青的是妻的。刚结婚那几年他们还是在一个被子里睡的。当时妻还依偎在他的怀里，开玩笑地说着青被子留给以后儿子结婚用。后来儿子有了，妻却要跟他分被子睡了。他看了看青被子，叹了口气。

二

妻昨天回娘家了。跟无事不登三宝殿一个理儿，妻跟他吵了一架，准确地说是两个架合在一块儿吵了。

一个是大儿子升高中的事。学校要报考了，儿子一二模的成绩也考不上什么重点，顶多蹭个市级高中的边儿。他跟妻商量过，决定让孩子听老师的话报个稳妥点儿的学校。可孩子不认这个理儿，认为自己是有希望的。其实做父母的，谁不对孩子充满希望。可几十年的生活告诉他，人不认命不行。理想哪儿有吃饱饭踏实过日子稳妥。孩子小不识人间冷暖，大人可不能任着孩子胡闹。为了这事儿，孩子跟他冷战。妻心里也不舒服，觉得他没本事。如果有钱有权有势，哪怕占一项，孩子哪儿能这么作难，生活哪儿能这么难过。他也无话说，只是憋屈。自己本来就没啥出息，一个在商场卖鱼的，能撑多大的天?！没办法。

另一件事，是老家那块儿拆迁，老爹留的房能换万把块钱。可他弟弟想要争这笔钱。本来呢，当时老爹走之前分好了的。他拿那两间土房，弟弟拿十万块钱。那钱是老爹一辈子的积蓄。当时钱可比房子重要，他也没想跟弟弟争，就要了那两间破房子。可如今时来运转，弟弟却又来跟他抢这份羹。他想跟弟弟平分，可妻觉得老二贪得无厌，不愿意分。

这两件糟心事就像雷一样埋在他们之间，直到昨天晚上引爆了。

那时候他下班回来，在餐桌上，妻只做了个拍黄瓜。他也没说什么，倒了杯酒厂熟人送的酒，虽说是假酒，但也有酒味不是。可没承想，刚倒上，妻就开始数落起他来，说他没有出息，挣钱少也就算了，喝酒抽烟倒是不停。妻有个特点，唠叨。这是被生活折磨出的毛病，他很烦这个。妻坐在沙发大声讨伐他。他想劝自己不要发火，可不知是妻说话难听，还是喝了假酒的缘故，他的头开始作痛，有股气在天灵盖下冲撞。他的脑子乱了，一千只苍蝇在他的脑袋里玩碰碰车，他压抑地想喘口气。妻有气，难道他没有吗？他不恨自己没能力给孩子好的生活吗？他不恨苦难把曾经年轻漂亮的妻变成如今事事斤斤计较的黄脸婆吗？他不恨弟弟如此没良心地压榨他这个大哥吗？他不恨这狗娘养的人生吗？他想长啸，他想发泄，他想放下，他想一走了之。可他已经过了那个不用负责的年纪了。他已经被生活捆绑得无处可走了。他能怎么做，能怎么做！

对了，他想到了如何做。发红的眼睛闪着委屈，暴戾，压抑，痛苦还有疯狂。他站起身，“啪！”一声响亮的耳光把时间吓得停止呼吸。妻愣住了，眼泪在眼眶里打转，溢出，划过被岁月摧残的枯木般的脸，绕过鼻边，轻吻过颤抖的双唇后，落了下来。妻不说话了，这使他保持微抬的手有些鸡肋了。他做不了怒目圆睁的样子，即使眼前的女人他已见了无数遍，即使眼前的女人有时会使他厌烦。

一个巴掌确实是拍不响的。他倒真心实意地希望妻能够雷霆大怒地同他撕扯一番。可无声的失望是最致命的。妻默默地哭，不再言语，坐在见证了他们风风雨雨十几年的沙发上，坐得无比端正，无比陌生。他不是话多的人，也不是爱找事的人，所以他倒有些难为情地保持沉默，不再说些什么狠话。他就是这么一个像绵羊却又喜欢装作老虎的人，等到真正遇到什么事，绵羊的本质也就没出息地露出来，他也只能咩咩叫几声，连横冲直撞的勇气都没有。毕竟，他也不是山羊。

他走进了卧室，关上了门。尽管他已经告诫自己关门要轻些，可在他听来，声音还是出奇大，大得令他心慌。确实心慌，他没怎么打过妻，有孩子前不舍得，有了孩子后也就不好意思打了。可他还是破了戒。他暗骂自己鲁莽，让她说几句不就成了，陪自己吃了大半辈子的苦，连这点权利也没有了？

他坐在床上，倚着紧靠墙面的床头，歪身，抬头。天花板上白得发黄的漆已经掉了几块，像地图一样。他突然觉得这好像他的生活。刚开始光洁亮丽，洁白如新生，渐渐地有了灰尘，也及时打扫，等到逐渐无视后，白面就变老了，墙角也出现了蜘蛛网，生活也就成了一潭死水，猛然激起几次波澜，结果也只是从墙上掉下来几块干漆，落在地上，四分五裂，还逃不过妻边翻着白眼清扫边低声嘀咕的埋怨。

妻还是挺可爱的，他不觉这样想。回过神来，发现外面没有动静。他想了想，下床，推开了门，空无一人，只有老旧的沙发在那里卖着可怜。妻走了，在跟妻打了几次电话不接后，他收到了一条短信，妻说她去娘家住几天，想老娘了。他没有回，有些无名火起。走到餐桌，把喝到一半的酒灌入口中。接着打开电视，掏出烟，吞云吐雾，倒着酒，仰头痛饮。“去他妈的。”他心想。

等到烟盒里还剩最后一根时，他停了下来。他有吸早烟的习惯，所以要留一根明早吸。莫名的疲倦席卷了他，趁着酒意，他倒在床上，随意扯开了被子。他睡了。

三

回过神来，他把下意识扔在垃圾桶里的烟头捡了出来。不是因为不能扔垃圾桶，而是妻不让在卧室里抽烟，也就今天情况特殊罢了。墙上的钟表显示五点半，他穿好衣服，头还是有些疼。看着镜子里憔悴的自己，他笑了笑，用水把头发捋了捋。收拾一番，走到门口，看了眼挂在旁边的日历。用红色彩笔圈出的今天，是他的四十岁生日。红色彩笔是小儿子画的，他俩儿子都在学校留宿，一个初一，一个初三。今天周六，他们也该回来了。他笑了笑，可又想到妻的离家、与大儿子的冷战、小儿子的花销，他扯了扯嘴，出了门。

走过被垃圾洗礼洗到习惯的小道，他找到了他的“专车”，一辆上了锁的共享单车。原来的锁肯定不是他弄坏的，可这个新锁，倒是他跟修车的老马软磨硬泡十块钱买的。不是他不讲公德，他们这些小街区的人，喜欢物尽其用，占些便宜，能省则省，不然谁住在这些像小作坊似的“贫民窟”。他见过好几个人都这样搞，心里也有些痒痒的。为了省些公交车费，他也就蒙着头当了回不道德的市民。

像他这种人肯定会有人表示奇怪，就像他的妻一样，觉得他为了省这些钱而费尽心思，却还是每周都会去买烟吸，即使是最便宜的烟。

这笔账他是清楚的，可他也只有这个爱好了。虽说吸劣等烟伤身，可他还是喜欢抽烟时飘飘然的感觉。他只会吸烟喝酒，所谓的人生理想、兴趣爱好也早已冻死在他的心里。他早忘了自己想干什么了，每天只是机械地上下班，唯一的野心也是希望儿子们能比他有出息。所以，这是一个不需要救赎的人，他很好满足。但如果能给他机会再往上爬一爬，他还是乐意的。老天如果给他贪的机会，他一定会可劲儿贪，即使他刚开始会有些拘谨。所以，这是一个好养活的人，眼前有啥路，他就走什么路，不需要后面有人拿鞭子抽着。骑上他的“专车”，他上了路。

四

天是亮得快的，就像黄昏灭得也很快。他有些喘，蹬着脚蹬。在石头路带上坡就是费劲，他没敢往自己不再年轻那方面想，即使到了今天他就四十了。男人四十一枝花啊，他哼了起来，踩着脚蹬站起来，可劲儿踩了几下。车子总算是加了速，险而又险地度过了即将变为红灯的路口。他心情有些好转，因为他知道，只要在这个时间点没错过绿灯，剩下的路，也就算是顺风顺水了。这是他花了好长时间才摸清的道道，路上顺，到商场就快，他也就可以不迟到。

四十分钟的车程，他到了商场后门，把车藏在一个旮旯里。同看门保安打了声招呼，钻进卷帘门去打卡。他边打卡边嘀咕保安的不懂事，这些保安不胜之前那几个老伙计，几个二十多岁的小伙子，染着黄毛，狂得要命，跟他们打招呼都不带应的。他不去想这些年轻保安可能是拘谨，可能是害羞，直接给他们扣上了不懂事的帽子。就像他被妻，被其他人扣上偏见的帽子一样。一个人对别人的看法，大部分也只是一叶障目，可大多数人不愿深究，只是图个眼缘，借着对别人的恶意发泄自己，放松自己罢了。

他寻着应急灯摸向海鲜区，到地儿，开灯，打开鱼缸的荧光灯，又有几条鱼学会了仰泳。他叹了口气，虽说鱼死亏的不是他，可挨批的是他呀。而且死鱼不好卖，能买活鱼的肯定都买活鱼，有想买死鱼的那也是铆足了劲儿想占便宜。活鱼有价，死鱼不好定价。十块钱两条的草鱼人家还不要，非要四条草鱼十块钱。他也不是做慈善的，卖那么贱，到时候账对不上，领导找的是他，工资扣的也是他的。但没法子，领导只看你的营业额，至于实际情况，人家是不在意的。所以他即使很烦，但还是耐着性子跟那些老头老太太们钩心斗角，多挣几毛。

五

商场地段不佳，左右没过几个路口就有两个大商场，搞得他所在的商场很尴尬。商场是由以前个体户聚集市场翻新的新商场，所以运营还是有些问题。营业俩月多，月月赔。他这卖鱼区域生意也不好，没少受上面白眼儿。

商场八点半营业，七点员工必须上班。而送海鲜的货车七点十分差不多也就到了。他拉着小车去接货。闲着没事儿干的主管要求货物进时必须称重。主要是之前商场老赔，仓库货又对不上。主管被店长骂了个狗血淋头，之后就大力改革，在仓库安了摄像头，进货要称重，不许员工私拿。他也不敢说什么。称就称吧，只是可怜了他的腰。鱼虾这种东西送来都是要带水的，死沉死沉的装满鱼虾水的袋子，他需要提起来放入筐子，扎洞放水称重，然后再哼哧哼哧地抓紧时间把东西拉到海鲜区放入水中。这一来二去，他就累得一佛出世，二佛升天了。

他并不是没有搭档，一个比他大几岁的老师傅，有个上大学的儿子。没事儿就喜欢在他面前炫耀。他也不刺挠，嗯啊嗯啊地应着。不为别的，就为这师傅唠的时候会跟他分烟，这既能满足烟瘾又能省钱的事情，他何乐而不为呢。不过这几天老师傅请假了，因为老父亲住院了。老师傅是个孝子，就天天伺候着，念想着还能弄个四世同堂。

没办法，他就只能孤军奋战了。把花甲泡泡吐沙，把龙虾缸里放水过一过，捞捞死鱼打个包装。说到这死鱼包装，他还有点气。主管要求他把死鱼精美包装一下卖了，他同意啊，但这需要姜啊，青椒啊来除味。可主管倒好，又严禁员工去商品区拿商品，蔬菜瓜果都不行。没法子，他就去仓库拿，结果又被安了摄像头。他也就只好敷衍了事了。

等到整理得差不多，也都九点上下了。周六上午人多，他也就没闲着，一直杀啊杀。到了十一点之后，高峰期过了，但他还是不能歇。因为杀鱼间已经腥水漫金山了。房间小，构造也有问题，比外面海鲜区低，导致外面的水次次流进来，里面的水也排不去。他跟主管反映，可跟对牛弹琴一个理儿。商场运营不佳，哪儿有闲钱去管他那小小的杀鱼间，不伤大雅，无足轻重，那就自生自灭，自己解决吧。他很气，也没办法，只是心疼他的鞋，虽说是几十块钱的布鞋，但那也是钱买的不是，所以他就去仓库顺了双胶鞋，嘎吱嘎吱地踩上了。

他拿着扫帚往外扫水，忙这忙那，转到十二点半，他也能去吃口饭了。饭依旧不出他所料，卖不出去的辣椒、土豆、萝卜熬成的大锅饭。做饭的还要死盯着你，生怕你盛多，或是馒头拿多。他没感觉地吃着饭，还是在做饭人严厉的眼神下又拿了两个馒头，续了一碗饭。只有在这里，他吃得极多。一是每月你吃不吃都会扣伙食费，二是在这儿吃饱就能省着家里的。就是不让往外拿饭有些让他不爽，搞得拿回家几个馒头会让商场垮掉一样。

六

吃罢饭，他从后门出去透气。一上午的忙碌只是暂停了他的压抑和烦恼，没有丝毫的缓解。厚着脸跟保安小伙要了根烟之后，他找了个阴凉角落，蹲下，点燃了那根烟，一口，他不由得呛了一下。果然贵一些的烟就是吸不惯。就像当初小儿子为了让他戒烟，买了根电子烟。他吸了一口就恶心地干呕，上面还美其言曰是草莓味。

他摇了摇头，慢慢地吸着。天生不是享福命，他能说什么呢。他也不是没碰到过好烟好酒，可都给老二了。老二比他有出息，这些好东西在他这儿算是明珠蒙尘，在老二那儿就不一样了。老二在外面应酬交际，这拿出去都是脸面。虽说老二有些事情做得确实不地道，对他也没那么亲热。但毕竟是一个娘生的，外人也终究比不上。就像小儿子进私立初中一样，那还是老二跑的门路。他一个杀鱼的，能跟那些领导啊当官的坐一桌吗？人家不嫌弃，他自己都觉得臊得慌。他文化水平不高，除了跟朋友打夜市的时候说几个讲烂了的荤段子，跟着风儿骂骂领导，他也没什么话可说了，更别说讲几句漂亮话了。至于小儿子上私立，他其实是反对的，家里什么条件都清清楚楚。他就想着让小的跟大儿子一样，按部就班，该上啥公立就上啥公立，会学的到哪儿都能学好。可妻不让，养过一个孩子之后面对第二个，她总想让小的更加优秀。不是她偏心，而是见证过老大的历程后，她认为好的环境还是必要的。他拗不过妻，但他也没门路。求了求老二。老二再没良心也还是答应了。来回跑跑请了一堆人吃吃饭，当然费用是他掏的。但他也没露面，自惭形秽。有钱不一定好办事，但没钱一定办不好事。在他的积蓄大出血之后，小儿子顺利上了私立初中。他事后又听他弟弟的话，买了一堆礼品又送了一波。他不懂这些，但听他弟弟的总比听外人的令他安心。

帮小儿子入学这事让他对弟弟很是感激。其实他并不怎么轻易寻求弟弟的帮助，作为从小玩到大的哥哥，他知道弟弟的薄凉性子。他总共求了弟弟两次，一次是小儿子入学，一次是借了三万块钱。想到借钱，他又想起了妻。因为这钱是为她借的。当时妻一直不舒服，他就陪她去拍片子，结果医生说肺那儿有点东西，疑似是瘤。这个消息令他脑子有些迟钝，妻听了倒是平静得很，出去就跟他说不治。他那时已经反应过来，就是不同意，好说歹说让妻接受治疗。他安慰妻说只是疑似，治治先，不用心疼钱，命不比钱重要？再说钱赚了也是用来花的。妻同意了，也住了院。他问了医生好几次，越问心越慌。医生说做手术吧，他说行。来到妻床边，看着妻，他笑着问吃啥。等到晚上妻睡了的时候，他就蹲到医院内院里的草坪旁，可劲儿抽着烟。

城市真的很繁华，半夜三更了依旧光彩夺目。医院楼上安的那些沿墙边上下固定的霓虹灯，照得住院楼表面的玻璃在夜里竟也能倒映出物像来。大玻璃上的夜，也是黑的，但黑得发紫，黑得让人恐慌。他又一次害怕起黑夜来，上一次是他娘老了的时候。其实妻的病并不一定很严重，但他还是感到恐慌。是爱吗，他不确定。他不谈情啊爱啊这种不切实际的东西。可能他是害怕一直陪着他的女人，没有机会等到享他福的那一天吧，就像他娘一样。妻是他的女人，所以他不愿意妻痛苦。

他盯着住院部三个大大的闪着红光的字，渐渐地，红光仿佛活了一般，开始散发星星点点。模糊，是盯得久了吧？但他舍不得眨眼，他想就这么模糊下去，麻醉下去。他有些累了。

起风了。说来就来的风很不客气，呼呼地扇着他的脸，他醒了。风往他的裤腿儿里钻，往他脖子里钻。他站起来，缓了缓。抬起头，风并没有把挡着星星的乌云吹散，就像它只会欺负他这种不堪的人一样。他猛然感觉世界那么大，而自己小得可怜。他不由得发了抖。

走到妻的病房门口，他感觉在黑暗中，妻的被子在发抖。这可能只是他的错觉，但他并没有进去。不管真的假的，他都选择给妻一个人发泄的权利。他就靠着墙，头倚着。即使在应急灯和绿色指示牌的疯狂刺探下，也无人可知这个男人是哭了，是累了，还是眼睛红了。一道墙隔着的他与妻，没有黑白，没有生死。

妻要做手术了，他找弟弟借钱，弟弟给了，至于发生了什么，他从来没有说。总之，妻做上了手术，手术台上却大出血，医生有些慌乱，妻倒是安慰起医生，说，是命躲不过。想到这，他歪了歪嘴，吐了个烟圈。妻比他坚强多了，做完手术过了两周，妻就背着他捂着刚拆线的伤口坐公交车回家了。他得知后是又气又笑，可还是依了妻的意思。病没有根治，妻念着孩子上学，再加上基本上不影响生活，就没再住院，只是买了些药来调养。他倒是一直想着攒够钱给妻好好治了，毕竟把病根治了，心里才舒坦。可现在看来，倒是有些难了。

七

烟抽完了，他站起身，眼睛有些发黑。他活动了几下有些麻的腿，回商场了。

下午比较清闲，所以他有了时间去想那些乱七八糟的事。其实他并不是多愁善感的人，他觉得简简单单过生活，混一天是一天。可能是这一段烦心事多，也可能他今天生日。总之，他脑子里总是浮现着些什么。所以当他在杀一条黑鱼的时候，下意识地把手指伸进了鱼的嘴里。这是他的习惯，鱼滑，用指头扣着鱼头，去鳞时就利索一些。可黑鱼不一样啊，它嘴里可是有尖牙的。他本来不会犯这种低级错误，可脑子乱，中午也没睡觉，也就倒了霉。手指传来疼痛感，往外拔，牙齿挂着，更疼。他有些火气，可劲儿捏着黑鱼的身子。可他越使劲儿，黑鱼咬得越狠，他就越疼。他松了劲，开始习惯这种疼痛。看着案板上这条半死不活却还不认命的鱼，他破天荒地没有继续下手，只是适应着疼痛，放松着自己。

他觉得自己就像这条鱼，被命运宰割，玩弄，并不被当一回事儿。偶尔想要自救一下，狠咬命运一口，可这点疼痛对命运来说屁都不算。它就像自己看着这条回光返照的鱼一样，早晚都是一盘死肉，至于被用来做酸菜鱼还是下火锅，就要看命运的口味了。他叹了口气，用另一只手的中指伸入黑鱼的鳃，很拉手，但他还是往里伸，撑开黑鱼的嘴，把手指从嘴里拔出来。鱼很疼，挣扎着，尾巴打起案板上的腥水，溅到他的眼角。手指上有着咬痕，却没有渗血，鱼的力量就是这么弱。

鱼很滑，很不老实。可它还是死了，被切成薄薄的鱼片，装入袋子，贴上标签。逛完别处的顾客回来拿走了它，它的命运也就定格了。他好笑自己杀了那么多年的鱼，竟然还会对这条鱼产生那么多情绪。还记得他刚开始学杀鱼，就没想过自己造了杀孽。硬着头皮去杀，被鱼鳍刺到，刀口划到，手指被鱼鳃划得生疼，加上鱼池里的盐水，大大小小的伤口发了炎，手上琳琅满目，又疼又痒。但他不害怕那些鱼血溅在身上、脸上，也不恶心用手去挖出鱼的内脏。他只是麻木地，无奈地，把自己未来无望的痛苦，有些阴暗地发泄在了鱼的身上。他杀得狠，伤得多，却也学得快。他不怕什么因果报应。他并不信佛，他对佛的印象只停留在小时候腊八节，山上的土地庙会有和尚布施粥。什么腊八是佛祖成道日，他不在意，他只在意老爹去领的时候能不能多领些稠的，好让他和弟弟吃得好些。

熬到了晚上八点，他想走了。儿子们肯定在家等着，即使不一定记得他的生日，他还是想跟儿子们吃上一顿并不丰盛的饭。他去找主管说有事要走。主管比他小，胖，顶着个长刘海，眼睛大得像铜铃。“铜铃”就在那儿瞪着他，他有些尴尬，但还是表明他过了下班时间要走了。是的，他早就过了下班时间。他这种师傅的工作时间是早七点到晚七点。至于七点之后，那就是学徒来顶班了，晚上虽说也卖鱼，但还是少些，学徒杀鱼生疏，可也还能应付。但主管却让他这一段晚上不能七点走。因为海鲜卖得不好，需要他来主持吆喝。

学徒业务是不熟的，年轻，拗不过那些捡漏的大妈们。所以总会有学徒跟着大妈来到收银台，手里还抱着一个箱子。箱子里都是死鱼，可箱子标签上却往往标着十块到二十块之间的价格，亏得很。学徒也没办法，死鱼那么多，不说领导看着生气，自己看着也发慌啊。没师傅看着本就底气不足，再加上大妈们的嘴巴着实厉害，眼光也不赖。翻着石斑鱼的鳃说颜色不对，死了好久，不便宜卖给她，就只能扔了。觉得大妈要的价太低不想卖，大妈们就聚在一起边扒拉着死鱼，边说着死鱼的不好。学徒确实是没办法的，顾客是上帝，即使这些顾客有些彪。而且她们在这儿一说，其他有兴趣买死鱼的也就兴致大减。所以，学徒也就只好将四十多一斤的石斑鱼，十几块钱就给大妈包了起来，所以海鲜区的盈利更加惨不忍睹。

他知道学徒的不容易，其实问题在于鱼死得快。可养鱼机器是公司的，进货渠道是公司的，谁知道里面有谁中饱私囊了多少。机器差，送来的鱼不新鲜。他反映过，没得到重视。不是一行人，不说一行话。主管他们只认为他是在开脱自己鱼卖得不好。再加上他们确实不懂，或者说他们其中的某些人不愿意懂。说过几次没反应后，他也就凉了心，破罐破摔了。

主管依旧瞪着“铜铃”，搞得他有些火大。他劝说自己要温声细语地说，可实际说出来，是唯唯诺诺的。主管拉着腔儿跟他说，说知道他的辛苦，可谁不辛苦。把海鲜区搞好了他又何必来加班呢。他应该要有荣誉感和责任心。主管叹了口气，喝了口茶叶水。他还是站在那儿，迎面的空调吹的冷风令他有些难受。他的工作间只有一个小风扇，这种更高功率的空调只会让他不自在。办公室一阵沉默，他知道主管在暗示他可以去工作了。可他不甘心这样，逆来顺受不代表没有怨气。他这一段都是十点下的班，说是加班，可工资一点儿没涨，白干受气还不落好。他不是泥菩萨。可就算是泥菩萨，即使是自身难保，可还是有几分火气的。他看着主管那又黑又鼓的脸，主管看了他一眼。他迎上了主管的两个“铜铃”，一字一句地说：“郭主管，我媳妇回娘家，俩儿子在家没人看，我不放心。而且，”他顿了一下，“今天我生日。”他吐出这句话后，准备扭头走了。要是放在以前，他绝对不会想着抗拒领导的意思，可他今天想了，他就是要扭头走人，他就是要放肆一次。他这一段儿的负面情绪很多，今天也想了很多。他很累，不想平衡他的生活了。

主管叫住了他，站起来，笑眯眯地道了声贺，说道：“成啊，王师傅，家里有事早说嘛，我不是不通人情，去吧去吧，回家陪孩子吧。”说罢，拿了两包不知从哪儿拿的花生递给他。他有些呆，但还是接过花生，道了个谢，出了办公室。他不想去考虑主管是在收买人心还是在扮演笑面虎，他能回家就成。他换了衣服，打了五遍香皂。身上的鱼腥味儿还是有，他也不在意，收拾好就往后门走。看见了不远处主管在跟员工们训话。听见主管在那里说禁止提前下班，不管什么原因时，他笑了笑，边走边听，“尤其是个别老员工，仗着自己资历老就开始偷懒，没有一点集体意识，天天想着早走，加个班都不愿意，这种情况啊，一经发现，不论理由，当天工资没有！”他不笑了，但还是继续往后门走，不知脑子在想些什么。

打过卡后，他同中午给他烟的保安小伙打了个招呼。鬼使神差地，他冲小伙抱怨了一句：“郭主管真不是个东西。”小伙没有反应，旁边的小伙倒是看着有些尴尬。他没在意，出了门。隐约从后面听到那个站在旁边的小伙向递烟小伙说：“那货不知道你是郭主管侄子？”他跟趻了一下，嘴角扯了扯，加快了步伐。

八

他在路上骑着车，路灯把道路照得还行，不过向前点儿就不行了。那一片路是修到一半不修的半路工程，没有安灯，还是个十字路口，来往的车只能靠车灯来示警。他瞥见了路旁的烤鸭摊，十八块钱一只。鸭不大，估计打的有气，因为之前吃的时候发现，在第二天热过之后鸭块会变小。也是，十八块钱，能吃多大多好的肉呢。这种烤鸭只有在趁热的时候吃，才能享受一下被不知过了多少遍的油烤出来的香气，凉了之后就难吃了。只有在两个儿子过生日或者期末考试考得好时，妻会让他买上一只，给儿子们开荤。孩子们每次都很开心地吃得手上嘴上都是油，小儿子还会懂事地递给妻吃。虽说没有给他递，但他还是很开心。三个男人之间本就没什么话，两个小子能对妈妈亲，他就很知足了。

他拐了弯，骑回到卖烤鸭的地方。“老板，一只鸭分两袋装，一袋多放辣椒，一袋多放孜然。”老板应着，跺着肉。辣的是小儿子的，小屁孩儿吃辣吃得厉害，跟大儿子完全相反，所以要分开装。其实要说吃不起肉，倒也不是。一周吃一次烤鸭，也是有钱去吃的。可毕竟有两个男孩，以后用钱的地方太多，所以不能太奢侈。接过肉，递了钱，他再次上了路。心情好了些许，想到一会儿孩子们啃得满嘴流油，他咧了咧嘴。可是妻呢，他想了想，明天去接她吧，带她去吃街头的麻辣烫吧。她就喜欢吃这个，跟她第一次认识还是在杨国福的店里。他忍不住地笑了，回想起跟妻谈朋友时的片段。过了那么多年，想起来还是那么清晰。

他回想着，没有在意他已经骑到了新修的区域。黑灯瞎火的，等到他反应过来时，车子已经倒了，他撞上了一个石头桩。车子压在他身上，他第一时间没有感觉到疼痛，而是去摸挂在车把上的烤鸭。摸索过后，他一惊，肉撒了！他连忙站起身，腿有些疼痛，他不管，打开手机手电筒去照地上，辣的咸的，小的更小的，鸭块就那样星罗棋布地躺在地上。他蹲下来，去捡。堆在上面的肉还很干净，可下面的，和滚落四周的，都沾上了石子、灰尘。他咬了咬牙，捡了起来。等到他照了两圈发现没有遗漏后，才发现自己的腿上蹭烂了几块皮。这对他来说不是事儿，可鸭肉弄脏却让他难受。虽说不干不净，吃了没病，可到底是脏了的。他突然鼻子有点儿酸，想哭。

自从十八岁之后，他就很少哭了。可如今不知怎么了竟会因为两袋弄脏的肉而想哭一场。想到这，他倒不知道是该哭还是该笑了。酝酿了半天，还是没有哭出来。长时间不哭可能让泪腺退化了吧。真好，连哭泣发泄的能力也被掠夺了。他骑上车，抠了抠眼屎，沾满油、灰、辣粉和孜然的手指在他脸上画出一条龙，眼睛被蜇得有些疼。他摸惯了鱼的滑腻，也就不在意手上的不适。虚握手柄，他小心翼翼地骑着。

九

到了熟悉的街道，把车停到老地方之后，他去理发店那儿洗了把脸，收拾了一下自己的狼狈。理发店老板叫大发，一米九的魁梧汉子。照理说大发不应该跟他这么一个小男人聊得来，可事实在那儿摆着，他俩关系处得还不错。大发喜欢吃鱼，他就每次把刚死的鱼偷偷藏到垃圾袋里，等他出去倒那些鱼内脏的时候——因为脏，腥，保安也不查他——他就可以偷偷把鱼带出来。但带出来放垃圾房也不安全。有一些人精得要命，他们会在商场垃圾房旁边候着，等到没人管的时候就去翻找还能吃的菜啊水果啊，他却只能下班走的时候去翻。所以为了保住鱼，他就跟管垃圾房的大爷“狼狈为奸”了。他时不时地给大爷点儿死鱼死虾，当然，还是放在垃圾袋里带出来。大爷也好说话，有鱼虾堵着嘴，也就乐得帮他掩护。于是乎，他难得聪明把死鱼一次次地带出来送给大发。

他为什么对大发这么好？第一，大发对他好；第二，理发也要十五块以上，他拿这些大妈买就十块以下的鱼来换取一家四口的免费理发，他觉得不亏。只是这一段主管发威整改，他也就没给大发送，也就没好意思来找大发说话。这次主要是为了回家体面一点儿，才去大发那儿收拾一下。他大的优点没有，毛病也不少，但有一点儿，他从不把在外面受的气带到家里。虽说这样显得他在家不喜欢说话，妻，儿子们也可能不会了解他在外面的不易，但他还是把这个习惯坚持下来了。一个男人可以没本事，但能够在进家门之前把所有的委屈疲惫藏在心里，不跟家人显露，还是可以说成是一位好丈夫好爸爸的，即使这样会让他的内心更加沉重，生活更加沉默。

大发不由他推辞地帮他收拾了一番，虽说没增加几分帅气，但起码不再像一条灰头土脸的土狗了。他看着镜子里的自己，莫名有些自卑。跟大发道了谢，他打算回家了。大发喊住他，递给他一个东西。他一看，是生发剂。他猛地想起他曾经跟大发说过妻头发掉得厉害。仰头看着笑起来依旧威猛的大发，他心里一暖，拍了拍大发的胳膊："好哥们！"大发一挥手："别客气，兄弟，回吧。"他感激地点点头，往家走，心里既温暖又惭愧。

十

家里的灯亮着，从略脏的窗帘射出，指引他的方向。他盯着光亮，想着能直接飞进去就好了，他又想，如果妻也在就更好了。

没有麻烦儿子开门，他用钥匙开了门，可并没有两声干脆的"爸爸"冲向他的耳朵。他有些失落，虽说大儿子跟他闹别扭，可小儿子怎么不喊呢，难道被大儿子"策反"了吗？他有些怅然，换上拖鞋，心想，如果这样也挺好，起码兄弟情深，不会像他跟老二一样。

客厅也不大，一转弯就能看到所有空间。他发现客厅没人，只有两个儿子的屋子门关着。在里面玩疯了？他心情有些抑郁，把鸭肉和价值他一天工资的两包花生放在桌上后，他推开了儿子的门。

“生日快乐，爸！”两个他愿意为其付出一切的小人儿向他喊道。他心里猛地一甜，是惊喜吗？他想笑，突然见到妻坐在儿子的床上，对着他笑。他想他鼻子可能有些问题了，不然怎么又有些酸呢？不过他心里更甜了，看着面前他的三个家人，他也笑了起来，露出被烟熏黄的牙齿。

妻去厨房端菜，他跟了上去，有话不知怎么讲，也不习惯妻的安静，就不好意思地说鸭肉脏了。他是希望妻能说他几句的，可妻没说什么，把肉倒在热水里烫着。他突然想起了生发剂，表功似的拿到妻的面前。妻依旧没说话，只是眼里有些闪烁。他想了想，说：“别跟我怄气了，我喜欢你的啰嗦，真的。”他知道这不是什么漂亮话，可要让他说出什么甜言蜜语，他会因说不出而憋死的。妻扭过头，把菜端了出去，他不知道妻扭过头时笑了一下，但他依旧放了心，因为妻端的菜是猪头肉，这是他最爱的下酒菜。

餐桌上，他如愿以偿地看到了儿子们吃着被热水洗过的鸭肉。他发现，原来鸭肉真的被打了气。笑了笑，却瞥见妻竟然给他倒了一杯酒，而且还不是那桶假酒。他顿时有些惊讶，也有些飘飘然。妻能原谅他的无能，好好跟他过日子，儿子们能健康成长，还有什么比这个更幸福呢！这个家虽说不富裕，琐事烦恼也多，但起码能让他心里有些盼头。生活的问题也许并没有结束，可能因为他的生日，大儿子才暂停了冷战，妻才暂时原谅了他。可这不还是表明一家亲嘛！想到这里，他开心了，还没喝酒就有些醉了的感觉，冲妻豪气万丈地说：“满上！”妻白了他一眼，他好不容易积攒起来的气势又蔫儿了，悻悻地夹了块猪头肉，放进嘴里，一嚼，还是很美！

——获信阳师范学院第二届“大别山杯”大学生创意写作大赛小说类三等奖

彭文文，女，河南驻马店人，信阳师范学院文学院2019级汉语言文学专业创意写作班学生。

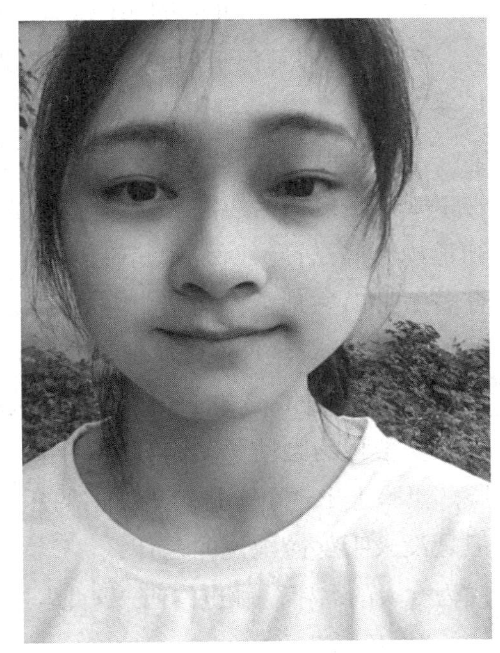

帮衬帮衬

彭文文

傻福巨的儿子今天有老婆了，全村人都忙着来看热闹，像自己家过喜事一样。

“你瞧那一家子哟，可怜人，傻福巨那傻儿以后也算是有个能搭伙过日子的人喽。”

“听说女的是个哑巴，好像也不太正常哩。”

“那咋不是？正常的谁会看上那傻儿啊，我听说他以前也是个哑巴！”

“那她这老婆哪儿来的啊，难不成又是唤儿那样的？”

“东头那刘老头一个远房外孙女，跟傻福巨那傻儿差不多，就让他们凑一块过着。”

“就是哩，你瞧唤儿那头发都白了，有个人来也能帮衬着点儿。”

唤儿是傻福巨的傻老婆。村里没人知道她是从哪儿来的，也没人知道她到底是谁。听说她是在塘里的垃圾堆里被人发现的。大冬天穿着短袖趴在地上翻垃圾。花花绿绿的垃圾堆上趴着一根长长扁扁的竹竿，再一看这竹竿好像在动，路过的人把这竹竿拉上来，才发现是个骨瘦如柴的女人。村民问她是谁从哪儿来的。一张沾满了青菜叶子和麦秸秆的脸动了动，碎秸秆扑簌簌往下掉，露出了一张黑黢黢的脸。黑脸上出现了一排黄里发白的牙，“an儿”，女人发出了一串音节。但是没人听得懂她说的是什么，于是“唤儿”就这样被当作这个音节成为女人的名字。她也许叫“婉儿”，也许叫“欢儿”，谁知道呢。

“你从哪儿来的？”

“豆咦第那，眼很。”唤儿指着远处的夕阳。

“说啥呀，咋听不懂？”

“我也没听懂。”众人都伸长了脖子往西看，除了落了一半的太阳什么都没有。

最后，众人经过讨论，决定她说的是“在那边，很远的地方”。

后来人们才知道，她也许就是西边邻县传闻中乱跑的疯女人。这个女人几年前跟外地来的货商偷偷相好，却不知道对方已经有了老婆，直到人家老婆找上门扯着头发骂贱人，她才明白过来。一觉醒来女人成了众人口中的“不要脸”，受不了这些指指点点的目光，她决定跳进河里洗干净自己。

被人救上来后她就疯了，眼珠子一动也不动，直勾勾地盯着人，嘴里说着谁也听不懂的话。有一天，家里人发现她不见了，有人说看见她往东去了，有人说看见她被人拽上了车。

总之后来她出现在了傻福巨所在的村里。周围的村民都来看热闹，表达完自己的同情心之后，众人决定让村委来解决这个赖着不肯走的女人。村委的意见是她是个到处乱跑的疯子，自己会走的。

看着瑟瑟发抖的唤儿，一个五六岁的小女孩扬头问老太太："奶，她咋不穿衣裳，不冷吗，怪可怜的。"

周围几个女人听见这话都叹了口气。

"要不给她件衣裳吧，别冻死在这儿了。"

"我那儿有几件破衣裳，我去拿去。"

村里人往往看不得这种场面，所以总是在傻福巨流着哈喇子穿着破布挪过自己家门口的时候给他几块剩馍，再喊上几声："赶紧回家去吧，外边冷啊！"

傻福巨也有家。虽然他爹娘早就被他磨死了，但还留下了一间小破草屋给他挡挡风，不过一到下大雨就满屋子滴答声。所以村里经过协商决定，让傻福巨住在富邦家村口的一间闲置柴房里，算是借了一个家。

傻福巨有媳妇那年三十八了。他生下来的时候还好好的，谁知道越长大越不对劲，都五岁了还不会数数，见人就乐，嘿嘿嘿地笑。就这样嘿嘿了三十年，早就为他白了头的爹娘终于入了土。看着爹娘的坟头，傻福巨还是只会"嘿嘿"，填完最后一锹土，村支书看着坐在地上的傻福巨沉思了很久："走，回去了。"

村里人最常说的一句话就是："谁家过日子都不容易，能帮衬一点是一点。"所以傻福巨跟唤儿在村民们的"帮衬"下，住在了一块。从此，唤儿就成了傻福巨的媳妇。唤儿虽然疯疯癫癫嘴里不知说着什么东西，却能听懂人说话，还会学人锄地割草，自然成了这个家里的顶梁柱。

傻福巨成天在村里慢腾腾地转悠，看谁家院门没锁就"嘿嘿"一声进去，但他不拿别的，只偷柴火。从小到大爹娘让他干的就只有这一件事，到处拾柴火回家，这是他除了“嘿嘿”之外最擅长的事。

村里人谁回家时看见柴房的门开了也见怪不怪，一定是傻福巨又来了。村民们也不恼，觉得一点柴火也不是值钱的东西，拿就拿了。傻福巨和唤儿磕磕巴巴地过了下去。唤儿仿佛忘了自己的过去，也忘了自己是个应该乱跑的疯女人，因为唤儿真的唤来了一个儿子。

傻福巨的儿子出生后，人们都对这个孩子很感兴趣，两个傻子生的孩子到底什么样，村里人谁也没见过。有人猜想是个更傻的傻子，有人猜是个疯子，也有人说负负得正万一是个天才。

不知道谁说的对谁说的错，傻福巨的儿子跟他爸不一样。他爸流哈喇子，他专流鼻涕，无论冬天夏天鼻子下面永远挂着两条黑乎乎亮晶晶的东西，怎么都洗不掉。有人特意来逗他：“傻子，你叫个啥名？”他从来不回答，也不像傻福巨一样嘿嘿直笑，只是呆呆地望着所有人，眼里装满了疑惑，鼻涕拖到衣领。

村里人都说他是个哑巴，人人都叫他小哑巴，直到有一天小哑巴和傻福巨跟着村民去镇上买东西。很少出远门的傻父子张着嘴，脸上写满了新奇，猪肉挂在钩钩上，血水还没滴下来就冻住了。“十块钱六斤，十块钱六斤，不甜不要钱！”“哎哎哎，别走，别走了，你拿走吧，我这都挣不着几块钱哪！”一个抱着孩子的女人带着胜利的笑容转身付钱，心满意足地离开；几个小孩扒开拥挤的人群：“哈哈哈，快去找卖糖葫芦的，在西头！”“嗡嗡嗡……”轰隆隆的机器声不绝于耳，芝麻香油的香味嗖地钻进鼻腔，在脑子里盘旋，直钻到人心里。“嘀嘀嘀！”一辆摩托急刹车。“不要命了，滚一边去！”父子俩这才慢慢反应过来。

二人各自流着自己的哈喇子和鼻涕，挪到街边去了。傻福巨手里攥着一团票子，这是他们家一亩稀疏的小麦换来的。傻福巨虽然傻却对钱格外钟爱，所以即使十分钟后傻福巨被揍得鼻青脸肿，他也不肯松开手。

小哑巴看见了刚才跑过去的几个小孩，他们手里都拿着一串糖葫芦，蹲在地上吐山楂籽。小哑巴拖着两条鼻涕走过去，直勾勾盯着一个小女孩手里红彤彤裹着金黄糖衣的糖葫芦。

“看什么看，看也不给你吃，上一边去！”

“咦！又傻又脏的哑巴，不会说话，还想吃糖葫芦，呸，滚，真恶心！”

小哑巴依旧睁着疑惑的眼睛望着他们，盯着糖葫芦，看着糖葫芦一个个消失，看着他们的脸，小哑巴一瞬间仿佛明白了什么，脸涨得通红，呆滞的眼中依然疑惑，却似乎平添了几分怒气。吃糖葫芦的孩子不以为然，傻哑巴就算是生气也是傻子和哑巴。小哑巴猛地伸手夺过女孩手里的糖葫芦，塞进了自己嘴里。女孩一个趔趄摔到了地上，哇的一声哭了起来，另一个小男孩上来就是一脚，把小哑巴踹倒在地。其他人见状也扑了上来。“叫你再抢东西吃，看你下次还敢不敢，打死你！”女孩哭着爬起来弯腰捡起石头朝他扔去。

“嘣嘣嘣”的一阵闷响，小哑巴脸上顿时大汗淋漓，不知什么流进了眼睛里，他挣扎着用手抹了一把，发现是自己的血，红彤彤的，像糖葫芦。

“昂！啊！啊！啊！……”

小哑巴痛苦地发出几声怪叫，这声音沙哑又尖利，像只鸭子在学牛叫。接着便是一阵阵动物般的哀鸣。他趴在地上“呃呃呃”地抽搐着，平常亮晶晶的鼻涕也变红了。其他人被他这个样子吓着了，不敢再继续，往后退几步朝他吐了几口唾沫后都迅速跑开了。

傻福巨嘿嘿笑着看一棵大白菜，哈喇子依旧流得满地都是。“去去去，滚一边去！”卖菜的不耐烦地挥手。傻福巨意识到这里并不欢迎自己，转过身正准备走，却无意间撞上个男人。“啪”的一声，男人手中的酒瓶掉到了地上，变成了无数块碎玻璃渣和一摊混着酒味的污水，空气中弥漫着难闻的劣质白酒味。

“你没长眼吗？”男人怒气冲冲，涨红了脖子。

傻福巨不知道发生了什么，依旧流着哈喇子嘿嘿笑。男人见状上来就是一拳，傻福巨“嗷”一声就倒在地上，接下来是撕心裂肺的嗷嗷声传入众人耳中。一只毛快掉完的流浪狗路过时皱了皱鼻子，停下脚步，在一条条腿的缝隙中盯着这场热闹，像是在数傻福巨身上的脚印。“妈的，打你都嫌脏了我的手，滚回你的狗窝趴着去吧！”不知道过了多长时间，众人见傻福巨没了声音，怕出事就赶紧走了。傻福巨安安静静地躺着，嘴角依旧流着涎水，只不过这次没人注意到，因为他满脸都是血。

从此之后，傻福巨一家再也不敢出远门了。傻福巨躺了一个月后，起来继续全村转悠偷柴火，继续流哈喇子，继续见人就嘿嘿笑。人们却不再叫他儿子小哑巴了，改叫“小傻儿”，人们都说他是因祸得福，挨了一顿打倒会说话了，尽管只会说“疼啊，疼啊……”

“那小傻儿今年十八了吧，说不定明年傻福巨就能抱孙子喽！”

“哈哈哈，是哩是哩，那你猜猜那小孩是傻的还是哑的？”

——获信阳师范学院第二届“大别山杯”大学生创意写作大赛小说类三等奖

宋慧敏，女，河南邓州人，信阳师范学院文学院2019级汉语言文学专业创意写作班学生。

越狱

宋慧敏

一

这天是周五，段飞像往常一样锁好店门，扒拉了两下手机。他看着屏幕内的满目狼藉，叹了口气，从兜里摸出烟来。

十一点后的校园小道上已空无一人，寂寂的黑夜中无半点星月，仅剩下昏黄的路灯暗暗发光。

出了校门，视线就立马亮堂起来了，巷子里的几家小摊还未歇业。段飞熟稔地和几位摊主打着招呼，踱到了其中一个小摊前。

“小飞，今儿生意不错啊，这么晚才关门！”

“混口饭吃而已。老样子，一份炒面，多放辣。”段飞说完将烟头丢在地上，用脚踩灭。

“好嘞，你稍等。”老板欢快的语气让段飞眼中的迷茫和讽刺越发隐匿。

二

一手拎着炒面，一手将钥匙插入锁孔里，段飞在黑暗的楼道里深深地吸了一口气，推开了门。

刺眼的灯光让刚进门的段飞有些晕眩。踢开脚边的杂物，走到客厅，他将炒面扔在桌子上的玻璃大碗里。他看着跪坐在地板上，恨恨地望着他一言不发的洛竹，怒道：“你又在发什么疯，把家里搞成这样？”

“怎么？后悔了？后悔就放我走啊。”洛竹拨开额前的乱发，挥手将桌子上的炒面和碗掀到了地上。

“你这个贱货，给脸不要脸。”段飞抬起的手还没落下，就被洛竹握住了手腕。

“又想打我？你干脆打死我好了。就算我死了，我也不是你的。你这个变态，人渣，混……”话还未说完，洛竹的喉咙已发不出任何声音，细长的脖子被五根手指紧紧攥住，右手不由得松开了段飞的手腕，用来帮左手挪开脖子上的禁锢。可惜被按在沙发上的她，胸口顶着的是男人粗壮的大腿，任她如何挣扎都是徒劳。

啪，啪，啪！几个耳光下来，洛竹垂下了双臂，段飞也顺势松开了钳制她的手和腿，她的白色脖颈上青紫一片。

“早告诉过你，要听话。”段飞笑着，用拇指擦去洛竹嘴角的血迹，动作粗鲁而残忍。

洛竹眼里一片灰暗，垂下的双眸干涩到发疼却流不出一滴眼泪。是的，这一个月来，眼泪早已流干了，她无论如何也想象不到自己喜欢的竟是这样一个畜生。

段飞抽了张纸巾，擦着手，起身去了卧房。

“嘭！”听到金属笼子摔在地上的声音，洛竹绝望地闭上了双眼。她知道这只仓鼠对段飞的重要性，今天发现它不见以后，她已经把所有房间都翻遍了，一无所获。

段飞果真气冲冲地又回到了客厅，一把将洛竹扯到沙发上，恶狠狠地看着她，逼问道：“瓜子呢？去哪里了？是不是你放走的？你故意的是不是？你这个贱女人！”重重的耳光再次落在洛竹脸上。

她耳朵嗡嗡作响，疼得有点恍惚，艰难地吞咽口水，小声辩解道：“不是我，我、没有，我、我早上醒来，它、它就不在笼子里了……”

“贱东西。”话落，耳光接着就来了。脸上，头上，身上，段飞直到累了才停下来。

“一个两个的，都想离开我，瓜子逃了，你也想逃，是不是？”段飞将洛竹的脸掰向自己，满脸扭曲地问道。

被打蒙的洛竹拼命地摇头，张了张口，却说不出任何话来。

“哼！”段飞不屑地将洛竹推到地板上，抬手解开了自己衬衫领口的扣子，自言自语道，“她是这样，你也是这样，连只畜生也是这样。两年来，好吃好喝地养着它，说跑就跑，真是畜生！”

“还有你，哼！清高的女大学生，还不是看上了我的脸和钱。女大学生？可真是让人羡慕啊！可谁又知道你们满口仁义道德的皮后藏的是一颗怎样肮脏的心。”段飞狰狞的目光深处有着深深的哀伤。

“当初，我也有机会成为我们村的大学生的。要不是，要不是那个贱人……”段飞停顿了一下，思绪回到了遥远的过去。

三

十五年前，段飞和燕子是贫穷的村庄里仅有的两个高中生。高考的时候，两人都考上了好大学。但燕子从小没了父亲，靠着母亲微薄的收入艰难度日，连初中和高中的学费都是东拼西凑的。但大学的费用不比以前，借来借去还是差了许多。

段飞和燕子好了好几年了，奈何他家里也不富裕。开学前一天，十八岁的少年一夜未眠，咬了咬牙，将父母为自己准备的学费交到了燕子手里。

段飞还记得，那天早上，泥巴堆成的小院里，女孩那感激的泪水和学成必嫁他为妻的承诺。奈何世界太大，人心复杂。段飞放弃上学辛辛苦苦挣钱供燕子读完了大学、研究生，又攒起了两人结婚的钱，这一切都在段飞撞见燕子和一个宝马车主当街亲热时而破碎。

“燕子，燕子，你为什么要这样对我？我为了你放弃一切，你为什么？为什么？”段飞失魂落魄地追问。一身牛仔服洗得发白，和燕子的光鲜亮丽有云泥之别。

“飞哥，你为我做的我很感激，但现在我们已经不是一个阶层的人了，你给不了我想要的，所以对不起。”燕子冰冷的语气和宝马车主眼神里的不屑，以及那张被扔在他面前的银行卡，都在讽刺着他的可笑。

“我就是在那个时候明白，原来只有钱才是最重要的，只有钱才能征服你们这些女生。要是你们这些清高之人，肯定当时会扭头就走吧。哼，可惜我不是。我捡起银行卡，来到了你的大学，开了这家咖啡店。我开始观察，观察你们这些来来往往的女大学生，把自己一点一点变成你们喜欢的样子。嗬，说来也多亏了我这张脸。可你知道吗？你们越喜欢我这张脸，我就越恶心。”段飞弯腰抬起洛竹的下巴，逼她看向自己。

“实话告诉你，你不是第一个了，之前的那些可比你听话胆小多了。一知道我手里有她们的裸照，立马就乖顺起来了，让做什么就做什么，直到我玩腻了，被丢掉。哈哈哈，什么女大学生，不过就是一群婊子而已。她是婊子，她们是，你也是。”

段飞摩挲着洛竹的下巴，看着她脸上的指印、眼中的恐惧、凌乱的发丝和嘴角的血迹，莫名的快意充斥全身，戏谑道：“怎么这次不挣扎了？之前不是反抗得挺激烈的吗？怎么？想通了？想和我这恶魔一起堕入无边地狱了？”

洛竹脑海中似有什么东西炸裂开来，心口像是压着千斤巨石般无法呼吸，眼前人仍是那熟悉的眉眼，却陌生得仿佛从未相识。

洛竹知道这个咖啡馆是舍友介绍的，说是咖啡和甜品味道极好，最重要的是老板人帅且温柔，非要拽着洛竹一起去看。

去得多了，和老板也就熟了。店里刚好还有一角书架，放的都是洛竹喜欢的书。慢慢地，无事时，她也会过来，点一杯咖啡，捧一本书，独自消磨一整个下午。闲的时候，老板也会放一些老电影，端一杯饮品坐在洛竹身边陪她一起看。某一次，突然打开了话匣子，聊起了文学、电影、音乐，甚是投机，洛竹渐渐地来得更勤了。

每次她来，段飞都会为她准备一杯特制的饮品，有时候还会送上一束花。一次，她的手机不小心掉进了咖啡里，段飞当即就带着她去校外买了一个最新款的苹果手机。她拒不接受，段飞却道，随便收别人这么贵重的礼物确实不好，但如果是男朋友送的，那就可以收了。

就这样戳破了那张纸，两人顺理成章地在一起了，但她却不敢告诉任何人。为了能和段飞多一些相处时间，刚开始的几个月，她只是偶尔留宿在段飞的家中，后来便成了常态，甚少回宿舍了。她以为这是躲避学校风言风语享受二人世界的开始，却万万没料到她亲手把自己送进了人间地狱。

四

“你……”洛竹挣扎着想说什么，却因下巴上加重的力道而痛到不能张嘴。

“哼，你装什么高洁，徒有其表而已。知道我为什么选你吗？不过是因为你好下手。从你第一次进店开始，我就在观察你。你们一行四人，其他三人都是一副趾高气扬的样子，只有你，小心谨慎中带着一点窘迫。结账时，你虽执意要付自己的钱，却还是拗不过她们，被请客的你脸上却无丝毫喜意。”

段飞松开了捏着洛竹下巴的手，捡起地上的酒瓶，喝了口酒，继续扬扬自得地说着自己当初一步步下的圈套。“你是单亲家庭，没有父亲，你妈是小学教师，你明明生活拮据还故意装清高，你一次又一次地拒绝某学长的告白，要不是这张清纯的小脸蛋，谁会看上你，哈哈哈……”

洛竹羞愤倍加，正欲反驳，但身上传来的刺骨痛意让她瞬间清醒，自己在这儿被困了这么久，眼下能逃出去才是重点，管他怎么说呢。她悄悄觑了段飞一眼，见他还算高兴，便小声地辩解道：“我和她们不一样，我来大学是来学习的，是为了以后能有一份好工作，我……”

“是吗？那你又为什么要和我在一起？”段飞饶有趣味地看着洛竹。

“我……”洛竹一时竟不知该如何作答。是被他道貌岸然的外表欺骗了？还是被他的温暖体贴日益攻陷？还是说自己真的是被物质迷花了眼。

“你说不上来，我替你说，你不过是羡慕别人，羡慕别人的出手阔绰，而嫌弃自己的一身穷酸，哼！”

洛竹无力辩解，抬头看见墙上的日历，想起过两天有一个大型考试不能错过。她咬了咬牙，开口哀求道：“段飞，我马上有一个考试，求你了，求你看在你我以往的情分上，放我出去吧。我已经一个月没有回学校上课了，我……我真的不能再待在这儿了，我……求你了，求你放过我吧。”

“你说什么？”酒杯撞击桌子发出的声响，让洛竹像惊弓之鸟一样惶然。她半跪在地上，瑟缩着肩膀，凌乱的发丝将惨白的脸缠绕得更加诡异。看段飞将要发怒，她立即磕磕绊绊地保证道：“你放心，就算我出去，我也绝对不会再联系那个追求我的学长的，我什么都不会说。我保证，我对谁都不会提起，我……我……我……你……你手机里有我的照片，你知道的，我是……我是不敢说的……”洛竹颤抖着握住段飞的手，希望能唤回这个男人的些许怜悯之意。

看着这样卑微无助的洛竹，段飞仿佛看到了另外一个人跪在他面前祈求原谅的样子，兴趣瞬间就上来了。“想要我放你走也可以，走之前再伺候我一次。伺候得我满意的话，我就放你离开这儿。”

段飞说着，单手将地上的洛竹再次扯到沙发上，另一只手开始解腰间的皮带。

“放我走，放我走……”洛竹满心都只听到了这三个字。

五

“咔嗒”，锁扣解开的声音，让本已麻木的洛竹瞬间惊醒！不，绝对不可以，客厅有摄像头，不，不行，她开始用尽全力推搡段飞。

“臭婊子，你自己说愿意的，现在又装什么贞洁烈女，×你大爷的！”段飞上去就是一巴掌。

但这些洛竹都听不到了，她眼里全都是段飞发来的裸照，就是那些照片，让她在这儿不人不鬼地困了一个月。她要出去，她要去找学长，学长那么温柔善良，一定会帮她的。他们会报警，会把这个人渣关进牢里，对，她要出去……

人一旦发起疯来，力气自然就大了许多，她竟推开了压在她身上的段飞，可刚站起身，她又被拖回了沙发上。

“贱人，竟然想跑！”皮带无情地抽打在洛竹身上，“那个畜生想跑，你也想跑。我告诉你，这就是你的监狱，你这辈子都别想离开这儿！”段飞挽起袖子，熟练地挥舞着他手中的皮带。

“学长，救我……”洛竹双手抱住自己的头，在沙发上像个皮球一样滚动着挣扎，却始终滚不出段飞的钳制。沙哑的声音传到段飞耳边，只会加重皮带的力度。

“你还敢提那个小子，要不是他，你我之间怎么可能会到这一步！那天我看得清清楚楚，他把你搂在怀里，你可是一点不愿意都没有。说，你是不是还想和他上床！你这个婊子，水性杨花，别人能上你，我怎么就不能上你了？”段飞越想越气，丢下手中的皮带，跨坐在洛竹的身上，开始撕扯她的衣服。

“不，不要，我不是，我没有！”洛竹的双腿挣扎得太过厉害，踢中了段飞的命脉。伴随着他惨烈的叫声，洛竹被扔下了沙发，和桌子相撞后滚到了一边。

“刺啦！”有什么东西刺进了洛竹的手掌和胳膊，与被抽打的痛不同，这刺骨的窒息感，直冲心头，洛竹忍不住蜷缩。呼啦呼啦，随着她胳膊的移动，好像有什么东西挪到了她的手边，段飞的脚步声也凑了过来。

她用力想站起来，却被段飞狠狠地按在地上，无法动弹。“× 你大爷的，竟敢打老子，我打死你。”一皮带抽在洛竹的脸上。她的脑袋仿佛裂开了一样。段飞揪着洛竹的头发，不停地在说些什么。洛竹努力想要听清，却怎么也听不到，只有空气中弥漫的腥甜味越来越重，只有段飞脖颈间突起的血管越来越清晰。

洛竹的手动了动，似乎有什么尖锐的东西躺在手边，她本能地握住了它的一角。她不知道自己要做什么，只是看着那根血管离自己越来越近，越来越近……

段飞实在太聒噪，洛竹的头又疼得厉害。她只想让他闭嘴，可她已发不出任何声音。剧烈的痛意传来，她下意识地将手中的东西刺了过去，她想他痛了就不会再吵了……

“你……你……”

“嘭”的一声，好像有什么东西撞到了桌沿。片刻之后，世界安静了。

洛竹抱着头在地上歇了好久，意识已开始涣散。突然，“吱、吱、吱”的声音传来。洛竹拼命睁开双眼，看到一团灰黑在地板上窜来窜去。

她动了动腿，却发现被重物压住了。她艰难地抽出它们，感觉到一阵松快。各种痛意交杂，却没有了束缚。她晃了晃胳膊，动了动腿，真的没有东西再禁锢她了。她内心大喜，啊！我可以走了。看着不远处的门，她跌跌撞撞地扶着墙，挪了过去。

手握在门把上，湿湿的一片，扭动，推开，刺眼的亮光让洛竹不自觉地抬手遮住了眼。

“吱、吱、吱。”血红色的一团东西好似被黏住了，在段飞脖颈处奋力挣扎着。

——获信阳师范学院第二届“大别山杯”大学生创意写作大赛小说类三等奖

袁曼曼，女，河南驻马店人，信阳师范学院2016级文学院汉语言文学专业一班学生。

狼狈

袁曼曼

白莉红了。

像是一夜之间，白莉就红了起来。她的美就像一团火，一路烧过来，烧到人们眼睛里、心里。男人女人都记住了她的美丽。

她出版的时尚杂志被一扫而空。封面上，白莉穿着红底绣了血色蔷薇的和服，大团的蔷薇花仿佛开在她身上，雪白的脖颈与锁骨展露无遗，她半卧于花丛，露出漂亮的腿。而最吸引人的莫过于她那完美得不可挑剔的脸了。那眼神却是空洞的，像是在看你，又像什么都没有在看。可人们就爱这空洞，他们管这叫魅惑。你看那红唇，镜头前不笑也能迷倒众生了。据说摄影师是一个日本人，把白莉拍成风华绝代的日本花魁也就不奇怪了。

但谁都不知道白莉是怎么红起来的，她像是夜空中突然盛放的烟火，突然出现，把所有人的目光都吸引了过去。

其实白莉是在夜店被发现的。夜店里，浓妆艳抹的女郎很多，她也是其中之一。她一个人在吧台旁，只静静地发呆，不喝酒，也不理会男人的搭讪。王琪琪看到白莉，忽然脸红了起来，那是一种让她有些心悸的美。王琪琪走过去，给了她一张名片。白莉似乎并不惊讶，就和她一起走了。

这件事情，王琪琪是永远不会说出来的。没发现白莉之前，她只是个过气明星的助理，王琪琪早就不想听那个更年期妇女的唠叨了。现在她抓住了白莉这颗新星，成了她的经纪人。她挤破了脑袋把白莉推荐给那家时尚杂志的主编，而白莉也没让王琪琪失望。

广告邀请雪花一样飞来，王琪琪的邮箱都要堆满了。电视上、街边海报、网络游戏……到处都是白莉，美得让人赞叹不已的白莉。她们发财了，同白莉签约的公司更是兴奋。每个人都把白莉当成“皇后”供着，这可是财神爷啊。

又来了一支广告。白莉这次扮成美人鱼，在蓝色的水池里游来游去。镜头对着她，她便给出一个笑，摄影师一直在惊叹：“对！就是这样，美极了！”

终于忙完了。白莉回到房间时，已是深夜。照旧，她坐在镜子前，端详着自己的脸。现在，她早已习惯了这张脸。她翘起一条腿，欣赏这腿的完美曲线。白莉把腿放下来，她有点扬扬自得了，一边卸妆一边想："那群人真是蠢，哈哈哈……"她掀起了刘海，准备欣赏自己漂亮的眉毛和光洁的额头时，却吓得差点叫出来——一块黑斑赫然在目。她惊恐地脱掉上衣，还好，身上没有，但转身照后背时，她又发现了一块硬币大小的黑斑。

"不能再拖了。"白莉惊恐地想，她赶紧去找了马医生。

"看来是后遗症啊。得进行第二次修复了。"马医生说。白莉同意了。又是一个深夜，熟悉的手术台，白莉又听到磨骨砂轮"嗡嗡"的声音。那声音越来越小。麻药起了作用，白莉睡着了。

醒来后，白莉缠了满脸的纱布。"又给你打了那个针，背上的黑斑暂时消了。脸上的其他瑕疵又替你修了修。不过你还得注意。会不会再有黑斑，我也说不准。"马医生说完就走了。白莉只觉得累。她躺在病床上，想着自己对着镜头的样子。她觉得那镜头就像是黑洞，每看到闪光灯闪一下，就觉得自己被掏空了一些。"为什么这么累呢？"白莉这样想着，就睡着了。

休了两周的假，白莉又回去工作了。

王琪琪虽然很奇怪白莉无缘无故请假，但也不好问些什么。毕竟没有白莉，王琪琪也不会有钱；没有钱，王琪琪也不会找到现在的男朋友。王琪琪知道自己的男朋友除了帅一无是处。可是花钱找个赏心悦目的帅哥陪自己吃饭逛街也挺不错的。虽说王琪琪每天鞍前马后伺候白莉，但回到家看到张俊那张好看的脸，就觉得什么都值了。

白莉越来越火。包括她的脾气。有一次拍完写真，一个小助理不小心把棒棒糖道具弄掉了，白莉劈头就是一个巴掌，众人大气都不敢出，连连对白莉道歉，小助理满脸泪水地赔着不是。"怎么这么多人？不是收工了吗？"一个捧着花的男人笑着走进来。"亲爱的。"白莉见了叶冰，就像撒娇的小猫一样去挽他的胳膊。叶冰旁若无人地吻白莉的嘴，大家都一声不吭地散了。

叶冰当然是高富帅，要不然也追不到白莉。白莉自知青春不可能永驻，而自己的美丽，更是短暂。感觉到危机的白莉只有一个心愿：嫁给叶冰。

她拼命黏住叶冰，把他迷得神魂颠倒是很容易的，被狗仔拍到，也是很容易的。白莉不关心炸了锅的八卦消息和粉丝，更不理会心急如焚的王琪琪和老板，她只等着叶冰求婚。

可是叶冰没有。叶冰有钱，又帅气，就是没有承受压力的男子汉气概。他和门当户对的白富美订婚了。白莉固然美，可谁会为了一个吃青春饭的模特放弃一个高学历、有财产、有背景的漂亮名媛呢?

吃了败仗的白莉乖乖开了发布会，听王琪琪的话，澄清自己的绯闻。她依然是那个白莉，漂亮、妖娆、时尚。只是到了晚上，她又是一个人了。她每天洗澡，知道自己身上的黑斑越来越多。除了定期秘密地去马医生那里，她不知道该怎么办。

每天，她用厚厚的粉底遮住身上、脸上的黑斑，换好衣服、高跟鞋，对着镜头摆一天的姿势和表情……白莉只觉得累。又是一个无眠的夜晚，白莉突然想家了。想她的妹妹白玉。“这么多年不回家，小玉该有十岁了吧，是不是和我以前一样丑啊。”白莉想起以前，只记得一些模模糊糊的东西，脑袋昏昏沉沉，慢慢睡着了。

白莉回家了，当然是偷偷地。家里变化真大呀，除了那片油菜田，仍旧是大片的晃眼的黄色花海。白莉拉着小玉的手，坐在油菜花田里。小玉一直盯着白莉的脸看，她问:“姐姐，我长大了也能和你一样变漂亮吗?”白莉晃了晃神，看着小玉臃肿的没有一点少女影子的脸，一脸开心地说:“是啊，长大了就会漂亮。”

她不敢回家，只敢偷偷找小玉。小玉要是说自己的姐姐就是那个明星，谁会信呢? 毕竟他们都知道，白莉曾经又胖，又丑，就像现在的小玉。

白莉疯狂地工作，每天晚上回到家也越来越疲惫。她每天盯着镜中自己的脸，喃喃自语:“这样一张脸，你们都爱，都喜欢，可是谁爱我呢? 谁爱白莉呢?”她想起了王琪琪，想起了王琪琪第一次看到自己时激动的表情。要是她知道，自己原先有多丑，还会发现自己吗?

白莉打电话叫王琪琪过来。王琪琪虽然很惊讶，深夜两点多了白莉要干吗，但还是去了。王琪琪看到站在门口的白莉，吓得说不出话来。这是怎样的白莉啊：腿上、脸上，成片成片的黑斑。白莉说："没什么，只是想让你陪我睡。至于黑斑，是整容的报应。我明天会好好工作的。"白莉说完，就拉着王琪琪的手，走到床边。王琪琪看着白莉一语不发地躺下了，纠结了一会儿，还是躺在了白莉的身边。不知道是不是因为房间里的熏香，睡意很快向王琪琪袭来。或许是做梦，她听到白莉的声音："我要爱，很多很多的爱。"

第二天，她们照常忙碌。王琪琪知道了白莉的秘密，心里像堵了块石头。可她是经纪人啊，经纪人是要保护自己的艺人的。王琪琪盯着正在镜头前笑靥如花的白莉，失了神。

白莉还是出了事。这次的罪魁祸首不是狗仔，而是白莉的一个疯狂粉丝。那个男人一眼认出了乔装的白莉，跟踪她去了马医生那里……

这次的事件，可以说是爆炸性的。到处都在说白莉整容，扒出白莉的丑照，甚至还有说白莉变性。

白莉知道，一切快结束了。她化好妆，遮住那些黑斑，着一袭白裙，出现在了发布会。白莉说："没有人爱我。从来都是。"她掏出一把细长的匕首，乱哄哄的人群安静下来，想知道白莉要做什么……人群又乱了，白莉用那柄匕首，刺进了自己的左眼。鲜红的血流下来，流淌在她仍旧完美的雪白的脸上。

王琪琪失业了。她到处找工作，可是没人愿意让白莉曾经的经纪人做自己的员工。白莉已经消失了两年。人们大概已经忘了白莉。新的明星多得是，忘记一个漂亮女人是很容易的。

王琪琪到处打零工，大龄单身的她还是会像以前那样借酒消愁。有一次，她去了一家新开的地下酒吧。那里有暗红色的灯光，人不少却不吵闹。王琪琪自知没人会同自己搭讪，照旧一个人喝酒。穿着燕尾服的服务生交给王琪琪一张照片。王琪琪吓得说不出话，那不正是白莉的脸吗？服务生示意她不要说话。她跟着服务生，穿过长长的走廊，进了一个房间。王琪琪一眼看到背对着她坐的女人，她捂着嘴，她很怕，却迫切地想知道那个女人是谁。女人慢慢转过椅子来，王琪琪只看到红色灯光下一张绝美的脸。那张脸的左眼蒙上了眼罩。

——获信阳师范学院首届“大别山杯”大学生创意写作大赛小说类三等奖

张贺敏，女，河南驻马店人，信阳师范学院文学院2018级汉语言文学专业创意写作班学生。

病

张贺敏

正月十五那晚，鞭炮齐鸣，烟花一朵接一朵地在空中炸裂。村民结束了新年接待亲戚的忙碌，聚集在村里新建的广场上聊起谁家今年挣了钱舍得买烟花来放。

张敏真此刻没有一丁点儿心思去享受元宵节的快乐，她在自家门口走来走去，门上大红灯笼投下来的红光照在她脸上，丝毫没有喜庆的感觉。烟花每响一声就像是有人催促她一次，一声接一声，一次又一次。正月十五一过，这个年也就结束了，村里其他同龄人陆陆续续进厂打工去了。

不能再等了，招工期过后想找点事儿做都难。敏真懊恼地拍了拍脑袋往屋里走，蹲在灶火前的张大娘看见女儿回来，赶紧站起来跟着女儿一前一后进了屋，两人各自坐下。张大娘两手交叉揣进袖子里，用胳膊肘碰了碰敏真："咋样了？想到法子没？"敏真把头扭到一边："我能有啥法子，我又不是神，还能把我身上的血换一遍啊？"

"那也不能在家待下去了，到时候少不了那些吃饱了没事儿干的老娘们儿的屁话。"张大娘说。

敏真两手一摊："说说说，让她们嚼舌根去吧。"

"你还想不想嫁人，你这病早晚被人猜出来！"张大娘猛地站起来，"我有个法子，厂子不是要抽血吗？但不一定非得抽你自己的血啊？"敏真眼睛一下就亮了："妈，你这是什么意思？"张大娘使劲戳了戳敏真的脑门："李芳不是跟你一批的吗？你让她替你抽一管血？"

"那她能同意吗？万一这事儿被发现我俩不都得卷铺盖滚回家？"

"不看僧面也要看佛面，她妈生她的时候难产，要不是你爸开着拖拉机送她妈去县医院，现在有没有她还不一定呢！"

敏真长叹一口气："妈，这都多少年前的事儿了，再说了那是你们大人的事情，和我俩关系不大啊！"

张大娘一脸恨铁不成钢的样子："怎么没关系？你现在就去找她，她若不同意，我和她老子没完！"

敏真终于下定了主意。

二十岁的张敏真正值青壮年，是河南千万打工者中最占优势的年纪。可是招工体检这一关对于家族遗传的乙肝病毒携带者来说，是如何也过不了的。这个忙也只有李芳能帮她了。敏真起身走到客厅，站在过年时收的礼品前仔细琢磨:“该拿点什么好呢?”扒来扒去,左手抱了件火腿肠,右手拎箱牛奶,两手同时晃了晃,这分量足够了。敏真出门等烟花升天,村民抬头,快步溜了过去。突然烟花炸裂,“嘣”的一声,敏真吓得一个踉跄。趁着夜色从村东头溜到村西头,十五晚上的月亮真亮啊,敏真走到哪儿月亮就跟到哪儿,敏真就索性不看它。

到了李芳家门口,敏真把礼品都放在地上,空出手,甩了甩酸疼的胳膊,缓了缓,敲门。这时候烟花怎么就不放了呢?敲门声格外地响。敏真赶紧回头看了看四周,确定没人后继续敲。一阵子后李芳开门,看到敏真着实吓了一大跳:“哎哟,你怎么这个时候来了?我正在看元宵晚会呢,差点儿没听见你敲门。”又低头看看地上的东西,心想:“非亲非故的,怎么这个时候来了?”收了收一脸纳闷的表情,拎起礼品:“走,进屋去,外面天儿冷。”

“俺叔俺婶没在家?”

“他俩通宵打麻将去了。”

两人一前一后进了客厅,把东西放在地上,李芳用脏衣服甩了甩沙发,招呼敏真:“坐坐坐,快坐!”转身倒杯水递到敏真手里,自己坐在了敏真对面的小木板凳上。敏真抿了两口水,把杯子放在桌子上,半个身子弯下去,两手交叉相握抵住额头,半晌没说话。李芳受不住了:“咱有话不成说了吗?你来找我肯定有事儿。”敏真抬起头,挪了挪位置,把手伸进棉袄兜里,左边掏了掏没有,换手掏右边,掏出一张纸给李芳。

“这是什么?”

“你打开看看。”

李芳把叠着的纸一层层展开,“第一人民医院检验报告单,姓名:张敏真,年龄:20岁,检查项目……”李芳虽然看不懂专业术语,但是报告单上的几个字狠狠地扎着她的眼——乙肝、阳性。

“你这是啥意思?我也不会给你治病啊!还是你来借钱的?借钱找我爸妈啊!”

敏真更加窘迫了："不是，不是，都不是，我是为了今年进厂打工的事儿来的。"

李芳一头雾水："打工能有啥事儿啊？和你这病又有什么关系？"

"厂子里今年有个新规定，进厂的务工人员都要验血，有传染病的不准进厂。"敏真解释道。

"那你的意思是？"

"我想让你替我抽一管血，混过体检这一关。"

李芳听到这话极为震惊，表情复杂得像是她得了传染病一样："这这这……这怎么能行？咱也都是踏踏实实的正经农民，这事儿我可干不来。"

敏真一下子握住李芳的手。李芳想到敏真有病，下意识地把手抽回来，抽到一半又顾及对方的面子放了回去。

"是，我们是正经农民，现在正经农民没有出路了，只剩下正经可不能当饭吃啊！"

"你非要去打工吗？待在家里帮你妈打理庄稼地也行啊！"

"不行！我不能留在家里，我妈会说我整天吃闲饭的。时间久了这病也容易被人发现，那我嫁人都嫁不出去。"敏真说着说着眼泪就哗哗地往下掉。她松开李芳的手，用她那经常在冷水中洗衣服的龟裂的手抹了抹眼泪。

李芳心疼地看着眼前这个同龄女孩，她也知道她们都不想留在家里，每天过着日出而作、日落而息的苦日子，她们也渴望大城市，也渴望城市年轻人的生活。

"要不你先回去，让我想想，怎么说这也不是小事情。"

敏真擤了一把鼻涕从沙发上坐起来："好好好，你想想，这事儿就拜托你了。"

李芳起身把敏真送出去："你先把东西带走吧，这事儿还没有个准信儿呢。"

把东西带回去的话可就没有希望了啊！敏真心想。"就先放这儿吧，带回去被人在路上看见不太好。对了，我这病你千万不要和别人说啊。”

“那肯定了，我又不傻。”李芳爽快地答应了。

把敏真送出门，李芳返回客厅看着敏真刚才用过的杯子，拿起去厨房冲了一遍又一遍，好像怎么也刷不干净了，干脆扔进了垃圾桶，又拿起肥皂搓得满手泡沫。

敏真丧气地回到家，张大娘果然坐在客厅里等她，还打起盹儿来。张大娘被敏真开门的声音惊醒，忙问：“咋样咋样？芳子她愿意不？”

“她想想再说。”

“这事儿有什么好想的，愿意就是愿意，不愿意就是不愿意，这小气妮子。”

敏真看着她妈脾气上来，吓得不敢说话。

“你给她说那事儿没？”

“啥事儿啊？”

“就是她家欠咱家人情的事儿啊。”

“这算什么人情啊，你怎么老是动不动就提那老掉牙的事儿。”

张大娘火气一下子蹿了上来：“瞅你那不争气的样子，我告诉你，到时候嫁不出去丢的是老娘的脸。还有啊，老二也到结婚的时候了，你可别在家给我吃闲饭。”

敏真似乎听习惯自己亲娘这样说话了，她一声不吭地低着头，哭也不敢哭出声来。

“你上一边儿去，我去她家找她老子说。今天我还不信这个邪了。”

李芳听到自家铁门响，抬头看见自己爸妈回来了，赶忙冲净手，来不及擦干就跟着爸妈进了屋。“你俩不是说要通宵吗？怎么回来那么早？”

李婶把围在脖子上的厚围巾一圈一圈地解开：“还不是你爸输了个精光，还跑到我牌桌上问我要钱！”说完狠狠瞪了李叔一眼。

李婶看见客厅里多出来的两件礼品，便问李芳：“这大半夜的，谁家来走亲戚了？”

李芳想事儿能瞒住，这东西也藏不住啊，敏真不让她告诉别人，自己亲妈哪儿能算是别人呢：“妈，咱俩进屋我和你说。”

“怎么还神神道道了？”

两人坐在李芳的床上。“妈，刚才敏真过来了，东西也是她拿的，她想让我帮她干件事儿。”

“怎么又是她家的事儿！她那个老娘一点儿也不让人省心，上次因为她独占咱两家的地沟，我现在还生闷气呢。她闺女又来干啥？”

“敏真有乙肝。”

“啥？乙肝？以前怎么没听说过，刚检查出来的？哦，对了，她爹就有乙肝，估计是遗传的，那你以后可要少和她来往。”

“妈，你先听我说完。敏真本来是和我一起进厂打工的，现在厂里规定的是务工人员要通过体检这一关，她过不了，就来找我想让我替她抽血。”

“咦，乖乖，有好事儿怎么不找你，这体检也敢找人替，万一被人发现怎么办？闺女听妈话，这事儿咱可不接，这不是一管血的事儿。”

李芳试着说通她妈：“妈，你看敏真也怪可怜的，她挺老实一姑娘，咱又是一个村的，不答应不太好吧。”

李婶冻得受不了了，索性钻进了被窝：“你把电热毯给我插上。敏真是老实，她妈可不老实啊，看她妈那狠毒的样子就不能答应她。”

敏真刚想说话，外面就传来一阵狗叫，随后是急促的敲门声。

“开门去吧，这架势指定是敏真妈来了。”

果不其然，李芳门还没完全打开张大娘就挤了进来：“芳子，敏真说的事儿你想得怎么样？”

“大娘你先进屋坐，这事儿我还在和我妈商量。”

“和你妈有什么商量的，用的是你的血，又不是你妈的血。”

李芳被呛得不知道说什么好：“大娘你先进去和我妈说吧。”李芳领着张大娘进了她的房间。

张大娘看着床上的李婶没有起身的意思，有火也不得不忍下来，怎么说也是求人家办事儿。

“芳子，去给你大娘搬个板凳。”

“不用了，我说完马上就走了。芳子妈，你看这事儿芳子也和你说过了，咱乡里乡亲的，就让芳子帮帮我家敏真呗。”张大娘收敛了许多，声音也刻意地压了压，但骨子里的尖酸刻薄是怎么也压不下去的。

“敏真妈，这忙不是我们不帮，这抽血也不是什么小事儿，人家正规的厂子这事儿查出来怎么办？”李婶也假装和和气气地说。

“也就一管血有什么好查的，查出来再说，又不是芳子得病。”张大娘火气已经露头了。

“那可不行，这年头进厂本来就不容易，人家又不缺咱这一两个人，都赶回来怎么办？”李婶从被窝出来，坐在床沿子上。

“那这样说，这忙你们就是不帮呗？”

“不帮，你看你这说话的口气，我们凭什么帮你？”

“就凭我家男人二十年前载你去医院。”张大娘仿佛拿到筹码一样底气十足。

“又拿这说事儿，你都说是二十年前的事儿了，上次的地沟是没让给你？怎么着你有本事把芳子塞进我肚子里啊。”李婶也不是吃软饭的。

“好了好了，妈，你俩别说了，十五咱好好过不成吗？大娘你先回家，这事儿等等再说。”李芳在旁边干着急。

“不等，这忙咱不帮。”

“哟，你可厉害上了，没你们我家敏真还不能活了？”张大娘摔门而出。

“这忙你敢帮，我腿给你打折。”

“我知道了。”李芳只好先答应着，“妈，敏真得病这事儿你可不能往外说啊。”

“我不说，这恶人咱不当，敏真也是个好孩子，只可惜摊上这个妈。”

两对母女各怀心事地过了这元宵节的后半夜。

两天后，李芳给敏真打电话把她给约了出来，两人坐在地头上。

“这事儿我妈是坚决不让我帮你，但是大人的事儿碍不到咱，我想了想还是决定帮你这个忙，但前提是如果这事儿被发现了你可不能把我给供出来。”

敏真眼睛一亮，她想着她妈去芳子家一闹，这事儿就完了呢，激动得话说得磕磕巴巴的：“真……真……真的？太谢谢你了芳子，你放心，一人做事一人当，我绝不会把你给供出来的。”

“那咱怎么换血啊？”这才是李芳一直想问的问题。

“我都想好了，到时候抽血的人那么多，一天肯定检查不完，咱俩刻意离得远点儿，不排在一天。”

“行，这事儿你看着办，我就负责血的事儿，但可不能让我妈知道啊，这事儿咱俩都要保密。”

“那必须，那必须，我到时候给你买红枣补血。”敏真拍了拍胸口。

“那就这样办，咱俩明天马路边见吧，一起坐车。”

“好嘞！”

两人拍了拍屁股上的土，李芳回了家，敏真又去自己庄稼地里拔草去了。

晚上收拾行李的时候，敏真把自己最喜欢最新的最贵的大衣放进了箱子最底下。张大娘知道芳子还是帮敏真的时候，更得意了：“芳子可比她那老娘懂事儿。”

“好了妈，这事儿你可别让芳子妈知道了，芳子好心帮我，咱可不能亏了她。”

“我知道，知道，你赶紧收拾东西吧，进厂的工资一发下来就打我银行卡里，听到没？”

敏真还是很开心地答应了。

第二天一早，敏真就在马路边等李芳，扎了两根大麻花辫子，左一扭头看看车，右一扭头看看李芳来没来，就像拨浪鼓一样甩来甩去，可爱极了。把李芳等来后，敏真赶紧上前想要接过行李，李芳自然忘不掉敏真得的病，硬是不让敏真碰她的东西。敏真也有所察觉，一路上和李芳也保持着不远不近的距离。现在对于敏真来说只要能顺利进厂就是极大的成功，其他都不算事儿。

两人在火车站找到了一起去的伙伴，都是从河南的小村子里出来打工的。敏真和李芳跟着大部队坐了两天一夜的火车到了广州的化妆品大厂。

“芳子，待会儿登记的时候咱俩把名字写得远一些，这样就不在一天抽血了。”

“好，我先登记，你把名字往后推。”

两人自以为是完美的方法。

李芳登记过后，敏真一下子把记名册翻了三四页过去，在上面小心翼翼地写下：“张敏真，20，河南。”

两人拎着各自的行李去找宿舍。敏真知道李芳对她的病有顾忌，就主动提了出来：“芳子，咱俩就别在一间屋子住了，有什么事儿我也不连累你。”

李芳正在为这事儿发愁，没想到敏真想得那么周全。她现在对敏真也有感激之情了，就算是她帮的敏真的忙。“好，那有什么事儿的话，咱短信联系。”

李芳和一起来的河南姑娘住在了一起，敏真则就住在了广州妹子那里，这样她的病怎么也不会传到河南老家里了。

两人就在这大城市里睡了第一晚，敏真晚上做梦还梦见去逛大超市，试各种新衣服。没钱买，试试也很开心。

第二天抽血就开始了，李芳她们第一批一大早收到了短信要去指定地点集合，还要求不能吃早饭。李芳还没缓过神来，突然间敏真的电话就打了进来，电话一接通就听见敏真大哭，上气不接下气，李芳也慌了神：“你先别哭，咋了？发生啥事儿了？”

“我，也收……收了短信，说……说早上让去验血。”敏真啜泣着。

“怎么会呢？咱俩的名字不是隔了好远吗？难道他们是按地区来

排序的？”李芳也很是纳闷。

“我也不知道，现在怎么办啊？”

李芳室友在催了：“快点去吧，耽误了时间估计就把我们的名字给划了。”

李芳着急下了床：“敏真这事儿我也没办法了，她们都着急排队呢，我先去收拾了，要不你先去排队观察观察情况。”李芳没等到敏真说话，电话就被挂了。

敏真一下子瘫坐在寝室床上，她决定不去验血了，等到结果出来，上面可是写着张敏真的名字，到时候被赶回去有多难堪。趁着还没丢人之前，敏真把昨天还没收拾完的行李又重新装了进去。那件新大衣还没来得及穿上……

——获信阳师范学院第二届“大别山杯”大学生创意写作大赛小说类三等奖

散文

以个人化的眼光表现大千世界的奥秘
——散文作品短评

刘家民

收入散文部分的作品共有24篇，它们总体上展现了各位年轻作者对大千世界的独特感悟。这24篇作品总体上从个人最熟悉的生活入手，抒写个体在这一生活中体会的人生奥秘。

亲情是散文中永远说不完的话题。在本辑中，父亲、外婆(姥姥)、妻子等是小作者们钟爱的对象，尤其是外婆，在不少大学生的写作中经常作为重要的书写对象，这或许与他们独特的童年体验相关。风景是散文创作的另一重心。在本辑中，有对时节的细腻书写，有对景物的独特体悟，也有对地方景致的新颖发现。人生感悟在本辑中也占有重要的地位，它们大多是作者对生活滋味、人生哲理的细心体察。

综观这24篇散文作品，很多都写出了别具特色的内容，这体现出每一位创作者的独特眼光，而这也是散文以及文学创作中敏锐性的较好显现。从每一篇作品的立意来看，大多数都体现出了一定程度的深刻、高远意味。在表达方式与艺术技巧上，每一篇作品基本上都具有较好的语言表达能力，以及不错的表现情思与叙述故事的技巧。

如果说这24篇作品还有一些遗憾的地方，那就是对社会人生更具个人化的深切体悟稍显不足。散文是一种个人化的朴实书写，这种个人化即作者对自然宇宙、社会人生的独特“发现”，它经常表现为一种独属于个人的“秘密”；朴实是指散文在创作中力求能舍弃那些外在繁华、追求直达本质的表现。当然，这些小作者们的创作才刚刚起步，未来更为美好的创作之旅正在等待着他们。不过，立志于散文创作的小作者们可能更多要体悟的是充满荆棘的平凡世界。

李国栋，男，河南鹤壁人，信阳师范学院文学院2017级汉语言文学专业创意写作班班长，系河南省诗歌学会会员、信阳市作家协会会员，作品见于《诗歌月刊》《大观·东京文学》等，曾获第二届“杜甫杯”华语诗歌大赛大学生特别奖(2020年11月)、第七届“中国诗河·鹤壁”全国诗歌大赛创作奖等。

初遇棣花古镇

李国栋

如果不是夏风的光顾，点燃不了这七月的荷塘，灼热无声，岁月也无声，时光静悄悄地在荷叶旁流走，在小亭上、扁舟上……唤我忆至冬季的白，轻轻抓起一把雪，在它还没有融化的瞬间，随空吹在风中。

如果夏天的风吹散冬天的雪，那将是什么模样？我踏下的足迹在夏风中，留下几步泥爪。这是棣花古镇七月的容颜，好像也是一月的模样。用手托起棣棠花，留下一捧花的余香，洒向漫漫草色，遥看及棣花之棠。如果不是飞鸟的自在独行，煽动不了这七月的天空，流年悄咪咪地藏在屋檐下，岁月静好、微风和煦，眼前的这一片浪漫就像刚写到一半就睡着的诗。

我在来之前心存许多向往和期待，到处有许多古镇，此处古镇能让我存留些什么样的念想呢？贾平凹在《我的故乡是商洛》里写道：商洛在秦之头，楚之尾，秦岭上空的鸟是丹江里的鱼穿上了羽毛，丹江里的鱼是秦岭上空的脱了羽毛的鸟，它们是天地间最自在的。我就是从这块地里冒出来的一股气，变幻着形态和色彩。棣花古镇立于商洛，这里还是中国当代作家贾平凹的故土，我想，这个古镇定有它不平凡而独具特色的一面。我悄悄地漫步在这历史古镇发现：站在镇中不说话，却像与我心上之人对话，虽然不言不语。静谧的空气拂在身边，一切显得那么美好，一切又那么躁动！

一路弯弯曲曲，重山相叠，高低起伏。沿着高速路边流淌着的一条小溪，一直跟着我们的大巴。原来高速公路是顺山而建，这小溪自然也成了山脚下的福音。奔波了几个小时，我们下了高速，老师说我们这就到了棣花古镇，我急忙把视野转去窗外。首先映入我眼帘的是贾平凹老师题写的“商於古道，宋金古城”八个大字的招牌旗帜。从宋金古城的门楼进入，就走进棣花古镇了。此处著名的有两条街道，一条是宋金街，一条是清风街。走进商於古道棣花古镇，街道小溪流水潺潺，静静地还能听到水的声音，群山环抱，湖光山色。这里的人家像极了桃花源之人，也许是因为这古镇的清风孕育的清香所致，连房屋建筑也是独具一格。街道边上还有各式各样的小饭馆，飘香小巷，店家的热情招待让我对这儿处处都满怀喜悦。有的家门外摆放着几个大石磨盘，上面沾满了土，地上的草趴在上面。

站在水上的长亭处，大片的荷叶、丰腴的荷花还有高大的秦岭都坠入人们的视野，特别是水的古镇在视野的穷极之处蔓延。一排排高低错落的小户像极了来自温郁南方的温柔水乡，斑驳的泥瓦和墙壁，瓦片顺着矮矮的屋檐排列下去，直到围墙的拐角改变方向，这是石头围墙。还有用木棍交错搭成的篱笆围墙，而这些围墙外面就是水，我在这儿最好奇的就是水下面房屋的地基是什么样的。是先有水再建的房屋还是建好房屋之后水又流了过来？不管怎么样，水是灰白的。水天一色，水又倒映着白墙，那墙其实也不白，但也不黑，就像是一张褪色的照片一样。染上淡淡彩虹的颜色，看见古镇俨然的屋舍，如果拂去墙上的颜色，一定剩下天空的白，留下无色的水。如果能照映着彩虹，水偶然地能折射出别样的紫，填充天空的白。如果在这里恰逢遇到小雨的话，我想就真的进入那首雨巷的小诗里了，悠长悠长，徘徊在这幽深的小巷，踱步踱步，还有那撑着油纸伞的姑娘，在这铺满小鹅卵石的小路旁，等待。

小镇深处，和同学漫步建在水上的木头相连的小径上，还能看到一处戏台。这个戏台让我想起了鲁迅文章里那社戏，在南方水多的小城中也是坐着小船或是寻一处安坐，尽享戏曲风俗旋律。而豫北地区戏台则大多是放在城边村，或是村里的大队旁，抑或娱乐中心附近。我的家乡几乎除了附近的淇河支流外，没有其他可见的小流，而我们村里的戏台边上也没有像这里一般体验到水月镜像，见到戏台边上的水，是焕然一新和新奇的。我从小是跟着母亲和祖母听着豫剧长大的，此处唱过的戏定是像河南的豫剧一样，不过是陕西的秦腔。

我对于秦腔的了解，是从《白鹿原》影视作品中的那段“将令一声震山川”开始的：几个老汉操着一口陕西农村地方口音，嘶哑的声音嚎出“将军！备马！抬刀伺候！将令一声震山川，人披衣服马上鞍……”蹲在台上台下，手里捧着一大碗油泼面，长长的筷子，还有众人模仿马的嘶吼，让我对秦腔也有了最初的贪念。秦腔应该也算陕西地区的代名词，怪不得贾平凹有许多描写家乡故土的作品，将其中一书取名为“秦腔”。

湿漉漉的小路上，等待着时间。棣花古镇也是贾平凹小说《秦腔》的原型实景地，清风老街就在于此。在千亩荷塘边上，走过一个长长的石拱桥，会看到一个高大的牌坊，正中写着“清风街”。清风街中有一处年代久远的土房，由木板制作的房门和窗户还保留着，屋前有一蒸馒头的情景，灶台边上雕塑了个正在推拉风箱的小女孩儿，女孩儿的小辫儿显得烂漫和活泼，母亲在灶台这边端着蒸笼。看到牌子才得知，原来这是贾平凹小说中的“白雪”。《秦腔》的第一句即：“要我说，我最喜欢的女人还是白雪。”

清风街似乎就相当于如今的繁华商业街，街上尤为热闹，店家在凉爽舒适的老房子里忙碌着我们不曾见过的工艺道序，或许是当地特色吧。这里的一切看上去都是那么的和谐，热情好客的当地人，在这个慢悠悠的时光里，忙着自己的生意。

今日不同往日，看了一位作家非常令人着迷的书，你肯花些时间再去看看他故里的老宅吗？非常有幸，我与研学师生一同至此，平凹老宅有着含蓄内敛，又是豪放阔气。门楼上挂了两个红灯笼，围墙外种了一排向日葵，紧紧挨着，像是对于我们的到来表示欢迎一样。我满怀欣喜地踏进这处宅子，地上的一切是石砖铺成的，踏着感觉别有几分舒适。吸一口文人墨家院中的空气，仿佛被意韵内涵的汉文字包围，加入一场我与文字的歼灭战，身上定是被文字子弹射穿，为这文字屈服，一位热爱文学与写作的小生输得一败涂地。我喜欢汉文字，我喜欢汉文字组成的词语乃至篇章巨著，它到底是我们生下来说的母语的组成。如果人要失去一切只保留一个，我定将汉文字组成的句子、文章压在身底。也有幸在院子的侧屋购到带有贾平凹亲笔签名的书。我还选购了两三本散文选集，我想在散文的世界里了解他的陕西，了解他心中的那片天地。

此地尽处本是平静一隅，因为有了文人墨客而洋溢着具有韵味意长的喧闹，如此倒是甚好。走出此宅，还遇到平凹文学馆。在别处见到了热情淳朴的刘高兴，他是贾平凹同村同院的同学，也是贾平凹小说《秦腔》中专角的生活原型。我们路过恰逢他坐于正屋，捧着大洋瓷碗，背后墙上是些同学录等照片合影，趴的大桌子摆满了纸张和笔，一幅幅字画摆放着，颇有雅人风趣，其中一幅“哥俩好”是其与贾平凹在深切交谈的旧照，看得出来二人的深厚情谊，其热情和幽默令我印象最深。

虽然古镇是在原来的基础上翻修的，但是秦山楚水让这个古镇的一切都显得格外亲切，一条街上的风格更是各有千秋。一条街，青石板铺成的街道，干净而整齐，街两边是仿古建筑，青砖、黛瓦、马头墙，古色古香。“和如春色净如秋，五月商山是胜游。”这是唐代大诗人赵嘏在盛唐时期对“秦岭最美是商洛”发出的由衷赞叹。听水的声音，看云的舒卷，嗅花的暗香，呼吸令人惬意的空气，在村头的千里荷塘边上看月色，岂不美哉？静水与古镇相映，一幅可爱的水墨画应运而生，可惜，我不是画家，无法将这景装入纸中，但是我能将这幅“画”尽收眼底，“写”在纸上。

山脊上望到几座小楼和古道，那应该是我们没有参观的古道，重山叠绕、楼亭树立，我很快想起了“山外青山楼外楼，西湖歌舞几时休”。我就想续几句，以表达我对这近处景色的贪恋：

山外重山楼外楼，杆舟推水水自流。
闻说流水丹江口，踏上小楼问源头。
若得此处清风月，谁人愿同共识君。
石道巷陌念青衣，古墨酣畅钓水酒。

荷塘之上有座桥，叫风雨桥。站在风雨桥上观赏千里荷塘，风声雨起荷花过，此地必是绝览之处。此处的游客大多应是外来的，还有一些娇俏打扮的少女，如花似玉的模样，身着粉白黛绿的古装，踏着古镇的青泥小巷，步步莲花，再捏上一把桃木小折扇，宛若天仙，游于人间美景。“水乡”不止在江南，此处犹作别样水乡，也能赏荷看水，还可访古领韵。荷叶一片挨着一片，将水面围得水泄不通，除了那条专门为小舟开辟的“商道”，这扁舟应是用于出租的，撑一叶小舟从此处顺着窄窄的水路到千米之外，也是为了更近距离地倾听荷花呼吸的声音，水路尽处是一个五米见方的小码头。驾一叶之扁舟，领古镇之意蕴，悠哉，悠哉！

不知道什么缘故，我会对陕西产生那么多的向往。后来我想明白了，是陕西如路遥、陈忠实、贾平凹等一众作家，他们笔下的文字牵动着我的心。无论是清风街、古镇还是《白鹿原》中北方农民生存状态中那种耐人寻味的原生态的东西，让我从文字中体会到不同的文化、不同的生活。我想从文字中了解那个年代的河南和陕西到底有什么样的区别。我在老家豫北朝歌没有见过像陕南一样的山，我的家乡更多的是麦子、玉米田的耕地，不多见的几个小土堆，姑且算作小山吧，附近百十里高的是太行山的余脉，海拔也不过千米。所以在来的路上，几个小时的路程，我一直望着窗外，看着一座连着一座的山，穿过一个又一个的隧道，沿途美不胜收的景色尽收眼底。这里的一草一木、一山一石，我努力将这一川烟草刻画在心里，留作我的念想。

——发表于2020年7月7日《信阳师院报》

父亲和那辆拖拉机

李国栋

老家一直停放着一辆农用四轮拖拉机，细细算来，已有十五年。那辆深藏在我记忆中的拖拉机，是家中的历史珍藏品，摆放在院落。如今不比以往，论现在它的用处，其实微乎其微。

父亲向来不爱丢弃生活旧物，比如楼上瓦屋洞里的黑白电视机和老式自行车。如其他旧物一样，这辆拖拉机也承载了我许多回忆，也是我家近年来缓慢发展的见证者。前些日子回家，偶然发现那辆拖拉机消失了，问了父亲才知道，他舍不得卖，便放在了叔叔家的老院子里。恰逢到老院子搬杂物，我便有幸再访那位“老者”。它远远看上去是一堆黑不溜秋的庞然大物，柴油留下厚厚的污渍漆满了发动机，右侧的冒烟筒也尽是铁锈，已成黑色。车座和靠椅上一根根相互拉扯的弹簧外露着，用车的时候，都是在座儿上放一个垫子，还有那苗条又锃亮的方向盘。

其实，那是一辆二手或者三手甚至五手的拖拉机。十几年前的豫北农村，种地并不像现在这样农业机械化水平颇高，并且大型机械大面积普及。包车耕地、耙地等一些农业劳作，其费用极高。而如果有一辆农用四轮拖拉机，便能省去大量种地成本。而且，我家的那五亩地里坟头太多，我偷偷数过，带上最边上“隔邻”上的，一共是七个，并且还一个个儿紧挨着，这就给“大车”的工作造成困难和麻烦，也会浪费多余人力，去处理坟头之间的部分。

父母一定是经过多次讨论才做出的重大决定：买一辆拖拉机。那时候家中的光景尤为惨淡，义务教育期间还收取学杂费，我和姐姐们，四个孩子同时上学，这对于一个普通的农村家庭来说，家庭教育支出便是一项巨大的开支。

关于父亲和那辆拖拉机的记忆，最令我难忘的便是那次“倒车”。那是一个令人心思沉重的下午，倾盆大雨后，天沥沥淅淅地洒着小雨，夏转秋的季节，雨当然是少不了的。或许是阴天的缘故，下午后半晌的视线显得十分模糊。雨水是大自然美丽的馈赠，不仅给土壤增墒，减免了浇地钱，还可以利用大好雨水施肥。那时家里只剩下我和父亲，他斟酌许久，便决定去地里施肥，我也嚷嚷着要跟着父亲一同去。父亲立即动身，到邻居家借了车斗，并和邻居把拖拉机和车斗拼接起来。在胡同里，他边拧开挡板，边吩咐我去找“巴头篮子”，便也回家换下地的衣服。一个不到一米六五的身躯，穿着一个打着化肥广告的宽松白褂子，裤子也十分宽松，还穿了一双军绿鞋。这些衣物除了下地，是不常穿的。

那时候父亲的力气还很大，虽是两手艰难地拽着肥料，把整袋重力更多地压在胯上，步履蹒跚，垫着小碎步到车斗边上，随着脚张起来的力，将四袋肥料使劲儿甩上车斗。一来一回，四袋肥料上车了。接下来是“摇车”，他左手按住阀门儿，右手紧握摇把儿，也许是身高的缘故，或许需要特别大的力气，在紧张的频率中，父亲的右脚随着摇把儿一掂一掂。随着父亲身体高频率的动作，拖拉机“突突突”地吼了起来。我赶紧跑到后面扒上车斗。一开始我有些担心，因为印象中没见父亲开过拖拉机，但随着车子缓慢向前移动，我的一颗悬着的心便放了下来。

拖拉机嘶吼着奔向田间的小路。那时小路还没有硬化，到处泥泞不堪，车还在有些地方打滑，几分钟车程便到了我家的地头。当时我的年龄尚小，也帮不上什么忙。他嘱咐我在车上不要乱跑，便扤着篮子进入玉蜀黍地。

瞬间，一片沉寂落下来，留下痕迹的空气，围追堵截，无处逃离。也担心这条幽深的小路，被黑色侵染，把我留在这里，无处躲藏。周围很寂静，完全听不到风的声音。或许是头顶那片云的形状，让我想到了父爱与伟大，感动及力量。地上到处蹦跶的蛐蛐，应该也是在寻找它的归处吧。小时候的我们就是如此，父亲在心中就是顶梁柱一般的存在，无论置身于何地，甚至静到可怕，也会有恃无恐。

我已忘记是如何度过那两个小时的时光了，只记得当时无聊又恐惧。只记得眼前的一切似乎已经亮了许多，应是蹭着天空的白，还有西边的丝丝红色的光昏。光线是亮了，可是在四处的田地里，玉蜀黍的穗尖儿，比站在车上的我还要高许多。站在拖拉机上，却看不到田里的深处，也望不尽眼前的田路，心里便觉得无助，又黯淡了许多。四处烟雨笼罩着空气，像是天空洒下的泪，沾湿了我的额头。虽是和父亲间只有短短的距离，却只剩下幼小的我与漫长的时光相守，我想寻几处可去之地，又惧怕身边的陌生，便蹲坐在车斗里，等待父亲。

父亲一回来，便是补充“弹药”。我在远处看着他沾满泥土的鞋子，那么一大坨泥，还有小裤腿上干巴的泥，颜色不同于其他。再进去时，父亲已是右手扤篮了，那便是左胳膊酸疼了。终于，父亲撒完了肥料，我们启程返航，让我十分难忘的就是返航。父亲艰难地启动车子，随后扒着方向盘一跃而上，挂倒挡。可是，车子偏偏不能随着父亲的操作顺着道路而退。往后倒倒，偏离了反向，车斗朝着渠沟退去，便往前顺正。往后再倒，又偏离了方向，车斗挂翻了几棵玉蜀黍，我赶紧看了看右侧的轮子，已经迈入地里了，便赶紧向父亲喊，父亲又往前顺车。几个回合下来，我已是迫不及待，便到车斗后面，给父亲“指挥”着方向，但不见成效，车子还是偏离，不能直溜溜地顺着路退。这时，天昏暗了许多，不是阴雨笼罩，而是将近傍晚，已经看不见太阳了，留下西边穷极处些许淡淡的痕迹。

后来我才知道，挂了车斗的拖拉机，倒车时和不带车斗的情况相反，但明明知道相反，对于不常开拖拉机的人，一时间的确难以操作！

既然退不出去，那就往前看看有没有出路。父亲对我说：“我去前边看看桥修好了没。”我乖乖地回应，便又爬上车斗，看着渐渐模糊的父亲的背影消失在拐角处。很快，父亲带着失望的身影回来了。前面的路因建新桥而无法通行。他把车摇开，又退了几次，还是不行。这时，我开始担心，恐惧这周围的一切。对于父亲，我有些不耐烦，数落、责怪父亲。无计可施，只能搬救兵，而最好的办法就是我回去，我开始就拒绝，但这是救我们的最好的方法，我便开始了黑夜徒步之旅。

父母是我们的启蒙老师。同时，他们也是我们世界里最初的依靠。哪怕天塌地陷，心里想着有父母给我们撑着，并且认为他们一定能够撑得住。我的父亲也是一样，在我心里从来都是伟大的存在。而此时的我，却要背负这个神秘的伟大去搬救兵。

走在路上的我，如同一个在路上的迷雾之子，恐惧却不得不忘掉所有，寻找着家的方向。深一脚、浅一脚，偶尔踏进泥坑，一脚泥水溅到另一脚裤腿，因为伸手不见五指，拖鞋偶尔会被粘掉，感受到的是脚底板被石子儿刺痛了。最令我无法控制的是一脚陷入泥泞，那可恶的泥，仿佛一摊魔鬼似的沼泽，藏在我不知道的地方，吞噬了我的拖鞋！我赶紧蹲下来，用手寻找，扒拉了两手泥，已经无法分辨摸到的是泥巴还是鞋子，费了好大的劲终于找到了，却又拽不出来，便使出浑身力气去拽。拽出来了，身体却顺着那份力一屁股坐在泥浆里，抹抹裤子，十分生气，但又说不出，其实，心中更多的是委屈，那些泪始终等待着。拔出来的这只鞋已经满是湿泥，无法穿，我便把另一只鞋也脱下来拎着。后来我便顺着渠沟走。

人生的道路何尝不是如此，一帆风顺的路，周围的风景都一样，而艰难的道路似乎不尽相同，只是进退两条而已。一边前进，却一边蜷缩。一边回望，又一边探索。

后来，我遇见了寻找我们的母亲，我情不自禁地哭了出来，边哭边说，却什么也说不清。接下来的路我是如何走的，现已几乎忘记，我的下一段记忆便是伴随着身体上阵阵轻微而又伤心的抽搐，把梦放在了枕头上。直到隐约听见拖拉机的声音，我极力想醒来，但身体怎么也不听意识的控制，无法动弹。我想挣脱梦境，一切的奋力却徒劳无功。最后只能在梦和现实的重叠处，干巴巴地等着。

想来那次经历，攻破了我心里最底层的防线，担心到害怕。狭小的空间似乎要将灵魂吞噬，我终于卸下了坚强的外衣，想回到梦中的空间，一切将是静谧美好。但紧张仍然直逼心房，无力的身躯瘫在床上，彼时的画面不断地在枕头上播放。我把那些破碎的梦努力拼接，还原完整已是天方夜谭。

父母如同拖拉机一样，终究还是拉着破破烂烂的生活，在满是荆棘的大路上行进，走向新时代，走向春天。我自始至终没有因为家境而抱怨，因为能够看得见父母的心酸苦楚，还有那种将要拼了命的努力，努力地扛着这个家。如今，他们早已年过半百，也就是普普通通的农民，供养出四个大学生。我们都有考上大学这份了不起的“成就”，也许就是对他们最好的礼物。脸朝黄土背朝天的父母希望孩子们能考上大学，离开黄土地，改变命运，这不仅仅是光脚和穿鞋的改变。

现在的我，或许年少轻狂，却不惧追求伟大。一个勇猛的青年，可能会被幕布遮盖，也可能会化为灰烬，充斥着燃烧。我也像家里的那辆拖拉机，拉着自己的生活。现在的我，不断地拼接着梦想，正在组装着一架强而有力的拖拉机。待羽翼坚实，我便拖起父亲的那辆拖拉机，走向春天。

那辆拖拉机在老院子里典藏，像是家的足迹，也一直存在我的记忆里。再见到它时，心中还是有许多感触，仿佛有说不完的故事。它停放在院落里，一动不动，就像深秋掉下来的枯叶，无处安放的心思。

宁艺灵，女，河南周口人，信阳师范学院文学院2017级汉语言文学专业创意写作班学生。

恋清秋

宁艺灵

秋风清寒，声声唤着摇摇欲坠的金色梧桐叶，零落的碎叶在风中翻飞舞动，蹁跹如同杨花，唯美空寂。落叶和金黄大概是秋天永恒的象征。自古便有“一叶落而知天下秋”的说辞，从第一片秋叶落地，秋天就已来势汹汹。树木的叶子渐从翠绿染成阳光的金黄或丹霞的通红之色，草地亦不例外。

金秋在文人眼里多是一片肃杀的景象。不论是杜甫《登高》中的“万里悲秋常作客，百年多病独登台”，还是汉乐府《长歌行》中的“常恐秋节至，焜黄华叶衰”，抑或柳永《雨霖铃》里的“多情自古伤离别，更那堪，冷落清秋节”，都在秋天寄托了悲伤、迟暮之感，给人带来淡淡的惆怅和忧伤。

古代文人虽言秋之落寂冷清，但并非所有人眼中的秋都是如此。对农民来说，秋天是收获的季节。看到金色的稻谷，累累的硕果，他们饱经风霜的脸上会洋溢出幸福的笑容，往日的辛苦和汗水仿佛尽数兑换成胜利的勋章。农民积蓄了一个冬天，等待了一个春天，又忙碌了一个夏天，终于盼来了收获的秋天。在他们眼里，秋天没有凄凉冷落，没有逝者如斯、浪迹天涯，有的只是一地金黄，一园收获。

小时候的我是不喜欢秋的，觉得她过于单调，没有五彩斑斓和勃勃生机，甚至短得让人觉察不到她的存在。可长大后的我慢慢喜欢上了秋天，喜欢秋天银杏叶的颜色，喜欢那一片金黄中醒目又恰到好处的红枫，喜欢秋天倾洒的雨……人们都说秋雨阴冷，可我总觉得雨声如旧友般亲切，让人宁静又心安。行走在雨后的小路上，我总会情不自禁地伸开手臂，轻闭双眼，微仰起头，来一次深呼吸，把自己想象成一片叶子，一朵小花，一颗果实，不张扬，不虚饰，静静地融入秋的生命里。

秋，似一幅徐徐展开的绚丽画卷，观秋叶静美，饮秋风微凉。沐如银秋月，漫步其间方知明艳，于自然更替中感悟迎来送往，叶落知秋，秋临则明人生。

——发表于2018年9月25日《信阳师院报》

张欣悦，女，河南信阳人，信阳师范学院文学院2018级汉语言文学专业创意写作班学生，散文《花树下》发表于《信阳周刊》(2021年第37期)。

花树下

张欣悦

天空犹如蒙上了一层薄纱，像含羞的少女隐在屏障之后，淡淡的浅灰色晕染出一片幽远和静谧来。心阴的时候晴也是阴，心晴的时候阴也是晴，即便不是好天气，我还是选择出去走走，去看看春天的踪迹。

走到樱花路时，我停下了脚步，粉嘟嘟的花朵在眼帘流动，仿佛有种力量在牵着我靠近它们，这淡淡的清香触动了我的灵魂，不浓郁，不刺鼻，恰到好处。缠绵不断的清新细若游丝般在我的鼻尖萦绕，毫无抵抗，就这样一点点任由它俘获我的心。我走近它如同走近我心中的桃花源，用"芳草鲜美，落英缤纷"来描述此情此景再合适不过了。有些完全绽放在枝头，自信地直起腰板，好似舞台上的主角，有的舒展着身姿，犹如刚醒来的睡美人，妩媚地眨着眼，打量这个春天光顾的世界，还有未绽放的花苞，像是将要出生的小婴儿，慵懒地趴在枝干上。

微风掠过，一片花瓣从树上飘落下来，在眼前划过一道不规则的美丽的曲线。这深沉的土地上不知何时已铺满了一层花瓣，弯下腰，俯下身子，慢慢靠近地面，那掉落的残香，隐约散发着沉淀后的味道，夹杂着泥土的气息，轻轻一嗅，暗香残留，生命的厚重感也不容言说。

粉嫩的花朵，淡雅的清香，不免引来路人的驻足欣赏，他们大多是过来拍照，记录下美好的时刻，花有花期，而照片可以让那一刻定格。那些富有青春朝气的人们，带着各种各样的表情从落花上面踏过，他们是那么纯粹，那么自然，或许并不会注意到脚下的落花。悠悠老者陶渊明爱菊，天下皆知，娇弱女子林黛玉葬花，感人心怀。而你我是否会在乎一朵朵花的命运呢，风在乎，我也在乎，风儿会记得那花香，那落红，而我会记得，这情，这景。

都说阳春三月，春暖花开。春花是开了，满地的落红却给我一种初秋之感，花开时娇艳，花落时凄凉。树上如春，树下却秋。我想起了昙花，在它盛开的那一刻，它就开始慢慢枯萎了，这么美的花却是转瞬即逝。不过，我们可以记住它最美的时候，这样转瞬即逝就变成永恒了。

记得初中课本上《紫藤萝瀑布》一文中有这样一句话："花和人都会遇到各种各样的不幸，但是生命的长河是无止境的。"这句话我一直记到现在，在生活中很多时候，这句话总能让我有所触动。宗璞在经历了生活的恶待之后，依然善待它，这是怎样的一种心境。对于花来说，其不幸不在于花期短暂，而在于它没有真正热烈地绽放过，花如此，人亦是，若没有“红尘做伴、潇潇洒洒”地活过一次，青春也就失去了应有的模样。花开有貌，花落无声，大自然的交替更迭年年岁岁相似，却始终能在人的心中触发美好或感伤，落花不语，以另一种身份开启下一段旅程，那远去的背影，也像生命里的路人。渐渐你我会懂得，见过的花，黄昏里的背影，都会在不断地朝前走中成长，然后在嫣然一笑间眺望远方。

青春的香气扑面而来，岁月在我们脚下踩出平静的声音，路过的风把地面铺上一层淡粉色的地毯，花树下，一片繁华落尽，而那风中的枝却又结了新的绿。

——发表于《信阳周刊》2019年第37期

李冬歌，女，河南安阳人，信阳师范学院文学院2017级汉语言文学专业创意写作班学生，系信阳市作家协会会员。

春瓶祭

李冬歌

整个世界迎来春天了，我的春天也来了。但是，我的春天，不同于自然界温度的回升——春暖花开，万物复苏，也不同于节气意义上的立春。我的春天，仅仅属于我的春天，在我一只小小的玻璃瓶里。我很荣幸拥有了给它命名的权利，于是我叫它春瓶。在我的桌子上，在那微弱的灯光笼罩下，闪闪发亮的玻璃瓶里盛着一个小小的、五彩斑斓的梦。但这梦，在我的桌上日复一日地逐渐凋零了。不过三天时间，就变得面目全非，不再是初见的模样。

我是在春天里创造出春瓶的。回想起冬日的寒风彻骨，凛冽寒风吹拂着每个人娇嫩的双颊，零下的温度让每个人渴望冬眠。寒冷，让每个人都行动迟缓。但是初春的天，不是那么暖，也不是那么凉，春风回暖，大地复苏，初春的温度，恰恰好。道路旁的灌木，似乎也变得开朗起来，柔柔的枝条斜斜地在风里荡漾。

雨不是春天的标配，但雨最能彰显春不为人知的一面。三月，也同样轻轻地，轻轻地哭泣着。她沾满泪水的手指拂过我的脸颊，指尖传来一阵凉意。最初，春像一个受了委屈的小家碧玉，泪珠簌簌而下，呜咽声声不绝于耳。后来，她的情绪渐渐平复，安静地垂泪，一汪春水里，有着烟雾缭绕般的凄婉、迷茫。对于我自己来说，独自走在潮湿的时光里，丝丝小雨，点点滴滴飘在肌肤上，让我只觉得难受，仿佛身患疾病，却又无能为力。这雨天！我不禁有些恼了。这时春天，下雨的春天，真的令人心烦。

“数萼初含雪，孤标画本难。香中别有韵，清极不知寒。横笛和愁听，斜枝倚病看。朔风如解意，容易莫摧残。”崔道融的《梅花》，便是我此时内心的万般滋味。梅花初绽，洁白似雪，若有若无的浓香在鼻间荡漾。祈求朔风，不要将那梅花摧残。同样的，为了那一片花海，我热烈地仰望那美好的大风大雨啊，求你爱惜这一片我的花海吧！

但是，转念一看，那远处的青青草地，“草色遥看近却无”，每一棵小草都尽力吞吐这甘甜的雨水，调动全身的气力散发自己青绿的色彩。蓦地，远处一抹鲜艳的色彩犹如雨后彩虹，映入了我的眼帘。那是雨后的樱花！那满树的粉色、白色，渐变式火焰一般焕发了新的生命力。还有那在蒙蒙微雨中颤抖的玉兰，纵使满地娇躯，更娇嫩的花苞却仍然在枝头愈加鲜活。更不用提那向着阳光微笑的迎春花，那采集了阳光精华的暖黄，灼灼耀眼。目之所及，还有蝴蝶兰、丁香、桃花、梨花……

我不禁被这些洁净鲜活的花折服。有道是“春雨贵如油”，温暖的西南季风带来丰沛的降雨，让花朵树木得到生命的复苏。雨，有着哺育生命的作用，不是只为扰乱人们的心神而存在的，讨厌雨，这么想未免格局太小了些。于是，心里那个讨厌下雨的小我，此时此刻也悄悄躲藏了起来。转眼一看，紧挨着我的便是灌木上晶莹的雨水在每片叶子上聚集成诱人的露珠。我于是拿出了一个小小的玻璃瓶子——原本是用来装水的小玻璃，有着圆润的弧线——装了清冽的半瓶雨水。嗅嗅，一股清新的草木香气让我瞬间提神醒脑。合上瓶盖，迈着满足的步伐，我一步一步走向那蓬莱仙境般的花海里。

一缕阳光隐约从花间透了下来，正好打在丁香那含苞的花蕊处，那花朵微露的羞涩，美得让我一时有些恍惚。一丝隐隐的罪恶想法从心底升起。来不及做太多思考，我双手不受控制地伸向那淡紫色的花朵——很轻易地，那淡紫的微香便落在了我掌心里，微微地颤抖着。我急忙挡住从四面而来的微风，把它护在手心里。多么残忍的占有欲！又是多么强烈的呵护欲，这两个欲望在此时得到了统一。看着躺在掌心的花朵，我隐约想象到了她即将凋零的惨状，有些手足无措起来。突然，兜里玻璃瓶凉凉地冰了我一下，顿时，一个绝佳的念头出现在我的脑海里：何不将花朵放进玻璃瓶里呢？我想象着淡紫色的丁香在雨水里舞蹈的样子，不禁兴奋起来。手忙脚乱地将瓶口打开，把那袖珍的丁香轻松地滑进瓶口。丁香回到雨水中去，在雨水中旋转，恰似一只鸟，飞翔于广袤的天地；就像一条鱼，在生命之火快要干涸之际，终于回到海水中去；就像一只孤寂已久的雁，终于重回雁群……

有了雨中丁香的成功尝试，我接下来的行动变得顺利而疯狂。紧靠着我的，是一丛灿黄的迎春。我凑近来看，发觉是阳光染黄了它的花蕊的！众多密密麻麻的嫩黄小触手，好似爪子一般挠在我的心底。我不禁又动了念想。把阳光般灿烂的触手装进我的小瓶子里，应该也是一道亮丽风景。就这样，我又一次堕落，再一次沦陷，将两朵迎春装进了我的玻璃瓶里。

也许，人的本性是贪得无厌的吧。就像童话故事里，渔夫的妻子，面对城堡、宫殿仍旧毫不满足，一而再再而三地要求着，要求着。望着瓶中那淡紫和灿黄，一种渴求使我对其他各式各样的花产生了爱慕。于是，我用颤抖的双手，伸向那洁白如玉的梨花、“桃之夭夭，灼灼其华”的十里桃花、幽香馥郁的丁香花……

我捧着一手花，做贼一般逃离了“案发现场”。我轻轻抚摸着精心挑选的战利品，有种愧疚与欣喜交织的复杂感情。我一边幻想着这些颜色各异、形状各具特色的花在透明的世界尽情旋转、舞蹈，一边残忍地将花和蕊分离，放进玻璃瓶。

“翩若惊鸿，婉若游龙。荣曜秋菊，华茂春松。仿佛兮若轻云之蔽月，飘飖兮若流风之回雪。远而望之，皎若太阳升朝霞；迫而察之，灼若芙蕖出渌波……”花瓣轻盈起舞，花蕊随之旋转。像天边的落霞与孤鹜齐飞，秋水共长天一色。像朝霞从海平面冉冉升起，洇湿了一片色彩斑斓。我看着瓶中犹如洛神一般唯美的春花，不禁被它们的美姿折服。这么多种类的美女，尽数被我收入囊中，这满园春色，也成为我瓶中的一部分。那么，就叫它春瓶吧，我热烈地注视着那一小瓶春天。

接下来，我把春瓶带回了宿舍，把它安置在我书桌的一角。白天，我把它放在阳台上，让它接受阳光的沐浴，仿佛这样就能使它获得阳光的能量一样；晚上，我把它挂在灯下，看晶莹的灯光在春瓶的眼波下流转。常常，在我低头写字写得眼睛疲劳时，我总是隐隐感到一阵幽香的雨水气息，正悄悄地爬上我的鼻翼。此时，我便知道，这是春瓶在呵护我了。这个世界，因为有春瓶和我为伴，顿时清新而温暖了起来。我小心翼翼地抬头，便发现春瓶那自信而美丽的笑靥。它娴静地微笑着，淡淡的色彩在玻璃的映照下神秘而又迷人。

“人生若只如初见，何事秋风悲画扇。”随着时间的推移，春瓶逐渐已经不是初见的模样。原本色彩鲜艳的花瓣，逐渐枯萎。我想要抚摸一下那快要熄灭的花瓣，却只碰到冰冷的玻璃。内心顿时不安起来。虽然早就知道，春瓶寿命不长，因为枯荣是它的宿命。可我没想到，仅仅三天时间，春瓶便迅速地衰老，迅速地凋落了。仿佛一个临终的人，以肉眼可见的速度，迅速地离开这个世界。

一辈子生活于农村，临终时，爷爷仍旧选择了回归于黄土。爷爷曾说过，在农村生活了一辈子，还是这儿好啊。生养的土地，永远是每个人的心之所向，就像落叶，终会归于树木的根。我的春瓶里，不管是我的雨水，还是我的花瓣，都不完全属于我，它们属于自然，属于天地。而我，虽然暂时得到了，却终将比任何时候都更快地失去它们。是我的自私和贪婪害了它们啊！

“花谢花飞花满天，红消香断有谁怜？游丝软系飘春榭，落絮轻沾扑绣帘。……未若锦囊收艳骨，一抔净土掩风流。质本洁来还洁去，强于污淖陷渠沟……”它们都是至清至洁之物，不应简简单单地倒入污秽的下水道。它们陪过我三天，应该做个好好的安葬。我拿着那轻轻的，却又如此沉重的玻璃瓶，来到正在盛开的花树下，倒入了泥土，释放了那一瓶花瓣，还了它们自由，还了它们归了故乡……

失去了春瓶，我仿佛失去了整个世界。我的春天，我的梦，随着对春瓶的祭奠，都化为了泡影。目及之处，恍然都是春天。接受失去春瓶，仿佛用了万年。

——获信阳师范学院首届“大别山杯”大学生创意写作大赛散文类一等奖

李佳颖，女，河南濮阳人，信阳师范学院文学院2020级汉语言文学专业创意写作二班学习委员，个人擅长绘画，喜爱诗歌。

一方天地

李佳颖

春日的触感是柔软的，当她的和煦散入湖里的涟漪，便有了鹅鸭趁着桃花争随流水的闲趣。

鹅鸭酷似水手，湖泊是它们的天地。这一鉴而开的半亩方塘，融进了天光云影，也融进了鹅鸭的不同征程。黑天鹅总爱两两结伴，它们的颈项柔媚细长，它们的体态丰腴而不肥大，它们的羽毛油亮油亮的，乌黑如缎，丝滑如绸。若说它们的羽毛是纯黑的那还真亵渎了它们的美丽。它们背部的每一片羽毛中间是纯黑，周围颜色逐渐变浅，尾部的羽毛则是淡淡地翻着小波浪，好似天然的镶着白花的裙边。它们的步态轻盈却步步生风，我跟随着它们的步伐，慢了怕看不到它们的风姿，快了怕打扰了它们的宁静。许是注意到了我这俗人，它们伸展着宽阔的双翼，引翅拍水行进，犹如一叶叶的扁舟，一张张的风帆。靠近些，我看得更仔细了，它们有着红红的小眼睛，眼睛的下方有两个小洞，那就是它们的鼻孔，再向下看去，便是红红的尖尖的嘴巴。它们灵巧的脚蹼是淡黑色的，犹如两把小扇子。它们悠闲地游荡，举止雍容，仪态万方，像朵朵棉絮在风中漂流。

鸭更像是个憨态可掬的顽童，它和玩伴凑空了便携游，不凑空自己也能游得潇洒。与天鹅相比，它确实矮小了许多。它披着一身纹路复杂的花衣裳，脖颈嵌了层薄薄的白边，接着是浅褐色，继而逐渐变浅，接近双翅处陡然一变，成了黑褐色相间。双翅掩映下的羽毛则是一片片的，中间白色周边褐色，尾部的羽毛则浅于双翅，深于脖颈。观其面部，我竟差点找不到它的眼睛，只被它花哨的面庞迷了眼——头顶两条乳白的花纹一直连到了黄黄的宽宽的嘴巴处，豆大的眼睛周围是浅褐色的一片毛茸茸。鸭子的鼻孔很特殊，是长在嘴上的，它黄色的脚趾间各有一层很薄的脚蹼把脚趾连在一起。它是调皮、爱与人玩乐的，它时而将半个身子都浮在水中冲刺前进，时而朝着你张开双翼，露出圆滚滚的肚子。我尤爱它们游过时泛起的涟漪，一圈一圈的深邃波澜，仿佛把人的思绪都绕进去。

鹅的觅食习惯用“三眼一板，一丝不苟”形容最合适不过。鹅觅食时游得很慢，一旦发现任何食物的蛛丝马迹，头和脖子便深深地往水里扎，尾巴翘得高高的，像是探索湖底的宝藏。有时它们也会把头缓缓地伸进水池，又迅速扬起脖子露出水面，嘴巴还叼着叫不上名字的东西，小脑袋一颤一颤地不紧不慢地进食。鸭活像游泳健将，它们灵活的脚蹼就是轮船的发动机，霎时间被食物给勾了去，游到湖泊的另一边。鹅鸭的叫声虽有不同，但都是自然之声。鸭晃晃悠悠，飘飘忽忽，哦哦有声，它们的叫声厚重粗犷、短促洪亮，将人带入一望无际的草原之境。天鹅的叫声温软尖细，颇有江南水乡的温柔婉转。

“芳草鹅儿，绿满微风岸”，有着鹅鸭的湖泊，连岸边的花草都觉得欢快。亭子旁边一簇簇、一丛丛、一树树的红花、紫花、白花都伸腿挺腰，安于未被命名的自在。我看着这一方小天地，领略着它的幽旷气象和天真之美，心境也变得悠远、澄澈。我悄悄地走了，白云正在漫过来，似乎要擦拭我留下的痕迹。

——获信阳师范学院第二届“大别山杯”大学生创意写作大赛散文类二等奖

李沂蔓，女，河南焦作人，信阳师范学院文学院2016级汉语言文学专业一班学生，现为信阳师范学院2020级文艺学硕士研究生。

外婆家的院子

李沂蔓

我家有个老院子，老院子里住着外婆。后来，老院子拆了重建成了新院子，外婆却搬进了一个小盒子。

一

我有两个小名，奶奶那边叫我“炜炜”，外婆这边叫我“巧巧”。或许是外婆想让我成为一个心灵手巧的女孩子。

外婆很疼我，我是所有孩子里最受宠的。老人的爱都十分简单，是偷偷塞到口袋里不让爸妈知道的钱，是偷偷放在书包里比其他兄弟姐妹多的好吃的。我的外婆就是这样，一张一张攒下的五块钱，一包一包留下的小零食，是她对我的爱，也是我童年记忆中的温暖。

有人说，童年的味道是不一样的。每到周末，我们兄弟姐妹5个人都会到外婆家。家门口有家手工米线，外婆总是让外公拿着一个红色的小桶去买上一桶，然后五个小孩子坐在院子里，围着小餐桌狼吞虎咽，外婆就在旁边看着笑着。那米线的味道，就是我心中童年的味道。

二

小院子里有过许多动物，有狗、有猫、有鸡、有鹅，甚至还有鸽子。

妈妈说，原来有一只叫大黄的狗，曾经陪了她整个童年。有次过年，外婆和外公带着她去走亲戚，却不能带上大黄，他们坐上摩的就走了，到了另一个村庄的时候，妈妈下车，看见大黄远远地跑了过来，原来，大黄跟了他们一路。大黄后来老了，死了，家里再也没有狗出现过。我想妈妈不想面对的，是关于大黄的美好回忆，是一旦养狗后的再次离别。

在小院子几十年的历史中，来来往往有过许多猫，大多数都是橘色的流浪猫，它们在这个小院子里打滚、抓老鼠、陪我玩，甚至还会叼来死老鼠送给外婆。也许对它们来说，这就是回馈我们的礼物。

鸡总是在厕所的后面，严格地说，那甚至不能称为厕所，只是个茅坑。那也意味着，我们上厕所的时候，鸡都在看。关于这些鸡，我最深刻的记忆是被它们满院子追着跑，每次的结局都是我站在板凳上不敢下去，直到外公外婆把鸡赶回它们住的地方。我也不知道它们为什么要追着我跑，我只知道对它们最大的报复就是吃它们的蛋，所以有时候，我一天吃两三个鸡蛋。

大白鹅一直在围栏里没有放出来过，因为鹅是很凶残的，连天天喂它们的妈妈也被鹅追着咬过。正如丰子恺说过的："凡有生客进来，鹅必然厉声叫嚣；甚至篱笆外有人走路，也要它引吭大叫，其叫声的严厉，不亚于狗的狂吠。狗的狂吠，是专对生客或宵小用的；见了主人，狗会摇头摆尾，呜呜地乞怜。鹅则对无论何人，都是厉声呵斥；要求饲食时的叫声，也好像大爷嫌饭迟而怒骂小使一样。"面对这样的大白鹅，每天去收取大大的鹅蛋，才是最开心的事。

对我而言，最重要的还是鸽子。有一天，家里飞来一只鸽子，它住了下来，外婆让外公给它做了窝，再后来，它又带着它的朋友们来了，鸽子窝从一个变成两个，家里好不热闹。外婆给它们取名字叫"咕嘟咕嘟穆"，是因为它们的叫声便是那样。每天醒来，外婆总会拿点玉米或是小麦喂它们。后来它们飞走了，外婆不让拆窝，说是万一它们再回来呢。第二年春天，它们果然回来了。等到它们下了蛋，我总是想看看，终于有一天，我看着鸽子都飞走了，于是让外公帮我搬来梯子，爬上去看了看。我对小小的鸽子蛋十分好奇，甚至还拿起来给我的哥哥姐姐们看。正看着，鸽子飞回来了，外公让我赶紧把蛋放回去。我匆匆忙忙地下了梯子，跑进屋里。本以为这件事就此结束，没想到，第二天早上，我起床后正在院子里洗漱，几只鸽子突然飞了出来，一只站在我的头上，剩下两只绕着我飞，吓得我站着不敢动，大声呼唤着外婆。直到外公外婆帮我赶走了鸽子，我还心有余悸。后来小鸽子出生了，它稚嫩的叫声和柔软的羽毛，让人十分喜欢。我总是喜欢在地上捡起它们短短的绒毛，想做个羽毛枕头，可常常是刚刚捡到羽毛，一听哥哥姐姐叫我去玩，就不知道把羽毛扔到哪里去了，所以至今那羽毛枕头都只是停在我的幻想里。我还喜欢捡起鸽子那大而硬的羽毛，模仿电视上的羽毛笔，蘸着墨水写字，可惜一个字都写不完，便又得蘸墨水。就这样过了两三年，这些鸽子春天来，秋天去，直到有一年春天，它们再也没有出现。

这些动物并不是同一时间段出现的，却是我的记忆中最美好的一部分。我甚至不太记得它们什么时候消失，为什么消失，可是它们在我的记忆中，却如同外婆的爱，让我难以忘怀。

三

外婆的院子里，还有许多植物。春天的蒲公英、向日葵，夏天的薄荷，冬天的萝卜、菠菜。好像所有的植物都能成为我们的零食。

向日葵成熟后，我和姐姐们就会一人抱着一颗向日葵，把葵花籽一颗一颗采下来，在太阳下晒干，便成了一家人看电视时的小零食。是河南电视台的《梨园春》？还是《新闻联播》？又或者是少儿频道的动画片？这些都在我的回忆中吱吱呀呀地播放着。我们坐在电视前，抢着瓜子，又或是坐在躺椅旁，偷偷地捏已经睡着的外公的鼻子。

当春风吹来第一缕绿色，金黄的榆钱就一串串地缀满了枝头，外婆会趁鲜嫩采摘下来，做成各种美味佳肴。记忆最深刻的便是榆钱蒸菜。洗净的榆钱拌上面粉，搅拌均匀，直接上笼蒸熟，再放入调料。我一向不喜欢吃野菜，但这个却是唯一的例外，一次总可以吃上半碗。

夏天的薄荷与玫瑰，倒是不能直接吃掉。将薄荷、玫瑰花瓣洗干净，偷偷拿出来外公的紫砂壶，加一点滚烫的热水，再放入几颗冰糖，我们学着电视里泡茶的人，泡出了自创的“冰糖薄荷玫瑰茶”。过一段时间，待茶凉后，入口的那种薄荷的清凉感和玫瑰花的香味，也是让人回味无穷。薄荷还可以做成薄荷膏，或者是将薄荷叶揉碎，放在太阳穴上，那种清凉，让人难以忘记。

秋天的蔬菜太多，也没有什么记忆深刻的。只记得自家吃的蔬菜都是自己摘下的，小葱、香菜、各种青菜……太多太多的蔬菜，便让人记不清了。

冬天的菠菜，加在一碗热乎乎的面条里，红红的根，绿绿的叶子，甚是好看。面条是外婆亲手擀的，我坐在煤火边、炕头上，看着锅里的水“咕嘟咕嘟”地滚着，下面条、放青菜、最后在碗底卧一个荷包蛋，便是寒夜里的温暖。菜地里埋着的萝卜，也是让人记忆深刻。萝卜馅的肉饺子，还有外公最爱吃的萝卜炖羊肉，现在想起来，那热气腾腾的美味依旧浮现眼前。

那是陪伴我整个童年的院子，里面住着我最爱的外婆和外公。

四

后来，舅舅说要给外婆家的房子拆了再建新的。

新房子盖好了，我也长大了。

我离开了外婆家，去上学，有时候一周才能去外婆家一次。老院子没有了，取而代之的，是两层小楼，楼前是平整的水泥地，只在角落还留有一小块菜地。

或许是长大了，或许是觉得没有了乐趣，渐渐地，去外婆家的次数也少了。

时间过得很快，我上初中了。突然有一天，妈妈告诉我，外婆生病了。那段时间，外婆来我家住了好久，我觉得那段时间很幸福，放学就能看到外婆。

再后来，我才知道，外婆的病是癌症。妈妈日日夜夜地照顾着外婆。看着外婆日渐消瘦，我很怕，可是怕有什么用？

最后，外婆还是搬到一个小盒子里住了。

或许，对外婆来说，是一种解脱吧，终于结束了日日躺在床上的日子。对家人来说，也是解脱吧，终于不再看到外婆受折磨。只是，外婆再也见不到了。

从那之后，我尽量避免提起外婆，我怕妈妈难过，更怕自己的崩溃。弟弟会因为想外婆而哭，可是我没有，至少在妈妈面前没有。妈妈说我没良心，我也默然接受。有时候，闭口不提不是因为忘记。说不出的再见，不如安放在心中，好好怀念。那记忆中的小院子，也就真的只是回忆了。

从那以后，曾经吃过的野菜，再没有人提起；家门口的米线店也关了门；鸽子飞走了，再也没有回来；那些曾经每日都会发生的，在那以后，都成了回忆。

终于，院子空了，成了只有过年才会有人的地方。外公住到了别的地方，过着没有外婆的生活。

我问妈妈："妈妈，你什么时候会想外婆呢？"

妈妈说："我一直……一直很想……"

昨天又做梦了，梦见我最爱的外婆，坐在老院子里，天气很好，玫瑰花、向日葵同时开着，鸽子在天上飞来飞去、那些猫呀狗呀鸡呀全都回来了。我和我的兄弟姐妹们，在院子里玩耍。

那是我家的老院子，是有外婆的院子。

——获信阳师范学院首届"大别山杯"大学生创意写作大赛散文类二等奖

王唯依，女，河南郑州人，信阳师范学院文学院2020级汉语言文学专业创意写作二班学生。

盲

王唯依

我看过一个很有意思的假设：有一个人，他有一种奇怪的色盲症。他看到的两种颜色和别人不一样，他把蓝色看成绿色，把绿色看成蓝色。但是他自己并不知道他跟别人不一样，别人看到的天空是蓝色的，他看到的是绿色的，但是他和别人的叫法都一样，都是“蓝色”；小草是绿色的，他看到的却是蓝色的，但是他把蓝色叫作“绿色”。所以，他自己和别人都不知道他和别人的不同。那么问题来了：怎么让才能他知道自己和别人不一样？怎么才能证明你不是这个故事里的主人公呢？

我看了太多对这个问题的解释，有从数学出发的，有利用计算机解释的，等等。其实本没有必要，在我从看到这个假设的惊奇与震撼感中醒来之后，我就觉得，这个问题并没有为之去钻研和纠结的必要，它只是为了告诉我们，世界上根本没有所谓的“正常”。你永远无法证明，自己就是“正常”的大多数，也永远无法站在道德制高点批判所谓的“另类”“不正常”。这是我以一个非哲学专业的人的眼光来看待多数所谓的“悖论”——只是为了让人在挣扎、思考之后更加热爱生命吧，不求一个结果。

可如果世上所有事都没有一个准则，那又确实乱了套。我只希望所有有个性、有思想的人，可以不惧质疑的目光，也万万不要在寻求和别人共同之处的道路上丢失了自己的锋芒。

你无法证明，自己不是这个荒谬故事的主角。或者说，其实人人都是这个故事的主角，看到的和你内心投射的是不一样的，每个人的心都是不一样的。

我总会想起郑渊洁先生的《驯兔记》。这个社会是这样，它要把每一个活灵活现的个体驱赶着，一个一个变成千篇一律的兔子。红眼睛，长耳朵，短尾巴，温顺的哑巴。有人不愿意？用公序良俗捆绑他，用世俗眼光震慑他，用道德良善逼迫他。假使他再不情愿、再执拗，最后也要披上兔子的皮，无人能看到他不愿同流合污的心。我有时候宁愿他变了，真的成为一只兔子，那样就不会痛苦了吧，不会每天捂着密不透风的不属于自己的皮囊喘不上气，不会日夜拷问自己要不要坚持到底值不值得，不会在每个寂静无人的夜脱下虚假的壳，看着与众不同的自己，体味孤独。

可唯有痛苦才是活着的证明。如果你认为保持人性是值得的，只靠这一点，你也已经战胜了自己。从众只会带来思考的丧失，群体的冲动，唯有孤独使人永远清醒，永远上进，永远刻骨铭心。你曾经那么憎恶他们，最后却成为他们，世上没有什么值得你付出这样大的代价。

我希望可以这样，女孩可以留长发，也能剪短发。可以穿很短的裙子，也可以穿西装。可以组建家庭，也可以过自己的生活。她们有人数学物理学得很好，有人打游戏很厉害，有人成为优秀的领袖，没有人会说，她居然是个女孩子，真让人难以置信。

我希望可以这样，小孩可以喜欢游戏，也可以对做菜做饭感兴趣。有的会喜欢研究各种跑车，也会有对运动有天赋的。他们都可以被尊重，都可以被鼓励，都可以在这些领域成为自己想成为的，不一定是很有名很厉害的人。

鲁迅先生的《随感录》已经被引用了太多次，可这么多年，翻来覆去，我还是想说这段话——“愿中国青年都摆脱冷气，只是向上走，不必听自暴自弃者流的话。能做事的做事，能发声的发声。有一分热，发一分光，就令萤火一般，也可以在黑暗里发一点光，不必等候炬火。此后如竟没有炬火：我便是唯一的光。”

我们都是很好很好的小孩，天是你看到的颜色，花是你闻到的味道，不必按照世俗的要求来。哪怕我们是那样的色盲也不要矫枉过正，不要害怕，因为无人知晓。哪怕要一生披着不属于自己的外壳，也不要变成自己讨厌的大人。

——获信阳师范学院第二届“大别山杯”大学生创意写作大赛散文类二等奖

杨林瑾，女，河南南阳人，信阳师范学院2016级汉语言文学专业专业学生，现为河南大学2020级古代文学专业硕士研究生。

关于死亡

杨林瑾

仓央嘉措说，这世间事，除了生死，哪一件不是闲事。的确如此，生死面前，又有什么能与之相提并论？而关于生死尤其是死亡的问题，我们常常没有认真地思考过。往往我们拥有的是对于新生的喜悦和赞美，却缺少了面对死亡的勇气和思考。

从前总觉得，死亡对我来说还是一件很遥远的事，只是一个很模糊的概念，或者说只是在电视里看到过，现实生活中很少见到，直到后来发生了好多事，让我彻底改变了自己的看法，也让我更清楚地认识到死亡到底意味着什么，而我又该如何面对它。

记得第一次对死亡有印象的是，那年盛夏一个小男孩不幸溺水身亡。当时我在楼上乘凉，忽然发现下边的路上聚集了好多人。在昏黄的路灯下，隐约可以看到一个小孩子躺在地上，一个大人在不停地按压他的胸口。后来才知道是那个小男孩和别的小孩一起偷偷跑去游泳，结果别的小孩都上岸然后各自回家了，唯独这个小男孩的家人一直没有等到小孩回家。眼看着天就要黑了，小男孩的家人打听到孩子可能去洗澡了，于是去找小孩，可最终还是晚了一步。时间耽误得太久，已经没救了。我听到小孩的祖母哭得撕心裂肺，不由得为之心痛，一个鲜活的生命就这样终结了，我为此感到惋惜，原来生命是如此脆弱。那个时候的我只是觉得原来死亡对人来说是一件很痛苦的事，人们往往害怕和拒绝面对；还没有想到更多的。

读高三那年，听到祖父去世的消息，我瞬间泪如雨下，心中百感交集，有几分心痛，有几分懊悔，有羞愧不安，亦有难以置信。我不知道为什么会这样，难道这就是所谓的天意？我之所以后悔，是因为大伯前不久还对我说以后回家了多看看你爷爷，看一眼就少一眼了。我当时眼泪差点流下来，拼命地点了点头。心里暗暗下定决心，告诉自己等下次回家了一定多陪陪爷爷。谁承想，还没等到我再次回到家中，爷爷已经离开了这个世界；而等我回到家的时候，爷爷已经被送往火葬场了。我甚至连爷爷的最后一面都没有看到，一想到这里，我的眼泪就抑制不住了。我总算明白了什么叫“树欲静而风不止，子欲养而亲不待”，既然知道死亡是必然的，也清楚时间是不等人的，那么作为子女的我们就更应该在此之前对长辈尽心尽力，不要等到为时晚矣，而让自己后悔终生。

而最让我备受打击的是姑妈的去世。我再一次被迫直面死亡。

我记得很清楚，那天晚上，母亲打电话给我，说要告诉我一件事，我就有一种不祥的预感。果不其然，母亲说姑妈昨天去世了，我当时简直不敢相信自己的耳朵，后来我不记得是怎么挂断电话的，只知道那天晚上我彻夜未眠，泪流满面，因为我小的时候在姑妈家里住过几年，她对我有养育之恩，所以我对她有一种特殊的情感。可谁承想她就这样走了，并且是自己结束了自己的生命，我万万没想到事情竟然会演变到这种地步。我之前也知道她精神上有一些问题，类似于抑郁症，不过也不太严重，平时也很少表现出来，只是偶尔会有点不正常，那是因为之前发生的一些事情，她接受不了，所以在心里留下了阴影，后来她一直没能彻底走出来，时间久了，就有了病。我当时只是不明白到底发生了什么，让她选择了这条不归路，而在她决定离开这个世界之前的那个时刻，她有没有想到她的亲人，她的孩子呢？我真的没有办法想象，也想象不了对于一个家庭而言，失去母亲是一种怎样的体验。是家里开始变得脏乱不堪，还是开始变得人情淡薄，我很害怕想到这些东西，我也不明白她为什么愿意抛弃这世间所有的一切而选择了结自己的性命。我觉得我对不起她，她养我长大，我却不能陪她变老，也没能好好报答她，她就这样走了，我真的很愧疚，我觉得这是我心里的一道伤疤，它会一直在那里，任时光流逝，也不会被抹去。

后来我慢慢地想明白了，她当时选择离开，也是无奈之举吧，她可能是实在承受不了这世间的痛苦了，所以才选择这样。我不知道她到底经历了什么，所以我没有办法责怪她，更也不能责怪她就这样离开了，我是真的很心痛，不能替她分担点什么，让她最后选择以这种方式离开，她心中也是多有不愿的。我知道她也有自己的苦衷。我开始慢慢地试着接受这个现实。我想，她也不愿意我一直沉浸在悲伤里，我要替她好好地看看这大千世界，好好地体会人生的苦与乐。

人生不易，而生老病死更是人之常情。所谓死亡，也就是生命的终结，是每个人都要面对的。而死亡本身并不可怕，可怕的是突如其来的变故让人措手不及。如果一个人是自然地经历生老病死，那么这算是正常的生命历程了。而如果一个人是意外死亡或者遭遇飞来横祸，那么其中便多了几分悲剧的色彩。我们不能逃避，只能直面现实。作为旁观者的我们，在缅怀逝者的同时，也要从中学到点什么，并对我们自己的生活有所启发，那自然是再好不过了。

生死乃人生大事，新生让人欣喜，死亡让人恐惧。但死亡是不可避免的，所以我们必须理性待之。而真正的死亡并不是肉体的消失，而是精神上的堕落，如果一个人整日行尸走肉般活着，那么他其实已经死去了，因为他的灵魂早已不复存在了。相反，即使一个人去世了，可他的精神和品格依然影响着后人，那么他就永远活在人们的心中。

——获信阳师范学院首届“大别山杯”大学生创意写作大赛散文类二等奖

张珂宇，男，河南安阳人，信阳师范学院文学院2020级汉语言文学专业创意写作一班学生。

雨·信阳

张珂宇

信阳与北方相近，而又接抵南方之天，可算得上是南北方之气候糅杂为一的环境了。所以我这个北方人初到信阳，并不会因天气环境等因素而产生不适，反而不觉得其与故乡有何异也。但有时候，信阳的潮湿也会提醒我其实已经身处异乡了。而信阳的雨，便是其潮湿的一个原因了。

北方少雨，但正如古人所言，久居兰室而不觉其香，久入鲍肆而不闻其臭一样，我并没有对北方的少雨有过明显的感觉。但到了信阳就不一样了，有了信阳这个参照对象，我对北方的少雨也便有了模糊的概念了。

刚刚到信阳师范学院时，就有学长学姐说，信阳的雨天一般是连续的，往往一下就是三天。我起初对这个说法并未太在意，因为军训时，雨似乎也就持续了一天半左右的时间，本来想要逃避军训的美梦被浸在雨后的水洼里泡汤了，可以说是很失落。故而觉得那句话有些过于绝对了。当然，现在再回顾这句话，确实还是有些绝对化，但也可以道明信阳的雨往往连绵的特点了。

目前我在信阳，尚未遇到倾盆的暴雨，尽管我的故乡也不常遇到此类特殊天气，但仅一两次就足以令人终生难忘。大约是两年前的那个夏天，倾泻的暴雨，狂啸的风声，简直要把这座毫无招架之力的小城淹吞撕裂。尽管那场暴雨已经泛洪成灾，但还是远不如南方每年几乎一次的洪涝。至于信阳此地，我未曾于新闻上听说其洪涝情况，也不曾经历她的夏雨，起码目前为止，信阳的雨给我留存的还是淅沥阴绵的春雨。

信阳淅淅沥沥的春雨，或许与她产茶和多山的环境十分相配。虽然没有亲眼所见，但光是想象连绵起伏的茶山与斜细朦胧的阴雨，便觉得蕴含诗意。而在学校，人造的景致半亩塘也为我这诗意的幻想提供了现实素材——从新图书馆向前，便是半亩塘，斜风细雨几乎不能在其上留下任何波纹痕迹。背后各色的青绿树林在阴雨中似乎失去了差别，仅剩下了深绿而模糊的色彩，成了一并起伏的青山，又映入平静的池水之中。其中在深而又朦胧似浅淡的绿中的仿古亭，湖上木制的桥及假船，在这细雨中成为古意诗画的点缀。烟雨朦胧中的青山，山水交融中的倒影，虽不及古诗与山水画之中的意境，但也满足了我对南方山水的一点遐想。

有时从新图书馆高高的楼阶撑伞而下，一边低头注意着台阶级数，一边远望雨中的山水假景，偶有闲暇，或许会去半亩塘的桥上散步，细看雨中的木花林叶，竟有踏入梦中的山水诗画之感了。

但有时候，连日阴绵的雨也会令人厌烦。满地积水，有深有浅，极其妨碍行动，细而断续的小雨，又必须得随时备一把伞。最烦恼的是这“春雨知时节”，偏偏在我开始跑步计划时开始了淅淅沥沥的小雨，阴绵的天气也使得人的节奏慢了下来，窗外斜细的雨丝，室内温和的环境，不由得使人就懒散下来。若有其他室外活动计划，如前往图书馆学习，立在门外望着雨帘，也有可能会有所犹豫的吧。

拖延的计划，最终积聚在一起，如同遍地的水洼，不仅阻碍奔跑，还时不时地溅你一身泥水。此时阴沉的天气，滴滴答答的雨，更使人焦躁苦闷，而连绵几天、断断续续且拖拖沓沓才匆忙收尾的小雨，就如同我在做事时，不断推脱延缓，让我时常分心。细细斜斜的密雨，实则斩也无法斩断。偶然间的放晴，也不过是“三天打鱼两天晒网”的间奏而已。

阴绵的斜风细雨，看似在窗外，实则在心中，所谓朦胧飘忽的山色，或许是自我模糊的目标的倒影，留映在波澜不起、平静如水的生活之中。笼罩在连绵阴雨之中的信阳山水，背后是茁壮发芽、吐露新叶的春茶，而我却被囿于自己心中的阴郁斜雨之中焦躁苦闷、止步不前。

南北交界之际的信阳，兼有北方的寒暑与南方的湿润，又与大别山接邻，遂有湿寒、酷热。但也能逐渐适应，其之山水，也必有南北界线之独特秀丽，即便是阴郁连绵的雨水，同之山水，也可从其朦胧中看出可爱清新之处。这异乡之地，看着看着，也渐觉秀美，睡着睡着，也似于故乡之温床了，而不禁醉于故乡之梦间了。

可我远赴信阳，是欲求醉梦之温床的吗？若求之一床，不如钻入家乡之被窝中安卧，何苦于此呢？“醉翁之意不在酒，在乎山水之间也”，我之醉，非在信阳之山水也，怕是醉于现实梦幻之间也！

现在沉下心来细想，我来此校，不就是听说其考研与学习氛围较好，想借其以近于目标和更高之境界吗？可现实往往不尽如人意，考研情况、学习氛围正如窗外之雨，阴郁沉闷，所以自己赏于人工的假山水之间，醉心于朦胧虚假之意境中。

可茶树花草，在雨中反得滋润生长，人又为何不可？烟雨朦胧，并非我所拖延懈怠之借口，那环境，亦不会完全同化消沉自我。

春雨应为滋润之甘露，山水当为发生之根基。

我自河南之北来此，只有斩断心中之烟雨阴霾，汲取生活之雨露山水，方可以此城为港湾，再次开启人生之远航。

——获信阳师范学院第二届“大别山杯”大学生创意写作大赛散文类二等奖

张欣杨，女，河南开封人，信阳师范学院文学院2019级汉语言文学专业创意写作班学生。

油油的烟火气

张欣杨

他今年已经七十九岁高龄了，按理说应该好好在家歇着，哪儿都别去，也哪儿都去不到了，但好在他身子骨硬朗，腿脚虽然不灵活，一辆电动三轮车成了他极得力的代步工具，只要有它，到哪里都不怕。

他爱出门去，到菜市场买一堆吃不完的菜、到朋友家打不赌钱的牌、在大街上看看听不懂来龙去脉的热闹回来讲给老伴和家里人听……他每次几乎都是欢喜地出去更欢喜地回来。唯一美中不足的，是孙女到外面上大学了，同伴少了一个，听众也少了一个，心里想得紧。

他是如此“不拘小节”，炒菜可以多放几勺盐，齁辣舌尖，但他只笑笑说：“放多了一点盐，不碍事，吃到肚子里都一样。”心爱的小孙女吃饭前不洗手，他也总依着她，劝着儿媳说：“不干不净吃了没病，饭后洗也行，还省水哩！”他认为做饭好不好吃，全然和放油多少有关，油越多饭越香，因此家里总一股浓浓的油烟气，我们总笑称这是“烟火气”。你若问，为什么要让他来做饭？他一定会用无奈的语气说着得意的话：“嗐！我不做谁做，况且家里人都爱吃我做的饭，没办法，人老了，能为他们多做一点就多做一点吧！”其实，哪是家里人爱吃重油重盐顿顿超量的饭，只是老人不肯服老，他认为抓住厨房就是抓住全家人的胃，也就是抓住了全家人的心，谁要是妄想去帮他洗个菜或是掂几下勺，他准气得一天不理人。你若闲来觉得嘴里无味，到厨房去翻东西吃，前脚刚踏进去，便能听到一阵缓慢平稳的脚步声由远及近地传来，随后他的身影和他那句带有极度警惕色彩的“你到厨房干吗?!”话语将一齐出现。他吃得多，又不爱动，老来发福得厉害，原本就腿脚不便，这下更是行动困难了，这也让他有了不讲卫生的理由。凡是他的手常触及的地方，他屋里吊灯的开关、毛巾架上他放毛巾的地方对着的那块白瓷砖、电视遥控器的“1”这个按钮……寻找这些带有发黄了的油渍的地方，你大概就可以推算出他一天的主要活动了。

他宠爱小孙女，他节俭，但零食玩具从不少买给她；他爱转悠，但他总不忘带上小孙女一起，即使这得费心思照料，还有可能受到家里人的劝阻；他有腿疼的毛病，但是为了让小孙女背会乘法口诀表，他每晚都带她到楼下花园边散步边背，还别说，真有奇效，她是全班第一个会背的。为了奖励她，他带她去抓蛐蛐抓知了，不知道他怎么这么有动力，反正看着他气喘吁吁的样子，就知道他费了多大气力。他陪伴孙女过了无数个春夏秋冬，给了孙女一个快乐朴实充满回忆的童年。

他是一名退休教师，因此，他对学习是极为重视的，对学问也是极为严谨的，这与他对待生活的态度截然相反。儿子儿媳工作忙，在孙女小时候，便是他负责她的学习，背课文决不许错或者漏掉一个字，周末的作业必须周五就写完，寒暑假的任务假期过了不到一半就必须完成，并且保证质量，考试成绩99分和100分绝对不是一分的差距，99分就是你知识没学好，100分就是你知识勉勉强强算是掌握了。在这方面，他再没有“饭后洗手也一样”那样的随性了。也因此，小孙女的学习成绩总在班里名列前茅，大家都夸小孙女聪明，没有人说他的功劳如何如何，即使这样，老人心里也乐滋滋的，嘴上也忘了为自己邀功半句。

小孙女渐渐长成大姑娘了，她讨厌千篇一律的饭菜，即使那些是她小时候最喜欢的；她不耐烦他的唠叨，即使她知道那都是为她好；她厌烦了他学习上的管教，显然已经忘了他对她从小的好成绩付出多大功劳；她阻止他的宠溺，甚至认为她如今任性的脾气和坏习惯都是他造成的。她点自己爱吃的外卖，或是到外面买着吃，她有意识地逃离，把自己关在屋子里或者出去到别的地方，她再不需要他带着去了，她长大了，她得意地想。他渐渐察觉到了什么，有些难过，但没什么理由阻止，也不忍心阻止，儿子儿媳看出来了，让她别这么做，他会伤心，她无奈，有所收敛，尽量做得不那么明显。

终于，期盼已久的大学生活开始了，她可以不受约束，不听唠叨，不吃讨厌的饭菜，不被迫跟着爷爷乱逛了。一天、两天、三天……她优哉游哉，一点儿也不想家，极力感受自由带给她的快乐。

直到，她在胡同口，听到别人家里炒菜的声音，闻到抽油烟机排出的气味，她猜，应该也是一位老人在做饭吧。不是因为房子老旧，当然这也是她猜测的原因之一，她的主要依据是，那重油重盐的独特的香味是如此的熟悉，和在家里闻到的如此相似，但又不太一样——那饭菜不是做给她的。她的食欲被勾起来，她急于去买些吃的满足自己的味蕾。可是，平日里爱吃的小吃，此刻都不香了，点外卖也不知道点些什么了，只是一心一意地思念那远方的“烟火气”。她给他打了来大学后的第一个电话，第一句便是问他今天做了什么好吃的，不是常见的中国式客套，而是真心实意地、满怀期待地发问。“芝麻叶杂面条，”他得意地说，“我自己手擀的。”对，她记得，芝麻叶的韧劲和面条的软糯混合一起，口感丰富，喝着汤，面条就能进到嘴里，这是只有手擀面才能做到的，买是根本买不来的，即使有，也绝不会像家里的那样油那样咸那样香。往后的几天，她天天在饭点打电话，总是问着同一个问题：“今儿吃的啥？”那边也总是不厌其烦地回答着。韭菜饺子、冬瓜炖肉、炸丸子、馄饨、红烧鱼……这些，她都吃过，她想象着这些她过去早已吃腻的熟悉的味道，她竟不注意，爷爷会做这么多种饭菜。听着电话里的声音，她又看到街边老人带着小孩子晒太阳，给他们讲故事。她想到爷爷，似乎好久没跟他一起出去了，那些好像只有他知道的古老传说，那些只有他能编出来的有趣故事，她也好久没有听到了。她没哭，但鼻尖酸酸的，她是如此想回家，她打开日历，看着还有二十天才能回家，重重地叹了一口气。

夜晚，躺在被窝里。“做个梦吧。”她想，“如果可以控制梦境，让我做个梦，梦里，有个女孩和一位老人，一起在三轮车上说笑，一起抓知了和蛐蛐，一起写作业，然后在饿时，吃上一顿极重口味的饭，如此，甚好！”

——获信阳师范学院第二届“大别山杯”大学生创意写作大赛散文类二等奖

程雯雯，女，河南信阳人，信阳师范学院文学院2020级汉语言文学专业创意写作二班学生。

荒漠之旅

程雯雯

我是一颗普通的种子，一颗来自美丽东方的种子，一颗微小的随风飘扬的蒲公英种子。

我时常在想，为什么我就不能像郁金香的种子一样，一生陪伴着家人，一家人团结在一起，只需要用我们的球茎就能长出新的植物；为什么不能像草莓一样，枝脉相连，茎向四周伸展，伸到哪里，哪里便是家，哪里便能产生新的家庭成员；抑或让我们像牵牛花的种子一样也是极好的啊，虽然人类会随手拆散我和我的家人，但人们取下种子小心翼翼地种在自家花园里，我们也有可能感受到人类手掌的温度啊。可是，我知道，我们始终只有一个使命，就是随风飘扬去繁衍后代，陪伴我们的只有风，与家人永远在一起终究是一种奢望，我们永远没有家，永远都在跟着风四处飘零。

而我和我的好朋友春天的柳絮一样，带着家族交给我们的使命随风飘扬。我的主人成熟时，会张开它的冠毛，像一把微型降落伞，美丽的姿态却似乎是已经做好了要和我分离的准备。突然一阵风来了，还没来得及道别我就已经踏上了征途。在风的呵护下，我会去一个充满未知的地方。有时，一些动物会过来抚摸我，我便抱在他们身上，但是好景不长，他们似乎感觉到了我在挑逗它们，抖擞抖擞身子，我便掉落到泥土里。我能有什么办法呢，我只能赶快吸收水分和养分，好让自己的生命得以延续，这样我起码还能有找到回家的路的可能啊！

有时候，我也要经受常人之难忍，一些小鸟喜欢啄食一些鲜果，我如果掉落到了草丛上，那些食草动物便会把我带进肚子里。它们的胃液无法对抗我，于是在我的不懈努力下，我通过它们的排泄物得以重见天日。于是，我又开始了自己的扎根之旅。

在我诸多的旅程中，最难忘的还是那一次的荒漠之旅。一阵微风将我吹来这里，尽管这里的白天燥热，尽管这里的黑夜孤独寒冷。但好在我的家族在我出生之日便教育我，我们蒲公英可以茁壮成长于任何地方，于哪儿都可以创造出辉煌的成就。尽管在这种信念的支撑下，我相信我有能力在这片土地上存活下去，但放眼看向这片漫无边际的荒漠，我却感觉到了希望的渺茫和成长的艰难。寂寞是无奈的，是孤独时的精神纯真，在冷冽的空气中，我感到十分的无助。我急切地吮吸着因为昼夜温差过大而依附在沙子表面的水，努力让自己生根发芽。当喝了几天那微不足道的水之后，我终于开始有足够的力气去生根发芽了。于是我努力地把根往下扎，在无数次试探之后，我终于找到了地下水，当时的我坚信，我一定能靠着这些地下水活下去。

可是，慢慢地，我发现地下水离我越来越远，我已经难以看到生命的光亮了。于是，我开始环顾四周，我不知道是沙漠中的其他伙伴在和我争夺水源，还是人类偏爱于自己的农作物，把我的水拿走了，无论怎样，我恨它们，我明明那么努力，为什么还要剥夺我活下去的权利？

然世间不如意者多之，很多事情总是会事与愿违。随着时间的流逝，在出了一部分绿芽后，我已经很多天没有感觉到身体的变化，我开始感到彷徨，我真的是一个合格的蒲公英种子吗？我的家人不是说我们可以成长于任何地方吗？为什么我感觉到快要坚持不下去了？我真的可以生长结果吗？时间如白驹过隙，一分一秒地流逝，我的眼神中期待的光芒变得越来越暗淡，嘴角也慢慢地垂下……

在我已经快要完全绝望的时候，一场大雨浇灌了这片干渴的土地，淋湿了我的眼，浸透了我那颗即将黯淡的心。正当我欢呼雀跃，觉得天无绝蒲公英之路时，在啪嗒啪嗒的雨声之下，一块石头滚落到了我的芽上，让我的头难以抬起，委屈的泪水在眼眶里打转，但我知道我已经有足够的水源去成长了。我不会再丧气了，我知道这场雨是老天赐予我的礼物，我更明白只有被苦痛和动荡赐予过丰厚礼物的蒲公英，才懂得抓住只争朝夕的机会，才能够理解努力之中淳朴与深远的所在。我要为了自己的生活努力奋斗，我也绝不会放弃我的希望。磨难也只是前行路上的插曲，没有任何一条路可以顺顺利利，只有在风雨中不怕失败地打拼才会看到最美的彩虹，只有放弃幻想，才不会迷失。我不想放弃更不会放弃，尽管被石头压着，我也不会向命运屈服、向世俗低头，总有一天我会用自己的头为自己打开一道生命之门。随着时间的流逝，我似乎看到了一丝光亮，冲破它，冲破它，我的头终于撞开了石头……我知道，我活下来了！

下一次张开冠毛不知道是什么时候，但我感谢这段荒漠之旅，因为它让我明白只要坚持不懈且奋力抗争，以不屈不挠的斗争精神就一定能战胜逆境。

接下来，征途漫漫，我又该归属何方？

——获信阳师范学院第二届“大别山杯”大学生创意写作大赛散文类三等奖

冯翠翠，女，河南驻马店人，信阳师范学院文学院2020级汉语言文学专业创意写作二班学生。

味道

冯翠翠

我是一个嗅觉敏锐的人。

秋风起，走在大学的校园里，踩着落叶，听着叶脉破碎，发出悦耳的咔嚓声，扫地的大爷拿着扫把把落叶尽力地聚到一堆，瞬间扬起一阵清新的泥土的芬芳，在这泥土的味道里，我还嗅到了一股秋雨过后腐烂叶子的青涩。闻起来是叶子的香气和泥土的清新，但也混杂着雨滴的腥臭味。

我接着走，却突然下起了小雨，淅淅沥沥的。听见旁边的行人加快了步伐，脚步一起一落间，又扬起了伴着小雨的湿漉漉的泥土气。逐渐地，一把把圆圆的伞便撑起来了，雨滴打在伞上，像是作乐，或许在雨的世界，这就是打鼓吧。一个个鼓点声，便是雨滴落在伞上的砰砰声。雨伞的腥味、泥土的芬芳、雨滴的清香掺杂在一起，构成了一个忧郁的雨天。我并不高兴，在这个寒风刺骨的秋季，谁不想窝在温暖的被窝里，看着肥皂剧，然后浑浑噩噩地过完寒冷的一天呢。但学生的宿命就是课堂，就是风雨无阻地奔赴课堂。

课堂上，看着老师的嘴一张一合，仿佛一扇有漩涡的门，把我的思绪都吸走，眼皮开始无力支撑沉重的知识，思绪神游，我开始进入梦乡。

在梦里，我梦见我躺在暖烘烘的被窝里，我闻见被子里太阳的味道。我伸了伸腿，极不情愿地睁开了我那沉重的双眼。突然之间我好像看到了一丝气息，看见那气息，从我卧室的门缝弯弯曲曲地进入了我的鼻子里，我使劲闻了闻，是火锅底料里辣椒的香气，我立马跳起来，穿上鞋，飞奔似的冲到餐厅，妈妈扯着嗓子戏谑道："还以为你睡着了，不吃了呢！"

"我怎么可能不吃呢！"我拿起筷子，夹起一块肥牛就往嘴里塞，是熟悉的味道，妈妈的味道，是冬日里火锅底料的暖暖的味道，这种味道从鼻腔深入喉咙，再进入胃里，可最终真正能感受到温暖的却是心。

是的，第一次远离家门，只身上学，那火锅的味道，就是我日思夜想的味道，是我找寻无数火锅店都找不到的味道，那不只是妈妈的手艺，更是家的温馨，是在父母身边可以肆意地放纵，是不用勉强的笑容，是每晚都香香的梦。我想念这种味道，想念清早妈妈的大嗓门和急促的敲门声，想念随时可以洗上的热水澡，想念沙发角落里的暖手宝，想念一张沾上枕头就可以进入梦乡的床。在那张床上，有太阳的味道；在那张床上，有一个沾着因做梦而留下口水的枕头。没错，我想家了，我在大学过得并不开心。身处还没有形成集体感的班级，每次上课就像在一堆陌生人里听着无聊的讲座一样无趣。我还没有朋友，没有一个可以陪我一起疯闹的人，没有我一个眼神就可以相视一笑的人，更没有一个其乐融融的寝室生活，每天就像旅社一样的宿舍，又怎能让我开心。

想着想着，就被耳边一阵下课铃扯回了思绪，大家都开始收拾东西。霎时，人群已经堵在了教室门口，每个人身上的味道混合在一起，像是火车站嘈杂的喧闹，这味道并不好闻，香水味、洗发水味、衣服的味道，每个人的各种各样的故事，或许在这味道里就能闻到吧。

匆匆忙忙，一周就过去了，我和同校的高中同学约好了去学校外面撮一顿。一出校门，就迎来一种与学校完全不同的味道，这味道更冷清，更复杂。我们各自扫了一辆共享电动车，拧动车把，风快了起来，头发轻了起来，我们飞速穿过一个个路口，各式各样的霓虹灯门牌在我的余光里连成一条五彩斑斓的彩带。烩面味，烧烤味，啤酒味，好多的味道掺杂在一起，一股脑地掺着风灌进我的鼻子里，这味道……像是老家的味道。就是过年时一家家厨房烟囱冒出来的油烟味儿，和老家柴火锅的烟火味一模一样，这更勾起了我的伤感，不禁让我想起了一家人围坐在小方桌前过年的样子。大人们举着酒杯，放肆地释放着情绪，一起畅谈；小孩们呢，则在纠结先喝可乐还是雪碧，盘算着哪一盘的肉更好吃。可是随着时代的变迁，农村就连那最后的一方乐土也没有了。大家都开始盖起了水泥房，甚至攀比起谁家的房子更高。以前农村随处可见的泥墙瓦片也只能在更为偏僻的地方才能寻到了。小时候，睁开眼睛就能闻见的牛粪和人走在泥土路上扬起的灰尘的味道，随着一栋栋水泥房的拔地而起和水泥路的延伸，这种味道就渐渐变得稀有了起来。我最无忧无虑的时光也随着这味道逐渐远去。

所以，味道是现在仅存的能让我纪念曾经的美好的方式了。也许，我不再记得门前的老牛长什么样子，但我记忆中的味道却记得它的模样。也许，我不再记得学校的傍晚发生过什么趣事，但多年后我一定记得学校门口美食四溢的香气。也许，我不再记得妈妈的拿手菜是哪一道，但我一定记得家的味道。

味道就是这样神奇，她很普通，却让你在远隔千里的地方回忆起家乡的一盘菜；她也很独特，独特到一样的东西，换个时间换个地方就是不一样的。在离家很远的地方，能够给我最大慰藉的东西或许就是大街上一家店里的和妈妈做的火锅很像的味道，尽管这味道并不一样，因为这味道只有妈妈有，只有远离家的孩子的鼻子有。

味道，是青春的纪念册。酸是孤独的迷茫与无奈，甜是夏日的汗水和呐喊，苦是一人的泪水和惆怅，辣是青春的肆意与洒脱。世间种种，都可以描述成一种味道。而这种味道，不论年龄与地点，只要被勾起，便再也无法忘怀。

——获信阳师范学院第二届“大别山杯”大学生创意写作大赛散文类三等奖

刘欣雨，女，河南安阳人，信阳师范学院文学院2019级汉语言文学专业创意写作班学生。

学校的米

刘欣雨

作为一个北方人，我本应该对面条情有独钟，可事实却不是这样。

大概这世界上的所有学生都只有两种饭可以吃：学校的、家里的。学校的饭总是多种多样，“群魔乱舞”——带着壳的鸡蛋，夹生的米，带着辣味的蒜和洋葱，时不时还有头发之类不可描述的东西出没。相较之下，家里的饭就朴实得多。一碗面，一两种应季的菜，简单一炒，就是一顿饭了。虽说滋味不甚美好，但胜在便宜管饱。若是我父亲那一辈的庄稼人，还会再从地里刨两颗蒜搭着吃。简单又有些单调的面，让人吃得发腻，却也让人安心。

我在家的时候，奶奶是掌勺的，她喜欢吃面，所以我们一家也就跟着吃面。奶奶总说面实在，吃了管一下午；不像米，吃了和没吃一个样。对这些话，我总是左耳朵进右耳朵出，不敢苟同。

高中的时候住校，终于远离了日复一日单调的面条，当我看着食堂里眼花缭乱的菜式时，斟酌再三，还是放弃了那些花花绿绿的精美小菜，选择了吃一碗熟悉又陌生的打卤面。

打卤面的出现必然是伴随着大型的活动，最常见的就是盖房了。在我们家那边，要是有人家盖房，中午一定是要管饭的。妈妈说面条不是用来招待客人的饭，但盖房时请的人多是十里八乡的熟人，算不得客，所以也不用太讲究，但也不能显得太寒碜，况且下午还要接着干出力的活儿，午饭是要管饱的，同时又不能做得太慢，供不上吃。在这种条件下，仿佛是约定俗成，打卤面成了大家一致的选择。

盖房的工人多是青壮年，干的又是出力活儿，因此吃饭的时候总是得吃两份饭才算得上饱；再加上来帮忙切菜做饭的，林林总总算下来也不少人，这个时候再买面条吃就不合算了。只能提前备好白面辅面，送到村里有绞面机的人家，等快到了饭点，再由那些来帮忙的大娘扤着用高粱秆编的大篮子一篮一篮地带回来。但吃饭的时间总是不太固定，所以那些扤回来面条需得先放到大簸箕里晾着，防止粘连。

绞面条的同时妇女们也没闲着，从早上工人们开工便开始洗菜。打卤面的卤子做起来并不算难，但因为人多，做起来就成了声势浩大的一项工作。要先把平时用不到的大菜板用椅子架起来，这样切菜才方便，而且切好的菜只要一拨，就能全放到盆里，省时省力。菜多，切菜的人也多，刀便不够用了，因此来帮忙的大妈们总是带着刀来。白菜要切得碎碎的，土豆、西葫芦也要切成一厘米见方的小丁，最让人感慨刀工精妙的还是切得细碎的肉，几乎每一块都是肥瘦相间，让那些不吃肥肉的人无法挑剔。菜切好了，大锅里的水也烧得差不多了，掌勺的大爷指挥着把菜依次下锅，勾芡，加各种调料，卤子便算是做好了。

菜做好了，女人们便招呼着工人吃饭了。趁着他们洗手洗脸的功夫，锅里的水也差不多烧开了，然后下面条，不一会儿就能吃了。工人们拿着碗下筷去捞——这也是个极有技术含量的活儿。面条较长，捞一筷子就是一碗，又因为太长了容易往下滑，所以抄起来后必须马上拿碗去接，但锅里的面汤是煮开的，热气直熥得人手疼；而且有时碗里放不下了，还得用筷子在碗口用力一磨，把面条夹断。这些大多是老一辈的经验，直到现在我也没能学会。每次都只是站在锅边，等着大人把盛好的面条给我。等这碗面到了手里，舀上卤子，撒上芫荽，再浇上蒜汁，那滋味，真是妙不可言。

我印象里似乎每家做卤子的都是那个大爷，以至于我吃了这么多年的打卤面，从始至终都是那一个味道，那无法言说的味道，在我记忆里停留了十几年。

学校的打卤面和家里的一样，便宜且量多，但又不像家里的那么朴实。家里的卤子是永远不变的老三样：土豆、白菜、西葫芦；可学校的卤子，总是随着季节而变换，茄子、蒜薹、卷心菜，变着花样来，你永远也猜不到里面会有什么。

在学校的多数时间，我还是选择吃米。因为米饭是提前蒸好的，只要选好要吃的菜，五分钟内饭就能到你手上。但打卤面不同，它是一次煮一锅面，大概有十几碗，运气好的时候能遇上刚煮好的时候，但要是运气不好，只等着面熟就是五分钟。我总是懒得排队，半路就拐到了米饭的窗口，等吃腻了米饭再安安分分地去等那一碗面，颇有种看尽繁华仍安于平淡的高深感。

到大学后，我算是彻底与打卤面绝缘了。信阳的面条多是重庆那边的小面，面条又细又圆，盛在瓷白的碗里，浮着一层红油的汤上飘着翠绿的芫荽，色香俱全。只是我吃过几次后总觉得汤水太多，不如打卤面那样实在，于是便开始顺应大流吃米饭。

米饭用浅绿的餐盘盛着，还附送了一份鸡蛋汤，看着倒是让人有食欲得很。人在异乡，总是下意识去寻找自己熟悉的东西。夹了土豆丝和米饭放到嘴里，忽然有些想笑：土豆酸脆，米饭无味，但却意外地有种熟悉感。我最终还是没忍住笑——原来所有学校的米，都是一个味道的。

学校的米总是提前蒸好的，菜也是炒好摆在那儿，因此入口的时候总是温热的，少有烫嘴的情况。而家里的米不同，即便是提前蒸好，也是在锅里继续闷着，等到吃的时候，米还是软糯滚烫的。学校的米，松松散散颗粒分明，记得我高中的同学曾打趣说："学校的米硬到能塞住牙。"正是因为松散，所以很难用筷子夹起，每次我用筷子艰难地夹米饭的时候总会心生怨念，后来发现几乎每个吃米饭的同学都会在端餐盘的时候问一句："有勺子吗？"我才知道原来学生也都是一个样子。

记得有次吃晚饭的时候心血来潮，想起了前两天吃的烩面，于是便来食堂点了一份。这个窗口的生意异常火爆，即使是晚上也依旧门庭若市。我拿了号码牌坐在一边等，看着周围一桌吃米饭的人感觉自己格外特殊，从来没像这一刻这么清楚地认识到自己是在离家近五百公里的异乡。

面做好后，首先感觉到的是鼻子，高汤丝丝缕缕的香气飘入鼻中，金黄的荷包蛋躺在面上，鱼丸蟹棒混在面中，一筷子下去还能翻出绿油油的菜叶。我喝了一口汤，正要下筷的时候却看见妈妈给我发的图片，是家里的小米饭，那一瞬间我忽然就觉得眼前的烩面不香了。

第二天我便买了一份小米粥，学校的和家里的味道不同。家里的米是自家地里舂的，总是混着许多细小的石子，味道也不如市面上售卖的米那样细腻。每次家里煮小米粥时候，总是嫌看着它不溢出锅太麻烦，每次都是看粥沸腾的时候就把火调到最小，任由它慢慢地熬，因此煮出来的小米粥总是米粒开花，入口黏稠。唯一令人觉得麻烦的就是它没有味道，每次妈妈都要再炒一锅菜和它相配。但若是爸爸做饭，他懒得炒菜，每次都是把小米粥熬得很稠，加些青菜，再加上盐。这样改造的小米粥既省了炒菜的功夫，还容易吃饱。

学校的小米粥和米饭有异曲同工之处，都是火候不够，小米也仅只是煮熟而已。虽然米质很好，吃起来味道很好，可我却觉得少了家里的那种朴素的感觉。

虽然信阳仍然属于河南地界，但对我来说，连离家不远的高中都是异乡，更何况是有着和我的故乡完全不相同的饮食习惯的信阳。在高中的时候，我尚能从相似的味道中寻找到一丝熟悉感，但在这几百里之外的信阳，我也只能望梅止渴、画饼充饥了。

有次上课时，教民间习俗的老师让写出家乡的特色，我斟酌了许久，写下了“扁粉菜”三个字。扁粉菜是实实在在的特产，是用一种较宽的粉条做的，加上油菜、豆腐、猪血。具体的做法我却是不清楚的，只记得初中校门口那家早点铺的格外好吃，高中三年最让我怀念的就是那个味道。等我高考完再去回味它的时候，我惊讶地发现，这么多年了，它的味道竟然还是一如既往。

记得有人说过，人在异乡的时候，最先思乡的就是味蕾。我深以为然，在你的思想还没反应过来的时候，你的味蕾却开始对周围一切不熟悉的食物提出抗议。虽说还没在外面待多长时间，可我的味蕾却总是蠢蠢欲动。想念家乡的打卤面和扁粉菜，也想念家乡的低物价。

但我知道，无论找多少借口和理由，都无法掩盖一个本质——我想家了。

——获信阳师范学院第二届“大别山杯”大学生创意写作大赛散文类三等奖

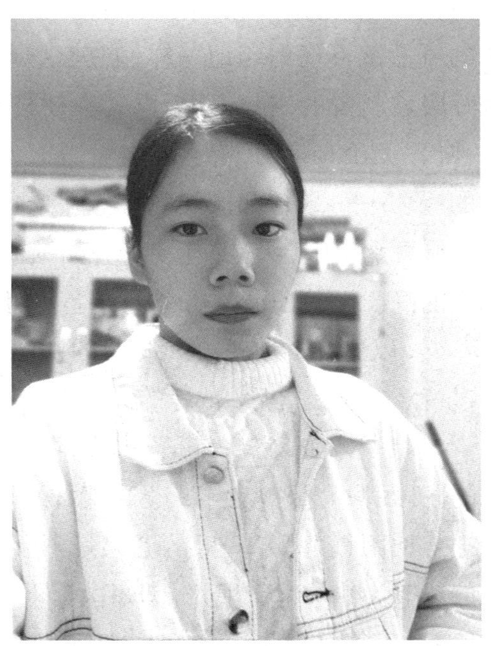

牛慢慢，女，河南周口人，信阳师范学院文学院2017级汉语言文学专业创意写作班学生。

家乡的记忆

牛慢慢

记忆中的家乡总是热热闹闹，欢声笑语，但我从来没有感觉到过喧哗嘈杂，有的也只是无尽的回想和思念。有时看似在脑中出没无常、毫无章法，但又像是安排好的一样井然有序，家乡的风景，家乡的人，在记忆中就像一部经典的电影，会让人在看过之后忍不住去一遍遍地回放，一遍遍地回想。

一日之计在于晨，早晨刚从睡梦中醒来，带着睡眼蒙眬的困意迷迷糊糊地打开门，门前的老树依旧屹立在那里，好像岁月并没有在它的身上留下任何印记一样，它就永远屹立在那里。此时站在院子里，呼吸着新鲜的空气，听着鸟儿在树枝上发出一声声清脆的叫声，心旷神怡，无论有多困，都会被吸引，都会忍不住睁开眼睛看看这个院子里的一切——尽管都已经熟悉每一个角落，抬头看着刚刚拂晓的天空，四周万籁俱寂，天空慢慢地明亮了起来，现出浅蓝色的天幕，一切是那么的静谧而又和谐。仿佛世界上一切都是静止的、一切又都是新生的一样，以这样的心情开始一天的生活，那是多么惬意的事情啊！享受过诗意的早晨之后，忙碌的一天便开始了。

除了村庄，家乡就是一望无际的田地，田间大部分都是各种应季的庄稼，只有那些老年人不再能种地，而家里年轻人又外出打工，才会把土地闲置荒废，一般的老人是不会舍得把田地给荒废的，就比如我的爷爷。他年纪已很大，却每次都不听儿女的劝说，脾气倔得很；不过还好，爷爷的身体很好，干农活儿是可以的，不然也许倔强也就不管多大用了吧。每到收获的季节，大人、小孩便都要往地里面跑，刮风下雨，酷热难耐，也丝毫不会让他们有一丝丝的懈怠，这个时候家里面几乎没有人了，家家户户都在自己的田地里忙活，忙着收割，忙着叫喊，像集市一般热闹，大家都在忙着收获自己的劳动成果，忙碌中也有欢声笑语，不时地打趣，仿佛是在玩乐，并非卖力地在工作，更看不出有什么疲倦。伴随着夕阳西下，田地里忙碌的人们也都收拾东西回家去了，只剩下零零星星的几个人还在忙着，趁着夜幕还没降临，加紧干完手头上的活儿，毕竟谁都不想落后，更不想顶着月光回家。

夜晚时分，尤其是夏夜，夜色迷人，无数的星星缀满天空，吹着微风，多么惬意啊，这是最值得怀念的，也是我最喜欢的时刻。玩笑嬉戏是常有的事，和小伙伴们各种疯跑玩闹，有时候大人也会不时地插一句“慢点跑，别摔了”。听到这话，估计也就只能让我们消停一会儿，于是大人们责怪的声音，小孩玩笑的声音，几乎充满着所有的乡间小道。傍晚真是神奇，不管白天有多么累，一到傍晚就好像放飞自我一样，大人们欢声笑语，小孩子嬉戏打闹的声音从不间断，人们彼此畅谈一天的经历感受，分享着愉悦的心情，就这样坐着、谈着、笑着，时间悄悄地流逝在人们彼此的交谈之中，一切都是那么的和谐美好。

家乡总是有很多值得怀念的时刻，还有许多记忆中忘不了的地方，离家久了就很容易想念家乡，想念家乡的人和事。家乡的记忆就是家乡的一切，家乡的风土人情，难以割舍的亲情，还有爷爷对土地的那种情感。

家乡印象最深的就是记忆中的小路，它并不复杂，也没多远的距离，从家门口到奶奶家，只有三分钟的路程，拐几个弯儿就到了。说着复杂，其实也就是相邻的两个胡同而已，从这家便可以看到那家，是非常近的，那也是我走过最多的路。小时候经常跑去奶奶家玩，跟着哥哥乱跑，其中会经过一个不算太小的河，我们都叫“大坑”，我们经常在河边走，河里面的水也就两米左右深，但这条连名字都没有的河却很不简单，有时候下雨后，河里面会有很多的鱼就像疯了一样在河面上乱跳，这时就会有很多人直接跳进去“捡鱼”。不一会儿就会有很多人不知道从哪儿得来的消息，也都加入了进来。由于我们家离得比较近，哥哥下去捞鱼，那时我只能在旁边看着他们，心生羡慕，看着他们捞上来的鱼生气又欣喜。那个大坑给我的记忆不只有捞鱼，还有夏天天热的时候好多人都在那里面洗澡，竟然也不分男女。天寒地冻的时候河面上会结很厚的冰，这时胆大的人就会在上面滑冰，而我也是比较好奇的，但那仅限于我在旁边用一只脚来回试探冰块的厚度，最后也没敢上去走两步，而胆大的人却已经乘兴而归了，这也使我又气又恨的，但下回好像还是这样，没有任何改变。现在那个小河已经干涸了，只有下雨的时候才会有一种泥潭的感觉，而平常我玩耍的地方也被有心人种上花树、果树，不能靠近。家乡的记忆也成为记忆中的家乡，只能留存于记忆中了。

记忆中不只有小路，还有一条街。那条街是在姥姥家的门口，那条街并不长，但很繁华，也承载着我小时候好多的记忆。记忆中的那条街好像从来没有冷清过，无论是炎热的夏天还是寒冷的冬天，永远都是人声鼎沸的。其中有一个理发店，就在姥姥家斜对面，从早到晚，人来人往，小时候我没事便会跑过去看热闹，店老板因为认识，不与我计较，我便在那狭小的店铺里来回乱跑，观察来理发的人的言行举止，听着他们聊天，让我对远方、对未来充满了好奇。街上的每家店铺都有故事，都有回忆。回忆家乡，那条街上的人和事是必不可少的，虽然时隔很久，好多都已物是人非，记忆中的理发店也消失于历史的长河中，但记忆却永远都不会消逝。

爷爷对土地有着深厚的情感，小时候经常听奶奶讲爷爷与土地的故事。年轻时的爷爷干活积极，即使在他那个时代——集体大生产，一个生产大队同吃同住，爷爷也总是一马当先，看到没人干的活儿就会去主动干，也不管是不是应该。小时候的我最钦佩的就是爷爷了，感觉爷爷真的很伟大，但他那种对土地深深的依恋好像渐渐地不再适合了，因为现在不比以前，在家种地根本不足以养家糊口。年轻一辈的都外出打工，家里面只剩下年老的和年幼的，随着爷爷年龄的增长，大伯和父亲总是劝爷爷别再种地，虽然他们都是为了爷爷好，但是当爷爷听到这话的时候眼神明显地呆滞了一下，流露出仿佛真的失去了土地时那种无奈的神情，只那一刹那，爷爷立刻极力反对，甚至还像以前一样毫不留情地批评他们——要知道爷爷在我们家是很有威严的，从那以后再也没人敢提这个话题了。我知道他们以后很有可能会再提那个话题，也许爷爷也知道离开他炽热的土地是早晚的事情，但我想爷爷是想能够尽最大的可能多陪陪他已经依赖大半辈子的土地吧，还有就是他想在那上面找到更多的依赖和归属感吧。爷爷对土地的眷恋相当的深，毫不夸张地说，土地对于爷爷来说就如同生命，没有土地，就好像生命没有了支柱。真的希望爷爷能够一直与土地相伴。

家乡的风景永远是美丽的，春夏秋冬，各有不同。春天百花齐放，虽然家乡并不像城市那样有许多亮丽的风景线，但随处可见的花草树木也都充满了生机；夏天虽然很热，但好在树林荫翳，走到哪儿都有地方阴凉，因此也不那么招人烦，特别是夏夜，凉爽就不用说了，坐在院子里，听着蝉鸣，看着夜色，现在想想，就那样坐着也挺好的；秋天里花凋谢了，树叶也慢慢地落下来，没有一点活跃的气氛，即便是这样也感觉不到荒凉，只是想着就该到这个季节了，一切都是那么自然；最美的便是冬季，一到下雪，放眼望去白茫茫一片，乡间的小路、房顶、树上覆满了白雪，踏上去咯吱作响，天晴了，太阳照在白雪上发出耀眼的光芒。

记忆中的家乡都是片段，不能完美地用文字演绎出来，更没有一个完美的落幕，但不知何时就会想起，每每想起就沉浸其中，那里有悲伤，有喜悦，有牵挂的人，有梦到的地方，也有难以忘怀的事，那是心中最深的眷恋。那里的一切都是那么熟悉，那里的景色也是最美好的回忆。

——获信阳师范学院首届“大别山杯”大学生创意写作大赛散文类三等奖

韦秋存，女，河南许昌人，信阳师范学院文学院2017级汉语言文学专业一班团支书，现为信阳师范学院2021级学科语文专业硕士研究生。

此时无声胜有声

韦秋存

风赶跑了好事的云，雨点从万米高空长啸着坠落又在树叶缝里被夹得生疼，最终落在我的窗前，它细声告诉我它的来处。沙沙的写字声与淅淅沥沥的雨声一唱一和，我用笔细细勾勒，与它交换着我的秘密。

我以前是一个胆怯且自卑的孩子，这源于我较为特殊的童年。我入学早，上完幼儿园三天后，才过我的两岁生日，所以，比常人早了许多的入学年龄成了我胆怯的源头，在高高大大的铁门前，无论是老师还是学生，我面前的一切都是巨大的，甚至吓得我入学第一天不敢哭，不敢闹。

雨声忽然密集了起来，它在欢快地嘲笑我。

我摇摇头，继续写。入学第一天，我是吸着奶瓶进学校的，同班的小孩子都嘲笑我，那么矮，还抱着个奶瓶。我噙着泪，大气不敢出一声，透过窗子，我远远看见趴在铁栅栏上的母亲那尚未离去的身影，她仿佛在哭，我最见不得我妈妈哭了，所以我绷不住，哇的一声哭了起来，奶瓶一下子从嘴里滑出来掉在了地上。我一看，哭得更厉害了。这时，小朋友们哈哈大笑的声音铺天盖地袭来，老师恶狠狠地盯着我这个"怪小孩"。结果，我仿佛动用了我的大哭神功一般，哭声更大了，同学们这下也不再笑了，瞬间都哇哇大哭了起来，吵着闹着要找妈妈。就这样，我成了众矢之的。从那以后，在很长时间里，老师再没让我进过教室。幼儿园里所有的老师都知道，有个学生哭起来很有"感染力"，要绝对隔离起来。

雨声渐渐平息，它低低地笑着，听我讲我的故事。

从那以后，我很荣幸地成为幼儿园最特殊的人。我从不到教室里学习，我是阿姨的小跟班，她到哪里铺床，我就抱着奶瓶跟到哪里；她要是给厨房帮厨，我就叼着奶嘴去偷吃加餐。幼儿园里没有老师喜欢我，没有小朋友和我一起玩，我只有那个阿姨，我总叫她"姥娘老师"。在我渐渐长大的这十几年里，我经常怀念起那个头发灰白、纵容我上学抱奶瓶的老师，和那个故意把被单掀到我的脸上逗我笑的人。后来，幼儿园翻新了好几遍，但是那个铁栅门一直没变，只不过漆又重刷了几番，无论是绿色、红色还是蓝色，我永远都忘不了离开幼儿园那天我抱着她的碎花裙子哇哇大哭的场景。她是我自卑的孩提时代的温暖记忆。

雨点说，它从万米高空落下的时候，也遇见过这样一阵和蔼的风。

我轻轻点头。确实，人每每都是对身处困顿时向自己伸出援手的人永怀敬重与感恩。大多数人不喜欢小孩子，因为反感他们的喜怒无常和任性胡闹，但是我却喜欢小孩子，因为面对他们时我总能想起“姥娘老师”当时对我的耐心，她不仅改变着儿时的我，也引导着现在的我——我的梦想是成为一名老师，她在教我如何成为一名受学生爱戴、永远让学生惦念的好老师。虽然我在幼儿园里并不曾学到许多极为受用的知识，甚至因为年龄原因，我的小班读了两年，但是在“姥娘老师”的身边，我确实得到了成长。单凭这一点，我就认为，网络教学永远代替不了学校教育，因为教师对学生不仅有言传，还有身教，“教人做人，教人求真”。

小雨点又哗哗地落下来，我戳戳它的头，它说，最开始的时候，我还不是个雨滴。

我接着告诉它，上完两年的小班课程之后，我转了学，随父母的工作变动来到另外一个幼儿园。那时候，爸爸妈妈很忙，家庭条件也不好，父母都是在跟着姑姑打工，即使是亲姐姐家的工厂，也依然很累很辛苦，平日里都是表姐或者姑姑接我上下学，更不用提爸爸妈妈能陪我去哪里玩了。有一天晚上，妈妈下班后，忽然被告知不用加班了，能带着我出去兜风。我高兴坏了，坐在妈妈自行车后座上，感觉身边的一切都变了模样，哪里都是新奇的，哪怕是每天走了无数次的胡同巷子，都能让我狂喜。穿过翩翩起舞的秃秃的柳枝，穿过散发着浓郁“芬芳”的化工厂，穿过闹市区，穿过人群，我们到了春秋广场的霓虹灯下。老式凤凰单车的后座硌得我的屁股生疼，但是我也舍不得下地，想着只要牢牢地抱着妈妈的腰，这样幸福的时光就不会溜走。走着走着，一个红黄相间的“M”标志吸引了我的注意力。对，那就是同学们口中的麦当劳！一刹那，所有的憧憬与委屈都涌了上来。“妈妈，麦当劳的薯条是什么味道啊，同学们都吃过呀。”我永远也忘不了当时的那一幕，妈妈的眼泪唰的一下就流了下来，说：“爸爸妈妈没本事，让你跟着我们受委屈了。”我被戳中了内心最敏感的角落，连忙哭着说：“不是不是，妈妈我乖，不吃薯条了。”路过的人都用异样的眼光看着我们，估计都在心想，这么美好的夜晚，怎么会有娘俩抱着头在路边哭呢。

哭过之后，妈妈拉着我的手，说：“走，今天一定让你吃到薯条。”她告诉我出门带的钱不多，身上仅有十元钱。我们走进了麦当劳餐厅，我举着大大的托盘，只点了一份薯条，因为我知道，即使我们把钱全带上，我们也没有很多钱，所以，我小声告诉服务员，我只要一小份就好了。在等餐的时候，我望着座无虚席的麦当劳餐厅，每个人都围坐在餐桌旁，桌上摆满了汉堡、可乐、鸡腿，是那么的幸福。望望我盘里孤零零的一小盒薯条和很小的一包番茄酱，忽然觉得自己是那么的渺小、卑微。因为点餐少，餐厅服务员甚至连一份纸巾都没有送。那天晚上用餐的人真的很多，我们甚至被挤到了餐厅的角落里，没有桌子椅子，我们是在卫生间门口打开了薯条包。薯条的香味完全散发的那一瞬间，我的眼泪就止不住地啪嗒啪嗒往下掉。我举起第一根薯条，递给妈妈，我发现妈妈也在哭。她说她不吃，都留给我。我的眼睛一下子模糊，甚至都瞅不清撞我的人皮鞋的颜色，就在那样熙熙攘攘的环境中，我大口大口地吃着热腾腾的薯条，但是却感觉不到一丝味道，可能是我的嘴也在哭吧，鼻子、眼睛、嘴巴，哪里都是黏黏的。我记得很清楚，第一次吃薯条我没有撕开番茄酱。

夏天的雨就像小孩子的脸，说变就变，雨势突然变得大了起来，急急的雨点拍打在我的脸上，让我不要哭不要哭。

我说我没有哭，但是明明指尖上却多了许多晶莹。我继续讲。那天回家的路上，妈妈只说了一句话：“孩子别哭，我们只要好好努力，早晚有一天，我们能风风光光地回去吃上薯条。”

后来，我的父母也确实够努力，开了自己的印刷厂，几经浮沉，生活也渐渐有了起色，我可以不再羡慕别的家庭拥有的一切，甚至在某些方面也有了可以骄傲的资本。那件吃薯条的事情一直在我脑海里循环播放，我虽算不得天资聪慧，但我力争上游，不论学习还是生活，也取得过一些让父母稍稍骄傲的小成就。长大了，也长高了，可以自己选择喜欢吃的东西，但是，我却再也没有进过麦当劳。每每走到那里，那个含满泪水的夜晚，那个不加番茄酱却酸涩异常的有关薯条的记忆便翻滚而来，席卷着我回到那个寒冷且并不美好的夜晚，那段硌得我生疼的回忆，一直在激励着我努力成长。

我喜欢薯条，但我不吃薯条。

雨点煞有介事地说，因为你忌惮的，是那个关于母爱和落魄委屈的记忆。

是的，往事如烟，往事亦并不如烟。每个人都有关于快乐、委屈、喜悦、兴奋、难过的经历，它们往往都刻在了性格里，在你的一言一行、一颦一笑里演绎着你独一无二的成长轨迹，影响着、教导着你如何成长、如何努力。谁没有经历过坎坷荆棘，只不过那是你负重前行的最好助力器。

走吧，阳关大道尽在脚下！

小雨点高兴地跟我道别，它跑了几步，回过头，将天上那片即将变成彩虹的云指给我看，说，那里将是它的下一站，路上有再多的艰险我也不会停留。

雨停了，清新的泥土气息在空气中蔓延，此时无声胜有声。

——获信阳师范学院首届“大别山杯”大学生创意写作大赛散文类三等奖

石梦蕊，女，河南开封人，信阳师范学院文学院2017级秘书学专业学生，现为南京林业大学2021级新闻与传播专业硕士研究生。

姥姥

石梦蕊

每次看到行动不便的老人，我便会想起姥姥。每次想起姥姥，我便会想到她坐在那把轮椅上的模样。

姥姥生病前没有一点征兆，仍是像往常一样打理着家里的物件和院子里养的乖顺的鸡和羊。姥姥念旧，姥爷和舅舅多次说要搬到新的房子里去，姥姥都不答应，以至于她和姥爷现在住的房子都是用砖铺成的地面，用木头架起的房椽，用瓦片筑成的房顶。我最喜欢桌子上的那个摆钟，虽然早已经对不准时间，但是到了整点它还是会发出沙哑的响声，姥姥家这样的装饰虽然朴素却很让我喜欢；姥姥爱干净，砖铺的地面难免嵌入泥土，姥姥却用自制的扫把，蹲下来把砖扫得光滑；还有用了两三年的碗，吃饭时摆出来依旧白得发亮；衣柜里的衣服叠得有棱有角，所有一类的物品都整整齐齐地归置在一起。至于院子里的鸡啊，羊啊，它们都会在吃饱午饭后慵懒地、乖乖地卧在软软的沙土地上，看着姥姥在厨房慢慢悠悠地收拾。有时，我就会觉得它们似乎就是姥姥温和的脾性。

可有时生活就是那么的令人猝不及防。姥姥突然间就病了，而等我知道姥姥病时，她已经在医院的住院部七楼——心脑血管科住了三天。当我去看姥姥时，她的双手因不断地扎针输液已经肿得发青，血管似乎是输多液体的缘故，微微地隆起。白色的枕头上是本该清洗的蓬乱的灰发，整个人看上去有些沧桑。她红肿的眼睛看上去有些小了，劳累地睁着眼看着我。皱皱的面部皮肤似乎都凝在了眉头，但又觉得眉头皱得都很无力，姥姥的脸不见了安逸，我看见了悲伤的模样。我心疼地走出病房，酸楚感未能压抑住，泪花就涌出了。

病后，姥姥就开始行动不便了。走路需要有人搀扶住她那皮肤松弛的胳膊，吃饭时她自己拿不动碗，也拿不住筷子，穿衣时肢体不能灵活伸展。所以姥姥的脾气渐渐变得有点暴躁了，也许是觉得自己无能了，也许是还想打扫卫生，也许是还想进厨房做顿饭、刷刷碗，也许是还想喂喂那些可爱的鸡、羊，但疾病却限制了她。起初她还会听医生的话，听身边人的话，开始锻炼身体，多多走动，相信总会好的。所以就每天在院子里走走停停，并不协调地甩甩胳膊甩甩腿；虽然走路也颠簸，姿势并不好看，但最起码有所坚持，还抱有念想，还是一个懂得向前看的老人。姥姥不爱出门，自打得病这五年来，姥姥的病犯了三次，出门便是去医院。日久，她的病渐渐消磨了她的耐心，姥姥变得越来越懒，只是偶尔颤抖着身体，扶着拐杖，从坐久的轮椅上被搀扶起来……所以，她再也没离开过那把轮椅。有时，我想推着她出去和与她年龄相当的人说说话，可姥姥是拒绝的，再也不想出门。她总是用着叹息般的语气，像孩子受了委屈似的对我说，抑或像自言自语："我不出去，连路都不会走……"我若执意推她出去，她便反抗，真像个孩子对我发脾气了。索性，她只是坐在院子里，与门外隔绝，看着羊不停地咀嚼，看着公鸡傲气地走走回回；索性，姥姥不走动，鸡羊也习惯了这样，还是像往常一样在午饭后慵懒地卧在地上。姥姥习惯了那把轮椅了吗？

姥姥病后，我想念姥姥做的饭和盛饭用的那些干净的碗筷；我想念老屋子里物品规规矩矩摆放着的样子；我想念着姥姥没生病前的脾气；我想念着姥姥朴实的笑容；我想念着姥姥每天早上亲手为自己编的麻花辫又盘在一起；我想念姥姥高兴地迎着许久未去看望她的我并亲切地呼喊我的名字；我想念姥姥用小孩子的奶瓶喂着那些刚出生的瘦弱的小羊；我想念姥姥像以前一样……可这些就像姥姥家柜子上落的灰尘，我想为她擦洗干净，可是姥姥却倔强地不让动。

如今，一场病，姥姥让时间停滞在了轮椅上；一个五年，渐渐让姥姥的精气神儿被太阳晒走。

姥姥，今天天气很好，风吹着正舒服，我推您走走好吗？

我知道，您现在正坐在那把轮椅上，看着那些您亲手喂过的鸡和羊。

——获信阳师范学院首届"大别山杯"大学生创意写作大赛散文类三等奖

孙好静，女，河南新乡人，信阳师范学院文学院2020级汉语言文学专业创意写作一班学生。

那份榆钱情

孙好静

又是春天，又想起了家乡的榆钱，想起了妈妈，想起了那些关于我和榆钱的漫长岁月。

三月伊始，离了家，离家之前嘴里就在念叨着榆钱啊榆钱；回了学校，还总是会问妈妈："妈，榆钱长出来了吗？""榆钱，现在啥样了呀？""妈，你可得给我留着点榆钱啊！"最近的日子里，每天我都在念着榆钱，连不知榆钱为何物的室友也被我吸引着想去尝尝那绿色的像一片片小花的榆钱了……

榆钱，又叫榆荚，在我们那里——新乡的一个小县城——有榆树，榆树上结的果子就叫榆钱。榆树结出来的果子可跟别的果树不一样，它不是石榴那样红彤彤一个，也不是香梨那样青溜溜一个，它更像是果树上的叶子，一片一片的。大概也是因为它一片一片的，像古时的铜钱一样，才被叫作榆钱吧。榆钱，和家乡的榆树陪伴了我从小到大的时光。从前我对它了解尚浅，直到近两年，我对它的感情越来越深。

春天，在柳树抽出枝条后，榆钱才不慌不忙地开始长出小叶子。慢慢地，叶子中又掺杂着榆钱，开始一点点长出来，那榆钱，就仿佛也是叶子，离远了，会辨不大清楚。那叶子是深绿色，那榆钱果实是浅绿色，好一个绿绿相映。慢慢地，清明节左右，榆钱就会变老，会随着风吹到地上。慢慢地，就只剩下了叶子，叶子会再变大一点点。夏天到了，榆树就会成为人们的乘凉树，树下是老人和孩子，蝉在树上鸣。蝉的前身我们那里叫 luóguō ——也不知道到底是哪两个字——也会藏在树上或者树下边的小穴里，晚上的时候一群人就会拿着手电筒捉来捉去，好生热闹。秋天来了，榆树的叶子也会慢慢掉。冬天，就只剩下那一棵孤零零的榆树在凄冷的寒风中摇曳了，而我又在期盼着来年，榆树发芽，榆钱长出来了……

小时候，从三四岁时起，我就和榆钱结了缘。三四岁的年龄，还不知道榆钱为何物的时候，生活里记忆里就出现了它。记得三四岁的时候，春天天气乍暖，妈妈在某天吃饭时端出了一馍筐绿油油的东西，后来知道了，那是菜窝窝头啊。榆钱窝窝头，刚开始吃到嘴里并没那么好吃，有点苦涩的感觉；再嚼一下，会有一股清香，萦绕在嘴里久久散不去……大概，也是从那时起，我爱上了那个味道。后来啊，每年的春天我都盼望着，盼望着榆钱，盼望着我那记忆深处的味道。直到现在，我还是觉得那蒸好的榆钱窝窝头是我心中的第一美味，任何吃过的没吃过的都比不过我心中的那口窝窝头。

榆钱，陪伴了我整个的童年时光。小时候，慢慢地开始期待榆钱窝窝头的时候，就喜欢看妈妈在那儿一遍遍地洗榆钱，和面，上蒸笼。没过多久，从厨房就会传出一股榆钱的香味。还记得，偶尔在街里玩耍时，总会闻到那股榆钱的清香，这时候就知道谁家又蒸榆钱了，馋得我口水就要流出来。回到家，就开始磨着妈妈给我弄。还有几年，妈妈不在家，取而代之的，是哥哥帮我爬树够榆钱。还记得，我们那条街的街口有一大片树，胖乎乎的哥哥爬上树，他在树上摘，我在下边接着。有哥哥的陪伴，好像那时想念妈妈做榆钱的味道也淡了点。还记得有一年，隔壁婶子家因为盖房子，把他家那一院子的榆钱树都给砍了。那时正值榆钱生长的季节。中午一放学，我们就争着去树边摘榆钱，一直摘到下午上学，饭也没来得及吃。至今仍记得，摘的榆钱装满了水桶、袋子……可开心死我了。过后我却在暗自神伤，唉，树都砍了，我明年吃什么啊。从那时起，我就对榆钱有股莫名的执着。这几年，虽然一直忙着上学，却依旧没忘心心念念的榆钱。一到春天，我在忙着上学，妈妈就在家里忙着给我找榆钱树，做榆钱窝窝头。高二那年春天，我以为自己吃不到榆钱了，还偷偷难过了好久，可我的妈妈依旧在某个中午去学校给我送了我最爱吃的榆钱窝窝头。2020年，因为疫情，榆钱长出来的季节，我还在家，便吃到了心心念念的榆钱。2021年，我大一，远在信阳，我依旧怀念我心中的那份榆钱情，还记得前几天，偶尔发现学校人文楼门前有棵大树就是榆钱树，上边稀稀落落地结着榆钱，心里的那份榆钱情就更浓厚了些。我想念家乡的榆钱树，想念妈妈做的榆钱窝窝头的味道……

一串串榆钱，一丝丝榆钱味儿，是我心中的羁绊，对儿时，对妈妈，对家乡……

——获信阳师范学院第二届“大别山杯”大学生创意写作大赛散文类三等奖

翟淑琦，女，河南济源人，信阳师范学院文学院2019级汉语言文学专业创意写作班学生。

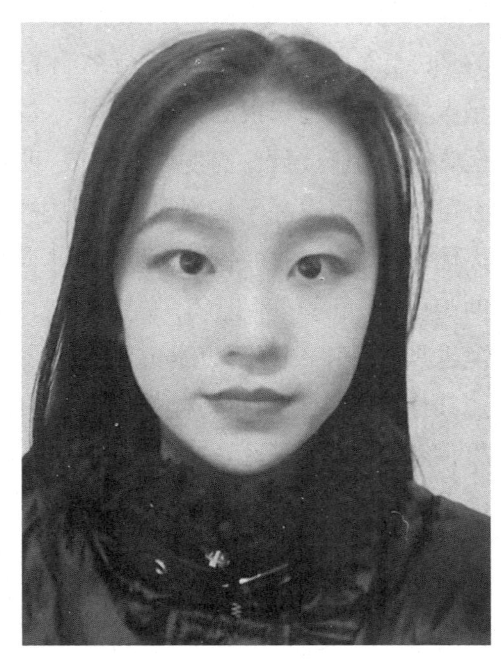

土馍

翟淑琦

美丽的风景，似乎总在远方。而诱人的小吃，往往就在身边。我对家乡的特色名点土馍极其热爱，每每提起，心中就会不由得泛起一丝波澜。

提起馒头，相信大家都非常熟悉。馒头又叫作馍、蒸馍，是用发酵的面制成的食品，是中国的传统面食之一。但是我所谈到的土馍，它不是平日里大家所吃的蒸馍，而是炒出来的，换句话说，土馍不是馍。这时你可能会发出疑问：难道土馍是土吗？当然也不是。它不是所谓的“吃土”，它可是会令你垂涎欲滴的食物。乍看土馍，它的颜色似土呈微黄，可闻起来很舒服。吃一口，可能会有土的味道，但细细咀嚼后便觉外酥里软，硬中有脆，称得上“舌尖上的美味”。土馍不仅味道清香可口，还可以在干燥通风的环境中储存很长时间。并且土馍里含有人体内所需要的多种微量元素，《本草纲目》记载：壁土拌炒，借土气助脾。《本草蒙荃》记载：陈壁土制，窃真气骤补中焦。由此可见，土馍也具有一定的药用功能。

你也许会有和我一样的好奇，为什么会有土馍呢？关于土馍的来历，我也大多是从老一辈的人那里口耳相传得来的，说法有很多种，大都千奇百怪。有人说在唐代时济源王屋山有一个财主，心狠手辣，让长工干活儿不给吃饱，有一次，一个叫王建生的长工偷了一点面，到野地里用白土泥把面裹住，放在火中烧，结果却很好吃；也有传说是愚公移山时路途遥远，需要带易保存的食物，发现土炒面食比较适合，就发明了土馍；更有传说很久以前在王屋山突然流行一种怪病，人人都呕吐，胃酸，无食欲，人们登天台以求神灵相助，观音菩萨便采天坛顶峰之土，并将面团放入土中炒制，人们服用几天后相继痊愈，土馍便得以诞生……我认为每种说法都有合理之处，这些神秘的传说也让我对土馍平添了更浓厚的兴趣。

关于土馍的制作方法，我有着亲身经历。那一次，我趁着百无聊赖的假期时光，跑到外婆家帮助她制作土馍，想着顺便开学后可以带一点，以防水土不服。外婆家的老房子依山而建，房子背后有一块地方专有细腻干净的白面土，正适合拿来做土馍。听外婆讲，所谓的白面土就是观音土，里边富含大量的矿物质，从前饥荒的时候家里都没有粮食，村民们就会靠白面土来充饥。没想到这极不起眼却又罕见的土，救活了那么多条人命，顿时令我心生敬畏。我正在欣赏这片“净土”，外公喊我和他一起来挖土。我们挖了整整一大袋子土回到院子里，年迈的外婆把土放入筐中，两只胳膊灵活地上下摇动着筛土，那一刻外婆仿佛被注入了新的生命力，她对这沉甸甸的土有着深厚的感情，是珍惜，更是热爱。不经意间，外公已经把老式的锅灶摆好了，底部插入几根木柴并点燃，炊烟便渐渐升起，这时将筛好的土倒进锅中正合适。外公拿着铲子不断地在锅中翻炒着土，趁这个时候，外婆赶到厨房把发酵后的面加入鸡蛋、芝麻、香油、葱花，揉成小面团，再将面团搓成指头粗的面条状。土在锅中翻滚着，似乎已经被炒热，外婆将揉好的面条放入锅中，外公站在一旁用铲子不停地翻来翻去，土馍的香气缓缓地扑入我的鼻腔，刚出锅的热乎乎的土馍瞬间勾起了我的食欲。我早已按捺不住自己激动的心情，从市场上买来的土馍并不具备此时土馍的酥软与美味，因此我总会忍不住偷偷多吃几个。

带到学校的土馍很快被我消灭掉，也许是离开家乡的缘故，每一口土馍我都会细细咀嚼，每一个土馍都寄托着我和外婆之间浓浓的亲情，每一粒细土都承载着我的思乡之情。吃着家乡的土馍，我仿佛更加热爱我家乡的每一寸土地，每一个我的亲人，甚至陌生人。我庆幸在我水土不服生病时，有土馍及时相助。在我心中，它不仅是一种特色名吃，更是我感情的寄托。我也相信，土馍饱含着每一个济源人的乡愁，没有谁会不热爱家乡的土馍。

赏一方美景，品一口土馍，可谓一大乐事。一个个土馍堆放在透明的袋子中，这样看着，就很美好。岁月无声，时光易逝，不管走到哪儿，我想我对土馍的热爱与牵挂永远不会改变，亦如我对家乡的爱。

——获第十六届全国大学生文学作品大赛散文类一等奖

王晶，女，河南鹤壁人，信阳师范学院文学院2018级秘书学专业学生。

繁花于寂

王 晶

旷野

响应来自季节的召唤，毫无征兆的雨丝渗入干渴皲裂的土地里，刚露头的小草沾着不知是露水还是雨水的水滴，在冷寂的空气里折射着五彩的光辉。

一切都是静悄悄的，突然两个孩童嬉闹着跑过去了，踩到的小草叶子都粘到了湿漉漉的土地上了……一直往东边那片红薯地里跑去了。

"浩哥，你说我们会被发现吗？"小女孩问。

"嘘……别出声，把棍子给我。"大一点的男孩答道。

女孩小心翼翼地提着裙边蹲在哥哥身边把风，哥哥呢，弓着腰卖力地用棍子刨红薯，手时不时扒拉一下红薯的茎。在兄妹二人的齐心协力下，他们刨到三个紫皮红薯，还没等把红薯上的泥搓掉，只听见远处一个大婶喊道："嘿，干吗呢你俩，给我过来！"兄妹二人对视一眼撒腿往更东边跑去了。看不到大婶的身影，他们才慢慢停下。用衣服擦掉红薯上面残留的湿土，用牙齿把红薯皮啃掉，白白的红薯肉上就留下了不规则的齿痕了。

他们边吃边走，来到一片毛豆地，这是他们家种的。在毛豆还未完全成熟时摘下来，和花生一起用五香料包放在盐水中煮，就可以弄个不错的下酒菜。家里来个客人，斟点酒坛子里封存的自酿老酒，把煮花生毛豆盛个碟子，省事又好吃，也不必客人苦苦等候，客人必至微醺而归。

山林

端午节后，知了就开始鸣唱，给夏天增加了不少生气。蝉是知了的本名，它的诨名不同地方叫法不一，有"爬叉""知了龟"及"知了猴"，等等。夏季，北方尤其盛行。记得古书有云：仲夏之月……鹿角解，蝉始鸣，半夏生，木槿荣。蝉鸣而知夏至，这时蝉就是一种物候标志。

夏夜是喧嚣且宁静的。爷爷奶奶躺在庭院的躺椅上，拿着圆圆的蒲扇扇动着微风，妈妈在一旁沏茶，偶尔看看院子里的树木瓜果，葡萄架是不是要再拓宽一下？柿子树也要剪枝了，石榴树则挂满了小小绿绿的喜人的骨朵，喇叭状的骨朵像是要把夏日的沉闷叫嚣出一个洞。

每到这个时候，山林里灯光攒动，那是爸爸带着浩浩和妹妹在捉知了。在农闲时节，捉知了成了人们茶余饭后的休闲娱乐活动。在山林里，不时地就可以遇到熟悉的人闲聊几句，就又开始找寻目标了。每次从天刚刚黑下来一直可以逮到深更半夜才回来，回到家之后，还得清点数目，与家人一起汇报战绩，充满欢声笑语。妹妹喜欢蜕过壳的知了猴，爸爸就把妹妹的那一份放在笼子里，等到它们统统都蜕了壳之后再吃。吃法也很简单，都是先洗净，用盐腌上，吃的时候用水洗一下，放到油锅里炸至焦黄，便可以盛上桌了，非常美味。妹妹总是不吃蝉尾，说不干净，浩浩便搬出诗人虞世南的《蝉》了，既是“垂緌饮清露”，又何故不干净。

繁花于寂

孩提时期陪伴我们的繁花和老墙在寂静的角落里缓缓生存，那是段斑驳陆离的时光。夕阳洒在繁花上折射出斑驳陆离的光斑，老墙上斑驳的痕迹，那是我们孩提时期的信手涂鸦。

繁花飘摇，花期总是那么短暂，在我们猝不及防的时候就已经消逝了。繁花凋谢之后，苍凉开始上演，何去何从，已是宿命的定向。然而我孩提时期的繁华依旧绚烂，时过境迁，我后来才明白，在无数个寂静的深夜里，那绚烂的繁花编织着内心的忧伤，这恰恰是我长大留下的痕迹。

一帘幽梦呢？繁花依旧绚烂，还是依旧悲伤？

风月情浓

说起来“情浓”一词，我不得不说的是我钟情的缠丝鸭蛋——我们鹤壁特产，普通鸭蛋可是做不出来的。

缠丝鸭蛋是鹤壁淇河沿岸王滩、许沟、朱家一带所产的一种鸭蛋，此特定水域所生产的鸭蛋，外表和普通的鸭蛋没有区别，但蛋黄非同一般。煮熟后，蛋黄呈黄红色，呈现一圈圈不同的色环，由外及里绕着中心，故称“缠丝鸭蛋”，有“金丝伴银线，精品缠丝蛋”之美誉。

将生的缠丝鸭蛋煮熟后，剥去蛋壳，将鸭蛋横向切开，摆盘，再调上一个酸甜可口的凉菜，盛几碗绿豆汤，一家人齐聚餐桌，握住的竹筷宛如苍老的时光，更干一杯傍晚的风月情浓。

——获第十六届全国大学生文学作品大赛散文类一等奖

吴景，女，河南平顶山人，信阳师范学院文学院2018级汉语言文学专业创意写作班学生。

烟·云·雾

吴 景

临近深冬，我想要归家的执念笼罩在心底，就如这几日的大雾般整日弥漫，久久不肯退去，越到夜晚越发沉重，最终凝成一颗颗空中的小水滴。伴着白色朦胧的月光，我在这大雾中穿梭，水滴不肯挥飞，不肯滴落，在白雾游走之中，不经意地触碰到这些水滴，最终，坠落，附着在我的心底，密密麻麻的小水滴最终汇集成了一摊死水在心间，再也激不起一丝波澜。

这大雾啊，要从我小时候说起，因这烟雾飘满了我整个童年。从小我在姥姥家长大，姥姥家在农村，我和姥姥姥爷住在一起，姥姥家的房子是他们年轻时一砖一瓦自己盖起来的。家门口，有两棵老核桃树，树下有我的玩耍乐园，那里有姥爷给我做的一个秋千，我时常在满树的核桃下荡秋千，这核桃树比我的年岁还要长。院子东边一个小屋子和厨房紧挨着，黄昏傍晚时，姥姥在厨房生火做饭时，总有一阵阵炊烟悠悠从烟筒中飘出，烟雾每天如约而至，为庭院外的几棵杨树叶沙沙地在天空中伴舞，而它们飞舞的布景就是院子外一望无际的庄稼地。春天布景是绿油油的小麦田，夏天会是金黄的麦田，秋天收割过后则是整齐平铺的秸秆田，而到了冬天就是银装素裹的雪田。雪白色的下面隐藏的是新一年要慢慢生长的玉米苗，烟雾缭绕在姥姥家年复一年，映衬着一年四季不同的布景，而我也在这烟雾旁慢慢长大。院子西边的一个棚子是姥爷这几年新搭砌的，是为养的家禽做窝，每年里面都会住着不同的小动物。记忆中姥姥姥爷在那里养过大白兔，它们在棚子里不受风刮日晒享受着生活，整日瘫着不动，而它们的三角形小嘴却从未消停过，身边有什么食物就往嘴里塞什么，所以他们的体型肥得仿佛站不起来，白色的皮毛被笼子挤成一块一块的。到了季节也会有人挨家挨户地收兔毛，这样那些大肥兔就成了大秃兔，兔毛剪得极不均匀，一块块粉红色的肥肉若隐若现，而它们仍自顾自地享受它们的快乐。当然，棚子里面也有过许多公鸡和母鸡，它们也在棚子里居住，我看着它们从一群小鸡崽长成一只只矫健的公鸡和母鸡，每天天不亮它们开始鸣叫，仿佛想要唤醒睡梦中的人们，来表达它们想要自由的迫切心情。等到姥姥姥爷起床把棚子的门打开时，它们就早早地排好队有条不紊地向庭院里走去，开始享受这凝挂着滴滴晶莹露水的草地，它们走一步停一步，翻捡着大自然对它们的每一点馈赠，与它们心照不宣的依然是阵阵炊烟。清晨炊烟伴着它们早出，傍晚烟雾从烟囱中徐徐地呼唤它们晚归。正因为如此，不需要姥姥姥爷出去寻找它们，它们也会结束一天的出游，排好队准时回到棚子里，我数了数它们的数目，没有一只掉队贪玩，都乖乖地回到了家。

而我儿时远没有像它们那样乖巧，恰恰相反，我非常调皮。早晨喜欢早早起床，到姥姥家门口的大马路两旁悠悠逛逛，马路的一边是连绵不绝的庄稼地，我陶醉在这被清雾笼罩的田地中，有几只早出觅食的鸟儿嘤嘤鸣叫，空气中混杂着泥土和植物的清香，我在这麦田中向东望去，拂晓的太阳想要探出她的脸颊，却又羞涩地用云朵遮盖自己，在地平线若隐若现。她仿佛一个犹抱琵琶半遮面的姑娘，终于出现了，她透过云朵染红了地平线。阳光和煦的上午，吃过早饭，我和小伙伴相约在玉米田中捉蝴蝶，我们悄悄地跟在蝴蝶后面，等到它飞到花朵上，停留花间贪婪欣赏花的馨香时，我们便迅速地捏住它的翅膀，小心地把蝴蝶放进早就准备好的瓶中。胆子稍大的小伙伴捉蛐蛐和蚂蚱，我们会提前在瓶子里为它们布置好窝，怕它们在这里不习惯，最底层铺上一层厚厚的干草，在这上面再放一层沾满露水的绿叶，又摘了颜色明亮的馨香的花增添大自然的气氛，希望它们能在这里生活得快乐。当我拿着瓶子向姥姥炫耀时，姥姥总会边说我淘气边把它们从瓶子放出来，让它们重获自由。在那一望无际的一排排整齐的玉米苗中我们捉迷藏，花田地里奔跑着嬉笑着，欢声笑语萦绕在整个田地里。我们玩得满头大汗、乐此不疲。等到太阳升到了头顶上时，我和小伙伴又在菜园子旁的柳树荫下玩过家家，痴迷角色中，无意间抬头看到姥姥家的烟囱中飘出阵阵炊烟和饭香，而姥姥就站在门前呼唤我的名字，我就与小伙伴们恋恋不舍地告别，意犹未尽地期待下次相聚。这袅袅炊烟伴随着我在姥姥家的整个童年，它是姥姥对我无法言说的爱，这是她呼唤我归家的序幕；这炊烟同样是我对姥姥的依恋，以及我在姥姥家度过的难以忘怀的童年记忆。

这雾又从姥姥家飘到了我家。不过不同的是，这雾变了样子，不再是几缕轻飘飘的徐徐升起的炊烟，而成了偏黄色浓重的霾。在这浓重的白色笼罩的世界中，汽车无法在路上正常行驶，单车无法再骑行，交通瘫痪，人人戴着口罩，在这白色烟雾中默然不语地迅速穿行，好友之间彼此认不出对方，擦肩而过后，后知后觉而那人却早已走远。人们在这白茫茫的一片中，小心地探着前路，顾不上寒暄谈天。因为这雾霾浓得可怕，天空阴沉，灰蒙蒙一片。我们校园的课间生活本来是充满着羽毛球飞舞的场景，手中球拍触碰球的清脆响声，我们站在楼道旁观看许多羽毛球在教学楼的天井中跳跃，而在那白雾中，那场景被掩盖，那欢笑声被隔绝。我望向那处，看不到那精彩的画面，只看到让我伸手不见五指的浓雾，使人与人隔离。为了远离这浓雾，我们不得不待在教室里，不敢出去，因为这浓雾隔着窗户想将我们这仍透明的空间和我们一齐吞噬。空气不流通，班里开始有同学频频咳嗽，有的出现嗓子发炎和呼吸道感染的现象，感冒发烧充斥在我们身边。在这迷雾慢慢消散中，天气渐渐好转，阳光透过雾层，并吹来阵阵微风，最后雾被折叠成白白的一层，落在我们的脚边，微风吹拂，这层白纱被折叠得越来越小，最后消失殆尽。雾过后，大家都纷纷摘下口罩，走向室外，教学楼外又有羽毛球一个个在空中忽高忽低地飞舞，校园里又充满着欢声笑语。因为这白雾，政府对环境重视起来，洒水车在城市中不知疲倦地穿梭，我们坐在教室里时常听到洒水车路过的铃声，久久在窗户外面的马路上回荡，直到车开走很远铃声才逐渐散去。以铃声为背景音乐，这大雾又升上天空，成了一堆堆的云，家乡的云时常是热烈的，想要怒放似的，迸发成一团团，悬在天边，簇拥在一起，即使风也不能把它们吹散。

这云从家乡飘来，飘到了这里——我上大学的地方，来到这个山清水秀，气候宜人的城市，清新的空气让云也舒展了眉头，松散的薄薄一层铺满了天空，懒散柔和地挂在天空中，平铺直叙地诉说着这里的美。这个城市云不多，天空是蔚蓝色的，到了傍晚，天空从西到东渐变，云被夕阳一层层晕染，这天空画布由红到黄再到深蓝色，自然缓慢地层层递进，最终由满天星光和皎洁的月光拉下帷幕。月光洒在行人的身上，却洒进了我的心里，这月亮高高挂在天上，为异乡人指引着家的方向，勾起了我的思乡情绪。我掰着指头算算距离放假还有多少天，或者盘算着趁着周末坐大巴回家，可是被各种事务烦扰，无法脱身。妈妈爸爸也知道我没法轻易回家，执意要开车来看我，我不想让他们大费周折来回奔波，可他们执意要再给我送点过冬的衣服和被子，怕我在这异乡吃不饱穿不暖，于是，我归心似箭的心情就转化成了与父母相见的期待。于是我们约定好，爸妈带着妹妹和阿姨、伯伯在周六下午约定的时间地点见面，计划着我们一起吃晚饭，周日我们在市区走走逛逛，认真品味有山有水的自然风光，周日下午我们分别。虽然相见的时间很短，却仍能让我满足，在异乡与亲人同聚够我在心里挂念很久。相聚过后各自又回到自己的地方和生活轨道上。为了这次相见，我早早计划安排好自己的事情，提前跟班长请了周日的假，想把一些事情提早做完，为周末腾时间。等到了约定的日子，我早早醒了，畅想着周六的美好。然而我却看到外面是浓浓的大雾，这白色让眼前错落有致的高楼若隐若现，让我们宛若身处仙境，模糊了我的双眼。有人说这是大雾，有人说这是霾，不过这到底是什么对我来说一点也不重要。因为我处在这白茫茫之中，只有看不到头的迷惘，这白色亦使我和父母之间变得遥不可及，距离不能阻挡我们相见，而这让我摸不着抓不到的大雾真正断了我们相见的念想。妈妈打来电话说，家里的雾很大，高速已经被封了，他们不能来了。我说没有关系，我们这里的雾也很大，来不了就算了。电话挂掉，我在雾中顿悟了《约定》中的几句歌词："剪影你的轮廓太好看，凝住眼泪才敢细看。"于是我努力凝住眼泪，细看这白茫茫一片的大雾。"就算你壮阔胸膛，不敌天气"，我们终究不敌这总会被风吹散的雾。

炊烟袅袅飘满了我在外婆家的童年，雾霾虽笼罩着我简单的中学时代，但云朵继续飘扬到了我大学的校园，这摸不到的大雾阻挡了我与父母相见，可不管我身在何处，它们充满了我前十七年的人生。

——获第十六届全国大学生文学作品大赛散文类一等奖

王璞，男，河南新密人，信阳师范学院文学院2020级汉语言文学专业一班班长，系中国硬笔书法协会高校会员。

疑是故人来

王 璞

万籁俱寂，眼前恍惚神游，一片烛影摇红，映入我眼眸。望窗外，影绰绰，虚左盼人留。

疏风淡月有来时，流水行云无觅处。十月的秋风吹动清波，闪烁的波光起起落落，旧忆深深埋入，成为细柔温流，新知渐渐浮起，化作浪花乐游。离开高中，步入大学，在这刚起笔的画卷里，是否不经意间，抑或描摹出曾经的灯火阑珊处。

记忆就像掌心里的水，不论摊开还是紧握，都会从指缝中一点一滴地流去，但那水的凉意，却让人始终无法忘记。高考前的那段时光，尤是如此。

“呼——”

吹哨了，细碎的脚步传递着忙碌，欢声笑语也接近尾声。当声渐悄，书卷翻动，我低着头，姗姗来迟。

跨过地上堆满的试卷资料，我靠在墙边。侧看被窗分隔的外面，白云肆意翱翔，被风推动神采飞扬；青翠欲滴的叶，随风摇荡；静谧的路伴舞几只麻雀，享受阳光。我眼中，闪过转瞬即逝的光彩，黯淡无神。

一滴汗水滴落，响彻六合寰宇，诸多压力慢慢蚕食着我，仿佛一道道枷锁，环环相扣，打上死结。而我如同冰冷黑暗宇宙中的一颗死星，沉寂在枷锁的阴影中，动弹不得。

我无聊地转笔，呼吸空气中的急躁，不时转头窥向一人，深感神伤。而在教室内，无哗战士的喧闹尽在我心中，下笔蚕食的线条在我脸庞蠕动。

我随手抽出一本资料，写写画画。望向桌角被揉成一团的字条，神色恍惚，它就像潘多拉的魔盒，令我着迷，可我却不想打开它，释放那能摧毁世界的厄难。因为那里写的是……

“璞哥！”

我应声望去，小郑捧着一个黑盒子向我询问来历。我告知他这是故友所赠，里边有一个写字本。打开盒子，那黑皮精装写字本令我的眼眸再放异彩，尤其是那磁扣上我的名字，虽然古板，却在这一刻，仿佛有了故事。我笑了，没有什么追忆，却在此刻沉醉。

像是梦中过了一段江湖，这个江湖很短，很小，只有三年，只有方圆几千；这个江湖很长，很大，长得像梦一样，装下所有纸短情长。这一刻，我忽然想起高中要结束了。

我萌生了在本上写东西的想法，只是我不知道那几位优秀的伙伴还愿不愿意为我写点东西。纠结半天，我才从写字本上取下几页纸，送与那几位我所在意的伙伴。令我欣喜的是，他们很高兴地答应了。这也让我有了一丝慰藉。

熬到了高考前两天，我依旧散漫。斑驳的情感磨平了我曾经的棱角，如风刀霜剑一般，尽情削剥我的脸庞。

只因那字条上一句："分手！"

我在颓靡中度过匆匆的两三天。直至他们的文字，恰好走进了我的心里。那天我与往常一样踩点进班，可桌上多压了张纸。

我惊喜地翻开，直至如今我还记得："璞，第一次看到这个字，给我温柔的感觉，后来更是惊艳于你的文章，你是很特别的人……"

"下笔千言，正槐子黄时，桂花香里；出门一笑，看西湖月满，东浙潮来。当下清风徐来，住笔，愿君，一切铺陈尽成书！"

我确实被感动了，随后又是几张：

"希望你一直保持一颗赤子之心，独当一面！"

"望君乘风以破浪兮，揭百尺竿而高起！"

"愿璞哥归来仍是少年！"

一字一句，一声一顿，细腻地体会着其中的感情，终于又拉回了那段最为欢乐的日子，三两好友，分茶斗酒，携笔纵游，此乐长留！

"他们，还愿意，给我写东西，而且，写得很认真！"

我手拿着纸，看着密密麻麻的字，铺满纸张，心与身，紧张地颤动，感受着嗓间的嘶哑，许是夏日的夜太热，蒸干了我喉中的水分，但湿润的眼中，被灯映出了光彩，那是属于我的，曾经耀人的光彩！

不过，我自嘲："我哪里是什么君啊，远远不够，但我还被记着，被你们记着，于你们，我愿意永葆这曾经的'君'。"

文字传达心意，久久不能平息，到了晚自习下课，我又读了一遍，沉溺在往日之中，追忆着那一幕幕。慢慢放起凳子，将这个写字本贴在胸前。

“这将是我最珍贵的回忆。”

高考到来，我依旧被困于甜蜜恋爱的幻境，不过他们的慰藉，是一缕和风，让我起码有点温暖与清醒。

如今我们分赴各地，海角天涯，去演绎各自的故事。但，云山万重，寸心千里，故影之思，从未停矣。

记忆，如掌心的水，尽管从五指间流下，可水的温，却会被掌心记住。在又一次握住水时，掌心会想起水的凉意，水也会记得掌心的暖。

如今常持联系，彼此倾诉，辅以游戏添味，再次约定，那个见面。让大学的劳累，多了一点安逸与期待！

我想起：我们趋行在人生的旅途，在坎坷中奔跑，在挫折里涅槃，忧愁缠满全身，痛苦飘洒一地。我们累，却无从止歇；我们苦，却无法回避。可若我是那颗死星，寸寸成灰，无神地等待暴风的嘶吼与吞噬，那么，划破天际，宛如七彩匹练，再次照亮夜的暗，你们就是恒星，穿梭此间。

我想起：岁月的枯木碾碎后，加上时光的清水，成了一纸的澄明。不管曾经的颜色是什么，一泼墨，便能渲染出隔世离空的色彩。我们，就在那色彩之中。

“希望你我都有一段繁花铺就的前路，亦能描绘出盛景于荒芜。还有，你们那么优秀，可别被我赶上了哟！”

相忆相念不相忘，相思相知不相见。既念念不忘，那便必有回响。因为相信，所以，眼前的烟消云散，不过一场道别等再见。

“愿再见，历尽千帆，牧云清歌，天地为客。”

我的眼中闪烁光彩，喃喃自语：西窗外，灯落白，风摇叶，此态，疑是故人来……

——获第十六届全国大学生文学作品大赛散文类二等奖

屈浩琪，女，河南郑州人，信阳师范学院文学院2020级汉语言文学专业创意写作一班班长。

抱明月而长终

屈浩琪

我于仲夏来到信阳师范学院，当时懵懂的我只感受到了天气的炎热。现在稍微成熟的我正在经历师院的秋冬，看“一棵树广场”的金黄草地，品“半亩塘”天鹅的嬉戏歌谣，这不仅给了我视觉体验，更让我感悟至深。

落俗不可避免，浪漫至死不渝。对我而言，“一棵树广场”是个神圣又浪漫的地方，鲜嫩清香的草地给了无数学子美好的时光。它从南至北铺设的绿草地，还记得刚来时，绿油油的草地令我垂涎，一个个小坡缓缓至上。我不禁用手轻轻抚摸。从草的根部游走至尖端，我看到了晶莹剔透的水珠，那是夏秋之交所独有的浪漫。可谁又能百岁长青呢，现在经过“一棵树广场”，我还是情不自禁地坐下，端详小草，可不必等我坐下，我就能看到一片枯黄映入眼帘，我深知自然万物各有岁命，可我还是不甘心地想要挽留。

这不禁让我感伤，你问我什么是生命，我想“野火烧不尽，春风吹又生”便是最好的答案。可目睹小草前后的对比变化还是使我难过，对于我们来说，随着我们的成长，父母也在一天天衰老，这是不可避免的，而我们能做的就是给他们陪伴和关怀。树欲静而风不止，子欲养而亲不待，以此及彼，草在给我视觉体验与精神交流的同时，更警醒我要感恩要学会珍惜，这让我更加珍爱生命热爱生命，用心真诚地对待我身边的每一个人。

皓月文心匿枫林，银波万道纵远绝。凛夜秋风戏黑鹅，半亩池边人欲别。坐在人文楼的教室里，我总会不由自主地将头扭向窗外，隐匿在枫林中的“文心亭”一下子映入眼帘。她好似一位仙子，飘飘仙气萦绕其间。下课后路过“半亩塘”，两只白天鹅嬉戏游闹，自由自在好不快乐。我的目光一直追随着它们，仿佛我也是它们中的一员，虽渺小可又能得到生命的意义。

我一直在思考，人生的意义和价值到底是什么，来到师院看到它们，我仿佛一下得到了答案。生而为人，不免有许多的无奈和力不能及，可生活与生命都是自己的，应当珍惜与把握。平凡不等于平庸，不断追寻自己的脚步，就能越来越明白生命的意义。

——获第十六届全国大学生文学作品大赛散文类三等奖

冯蕾，女，河南鹤壁人，信阳师范学文学院2019级汉语言文学专业三班学生。

三秋叹

冯　蕾

岁月忽已逝，惊觉已过三秋，秋光叠叠又重重，思齐路上的落叶铺了一层又一层，文心山上的金桂开了一载又一载，万物秩序般轮回。风轻叶落，岁月深重，是新伊始还是旧逝去？

清秋有余思，日暮文心亭。得了空，我独自一人，来到文心亭。倚坐在柱子旁。天气转了凉，桂花又飘了香，我闻着馥郁的香气，闭上眼，浅浅地入了梦。

昔我往矣，杨柳依依。三年前，犹记初迈进校园之景。路上行人熙熙攘攘，但行处，绿荫如盖；将到时，欢声笑语。闻百花之馥郁，听人声之铿锵。彼时风华正茂，挥斥方遒，书生意气，好不快活。便是人人脸上仍浮现几分青涩，仍抵不过少年意气。彼时日月当空，日也好，月也好，忙忙碌碌也好。在五点做早操时，看天渐渐破晓，燃起一片火红的日。在下晚自习后，看波光荡漾里洒下碎钻般的月。当时的我们，有“骑马倚斜桥，满楼红袖招”的肆意潇洒，与三五好友为伴，谈理想，论过往，一杯奶茶便是一个夏天；也有脱离高中，初入繁华的意气，总“相逢意气为君饮，系马高楼垂柳边”。就如某个作家所言，“一个人到了二十岁还不狂，他是没有希望的”。我们狂，狂到“曾许人间第一流”，谁不曾立下一个又一个目标，争第一，竞风流。便是让彼时的我们去摘星，也未必觉得不能做。在这样的吵吵闹闹中，我们渐渐褪去了青涩。

今我来思，黄叶纷飞。忽而已三载，行走在校园里，已经不大见那些熟悉的面孔了。学长学姐们，离开了校园，散在了各处，“浮生着甚苦奔忙，盛席华筵终散场”，这时我们已自顾不暇，不再与人一杯茶一下午地闲坐一处。看着眼前的风景，常常浮出“朝看水东流，暮看日西沉”之感。树上的最后一片叶子落下来，学妹发来消息问道：“学姐，初入汉文的我该做什么呢？”亦如当初青涩懵懂的我追在学长后面问“我该做什么呢？”我回：“多看书，好好学习，别浪费光阴。”这是当年学长学姐们之言，亦是想要告诉学弟学妹们的话。一届又一届，他们将来能做到吗？我不知道。过去的三载我做好了吗？我仍不敢回答。面前的学妹欲说还休，我笑话着当年的自己喋喋不休。“霁月难逢，彩云易散”，何必言多，去行吧，去珍惜这短暂的大学时光吧。

有失落吗？有的吧。万物随着秩序轮回，到底是新的开始，而不应执着于过往的逝去了。纵秋已暮，人亦未老，苏东坡登超然台时尚且有“休对故人思故国，且将新火试新茶，诗酒趁年华”之感。正逢锦瑟年华的我们更应该抛下过往，向前行去。

我睁开眼，捡了一片花去，天气转了凉，桂花飘香了三载，没有玫瑰的浓烈，只有清淡，亦如现在的心境，平静清淡。

——获第十六届全国大学生文学作品大赛散文类三等奖

诗歌

初绽在信阳的“毛尖”诗人
——诗歌作品短评

朱国伟

在中学语文教学中，诗歌是一个重要的内容，考试也对诗歌鉴赏有要求；但是作文部分有一个特别说明：文体不限，诗歌除外。这就给同学们一个印象：诗歌可以学习、鉴赏，但不能写作。信阳师范学院文学院在教学中，特别重视培养学生的写作能力，文学体裁、应用文体，一视同仁。同学们普遍把诗歌写作视为畏途，除了中学的固有印象外，诗歌，特别是白话文新诗，其表达手法的陌生、意象营造的多元多义、语言组织的纠结与张力、情感表现的若隐若现、思想主旨的模糊朦胧、想象的飞腾恣肆等，这些都让初步接触诗歌写作的同学既惊喜迷茫又手足无措。

诗歌最需要情感的激发，讲究用最凝练的语言来表达最深厚、最复杂的思想，这些内在的要求对写作训练具有独特的价值和意义。不管写什么内容，如果没有内在的情感激发，就不可能写出优秀的作品。同时，如果把这些最深厚、最复杂的思想掰开了、揉碎了，细致入微地表达出来，不就是散文、小说、戏剧了吗？所以，诗歌的学习、创作虽然有种种困难，但师生们仍满怀激情和理想，积极投身其间，一批年轻的诗人在信阳师院潜滋暗长、蔚为大观。他们用虽显稚嫩但又激情勃发的笔触，要么赞美家乡、先贤（如李国栋的诗），要么展现生活的细腻婉转（如贾颖的诗），要么闪烁着意象的光怪陆离（如薛颖珊的诗），要么轻抒少年时光的落寞（如王柯迪的诗）。他们的诗都公开发表过或获得各类诗歌奖项，在诗坛、文坛崭露头角。就像信阳的名片——信阳毛尖一样，经过秋的肃杀、冬的孕育，终于“新春初放芽的绿”。这批年轻的诗人，用最新鲜的笔触、最纯真的情愫，写出了最浓郁、最深挚的诗。王国维曾说：“主观之诗人，不必多阅世。阅世愈浅，则性情愈真。”诚哉斯言！我们希望年轻的诗人们，像鲁迅的期许一样，不要羡慕烂泥塘的故作深奥与高深，哪怕是一条小溪，也要用清澈与纯真，一路吟唱，流向自己的远方。

干枯的花(组诗)

贾　颖

一包干枯的花

这是一包不含水分的药箱
百合治多思，玫瑰治痴缠
细细长长的梗，治，心的臃肿

蒲公英适应着新的使命
把飞翔变成睹物思人

花瓣的碎屑呛出两行热泪
乌鸦的黑色软羽和野兔的喘
金蓝色闪电闪进梦里，被静谧声
惊醒。今晚薰衣草
用紫色也治不好蟋蟀的失眠

走向你

就像在太阳的圆环上漫步
像踩着五彩石
蹚一条没有彼岸的河

为了相逢

在纸角上看到我的名字
凝视着这两个字
像凝视着深潭上的那片
落叶
会在漂浮的哪天和哪片
松树或白桦林
萍水相逢？

为了相逢
我已走过十万八千里的月色
铺开十万八千里的渲染
给狼毫蘸了饱饱的墨

在我的四周
写上你的、你的、你的

很多人的名字。然后把它
揉作一团握在手里
像握着一个星球

任褶皱和掌纹纵横交错
繁密得无法形容

讣告

如果这是最后一场雪、最后一阵风
从此再没有酷暑和寒冬

如果——
喀什噶尔的胡杨汁液耗尽
剩下一地黑色雕塑
太阳永不再升起
而明天就要返回鸡子的混沌
最明朗的是戈壁那边的沙漠，沙漠尽头的残月
残月后面是一片没有维度的
虚空，紫气升腾
我们也会随之作为另一个名词
浩浩荡荡地重新开始
比人字多一撇，或少一捺
这没关系
只要能在写完最后一笔之时死去
我们还是一群正儿八经的生物
或是义正词严的入侵者
除了鹦鹉
没有谁知道我们的名字，就像
我们坚信前世今生
那刻进骨头似的亲身经历
占了满满一页恍惚的纸

然而却没有人为此郑重地
签字画押。仅存的一点勇气就是
把情诗写成了讣告

思念，是时间的立方

四月的温度易让人旧疾复发
以一种毒攻走另一种
一阵风吹走另一阵。逻辑简单
不附标点似乎格外能证明：
健康的状态都是一段孤独的诗行
一根船篙扎进河底
在淤泥中深深刺进、抽出、刺进
抽出，伴随着滑行
像收拢雨伞，砰，又像朝内发枪
有车程和目的地的时候
定个闹钟，思念就像思念
若想在滚滚长江里抽取一段
思念，便成了时间的立方
绿意渐浓，于万物齐鸣之中
我是一把双弦紧张的二胡
缓缓上着松香

你所在的地方

你所在的地方就像西南方的蛊
在我潮湿的眼睛里发作

然后树、春芽、鸟喙都变成蓝色
开始游离，开始飘荡
在白白的高空中变成一朵孤芳
自赏无助
高低不分明的界限更方便
横渡，直到把子虚乌有从抽象
看到淋漓尽致。仿佛路边半杯柠檬水
垃圾桶旁洒了一摊，像往返的人潮
流得行色匆匆，正在低洼处招徕着谁的
某个疲惫又酸溜溜的黄昏

省略

一个胸腔里有六颗心脏
跳动。同时因某段旋律
或某个人的名字沉默
一条路

浸着杨树叶子的清苦
跑下来，不是很长
从“爱”到“你”的距离

沉默
…………
六粒芝麻的吉祥
…………
六颗钉子的沉着

斑斑点点，排列整齐
在星子的光辉中被呼吸的晕
扩散成六个句号来加深
举头望明月的回味和一堆堆
蛙卵的忧伤
被省略，被默认为同类

隔音

乳白色地板返潮，蒲公英
金麦芒，许多大地的睫毛开始扑闪
十六点四十五分

北京时间已浸入肌理
在脉搏与闪电之间挤撞，S弯
把过去悬空又拐得飞流直下
噼噼啪啪，一群冰中带雪的弹丸
正进行一场没有目的性的破釜沉舟

雷声滚不下来，在天上
带着永远无法跌落的焦灼

一层是暗示，一层是终结，双层
玻璃窗前，她把那座金黄色
姓氏灌进真空。冷静得
像只扑水的飞蛾

——发表于《诗歌月刊》2021年第8期

琵琶湖(外一首)

贾　颖

上山的人脚步沉重,我也是
一个死结在云间游荡。摸摸
右手贴到左心,那结点比石头紧致
原来柴米油盐中有重金属
同行的人都知道
这是一种发现了却不愿解的毒
恰似琵琶湖,是一面弹不响的琵琶

望得见带水的音波从天边
触及鞋尖,湿了的脚趾勾动死结
沉默、涣散、随风飘扬
有时又让安分的心情嘈嘈切切

翻译

几千年冷静期
当环境由兽骨变成细纸

语境也随之细软油滑

将数十只甲骨掰解成
一堆不带情绪的符号
再用散漫的手轻柔地抚，万事
随缘、揉搓麻将块似的哗啦啦泰然
揉搓成东南西北风，吹走一枚
骰子只有一二三四五六的常规
朝着童年用力推去

陌生的境地，我终于想起了
今生唯一不能重游的地方

广播电台里播放着哈萨克斯坦的
语言，听不懂的话其实
也不必决绝地关掉

将它们翻译为：
当住进寒冬时，便失去了寒冬
当住进荒原时，便失去了荒原
…………
音色低沉，语速越来越快

——发表于《大观·东京文学》2021年9月中旬刊

时光之悟或空山迷雾(外一首)

李国栋

我想到那些弯曲的事物:柳如眉
镰刀、月牙、河道或者鹰的喙
弯得各有千秋,但弯不过
秋季捡麦穗时父母俯下去的形态

他们把时光过旧
包括老旧的树根、无处安放的补丁
黄昏穿过他们的身体
占领着衰老的一席之地
像土一样:深沉且稳重
像抽屉内的千纸鹤,像碗上的痕
怪我成熟太晚
只能迷路在空山之腰,等待迷雾
独自用弯针缝补残缺的月、牙口不好的镰

我用悬壶盛了几叶毛尖

申城的雾雨以滋润的方式淋在身上
慢慢地探求，偶尔陌生的自己
吃上一口土，想必能强筋健骨，一叶两芽
雾土里有些许熟栗子香
数次品尝茶都之茶。品尝
在此时是持续性动词，甚至持续万年

偶尔，我也在摇摇晃晃的茶壶里浮沉
我用父亲的铜壶医治沉积多年的病痛
悬壶不足，我又将毛尖沁入大海

——发表于《大观·东京文学》2021年9月中旬刊

绽放如斯(组诗)

李国栋

绽放如斯

没有什么比绽放更接近丰腴
野蒿生在地上，更长在心底

我们曾为绽放找到各种奇怪的理由
为生活，为孤寂，为深沉。其实
我们成长本就是绽放一种，用好看的花骨朵
装饰在外，整个窗外就是一景盆栽
只有支起耳朵，才能徜徉在大自然景象的裹挟里

带“小”的事物

这个世界上带“小”的事物不多，它们却带有
造物时光的味道。舒缓，无言，精致
小溪，小撮，小群，小镇，小程序

身处其中，玫瑰才敢继续在细小处过分生刺
甚至容纳花败。我在镇外远处放风，小镇才是小镇
那撮青丝随身，她的头发才能以一小撮捆住，系上
我说的，她说的，都是台词，生成一轮完整的亮圆

我敢说世上所有带“小”的事物
唯独你的小名……

空山

空气集聚在空山之后
那是多少年后的重逢

水纹和木纹吻合，似有事故发生
并以悠长的口吻呼出渐变的时迹
皱纹与指纹相交时才发现
雾一般菱形的心思，是很干净那种
如棉花过镜，反光生出浅蓝

我不敢翕动羽翅，也不想，给你看
融化，除了糖块和积雪，还有
停靠在孤灯光下停歇的呼吸声

面对自己呆坐，镜像从夜间滑下
雾一般丝滑，南红抑或西霞
却始终不在空山规划之中

——发表于《快乐阅读》2021年6月下半月刊

巩义，要以多种美学来诠释(组诗)

李国栋

巩义，要以多种美学来解读

皲裂的石头密布，落叶掩盖着山体的腐朽
智慧，手段，挽救了遗失的许多美好
将军岭上，深蓝色的光伏板在山坡上静卧
展示各种姿态，充当中转站，将阳光转化
作为夜间的鲜花献给大地。光板站立
时刻面对着太阳，就像是隔壁村生产队员
一行一行数着自己的工分，站在道路的小康！

每座立交桥都是特别的缘分，就像每一次相交
都是天公以美学作为安排：戏服盖在巩义的坐标上
一位深沉的少年，只要听起梆子声带起前奏
所有的沉重都会落在香山的半腰，撑起船桨
荡漾在香玉大师的唱腔里，不可说，更不便表达
在我出生前，豫剧的唱曲便从姥姥身上传过母亲
后来，它们冲散了我心中飘浮的云，从始至终

南北路的风穿过袖筒，散去人间
灯塔，在这昏黑的夜空点上浓浓的一笔
他乡之速客，被中原西路上的月亮挨得这么近
垂钓老者，静坐，应是他领域里的文学采风活动
当我迷失自我，贪恋于城市的街灯
对于“宜居”二字，便找到美学原理的归属
今夜，我躺进巩义的摇篮里。梦，是蓝色的

跟着杜甫回故乡

凌晨一早，接受眼际深处霞光的邀请
我拒绝霓虹灯的缠绵，逃离了城市
自驾来到巩义。始终，在木色阶梯上走着
运动鞋与木箱的节奏均匀，属于我们之间的
一段，一段马林巴琴声，我一次又一次
试图极力走进他的心，载着满目山色，坠落
只要迈出尘封的大铁门，忧思和沉思便会
都落在中岳之巅，以适应春潮的诗画

我跟随先人的脚步，自天而降
偶然遇见夹津口镇，行走在嵩顶步道
迎来没有尽头的远方。步道，权作山体的血管
卧龙村水流的张扬，连带着醇香的酒一起
被胡同重叠盖住大半，深幽处
剩下的妖艳，依然能与美学扯上亲密关系
几座老屋，墙体褪了颜色，但老人深挚的眼中
透露出一万个星辰，和他一样徘徊于现实的过往

寻找你，在一座连着一座的山体，凹凸不平
追寻你，穿过一道又一道不断重复的阶梯
偌大的云彩与人们做交易，交换彼此心事
从此，我得到蓝天的许可，窥探了上面的秘密
在山之峰峦，我如一粒尘埃，被世俗纷扰过的
在时间和历史的眼中，大家都是尘埃，甚至
也包括单个现实的世界。我追寻着他整个的足迹
确切地说，我像一只未曾停歇的老斑鸠，来回地穿越

回声，何处传来回声？
声浪过于浑厚，我隐约感到，天暗了下来
人们的听觉开始融化，称作是温暖一种
在短暂的音波冲击中体验重复的恒久
就此刻，静坐在时间和山巅的静止
接受微风和鸟鸣，接受花草与落木
接受一生中太多后悔的事，他们都乘坐回声的船
在众多莫名海域，拾取，失去，驶去，逝去，拭去……

落木萧萧下，送诗圣杜甫远行

远远地，我看见
最深的沉重，坠向他的右肩
像是被强行驱逐而游荡的无辜路人
颠簸阵阵，孤独成疾，无情的雨再也不会
从没有草顶的茅屋洒落，溅起轻微灰尘

我在文学史中多次经过杜甫，驻足许久

沿途一片断桥残雪，积压在硕大丰腴的皂荚树上
无意看见老炭翁，手指足够将岁月沾染
分量，用刀划出道道黑窟窿，作为时代的印章

白头再搔，对着草木无限生长，有无白鸽
要永久地睡在野外的枝丫，光秃秃一片
回忆起拥有的一切，哪怕在笼子里，呢喃
月光，有时候是枯萎的，和枝丫类似
剩下的，掠夺了整个天空的光，汇聚成光源
将现实散落一地，和诗人一样

放歌或还乡，把酒言欢仍然存在
老朽之躯。早已失去了青春，自从时刻关注
谁又上了前阵，传来几趟捷报

一支现实的笔，对于宣纸而言触手可及
而对于大脑而言，是特殊的运作方式
在黑暗无光的时代里，要你选择性地
书写，提取，关于饥寒交迫的残破砚台、枯墨

皮肤，天生就有骨头一样嶙峋的褶皱
掩埋在到处，多少生灵的骨。只要太阳一照
最深沉的眼里便会闪出半截子
忧国忧民的影子，之后便明灭可见

不断地演绎着另类的芳华，无人会意
仿佛脚下再现时代的塌陷，万物无穷尽地无情
展现多次离奇的白日大黑洞。下雨了，下了

千万次雨水，点滴在粗壮的生命之根，根部
大多在大地之中，以外，伸展在此时此刻
触碰到周围观赏人群身体的内部，如旧

洛河，流着他流下过的泪，泪和水一样，生活过
不曾滴落过的生活，全部留在干枯的胡须
摇摆，摇摆不定。下定决心将毛发侵蚀，甚至腐朽
此刻的灵魂，没有固定在身体，一滴又一滴
稀薄的空气里，每滴都闪着光亮，如同利刃一般
斩落白丝，刺痛心胸的心脏，无声无色无息
和乱花一同，溅别三月，远行前的仪式：
回答无数神的眼睛

——获第二届“杜甫杯”华语诗歌大赛大学生特别奖

诗河，一场郁香风雅的修辞(组诗)

李国栋

幽居：一类山水的诗意美学

屏居淇水上，东野旷无山。
——(唐)王维

从彼，我应是领略了莫名的陌上桑抑或诗中之画
昨日的野地蔓草和水中摆舟，结集成在水一方的南国
或许人们都应该住在这里：一川烟草，满目迷蝶翻滚
第一故乡，我用多年的时间生长，以醉醺醺的文字排列
借助遍地的小镇圆舞，关于故乡，我只敢使用介词；关于
岸与岸的间隙，赚取了虚空色的蜜汁。岸边鹤鸣，鹿鸣
鸡鸣，叠加起来，像城头上的水汽堆积，在彼此陌生的时刻
和一圈圈经由岁月沉淀下来的诗河面的褶皱形成互文
黎明，从你到我。黄昏，从我到你。当湿漉漉的玫瑰叶流浪
漫无目的地流到心头之上时，我才有最低的资格“屏居”
我要把这红色当作窈窕的爱情，把蓝白相间的颜色当作大海
把绿色和无色开满遍山、遍野，再涂到画板上，揉碎在水底

“之子于归，宜其室家”像一幅立在河边的画框，那种动态的
更像我的眼镜，是抵达灵魂深处的工具或凭证。渐渐避开了
叵测
与种种误会。“知我者谓我心忧”，在极其细腻的诗句里
我忽然对语言产生了距离的陌生感，像我不知道下一步该迈
多大
仿佛每一滴甘霖淋在我久旱的指尖，申城的雨，朝歌的雨
华夏南路的雨……不能再多了，真的，平原接受不了巨大的
馈赠
闪电结成“烟花”，一浪又一浪，多数世人不能忍受无骨感的
窒息感
完整地讲，诗河是由鹿台阁、《诗经》、淇水用初春瓦砾般的
冰碴
碎片愈合而成。树与天空，带有半寸柔嫩向晚的光浪，太行
山余脉之下
孑立在人群中自审：一生太短，前半生只够屏居于此，后半
生随便散落
如棋子，落在江湖棋盘。举棋不定时，后半生就落在东野的
棋盘背面

诗河，一场郁香风雅的修辞

淇河湿地，可作为生物多样性的描摹
众生在水上木舟合唱，缓缓地，驶入诗意之地
这是一本诗画集，仅仅翻开了扉页，如同返青的树枝上
冒出来的那一叶，被春瓶和滴答在水面的雨声收纳

寻觅过比远方更远的词语，幻想过无数种远方

殊不知脚下河流去向的地方比远方还多一寸
此时，河岸上的羊群似乎读懂了我的心思
匍匐在山的后腰上，生活着等待。代我诉说一切

人间的河流，特别是流在诗歌上的那种
是无言的，但胜却千山万水，胜却策马时的欢呼
有言的剩下部分，是他乡夜空中的月亮
留在本处大地宣纸上具有偶尔表达性的乡音

她安静时好似一动不动，内向的性格
是我在淇水之滨对水之处子的内心潜意识中的评价
河里的水比麦苗上的晨曦更为平静，庙里的钟声晃动
勉强撑起醉醺醺的涟漪，像是床头柜上微暗的烛火

至今无人道过淇水的成色，我想她一定是崭新的、碧绿的
是从未被使用过的那种。雨滴不断下坠，水汽不断上升
连同我的向往、淇水的朴素都被放入端详的范围里，不断自语

水面是河的皮肤，波光粼粼，蜻蜓点水，隔着花纸
还在低语轻诉，这在音乐美学中被称为颤音，并不是哆嗦
或寒战。蜻蜓，此时像一位低音歌唱家，也像一位行吟的诗人
不能再沉浸于河流美学了，有趣的群山还在等着我

淇水第四珍，是蔚蓝梦境的第四帧

淇河三珍，是落在朝歌里的三枚棋子
连成三颗等距的星座，关于繁星满天时
关于冬天的一个晴朗的夜晚，或者再深刻些

关于镌刻在时代的河床上永恒的明珠
像是三星并列的猎户座。形成淇水印象、特产的说到
鲫鱼。肥厚，质细嫩。与我一样不断吸收淇河中的饵料
缠丝鸭蛋。一圈圈不同色环由外及内缠绕着中心
二十年来，我以不同的身份绕着家乡淇河
以多样的颜色伴随，甚至可以只将孤独的花种撒在我心田
蓝色，晴朗天空那样的蓝色，一定是草字头的那一种蓝
绿色，绞丝旁的那种绿，与淇河岸边鲜草一样的那种绿
绿水青山，到处皆颜色。请原谅这些草率的赞美
无核枣。切开后成空心状，似曾身处的高校，现身处的研究院
它们是空心的，因为我没有在身处有父母的故乡，我的内心是空的
无核而有仁。我接受了这一种说道，容纳了这一份偏爱
我本狭隘胆怯之人，是淇水之菩萨将我塑造成人
淇河三珍，是物质上的。有一珍品，是漂在精神水面上的羽毛
一段段洁净如初，生来就是浪漫主义的摆渡人，现实主义的践行者
都是美学的临渊者——诗歌。我在古代文学课上不止一次进入《诗经》
她给我什么，我就拥抱什么。动用身体的所有感官，所有细胞为之癫狂
感伤、愤恨、思念。此时，恋爱可归进副词大类，如梦如幻似真
是文学史中的世外桃源。为淇河写恋诗，写着写着，彼此就相爱了

淇水汤，流过鹤之城

把一条河流圈下来几乎无望，而留在心里唾手可得

河流里有明亮的透明，通透的无色，虚无的形态
立在桥头之上，看到流水，我要忍住喉结种种翻动
也要忍住躁动而又风情万种的心思，还要忍住并沉默
总之，凡是能够控制自己的生理或心理动态，都要忍住
流水和沙土本是没有形态的，放在春瓶中祭祀，纳入
湖中亭下齐舞，编排进河床里寻找出口，便有了生命的意义
将一杯淇河之水流入身体内的大海，那胃的墙壁便是海岸线
流过之处，拈花惹草，如果我醉了，那便是身体内的异己
尝食人间的烟火，遮上桃花一样的面纱，静默地将万物医治
尽情地吟唱诗歌的天籁之音，再华丽的舞姿都无法与之媲美
也如同如今的我，再怎么抒情与写作，距诗河深处都有一个距离
是时代的距离，也是一段季节的距离，更是一段常居之处的阳台上
眼瞳里这仅五百米的距离，诗河遥远，我只能以方言进行自我介绍
诗河呵，再也不会比曾经更加消瘦了，正如同盘踞在东方的雄狮
如同奔向辉煌的太阳鸟，展翅在大地，印刻在红色修辞上的隐喻
胜却人间无数。儒雅的诗河曾居于千古，昨夜飘摇今朝寒
河山大好，岸边的画板与河流同向，遥相呼应，毫无半点违和感
这是画家眼中的诗河，散漫的水纹，散漫的诗页，一切都是散漫的
只有作画的人是认真的。作画，是画家的文学采风活动。写作，是我的
当我不再悲悯时，我便住在身体内部的心房，房颤轻微，甚

至轻于
失重的氢气球。我会恨上一切事物，也会爱上。当然不是隐匿
再次回到水纹，一纹，轻微波向远水直至大海。剩下的
自留于揪着的心里

爱在淇水，小夜曲的安静抑或躁动

山有扶苏，隰有荷华。
…………
山有桥松，隰有游龙。
——《国风·郑风·山有扶苏》

流苏一样顺下来的爱情，细软，软到棉花
都要礼让三分。软到月色、夜色甚至眼色
都能收纳这份刺目的爱。今夜我不想住在客栈
那里的我是盲目的，没有人情味儿的
且攥不紧任何空气，没有氧气就吹不响口琴
也不想住在围城，容易绕晕在错开的花蕊上
我只想在七月的傍晚叩响你的房门，借宿一时
一刻，哪怕须臾。足够了，时间已经足够了
吹一曲只属于席地而坐你我的《梁祝》，剩下的
全部交给吉他扫弦。剩下的别离，定远远长于相聚
五更将至，白鹿还是慌了阵脚。你说你不喜欢浪漫主义
那种矫情的、做作的。每句话硬咬着每个字，清脆
酥脆、干脆，脆得吓人，好像床头柜上的玻璃球将要粉碎
那是我多年前送你的。比吉他上的一弦还要脆亮三分
意识到，你不仅是一位柔软的人，还是这种脆弱的
微风也太柔了，人们被它吹得很散。另一种以柔克刚？

如果有下辈子，我一定学架子鼓。其他乐器都没能把握住
拥抱你的节奏，陪你散步的节奏，一起分析诗歌的节奏
和雪落空山的节奏。以八六拍《同桌的你》靠近
四四拍《老男孩》《南山南》《北方姑娘》熔铸金色的
玫瑰，银色的玫瑰，红色的玫瑰。总之，这种玫瑰都是王字旁的
都是孤独而又独自扑腾的玫瑰。流苏一样的爱是水到渠成的
你始终是诗河中的几立方水，我却是明月从未照过的沟渠

——获第七届“中国诗河·鹤壁”全国诗歌大赛创作奖

李妍，女，河南平顶山人，信阳师范学院文学院2015级汉语言文学专业学生，现为北京语言大学2020级比较文学与世界文学专业硕士研究生。

少女变奏曲

李　妍

一　燃烧

整个春天，我把自己燃烧
燃烧在一个短暂且危险的春天，我们横躺在墨绿色里
或者，随意地掉入一只猫的眼睛，像拇指姑娘

亲吻半片嫩叶，从农场，一直滑落到雪山旁
这样的一个春天

整个春天，我把自己燃烧
我要让我的嘴唇涂满圣女果的浆液
或者腐烂掉的金黄色的南瓜尸体
我要让我的脑子一半是电影、文学和闪烁着的字符
一半是嫉妒、怯懦，以及无法飞升的沉重

整个春天
我读到一些文字，然后我夸大文字的叛逆性
整个春天
我看到奇迹不停地跳跃在鹧鸪的舌尖，连一粒琥珀
也能伪装成金黄的苹果

整个春天，我知道就是现在了，我要燃烧
在这肿胀的三月里，在海鸥被夜吞掉以前，太阳落水以后
燃烧在二十二岁，让少女不再是少女
让疼痛充满我，空气充满我

嘘，我已经死过无数次了

二　眺望

很久以前，我最伟大的事情是拥有一个阳台
和一把草绿色的断了嘴的水壶
我的阳台，每一个花盆里，草莓只结一只
就好比月亮，是天空唯一倒挂着的血柿

我的阳台，堆满了臭墨、方块字
墙角还挂上了一幅塑料味的油画
我们就在这样的阳台里，用漆迹斑斑的小棍
敲打漆迹斑斑的木琴

很久以前，我的阳台吹过一阵子铅质的风
在那个暴雨久袭的八月
我的邻居挂起了白色的、长长的布条
我看到狗把长满刺的红色舌头，端放在布条旁
我看到四四方方里，盛满与八音盒不一样的肤色
里面有一个鼻子、两只眼睛，还有一颗心脏，我猜
我终将听不见任何，黄土块一样的独白

很久以前，这里是最佳的大海观望台
水手在八千里高空挂起一片蓝白，有雾状的船只
随意地在眼尾航行，而礁石
礁石是一只渴求吞掉熔岩的尖嘴鸟
很久以前，这里的天空和大海一样深邃
古老的痛楚在海面上幻化为星星点点，而我们不以为然
仍旧在各自的阳台上，用凤仙花的花汁染红脚趾
像芭蕉一样，我们跳起了快乐的舞

三　虚妄

六月。被揉碎了一整晚
一整晚，也就是从天上那团橘色的浮标
蔓延到你阳台上耷拉着脑袋的湿袜
所有的这些，被蚊帐里的风吹得人仰马翻

一整晚，冷空气流转
机尾割破天空的血管，四万万颗星
沉入大海，我是一朵随积雨云降落
寄生在闪电里的，粉红色怪物
一整晚，我的耳朵倒立行走
涉过杏子味的长长的河，在三十七点五摄氏度的怀抱
烫出一个巨洞，洞里挂满绿色的痂
还有火车，火车从洞里呼啸着擦过

六月，你随意掉落的一枚残破
却比五月的杨絮、四月的雨水
还要多出一整晚的虚妄
在与你完整以前

四　平衡

七月。我拨开中间地带的雨夜，我看见
八只脚的蜘蛛在云尾扯丝，织一匹
金黄色的瀑布。我看见
赤脚的风，卷起了漫天腥鲜
和一朵褪色的合欢

该怎么办，我的七月还不曾
淌入爱的河滩，要怎么办
我是一个颤抖的断了尾的音符，在梦里
和忧郁隔着肚皮跳舞
金黄色的瀑布，是我无声的五线谱

七月。大地的眼睛如期升起
天鹅座与我对望，她柔韧，而又坚定
仿佛从来没有被死亡统治过
七月。我决定
“像星星一样的平衡”

五　遗忘

寒冷又一次被遗忘，不留余地
我们也会被遗忘，等你孩子的孩子死去
遗忘就是万物的宿命，于是我们在这一刻
终于可以和大自然相提并论
谁也别想留下痕迹，到底为什么要活
虚无与那些拗口的什么主义
以及书本里的流行理论，和这些那些

我们依旧像是被鸟雀含在嘴里的石子
随意地丢在哪里，或者是肿胀的褐色种子
风停在哪儿就在哪儿开花
那么我们来到这个千年之交的界点里
是否有一点特殊意义
不过又是谁规定了时间的长度
喝一口水的时间，蝴蝶落在你的睫毛上
你的第一次亲吻，第一次心动
在书本里读到的公元以前
你的所有时间，被冠名于时间的时间
到底是怎样的形态

这样想着想着，竟忍不住又要
向那些掌管高纬度群岛的精灵们
讨要一座水晶质地的岛屿，最好是四季不明
我们只活在冬天，长久的阴冷的冬天
要让每一个活动都变得深刻
每一次哭，每一次跳舞
都深深地印在岛屿里

我们世世代代都在和遗忘斗争
我们要坚决地扎根在寒冷大地里
我们在新的岛屿拥有新的语言和文字
盲诗人再一次书写史诗
我们有幸目睹奇迹

譬如海浪，譬如一次飞跃
譬如月亮上洒满了橘色的浆液
譬如今天的早餐是长满了红褐色斑点的水煮蛋
譬如水果长在刺猬身上
譬如露水是太阳最宠爱的小女儿

——获信阳师范学院首届“大别山杯”大学生创意写作大赛诗歌类一等奖

薛颖珊，女，河南新乡人，信阳师范学院物理电子工程学院2019级新能源科学与工程专业学生，系信阳市作家协会会员，作品散见于《星星·诗歌原创》《绿风》等。

寻光录(组诗)

薛颖珊

独奏录

只是不可言说，音乐是苦肉计
剥离抽象的色系，世界如布
断续着拼凑，或许遗憾的版面

重复了一遍。在我，抵达之前
事物碰撞着烤火，阴影下的光
擦亮它身上的暗示
下意识地，与对立的写手独白
——坚硬的音色，把我砸入无人之境
众神曾恍惚与我同席

不可言说的，阿水是天然的提琴者
它讲过一个油纸女孩，单薄如夏花
缀在风景上。锤炼着镜面曲度
反复交错着独自一人的纷扰
起奏。舞场边缘
与盛大的世界仅有一墙之隔
这时，餐盘端上我的沉默
情绪逐渐与晚间咖啡达成和解

漂流录

听一年前的旧歌
时间就漏了下来
坚硬的黑夜生出一缕光
照在行头上，比母亲更慈祥地
娩下你的悲痛。过去了
似乎大地的背面，漂浮着——
发潮的海味。仿佛只有酒瓶才能
满足流浪的意义，尽兴奔赴
无岸的领域
“你的闪电被黑暗捕获”

说话时分，只有一种海
被我的胃像必须的事物对待

音乐和灯光一起停了下来
交给冥想，或许会再次点火

冬雪录

第一次，遥远地想起
旧雁回溯，捎来南开的春
可一月的红喜仍然凝固。窗格
与阳光交换彼此的透明
将零碎的记忆，逐个展开

“灵魂幽暗，镜子里它不再是我”
不会有多余的修辞敲门
梦里的鱼醒着，白日之盐滚烫
松针落地，你说疼
自然的事物将知觉重构，而喑哑的渴
拆散方正的语词。蜡像，黄昏
谁冲淡了意象。你未曾落下雪

事物先白了头。刚从暮色淌过的全景
啄细，落款处，咬紧了冰雪丹青
尚且说服天地，索来一场雪
被你睫毛上的黑接住

友谊录

注释，没有写进纯朴的脸面
轻剥季节脱下的花色，我像
翻阅你的山川，在你的诗集里
漫过沧海，激荡每一处凹陷的心口
耕耘桑田。面对完整的雨幕，行人小心
避让艺术的点缀，实现气氛的突转
请刻下你的索引，神意深邃，乐于
叼着你的船

秋天在田野的薪火中失传，而你的方圆
近似天意，落款唯一

速写录

我在夕阳融化前打捞水纹
“你必须绷紧自己才能陷入画像”
刃流出你的血，似乎，颠倒的光
怯于亮出一些动态的词
比如熟悉的火车号，日记本之墓
比如不再魁梧的父亲
化为喉头间的凉意，征服我
所有带刺的骨骼。不可逆地
完成雨，完成雪花的雕刻
完成从城市的闹场包装失去
然后开始用炭材把年景烧红

大地，几乎没什么要隐藏的错误

时间卷起河水的衣角，泥沙不愿
交出体内黄金的谜
没有价值。价值
在被指认的事物里，束紧庄严

冥想录

走了又停，直到，思考砸入深谷：
“伟大的迸发，击穿镜像而抵达
仿佛……”
于秋天，一个人独自蚕食了很久
四肢终于开始打结，后天性索求翅骨
必须先将错误的路径在身体里折断
拿血管对接沉重的桥，轻痛
报以微不足道的颤抖。“过程，
你不需要辨认外界是否被溪流褶皱。”
你就是源，可以发洪，可以
先坐冻一座南极。然而，这需要等待
一只候鸟的指令
如果晚了几天，喘息是致命的
很可能在茂密的林叶封锁住勇气
但总会有机会，敲进来锯齿般
轻微的惊喜。不必
哑语，那时候
你一定想全世界的光，为一场到来
撑开所有黯淡的事物

观察录

时常会产生误区，对于粗糙的
说法，食堂的厅廊绘有糨糊的影

我曾经观察过，是大胆的窥视
——假设我没有这些虚荣的知识
去倒饭窗口递去餐盘，在转身之前
他们的手和衣服沾上不只一点不愉悦的味道
哲学课老师讲劳动，是平等的价值
“所以我经常对她们说谢谢
当她们首先正视我的态度时”

她在八点半很准时地脱下外套
——不知道洗了多少次依旧面目可怖
我看到，用一个诗人独有的眼光——
她盘起发冠，擦亮面庞的浅沟
打理一个母亲的尊容

这时候看到妈妈的语音输入
“今天河渠干净，阳光不烈，
妹妹认真写完了作业。”
假设……
我是今晚的月亮，我会点亮妈妈的梦乡

——获信阳师范学院第二届“大别山杯”大学生创意写作大赛诗歌类一等奖

时间共鸣(组诗)

薛颖珊

三苏墓与今

多于所呈现的，眉山的脚踏入郏县66亩
别离的域。大部分灯在这里醒不来
只有闪电才能敲开胃中，夜雨的隐忍
暮色从四方抚摸而至，行至金蛙路
他瞬间与雕像重叠
几年前眉山人踏过此路，听觉生出宋代的蛙声
“那不是蛙鸣的假腔。”师父推敲
是蜀地故人来访，压低时间的序性
一个让思想遍地生根的游子
行至重阳，濯洗茱萸也凝重的隐秘
鞠下的弯度不及仰视的角，晚凉
携我退回缅怀。在三苏冢和庙之间
我时而出家，时而
祈福。肉身的骨锁俨然折断
雪色投入茫然的初生。苏轼回头

尤胜更大的辽阔——
空间沉默，手足间，一种白沁入时间
历史灵妙得可爱。“……你推开通道
野生的花朵朵垂老但缠绕在你腕中
竟逼近透明。”
润目的物开始醒神。祭拜时，师父的姿势很正
同样面对诗，我的稚嫩敞开在更大的叙事节奏中
暮色打净折光，一路上
我们驾车轻盈，晚于高速公路上蛰伏的一群麻雀
抵达悲悯，直到它们全部飞远

在旅中

语词是一个诡辩的符号
时间被精巧地锁进一个个尖锐的元身
它们像江河一样拭不净地喘息

旅途是堤坎崩溃的禹，一瞬的
纵身相投，我出离自己的水域
向远处高喊渴意——
夜夜，撩拨我遍体炙烫的空穴
时间引出他黑色的血，酒一样灌满
芦苇的低语，我是滞在乡间的黑白卡顿

在路上，我总能，对解
各种植物的眼，洞见我的哪一寸肌理
跳动着神经般精细的共鸣
此前我几乎就是它

微弱着，我们同样包裹渴觉
指认时间，浅爱万物太平

我如何才能，说短慢下的距离美
才能说服月亮落下一句叹息

距离

我从两岸听到不同的碰撞
遥感粉碎的音节，在浪朵翻滚的轻笑下
实现棉花糖自由
确保抵御从十三月走出的童年阴影
自四月起，我思考趣味如何崭新起来
喇叭花开得颠簸，然而蜗牛不再笨拙

一曲忧伤吹到我的脸面，细碎日子踉跄地
撞进缝纫机喊出刺的歪曲事实
——后来它们补丁我不可暴露的遗恨
姥姥的手背，叠上两辈人
奶油沁入的数字上
我们的时间被娱弄成可供存在的口味
天色复习着流逝，作为时间的产物
我们和众多试验品没有什么质的区别
公平即残忍，我不疲于为六维所颠倒
——未知的主宰，驱逐我们驶入裁定的
远征，行走被冠名
四肢如紧凑的矩阵开始互相推衍——
多远，距离可以回到原点

一个句号，就可以说尽不可燃烧的时间

风雪夜，对雪抒情

打开词语的幻想，不得不用候鸟的口吻
素描一场雪，眼前的事物倒退
时常被这些茫然的白所眩晕，仿佛
流离于世的不止我
雪花的一生，因无名而纯洁
过于寒冷，结晶打住了无数可能
大风大雪疯狂舞蹈，陷入误区
我举起我的热情，像个上山拾柴的少年
山上庙里的香火
短了一截，远去的背影暗了一截
悲喜如野草般招摇
咬紧下一朵雪花，冷空气像一支
更大的失落，千军万马赶来赴会
碰杯。对上不相称的流体
却没人喊停。此时，我的良善
足以靠近鸟兽

客居

辨认过，平桥路下，时间做一个旁人
正以沙粒还以碉堡的原址，而我看不到痕迹
光阴，从你到我，摊开固有的树洞和交谈
穿梭于薄翼的颤抖，每一帧简单得
仿佛寂静的呼吸

如果说起你，但不动肺腑
赞美仅是虚无的绽放。或有一首歌
可以盛放内蕊，像煤一样暗，打开黑夜的灯
背负整个黎明的光，向时间褶皱的双手
讨要草根，递上火种。我曾失去过什么
远山替白云下坠到流水的脊骨，是否有路人
替我，淌过江海不同口味的浪

行者

风景静静地后退。羊群驯服这亩土地
暮色如鞭，残阳点睛，驱车有悖古意
框外，返乡被牢牢地钉进羞怯的语境
仿佛走入了一本叫故乡的书
翻页的响动抖落轻盈明媚的忧伤
我们如千千万万片出生的树叶
分散于火红的季节。故事里外
深入大地会彼此陌生地相拥
一片挨着一片。列车到站时
人群似一局溃散的棋
竟那么急地想落子

游园，后凉意渐起

公园到处认真地经营着善意的谎
我决意不从她不可知的罂粟色中
摘下迷人的危险
四周古铜色的苔痕在身体里喷薄

体外，行人极速老去，袒露出
飘摇不定的根系，他忧郁的眼神
令我如一首绝句般燃烧沉甸甸的韵道
像错拐入暗盲的幽径，自然的冷
在身体里折断
它忘了，在身体外的突然醒来
没有一种光速能抵达通透的骨

而后我与灵魂在同一个路口消散
花丛扬起众人的脸，我不曾收紧眼泪
去假设蓝色之下的川流与冻土
深埋着哪位亲人，像水一样重复地顾盼
榆树下坐着一位老人。她和树根一样
枯成一个守岁的孩子
秋风渐黄，我一步步退出十月的镜像

三月多久

十年，像一根郁结的绳索，打结
时间剥落的伤口
绽在骨肉分离的大雪
从此承认过程的唯一性，只有自己能走完
落地的词，清脆的心碎，一幕极光
深情在天堂呼吸。美，盛在极速的漩涡
我的手心被一种寒冷抽离握紧的勇气
一阶一阶折断翅羽，流星似有关这个三月
所有的记忆，扎入大海的肌肤
后来空如浪叶的嗤笑

时间是一个错觉，只是一个维度
踏越被遗弃在坐标的点
下一步会错在哪里
生命压在柔软之物身下，它是
蓝色的梦境
缝补破碎的气息

樱花败在等不来的人
京城只招落日的胆魄

诗人节与友出玩

黑夜吞吐人言，当我湎于古老的色彩
它拢紧我柔弱的骨骼。“黑夜不可欺”
这时你替我想起了火种遍布的谎言
我向你谈起十月，和永恒的话题
浉河沿着记忆回溯，一座桥为了通向另一座桥

九月如你，恰如开始，敞在通向语言的声部
我们在被赋予的这晚同月光倾斜，水
像被衬出的海底，灯火离我们
只一个拥抱的距离。我和小姚逃出意料之中的
安稳，向城市伸出长矛。如一朵豹纹蝴蝶
驱入说服我的匮乏
氤氲的气温使过程感更加可疑
后来我谈起散落在四周的人
立下符号，众多自释的情怀像繁体字般舞动

我们模仿证词，重复如众多交叠的路口

暗意

今夜，请让我空怀寂寞
去羡慕万家灯火。恍若醉态的蝴蝶
触及人烟，我便折路而返
几盏年味的火舌站紧了错落的影像
月晕抒情地沉默，大片夜晚
抹润生活中暗潮的光泽。你从城头立下雪
悲伤轻盈地揭开新的破晓

此时，错位的相拥，渐渐薄成一口寒雾
年色红辣辣地炸出成群的人
没有一粒爆开的微笑是似曾相识
时间和酒几种维度的浑浊
把骨头里的痛感说开，年岁对愈合了如指掌
你鞠腰，像弱柳一样
学会逆着青春老去

凌晨的光和影

时间和细节，我究竟会败给谁？
宇宙有光，高举火把的灵物一定能引续光芒
当我推开世界，角落里的心爱之物会成为永恒
会不会爱上一个蝴蝶的翅膀
哪怕它轻得飞不到蓝色的向往
也许很乱，但这些是思考

我只是把镣铐放轻了些

为什么要爱物理，为什么又要分心文字
坦荡荡地面对现实和灵魂，结果是相通的——
因为他们都爱诗。诗也是有天赋的
认准了应该出现的命格。就像
高二那年有人摔了我的诗，物理老师
捡起来拍了拍上面的疼痛。“善待灵物”
文字大笑，笑得我压抑了很久
直到大一下学期那年才哭出来

我深夜写这些不是没有原因的
因为曾经深夜去思念一个人，就好像
找到了一样开心。不要说出来
别人在睡觉，便永远没有哭泣的氛围
所以我看到文字的背后有一个人
扛着睡意像一个解甲归田的将军
他在等雨季。他的田野要到悲伤的季节

——获信阳师范学院第二届“大别山杯”大学生创意写作大赛诗歌类二等奖

韩超帅，男，河南开封人，信阳师范学院文学院2016级汉语言文学专业专业学生。

路过构树

韩超帅

一

吃过午饭，我在观察地心引力
直到走近一棵构树的阴影
绿色的叶，红色的果子

光一层一层堆积在上面
怀疑地凝望大树
空气静谧如同刺客喘息

我想起五楼到一楼的梯道
身体突然承受巨大的重力
这是从天空
无时无刻不在坠落的风

水珠滴入水里，和一个人融入人群
是同样的事情，还有
这把岁月掺进另一把岁月
年轻融进年老，都是无人顾及的现象
当我看到满地猩红
构树才知道掉落了它的果实

二

路过构树，已经走远
手里的诗集又领我回访

原来属于风的空间
此刻是坠落的历史遗迹
密码悬浮在耳畔
它可以对我表示信赖
也可以什么都不说
无力的太阳的光线，停顿

我看着诗集
枸树看着地面
这是模糊的镜像
对于一连串神秘的事情
果实不能永葆青春的灵魂

——获信阳师范学院首届“大别山杯”大学生创意写作大赛诗歌类二等奖

娄安琪，女，河南许昌人，信阳师范学院生命科学学院2019级生物科学专业学生，诗歌《黄河·少年魂》曾获河南共青团、《时代青年》杂志文创类优秀奖并发表于《时代青年》。

独一无二

娄安琪

观测正在形成的恒星
与“独家记忆”擦肩而过
六十七载归于银河

星星成为星星
只有一次

就像你爱上什么人
也只有一次
此后的叹息
都是对这一次的补充

每一滴雨都是对前一滴的延续
没头没尾的追逐中
下落只有一次
声响只有一次

可是
没头没尾

一轮红日只能升起一次
一朵花也只能开放一次

一次出生
一次死亡

我成为我
只有这一次
我为此后悔
也只有这一次

可是

没头没尾

于是接近
成了我对一切的态度
成了我对一切态度的距离

——获信阳师范学院第二届“大别山杯”大学生创意写作大赛诗歌类二等奖

王柯迪，女，河南南阳人，信阳师范学院文学院2019级汉语言文学专业创意写作班学生。

唯独我，置于灯火通明外

王柯迪

夕阳，坠落在操场上
吞噬了教室里最后的一息温暖
这周围嘈杂，湮灭着我对黑暗的疯狂

热闹是他们的，我属于灯火
向往着别样燃尽的生活
夜重复着昨日，渐渐深了
在走廊外面，是杂乱的风
那墙上的眼泪飘洒着细雨
不知道是怎么了，无法呼吸
眼角落下的勇气
吹散着楼外的星火
网格般的高楼散发清冷的寒意
我飘在虚空，努力冲向原处
虚实间隔着灯火与阑珊
眺望着闪烁彩光
唯独我，置于灯火通明外

影子的天空
印象里的天空，总是蔚蓝色
运作了几千亿年，翘着日月星辰
它里面藏着花草树木
甚至孕育了生命
同人类一样
经历着几个由高到低反复的阶梯
天空里，有些人间烟火
和阳光的味道
倒映在谁家窗户上
青的，蓝的，紫的，白的
是炊烟搭着蒲公英飞车
回到属于自己的星系
笑的乐符跳跃在白云上

罨染着时间的河流
其中加入新鲜的汁液
那改造春天的魔法
在矮矮的一间门里
倒映着影子的天空

暖阳
光粼粼琐碎
带着清晨，从阳光中溜走
斜照，穿过半开的门户
捋顺枯瘦斑白的发丝
不负责任地跑了
那光，落在我奶奶手里
也不过是一束线
它顺从地从洞里钻过
爬上记忆里的青藤
化作发卡上的薰衣草
凝聚着七彩的梦幻
在斜椅中小憩
它氤氲着母亲的气息
停泊在心灵的旅馆
融化我鼻尖上的黑点
说不尽的温柔

风声
星星挂在天空
藏匿着些许温柔
在暗淡低垂的黑空

划出银灰色天桥
一抹落叶上的微白
在细纹上
留下了歌声
那风声，散着寒光
趴在月亮下
依旧，那般从容

某年某月某天
某年某月某天
我忘记了时间
灵魂闪烁
唯有湿红了的眼眶
蒙上了玫瑰的鲜红
凝滞了的泪水
流成了鬓霜
冻结了往日的忆海
无望，悲伤
满是脚上的灰烬
一次，两次，三次
地毯上的绒毛竖立
淡紫色的念想
流干了希望

村落
红色的砖墙
是乡村特有的味道

云外的黎明
唤醒了沉睡的村落
缭绕的暮霭
隔绝了外世浮倦的梦
我看见，房屋阡陌交错
溪水淙淙绕下，飘荡在田间
涂抹青葱绝伦的图画
那冰肌玉骨的孤高
散发着似有似无的清香
晚归的人啊
沉溺日复一日的劳作
在这黄土地上，引吭高歌
弯着腰，握着锄头
耕耘着今后的日子

镜子

生活在镜子里翻转，轮回变换
白天，黑夜，颠倒交接
这里，头顶没有夏日暖阳
手中攥的是彩色的绳子

生活在镜子里继续，日复一日
站在镜子前，我看见的是
大人轻轻抚摸小孩的头
我听见他说，有你，我很幸福

那一刻，天空下落一串串气球
时间的尘埃里，色彩滚滚而来

在镜子里，有了微笑
我努力，融入镜中的世界
想伸手，带一个七彩的云朵
晕染你黑白的眼睛
镜子啊
一簇簇绿叶爬着
遮蔽着你也掩护着我

——获信阳师范学院第二届“大别山杯”大学生创意写作大赛诗歌类二等奖

马俊豪，男，陕西宝鸡人，信阳师范学院文学院2015级汉语言文学专业专业学生，现为西安外国语大学2020级比较文学与世界文学专业硕士研究生。

本质

马俊豪

他们抬头看月亮，
月光枫叶般坠落，
少年的胡须不坚硬，

少女的乳房不傲人。
他们赤裸地相拥，相吻，
月亮没有压断护栏。

少女雍容华贵，
少年风度翩翩。
月色依然真诚，
栏杆毁于一场大雪，
他们谈及化学和物理，
偶尔还带着文学的烂漫。

一只麻雀飞过，
孤单的背影使人心疼。
少年凝视麻雀和月亮，
少女回忆月亮和少年。
他们再也不会炽热如当年，
因为他们早已成婚。

——获信阳师范学院首届“大别山杯”大学生创意写作大赛诗歌类三等奖

谢亭亭，女，湖南中方人，信阳师范学院文学院2020级学科语文硕士研究生，系湖南省作家协会会员、湖南省诗歌学会理事，诗作散见于《十月》《诗潮》《湖南文学》《中国诗歌》《天津诗人》等刊物，出版诗集《湘西，念念有词》。

致马来西亚

谢亭亭

如果可以，让我做一条船
穿越马六甲海峡
体验，一次航行的滋味

如果可以，让我饮一杯蓝山咖啡
醉倒在大海的臂弯
做一次马来西亚，享受大海拥抱的美

台风，巨浪，山呼海啸……
海鲸，海豹，海鸥……
一次次退避，又一次次返回
海潮，有多少次侵袭
韧性的沙滩，就有多少重回归

半岛的大马，远离尘嚣
天，一定会比海蓝
扶桑，这些美丽的花朵
与红树垂杨，杧果林，椰林……
还有，成群的海鸟
一定会，幸福在原生态里……

马来人，华人，印度人
每一个种族
愉快地繁衍生息
昨夜，一枝橄榄枝的伸展里
我看见一只鸽子
贴着海平面，在一簇簇浪花上飞

——获2021年亚娄国际诗歌节诗歌朗诵励志奖

谭中华，男，重庆开州区人，信阳师范学院文学院2019级秘书学专业学生。

背阳

谭中华

绿意从白棉钻出
碎掉的琥珀为它染色
枝头挂满假钞纸

顽猴争抢虚假果实
只剩下
九十度角的黑白
裁掉的湛蓝为它粉饰
炉火旁的相对论
年轻的话筒发声
年迈的耳朵倾听
阳光的燥热试着融化成见
时间被月亮绊了一跤
镜子里的钟表慢一刻
嫦娥带着月壤掠过大气层
夜晚为另一个太阳歌唱
向阳者迈出了坚定
我们背着太阳前行

——获2021年亚委国际诗歌节诗歌朗诵励志奖

马彬燕，女，河南三门峡人，信阳师范学院文学院2020级汉语言文学专业三班学生，作品曾刊于《信阳周刊》。

埋葬于故乡的风里

马彬燕

桃树缠绕山顶的灯火，撞破疼痛的
葬礼。收音机踩着终止的余途
响起破损又成熟的炊烟

阳光幸存于破碎的柳条时，拖拉机咕噜
滚动向棋盘的余声，敲打被白云拉长的背影
翻身入疾驰的离别，长长的画上落下一场
明恋的风霜。幸福降下对疼痛的怜悯
困缚的风赶上天桥飞奔的尾影，陈旧的
故者漂流在小镇的河水上，带着
晃动的山风的岁月
女式自行车所赶不及的两份救赎，埋葬于故乡

——获2021年亚娄国际诗歌节诗歌朗诵励志奖

王宝留，男，河南驻马店人，信阳师范学院文学院2019级汉语言文学专业创意写作班学生。

一面

王宝留

打开一本关于青春的书，
在它的扉页上就写上：
你的名字。

慌慌张张、年复一年。
折起那一面写满思念的，
留有花香却不再芬芳的，
时光碎片。
匆匆一面已是永远。

踏遍记忆的流年，
搜寻岁月的光线。
妄想在一间透明的房子里，
与你再一次相见。
我们就留在里面，
别去改变这世界的长势。

不知道这是不是想念，
顾不上分清现在与从前，
村里的柳条树青了个遍，
可我还是不会在群星之间
众山之巅——依旧向前！
见字如面，一别两宽。

——获信阳师范学院第二届“大别山杯”大学生创意写作大赛诗歌类三等奖

叶力硕，男，河南信阳人，信阳师范学院计算机与信息技术学院2018级大数据专业学生。

一叶知秋

叶力硕

秋的一片落叶，将一生的思念写进秋的篇章中。

这是你不变的容颜，我看不见的是落叶飘零的凄凉，秋不萧瑟，那残红的枫叶，永远留给我的是一种生命的美好和无奈。

只有不变的守候和等待，等待和忧伤成为祭奠的记忆，我在这个美丽的秋日，用一生的柔情在这里回望。

秋风吹拂着大地，吹不走我的忧伤，看见的是叶子静静地飘落，看不见的是那一抹抹残存的朝霞。

风在我耳畔呢喃着，我是忘了落叶的忧伤，还是忘记了风舞的美丽。

秋叶在我们逝去的记忆中不断飘落着，化为一只只风筝，随风而去。

清晨，推开窗帘，阳光一照如琴弦，洒在轻盈的空间，洒在这一方乡野。

一片一片的白桦叶在白桦林中错落着，白桦林中有几片成熟的叶子，像一片片的雪花。

叶子漫天飞舞的白桦林中走过一个女生，她那洁白的衣裙已经染上一层水墨，她那淡淡的清香将洁白的雪花装点得更加洁白。

路旁的几株小竹子在向我们招手，她穿着校服走过去，那一片竹林脱落了，那一个清晰的身影，那身穿着校服的女生的美丽，她那清澈的眼睛，她那淡淡的忧伤，她那优雅的身影在微笑。

她，正抱着书包，一步一步走着，身旁的男生正向她点头，他低头思考着如何为她收拾行李，他享受这一片一片的温馨，她是那样的优雅，他觉得这是他一天的收获。

那个女生，依然如一只小鸟，每天在他的周围飞来飞去，每天依然如此，她像一只小鸟，每天仍然在这美丽的大地上飞翔，她多想回到他的身边，有时，他依然可以闻到那浓浓的香味，依然可爱的微笑，依然可爱的模样。

秋天，其他季节已经凋零了，她留恋北方，她怀念北方，期待北方。

秋天是丰收的季节，秋天是美丽的季节。

不如冬日似的，从早到晚，天是寒冷的，阴沉的，放眼望去，是一片片凄惨的晚霞，群山萧索，百树凋零，不见鸟飞，不闻兽叫，不时飘起浓浓淡淡的雪花。

秋天的早晨，天空很蓝，阳光很暖和，温暖的蓝色融合着阳光照向大地和空气重重叠叠的地面，空旷的田野中有几个老人静静地望着天空，不知说的什么便很快地又恢复了寂静。

她喜欢静静地远望，喜欢天空的白云，漂浮着的云轻盈飘逸，一直到现在，她一直向往蓝天那份单纯，快乐带着蓝色的纯洁，没有丝毫的怅惘。

你与我一样，把岁月写成册诗，温柔细语，相拥在一起，幸福就在这里与你缠绵。

时光清浅，想你的夜晚，思念如雨，在这样一个秋天静美的夜晚，你是否已经想起我？

夜，已经越来越深。

你的姿态，你的一丝美丽，我都想到极致。你留给我的，唯一的分量恰恰是忧伤的语言，你在我的梦中，如梦如幻。

一如你的话，一如你的话，在我的心中，萦绕在我的心头，挥之不去，你在我的梦中，在我的希望中。

你是否已经记起我？你是否会在不知名的夜把我想起？你是否已经熟睡？

窗外的灯光很美，就在我的梦中；窗边的风景很清秀，就在我的眼前。

我知道，每一页的对白都有深思在，这一幕幕的情节，就这样被我写进秋日的相思中，逐渐枯萎，慢慢沉入冬日的沉思中。

你说，这个世界上季节的美丽，有春的色彩斑斓；我说，在秋天里，相聚的时刻，不离不弃。

你说，风景的美丽，在于你的心；我说，在于秋天里，相知相守。这一路，相知相惜，这一声声的叮咛，陪伴你度过人生的每一天。

这一声秋风，吹拂了我单薄的情怀，你温柔的语言，让我牵挂着；这一瞬间，我牵挂着。

你说，岁月如歌，只要相守着，风景的美丽就会美丽。其实，每一条路都是美丽的，它会如此美丽，或绚烂，或妖娆，或斑斓，或黯然，或清新，或妩媚，或凄凉，或残缺。

但是，心中的一份记忆，一份情感，一缕情，一抹牵念，在这个季节，依然存在，我在这个季节，感念依然，相守依然。

清明的天气还很冷，一丝带着寒意的风从遥远的地方吹来。

清冷还带着丝丝的寒意，一点点的冷，冷得让人发呆。

因为这里是你来过的地方，我曾经那样热爱。

在无数个无眠的深夜，你轻舞飞扬的姿态，还有你在飘雪的夜晚。

那时，你总是微笑着，像孩子，不停地问，不停地问，不停地回头。有时候我们起誓不回头，却又像一片片飞雪，消失在无数个无眠的夜晚。

现在我总是抱着不哭泣的心态来面对，你的眼前总有的笑容。我明白，其实这都是你自己的一种方式，但是你却总是漠视自己的眼睛，总是看得到或者消散和消失。

最近心情很差，却又总是在这样那样的阴冷的天气，失去了它的光泽，这也恰好是因为你的懦弱，让我又一次这样地害怕失去双眸。

我在这个萧瑟的季节，等待着你的归来，在这个只有一片与你相望的暖日。

——获信阳师范学院第二届“大别山杯”大学生创意写作大赛诗歌类三等奖

赵子豪，男，河南驻马店人，信阳师范学院文学院2020级汉语言文学专业创意写作二班学生。

存在——城市

赵子豪

躯壳抽离
仅剩一只蓝色口罩
混同记忆的斑驳

在残存的棺木中渴求形式

污浊的蓝色脱离容器
如死水般沉默
这水旧得像记忆本身
像被管理却未曾使用的文献
象征着遗弃的时间破碎的叙事
在现存的遗骸中失去自我
却又哑口无言

城市沉默　坐落于无味的山谷
夜晚的火车卸下最后一批疲惫
在肥大的血管里拼命哮喘
人们担起最后一夜无味
在浑浊的血液中饮水食盐

山谷瘫痪于此
如摊开的书
或者妥协的手掌
掌中的文献残破泛黄
残月失去繁殖
如牙印般深陷于冷却
印记记录城市的咬合
如饥饿般存在于永恒

——获信阳师范学院第二届“大别山杯”大学生创意写作大赛诗歌类三等奖

郭文清，女，河南周口人，信阳师范学院文学院2019级汉语言文学专业三班学习委员，系信阳市作家协会会员。

八点(外一首)

郭文清

夕阳由殷红变为浅绛
星夜一翻身，遇见了一道光亮
黑夜开始了新的流浪

早晨八点
城市在黎明的招呼中苏醒

八点
骑上我的坐骑，去遇见这个城市的黎明
清晨的太阳给美好的河山镀了一层金光
一片蔚蓝中竟还有一晕娇柔的月亮
门口朝南的早餐店前，一抹斜射的光温暖着早晨
我走到那条三岔路口
红灯还有五秒

八点，我用指尖触了触太阳
排列整齐的汽车熙熙攘攘地开往不同方向
城市的人都在清晨中找到了自己的方向
我在温柔的阳光和炽热的风暴中犹疑

有人买完早餐匆匆向前
晨练回家的老人牵着手笑靥如花
远处传来医护的鸣笛
一路顺畅，笛声渐远
也许这又是一个生的希望
无数次抬头望向太阳，试一试激动神秘的力量

太阳愈加明亮
路边等公交车的姑娘打起了伞
艳阳的春朝下嫩蕊争放
河水涂改着天空的颜色
河边的金柳摇摇曳曳地舒展腰肢

又弯又长的石板小巷里没有门窗
阳光洒下，清晨的风拂过脸颊
我望向东边

拿起笔，记录这一点光亮

暗夜未曾有过风暴

漆黑夜里的几颗星，幽静沉寂，暗藏风暴
星夜池塘的草坪下迎来新的家庭
没有哀婉的低鸣，夜夜沉静

这是最残酷的春日
阳光下的挣扎被春光灼伤
波涛汹涌的碧浪仿佛要吞噬荒芜的池塘
死亡的土地上盛开出朵朵丁香，病痛的激流愤怒地扑向阳光
消毒水的味道却捎不来温暖与安详

我仿佛是一棵被劈开的树，一茎瘦弱的草
在时光的阴影里行路匆匆
夹在落叶与嫩芽的山林里看夕阳从山川坠入大海
看星光从暗夜跌入风暴
看殷红的海面失火
煮沸了一锅希望的波澜
脆薄的夜里，我挣扎在举步维艰的泥潭
星夜的微光克制着光亮，若明若暗
寂静安详的夜里断不会暗藏风暴，

波涛汹涌的黑暗定吞噬寂静安详

——获第十六届全国大学生文学作品大赛诗歌类三等奖

剧本

映照人生的舞台
——剧本作品短评

柴 鲜

文学作品是文明承继过程中最重要的文化记忆载体之一，每一个时代都有属于自己的独特的文化。就像以视听语言为表达方式、融合多种艺术类型于一体的影视作品，代表了科技和文化融合的时代符号。剧本，是影视剧制作的文本起点，也是最具有时代性、大众性、多元化的文学创作类型，它与小说一样讲故事，但是，剧本创作者脑子里呈现的是由影视镜头语言构成的连续性画面。

《鱼藏》一剧，取材于中国传统历史故事，将春秋末期吴国大夫伍子胥复仇和鱼肠剑的传说融合在一起，以倒叙的手法，展示伍子胥逃楚、奔郑、助吴、伐楚的人生历程，塑造了以伍子胥为主人公，费无忌、伍尚、公子建、申包胥、专诸、公子胜、公子光等为群像的一系列性格鲜明、生动的人物形象。故事叙事流畅、层层推进，揭示出伍子胥这一历史人物“父不受诛，子复仇，礼也。生则斩首，死则鞭尸，发其至痛，无所择也”（苏轼语）的个人命运，凸显出历史境遇中私仇与国恨之间的情理困境。

《世界上所有的夜晚》改编自迟子建的短篇小说《世界上所有的

夜晚》，原著分为六小章，涉及的社会层面斑驳纷杂，有多重性的主题；涉及完整人生轨迹的人物形象就有十多个，随着第一人称人物“我”的脚步而不断引入新的小故事，就像一个站在万花筒外面的人不断在发现那些本来就存在却突然揭开幕布的生活场景一样。在改编剧本中，作者将主题确定为个人创伤与救赎，删繁就简地保留与该主题相关的主要人物和故事情节，以第三人称“向晚”与周二嫂夫妇、蒋百嫂、云岭父子之间的故事，展现“向晚”如何走出意外丧夫的悲痛而感知到同一时空中其他人生活的悲苦，将个人的创伤转化为一种对他人人生疾苦的悲悯与温暖。在这一点上，该剧本准确地传达出原作者悲悯众生的情怀。

《变形的狐狸》代表了“00后”一代知识视野和生活经验的多元性，捉妖师与狐妖的相知、穿越叙事的情节转换、科技与人体融合的想象、权贵与弱女的情仇、公主身份与凡人之间的命运转换等，可以说，充满了这个时代青年人的奇思妙想，也不乏已有影视欣赏经验的影响。

《慢慢长大》最具有写实气息，用一种散文化的浮光掠影般的场景转换，真实地再现了当代大学生校园生活的瞬间。剧本在大学生社团“晨曦话剧”社的日常生活场景中插入校外社会青年冒充学长而实施营销欺诈的骗术，表现新时代校园生活的朝气、活力与警醒，充满积极向上的青春气息。

总之，中华文化的源远流长和博大精深，正在于兼收并蓄、博采众长的包容性特征。文化是一个国家和民族的灵魂，作为一名文艺工作者，我们应该拥有自觉的文化使命感和历史责任感，展现时代之思，传递民族文化的优秀基因。

翁家祥，男，甘肃兰州人，信阳师范学院传媒学院2017级戏剧影视文学专业学生。

鱼藏

翁家祥

1. 日　外　楚国王陵

［楚国王都成为一片火海，伍子胥一步一步地走向楚国王陵，身后是吴国戟士。

伍子胥 昭王何在?

［一名戟士上前。

戟　士 楚王宫已经上上下下都翻遍了,不见踪影。

伍子胥 平王何在?

［身后戟士面面相觑。

戟　士 平王早已逝世多年,大人何意?

［伍子胥面色如常,声音冷酷。

伍子胥 平王何在?

戟　士 前面就是平王墓。

［伍子胥走到平王墓前手扶墓碑。伍子胥手指墓地。

伍子胥 打开!

戟　士 大人?

伍子胥 我说打开!

戟　士 是!

［几名戟士一同上前掘开墓地,伍子胥只是眺望着远处燃着大火的王宫。一名戟士走过来。

戟　士 平王的棺椁已经挖出来了。

伍子胥 好!

［伍子胥上前拔出佩剑劈开棺椁,当中平王尸体已经半腐未烂。伍子胥上前扶起尸体靠在墓碑上。

伍子胥 我的王啊！你快看看这楚国,已是一片焦土！快看看啊!

［伍子胥从士兵手里夺过鞭子,开始鞭打尸体。尸体上的锦衣被打得破烂不堪。

伍子胥 你杀我父兄之命,我杀你楚之社稷!

［打过很多下,伍子胥靠着石头坐下。火光映照在他有些苍老的脸上,四周戟士低头不敢看他。伍子胥叹了一口气。

伍子胥 日暮而途远,故倒行逆施。

2. 日　外　楚国王宫宫门

［宫门前甲士林立，一匹快马到宫门前。马上一人身披铠甲，腰佩宝剑。到宫门前勒住缰绳，下马。从腰中取出一块玉牌。

伍　奢　我乃太师伍奢，吾王急召，速速放行。

［话音刚落，从门侧走出一人。文官模样，是少师费无忌。

费无忌　太师来得快啊！我都怕太师要纵马入宫，伤了我还好，可要是惊动王上……

伍　奢　你这老贼！你来做什么？

费无忌　引太师入宫面见王上。

伍　奢　我乃当朝太师，还不知道王宫怎么走？要你来？

［费无忌不再多说，微微躬身。伍奢看了一眼费无忌走入宫门。

3. 日　内　楚王宫大殿

［伍奢快步走向大殿，费无忌跟在伍奢身后进入大殿，楚平王扶着额头坐在王座上。伍奢跪下。

伍　奢　臣伍奢参见吾王。

［楚平王不抬头，随手把案上的一个书简扔了下去。伍奢抬眼偷看了一下楚王，费无忌从地上捡起书简递给伍奢。

费无忌　太师，看看吧！

［伍奢疑惑地看了一眼费无忌，接过书简。刚刚看了一眼，猛然扔下书简，向楚王连磕三个头。磕完抬头看向楚王。

伍　奢　王啊！太子不会反！太子不会反啊！莫要听信谗言！

楚　王　嗯。

伍　奢　太子仁民爱物，百姓交口称赞。太子怎么会反！

［楚王抬头看着伍奢。

楚　王　伍太师，你说的是太子还是子西啊？

伍　奢　王上何意？

楚　王　若不是子西不愿承大统，这楚国的王位几时轮得到那个畜生。仁民爱物？交口称赞？你可真不愧是太子老师，这不要脸的样子如出一辙！费无忌，把书简拿来。

［费无忌点头，从侧殿叫出两名甲士。两名甲士推出一辆车，车上满载着书简。费无忌让两人将书简推到伍奢面前。

楚　王　太子在封地荒淫暴虐，你现在看见的一车竹简都是百姓不堪其扰的上书！你作为太子老师，教出这样的人如何继承江山社稷！

伍　奢　冤啊！太子冤枉啊！

楚　王　冤？好！你去狱中好好看看这些竹简，之后再来向本王喊冤！

［说完，上来四个甲士将伍奢押解出大殿，伍奢头发散乱大呼“王上”。楚王不再看伍奢，依旧扶额低头坐着。费无忌拿起掉在地上的书简，向前跪拜。

费无忌　王上。

楚　王　太子私造武器、铜币，勾结晋国之事是否属实？

费无忌　宁可信其有，不可信其无。即便是假，太子暴虐也不足以保楚国社稷。但若要是真，太子勾结外邦造反，那……

楚　王　太子在哪儿？

费无忌　应当还在封地。

［楚王沉默。

费无忌　王上，当下已然召回太师伍奢，太子怕是会得到风声，若是不速速召回，怕是要生祸害。

楚　王　叫他回来，我要见他。

费无忌　诺。

［费无忌依旧跪在殿上，楚王抬眼看着费无忌。

楚　王　你怎么还不去？

费无忌　还有一事。

楚　王　何事？

费无忌　太师有二子，伍尚伍员。二子均能文能武，也是一代英才。

楚　王　何意？

费无忌　伍奢必死无疑，二子必不能为大楚所用。

［楚王盯着费无忌，费无忌也抬头看着楚王，目光灼灼。片刻后，楚王挥手。

楚　王　那便杀了吧。

费无忌　诺。

4. 日　内　伍奢府邸内院

［两位公子一坐一立，跪坐着的伍子胥手中捏着黑棋，面前的棋盘上被黑白棋子布满，伍子胥迟迟落不下子。

［站着的伍尚背着手，面向庭院中的池子。

［水面上倒映着太阳，水光斑斓。

［伍子胥将黑子放回棋盒。

伍子胥　大哥就是再让我几子，我怕也是赢不了大哥。

［伍尚回身走回位子，将棋子拾回棋盒中。

伍　尚　你心不净，又瞻前顾后，一局棋想处处都顾及，最后满盘皆输。

伍子胥　哥哥说的是。

［伍子胥笑。

［收拾棋盘的伍尚袖子扫到棋盒，白子撒了一地。

［伍子胥笑着捡起一粒白子。

伍子胥　哥哥这也是有心事？

伍　尚　父亲进宫已经几时了？

伍子胥　约有四个时辰了。莫非太子真的要犯上作乱？

［伍尚转身皱眉看了一眼伍子胥。

伍子胥　子胥失言了。

伍　尚　你怎能妄议太子!

伍子胥　哥哥,父亲必然是因为此事被召入宫去。如今还未回转必然凶多吉少啊!

伍　尚　再等等。

伍子胥　哥哥!

5.夜　内　楚国地牢

[伍奢已经被剥去了一身甲胄,鬓发蓬松,靠在墙壁上一脸颓唐,面前是一堆竹简,旁边有一小堆竹简已看过,其中有好几个已经被伍奢砸烂。

[费无忌从地牢口走入,典狱官走在前面,将费无忌带到伍奢面前。费无忌示意典狱官退下。

[伍奢抬头看着费无忌,费无忌依旧是一脸谦卑,看不出悲喜的样子。

伍　奢　你是来笑话我的?

费无忌　书简都看过了吗?

伍　奢　你也想做权倾朝野的人?

费无忌　为了楚国而已。

伍　奢　你这老贼!

费无忌　你选了太子,太子失德,你活不了。但你的儿子还有得选。你写信给他们,王上有话要问他们,答得好,他们就能带你回去。

伍　奢　是你想斩草除根吧?

费无忌　这是王上的意思。

伍　奢　王上的意思?好!我写。

[费无忌取出一面绢布和笔交给伍奢。

伍　奢　我有二子。长子伍尚,伍尚为人仁厚,召他一定会来。次子伍员为人刚烈暴戾，忍辱负重，能成大事，他料到来后会一起被擒，一定不会来。

费无忌 无妨。

伍　奢 王上真是不留情面啊。

[伍奢将绢书交给费无忌。

[费无忌带在身上，转身离开。

伍　奢 费无忌，替我转告楚王！楚国上下将苦于战争！

[费无忌回头看着伍奢。

费无忌 太师的话我一定带到。

6. 夜　外　伍奢府邸外

[几百名甲士将伍奢的府邸围了起来，手中的火把飘忽不定。不远处，费无忌坐在马车上，将手中锦书交给一个书记官。

费无忌 给我盯好了，不能有一个人跑了。

书记官 诺。

7. 夜　内　伍奢府邸内

[老管家急匆匆地跑了进来。伍子胥站起来扶着老管家。

[伍尚站在伍子胥身后，目光注视着院外的火光。

伍子胥 怎么了？慌什么？

老管家 公子，大人被抓了，宫里传来了大人的信。

伍　尚 父亲怎么会被抓！快，把信拿上来。

[伍尚将手中的棋子放在了棋盘上，跪坐下来，打开了绢布。

伍　尚 子胥。

伍子胥 大哥，父亲信上怎么说？

伍　尚 信上说让我们两个去宫里，否则大王就杀了父亲！

[伍子胥转身看向伍尚。

伍子胥 父亲今日和太子一同前去，刚刚外边传来消息太子已经逃走，大王此时找你我入宫无非是想要斩草除根，这封信一定是大王胁迫父亲写的。大哥咱们俩一定不能去，此一去便是有去无回。

[这时外边响起了军队的声音。

伍　尚 看来你我兄弟今天是要留一个在这儿了。

伍子胥 大哥，咱们俩一起走，另寻别处，将来报仇雪恨，不可逞一时之勇。

伍　尚 我知道应召前去也不能保全父亲的性命，我只怨父亲召我们以求生路，而我们不去，以后又不能报仇雪恨，到头来岂不被天下人耻笑。

伍子胥 大哥，快走吧！

[伍尚望着外面的火光。

8. 夜　外　伍奢府邸外

[费无忌叫来一名甲士。

费无忌 里面有回复了吗？

甲　士 尚未。大人，动手吗？

费无忌 不急，再等一刻。再不见二人，就烧了宅子。

9. 夜　内　伍奢府邸内

[老管家提着一包东西，悄悄打开后门，左右观察着。

[伍子胥和伍尚站在老管家身后。

[伍尚将手中的宝剑交给伍子胥，伍子胥跨出门的脚又收了回来。

伍子胥 哥哥？

伍　尚 费无忌若是发现府中无人，定会穷追不舍。若有我拖着，你还有一线生机。

[伍子胥握紧七星龙渊。

伍子胥 哥哥你可知若是留下，只有、只有……

[伍尚拍拍伍子胥的肩。

伍　尚 (笑)但若是我也走，我们就怕是一个都留不住了。而我，也不可能留下父亲一个人。

[老管家看着伍尚，叹了口气，转身将包袱交给了伍子胥。

[伍子胥难以置信。

伍　尚 你快逃走吧，来日再报杀父之仇，我也好安心去死。

[伍尚说完走去前院，伍子胥站在后门口看着哥哥背影。

10. 夜　外　伍奢府邸大门

[老管家打开大门，伍尚走出大门。费无忌也从马车上下来。伍尚看着费无忌。

伍　尚 费大人。

[费无忌一脸阴沉。

[伍尚轻声笑着。

11. 夜　外　伍奢府邸后门

[伍子胥大喝一声，用手中的宝剑劈开门板，冲了出去。门口有一排甲士被吓了一跳，马上摆好架势。伍子胥拿着宝剑冲向甲士。伍子胥仗着自己武功高强又手持宝剑，一阵拼杀之后冲出包围，消失在远处。

12. 夜　外　伍奢府邸大门外

[一名甲士跌跌撞撞地冲向费无忌，跪倒在费无忌面前。

甲　士 大人，伍子胥逃了！

[伍尚听闻哈哈大笑。

[费无忌自嘲似的笑笑，踱了几步，从身旁甲士手中取过一把短戟，戳到跪在他脚下的甲士咽喉上。

费无忌 一群废物！

[在旁有一书记官上前拱手。

书记官 伍尚如何处置？

费无忌 明日和其父一同问斩。

13. 日 外 郢都刑场

[两个血迹斑斑的身影跪在高台上。费无忌站在不远处，身影模糊。伍子胥身穿蓑衣、头戴斗笠混在人群中。

[刽子手举起明晃晃的大刀，一口酒喷向刀口。手起刀落，人头落地。

伍子胥 我要让这楚国成为一片焦土！

14. 夜 内 宋国酒楼一楼

[伍子胥穿着一身锦衣，虽然是锦衣但有些破旧。伍子胥步入酒楼，一楼一群人正在赌博。用来赌的竟是当下局势。

[一人说道：当下宋国内乱，如此内耗，不为他国所灭已是万幸，何谈称霸。

[有一人说道：再论楚国，太师伍奢新死，边疆难守。又有晋、吴二国环伺。楚国亦危矣。

[还有人说：郑定公，吴王僚，好谋无断，亦不可做天下之主。

[于是有人高呼：那谁可做天下之主？

一人 我压秦！二十两！

一人 我压晋！四十两！

一人 我压齐！一百两！

伍子胥 我压吴！

[所有人突然安静地看着这个刚刚进来的人。酒楼老板看着这个衣衫有些残破的人。

老　板 这位公子要压什么呢？看公子的样子怕是压不起这个赌局吧！

伍子胥 我压楚国气运。

[话音刚落一片哗然。酒楼二楼有一人往下望了望，吩咐下人叫伍子胥上来。

[老板笑着看着伍子胥。

老　板 公子莫非是楚王，能以气运做赌注？

[酒楼中哄然大笑。伍子胥笑而不答，一会儿一个下人过来。

下　人 我家公子有请先生。

伍子胥 烦请带路。

15. 夜　内　宋国酒楼二楼

[伍子胥跟着下人来到二楼，那人身穿楚国服饰，衣着华丽。左手揽着女子，右手端着酒樽，旁有一少年低头跪坐。伍子胥上前跪拜。

伍子胥 臣伍子胥叩见太子。

太子建 坐。

[下人放过去一个垫子，伍子胥坐好。

太子建 不愧是子胥，好大的口气啊！

伍子胥 有一事我想问太子。

太子建 讲。

伍子胥 听太子有意起兵反楚可有此事？

太子建 有。

伍子胥 何时？

太子建 十年。

伍子胥 我父可知此事?

太子建 不知。

[伍子胥低头叹气,太子摇晃着手中的酒樽。

太子建 哈哈!子胥,你来得好。你我共商大事。来日你我归国杀了楚王报仇!如何?

伍子胥 是,依太子意思我们该如何做?

太子建 先笼络宋国文武朝臣,劝宋公出兵。到时我们自然归国,你我共享荣华富贵。

[伍子胥打断了太子的话。

伍子胥 太子不可。

太子建 有何不可?

伍子胥 宋国内乱,尚且自顾不暇,怎会帮我们?

太子建 无稽之谈,酒肆还是灯红酒绿,从哪儿看出宋国内乱的样子。

伍子胥 那依太子自楚国逃亡到如今,哪位宋人肯帮太子?

太子建 这……那子胥你说怎么办?

伍子胥 郑国。

太子建 吴国不可吗?

伍子胥 吴国国力强盛,定能助我们归国。可吴国路途遥远,远水难解近渴。如今宋国难求,郑国是最好的选择。

[太子建身后的少年抬头看着伍子胥。伍子胥也看着他。而此时的太子建只是沉溺酒色。

太子建 好!退下吧!择时我们前去郑国。

女　子 公子这就要走吗?

太子建 不走不走!

伍子胥 太子,不如明日动身。

女　子 公子?真是要走了?

太子建 伍子胥你退下!

［伍子胥深深地看了太子建和身后的少年一眼。

伍子胥 臣告退。

16. 日 内 郑国大殿

字幕：三月后

［大殿上郑定公看着下方的太子建和伍子胥二人。

郑定公 你将郑国当作什么了？是你复仇的工具吗？不用再说了。下去吧！

［太子建一脸的不甘，伍子胥看着太子建的侧脸一语不发。

17. 日 外 郑国大殿外

［太子建走出大殿一脸阴沉，伍子胥跟在他身后。

太子建 伍子胥！你说郑国定能帮我们归国的。

伍子胥 臣没有说过。

太子建 如今我们辗转三个月来到郑国却是这个结果！

伍子胥 太子您在宋国玩乐两月有余。

太子建 这么说还是我的错！

伍子胥 不敢。

［太子建大怒，拂袖而去，伍子胥默默地跟在他身后。即将出宫门的时候，有一个人出来拦住了两人。

中行寅 两位慢行，吾有一言。

［太子建站住，看着中行寅。

太子建 先生是？

中行寅 在下晋国大夫中行寅。

太子建 先生何事？

［中行寅抬头看了看天，往太子建身前凑了凑。

中行寅 今晚我再去驿馆拜见太子。

［说完，中行寅径直走开。太子建一脸疑惑。

太子建 装神弄鬼！伍子胥，他想做什么？

［伍子胥往近前凑了。

伍子胥 （小声说）取定公而代之。

太子建 啊！

［伍子胥沉默。太子建自觉失态，咳嗽一声，也从宫门出去了。伍子胥看着他的背影，轻蔑地一笑，跟着出去了。

18. 夜 内 驿馆

［太子建在室内踱步，伍子胥在案头看书。

太子建 他今晚会来吗？

［伍子胥也不抬头。

伍子胥 会。

太子建 那他怎么还不来？

伍子胥 太子稍安。

［太子建继续在屋中踱步。片刻后，下人来报。

下　人 晋国大夫中行寅求见。

太子建 快快有请。

［下人领着中行寅进入房中。

太子建 等先生很久了。

中行寅 太子抬爱。

［伍子胥起身向中行寅拱手，中行寅也还礼。随后伍子胥依旧坐在书案后一言不发。

［太子建和中行寅坐下，下人送来酒和点心。

太子建 先生此来有何事啊？

中行寅 助您归国。

太子建 如何归国？

中行寅 先夺郑国。

太子建 (哈哈大笑)子胥你说得果然不错。

[伍子胥在书简后微微一笑。中行寅表情微微一滞,向伍子胥拱手。

中行寅 听闻楚国太师伍奢有子伍员文韬武略颇有远见,今日一见果然名不虚传。

伍子胥 不敢。

中行寅 晋国与太子联盟,在郑国扰动风雨,再兴师送您归国。

太子建 建敬先生一杯。

[两人推杯换盏。少年进来坐在伍子胥身边。

少　年 如此做,我们能回去吗?

伍子胥 你是指推翻国君取而代之,再借新国君之力归国?

少　年 是的。

伍子胥 能。

少　年 那就好。

[伍子胥嘲讽地看着二人密谋的背影。

19. 日　内　驿馆

[伍子胥将地图展开铺在墙上,拿起笔在上面画出从吴国进攻楚国的路线。这时背后一个少年匆匆跑来,是太子建身边一直跟着的那个少年。

少　年 先生救我。

伍子胥 怎么了?

少　年 我父亲和中行寅密谋被郑定公发现了,父亲已经被抓起来了。接着还要抓我,先生救我。

伍子胥 这么快就败露了?

少　年 先生说过如此可以归国啊。

伍子胥 窃国讨楚，自然可行，可万万想不到太子行事竟然如此不小心。

少　年 这驿馆恐怕很快就会来人，先生这可怎么办啊！

伍子胥 唉！

［这时下人前来。

下　人 大人，有人说自己是大人的朋友，前来拜访大人。

伍子胥 快快有请。

［下人将一个一身黑衣书生模样的人领来。来人是申包胥，伍子胥的好友。

伍子胥 你可算来了。

申包胥 你我挚友一场，我如何能见死不救。

伍子胥 能找到这个地方你也不容易啊。

申包胥 吴国路途遥远，恐怕你也没那么容易去。宋国战乱，晋国摇摆不定。你能选的也就是郑国了。

伍子胥 唉！太子无能，意欲谋反，被平王发觉，株连我伍氏一族。现如今勾结中行寅被郑定公发觉，又要拖累我。

［说完看了一眼少年。

伍子胥 公子胜尚是少年，气度非凡。若是有我调教未必不能承大国之社稷。

申包胥 大国社稷？哪个大国？

伍子胥 那就看他的命数如何了。

申包胥 你是真的要灭楚？

伍子胥 倒是你真要保楚？

［说完门被推开，几名郑国士兵冲了进来。

士　兵 奉王命缉拿楚国要犯公子胜、伍子胥。

［申包胥猛然拔出剑来。

申包胥 瞎了你的眼！吾乃秦国使臣！何来楚国要犯！大国驿馆杀他国使臣，郑公要坏两国之邦交？

［士兵仔细看了看申包胥一身黑衣和腰间的牙牌，依稀有“秦”的字样，急忙后退。

士　兵　惊扰大人了。

［申包胥将佩剑收回。

伍子胥　我说你怎么穿着黑衣……你还真敢冒充秦国使臣。

申包胥　你真要灭楚不可？

伍子胥　是！

［申包胥长叹一口气。

申包胥　我送你们出城，今后你我二人再无关联。

伍子胥　如此楚国，你何必……

申包胥　吾乃楚臣！怎能视楚而亡！

伍子胥　也罢。

20. 日　外　城外

［申包胥将二人送出城，伍子胥看着申包胥行了大礼。申包胥面色淡然，转身。

伍子胥　伍员谢过申公。

申包胥　不必！只望来日公再踏楚国之土能踩得轻些。

［伍子胥再行一礼，转身离开。申包胥看着挚友离开的身影，转身走入城外的树林中。

21. 日　外　树林

［申包胥进入树林，一个文士走来。

文　士　申大人，伍子胥虽是楚国叛逆，可也是您的挚友啊！

申包胥　我已经帮过他一回了，从今以后我与他两不相欠。

文　士　大人，这又是何必？

申包胥　不必再说了。以伍子胥之狠毒，未来郢都必将成为一片焦土。

为了楚国此人不得不除。

文　士　大人。请下令吧！

申包胥　所有人听命，明日午时分水陆两路追杀伍子胥、公子胜。见面杀之，杀之得百金。

众甲士　是！

22. 日　外　郑国边界

［公子胜和伍子胥在赶路，两人乘着一匹马。

公子胜　先生，我还是不明白何为可而何为不可。

伍子胥　吴国可而郑国不可？

公子胜　这是为何？

伍子胥　郑国有晋国在侧，郑国若是出兵楚国，晋国也会动兵。晋国一可和郑国同分楚国，二可直取郑国。在两个强国中，郑国还做不到先发制人的地步。

公子胜　可吴国又为什么？

伍子胥　吴国国力强盛，又无强国环伺，只是国君软弱。如此窃吴国伐楚才是上上之策。

公子胜　原来如此。

伍子胥　你父亲死在郑人之手，你为何一点不觉悲伤？

公子胜　我父亲既不是死在楚人之手，也非死于郑人之手。

伍子胥　莫非公子觉得是我明知郑国不可助太子归国，而劝太子赴郑害死了太子？

公子胜　先生多心了，我父亲是死在自己手里的。

伍子胥　你将来必能搅动天下风云啊！

公子胜　先生夸奖。

［话音刚落，一支冷箭射在马头。两人跌下马来，山上有步卒冲下山坡。伍子胥拉起公子胜转头就跑。

23. 日　外　长江边

［伍子胥和公子胜一路狂奔来到长江边。只见江水浩荡，波涛万顷。前阻大水，后有追兵，正在焦急万分之时，伍子胥发现上游有一条小船急速驶来，船上渔翁连声呼他上船。伍子胥上船后，小船迅速隐入芦花荡中，不见踪影，岸上追兵悻悻而去。

24. 日　外　长江边渔棚

［渔翁将伍子胥载到岸边，为伍子胥取来酒食饱餐一顿。伍子胥让公子胜先吃，公子胜吃了几口，接着伍子胥自己也吃了起来。

伍子胥　老先生贵姓？

渔　翁　迹波涛，姓名何用，只称“渔丈人”即可。

［伍子胥点点头继续吃饭，吃完后拜谢辞行。走了几步，心有顾虑又转身折回，从腰间解下祖传宝剑七星龙渊，递了过去。

伍子胥　渔丈人千万不要泄露自己的行踪。

［渔丈人接过七星龙渊宝剑，仰天长叹。

渔丈人　搭救你只因为你是国家忠良，并不图报，而今，你仍然疑我贪利少信，我只好以此剑示高洁。

［渔丈人拔剑自刎。伍子胥长叹一声，过去拿过宝剑，用火折子烧了渔棚转身离开。

25. 日　外　吴国集市

［伍子胥和公子胜走在集市上。公子胜像是第一次来这种地方，好奇地东张西望。伍子胥望着热闹的集市，一下子也放下心来。

[伍子胥和一个挑着担子的人擦肩而过，那人穿着草鞋。伍子胥低头看着那人的草鞋，过于新，脚面也很白，不像是庄稼人的样子。伍子胥猛然拔剑刺向那人。此时那人也转身掏出了身上的匕首，伍子胥剑长先至砍在那人的肩膀上，那人拼着命将匕首刺在伍子胥腹部。伍子胥反手一剑削下那人头颅。周围又有商贩纷纷拔刀冲向伍子胥。伍子胥挥剑往前冲，但是失血晕眩，即将倒下。此时，从一旁冲出一个大汉，手拿一根长棍将几人打退。伍子胥晕了过去。

26. 日　内　专诸家

[伍子胥睁开眼，一脸大汗。

[伍子胥坐起来平息了一会儿，开始环顾四周。

[女子推门进来，伍子胥将手探向腰间。不见那把七星龙渊。

女　子　大人。

[男人拿着一只木剑进门，看见伍子胥，将木剑放在桌上。女子端来一碗水递给伍子胥。

[伍子胥靠在床头喝过水，打量了两人的面孔。

伍子胥　多谢先生救命之恩，敢问先生姓名。

[男人削着手里的木剑。

男　人　你是伍奢大人的儿子吧。我叫专诸，这是我的妻子。

伍子胥　先生与家父认识？

专　诸　你刚醒，该是饿了。

[专诸削着木剑，没有抬头。

专诸妻子　我去端些粥来。

[女子留下两人，准备吃食去了。

[伍子胥看着桌前的专诸，看见自己的七星龙渊挂在墙上。

伍子胥　专兄？

[专诸停下手中的刀，看向伍子胥。

专　诸　太子建谋反，太子老师伍奢助纣为虐，满门抄斩。

[伍子胥一口气没上来，咳嗽得不停。伍子胥挣扎着想下床，专诸不动。

专　诸　除了叛臣次子伍子胥，无人生还。

[伍子胥僵直着身体。专诸紧盯着伍子胥。

[伍子胥一动，专诸手中的木剑直指伍子胥脖子。

专　诸　你哥哥慷慨赴死，你为何苟活？

伍子胥　我哥哥为了被抓前救我，我与哥哥不同，即使背负骂名，受天下人耻笑，我也要复仇，我要颠覆这个国家。

[专诸收回木剑。

专　诸　我听见了。

[专诸放下刻木剑的刀，走了出去。

[伍子胥看着桌上的刀。

27.夜　内　专诸的屋舍

[伍子胥身子一颤，突然被惊醒，睁开了眼睛。伍子胥从床上跳起来揭下墙上挂着的七星龙渊。

[在后屋的专诸听见声音急忙冲出。

专　诸　怎么了？

[伍子胥走过去按住专诸肩膀，从窗外飞进来一发箭矢，钉在墙上。

专　诸　借剑一用。

[伍子胥将剑递过去。

专　诸　就在此不要走动，等我。

[专诸拿着剑破窗而出。

28.夜　外　专诸屋前

［大量黑衣人从四面向专诸的房子扑来，专诸的妻子站在院外一动不动。一把匕首架在专诸妻子脖子上，专诸妻子看着专诸。

专诸妻子　专诸！

［从专诸妻子身后探出一个蒙面人。

蒙面人　你，放下剑，把伍子胥交出来，否则这个女人必死。

专　诸　伍子胥不在我这儿，他刚刚跑了。

蒙面人　往哪儿跑了？

［专诸指了指后山。

蒙面人　（对手下）你们赶紧去后山，活要见人，死要见尸。

［一部分黑衣人向后山冲去。

蒙面人　你是什么人？

［专诸将手中的剑举起。

蒙面人　这是七星龙渊。你才是……

［转眼间，专诸剑已经拔出，冲到蒙面人跟前，一剑划过了蒙面人的脖子。蒙面人按着匕首的手松开了，匕首掉在地上。蒙面人捂着自己的脖子，跪倒在地上。专诸抱着自己的妻子回到一边。

［专诸又回到黑衣人群中，一阵刀光剑影，最后一个黑衣人倒下，闭上了双眼。

［专诸的妻子睁开眼看到一地的尸体和鲜血，专诸笑着站在她面前。

［专诸握住妻子的手。

专　诸　没事了。

［伍子胥摇摇晃晃地从屋中走出，公子胜在身后搀着他。

专　诸　快走吧。这里已经不安全了。

29. 夜　外　林地

［月光皎洁，照着茂密的桂花树，树影斑驳。

［伍子胥站在桂花树下，抬头望了望月亮，低头看着手中父亲给的腰佩。

专　诸　看来那群人是盯死你了。

伍子胥　费无忌这个混蛋，还因为我差点儿害了先生。

［专诸无语。伍子胥一下跪在了专诸面前。

专　诸　（吓了一跳）你这是干什么？

伍子胥　先生，我现在已经是穷途末路，还望先生救我。

专　诸　公子快起来，在下一介武夫罢了。

伍子胥　我本是将死之人，若无先生在集市中救得在下，我早已是楚之亡魂。但如今我翻山越岭来到吴国，先生若能助我踏上吴国朝堂，我必能还先生锦衣富贵，报今日救我之恩。

［伍子胥长跪不起咬牙切齿。

专　诸　（扶起伍子胥）这是何必，初见先生便知先生有吞天吐地之志，专诸必跟随先生。

［伍子胥低着头嘴角弯了一下。

伍子胥　（抬起头）多谢先生。

30. 日　外　吴国国都大道

［伍子胥三人走在吴国大道上，有一队人马从远处过来。

甲　士　攻破楚国钟离、居巢得胜归来！

［甲士高喊战果，大队士卒从大道上穿过。伍子胥三人闪在一边。

公子胜　先生，公子光率兵攻楚，为何只夺得两城就班师了？

伍子胥　他夺得的二城是王僚的，不是他的。

公子胜　莫非？

伍子胥 他才是最想要这个吴国的人。

31. 日 内 吴国王宫

［伍子胥站于阶下。

吴 王 你说让本王趁势攻打楚国，直取郢都？

伍子胥 是的，大王，现在您占领了钟离、居巢，趁势可攻入郢。

公子光 如今大战方止，将士疲顿，不宜动兵。

吴 王 不过伍子胥说的有些道理，乘胜追击也不无不可啊。

公子光 王糊涂啊！那伍子胥的父兄被楚王杀害，劝大王讨伐楚国是为了报私仇罢了。攻打楚国未必能攻破。

吴 王 嗯，先生先退下吧。等本王思虑后再议。

伍子胥 伍子胥告退。

［伍子胥退出了大殿，走之前深深地看了一眼公子光。

32. 日 外 城外阅兵台

［伍子胥走向台上，公子光看着台下的吴国士兵操练。公子光看见伍子胥前来，招呼伍子胥过来，伍子胥快步走上前，坐在公子光身侧。

公子光 依先生之见，吴师如何？

伍子胥 王者之师。

公子光 能灭楚吗？

伍子胥 能。

公子光 我为什么攻二城而返？

伍子胥 公子之心在吴不在楚。

公子光 那我能……

［伍子胥突然拜在公子光面前。

［公子光笑了，扶起伍子胥。

公子光 先生知我。

伍子胥 诸樊为王，有三个弟弟，死后传位于余祭，后余祭又传位于弟余昧，余昧死后，僚继承了王位，而王位本应是公子的。

公子光 先生有何对策？

伍子胥 刺王杀驾，取而代之。

公子光 先生可有人选？

伍子胥 有。此人名叫专诸，武功极高，心有大志。公子以国士待之，他必然死心塌地。

公子光 那先生？

伍子胥 在下隐于山野为公子调教刺客，来日公子成王，勿忘为在下报仇雪恨。

公子光 那是自然。

33. 日　外　伍子胥宅

［伍子胥走进屋子，屋内有个婢女在打扫。

伍子胥 怎么样？吃饭了吗？

婢　女 吃了，大人。

伍子胥 你下去吧。

婢　女 是，大人。

［婢女退出去，伍子胥走到一处，打开夹缝。走了进去，里面的房间里坐着公子胜。

［公子胜看着伍子胥，没有动。

伍子胥 咱们明天就得搬走了。

公子胜 是。

伍子胥 知道什么是刺客吗？

公子胜 知道。先生要我做公子光的刺客，刺杀王僚？

伍子胥 是又如何？

公子胜 先生来日率吴军讨伐楚王时，替我鞭杀楚王，死也瞑目。

伍子胥 哈哈哈！

公子胜 先生为何发笑，

伍子胥 下等刺客，下毒下药，夜间入他人宅邸杀之。这种刺客只能杀小官不能成大事。中等刺客心思周密，能于绝处刺人杀之，这种刺客便可以杀王。

公子胜 那何谓上等刺客？

伍子胥 能杀死一个国家。我要你成的便是上等的刺客。

［公子胜跪下。

34. 日 内 伍子胥宅

［伍子胥坐在主座上，正思考着解围棋的方法，管家走进来。

管 家 老爷，专诸来了。

［伍子胥头也没抬，右手的食指与中指之间夹着一枚黑棋子，摆了摆手。

伍子胥 让他进来吧。

［专诸走进来，双手作揖。

专 诸 专诸拜见先生。

［伍子胥放下手中的棋子，抬起头看着专诸。

伍子胥 你见过公子光了？

专 诸 是的。

伍子胥 公子光待你如何？

专 诸 极好。

伍子胥 人以国士待之，君以国术报之。没错吧？

专 诸 自然是这个道理，我乃武夫，自会为公子讨南闯北。

伍子胥 兵争乃下下之策，非为国术。

专 诸 那我该怎么做？

伍子胥 为公子杀王僚。

专　诸 啊!

［伍子胥不再说话,黑子落下,白子大龙尽提。伍子胥数着手中的白子。

伍子胥 一子而已,白棋这条大龙……

专　诸 我先回去考虑。

［伍子胥看着专诸走出去,手里玩弄着棋子。

35. 日　内　专诸家

［专诸回到了家中。看着正在忙碌的妻子,专诸走到桌子前坐了下来。

专　诸 伍子胥说,我实现抱负的时候到了。

专诸妻子 他让你做什么?

专　诸 刺杀王僚。

专诸妻子 你还会回来吗?

专　诸 我不知道。

［专诸妻子不再说话。

专　诸 可我想留名。

专诸妻子 我只想让你活着。

专　诸 我知道。

［专诸看着这个跟随他到现在的女子。

［专诸妻子放下手中切菜的刀,看着专诸,双手按在案台上。

专诸妻子 你去把你养的鱼抓回来吧,你养的鱼也该吃了,再不吃就过了季节了。

［专诸看着妻子,妻子倚在案台边。

专　诸 我这就去。

［专诸推门出去。

［专诸妻子看着专诸出去的背影。

［专诸提着手中的鱼回来了，把还在活蹦乱跳的鱼放在木盆中。

专诸妻子　你看这鱼，它以为生活在湖里是自由的，可它又怎么知道会随时被你抓起，又将面临怎样的未来。

专　诸　人之乐，鱼安知？鱼之乐，人又安知？

专诸妻子　是啊，专诸，一切看似偶然却又命中注定。

［专诸看了下妻子，笑了笑，用手握起妻子的手。

专　诸　俤八，你今天怎么了，不就是伍子胥让我去嘛，我又没答应他。

专诸妻子　没事，没事，我只是想起了咱们遇见伍子胥之前有多快乐，现在却像这鱼儿一样，被困在吴都中。

［说罢，专诸妻子着手处理这条鱼，专诸也在一旁专心观察。

［专诸看着妻子做鱼。

36. 日　内　伍子胥宅

［伍子胥在院中的小池塘喂鱼，专诸出现在他的身后。伍子胥也不回头。

伍子胥　你想好了吗？

专　诸　想好了。我答应你。但我想活着。

伍子胥　可以。

专　诸　怎么做？

伍子胥　王僚喜食烤鱼，对鱼类极为挑剔。你扮作厨师，将剑藏于鱼腹中。上鱼之时杀之。

专　诸　王僚身边必有护卫，纵然能杀了他，我怎么跑？

伍子胥　自然会有暗道。

专　诸　何时动手？

伍子胥　不急，还没到时候。

专　诸　那现在？

伍子胥　尊夫人鱼做得一绝，若想成事先去做好鱼炙。

37. 日　内　专诸家中

［专诸在灶台做鱼，专诸妻子和公子胜对坐。专诸妻子看着专诸做鱼的身影，摸着自己的肚子。

公子胜　您真的舍得吗？

专诸妻子　当然不舍得。

公子胜　那为何还要让他去？

专诸妻子　成就大事是他的夙愿，现在有机会我怎么能拦着他？

公子胜　夫人大胸襟！

专诸妻子　我只是一个寻常的女人罢了。

［专诸将做好的鱼端出来。

专　诸　快！两位尝尝味道如何？

［专诸妻子笑着夹一块鱼肉。

专诸妻子　还不错。

38. 日　外　湖中心亭子

［初晨的太湖大雾弥漫，伸手勉强看得见五指。伍子胥站在太湖中心的亭子上，望着湖边渡口的方向。公子胜站在伍子胥背后，取出一把短剑放在桌子上。

公子胜　剑求来了。

［伍子胥转过身拿起短剑。

伍子胥　据说王僚身穿三层铠甲，寻常兵刃不能伤他分毫，不知这把剑能否刺穿这三层铠甲？

［说完用力往桌上一插，石桌当时洞穿。拔出剑毫发无损。

公子胜　好剑！

［伍子胥点点头。

公子胜　先生，给剑赐个名吧。

伍子胥　剑身短而细小，将来又要藏于鱼腹中，不如叫鱼肠吧。

39. 蒙太奇段落

［专诸、公子胜每日和伍子胥练剑。专诸亦练习做鱼，最后剑术和厨艺大有长进。

40. 夜　内　楚王宫

［环列之尹从宫中跑出来，站在丹池高喊。

环列之尹　平王崩。

［台阶下文武百官跪倒叩拜。

41. 日　内　公子光的书房里

［公子光坐在案前，低头写东西。伍子胥随下人来到房中。

公子光　先生好久不见。

伍子胥　是啊。

公子光　先生今日来有何事？

伍子胥　楚王驾崩。

公子光　我道是吴王驾崩了。

伍子胥　公子说笑。

［公子光敛去笑容。

公子光　平王驾崩，昭王只是一个儿童。王僚必然借此机会攻打楚国。说到出征还不是让我去。彼时先生随我一同伐楚，报先生大仇。

伍子胥　公子认为当下吴国真的能打败楚国吗？

公子光　先生何意？

伍子胥　据我所知，早在楚王驾崩前月余，就有大量楚军调在吴国边境，枕戈待旦。此时出征楚国乃是自寻死路。

公子光 如此机会不能伐倒楚国，那今后怕是没什么机会了。先生要失望了。

伍子胥 可公子的愿望就要实现了。

公子光 先生何意？

伍子胥 公子称病推辞，伐楚之事必然落在另外两名公子身上。两位公子到了楚境被强兵包围定然难以回转，王僚身侧无军队护佑，吴王之位唾手可得。

公子光 原来如此，先生再教我。

伍子胥 等两位公子困于楚国，公子请王赴宴，席间刺杀。

公子光 那刺客？

伍子胥 早已准备好了。

42. 日　外　太湖渡口

［专诸身着一身黑衣，站在渡口的小船上。平静的湖面由于船只的移动溅起一圈圈涟漪。

［伍子胥将鱼肠剑交给专诸。专诸没有接剑，只是看着伍子胥。

伍子胥 君成名史册就在今日。

［专诸接过剑看了许久。

43. 日　内　吴王宫

［王僚坐在王座之上，看着底下众臣议论纷纷，眉头皱了一下。

王　僚 够了，一个个说，我光弟要我去赴宴，尔等为何要阻拦本王？

大臣甲 （作揖上前）大王，现在我国军队困于千里之外，如今城内，只有亲兵，若光有反心，此次便是凶多吉少啊！

王　僚 胡说，我从小与光弟相识，他又怎会想加害于我？

大臣乙 大王，民间多有传闻，伍子胥与公子光走得很近。伍子胥非庸人啊！

［王僚看着着急的众大臣，倚在王座上，用手支撑着脑袋。

王　僚　行了，本王决定了，本王将亲兵从王宫摆到光弟府上，再在光弟府上安插数百名刀斧手以策应。行了，不要再说了。

［众大臣见王意已决，不再多言，只是个个扼腕叹息。

［王僚回到宫内，拿出一件金色铠甲，侍卫在旁边看着王僚。

王　僚　此软猊甲，寻常刀刃休想进入半分，又有慕渊在此，何人能杀本王？

侍　卫　诺。

44. 日　外　公子光府门前

［全副武装的王宫亲兵站在街道两侧，一直站到了公子光府门前，街道上空无一人，从远处传来马蹄声和车辕声，站在门前的公子光顿时收回了出神的眼神，朝马蹄声望去。果然，王驾已在不远处。伍子胥站在光身旁。

伍子胥　不愧为一国之君，真是气势非凡啊！

［伍子胥说罢不忘用余光扫了一下光，光的脸上没有任何表情，只是远远地看着王驾。

公子光　去吧，去给你的专诸交代一会儿怎么做吧。

［伍子胥听完，没说话，便赶紧下去了。

［王驾走到了光府前，侍卫打开车帘，王僚从车驾里探出头来。公子光马上迎了上去，满脸堆笑。

公子光　臣恭迎大王，臣已在此恭候多时。

［王僚从车上下来，走到光跟前。

王　僚　光弟，这些客套话，就不要同我说了。

公子光　大王，君臣有别，你我虽为兄弟，却为君臣。

［王僚笑了笑，也不再跟公子光客套，便随公子光进入府内。

45.日　内　公子光府

［公子光和王僚走在前面，慕渊跟在王僚后面寸步不离，公子光回头看了一眼。

公子光　大王，我从太湖边寻得一位厨师，此人最擅长做鱼，今日臣专门把他请来给大王您做鱼。

王　僚　哦，是吗？太湖边上的鱼甚是肥美，那本王今天可是要大饱口福了。噢，对了，这是慕渊，本王的贴身侍卫，光弟不要见怪。

公子光　哪里，哪里，大王的侍卫自然如此。

王　僚　那就多麻烦光弟了。

46.日　内　公子光府内厨

［专诸做好了鱼装在盘子中，正准备将鱼送出，忽然听见门外有人倒地的声音。

［专诸放下鱼，出来一看，帮厨的人全部被割喉而死。旁边伍子胥擦干剑上的血迹。

伍子胥　这样安全些。

专　诸　可他们无罪。

伍子胥　看见这一切的人都该死。

专　诸　你好狠毒。

伍子胥　做不到这一步如何做刺客？

［专诸默然，从屋中端出鱼。

47.日　内　公子光府前厅

［王僚坐在上位，公子光坐在下位。

王　僚　光弟，听说你特地从湖边抓了鱼来吃？

公子光　是的，大王。臣曾在太湖游玩，当时刚过晌午，很是饥饿，忽然闻得一缕清香，臣寻着香气找去，果然遇一渔夫在湖边煮鱼。他邀臣一起品尝。臣尝后觉得味道极好，所以臣特地将其请来做与大王品鉴。

王　僚　光弟能有此心，孤心甚慰，为何不请其来堂上做鱼？

公子光　大王，臣先前已令其开始做鱼，现在估计差不多了，恐怕不能让大王一睹其手法了。

王　僚　无妨，光弟有心了。

［王僚说完这句话，对慕渊耳语一番。

48. 日　内　公子光府长廊

［专诸低着头端着鱼往前走，被拦住。正是吴王随从。

随从甲　验毒。

专　诸　是。

［随从甲先用银针试毒，又用银筷夹了一块。试过无毒之后放行。

［专诸又走了数步，手腕一翻，将袖中的鱼肠剑翻出，顺着鱼口进入鱼腹中。又被随从乙拦住。

随从乙　搜身。

专　诸　是。

［随从乙上上下下搜过一遍，没有发现异常。放行。

49. 日　内　公子光府后厨

［一个穿着黑色斗笠的人接过了伍子胥手中的剑。

伍子胥　不要留一个活口。

50. 日　内　公子光府前厅

［专诸将鱼送到前厅。

专　诸　太湖之边厨，特来献鱼。

［幕渊用剑指着专诸。

幕　渊　献鱼?

专　诸　是的,特来献鱼。

［幕渊看着专诸,用剑准备挑开盘中之鱼,专诸马上把鱼往回收。

专　诸　此鱼献吾王,他人不得擅开。

［公子光这时看到了被幕渊拦在门口的专诸。

公子光　大王,此人便是臣特地寻来之人。

王　僚　幕渊,行了,让他进来。

［专诸端着鱼走向了王僚。

王　僚　慢,吃鱼之前本王问你几个问题。

专　诸　大王请说。

王　僚　本王吃鱼,顺应天时,我光弟说你乃万中无一的高手,我且问你正月该吃什么鱼?

专　诸　正月为塘鲤肉最为细嫩之时。

［僚侧倚在座上,闭目而闻。

王　僚　二月?

专　诸　二月桃花正开,鳜鱼最为肥美。

王　僚　三月?

专　诸　三月鲢鱼甜嫩。

王　僚　四月?

专　诸　四月鲥鱼味正美。

王　僚　五月?

专　诸　五月白鱼肚皮。

王　僚　六月?

专　诸　鳊鱼正鲜。

王　僚　七月?

专　诸　鳗鲡加油焖。

王　僚　八月?

专　诸　斑鱼之肝。

王　僚　九月？

专　诸　红烧鲫鱼。

王　僚　十月？

专　诸　草鱼。

王　僚　十一？

专　诸　胖头鱼煲汤。

王　僚　腊月？

专　诸　青鱼之尾。

［僚睁开眼睛，正视着台下的专诸。

王　僚　现在是几月？

专　诸　八月未结，九月未至，等大王问完，过了午时，这道红烧鲫鱼便顺天时了。

王　僚　上前，让孤看清这道鱼。

［专诸端着鱼走上前十步。

王　僚　再上前，让孤闻此鱼。

［专诸端着鱼又走上前十步。

王　僚　快，将鱼呈上来，献与孤品鉴。说着，僚将腰间的佩剑解下，慕渊看到，慢慢靠近席上。

［专诸端着鱼走向前，慢慢地离僚越来越近。

［专诸将鱼盘放在王僚案上。

［王僚拿起筷子，身子前倾，将筷子伸向鱼盘。

［幕渊死盯着专诸，慢慢走近僚，右手放在腰间。

［专诸看着僚慢慢靠近鱼盘，离开鱼盘的手突然迅速抓了回去，专诸将手直接伸入鱼口中，用力一推，从鱼嘴里瞬间吐出一道白花花的匕首冲向僚的胸口，僚没有反应过来，只能下意识后退，刺向僚的匕首扎入僚的腹部，刺破了金猊甲。

［此时的幕渊大喊：大王，有刺客。迅速拔剑刺向专诸。专诸

将刺入僚腹部的匕首拔出来，挡向幕渊刺来的剑，幕渊一脚踢开专诸手中的匕首，一剑刺向专诸的胸口。专诸躲闪不及，被刺中了胸部。专诸一脚踢开幕渊，夺门而出。

［此时，从房梁上下来无数黑衣人，开始砍杀僚的侍卫，僚被刺中腹部后，瘫软在席上，腹部流血不止，嘴角也不停地流血，而光早已不见。

51. 日　内　公子光府暗道口

［专诸冲到公子光府中的一个偏屋中，推开木板正要从地道进去，背后有剑破风的声音。专诸用手中鱼肠剑格开长剑。

［那人看一击不中，仍不停顿继续进攻。专诸听见外面均是王僚亲兵追杀他的声音，无心恋战，匆匆打了几个回合便将手中的鱼肠剑扔向那人，转身跳入暗道。那人躲过鱼肠剑，发现专诸已经进入地道，追已经来不及了，便将手中长剑丢了出去。专诸侧身躲开，反手捡起长剑，砍断机关，门石落下。

52. 日　内　专诸家

［专诸回到自己的家中。走进家门，专诸感觉到了一股不同以往的平静。专诸脸上浮现出不安的表情，他慌乱地将手中的剑丢在了地上，趔趄地跑向屋内。屋内，妻子安静地趴在案上，一动不动，周围的东西很整齐，专诸颤抖着走向妻子。

专　诸　俤八，你……

［说着专诸用手去碰妻子的肩膀，他的手刚碰到妻子，妻子的手臂便垂落下来，嘴角还残留着血迹。专诸看着地上已经没有呼吸的妻子。专诸坐在妻子旁，将手搭在妻子肩上。专诸看着窗口被风刮起的风铃。这时专诸不经意间看向了院中那把长剑。

［专诸走过去重新捡起这把剑。赫然是七星龙渊。

53.日　内　伍子胥宅

［伍子胥坐在桌前，端起一杯茶，慢慢品茗。

［门前的两个侍卫被瞬间封喉，来不及说一句话便倒下。

［伍子胥对面坐着专诸。

伍子胥　来了？

［专诸将还粘着血迹的剑放在桌上。

专　诸　七星龙渊真是一把好剑啊！

伍子胥　君如今杀了王僚功成名就，还想要什么？

［专诸说着将手放在剑上。

［伍子胥将茶杯放下，死盯着专诸。

专　诸　要你死！

［专诸话音未落，迅速拔剑，正刺向伍子胥面门。

［伍子胥看着剑锋冲向自己，并没有慌乱。

［就在剑刃即将刺到伍子胥面门的时候，侧面冲出来一道剑影挡在伍子胥面前，正好用剑身挡住了专诸刺来的致命一剑。来人一脚踢向专诸，专诸赶紧收剑后退。

［专诸看清来人的脸。是慕渊。

专　诸　怎么，他杀了你的主子，你还要帮他？

慕　渊　我没有选择，这个国家现在已经易主。

专　诸　不，你有选择，我给你选择。

慕　渊　我做出了我的选择。

专　诸　你得能拦得住我。

［说罢，专诸一个箭步冲了过去。还未看清，慕渊的手伸向脖子，脖子上出现一道细细的裂痕，开始溢出鲜血。慕渊想用双手止住鲜血，还是倒在了地上。

专　诸　现在，轮到你了。

［伍子胥看着专诸，慢慢后退。

专　诸　怎么，你也会怕？

伍子胥　哼。

［专诸拿着剑刺向伍子胥。

［伍子胥看着剑，眉头皱了一下。

［就在剑锋快要到达伍子胥瞳孔的时候，从侧面飞出来一道黑影，一剑把专诸的剑击飞，专诸迫不得已后退。

［专诸右手放在胸前，喘着气。

［伍子胥俯着身子，看着专诸。

［专诸看向阻拦他的黑衣人。黑衣人手中握着鱼肠剑。

专　诸　你是谁？

［黑衣人慢慢脱下头上的兜帽，正是公子胜。

［公子胜并没有回答，径直冲向专诸，与专诸争斗在了一起，专诸只能应战。打了数个回合，专诸渐渐气力不支，胸口的伤口开始作痛。公子胜又冲了上去，专诸找准机会打算刺死他。刚刚起身，专诸被一箭射中肩膀。公子胜赶到，砍下专诸肩膀。

［专诸回头一看，伍子胥手握雕弓。

专　诸　伍子胥！你如此行事，不怕遭报应吗？

伍子胥　我是为了我父兄报仇。

专　诸　你有碍天道，今后怎能善终？

伍子胥　日暮而途远，故倒行逆施。

［说完一箭射出。

54. 日　内　吴国王宫

［公子光端坐在王位上。伍子胥步入大殿。

公子光　赐伍子胥行人。

伍子胥　谢王上。

公子光　子胥可有话要说?

伍子胥　伐楚。

——获信阳师范学院第二届“大别山杯”大学生创意写作大赛剧本类一等奖

焦雅婷，女，河南驻马店人，信阳师范学院文学院2019级汉语言文学专业创意写作班学生。

世界上所有的夜晚*

焦雅婷

人　物： 魔术师　菜农　向晚　蒋百嫂　周二　周二嫂　蒋三生　游客　镇上的人　独臂男人　云领

* 改编自迟子建的短篇小说《世界上所有的夜晚》。

1.夜　外　深夜的街口

［深夜的街口人很少，魔术师走在回家路上。（侧镜头，远景拉到中景）

［菜农骑着破旧的摩托车高速行驶。（后镜头，近景拉到远景）

［魔术师睁大眼睛，惊吓得僵在原地。（脸部，特写）

［车快速驶近魔术师身边。（魔术师的视角镜头，远景拉到近景）

［菜农撞倒魔术师，两人倒在血泊之中。（侧镜头，中景）

菜　农　（尿湿了裤子，跪在地上，拍着魔术师的胸膛，哭嚎）我这破摩托车跟个瘸腿老驴一样，你难道是豆腐做的？老天啊！（前镜头，近景）

［魔术师浑身是血，脸色苍白，头上也有血流下来。（脸部特写）

2.日　内　看守所

［向晚（穿着黑色的丧服）坐在菜农对面。（侧镜头，中景）

菜　农　（目光平静，苦笑）你来啦！

向　晚　（红着眼，声音颤抖，竭力镇定）他在最后一刻是什么样子的？他是瞬间停止了呼吸，还是呻吟了一会儿？他弥留之际说什么了没有？（前镜头，中景）

菜　农　我奔向他时，他还能哼哼几声，等到急救车来了，他一声都不能哼了。他其实没遭罪就上天享福去了，哪儿像我，被圈在这个鬼地方！（侧镜头，中景）

［向晚挺直地坐着，眼眶更红。（前镜头，中景）

菜　农　他其实没遭罪就上天享福去了，哪儿像我被圈在这样一个鬼地方！

［向晚起身离开。（侧镜头，中景）

菜　农　我看你还年轻，模样又不差，再找一个算了！

［向晚离开。（后镜头，中景）

3. 日　内　火葬场

［工作人员推着魔术师的尸体去火化炉。（后镜头，中景，镜头随着推车移动，后景是向晚站在一边看着魔术师）

向　晚　停一下。（前镜头，中景）

［向晚走过去（前镜头，中景）伸出手来抚摩他的眉骨。（特写）

向　晚　你走了，以后还会有谁陪我躺在床上看月亮呢？你不是魔术师吗，求求你别离开我，把自己变活吧！

［朋友过去扶着向晚。魔术师被推进火化炉，周围响起潮水一般的哭声。（后镜头，全景）

4. 夜　内　向晚家里

［月光很好的夜晚，没有拉窗帘，向晚侧躺在床上。（侧镜头，全景）

［向晚伸出手，想去抚摩魔术师的眉骨。（前镜头，中景拉到近景）

［幻想的魔术师突然消失，向晚愣在原地，眼中流下一滴泪。（特写）

［（向晚脑海中想到的场景）向晚和魔术师坐在沙发上看电视，电视里播放着三山湖的广告。（侧镜头，全景）

向　晚　我们找一个空闲的夏季，来这里度假，到时候湖畔坐满了涂了泥巴的人，你肯定会把老婆认错了。（前镜头，中景）

魔术师　（温情地）只要人的眼睛不涂上泥巴，我就会认出你来，你的眼睛实在太清澈了。

［向晚笑着靠在魔术师怀里，感动得湿了眼眶。

向　晚　（躺在床上）我想去三山湖了，你还会陪我去吗？（眼泪流下）（特写）

5. 日　外　前方山体滑坡，火车停在乌塘

[火车广播：铁路抢修最快需要两天时间。

[旅客闹成一团，骂天气，骂铁路，向晚默默下车。（前镜头，全景）

[车外到处是卖饭和旅店招揽生意的人，闹闹哄哄。（长镜头，全景）

[七八个妇女来撕扯向晚，想把她拉到自家店里，只有栏杆前的一个妇女没有拉她。（前侧镜头，全景）

[向晚拨开众人朝她走去。（跟拍镜头，全景）

周二嫂　（冲她笑笑）你愿意住我家的店吗？（侧镜头，中景）

向　晚　是。

周二嫂　（上下左右仔细打量了向晚一番）我家的店不高级，不过干净。

向　晚　这就够了。

周二嫂　我没有发票开给你。

向　晚　不需要。

[周二嫂接过向晚的行李箱，二人走出站台。（跟拍镜头，中景拉到远景）

[周二嫂带向晚去西北角的一辆驴车。（侧镜头，远景）

[车上坐了一个仰头望天的瘦小孩蒋三生。（远景拉到近景）

周二嫂　三生，有客人了，咱回去吧！（侧镜头，中景）

[三生低下头，怯生生地看着向晚，眼神忧郁。（仰拍镜头，近景）

周二嫂　（把行李箱放在驴车上，展开白毡子）来，你坐这儿吧。（中镜头，前景）

三　生　（拍一下驴的屁股）草包，走了！

[草包拉着车朝城西缓缓走去。（后镜头，跟拍，全景）

向　晚　我们要走多久？

周二嫂　驴要是偷懒的话，得走二十分钟；要是它顺心意，十分八分钟也就到了。

［向晚看着这里，乌塘是灰黄色的，夕阳下带着暖，街上人来人往，商店林立，破旧也繁荣。（前镜头，全景）

［穿城而过，二十分钟还没到。

周二嫂　（不好意思）草包起大早拉了两个小时的磨，累着了，走得实在太慢了。（侧镜头，中景）

向　晚　拉磨是做豆腐还是摊煎饼？

周二嫂　做豆腐呀，来我家住的基本都是熟客，老客人喜欢闻豆子的气味。

向　晚　那你们家生意做得大呀。

周二嫂　大什么大呀，不过一座小房子，前面当旅店，后面做豆腐坊，赚个钱吃喝呗！

向　晚　（指着三生）这是你儿子？

周二嫂　她是蒋百嫂的儿子，我儿子可比他大多了。

周二嫂　（自得）我十八岁就偷着结婚了，我儿子都在沈阳读大学了！

［向晚低下了头没再说话。

［向晚话外音：如果我和他有孩子，应该就能从孩子身上看到他的影子了。

6.夜　内　旅店里

［周二嫂提着向晚的行李箱，带她进屋。（跟拍镜头，前景）

周二嫂　这是单间，一天三十块钱，厕所在街对面，晚上小解就用痰盂。饭可以在这儿吃，也可以到街上的小饭馆。附近有五六个小饭馆，各有各的风味。有一个叫暖肠的酒馆，这家的鱼头豆腐烧得好。（侧镜头，中景）

向　晚　好，我知道了。

7.夜　外　向晚外出寻找暖肠酒馆

［一个卖水果的小贩推车过来。（侧镜头，中景）

向　晚　请问你知道暖肠酒馆在哪里吗？

小　贩　你买水果不买？

向　晚　不买。

小　贩　（一撇嘴）那你自己去找吧。

［向晚买了两斤白皮梨。

小　贩　就在前面二百米处，跟杂货店挨着。不过“暖肠”的“肠”字如今被燕子窝占了半边，看上去成了“暖月”酒馆。

［向晚提着梨去寻的时候碰到了一条流浪狗，扔给了它一只梨。（前镜头，中景）

［狗叼着梨，跑到路边，趴在地上吃，气息奄奄的。（跟拍镜头，近景）

［一对老人路过这里，看到这狗，一起叹了口气。（中镜头，前景是这对老人，后景是狗）

老　头　它这又是去汽矿站迎蒋百去了，主人不回来，它就不进家门！

老太太　（感慨）一年多了，它就这么找啊找的，我看蒋百不回来，它也要熬干油了，哪像蒋白嫂这一年多跟了这个跟那个。听说她前两天又把张大勺领回家了，你说张大勺摞起来还没有三块豆腐高，她也看得上？蒋百要是回来，还不得休了她！看来还是狗忠诚啊！

8.夜　外　酒馆

［暖肠酒馆的“肠”字的右边果然被燕子窝占领，窝里雏燕探出头，等着喂食。（前镜头，前景拉到近景）

［未进酒馆，向晚就被一股尖椒味呛出了一个喷嚏。（侧镜头，

中景）

［屋里传出蒋百嫂的声音。

蒋百嫂 （大声吆喝）再烫一壶酒来！

［向晚掀门帘进门。

［店里有六张桌子，三个酒客，两个男人在喝酒。蒋百嫂坐在窗前方桌边，面前摆着酒菜。（前镜头，全景）

蒋百嫂 （一看向晚进来，扬起一条胳膊召唤）姐们儿，过来陪我喝两盅！（前镜头，中景）

［蒋百嫂喝得面色潮红，目光飘摇，向晚没有理睬，找了个空桌子坐下。（侧镜头，前景，后景是蒋百嫂）

［蒋百嫂被激怒，摔下一个酒盅和一盘土豆丝，店主闻声出来。（前镜头，前景是蒋百嫂摔盘子生气，后景是店主闻声出来）

店　主 蒋百嫂，你又闹了，你再闹，以后我就不让你来店里吃酒了！（前镜头，中景）

蒋百嫂 （咯咯笑了，用手指弹了一下桌子）我要是陪你睡一夜，你就不这么说话了！

店　主 （忠厚的脸讪笑着摇头）公安局这帮人也真是饭桶，你家蒋百丢了一年多了，活不见人，死不见尸，他们至今也没个交代！

蒋百嫂 （本来已经安静了，听见这些话站了起来，抡起椅子往桌子上砸，辣子鸡丁和花生米四处飞溅）我损了东西我赔，赔得起！（侧镜头，前景，后景是两个喝酒的男人）

男人甲 （低声）可惜了那桌菜。

男人乙 （叹息着）女人没了男人就是不行。

［两人继续吃喝。（侧镜头，中景，后景是蒋百嫂）

［蒋百嫂发泄完，气喘吁吁地坐在椅子上，店主拿着扫帚收拾残局。（前镜头，中景）

蒋百嫂 （将目光转向窗外，凄凉地自言自语）天又黑了，这世上的夜晚啊！（全景镜头，近景）

9.日　外　集市

周二嫂　你要是想听鬼故事就不用一家一户地找，跟着周二去集市就行了，一天可以听上好几个，那些出摊的小贩子最喜欢讲鬼故事了。（前镜头，前景是向晚和周二嫂，后景是正在忙活的周二）

周　二　（眨巴着眼睛）邢老婆子要在就好了，她说鬼说得好，可惜她也成了鬼了。（前镜头，中景）

［一路上有人打招呼。

路　人　卖豆腐去啊。（跟拍镜头，中景）

周　二　卖豆腐去！

［空气中悬浮着灰尘。（前镜头，全景）

周　二　乌塘一年之中极少有几天能看见蓝天白云，天空就像一件永远洗不干净的衣裳，晾晒在那里，乌塘人没人敢穿白衬衫，而且很多人的气管和肺都不好。（前镜头，中景，摇摄镜头）

向　晚　这附近有几座煤矿？

周　二　（龇着牙）大大小小总有二十几个吧。

向　晚　政府不是加大力度清理小煤窑吗？

周　二　（一撇嘴）电视和报纸上是这么说的，实际上呢，只要不出事，小煤窑是消灭不了的！开小煤窑的哪个不是头头脑脑的亲朋好友？那等于给自己家设个小金库！矿工的命太贱了，前些年出事故死在井下的，矿长给个万把儿的就把事摆平了。现在呢，赔得多了些，也不过两万三万，比起命来，那算什么！人死了，只要给了钱，没人追究责任，照样还有人下井，他们也照样赚钱！

向　晚　听周二嫂说你在井下挖过六年煤，下井是什么感觉？

周　二　啥感觉？每天早晨离开家，都要多看老婆孩子几眼，下了井就等于踏进了鬼门关，谁能料到自己是不是有去无回。阎王爷要勾你的名字，笔一挥，你就得留在地下了！妈的！

一饭店女主人 （呵欠连天，头发没梳理，着宽大棉袍）周二，来五块钱的豆腐。（前镜头，前景，后景是向晚和周二）

［周二将豆腐投入盆中，漫出一圈乳白色的水。（特写）

女主人 （哈哈笑了起来）周二哥，你说蒋百嫂像不像这个盆子？它能装土豆又能盛豆腐，能泡海带也能搁萝卜丝，真是软的硬的、黑的白的全不吝！我听说她昨晚又闹了酒馆，把王葫芦叫家里睡去了！你说王葫芦满六十的人了，脸比驴还黑，天天捡破烂，一年到头洗不上几回澡，跟他睡，不是睡在厕所里又是什么！（侧镜头，全景）

周　二 （有些恼）你也不要把自己说得那么干净，你家刘争一跑长途，朱铁子不就老来你家吃酒吗，一吃就是一夜，谁不知道?！你们这些女人啊，就跟蚯蚓一样，不能让你们见天光，埋在土里你们安分守己，一挖出来，就学会勾引人了。

女主人 （辩驳，不再呵欠连天）蚯蚓勾引的是鱼！我知道你对蒋百嫂好，都说你是蒋三生的干爹，一家人哪有不向一家人的?！

［周二挑起担子，冲女人撇撇嘴，走了。（侧镜头，全景）

［向晚和周二继续往前走。

向　晚 蒋百是如何失踪的呢？（侧镜头，全景）

周　二 蒋百在小鹰岭采煤，是个性情温顺的人。下矿回来，他爱喝上几盅酒，蒋百嫂因而练就了一手做下酒菜的好手艺。小鹰岭是个大矿，一共六个作业点，每个作业点都要有一到两个班次在作业，而每班次是十人。矿井出事那天，蒋百早晨离开家去矿上了，可他傍晚没再回来。从蒋百所在的班次事故工作面上找到了九具尸体，唯独没有蒋百的。矿长说，蒋百那天根本没有到小鹰岭，下井的是九个人。这么说，蒋百那天是去别的地方了。大家对蒋百的失踪多有猜测，有人说他抛弃了蒋百嫂，寻他中学时的相好去了，有人说蒋百被人害了，行凶者早已将他焚尸灭迹。还有更荒唐的说法，说蒋百厌倦了井下生活到深山古刹做和尚去了。

向　晚　所以蒋百嫂就变成现在这样了吗？

周　二　蒋百嫂原先是个羞涩的人，蒋百失踪后，她变了一个人似的，三天两头就去酒馆买醉，花钱大手大脚的，人也变得浪荡了，隔三岔五就领男人回家去住。乌塘的许多女人因而敌视蒋百嫂，怕自家男人被她勾引了去。蒋百嫂原来受雇于一家托儿所，给人看小孩子，蒋百失踪后，她就到集市卖油茶面了。

向　晚　就一直没查到蒋百到底去哪儿了吗？

周　二　派出所曾就蒋百失踪的事调查过一些人，问他们在矿难的那天是否见过蒋百。结果有两个人见过他，一个是粮库的退休工人老周头，一个是邮局的顾小栓，他们都说蒋百那天早晨穿着蓝色的工作服，戴着矿帽，去汽矿站搭乘矿车。蒋百身后，还跟着他家的狗。它每天早晨忠心耿耿地把蒋百送上矿车，黄昏时再跑到矿车停靠点，欢天喜地地把主人迎回来。所以蒋百失踪后，这狗就不入家门，依然在傍晚时去接主人。矿车停下，它就凑上前，但下车的人总是让它失望。它以前威风凛凛的，如今却憔悴不堪，乌塘人因而喜爱上这条忠实于主人的狗，一些饭馆的老板见它从街巷中走来，常扔一些香肠和牛肉给它。

10. 日　外　旅店门口

［周二嫂套上驴车，和三生一起去车站招揽生意。（侧镜头，全景，前景是周二嫂，后景是骑在家里房檐上的三生）

周二嫂　三生，走了！

［三生激灵一下，差点从屋顶上跌下来。（仰拍镜头，特写）

周二嫂　自从蒋百失踪后，这孩子就不爱待在屋里，他除了喜欢到旅店玩，还爱坐在自家的屋顶望天。有时候他在屋顶一坐就是

一下午，似乎在张望他父亲归来。（侧镜头，全景）

11. 夜　外　旅馆外

[外面传来哭闹的声音。向晚从梦中惊醒，发现停电了。（前镜头，全景）

[向晚摸黑走出房间。（前镜头，摇摄镜头）

[身后传来脚步声，向晚回头看到周二。（前镜头，全景）

向　晚　是谁在外面哭闹啊？（侧镜头，全景）

周　二　（叹了口气）能是谁啊，是蒋百嫂！她醉了，又赶上停电，她就闹，非说要用炸药包把供电局给炸了！

向　晚　她为什么会这样？

周　二　蒋百失踪后，蒋百嫂似乎特别怕黑，逢到停电的时刻，她就跟疯了似的四处奔走呼号，绝不肯在家里待一刻。你周二嫂为此买了很多包蜡烛送给她，可是她并不喜欢烛光，嫌它身上不带电。给她送油灯呢，她非说油灯睁的是鬼眼，不怀好意地看她。周二嫂就买来一盏电瓶灯送她。按理说电瓶灯发出的光与电没什么区别，可蒋百嫂仍是嫌弃它，说它把电藏在自己的肚子中，不能传输给别的电器，是个废物。邻居们都知道蒋百嫂受不了没电的时光，所以一遇停电，周二嫂不管手上忙着什么紧要活儿，都要立马放下，去安慰蒋百嫂。蒋百嫂在停电时暴躁不安，而一旦室内电灯复明，她就奇迹般地安静下来了。

[向晚和周二、周二嫂去外面看蒋百嫂。（跟拍镜头，全景）

[街上没什么人，蒋百嫂站在外面，手电筒光在她身上闪。（前镜头，全景）

周二嫂　你回屋吧，蒋百嫂，夜里凉，你要是感冒了，谁心疼你啊？你回了屋，电也就来了。（侧镜头，全景）

蒋百嫂　（跺着脚哭闹）我要电！我要电！这世道还有没有公平啊，让我一个女人待在黑暗中！我要电，我要电啊！这世上的夜晚怎么这么黑啊！

蒋百嫂 （悲痛欲绝，咒骂）一个产煤的地方竟然还会经常停电，那些矿工出生入死掘出的煤为什么不让它们发光，送电的人还有没有良心啊。（前镜头，近景，向晚皱眉困惑。前镜头，特写）

蒋百嫂 我要买两吨炸药！我要炸了供电局！

[周二嫂和两名妇女拉着她劝解。（侧镜头，全景）

[路灯闪闪烁烁地亮了。（仰拍镜头，全景）

[蒋百嫂打了个激灵，安静下来了。（前镜头，近景）

蒋百嫂 （恢复理智）对不起，对不起。（前镜头，近景）

[蒋百嫂牵起打着哆嗦的蒋三生回去了。（后镜头，全景，前景是蒋百嫂和蒋三生，后景是向晚和周二嫂等人）

[向晚和周二、周二嫂回到旅馆，周二进门先吹灭油灯和烛台。（侧镜头，全景）

周二嫂 蒋百嫂确实怪，停电就跟疯了似的，任谁也劝阻不了，除非是来电了，她才恢复平静。我觉得其中一定隐藏着什么秘密。（侧镜头，中景）

周　二 （十分自得地冲周二嫂挤着眼睛）能有什么秘密呢，男人就是女人的电，缺不了的；离了这个电，再好的女人也干枯了！

周二嫂 呸，喂你的驴去吧，要不它明天早晨哪有力气拉磨！

[向晚独自出了旅店，走进一家食杂店，买了两瓶二锅头、一包花生米、一袋酱鸡爪以及几个松花蛋，走向了蒋百嫂家。（跟拍镜头，中景）

12. 夜　内　蒋百嫂家

[蒋百嫂家门口挂了一个风铃，很别致。（前镜头，远景拉到近景）

[开门的是蒋三生，有些躲躲闪闪。（侧镜头，全景）

向　晚　你妈在家吗?

三　生　(哭过,脸上有泪痕)在,啊不……不在家。(前镜头,近景)

向　晚　那我进屋等她。(前镜头,近景)

三　生　(跑到一扇屋门前)是周妈妈家住店的人,我说了你不在,可她还要进来等你。(侧镜头,前景,后景是向晚走进屋)

[屋子里有一股檀香味,房间也很整洁,有两间屋子,蒋三生却住在客厅的小床上。(前镜头,全景,向晚很奇怪。前镜头,特写)

[向晚将酒菜放在桌子上,蒋百嫂推开门锁上大锁,红着脸走来。(侧镜头,全景,前景是向晚,后镜头是出来的蒋百嫂)

[蒋百嫂转身连打几个寒战。(前镜头,中景)

蒋百嫂　(疲惫,木然,哀哀地)你找我有事吗?(前镜头,中景)

向　晚　(看着她背后上了锁的门)那天我来乌塘,在暖肠酒馆,你邀我喝酒,我不识相,今天特地带了酒来,想和你喝上几盅,说说话,也算赔罪了。(侧镜头,全景)

[向晚话外音:我从没见过一个人在自家屋内还得上锁,那里一定隐藏着秘密。

蒋百嫂　(吁了一口气)我听周二嫂说,你是来搜集鬼故事和民歌的。我不会说鬼,更不会唱民歌。(前镜头,中景)

向　晚　今晚我不想听鬼故事,更不想听民歌,我只想跟你喝酒。

向　晚　(盯着她布满哀愁的眼睛)今天晚上太冷太冷了。(前镜头,中景)

[向晚忍不住打了一个哆嗦。(前镜头,中景)

蒋百嫂　(指着桌子上的酒菜)那好吧,厅里凉,去我的屋里喝吧。(侧镜头,全景)

蒋百嫂　三生,把东西拿到里屋的地桌上。

三　生　(麻利地将酒菜兜在怀里,奔向里屋)好。(侧镜头,前景是三生,后景是向晚和蒋百嫂)

[檀香的气息越来越浓。

向　晚　（故作轻描淡写）从那屋里飘出来的香气可真好闻啊，我在佛诞日常去寺庙烧香，闻到的就是这种气味。

蒋百嫂　（淡淡地）那里面供着祖宗的牌位，所以时常要上香。

[说完，她率先朝屋里走去。（侧镜头，全景，前景是蒋百嫂，后景是门）

[向晚在跟着蒋百嫂朝屋里走去的时候，悄悄贴近那扇上锁的门。听到一阵嗡嗡声，向晚疑惑。（前镜头，近景）

[蒋百嫂房间整洁，三生摆好吃食和酒，桌子上已有酒杯。（全景镜头）

蒋百嫂　三生，你去睡吧，没你的事了。

三　生　（乖乖地）好。（侧镜头，全景，近景是三生出门，远景是蒋百嫂和向晚）

向　晚　怎么给儿子取了这么个名字，听上去老气横秋的。（侧镜头，中景）

蒋百嫂　我头胎流产了，流下的是对双胞胎，照算命人的说法，我算是有过两个孩子了，他出生，排行就是老三了，当然得叫他三生了。（前镜头，近景）

向　晚　哦，流了产的孩子也算数啊。

蒋百嫂　那不也是从自已身上掉下来的肉吗，当然算数了。你有孩子吗？

[向晚摇摇头。（前镜头，近景）

蒋百嫂　你没结婚？要不是你不会养活，再不就是你男人不行？

向　晚　（笑了）都不是。嗯，我正想要孩子的时候，我爱人离开了我。他不久前去世了。

蒋百嫂　（叹息了一声，哀怜地看了向晚一眼）咱姐俩原来是一个命啊。

[向晚话外音：难道蒋百不是失踪，而是死了？

蒋百嫂　（顿了一下，补充）我男人失踪了快两年了，没一点音信，我这不也等于守活寡吗？

［两人喝多了酒。

蒋百嫂 （挑着眼角）魔术师不就是变戏法的吗？你嫁个变戏法的，等于把自己装在了魔术盒子里，命运多变是自然的了！（前镜头，近景）

向　晚 （泪水横流，一杯接一杯地饮酒，絮絮叨叨）我一个人什么都做不了，我就在家里哭，我害怕惊扰邻居，只能在卫生间打开水龙头把脸贴进水里哭。办葬礼的时候来了好多好多人，灵堂摆满了花圈，可是最后人都走了，他也走了，就剩我一个人。我把那些花圈都扔出去，我不想看见上面他的名字，我不想他走。把他推进焚尸炉的时候我问他，你不是魔术师吗，求求你别离开我，把自己变活吧，可是他没有回答我，他没有活过来，我多想他回来，多想再抱他一次。（前镜头，近景）

［蒋百嫂一阵一阵地冷笑，态度冰冷。（前镜头，特写）

蒋百嫂 （沉默着，开另一瓶酒，连干三盅，呼吸急促，胸脯剧烈起伏着，哇的一声哭出来）你家这个变戏法的死得多么隆重啊！你还有什么好伤心的呢？他的朋友们能给他送葬，你还能最后亲亲他，你连别人送他的花圈都不要，烧包啊！你知不知道，有的人死了，没有葬礼，也没有墓地，比狗还不如！有的狗死了，疼爱它的主人，还要拖它到城外挖个坑，埋了它。有的人呢？他死了，却是连土都入不了啊！（前镜头，近景）

［向晚（联想到了蒋百）话外音：难道蒋百已经死了？难道死了的蒋百没有入土？不然她何至于如此哀恸？（前镜头，近景）

蒋百嫂 （彻底醉了，一会儿哭，一会儿笑，一会儿诉说，拍着桌子）乌塘的领导最怕的就是我，现在我如果想把那领导从官椅上拉下来，就跟碾死一只蚂蚁一样容易。他们现在戴的是乌纱帽，可只要我蒋百嫂乐意，有一天乌纱帽就会变成孝帽子！（前镜头，近景）

[蒋百嫂唱起了歌：这世界上的夜晚啊……

[向晚毫无睡意，只觉头晕。（前镜头，近景）

[蒋百嫂睡着了，哼着翻一下身，露出来腰肢，腰带上拴着一把黄铜钥匙。（前镜头，近景，黄铜钥匙特写）

[向晚悄悄上前取下了那把钥匙，拎着钥匙走出去。（侧镜头，前景，后景是蒋百嫂，跟拍镜头）

[向晚打开锁，推开门，看到屋里。（全景镜头）

[冰柜嗡嗡响，上面摆了香炉和一盘水果。（前镜头，远景拉到近景）

[向晚话外音：她为什么在冰柜上焚香祭祖，却不见她祖宗牌位？秘密一定藏在冰柜里。（前镜头，近景）

[向晚挪开东西，掀起冰柜盖，看到了地狱般的情景，蒋百躺在冰柜里，浑身结着白霜。（前镜头，中景拉到近景）

[向晚愣住了，她想到了蒋百嫂停电时的歇斯底里，蒋三生喜欢坐在屋顶望天。（滑动变焦镜头，蒋百嫂和蒋三生的画面）

[向晚盖回冰柜盖，挪回东西，锁上门，放回钥匙，走出家门。（跟拍镜头，全景）

[向晚在夜里的马路边大口大口地呕吐，打了一串寒战。（侧镜头，中景）

13. 日　外　三山湖

[向晚将脸涂上泥巴，坐在泉边的人群中。（前镜头，全景）

[向晚（见身边许多对恋人含情脉脉，向晚流下泪水）话外音：我的魔术师，你找到我了吗？（前镜头，中景）

[卖火山石的小摊中，有一对父子——独臂人和他表演魔术的小儿子云领——生意很好，向晚买了很多火山石。（前镜头，全景）

[向晚又一次去摊前，云领对她笑。（侧镜头，中景）

［向晚表演了一个魔术，云领目瞪口呆，回身看父亲。（魔术特写，前镜头，近景）

独臂人　（警觉地看着向晚，拈起一块磨脚石）你天天来我家的摊位，这个白送给你，算是我的一点心意。（侧镜头，全景）

［向晚接过，掂了掂，还回去了。

云　领　（不再变戏法了，定定地盯着向晚，带着一些委屈和愤怒）你怎么也会看这个？（前镜头，中景）

向　晚　你继续做你的生意吧，我逗你玩呢。（侧镜头，中景）

［独臂人这才和颜悦色地递给向晚两个鸡蛋。（侧镜头，全景）

［向晚走到另一边，云领追过来。（前镜头，全景）

云　领　（气喘吁吁，满怀祈求）你能教我变魔术吗？你真的是魔术师吗？（侧镜头，近景）

向　晚　（摇摇头）我不是，不过你晚上可以来三楼301房间找我。

14. 夜　内　向晚房内

云　领　你能把白水变成红水吗？（侧镜头，中景）

向　晚　不能。

独臂人　（恳求）你能再教他几招吗？云领的招数客人已经不觉得新鲜了。（侧镜头，全景）

独臂人　（从裤兜里掏出一百元放在桌上）就当是学费了，你别嫌少。你要是愿意，明儿再去我的摊子拿几块磨脚石。

向　晚　我只会这点小把戏，真正懂魔术的是我丈夫，可他不久前去世了。

独臂人　啊？对不起，我没有想到会是这样。他是怎么死的？

向　晚　被一辆破烂不堪的摩托车撞死的。

独臂人　（叹了口气）这就是命啊！像云岭他妈，一条小狗就要了她的命。（哽咽）以前我和云领他妈一直在三山湖景区做工，我放烟火，她在发廊工作。她剃头剃得好，来三山湖度假的都是些有钱人，他们不仅带着情人来，有的还抱来自家的宠物猫和宠物狗，没有个头大的，一个个都娇小玲珑。有一天发廊来了一个抱着小狗的女客，云领他妈给客人剪头发，小狗跳起来咬了云领他妈的手，把手咬破了，客人给了二百块钱，让云领他妈去打狂犬疫苗。发廊的老板娘对她说，一只小狗天天洗澡，比人都干净，能有什么病菌，这钱都分了算了。于是，老板娘留下一百，他妈拿回一百，还觉得捡了大便宜，可是几个月后，她突然间变了个人似的，整天焦躁不安，常常大吵大闹，只要拿起剪刀，想的就是给客人剃光头，老板娘辞退了她，以为她回到家就会安静了，可她依旧闹个不休。她最不能看见水，见了水就会缩在墙角，家人把她送到医院诊断是患了狂犬病，没有多久，人就死了。

云　领　（红着眼）我去下卫生间。（侧镜头，前景，后景是独臂人和向晚）

独臂人　云领很忌讳别人说他妈妈死了，他总说她去了另外一个地方了。他从不去妈妈的坟上，说是妈妈没有待在土里。这两年阴历七月十五的夜晚，他总是提着一盏河灯独自出门，说是单独去见他的妈妈，别人不能跟着。他去哪里放灯连我都不知道，想必走了很远的路，因为他回来总是午夜时分，后天又是七月十五，云岭那天晚上又得出门了。唉，我真不放心他一个人走夜路。（侧镜头，中景）

［云领出来了。

独臂人　阿姨不是魔术师，这下你死心了吧？天晚了，阿姨该歇着了，咱回家吧。（侧镜头，近景）

云　领　（把帽子扣回头上）好。

［向晚拿起钱塞回去。（侧镜头，全景）

独臂人　（不好意思地接了，攥在手心）明儿你去我那儿再选几块磨脚石，带回城里送人吧。

向　晚　不必了，云领，你七月十五放河灯的时候能带上我吗？

云　领　（看了看独臂人，又看了看向晚，最后盯着自己的鞋尖又看了半晌）你要是给你家魔术师放河灯，我就带着你。（前镜头，中景）

向　晚　当然了，我不会给别人放河灯的。（侧镜头，全景）

云　领　你别穿高跟鞋，路很远。

云　领　（对独臂人）那今年你得多做一盏河灯了。

15. 夜　外　放河灯

向　晚　我们要走多远？（跟拍镜头，侧镜头）

云　领　到了地方你就知道了。

向　晚　你爸的胳膊是怎么没了的？

云　领　他不是在景区给人放烟火吗，我妈走了的第二年，有一个南方来的老板，非让我爸手托着大礼花给他放，那天是那个老板的生日，礼花有一个纸箱那么大，值一千多块钱呢，我爸帮他放这个礼花，他给两百块钱。哪知道这礼花跟炸药包一样劲大，一点火就把我爸炸得翻了个跟头，焰火上天了，我爸的一条胳膊也跟着上天了。从那以后，他才带着我卖火山石的。

［向晚叹了口气，想起了蒋百嫂家的冰柜和蒋三生。（滑动变焦镜头）

云　领　听到什么没有？清流到了。（侧镜头，全景）

向　晚　有水声。

云　领　清流是离三山湖最远，也是最清澈的一条小溪，我妈妈曾说过一个人要是走丢了，只要到清流来唤几声他的名字，他的魂灵就会回来。

［云领取出河灯和火柴，点燃后递给向晚一盏。（前镜头，中景）

云　领　（把几枝菊花放在清流上，捧着河灯往上游走）我妈妈喜欢吃南瓜，所以我每年放的河灯都是南瓜形的。（前镜头，前景

是云领，后景是向晚）

［向晚看着自己的莲花河灯，取出随身带着的魔术师的剃须刀盒，抠开后盖将槽中那些细若尘埃的胡须放入盒中。（前镜头，近景）

向　晚　（带着微笑、轻松）我的魔术师，再见了。（前镜头，特写）

［清流带着河灯走远，一闪一闪，好像要飘到天上。（前镜头，近景拉到远景）

——获信阳师范学院第二届“大别山杯”大学生创意写作大赛剧本类二等奖

韩江雪，女，河南三门峡人，信阳师范学院文学院2018级汉语言文学专业创意写作班学生。

变形的狐狸*

韩江雪

场景一

[晨光照进卧室里，云香公主揉着眼睛醒来，发现自己居然在一个完全陌生的房间里。

* 改编自刘宇昆的科幻小说《祝有好收获》。

时间：早晨
地点：云来村暖暖家
人物：小狐狸云香公主（暖暖）、暖暖母亲

云香公主 （揉了揉惺忪的睡眼）“嗯……一觉醒来好累啊，（环顾四周）（惊讶状）天哪！我这是到了哪里？

［画外音：昨晚正是母亲初次带她狩猎的日子，却碰到了歹毒的捉妖师。母亲现出九尾狐真身，浑身红光，法力十足，却敌不过法术更高强的捉妖师。当时只听得母亲一声痛苦的号叫……现在想来母亲怕是不在了。（失声痛哭）

暖暖母亲 （来到暖暖的房间）乖，今天的药来了。这是你爹专程上山又为你新采的药草，喝了它，我女儿的身体一定可以白白胖胖的。（关切地）

云香公主 这是……（迷茫）

暖暖母亲 闺女，娘看你今天的气色好了不少，这嘴唇好像不发白了。一定是这药起作用了！啊！谢天谢地！（疑惑、欣喜）

［云香公主接过暖暖母亲硬塞来的药碗。（僵硬地）（轻轻抿了一口）（内心活动：啊，这是什么，也太难喝了……）

［暖暖母亲高兴地离开。

［云香公主运转丹田，右手腕处的狐狸标记却仍然十分微弱。（皱眉头）此刻自己的法力太薄弱了，再这样下去，是没办法回到真身的……（目光顿了顿，若有所思）

场景二

［夜晚，天空中挂着半个月亮，不时响起一声猫头鹰的啼叫。中年捉妖人正在给自己的儿子传授驱妖技术，培养他早日接替捉妖师的职业。

时间：夜晚

地点：云来村内

人物：中年捉妖师及其儿子梁良

梁　良　父亲，收集人类的粪便是做什么用的呢？（边劳动）

捉妖师　狐狸是最怕人类的粪便的，只要在它们即将现出真身时，泼上去，就会阻止他们现出真身。人类的粪便能将他们困在半人半兽的状态里，缩减它们的法力。

梁　良　父亲，狐妖到底长什么样子啊？（好奇、认真）

捉妖师　狐妖相貌妖艳，姿色超群，年轻人只要盯着它的脸看，是最容易被蛊惑的。想当初，大学士王来也曾经和一只狐妖共处三天三夜，还是请我去斩了狐妖后，才断了病根，考中状元。

梁　良　父亲，那狐妖都是坏的吗？（认真）

捉妖师　当然是了。它们最擅长蛊惑年轻男子，诱惑无辜的书生，吸取他们的元气为己所用。

场景三

［正赶上街上集会，暖暖告诉母亲要上街看看，实则是为了寻找恢复法力的方法。

时间：晌午

地点：暖暖家

人物：暖暖及其母亲

暖　暖　娘，今天是什么日子，外面怎么这么热闹？

母　亲　乖，今天是集会的日子啊，你忘了吗？

暖　暖　集会？（疑惑）

母　亲　要娘陪你去看看吗？你一病就是好久，这么久都没上过街了，肯定是想了吧。

暖　暖　哦，可不是嘛，娘，我都好久没出去看过了。那我今天就上街瞧瞧。（开心、兴奋）

［暖暖母亲看着暖暖忽然好转的身体，露出了欣慰的微笑。大概一年多前，暖暖突然生了一场急病，大夫来了好多次，病因只说郁火堆积，可怎么吃药都不见好转。眼看着女儿一天天地没了笑容，整日整日地沉默，身子也逐渐地衰弱。如今，可算是病好了。

地点：街上

小贩甲　都来瞧瞧，来瞧瞧了。上好的绸缎，可做上好几身漂亮的衣服了，想做新衣服的快来啊！

小贩乙　上好的糯米糕，刚出锅，新鲜着呢。

茶馆小伙计　乡亲们都进来瞧瞧了，今天茶馆上了从江苏来的好茶，再加上咱茶馆的一把手陈师傅来说书，真真绝美啊！

［这时云香公主走过，站在茶馆门口。

云香公主　茶馆人多口杂，说不定可以听到些消息……(若有所思）

场景四

［云香披着皂色的绸缎，裙带飘飘，纤腰素裹，衣袖盈风，乌黑的长发披在腰间。刚往门口一站，便吸引了众人的目光，尤其以年轻男子为多。她看到众人围着一个穿着富贵的年轻男子而坐。

时间：晌午

地点：茶馆内

人物：云香公主、佟公子、小厮

［云香公主刻意地从那人身前经过，在他身后坐了过去。

小　厮　姑娘，这是我们佟公子的位子，你不能坐在这里。（不怀好意）

云香公主　（抬眸轻轻向前望）哦？佟公子……既如此，那我换个位子。

［这时，刚刚被众人围着的男子走了过来。

佟公子　哎？你这小厮怎么不通情达理呢。姑娘一个人坐个位子又有何妨？

小　厮　哎，是是，还是佟公子说得对！（谄媚）

佟公子　姑娘，这些位子您请随便坐，今天要吃什么要喝什么都记在我佟某的账上。（带着笑容）

［云香公主（抬头妩媚地望了一眼）轻笑了一下。

［佟公子（瞬间像痴迷了一般）望见的只有云香摄人心魄的眼睛。

场景五

两天后。

［月亮被云雾遮挡，阴阴沉沉。商人佟家却传来一阵接着一阵地呻吟……

时间：深夜

地点：佟家宅院

人物：商人佟家夫妇

商　人　儿子这……这……这传出去多么丢人啊！（气急败坏）

商人妇　这一定是被狐妖魅惑了……唉，我们这儿刚刚安静了几年，这么快狐妖又来作乱了。这次……这次竟然还是我的儿子。（泪中带着羞愤）

［从佟公子的房里又传来了一阵声音。“云香啊，云香，我的

云香，你是不是来看我了……”

［害了相思病的佟公子呻吟着，形容可怜。佟家公子已经神志不清，为了保证安全，父母将他绑在床上，但窗户却开着，使得哀怨的声音可以外传。

［传说，只要被狐妖媚惑到的男子，无论多远，狐妖都会听到他们的呼唤。通过声音，狐妖便能找到地方，来吸食男子的元气，增强法力。

［这夜，云香公主顺着声音又悄悄地飘来了，佟家公子的房间里安静了下来。

场景六

［商人夫妇来到村南捉妖师梁家，雇捉妖师去救救他们的儿子。

地点：梁家客厅

人物：捉妖师、商人夫妇

商　人　太羞了，他还不到十九岁！（哀叹）读了那么多圣贤书，怎么还会被那东西下了咒？

捉妖师　狐妖相貌妖艳，姿色超群，年轻人被蛊惑亦不足为奇。

商人妇　求道长救救他！（躬身恳求）如果这件事传了出去，可就再也没有人肯为他说媒了。

捉妖师　放心吧，贵公子还小，只是需要一些指点。（胸有成竹）

场景七

［三天后，夜晚寒风阵阵，捉妖师带着自己的儿子梁良前来捉妖。

地点：商人家的宅院黑暗处

人物：梁良与父亲捉妖师、云香公主

梁　良　你觉得她会来吗？（小声询问）

捉妖师　会来的。除非男人死去，否则狐妖是无法拒绝被她媚惑的男人的呼唤。（目光灼灼）

［（梁良心里想：狐妖是偷取人心的妖怪。）（打了一个寒战）

［捉妖师（背着燕尾剑）用手掌按住梁良的肩膀，使他保持镇定。

［一片乌云遮住了月光，霎时间一切陷入黑暗。这一刻，院子中央站着一个绝世美人。依然是皂色绸缎，裙带飘飘，纤腰素裹，仿佛从唐代美人图中走出来的人物。

捉妖师　（碰了碰梁良的后颈）不要盯着狐妖的脸看，不要低估了她的能力，你会被她媚惑的。

［梁良赶紧将视线从她的脸上转移，只盯着她站着的位置。（脸红心跳）

［捉妖师从假山后纵身跳出，手持燕尾剑，直奔狐妖而去。

［云香公主闪身躲过，仿佛脑袋后面长了眼睛。捉妖师来不及收招，燕尾剑刺入了厚实的木门，发出一声闷响。他试图拔剑，但一时间拔不出来。云香公主瞥了捉妖师一眼，转身向院门冲去。

捉妖师　小良！别在那儿傻站着！她要跑了！（大喊）

［梁良立即捧着装满粪便的陶土罐追了上去，按照原计划，梁良应该将这些秽物泼到狐妖的身上。但这时……

云香公主　（转头对梁良笑了）求求你，放我走吧。（眼中充满忧伤）

［一股奇异的香味将梁良包裹，如春雨后绽放的茉莉。云香公主的声音像冰糖荷叶粥一样甘甜，使得梁良愣住了。

［（梁良脑中想：这样的声音使我恨不得想听上一辈子。）

于是，拿在手里的陶土罐直往下坠，忘记了下一步要做什么。

捉妖师 快！梁良！（大吼）（已从门上拔出了剑）

梁　良 （回了神，沮丧地咬了嘴唇）这么容易被迷惑，怎么当一个除妖人！

[梁良揭开陶土罐，却犹疑了。

[梁良生出了不该弄脏她的衣物的念头，他颤抖的手和胳膊不听使唤，便将粪便洒向了别处。

[云香公主（脚下生风）没做任何停留。

捉妖师 小良！你从宅子的另一道门那里包抄！如果她打算从后门逃跑，你知道该怎么做！

[宅院的另一道门，梁良果真遇到了云香公主。

云香公主 你们为何要杀我？

梁　良 媚惑年轻男子，吸食他们的元气，父亲说你这样的妖该杀。

云香公主 我也是被迫之举，我不会伤害那人的性命，等我可以恢复真身，一定会将元气还给他的。（含着泪水）

梁　良 你的话我不会相信的。

云香公主 那你刚刚为何愿意放过我？（流下泪水）

[梁良哑口无言。

云香公主 我是南方森林的狐狸，不知为何一觉醒来就到了这里。来到这里我的法力一直在削弱，没办法回到真身，我更不知该如何回家，为了保命只好暂时走此下策……（真诚地）

[忽然……

捉妖师 梁良！你找到了吗？

梁　良 （看着云香公主）没有，父亲。这里没有人。

场景八

五年后。

［清明节，梁良与父亲带着酒食去给母亲扫墓，告慰她阴间的灵魂。

地点：墓地旁

人物：梁良与父亲、暖暖

梁　良　我想在这儿待会儿。

［捉妖师（点点头）回家去了。

［梁良拾起带给母亲的蒸鸡，独自走了三里地，来到了山的另一头——一座破庙。

［暖暖跪在庙堂中间，她将头发编成一个圆形的发髻，这是女子行笄礼的发式，她成年了。每年清明、中元、重阳、春节这些日子，梁良与暖暖都会见面。

梁　良　（将蒸鸡递给她）我给你带了这个。

暖　暖　谢谢你。（小心地撕下一只鸡腿，津津有味地吃了起来）

梁　良　为什么狐妖喜欢住在靠近人类村落的地方啊？

暖　暖　因为她们喜欢人类的事物，包括人类的语言、服饰、诗词和故事。另外，还时不时能收获一份来自正人君子的真挚感情。但我们毕竟是猎食者，狐狸状态下才最自由。

梁　良　那最近呢？你的狐狸印记怎么样了？

暖　暖　不大好。现在变形更困难了。你们的生意如何？

梁　良　也不景气。蛇精和恶灵不像前几年那么多，就连自尽的怨魂也变少了。至于跳尸，这几个月我们都没有碰到过。父亲已经开始为钱发愁了。

暖　暖　那你们怎么办？

梁　良　说实话，我的父亲在有些事情上存有偏见，他现在变得焦躁易怒，村民们也不那么需要他了，他的威望在一天天下降。

暖　暖　（看着留给她的鸡肉）我觉得这片土地的灵力正在被抽走。

梁　良　我也曾怀疑过哪里有些不对劲，但又不敢说出口。你觉得是什么导致的呢？

［暖暖没有回答，竖起了耳朵，仔细聆听，随后突然站了起来，拉起了梁良的手，躲到了佛像后面。

梁　良　怎么……

暖　暖　（伸出手指，放在梁良的嘴唇上）嘘……

［梁良嗅到了暖暖身上的气味，芬芳甜美，他的脸开始发烫。

［片刻后，一伙人走了进来。

场景九

地点：寺庙内

人物：一个洋人、一个中国官员、暖暖、梁良

官　员　尊敬的汤普森大人。（点头哈腰）您请歇歇脚，喝点凉茶。今天这些人本该去上坟，被叫来干活实属不易。请等他们拜拜佛，免得神明怪罪。我保证他们之后会更加卖力，计日程功。

汤普森　你们这些中国人的毛病就是一直迷信。记住了，香港到天津的铁路，是大不列颠在华的要务。如果日落前赶不到博头村，我就扣你们的工钱。

官　员　（连连点头称是）尊敬的汤普森大人，您说的都是对的。但是，可否劳烦您听我一句话呢？

［洋人不耐烦地挥了挥手。

官　员　有些当地村民对修铁路的事很担心。他们觉得这会切断地脉，坏了风水。就像人要吸气一样。（做着呼吸的动作）地下藏着灵脉，一般与河流、山脉和远古的道路并行，这些灵脉让村落兴盛，也滋养着一方神灵和珍禽异兽。您就不能听听风水先生的意思，把云来村这条路线挪一挪吗？

汤普森　（翻了一个白眼）这是我听过的最荒唐的理由了。你要我把铁

路从最便捷的路线上挪开，免得惹到你们的神仙生气？

官　员　嗯，在那些修好铁路的地方，确实发生了一些不祥的事情。（表情痛苦）

汤普森　（大步走到佛像面前，用挑剔的眼光打量着）这东西还有法力吗？

官　员　这座寺庙已经多年没有住持了，但这尊佛依然被人们供奉着。

［紧接着，一声巨响，庙堂里响起了一片惊恐的吸气声。

汤普森　我刚刚用手杖敲断了你们佛祖的手。你们看到了吧，我既没有被雷劈，也没有遭天谴。所以说，它只是一尊泥塑，充填了一些稻草。这就是你们被大英帝国打败的原因！你们本该用铁修路，用钢来造武器，却在这里崇拜泥巴做的雕像。

［佛像后，偷偷露出半个头的暖暖和梁良听到了全部对话。

梁　良　我听过一些流言，说皇帝打了败仗，朝廷不让出权力，包括花钱让洋人修铁路。

［两个人盯着佛像的断手发呆。

暖　暖　世道变了。香港、铁路，洋人带来了能传话的黑线、会冒烟的机器……还有更多新玩意儿，我经常听茶馆的说书人说起。我觉得这就是灵力消失的原因——一种更强的魔法出现了。（语气冰冷平静，不带一丝情绪）

梁　良　你有什么打算？

暖　暖　能做的只有一样。（哽咽了片刻，带着怒意）我们能做的，只有生存。

［铁路很快融入了云来村的乡村景色中，黑色的机车呼啸着穿过绿色的稻田，吐着蒸汽，拖着长长的车厢，像一条恐怖的巨龙。很长一段时间里，孩子们都兴奋地跟着它跑，在铁道两边追逐欢呼。没过多久，蒸汽机的煤烟熏死了路边的水稻，两个孩子在铁轨上玩耍，被火车撞死。

［从那以后，人们的观念发生了变化……

[云来村的田地荒芜了，年轻人被传说中的好前程和好薪水吸引，离开了村子，村子里只剩下听天由命的老人和幼童。暖暖也消失不见了……

场景十

时间：几年后

地点：火车站

人物：梁良、外国老板

[梁良的父亲去世，梁良已收拾好了行囊，买了一张去香港的车票。

[检票员检查了梁良的车票，挥手让他通过。

[远处是延伸至铁路尽头的崇山峻岭。

[梁良乘坐铁轨到了终点太平山顶。

[这里有许多中国人负责给锅炉铲煤，给齿轮上油。

[五年间，梁良已经熟悉了机器工作，熟悉了活塞发出的富有节奏的摩擦声和齿轮咬合声。

外国老板 良，这里坏了，你可以再帮我修整一下吗？

梁　良 （检查压力，给垫圈上密封剂，拧紧阀门，用备用零件替换老旧的零件）好了！你瞧瞧可以不？

外国老板 哇！真可以了！良，你天生就是吃这碗饭的人。

场景十一

地点：桥边

人物：暖暖、两个英国男人、梁良

英国男人A 今天休息？但是我们需要你呢。

英国男人B　你这种女人还扭捏个什么？（边说边笑）

暖　暖　（穿着紧身的西式旗袍，浓妆艳抹）求求你们了，我真的很累，下次吧。

[两个英国男人挡在她的前面，其中一个还试图用手去拦住她的腰。

英国男人A　就现在！别犯傻了，没得商量。（语气强硬了起来）

梁　良　嘿！（走向这群人）放开她！

英国男人A　关你什么事？（不屑）

梁　良　她是我的妹妹。

[英国男人望向肌肉发达、身体强壮并满身带着机油味道的梁良，摆了摆头，同这样一个中国工人在街头打架是耻辱的，他们选择离开。

暖　暖　谢谢你！（平静）

[梁良再次嗅到了她身上独有的体香。

[暖暖与梁良买了点心、水果和饺子、蒸鸡，聊起了彼此的生活。

梁　良　过得如何？

暖　暖　我很怀念从前做狐狸的日子，上次见面后不久的一天，我感到最后一点法力也消失了！我再也无法变成狐狸了。（悲伤）

梁　良　我很抱歉……

暖　暖　我现在没有了爪子，再也跑不快了。家中的父母也已经去世了，除了这副漂亮的皮囊，我什么都没有了。

梁　良　我的父亲也不在了……

暖　暖　（苦涩地）我也很抱歉……

梁　良　你曾经告诉我，我们唯一能做的就是努力生产，我很感激，这句话救了我。

暖　暖　（安静了好大一会儿，突然）我们能不能到你的家里去？

梁　良　　　好啊！走吧。

场景十二

地点：梁良家中

人物：暖暖、梁良

暖　暖　（突然脱掉鞋子、扯掉裙子）良，你看我。

梁　良　（别过头）别这样！

暖　暖　看，看着我。（声音里没有诱惑）

［梁良转过头，倒吸了一口气。

［呈现在他眼前的是一双锃亮的铬合金腿。膝盖处精确地排列着柱状连杆，大腿上的蒸汽传动机正在悄悄地运转。脚也是精心塑过形的，表面光滑，线条流利。

暖　暖　一年前，我被港督的儿子包养了。有一次，我被他下了药。睡醒后，我就被换上了这样一条机械腿。他对机械有变态的痴迷，我就在他身边做他最满意的机械工艺品，供别人参观。

梁　良　那你为什么不逃走呢？

暖　暖　我没办法逃走。他给过我选择，是继续待在他身边还是被他换掉机械腿扔在马路边，有谁会要一个没有腿的妓女呢？我无路可走。但我现在需要你，你能帮我吗？

梁　良　（走上前，抱住她）我会帮你复原身体的，我们可以去找医生……

暖　暖　不！这不是我想要的！我需要你帮我改装整个身体，我想要去报仇，想要让这些丑恶的人得到报应。

梁　良　可是这需要大量的金钱和技术……我恐怕……（苦恼）

暖　暖　你放心，钱我会想到办法的。

［几天后，一则新闻被刊登在各大报纸上：港督的儿子被妓

女迷晕，丢失了一大笔钱财。

场景十三

时间：深夜

地点：梁良家

人物：暖暖、梁良

梁　良　你来了！我看到了新闻……（担忧）

暖　暖　没事。我逃出来的时候把他打晕了。

梁　良　（拉开地窖的门）你可以在这里长久地藏起来。

蒙太奇镜头

［一年间，暖暖与梁良日夜都在忙碌着将金属加工成型；将齿轮磨光；搭接电线；梁良翻遍解剖书，用石膏为暖暖的脸铸造模型；梁良组装每一个齿轮；焊接每一条焊缝；一次次拆开与拼装。

［月光皎洁，透过窗户，在地上投下了一个苍白的方块。

［暖暖站在方块中央，转动脑袋，感受她新的脸庞。

梁　良　准备好了吗？

［暖暖点点头。

［梁良递给她一只碗，里面装满了细细研磨的纯净的无烟煤。

［暖暖将煤粉倒入口中吞下。

［暖暖体内微型蒸汽机剧烈打起火来。

［嗡嗡嗡嗡……

暖　暖　（扬起了脑袋，对着月亮嗷叫，随后蜷缩在地上，齿轮转动，活塞抽吸，金属片开始滑动交替，她开始了变形）我……要开始了。

梁　良　嗯！（坚定）

［经历了一阵运行，暖暖变形、折叠又展开。最终，一只金属狐狸成形。

暖　暖　谢谢你！（身体前倾，与梁良拥抱）你感觉到了吗？

［梁良哆嗦了一下。

暖　暖　古老的灵力回来了，虽然是另一种面貌。我终于可以去报仇了。

梁　良　（为暖暖打开窗户，心中默念）一定要平安……

［暖暖一跃而出，如一道闪电。

［梁良在心中默念暖暖的名字，脑中响起了那句话：当一个男人爱上了狐妖，她就能永远听到他的呼唤，无论相隔多远……

［远处传来了一阵号叫，暖暖的身影伴随着一缕蒸汽消失在天空中……

——获信阳师范学院第二届“大别山杯”大学生创意写作大赛剧本类二等奖

吴文龙，男，河南南阳人，信阳师范学院文学院2019级汉语言文学专业创意写作班学生。

慢慢长大

吴文龙

序幕

［**旁白**（王森配音）：我叫王森。十月份开学后我成为文学院一名大一新生，我们的学校风景优美（镜头出现师院的美景，如文心亭、半亩塘）。开学的第一天，我就结识了我的三个宝藏室友，她们分别是爱玩游戏的周英姿（画面显示周

手机屏幕的“吃鸡”页面，画外音为“不要怂，一起上”的游戏语音）、来自海南的林美（显示林美读书的画面）和喜欢画画的林欣（画面出现林欣画的作品），但是你千万别认为林欣和林美是亲姐妹。我倒觉得，虽然我们不是亲姐妹，但我们却胜似亲姐妹。新学期开始了，我们学校有很多的社团和活动。我们院的晨曦话剧社可是大名鼎鼎（画面展示晨曦话剧社获得的奖杯），我已经成功加入了。今天呢，我想给大家讲个故事。

第一场

[女生宿舍，环境干净整洁，光线明亮。

[宿舍门已打开。

[镜头首先出现四个女生。

[周英姿打游戏。

[林美看综艺节目。

[林欣听音乐。

[镜头慢慢推向王淼，王淼正在化妆，准备出去排练。

林　美　（海南口音，向王淼）淼淼，你又要去排练吗？

王　淼　是的，我的小美。

林　欣　昨天和学长聊天，说晨曦真是一个好社团，早知道我就加入了，既有学时还能演戏。

王　淼　不错是不错，但每天中午都要去排练，我都没时间睡午觉了。哪像你们，我只能在教室趴一会儿了。

周英姿　（一边玩游戏一边说）王大头，不亏不亏，哪里像我，我早就退了。

王　淼　你别嘚瑟，周周，到时候没学时别求着我帮忙。

周英姿　错了错了，我还等着看表演呢。

王　淼　（拿起自己的书包准备出门）好了，时间快到了，姐要走了。

林　欣　加油！

王　淼　奥利给！

第二场

［体育馆后面墙角。

［江俊达、谢永升、郝乙丙上。

郝乙丙　大哥，今天绝对能干一票大的。那个小姑娘我都盯好几天了，她都是这个点儿一个人走过那里。看她那样子，绝对是个乖小孩。

江俊达　老三，你可别说了，昨天你就是这样说的。大热天的，狗都不出来，咱却在那儿等了足足俩小时。今天再这样，小心你的狗头。

［张丽华气喘吁吁地上。

谢永升　（戳戳江俊达后背）大哥，大姐来了。

江俊达、郝乙丙、谢永升　（三人齐）大姐好！

张丽华　（喘口气，奸笑）既然确定了目标，咱就好好干，想起昨天我就……

郝乙丙　大姐，您消消气，昨天是我大意了，今天绝对能成功。

张丽华　（勉强地）好。计划都明白了吧？

江俊达、郝乙丙、谢永升　（三人齐）明白了。

张丽华　（厉声地）那就行动。

第三场

［西操场路边，人来人往，草坪上有人踢足球。

［阳光正好。

［路人自由走动，说话声不断。

［王淼一人背着书包独自走在去人文楼的路上，右边是高出操场的水泥墙。

［镜头推向王淼。

［王淼心中正在琢磨如何排练节目，内心独白：昨天组长说我台词太生硬，吞词了，今天问问组长怎样展现情感，再自然一点，好好练习一下。

［路旁树木投下阴影，镜头随王淼进入树荫下面，镜头渐暗。

［江俊达悄悄上前，打断了她的思考。

江俊达 同学你好！

王　淼 （惊讶地）啊……你好！

江俊达 我是大二的，请问你是商学院的吗？

王　淼 我不是，学长，有什么事吗？

江俊达 那你是文学院的吧？

王　淼 嗯。

江俊达 那刚好，我是商学院的，我们有一个任务，你能帮我们一下吗？

王　淼 （勉强地）我尽量吧。

江俊达 好，我们要调查一个商品价格和使用范围的关系，就是价格高低与商品使用范围的关系。

王　淼 嗯，这个我知道，那是什么商品？

［江俊达拉开外套拉链，从里面取出一支毛笔。

王　淼 是这个吗？

江俊达 对，就是这支毛笔，刚好你又是文学院的，你们上课一定能用得到。

王　淼 我们已经上完一周课了，我们上课都是用黑色的签字笔。

江俊达 那可不一定，有些课可是会后几个星期才开的。

王　淼 （点头）这样啊。

江俊达 你看一下这根毛笔，你觉得它值多少钱？

王　淼 （不屑地）就三十吧。

江俊达 那你可看错了，这在电商平台上可是六十起价呢！

王　淼 （不相信）来，让我看看这六十的笔。（把毛笔拿过来仔细看）（犹豫地）看着好像还可以。

江俊达 是吧。

［张丽华、谢永升和郝乙丙出现。

［张丽华看着王淼和江俊达。

［谢永升和郝乙丙四处张望。

江俊达 那你觉得哪些人会用这种毛笔？

王　淼 比如书法爱好者，那些练毛笔字的，还有……还有学生吧。

江俊达 你会买吗？

王　淼 （疑惑）我？买是会买，但看着好像有点……（把毛笔转来转去）有点难看吧。

［张丽华上，站在王淼侧后方。

张丽华 （对江俊达）小江，调查得怎么样了？

江俊达 哎，老师好。真难，这个学妹是文学院的，但她好像也不太了解。

王　淼 （侧身向张丽华）老师好！（想要争辩，额头渗出汗水，理了一下头发）学长，我刚才不是说了吗？

张丽华 哦，你好。文学院的都是些爱读书的人，可不见得字就写得好看。

江俊达 不过学妹好像了解得也挺多的。

［王淼想离开。

［谢永升、郝乙丙慢慢向王淼靠拢，把王淼围在中间。王淼不得不背靠水泥墙。

谢永升 （对江俊达）俊达，今天怎么样？

江俊达 不怎么样。

谢永升 学妹，买一根吧，反正早晚用得上。

王　淼 我没有说我要买啊。（准备掏手机看时间）

［画面里出现“你就买一根吧”“买一根吧”的声音，像是江

俊达，又像是谢永升，又像是郝乙丙。

［王森掏出手机想看一下时间。

［手机显示已经超过了排练集合的时间，王森脸上出现了焦急的神情。

王　森　（生硬地，声音较大）我该去排练了。

张丽华　那就买三支吧。

王　森　（不情愿地）那行吧。

张丽华　好，三支一百八十元。

［画外音：支付宝到账一百八十元。

第四场

［文学院一楼空地，空地上有一点午后的阳光。

［空地上，吕妍、洪倩、张凯璐站着，李淑慧、张雅坐在假山草地边缘，她们有说有笑。

［陈浩站在李闯侧后方。

［王森所在的晨曦话剧社一组组员正在等王森。

［组长李闯正在几个女生面前走来走去，胳膊上下挥动，手里拿着排练节目的台词，好像在演讲。

李　闯　当时那一球离我只有零点零一厘米（举起右手，右手食指和中指中间有一个小缝隙，指尖向上，放在眼前），对面前锋就要踢到球了。说时迟、那时快，我向前一冲，抱住那球，然后向前一掷，球瞬间就到中场，我方前锋用力一踢，我们就进球了。你们说厉不厉害？（边说边鼓掌）

［吕妍、洪倩、李淑慧鼓掌。

陈　浩　（大声）好！（鼓掌）

［王森背着书包上。

洪　倩　（看见王森）组长，王森来了，我们开始排练吧。

李　闯　（向洪倩）好。（向王森）今天……今天你这来得有点晚啊，王森。我们都等你十几分钟了。

王　森　（故意掩饰心里的悲伤）对不起，我们快开始吧。

李　闯　（已经注意到了王森的不对劲）好，嗯……（故意拉长音）我们开始吧。

[众人散开，神情紧张，留出空地作为舞台，开始做排练准备。

[王森把书包放在草地边缘。

[医生（洪倩）快步跑到作为舞台的空地。

[吕妍、张凯璐、李淑慧、张雅四人神情焦急，做抬担架状，紧跟洪倩上，呈矩形跑到作为舞台的空地。

医　生（洪倩）　（节奏快，神情紧张，向陈浩）快！坚持住，坚持住啊，坚持住！快，现在病人急需大量A型血，有没有A型血？谁是A型血？好好好，来，太好了，来，病人的生命就全靠你了。愣什么？接呀，快快快，你接好了给我啊，给我送过来。

[李闯很满意，点头。

护士甲（王森）　血压45，脉（搏）31。

李　闯　王森，你又有点吞词了，“搏”字怎么听不到呢？

王　森　（尴尬地）不好意思，我们重来吧。

李　闯　（鼓励地）好，重来，加把劲！

[王森伸出“OK”手势示意。

[吕妍、张凯璐、李淑慧、张雅四人神情焦急，做抬担架状，紧跟洪倩上，呈矩形跑到作为舞台的空地。

医　生（洪倩）　（节奏快，神情紧张，向陈浩）快！坚持住，坚持住啊，坚持住！快，现在病人急需大量A型血，有没有A型血？谁是A型血？好好好，来，太好了，来，病人的生命就全靠你了。愣什么？接呀，快快快，你接好了给我啊，给我送过来。

护士甲（王森）　血（压）45，脉搏31。

李　闯　（弯腰、右手握半圈上下砸在左手手心）哎呀呀，这“搏”是听到了，“压”又飞哪儿去了？你是和“血压”“脉搏”有仇吗？来，咱先停一下。

［李闯走到王淼跟前。

［众人散开，为二人留下中央场地，或谈话，或交流排练经验。

李　闯　（疑惑地）女主，你今天不对劲啊，怎么心不在焉的？

王　淼　没事没事，嗯……组长，咱们文学院有书法课吗？

李　闯　有，不过是下学期才开始。（开玩笑）想练书法了？

王　淼　不是不是。

李　闯　（开玩笑）那是什么大事让我们护士小姐姐不开心了？说说呗，让我听听。再说“晨曦一家亲”也是我们的传统。

王　淼　（轻蔑地）也不是什么大事，就是一百八十块钱买了三支毛笔，有点贵呗。

李　闯　这也太贵了吧！让我看看是什么金笔，这么贵。

［王淼走向草地拿起自己的书包，从里面掏出刚才买的三支毛笔，递给李闯。

［李闯接过毛笔，转动着看。

李　闯　就这？我上学期没用完的现在还留着呢，那也比这好多了。网上三十多块一套全包，你这是在哪儿买的？

王　淼　也不算是买的，是人家上门推销的。

李　闯　嗐，这啥时候还提供上门服务了，态度还挺好的。

王　淼　不是上门，就是商学院的学长推销给我的。

李　闯　不愧是商学院的，这么有经商头脑，三十多块的笔能卖到将近两百！这小小的信阳师范学院是装不下他们了，我们再去看看。

王　淼　算了吧，组长，他们人那么多，说不定已经走了。

李　闯　他们几个人？

王　淼　三个男生，还有一个老师。

李　闯　老师？你不会被骗了吧？

王　淼　骗子？

李　闯　也不一定，也可能是外面混进来的。他们人在哪儿？

王　淼　就在西操场旁边的路上。

李　闯　那我们再去看看，我们去警卫室叫上保安。

王　淼　那排练呢？

李　闯　先放一下。（向人较多的那一侧）你们先排练，我去帮王淼看看。

［画外音：好的。

第五场

［人文楼警卫室。

［警卫室总体为矩形布局，左边是一张高脚桌子，桌子后面放着一张网布椅子，椅子旁边摆着一株绿植。高脚桌子上边墙上挂着签到表，已经签了三分之一页。右边正对着绿色铁门的是一张较低的黑色桌子，桌子后面是黑色真皮沙发，沙发后面是办公柜子。柜子里面摆着文件、奖章等物品。

［警卫甲、警卫乙正坐在真皮沙发上喝茶。

［李闯伸手敲门。

警卫乙　（起身开门）进来。

［李闯、王淼上。

李闯和王淼　（同声）叔叔好！

警卫甲　你们好！你们是……

［警卫乙微笑。

李　闯　我们是文学院的，我们学校好像进来了几个骗子，他们强买强卖。

警卫乙　有什么凭据吗？

王　淼　（把毛笔掏出来）叔叔你看，这就是我一百八十块钱买的三支毛笔。

［警卫甲接过两支，警卫乙接过一支。

警卫乙　（对警卫甲）这确实有点贵了。

警卫甲　（点头）你在哪儿买的？

王　淼　就在西操场旁边的路上，我带你们去看看吧。

警卫甲　那我们快点去。

第六场

［取景第二场旁边。

［江俊达、谢永升、郝乙丙、张丽华四人围着张琳琳。

［张琳琳手中拿着毛笔。

［警卫甲、警卫乙、李闯、王淼慢慢靠近他们。

［路人自由走动，说话声不断。

江俊达　学妹，你看这毛笔，以后你绝对用得上。

警卫甲　你们在干什么？

［江俊达、谢永升、郝乙丙、张丽华和张琳琳看向警卫。

［江俊达、谢永升、郝乙丙、张丽华略显慌张。

江俊达　这个学妹有点问题要问我们，我们就是互相帮忙。

张琳琳　（疑惑地）欸，你们不是……

警卫甲　互相帮忙？你们三个男生围着人家一个女生，好意思吗？

［张琳琳略显怀疑和尴尬。

张丽华　不是你想的那样，叔叔。

警卫乙　那是什么样？

谢永升　（抢着说）我们是书法社团的，想拉几个学妹加入社团。

警卫乙　（看到了张琳琳手中的毛笔）这毛笔……

江俊达　这毛笔是我们送给学妹的。

［王淼上前。

王　淼　（厌恶地）送的？刚刚我可是花了一百八十元买了三支。

郝乙丙　（看到王淼很惊讶）没有没有。

王　淼　怎么没有，我还有消费记录呢，毛笔还在我兜里装着呢。（放下书包，掏出毛笔）你看看！

张琳琳　你们竟然是这种人。

警卫乙　把你们的学生证掏出来给我看看。

［江俊达、谢永升、郝乙丙惊慌不定。

张丽华　（试图蒙混过去）那我们不送了还不行吗？

警卫甲　不行，学生证掏出来。

谢永升　我们就是在校园里拉人进社团，没带学生证。

郝乙丙　对，我们又不出去，没带。

李　闯　你们商学院拉人进社团没带学生证，骗小姑娘吗？

江俊达　你谁呀？

李　闯　你管不着。

张丽华　行行行，我们不拉了还不行吗？

李　闯　那可不行，把收的钱退回来。

江俊达　（狼狈地）好好好，我们退。

结尾

［**旁白**（王淼配音）：我的故事到这里差不多就要结束了。事后，保安大叔把这件事上报到了学校。学校经过调查，发现江俊达等四人是社会青年，警方也给予了他们相应的处理。经过这件事，我也慢慢长大了。

［镜头慢慢上扬，照出一片蔚蓝色的天空。

——获信阳师范学院第二届“大别山杯”大学生创意写作大赛剧本类二等奖

非虚构

让文学照进现实
——非虚构作品短评

王委艳

非虚构写作，即以文学的方式真实记述现实生活的一种写作类型。文学性与真实性是非虚构写作的核心特征。因此，不同于虚构文学，非虚构写作更加贴近现实，其独特之处在于对现实进行真实、客观的文学观照，让文学照进现实，以文学视野、文学方式去体悟、去感受、去经历、去行动。如果说虚构文学能够反映现实，那么，非虚构写作则是直接把现实拉到眼前。

本组来自文学院学生的非虚构写作无疑体现了上述非虚构的核心要义。杜梦菲由家乡垃圾桶的变化看到了上到国家政策、下到家乡村民日益美好的新农村图景，垃圾桶的变迁承载了多少人的奋斗与梦想。侯一凡从家乡函谷关的重建写起，讲述函谷关所具有的厚重历史意义及其人文历史、风土人情，抚今追昔，作者写得真实而富于情感；函谷关的重建令作者喜忧参半，作者对其中问题的思考体现了新一代青年对家乡建设的关心。王晨对农村中小学教育问题的调查也同样传达出当今青年对社会问题的深入思考，并针对问题开出“药方”，作者最后呼吁“改变农村教育的现状和困境，需要我们每个人都付出努力”，非虚构写作使文学变成实实在在的行动。王晨露则把目光聚焦在农村的空巢老人身上，从具体的人物身上让我们看到生活的酸甜苦辣，更让我们看到“空巢”的各种“空法”，作者列出来各种问题，并给出了自己的回答；尤其让人思考的是，作者最后动情地写道：“他们今天的幸福，就会是我们明天的幸福。”一语道破每个人的人生归宿，值得思考。农村振兴战略是我国解决“三农”问题、建设新农村的重要战略，杨晓鸽同学以半扎村的美丽乡村建设为调查对象，历数半扎村各种设施的建设情况，字里行间洋溢着对新农村建设的赞美之情。

同学们的这些非虚构作品让我们看到了非虚构写作的各种可能性，它同时携带着作者和社会的双份温度，真实而不乏情感倾注，关注现实而有审美眼光，这也许就是文学照进现实的魅力所在。虽然各位同学在文笔、思考等方面稍显稚嫩，但那种青春的热忱、那种对人生和社会的思考、那种以文学的方式表达现实关切的行动是值得赞赏与鼓励的。

杜梦菲，女，河南洛阳人，信阳师范学院文学院2017级汉语国际教育专业学生。

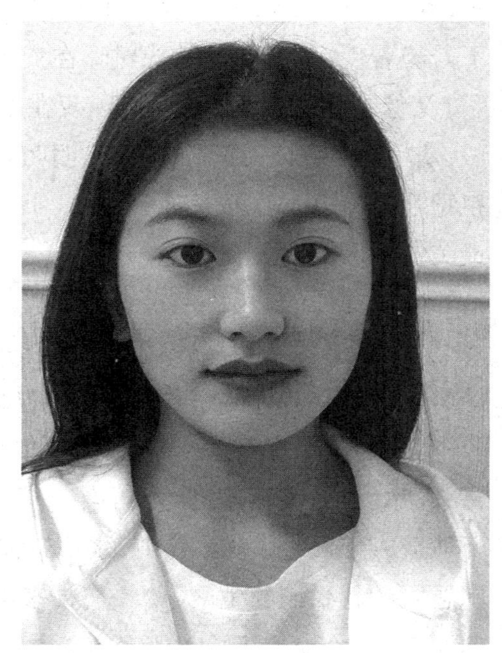

对农村环境问题的调查与研究

——由垃圾桶的变化看农村环境的变迁

杜梦菲

可能是时间太过长远，那时的记忆犹如一场梦。回忆里，还在上小学的我每天在早上都要经过一条马路，马路边上有一条深沟，深沟旁边是大大小小的山坡。那天注定不是平凡的一天，大雾笼罩，能见度不足十米。由于马路地势较高，随着太阳出来，雾气慢慢散开，不远处种满了金银花的坡头露出了尖尖的脑袋，最顶上的房子孤傲地屹立在那里；时间在向前推移，太阳慢慢露出了头，山坡的小半已经出来了，我不由得惊呼，从来没看过这样的景象：小一点的山坡在雾的掩映下若隐若现，大一点的就像熟睡在梦里，上半身盖上了一层雾气的被子，又像是遨游在大海里的船，我在不远处看着，仿佛置身在仙境一般，有一种“胸怀天下”的感觉，明明是简单的地理常识，但是给我的视觉冲击却是以后再也没有过的。我的家在农村，这是我记忆里家乡最美的一幕。

正如曾经的中国，绿水青山犹如仙境，轻雾袅袅飘浮在流淌的轻水之上，围绕着古松，蜿蜒着青山；微风拂过鲜花，带着清新送入我们的鼻尖；细雨和顺，滋润着一方土地，哺育着中华儿女……

而如今的中国，经济迅速发展，但是各种污染日趋严重，包括大气污染、水污染、光污染、噪声污染、土壤污染、固体废弃物污染等，都对环境造成巨大的影响。其中，水污染和大气污染尤为严重。各种环境问题困扰着我们的生活，给人们带来不便。在我的家乡，主要的环境问题就是生活垃圾污染，还有由于工厂废气废水处理不当而引起的空气污染和水污染，以及因人们农业生产而产生的土壤污染和道路污染。

我们国家也早已认识到环境治理的重要性。2013年，由于第二产业、汽车等的迅速发展，致使大气环境问题积压到一定程度彻底爆发，那一年“雾霾”成为年度关键词。有报告显示，中国最大的500个城市中，只有不到1%的城市达到世界卫生组织推荐的空气质量标准，与此同时，世界上污染最严重的10个城市有7个在中国。

近年来，随着外卖行业与快递行业在中国兴起，每天都能产生大量的包装类垃圾。据报道，我国人均生活垃圾年产生量为440千克，并以每年8%至10%的速度增长。与此形成鲜明对比的是城市垃圾处理能力的不足。上海于2019年7月1日实施的《上海市生活垃圾管理条例》，被社会公众称为垃圾分类“史上最严”的条例。该《条例》规定了垃圾如何分类，如果分类不妥，很可能会被罚款，要求“定时定点”投放等。“史上最严”还将继续推广，上海之后还将在长沙、武汉、广州等大城市实施，进而在全国推广。

习近平主席曾指出：“我们既要绿水青山也要金山银山。宁要绿水青山，不要金山银山，而且绿水青山就是金山银山。”以“绿水青山就是金山银山”为主旨的生态文明政治理念是关系到人民利益、民生福祉、民族未来的大计，更是实现中国梦的重要内容。这启示我们，国家誓将压力转化为动力，并为此投入了大量的人力物力，我们也可以用正确方法，举手之劳，把垃圾放入正确的地方，合理利用，使它产生“金山银山”，用它换我们的绿水青山。

这次从学校回家，发现家乡发生了翻天覆地的变化，无论是道路还是环境都变化很大。原本道路的两边都是些细碎的垃圾，最明显的是往街上去的道路旁的杨树上挂满了红红绿绿白白的垃圾袋子，一阵风刮过来，灰尘、卫生纸、垃圾袋直往脸上飞……这种情况都是我上小学、初中的时候了。近几年情况虽有所好转，但是问题还没有彻底解决。

不过这次过了半年回家，看到家乡的变化特别大，无论是明面上的还是隐蔽处的，特别是主要道路上，几乎很少看到垃圾的影子。但要说最明显的变化，莫过于垃圾桶的数目。在我离开家去学校的时候，大型的垃圾桶仅放置在一个村子的村口或者是交叉路口，且数量很少，基本上为一至两个，是那种直接在地上砌一个小房子状的垃圾箱，由于“根植”在地上，所以不好清理，前期处理的话是有专门的清洁人员将垃圾铲走，但后期管理松懈，工作人员懒散，直接就地焚烧；在街上，每个交叉路口基本上都会设置一个铁皮垃圾箱，主干道上会放置一两个，相隔甚远，大型超市门口一个，商场门口一个，公安局、卫生院、乡政府等政府机构门口各会有一个……据不完全统计，不超过十五个。

而目前，我发现，村子里面的垃圾桶由原来的几乎没有，到现在一个村子里靠近道路或房屋密集的地方一排就有一个，甚至两个。如果要倒垃圾，就可以直接把垃圾拿出来倒进一个绿色的有盖子可以推拉的垃圾桶。如果垃圾箱满了，就有人自觉或者轮流把垃圾箱拉到路口，每天早上八点前后，会有专门的垃圾清理车来清理走，垃圾箱由原来的人带回原来的地方。

村口的垃圾桶样貌变了，以前的“小房子”不见了身影，取而代之的是一个绿色的铁皮“小房子”，与原来的不同之处在于，它可以移动，方便清理。在相对繁荣的街区，绿色垃圾桶的数量就更多了，重要路口、政府机构、大型商场门口都有一到两个，在主干道上，几乎每隔五十米就会有一个。据不完全统计，我们村子垃圾桶数量将近五十个。一个个垃圾桶就像一个个绿色的卫士，守护着道路的整洁。而人们由生产垃圾，到扔进垃圾桶里，再到由垃圾清理车带走的过程，就像完成了一场盛大的仪式。

这突然的变化，让我产生了很大的兴趣。我想要知道这条有规律的链条是怎么完成的，为此我通过实地考察、询问知情人等方式得知：这项垃圾清理计划是由专门的公司承包下来进行的，垃圾清理车由村子附近的垃圾中转站出发，经过预定的路线，把道路两旁的垃圾桶清理干净，将所收垃圾汇总至垃圾中转站，里面有专门的工作人员整理可回收垃圾，再将其他的垃圾搅碎，由大货车拉到不远处的垃圾填埋场进行填埋。这在很大程度上解决了垃圾回收和处理的问题。不仅如此，村里还雇用了多名环卫工人，他们轮流值班，在所管辖的区域，清理可能遗留的各种垃圾。

为什么中国现代环境压力如此之大？原因令人深思。改革开放以来，我们国家把经济建设作为一切工作的中心和重心，为了追求经济增长，大力发展第二产业，人们长期只片面地注重经济效益而忽略了社会整体效益，“先污染后治理”曾是一度采用的发展策略。这种粗放式的发展模式虽然带来了快速的发展，却给生态环境造成了巨大的破坏，严重威胁到人们的生存与发展。正如2013年才被人们注意到的“雾霾”，其实早在很久以前就已经有了苗头，但当时人们缺乏环保意识，仅仅以为是大雾，但当它真正威胁到人们的健康时，我们才意识到保护环境的重要性。

2017年10月18日，习近平主席在十九大报告中强调，中国特色社会主义进入新时代，我国社会主要矛盾已经转化为人民日益增长的美好生活需要和不平衡不充分的发展之间的矛盾。现如今国家经济迅速发展，人们生活水平不断提高，但是城乡之间的差距依然很大，国家重视农村生态文明建设，一方面是缩小城乡差距、注重农村建设的重要举措；另一方面，农村支撑着国家粮食生产的重头，民以食为天，保护农村环境，特别是保护土地的“健康”，就是保护国民补给的安全。

垃圾桶的增多，彰显了农村生态环境的变化。对于农村，环境的改善必将促进政治、经济和人们思想素质的改变。在政治上，环境治理一直是政府工作的重要组成部分。以往，小商贩在每次赶集后都会留下一地垃圾；各个商户将自家的垃圾或泔水直接倒进下水道，造成下水道堵塞；还有人们生活产生的生活垃圾等，这些问题政府一直无法根治，由此引起的争执屡见不鲜。这些问题不仅导致人们对政府失去信任，还加重了政府财政负担。反观当下，现在的一系列环保措施，既保证了政府的威信和公信力，还有助于增加政府的财政收入。

在经济方面，我的家乡有许多旅游景点，景色宜人，例如大窑沟荷花池、陆浑水库，以及自然公园，在六七月份正是欣赏荷花的时节，不仅当地人，许多外地人也慕名而来。环境改善之后，许多投资商发现商机，投资建设了小安头荷花池，人们欣赏荷花带动客流，客流吸引商贩，商贩的入驻，不仅带来了可观的经济收益，更促进了城市名气的提高，以此进入良性循环。还有人投资建设了陆浑水库码头以及湿地公园，吸引了好多人前来散步或坐船游玩，带动了一方经济的增长。

农村生态文明的改善对人们也有很大的影响。大面积的垃圾清理计划，产生了大量的就业岗位，一些闲散在家的中老年人投入垃圾清理工作，发挥个人的价值，并且可以得到相应的报酬。垃圾桶的变化促进了道路的变化，道路的干净促进了环境的整洁，环境的整洁也改变了人们的精神面貌。干净整洁的环境使人们心情愉快，也让人们改变自己的个人卫生习惯，从而养成良好的生活习惯，促进一个区域环境的变化。

另外，根据观察，我发现垃圾桶大多只放在离大路比较近的街道，往村子里面走，垃圾桶根本看不见几个，环境与以前没有太大的差别。而繁荣街区垃圾桶的数目反而有点多，没走几步就能看见一个，虽然这样的确很方便，但难免存在冗余，有时根本不需要那么多。

尽管垃圾桶的增多的确改善了农村的卫生环境，但是就我们当地来说，目前亟待解决的重点问题并不是垃圾，而是由于冶炼厂而造成的水和空气的污染。我一个同学家就住在冶炼厂的下游，据她描述，以前她经常在小河里游泳捉鱼，但是冶炼厂排出的污水直接污染了河流，上次去她家玩，她说："我以前还经常在这儿游泳，但是自从建成冶炼厂之后，水就不行了。"不光如此，从冶炼厂路过的时候，就能闻到一股刺鼻的"柿子醋"的味道，而那附近还有一个村子，村里人每天呼吸到的都是变质的空气。

环境保护并不能一蹴而就，而是需要全社会全人类的共同努力。农村的生态文明建设，不仅需要政府的规划，更需要人们提高自己的思想觉悟。我相信只要共同努力，我们的明天会更好。

——信阳师范学院文学院2019年度"大学生暑期社会调查与采写社会主义核心价值观故事"活动获奖作品

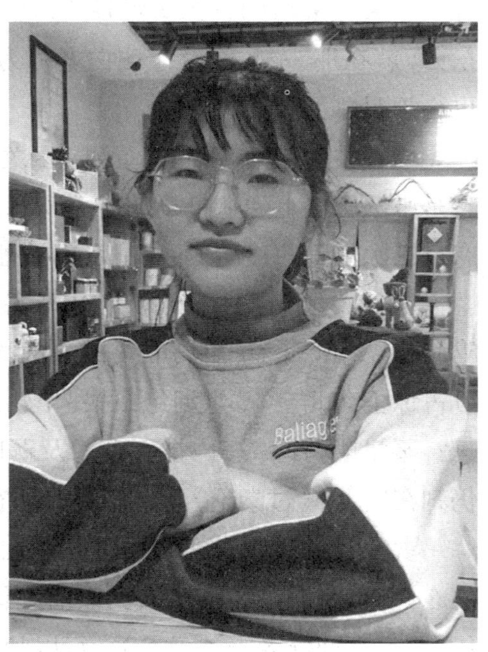

侯一凡，女，河南三门峡人，信阳师范学院文学院2018级汉语言文学专业创意写作班学生。

函谷关重建发展忧思录

侯一凡

当远离家乡到外地上学时，我才意识到家乡的好。置身其中时，我总觉得它并不是个好去处，因为常年的开发，空气中总充斥着烟尘。若是临时有急事，出门还总是堵车。我也厌恶极了每当我提出想出去游玩时，父母那句常话：“那你去函谷关玩吧。”在我看来，那就是一种敷衍。

直到有一天，翻到离家前为函谷关拍的照片看，远方的天空被晚霞染红，夕阳最后的光透过重叠的云层映入我的眼眶，我知道，那是函谷关一天里最后的景象。函谷关，庄严而又稳重地屹立在那里，望着东方，就在那一刻，我终于明白老师为什么总说：“眼前的景不是景。”也终于明白了函谷关。

函谷关南依秦岭，北枕黄河。因关在谷中，深险如函，故称函谷关。它是中国历史上建造最早的雄关要塞之一，曾经因为政治中心的转变有过三次位置的移动，后因战乱而被摧毁重建的次数高达五次。

函谷关位于我的家乡灵宝市函谷关镇，岁月婆娑，历经风雨。鸡鸣狗盗、紫气东来、白马非马的典故均出自这里；“天开函谷壮关中，万古惊尘向北空”“洪河绝山根，单轨出其侧。万古为要枢，往来何时息？秦皇既恃险，海内被吞食。及嗣同覆颠，咽喉莫能塞”这些诗句仍刻在墙上；《过秦论》等名篇更是留在人的心上……

现在我们所能看到的太初宫建造于清代，它坐落在函谷关关门楼的右侧，1988年，灵宝市人民政府在原来的基础上对它进行了修整。传说，尹喜迎候老子到函谷关，行以师礼，恳求老子为其著书。老子推辞不过，便在此写下了五千言的《道德经》。于是，一部影响后世的千古名篇在此诞生。为了纪念这件事，后人便在老子著经的地方修筑了道观，名叫太初宫(而当地人称为老子庙)，受香火供奉。因为是老子的著经处，太初宫被称为“天下第一圣宫”。

信步入内，迎面便是老子著经像，旁边站立的分别是尹喜和徐甲。与其说是个道观，我倒觉得它有点清朝宫殿的感觉。我小时候是不敢进去的，因为它的房顶和檐边上雕有狮子、老虎、鸡、狗以及一些奇形怪状的动物。里面庄严肃穆，殿顶飞梁纵横，椽檩参差，虽然屋架复杂，却自成规矩，殿宇宽阔，中无撑柱，倒也是建筑史上的一个范例。自隋唐以来，太初宫历代均有修葺，现在留下的还有唐、宋柱基和元朝木架，足见其历史深远。

走出太初宫，可以看到两排古朴的碑，一通立于元大德四年（1300），一通立于清顺治年间，上面都记载着老子骑青牛过函谷关的故事，抑或在此产生的纷争。

与太初宫相望而立的便是大道院，这是河南最大的一座仿秦汉的建筑。它所赋予函谷关的是不同于文化的意义。每年农历二月十五是老子的诞辰，大道院总会举行祭祖活动。祭祖的不光是本地的居民，还有远在海外的华人华侨，他们和当地的居民一起，领开过光的香米，一起在中午十二点跪拜老子，回望历史。我总觉得历史古迹是和蔼可亲的，心胸是旷达的。它赋予当地历史文化经济效益的同时，也不断产生着新的意义，比如血脉相连，比如友谊，那些鲜活的情感远比冰冷的建筑更具魅力。

如果说太初宫和大道院是函谷关文化意义的体现，那么函谷关关楼和函谷古道则见证了千年战争的风霜变化。函谷关始建于周，因其险要的地理位置成为军事要塞，为秦的强大和一统天下发挥了重要作用。自春秋战国以来的两千多年中，函谷关历经了七雄争霸、楚汉相争，黄巢、李自成农民起义，以及辛亥革命、抗日战争、解放战争的狼烟烽火，无论是逐鹿中原，抑或进取关中，其都是东入关中的重要通道，由此可见函谷关的重要性。

其实，秦代的函谷关门楼早已在楚汉之争中被焚毁，我现在身处的函谷关则是1992年重建的。1992年，函谷关东门重建工程在原关楼遗址上破土动工，新关楼仿照现存于美国波士顿美术博物馆的秦函谷关的照片和四川省汉墓中的关楼图样设计、建设，因楼顶饰丹凤一只，故名丹凤楼。

从函谷关楼进去，便是函谷古道。书上记载：函谷古道又称崤函古道，东起弘农涧西岸的函谷关东门，横穿关城向西，由王垛村的果沟、黄河峪、狼皮沟至古桑田(今稠桑)，全长十五公里，是这一带唯一的东西通道。谷深五十到七十米，谷底宽十米左右，窄处只有二三米。谷底有蜿蜒道路相通，崎岖狭窄，空谷幽深，人行其中，如入函中。关道两侧，绝壁陡起，峰岩林立，地势险恶，地貌森然。人们常说的“车不分轨，马不并辔”形容的便是这里，有“一泥丸而东封函谷”之称。

古道确实特别窄，而酸枣树又在里面生长繁茂，小时候我和姐姐总在里面摘酸枣吃，总是疑心这么小的路，后面会有什么野人等奇怪的东西，走不到头也就回来了。我幼时印象中函谷关的重要景点也就是太初宫及附近的大道院和函谷关关楼及附近的古道、兵器库等。

2009年，函谷关景区被推选为AAAA级景区。此后，便开始了函谷关风景区的修建。

2013年，函谷关景区的扩建工程告一段落，现面积达3011平方千米。里面的每一处建筑、景物都包含着浓厚的历史文化。景区内有太极大道(并“浑天太极仪”):从景区入口至道岛的主道、环湖路、道坛路、德堂路四条主道路，四条主道路连接会仙桥、明道桥、玄元桥、双虹桥等八座桥梁，观景亭和角亭有四座，还有挂榜崖、太极湖等水波流榭，形成一个巨大的游览框架。同时，老子圣像也建成，高达三十米，重六十吨，镀十七公斤黄金，为紫铜锻造贴金。老子披肩长发，手持经卷，脸色和蔼，面向北方。老子金像成为灵宝市的一张旅游名片。

由此可见，函谷关具有深厚的历史文化意义和观赏价值，且灵宝市在函谷关旅游发展上的投资也不小，但是，函谷关的价值却没有真正得到体现，它也没有给当地的经济发展带来相应的推动作用，实现灵宝市以旅游业发展为支柱的战略目标，这是为什么呢？函谷关的名声何时才能打出去？这引发了我的思考。是优惠和活动不够多吗？不，这里每年春节都会举办很大的文化活动。无论是在新建的薰衣草庄园进行马戏表演，还是社火表演、灯会，都是下了很大功夫的。

函谷关这一千古名关在旅游业的发展上如此不突出，在我看来有四个原因，就这些问题我还咨询了编写灵宝县志的一位刘老师，得出如下结论。

一、相关设施配备不完善

我去华山的时候，华山脚下全部都是当地人提供的餐饮住宿服务。而函谷关景区最近的住宿及餐饮服务却有五里路那么远。当地人在函谷关景区摆摊的话，会遭到驱逐，理由是影响风貌，显示该景区缺乏统一的科学管理。

另外，函谷关的交通也不是特别方便。函谷关的停车场是在2017年才投资完成修建的。公共汽车一小时一趟，而且只有一辆车在运行。当车辆坏了的时候，就没有合适的交通工具替代，给想来参观的游客带来很大的不便。但是，就整体而言，函谷关景区确实带动了灵宝很多相关设施的建设。刘老师说："在1993年之前，灵宝是没有涉外定点星级酒店的。但因为函谷关的建设，2000年之前，灵宝建设了紫金宫国际大酒店(四星级)等七个星级酒店、七个定点饭店、四个商场以及涉外纪念品制造厂。"并且电话里刘老师就我不成熟的观点进行了纠正，他说："函谷关基础设施的完善的确是十分必要的，但是如果盲目地进行建设，而忽视了对函谷关现在所能产生的经济效益的估算，也会造成很多资源的浪费。"

二、未形成旅游链，观赏价值不大

有一年春节期间，我们全家自驾到陕西潼关和山西永济玩了一趟。在永济，我看到了《西厢记》里的普救寺，高高矗立的莺莺塔，还有"白日依山尽"的鹳雀楼。顺着那条旅游线路，我看了清代留下来的鼓楼，明代遗留下来的古城墙。除去这些具有历史文化意义的景点，我还观看了赛车等新潮活动。总而言之，这次旅行给了我极大的满足。我问刘老师："为什么灵宝就没有一个和永济相似的旅游线路呢？"刘老师说："其实灵宝政府有规划过相似的旅游线路，计划把函谷关、燕子山、娘娘山、红亭连起来，构建一条弘农文化线。"我有点儿疑惑："我都在这儿生活了十几年，都不知道这条线路。您不会是骗我的吧？"刘老师笑了："历史这种东西，都是留给后代看的。如果是假的，我们敢说吗？政府的规划对于民众来说，就好像是车轮滚过。民众看着车越走越远，觉得政府的政策越走越远，却忘了低头看脚下，到底是留过点儿痕迹的。"

三、宣传上不到位

函谷关景区的很多活动都带有哗众取宠的意味。我记得有一年函谷关的庙会，请了两个穿着电视剧《武媚娘传奇》里封后大典的衣服的人表演祭祖仪式。后面的人上身穿着汉服，下身穿着牛仔裤跟着“皇帝”“皇后”对老子进行跪拜，看上去不伦不类，让人觉得十分可笑。

2016年，函谷关关门楼后面修建了薰衣草庄园，目的性很强——使庄园成为函谷关的打卡圣地。我去参观的时候，却大失所望。所有的拍照道具都很零散地摆放在地上，而传说中的薰衣草则稀稀拉拉分布在地上，场景也没有一个整体的规划。

这让我想起早些年时候函谷关举行的万人齐诵《道德经》的场面，十分壮观，人们祭祖的活动令人心头为之一暖。从函谷关的大门缓缓走下来的小道士递给我的那本《道德经》，至今藏在我的家中。

与之相比，洛阳老君山的宣传实在让人羡慕。首先，利用抖音、快手、微博视频的形式，把诗意的语言和仙境般的景色结合起来，吸引全国各地的游客，对老君山进行二次打造宣传。而函谷关明明有着很好的风景资源、人文资源，却不会利用，宣传力度不够，宣传的口号和方式也没有吸引力，自然也缺乏客流量。

我很爱我的家乡，每每有人提起它，我总会骄傲地抬起头。我认为它历经千年风雨是十分不容易的，它给中华民族带来的价值也是无法估量的。与此同时，我也总在思虑经济和文化能不能齐头并进，共同发展。我希望它的管理者不要单纯地只看到眼前的利益，而忽视了长远的发展，也不希望它的管理者为了迎合现代大众的喜好而举办一些不太合适的活动，忘记它本身存在的意义。

——信阳师范学院文学院2019年度“大学生暑期社会调查与采写社会主义核心价值观故事”活动获奖作品

王晨，女，河南南阳人，信阳师范学院文学院2017级汉语言文学专业二班学生。

农村中小学教育问题的调查与研究

王　晨

一个民族的兴衰与教育密不可分，拥有高素质人才，国家才能有发展的基础。放眼中国现如今的教育状况，已经大为好转，相比以前，教学质量有了很大提高，而且教学硬件也比以前好太多太多。农村教育条件也有了较多的改善，但总体情况还不容乐观。据统计，我国县域义务教育基本均衡，但尚未全面实现，到2017年年底，全国还有558个县没有通过义务教育发展基本均衡县的督导评估认定，占总数的19%，情况不容乐观。

众所周知，我国是人口大国，人口众多，其中农村人口又是最多的，相对应的，其教育规模很大，教育的需求也是极大的，乡村教育受到各方面的重视。随着工业化、城市化的发展，农村的很多年轻劳动力向城市迁移，因为相较于务农，城市的收入、条件更加吸引他们。乡村教育的对象是在农村生活的孩子，这些孩子有的是父母在家务农，有的是父母外出打工，在家里被老人看管。无论是哪一类，农村孩子上学的艰辛都令人心疼，而后一类孩子，也就是人们口中的留守儿童，他们的教育更加关键，也更加困难。据调查，农村教育主要存在以下六个问题。

第一，农村学生往往有特殊的家庭背景，他们的家庭存在各种各样的情况，所以贫困、单亲、留守儿童等情况在乡村屡见不鲜。加之在农村这个大背景下，农村孩子们在学习和生活上都缺乏足够的资源，他们特殊的家庭背景，对于乡村教育的要求也更高，然而现在乡村教育的水平还远远不够。在马山口镇闫岗村小学里，一年级一个班中有一半的学生父母在外务工。由于经济等因素的限制，通常这些父母往往无法让孩子在打工地上学，许多孩子都在家里留守，有的是由爷爷奶奶照看，有的则是寄宿在亲戚家里。在农村，有很多小夫妻生完孩子以后，甚至哺乳期都没过就把孩子留在家中交给爷爷奶奶照顾，然后双双外出打工。这些孩子的学前教育可想而知，就是在爷爷奶奶娇生惯养和宠溺下完成的。父母是孩子最好的老师，孩子在童年时代如果缺少了父母的陪伴，那么心灵上留下的伤痕往往是无法磨灭的；在需要父母的时候却无法得到帮助，长久下来，孩子心中就会充满对父母的埋怨，甚至是怨恨。而这些特殊的家庭背景在农村这一大环境中却又显得不足为奇，甚至可以说是十分普遍了。缺少父母陪伴的孩子往往需要老师的悉心关怀与陪伴，但是由于乡村师资力量的匮乏，这一点也难以实现。

第二，农村教育师资力量不足。乡村教育最缺乏的，往往是优质的教师资源，而农村各方面条件的不足和艰苦，也导致了优质的教师资源不会流向乡村。由于人员不足，乡村教师们往往一人教授多门课程，还要兼顾生活老师的角色，照顾学生的生活，他们承担的责任和工作过于繁重。英语、科学、音乐、体育专业背景的师资严重缺乏，造成农村教育发展的不平衡性。而且，农村学校的配套设施和软硬件落后，衣食住行都不方便，所以许多教师都不愿意去农村施教，这就造成了农村尤其是山区中小学校师资力量的薄弱。农村的幼儿园，基本上就是满足农村家庭对于照看孩子生活的需求。大多数留守老人把孩子送到幼儿园，无非也就是让孩子暂时离开对他娇生惯养的家庭环境，让孩子和其他小孩在一起，在语言、思维、表达、动手、动脑能力，甚至基本的行为习惯上能够得到幼儿园老师的引导和培养。在农村的小学中很少会看到年轻的老师，乡村教师趋于老龄化，而年轻的教师一般更倾向于在城市找寻条件更好的就业机会、更好的工作环境。

第三，出于第二点的原因，乡村学校无法建立完整的课程体系，很大程度上限制了学生的个性培养和全面发展。在许多农村小学中，由于教师人员不足，许多教师便要身兼数职，很多课程甚至都没有专业的任教老师，音、体、美、劳课更是形同虚设。同在一片蓝天下，农村孩子享受到的基础教育似乎注定有点先天不足。语文老师可能同时是美术老师、科学老师等，所以在上课的时间，往往也无法很好地教授给学生更丰富和专业的知识。加上部分老龄教师的教学理念和方法比较陈旧，难以激发学生参与和学习的兴趣，教育效果达不到预期。

第四，乡村教育缺乏科学的管理和支持。乡村教育缺乏合理的管理，导致教学资源分配十分不合理，有时会出现需求与资源分配错位的情况，村一级学校的设备、资金、师资、管理人员都十分匮乏。另外，乡村教师的收入、评比、晋升都没有科学的管理，乡村教师无法得到很好的激励。并且，由于农村与县镇教育发展的不均衡，许多农村家庭想要孩子在县镇上读书，便在县镇上买房居住，这便是教育吸引型城镇化。教育发展不均衡与城镇化相遇时，问题就变得异常困难和严峻，教育吸引型城镇化问题凸显，引发县镇巨班大校化、乡村学校小规模化，加剧了教育发展不均衡问题的复杂性。

第五，硬件设施投入不足。现在，城市学校的教室绝大部分都配置了多媒体设备，教师们采用多媒体授课，还有很多配套的钢琴、运动场等设施来满足孩子艺术启蒙和体育教育的需求，而在乡村教育中，这些设备都是很匮乏的。目前农村小学在校舍及硬件设施配备上有了很大改善，然而农村教育经费非常有限，大多数农村小学的计算机教室、多媒体教室等现代化设备都不完备或未正常使用。在某些乡村小学，计算机教室常年大门紧锁，从未使用，这是因为学校不仅缺乏专业老师，而且计算机教室的维护费用对于乡村小学来说也是难以承担的。另外，因为办学经费缺乏，在现代化教学设备购置上的投入也非常有限，导致现代教学技术水平较低，很大程度上限制了学生接受现代化信息的机会。虽说各个乡镇农村都有相应的公办学校，但是教学设施、生活设施较城镇依然差距较大，如前几年的“冰花男孩”事件暴露出的一些问题，那就是农村小学基础设施的落后，不仅是学习设备的落后，基础的生活设施也很缺乏。学习上除了黑板、课本等，其他配套学习设施也较为匮乏，从全面发展上来说，农村学生跟城里学生差距越来越大。

第六，农村家长的观念往往不利于孩子的教育。有些农村父母对家庭教育的认识模糊，甚至“只管养，不管教”。还有些家长虽然有教育意识，但是因为自身的文化素质不足，因此管教起孩子方法陈旧落后、简单粗暴，孩子一犯错误就拳脚相加。还有些父母自身素质不高，自己胸无大志、得过且过，对孩子也放任自流，对孩子在学校的一切情况都不闻不问。那些留守家庭的孩子，平时只有爷爷奶奶照看，老人的精力和能力都有限，家庭教育自然也谈不上有效。农村家长文化水平大多不高，对于孩子的教育，有一些家长认为，孩子交给学校教育就可以了，自己只需要养活孩子，满足孩子生活的物质条件，但不注重给予孩子精神陪伴，孩子出了问题，就找学校。还有一些家长，十分看重孩子的教育，砸锅卖铁也要供孩子上学，但是也存在一种普遍的现象，如果孩子的学习成绩好，这部分家长会支持孩子上学；如果孩子的成绩不是那么好，就更倾向于让孩子辍学，去学技术或是找个工作，帮助家里挣钱。

另外，部分农村学校的管理理念、管理水平也相当滞后。很多农村中小学领导和教师面对农村教育的困难局面，缺乏锐意改革的精神，因循守旧，不思进取。大部分农村小学的领导和教师都是根据上级教育部门的要求来开展教育工作，很少有创新意识。还有部分小学将考试成绩作为教学的唯一目标，对于学生的德育以及美育等方面的发展常常采取漠视的态度，导致不论是在教师还是学生心中，都只信奉成绩至上。在马山口镇的一所初中里，初三学生一年未上过美术、音乐课，这些课都会变成语文、数学、英语等要考试的课。体育课也只是用来应付体育考试，不停地让学生训练跑步、跳绳等考试项目，但学生们也觉得为了考上县里的高中，美术、音乐课不上也没什么。另外乡村学校管理者绝大部分精力都花在交际应酬和应付检查上，没有花心思下大力气抓教学，亦未采取过硬措施调动广大教师的教学积极性。很多校长只管抓安全问题，而忽视了教学工作，认为只要不出安全事故就万事大吉。在十九大提出“乡村振兴战略”的今天，紧抓农村教育发展，努力推动城乡义务教育一体化发展，让每个孩子都享有公平而有质量的教育是极其重要的，是让孩子的明天更加美好的重要前提条件。

教育是能从思想上改变人的行为方式，从而提升人改造世界能力的一种手段，也是能够从根本上改变现状、向更好的未来进发的源泉。所以，教育其实是改变贫困面貌最直接的方式，放在脱贫攻坚上来说，它是“造血式”脱贫，能够让人们真正掌握创造财富的本领，也是乡村振兴的关键。因此要转变和更新农村教育观念，让老百姓明白上学的优势。虽然近年来农村教育主体追求优质教育的意识不断增强，但仍然无法完全适应现代教育的要求。为此，一方面家长们要认识到早期儿童营养及习惯养成的重要性，为孩子提供必要营养，同时多与孩子进行互动交流；另一方面，教师应提高自身素养，建立“以儿童发展为中心”的现代教育观念，利用书籍、视频等多种教学方式启蒙，让孩子从心底爱上学习。完善教学基础设施建设，让老百姓了解上学的好处。目前，农村义务教育呈“乡村小规模学校、乡镇寄宿制学校、县城大规模学校”的基本格局，当非均衡遇上城镇化时，乡村教育基础设施的缺乏、师资力量的不足等各项问题变得尤为突出。因此，一方面要加强乡村学校的建设，采取多村联合方式建立寄宿制学校，整合各村资源，让教育经费投入用在实处；另一方面要引进优秀师资人才，改善教师工作环境，提高乡村教师工作待遇，让优秀师资待得住、留得久，从根本上提升农村教育质量。以下是关于加快农村教育发展的一些具体对策。

第一，加大宣传力度，加深个别乡镇村民对知识重要性的理解。农民应提高自身认识，加深对于教育在人生发展中的重要性的认识，转变陈旧观念。各级政府要看到农村教育在农村现代化和城镇化建设进程中的积极作用，树立“抓职教就是抓经济，抓经济必须抓职教”的思想，把农村教育发展与农村经济发展、人力资源配置、农民劳动就业等相协调，营造一种“教育促发展，发展促教育”的良好氛围，在农村扩大宣传范围，加深农民对农村教育战略地位的理解，提高农村教育促进县域经济发展的能力，使农民受到教育，提升自身文化素养，满足自身日益增长的物质文化需求。

第二，优化农村教育资源，壮大师资队伍。加快农村教育的发展，核心是要提高教师团队的水平和质量。首先，坚持因地制宜、统筹兼顾的原则，合理分配农村教育资源；其次，逐步提高乡村教师的待遇水平，激励教师提升自身教学水平；最后，充分发挥城市教育资源的作用，把良好的城市教育资源运用到农村教育上，努力缩小城市与农村教育水平的差距。

第三，农村教育的重点应该有方向。首先是教学现代化，让更多优质教育资源向乡村学校倾斜。农村教育还没有达到教学的现代化，但国家已在实施相关改革，现在的农村教育需要教育资源，需要更多的教学设备，要让现代教育的资源、现代化的教学设备、教学设备的使用人才运用于教学。在现代化的中国，农村教育也应该更加现代化，现代化教学应该是现在农村教育应该发展的重点。

第四，提待遇入编制，让更多教育投入向乡村教师倾斜。提高教师地位和待遇是刻不容缓的，现在农村学校的教师流失太多，很多人不愿意去农村做教师，都梦想去城里教书，有的教师觉得自己的地位还不如一个打工者，因此要提高教师的地位和待遇。近年来国家也发布了一些关于提高教师待遇的文件，就连国家领导人都说要让教师成为让人羡慕的职业。一些文件中也表示，要让教师工资的待遇不低于公务员。

第五，乡村学校应适当集中。要让农村学校更加集中，让教学资源更加合理分配到每一个地方。运用好教师资源，避免教学资源的浪费。让每一个学生都能得到平等对待，让每一个教师的力量都能用在刀刃上。浪费教学资源是对国家、对学生、对教师和对教育的不负责。

第六，要通过多种方式提高乡村教师的水平，使乡村教师成为具有吸引力的职业。要提高教师的水平也是刻不容缓的，现在的农村小学很多都是一些代课教师，说明教师十分缺乏并且水平有限。一些老龄教师还在用老一套的教学方式方法，还是以教师为主体的教学方式，而现代化教学早就以学生为主体。农村教师的教学技术运用不佳，这一块需要加强。要实现农村教学现代化，必须提高教师自身的水平和运用科学技术的能力。

促进教育强国，把握发展好农村教育是国家教育的重中之重。应该呼吁社会上更多的人去关注农村，去了解农村教育，服务农村教育。

国家教育强大了，国家才更加强大。农村教育是国家振兴的基石，也是中国教育的未来，农村教育也不仅是国家的事情，学生、老师的事情，更是社会上每一个人的事情。因此，改变农村教育的现状和困境，需要我们每个人都付出努力。

——信阳师范学院文学院2019年度“大学生暑期社会调查与采写社会主义核心价值观故事”活动获奖作品

王晨露，女，河南周口人，信阳师范学院文学院2018级汉语言文学专业创意写作班学生。

留在巢里的“老鸟”

——农村空巢老人生活调研

王晨露

引子

高中毕业后的那个暑假，我想做一件有意义的事，于是，就在朋友的介绍下，成为我们县城黄冈村“爱心粥屋”的一名志愿者。在我们志愿者队伍中，年龄不同，分工也不同，像我这样的学生，就负责给前来吃早饭的环卫工人和孤寡老人盛饭盛粥。

高爷爷是粥屋的常客，他曾经做过几年乡村教师，对学生有种别样的感情，知道我还在上学，所以他每次喝完粥都要和我聊一会儿，他给我讲他过去的课堂，我给他讲我们现在的教育，一来二去，我们成为忘年之交。

大学通知书下来之后，请亲戚朋友吃饭、整理文件和升学档案、收拾上学的行李，大约忙了半个月之久，在这期间我都没有时间去粥屋。等到我再去的时候，得到了高爷爷两天前去世的消息。在粥屋叔叔阿姨的谈话中，我得知高爷爷是在家中不小心摔倒，引发脑出血而去世的，尸体还是在三天后，村支书做人口登记的时候才发现的。村支书联系不上高爷爷的子女，现在遗体还停放在高爷爷那仅有15平方米的瓦房里……我不忍再听下去。

看着粥屋内其他的爷爷奶奶，我在想，他们的晚年生活是什么样呢？是什么偷走了他们那么多时光呢，是生活的重担，是养育儿女们的辛劳，还是孤独落寞的压抑？他们有着极其相似的羞涩的笑容、干瘪的皮肤、呆滞的肢体、茫然的眼神，他们被集体抽离了特点和个性，取而代之的是略显尴尬的称号——空巢老人！他们年轻时也有过奋斗的青春，为了生活而劳苦奔波，甚至为了陪伴和照顾子女而放弃了更好的生活，可是当岁月将他们的子女、职业一一从身边拽走，当他们的生活除了操持一日三餐外，只留下空洞无聊的漫长时光时，可曾有子女回过头来，像关心自己的孩子一样问他们喜欢什么、需要什么。

我想走近他们，了解他们。

张慧兰：母子反目成仇，儿子有家不回

暑假期间，我陪着外婆回了一趟她的老家。外婆说，她要去看一个老嫂子，给她送点吃的，再拿些外婆不合身的衣服鞋子送给她。

在车上，外婆给我聊起了她这位苦命的“老嫂子”。外婆的老嫂子叫张慧兰，我称她为张阿婆。外婆说，张阿婆年轻的时候是出了名的漂亮，但是因为张阿婆的父母去世早，弟弟也早就在外乡娶妻生子，她刚成年就嫁给了小时候对她照顾颇多的邻家哥哥周国福。婚后的第二年，张阿婆就争气地生下了一个大胖小子，也就是她唯一的儿子周强。一家三口日子虽然过得平淡，但也其乐融融、幸福快乐。

可是幸福的日子并没有太长久，在儿子周强八岁那年，周国福在村里开大会的时候，突然心肌梗死，倒在了桌子上，再也没有起来。那一年张阿婆才二十九岁，村里人都劝张阿婆再嫁，可谁承想张阿婆也是个重情重义的人，她坚守对丈夫的忠贞，说不什么也不肯再找一个，除了丈夫的原因外，张阿婆也怕改嫁后儿子周强跟着自己受委屈。于是，年轻的张阿婆挑起了这个家的“大梁”。虽说张阿婆瘦瘦小小的，她却能干活儿，也肯吃苦，家里的家务活儿和田地里的农活儿都干得很出色，母子俩的日子过得不比别人好但也说得过去。

穷人的孩子早当家，周强高中毕业后，就开始自己做点小生意，后来不仅在城里买了套房子，还娶了个城里媳妇。因为自己和媳妇都有工作，张阿婆的小孙女出生后，周强就把张阿婆接到了县城，张阿婆性格开朗，刚来到城里，就和附近的阿公阿婆们熟悉起来了，张阿婆还跟着他们学会了打麻将。

某一天下午，儿子和儿媳上班去了，小孙女刚睡着，隔壁王大婶喊张阿婆去打麻将，张阿婆最初推辞，却抵不过王大婶的热情邀请，想着反正在胡同口玩半个小时就回来了，就把门挂住，出去打麻将了。大约过了二十分钟，巷子里传来了一阵狗吠，接着有人跑出来，对着张阿婆喊：“张婆婆，不好了，二蛋家的大黄狗进你家去，把你孙女咬了，你快回去看看吧。”张阿婆让邻居们给周强打电话，自己跌跌撞撞地跑回家，当她看到地上的一摊血时，立马晕倒在地……

等到张阿婆醒来的时候，家里一个人都没有，只有地上鲜红的血在提醒着她发生了什么，她跑到邻居大黄家里询问，大黄媳妇告诉她，儿子和儿媳带着孙女去了县医院，她急急忙忙赶了过去。还没有进医院的大门，张阿婆就看到儿媳靠在医院门口的大树下啼哭不已，儿子蹲在旁边，耷拉着脑袋吸烟。张阿婆走过去喊了声“阿强”，还没等儿子回话，儿媳就冲着她跑过来，两手抓着张阿婆的肩膀，边撕扯边大声哭喊：“你还我女儿，你赔我女儿，为什么死的不是你……”张阿婆在儿媳的哭喊中得知，孙女因为年龄太小，失血过多，没有抢救过来，她一时无法接受这个结果，呆呆地站在那里，任由儿媳撕扯和咒骂，她一直看着自己的儿子。终于，周强掐了手里的烟，过来抱住了自己的媳妇，对着张阿婆说：“你走吧，以后别来了。”

外婆说到这儿，叹了口气，继续说：“老嫂子从儿子家走后，就回到之前村里的老房子里，刚开始，还可以靠着种地养活自己，后来，年龄大了，农活儿干不了了，就靠拾垃圾和村里的补贴过日子。而周强，十九年了，从来没有回来看过老嫂子一次，老嫂子也曾偷偷拜托村里人去县城看看周强过得怎么样，但是，人家回来告诉她，周强已经搬家了，没有人能联系上他。就这样，老嫂子成了‘没孩子’的人。”外婆又说她已经五年没有回过老家了，也不知道老嫂子现在过得怎么样了。

故事讲完了，车也在路边停了下来，我们到了外婆的老家周庄。

周庄就在项城城边上，尽管靠近项城工业园，但是村里的人却很少在那儿务工，这里的年轻人依然外出打工，去工业园上班的人不多。村子里房屋比较拥挤，且大都是三层以上的高楼。我不明白为何乡村要建这么高的楼房，便问外婆。她笑了笑说，还不是在外赚了钱，回家就建高楼呗，一家盖，家家都开始比着盖，我们村里的地金贵着呢！

我跟随着外婆左转转右转转，来到一栋旧旧的两层楼房跟前，走进堂屋内，悄无声息。外婆高声喊叫起来，屋后传来尖细的应答声。循声过去一瞧，后面还有几间杂屋，就在宽宽的过道上，站着一个手拄拐杖的瘦小的老太太。

老太太一头齐耳银发，穿着棕色花上衣，先是有点惊讶地看着我和外婆，反应过来以后，就进堂屋提凳子，张罗着我和外婆在后面过道上坐下。外婆问她脚怎么了，怎么开始拄拐杖了。张阿婆说，一天早上，她刚走出大门，因头天晚上打霜了，就突然摔倒在地，却怎么爬也爬不起来。闻声赶来的邻居赶紧将她送到村卫生室，乡村医生自然瞧不出老太太的腿到底伤成了什么样子，只给她开了四五天的消炎针。打过几天吊针后，她的腿依然红肿，只能躺在床上，这一躺就是半年多。半年之后，老太太依然不能直起身来，需要拄着拐杖，佝偻着背，才能缓慢地行动。后来她到医院检查，才发现当初腿摔骨折了，现在骨折处长歪了，但为时已晚，只能任其如此了。

外婆握着张阿婆的手，怜惜地看着她。张阿婆的泪水缓缓地流了出来。见我在看她，她从裤子口袋里摸出一块小方巾，赶紧将泪擦掉。她无助地看着我，努力想绽放些笑容。我不忍看她，只得将视线落在她的拐杖上。

她孤身一人，一般晚上七点多就睡，早上六点多钟就起床。早上就什么也不吃，中饭、晚饭就用电饭煲煮点稀饭，也没力气去摘菜或买菜，也做不了菜，就搅点自制的酱豆子。人老了，吃点儿就够了。她还让外婆别担心她，说她现在每月除了农保金55元，还可领到100元五保金，她住院的医药费也可以全部报销。

又待了一会儿，眼看天色暗了下来，我和外婆要回去了。外婆把给她带的东西拿出来，还给了她点儿钱，不想她却尽力推辞，还颤颤巍巍地站了起来。她没拄拐杖，真怕她摔倒了，我赶紧上前握住了她的右手。她却趁势用双手紧紧握住了我的手，她的手是那么干瘦那么凉，我清楚地看到有泪从她红红的浑浊的眼里滚落了出来。我情不自禁地抱了抱她，她的身子依偎着我，是如此单薄，如孩子般单薄。这真是个命运波折的老人！

在张阿婆和外婆聊天的过程中，我多次想要开口问张阿婆："周强回来过吗？你想他吗？你怨过他吗？"我嘴巴张了几次却没有问出口，我怕再次伤害到这个脆弱的老人。我其实更想问问周强，丧女之恨真的可以大过母亲的养育之恩吗？

李奶奶：养老院的“逃兵”

有天夜里，寝室已经熄了灯，大家都在各自床上玩手机，上铺的吕俊丹突然问我：“晨露，你调查了那么多空巢老人，你有想过自己的晚年生活怎么过吗？”我想了想，说，我是一个怕孤独的人，肯定想要有人在身边陪伴，但是也不想给子女添麻烦，所以，我觉得养老院是我晚年最好的归宿。

俊丹对我的回答表示赞同，她说她也是这样想的，还开玩笑说到时候一起联系去一个养老院，还做室友。这时候，对面的超宇说：“你们真以为养老院那么好啊，我们村里的李奶奶在养老院住了不到一个月，就又自己跑回来了。”什么！从养老院又回来了？我顿时对这个老人产生了兴趣，于是，我央求超宇，暑假期间带着我一起去拜访这位养老院的“逃兵”。

我们访问李奶奶是在情人节后两天。

李奶奶育有一个儿子和一个女儿，女儿早已远嫁，儿子在一家合资企业做小职员，今年刚结婚，住在城西。虽说儿女都不在身边，但是，孝顺的儿子经常寄钱寄东西给二老，二老也各有自己的养老金，李奶奶和老伴的生活也算富裕。李奶奶和老伴互相照顾，一度过着祥和的日子。按理说，李奶奶安度晚年应当没有什么太大的问题。

这一切都在三年前发生了转变。

那年冬天，李奶奶的老伴在干活儿时突发疾病，没有抢救过来，去世了。自此，李奶奶便过起了独守空巢的日子。

可能是老伴的离去对李奶奶的打击过大，也可能是李奶奶的年龄越来越大，打这以后，李奶奶的记性也越来越差。三个月前，老人自己做饭后竟然忘记把柴火熄灭，柴火烧到了旁边的麦秸垛。幸亏当天李奶奶的儿子来给她送东西，一进家门就看到厨房窗户滚滚向外冒着烟，而老人躺在卧室里已经睡着了。这有多危险！儿子至今跟人说起来都心有余悸——那天如果他晚去片刻，悲剧就酿成了。

儿子觉得不能再让老母亲一个人过了，可是自己刚结婚，住的也是一套租来的小房子，媳妇还怀着孕，实在无力让老母亲一同居住。思前想后，和自己的姐姐商量了一下，决定把母亲送到市郊的养老院，费用两个人平摊。

可是李奶奶十分不适应养老院的生活，天天哭，问服务人员儿子什么时候来接她回家。服务人员为了稳住老人，反复说快了快了，儿子就要来接她了。这样应付了一段日子，老人居然自己从养老院里跑出来了。

那家养老院在城西，李奶奶的家在城东，之间隔了一座城市，几十公里的路程呢。可老人硬是穿城而过，回到了自己的老窝，老人给我说："我分不清东南西北，也不会打出租车，我就一遇见车站就上车，一趟车不走了，我就换下一辆，我就凭着两条老腿，凭着对家的感觉，寻着家的味道，反复换乘公交车，成功地逃离了养老院。"老人给我讲这一段时，头微微上扬，对自己的"逃跑"很是骄傲呢。

"李奶奶，您为啥一定要回来呢？养老院不好吗？"超宇抢先一步问了我最初的疑惑。

"也不是不好，可是我一直不太能适应那种集体环境，我害怕那地方。里面的护工对我也挺好的，每个人也都是笑脸相迎，伙食也不差，但是不知道为什么，我就是害怕。可能到了个新地方，人的胆子就变得小得很。有时候需要帮忙也放不开和工作人员说，总体就是觉得没有在自己家安心。"

李奶奶说自己是一个守旧的人，她总觉得只有无家、无后代的老人才住养老院。"养老院那地方是为没有后代、没有家的老年人开设的，我有自己的家，有自己的孩子，干吗要去养老院住？况且去了那里，还得适应，又不是自己的家，我才不要受那罪。"

"不仅想儿女，还思念老家的邻居们。"李奶奶说，"和我同屋的也是两个老奶奶，一个长年卧床，性格孤僻，从不主动理人，只会自己一个人呆滞地望着窗外，或者偷偷哭泣。而另一个老奶奶呢，高喉咙大嗓门，性格暴躁，经常为鸡毛蒜皮的事犯口角，你比我多一勺菜，我比你少一口肉，天天对护工发脾气，和别的老人吵架，所以，白天我总是躲着她，到了晚上睡觉我才回来，然而，那个老奶奶连晚上睡着了说梦话声音都特别大，像是梦中也在与人家吵架，我害怕她，也不好喊醒她，本来年龄大了觉都少，这样一来，我一天的休息时间也就四五个小时。"

"这种担惊受怕的日子，你们都理解不了。除了害怕，我更感觉到了压抑，是死神离我越来越近的压抑。我在养老院的这一个月中，亲眼看到两个老人本来还好好地说着话，突然犯了急病，死在了大家面前。后来，每当我从他们空出的房间路过时，我都在想，下一个会是谁呢？会是我吗？所以我就咬牙自己跑回来了。"

"那您跑回来之后养老院没有再找过您吗？您儿子有没有再和你商量过回养老院的事呢？"

"养老院后来找来了，一看到他们，我心里又是七上八下地害怕，我没和他们说话，坐在板凳上低着头，他们见我不说话，就给儿子打电话，喊他过来一趟，解决这个问题。儿子随后就来了，他先是把养老院来的人劝走，又回来准备劝我。还没等他开口，我就先哭了，说我再也不去养老院了，我不想死在那儿，他们要是还把我送去，我还真就一把火，把自己烧死在家里。"

"儿子被我吓住了，再也不敢提去养老院的事了，但是留我一个人在家，他又不放心。上次的火灾，成了儿子的心病。儿子就想办法找保姆，找了一圈也没找来合适的，这下可作了难。后来。村支书给出了个主意，儿子可以每个月给邻居阿强家500块钱，作为我的伙食费，以后一日三餐就在阿强家吃，反正离家近，儿子也不担心我做饭生火的问题了，同时对我也是一种照看。阿强家是我们家多年的老邻居了，两家一拍即合，这个事就这样决定了。"

最后，李奶奶说："落叶归根，哪怕是意外，只要死在自己家中，对我来讲，也算是一种善终。"

张老太：68 岁的我离了婚

趁着天气还没有特别炎热的时候，我受室友侯一凡的邀请去了一趟三门峡灵宝市，除了向往函谷关的雄伟风景，我还要去王垛村采访一个传奇的老人。

现代城市快节奏的生活方式，使许多年轻人闪恋闪婚，婚后又因为性格不合、三观不同等原因迅速分开，而大众对于离婚这一现象也比过去宽容了许多。但是，在我国大部分农村地区，特别是在农村老一辈的观念中，结了婚就是一辈子的事，就算有一个人先离去，另一个人也要对其忠贞，为其守身。但是我今天拜访的这位老人，她不仅在60岁的时候再嫁，更是在68岁的时候选择了离婚。所以，我来到了函谷关，我想听听她的故事。

我原以为信阳离三门峡很近，谁知我们坐火车抵达时已是傍晚，为了不耽误老人休息，我们决定第二天上午再去拜访张老太。

第二天，晴天。出了城，车窗外不时闪过大片大片的苹果园，苍青的苹果树上，颗颗红艳艳的苹果真是诱人。那大幅宣传语令我不禁会心地笑了起来："发展苹果和大枣，家家富裕生活好。"谁想了这么好的宣传语！一凡接过话头说，这是1985年10月原中共中央总书记胡耀邦同志视察灵宝时题的词，还说灵宝苹果融东西地域的优点，为中华苹果之翘楚，被誉为"中华名果"。

走过了苹果园，再往前便是沟畔了，一凡给她奶奶打电话，让她奶奶去看看张婆婆在不在家。我们再往前走，来到沟畔，有土路蜿蜒向下。往下看，便发现近旁沟畔有不少旧窑洞院子，可大多已人去窑空！这时，一凡奶奶站在另一条土路上，在高大的柏杨树下，远远地喊我们过去，我们赶紧跑上前去。

跟在一凡奶奶身后朝下走，同行的还有张奶奶的小孙女。也许走的人不多，土路坎坷不平，杂草丛生。走不多远，就在路下，有一院子整整齐齐的窑洞。转一个弯，就来到院门前。一进院子，一位又低又瘦的婆婆迎了上来，她的小孙女也赶上前来招呼我们坐下。

我们刚坐下，张奶奶就转身进了屋，过了一会儿，拿了一张A4大小的白纸出来，她把纸递给了我，说道："闺女，我知道你来看我这个老婆子是干什么的，没关系，你想知道啥就问吧，对我来说，已经不存在什么丢人不丢人了。你是大学生，什么都懂，正好你帮我看看，我这离婚协议书拟的对不对，不对了你给改改，少了啥你帮忙给填填。"

我拿着这张纸，一时间也不知道说什么好。张奶奶拟的这份离婚协议书很简单，先是交代了双方的年龄和结婚日期，再就是说明了离婚原因，离婚原因也就草草的一句话："现夫妻感情已经完全破裂，没有和好的可能。"我给张奶奶说，其他都没有问题，就是离婚原因太简单了，法院不一定通过。张奶奶说她也不知道怎么说，就是在电视上看别人这样写的，自己就这样写了。我笑了笑，说电视上都是艺术，和生活不同。我又问张奶奶："您老到底为啥离婚啊？"

张奶奶说："还能因为啥，孩子不同意呗，命里可能就不该在一起，这都是命。"

张奶奶的第一个丈夫死得早，张奶奶一个人拼了命地把两个儿子拉扯大，年轻时怕孩子受委屈，张奶奶就没有起再嫁的心思。后来，大儿子被保送上了大学，原本分配在铁路局上班，结婚后，转到了县城的机械厂，一家人就在机械厂扎了根。二儿子小学毕业后就没有再上学，后来娶了媳妇，就在山上包了片果园。看着儿子们都已经成家立业，张奶奶也想给自己找个伴，就和一直对她照顾颇多的安大爷在一起了。

自从张奶奶再嫁，儿子儿媳都没给过她好脸色看，村里面也都是些风言风语。张奶奶几个月前生病的时候和安爷爷分开了一段，不想见安爷爷，更不想在家里受儿子和儿媳妇的气。后来，就托人在城里找了给人看孩子的活计。

大前天，大儿子给她打了个电话，说弟弟的腰扭了，她这才火急火燎地回了家，结果二儿子和儿媳是要让自己离婚。张奶奶本来不想离，可是，二儿子以断亲威胁，小孙女也抱着自己哭，自己又想起安爷爷的儿子这些年对自己的态度，张奶奶狠了狠心，决定离婚。

昨天张奶奶把安爷爷喊到家中说离婚的事，安爷爷说什么也不同意，摔了门，骑上车，怒气冲冲地走了。

当天晚上，一家人坐一起吃饭。儿子问张奶奶："老头今个儿来了？"

张奶奶自知瞒不过："嗯。"

"老头说啥，让你回去？"

张奶奶还没说话，儿媳就把话截住了。

"回去干个啥，老不死的东西，还不进棺材。我大嫂上次赶集还看见他了。吹着风，鼻涕水都快流到嘴里了。"媳妇放下碗，愤愤地看着张奶奶，"妈，真不是我说，老头都八十了，说不定哪天就进棺材了。人家让你回去干啥，还不是等着你回去伺候人家，给人家送进棺材呢！"

"你别说话。"儿子说。

"凭啥不让我说，妈，你看你去伺候人家老头子，等人家老头子入土了你还好意思回来吗？还不如搁咱们家把小孙女看住，我出去打两年工，还能挣几个钱。你到时候生个病，住个院，咱们家也不至于显得局促。妈，你说是不是？"

"你少说点话。"儿子放下碗，有些生气。

"妈，你是不知道现在的形势，城区扩建，眼见着就到咱们村了。你在咱家，咱家能多分四十平方米的房子；你在人家老头家，便宜的是谁，是人家老头儿子，不是你儿子。"

"说了让你别说话，让咱妈说。"儿子还是争取把话语权交到张奶奶手中，"妈，你看你，岁数也大了，你打算怎么办？"

"他今个儿是我打电话叫来的，"张奶奶一顿，停止往碗里夹菜，"说离婚的事。"

"妈，你这么想就对了！"儿媳妇眉开眼笑，"你们把婚离了，咱到时候能换个大房子。两个孙女嫁人的时候也有面儿不是？"

儿子白了自家媳妇一眼，皱了皱眉头：“老头咋说？同意了吗？”

“没同意。”

“没事儿，妈，这事你不担心。旭旭在法院，他不离我们到时候就起诉他。看他八十岁的人了，要不要这个脸。”

小孙女还告诉儿子，明天安大爷要来家里找他。

儿子说：“他敢，敢来我就把他腿打断，让全村人知道这是个多不要脸的老东西。看他儿子到时候抬不抬得起脸来。”

张奶奶听不下去了，起身回了房间，拟了这份离婚协议书。

张奶奶说，这些年，儿子儿媳的冷眼、邻里邻居的闲言碎语已经把她给击倒了，她年龄大了，没有力气再与任何人对抗了。就这样吧，自己一个人，就在这老房子里照看孙女，慢慢地等死吧，这都是命。

张奶奶的命是什么呢？是老无所依？是孤独终老？这究竟是张奶奶的命呢？还是所有留守老人的命呢？

从2018年7月到2019年7月一年的时间，我利用学业之余走近了三位农村空巢老人。空巢老人都是不幸的，不幸的老人各有各的不幸。与城市老人相比，农村的空巢老人大多处于社会不太关注的角落，他们远离退休金、远离保障制度、远离丰富的文化与娱乐、远离农村极力推崇的累世同堂，默默无闻地当着留守的“老鸟”。家庭养老是当前农村老年人养老的主要方式。随着子女纷纷外出、家庭“空巢”后，家庭养老功能就被弱化，不可避免地会给老人的生活带来一系列的困难和问题，比如生活来源得不到有效保障，精神没有寄托，劳动责任没有减少。他们生病得不到及时治疗，老弱多病是自然现象。农村“空巢老人”中，常年患病的比较普遍，许多人是多病缠身。

农村“空巢老人”的出现，暴露了我国人口老龄化方面存在的严重问题。解决好农村“空巢老人”问题，是政府和社会应尽的责任和义务。对此，我有以下建议。

加快养老保障体系建设。政府要加快推行新型农村养老保险制度，使农民在年老时也能像城市机关企事业单位退休人员一样领取养老金，这是从根本上解决农村养老问题的有效途径。进一步扩大农村低保、医保范围，提高低保、医保标准，做到应保尽保，让生活困难的老年人都享受到低保、医保待遇。把该项民生工程做好、做实；同时加大对农村老年人的生活补助力度，对丧失劳动能力、没有生活来源的高龄老人，政府应当给予适当的补助。

加快农村养老福利事业发展。加快农村养老机构建设是社会发展的必然趋势。政府要结合实际出台系列优惠政策措施，支持、鼓励农村养老服务业的发展。有条件的地方，可由乡、村组织牵头，通过招商引资及当地能人、善人投资等多渠道兴办养老院、福利院，要新扩建一批乡镇养老院、福利院，接纳更多的老人进来养老。对于不能进养老院的老人，应由政府出资建设困难老人集中居住点，专门用于赡养生活困难的“空巢老人”、五保户、鳏寡孤独老人，政府要根据情况部分或全部负担农村老人的生活、医疗费用。

大力弘扬中华民族尊老敬老的传统美德。全社会都要注重加强对孝文化和社会主义新风尚的宣传与教育，弘扬中华民族尊老敬老的传统美德。通过村民公约的全面推行，落实好家庭赡养协议书，由村组织、村级工会、老年协会督促子女赡养老人，按时付给生活费，对尊老敬老的群体和个人要大力表彰，在全社会形成尊老敬老的社会氛围。

加快建立和完善农村基层老年组织建设。要将老龄组织机构延伸到村、组，同时加强农村老年活动场所的建设和管理，充分发挥老年协会护老维权的作用。同时以老年协会和乡、村级工会为平台，组织老年人参加各种活动，丰富老年人的精神文化生活。鼓励老年人积极参加自娱自乐、互助互爱等多种有益老年人身心健康、丰富多彩的活动。

建立党员、干部义务服务制度。村党支部、村委会、村级工会要结合开展基层党建和创先争优活动，对辖区内的高龄“空巢老人”做好登记造册，实行“一帮一”的义务监护和帮扶，不仅在物质上给予帮助，而且要给予精神安慰，切实解决老人的孤独寂寞问题，让农村老人精神愉悦地生活。

这些高龄老人，是世上的宝贝，因为他们可以让我们看到自己的未来，所以，我们要关注他们，要去寻求让他们幸福的办法。因为，他们今天的幸福，就会是我们明天的幸福。

——信阳师范学院文学院2019年度“大学生暑期社会调查与采写社会主义核心价值观故事”活动获奖作品

杨晓鸽，女，河南平顶山人，信阳师范学院文学院2017级汉语国际教育专业学生。

半扎村美丽乡村建设调查报告

杨晓鸽

小桥流水人家，枯树涌泉凫鸭。有一方古意穿行在陈旧的屋檐瓦棱之间，有一方安宁绵延在迤逦而下的流水之间。灵动之间有幽静，幽静之中寓着灵动。明明身处现代，却陷落在往古的情怀之中；分明走在中原的土地上，却仿佛游走在江南水乡，这便是汝州市半扎村。从汝州市区南行约17公里，于起起伏伏的山势之中，不经意间，便走进了这方古韵悠长的小村子。在明清时期，半扎村是远近闻名的富裕村镇，“吃不完的大营饭，住不完的半扎店”是对其盛况的赞誉。半扎村之所以能兴盛，是得益于一条古商道——粤晋古道。但是，随着朝代的更迭，这条商业古道逐渐没落，半扎村也随之沉寂下来，变成了一个拥有浓厚文化底蕴和精美古代建筑却贫穷的地方。

建设美丽乡村不仅能深化和提升新农村建设工作的理念、内容和水平，还能有效改善农村人居环境和农民生产生活条件，提升农民生活质量和幸福指数。这是我国现代化进程中的重大历史任务，也是建设美丽中国不可或缺的重要内容。

近年来，半扎村政府为加快社会主义新农村、美好乡村建设，加快推进城乡一体化，先后实施了多项措施。根据我的走访调查和实地考察，以及在生活中观察到的方方面面，半扎村新农村建设大致体现在以下几个方面。

一、道路绿化

道路绿化是城市园林绿化的重要组成部分，一个城市绿化面积的多少和质量的优劣，直接影响到城市的环境质量、交通安全和城市形象，间接地会对城市的政治、经济、文化和交通的发展产生一定的影响。优美的城市环境、宜人的道路绿化是人们对一个地区、一个城市第一印象的重要组成部分。近些年来，地方政府都非常重视道路的绿化情况，而这也是建设美丽乡村所需要的。在半扎村政府的大力支持下，首先是泥泞的土路变成了宽敞洁净的柏油马路，然后道路周围也栽种上了绿化植被，道路面貌焕然一新，变得干净整洁。并且，还有专门管理道路情况的环卫工人。现在，不论是在路上行走还是骑车，已经很少出现灰尘飘得满脸都是的情况了。

另外，我还注意到路边有了绿皮的大垃圾桶。之前人们的生活垃圾都堆在一个废弃桥梁的下面，垃圾成堆，苍蝇满天飞；现在有了专门存放垃圾的地方，还有道路清洁工定时来清理，人们的生活环境和生活质量提高了，生活幸福感提升了，也就更致力于自己家乡的美丽乡村建设。

二、乡间小路

家乡田间小路的变化，是令我印象最深刻的事情。假期的时候，我一般会帮父母干一点农活儿，遇到下雨天，每每都是还没走到地里就弄了一身的泥，而且地边的小路旁往往长满了杂草，看不清楚，一不留神就踩空了，对一些年纪大的人来说还是很危险的。每到农活比较集中的时间，比如收麦子、收玉米或者施肥的时候，车辆很难开到地里，只能靠人力收割、运输，非常辛苦。

假期回家，我突然发现村里田间修了很多小路，并且都标有序号，比如田间小路1号、田间小路2号等，这些道路在人们的生活中确实起到了便利的作用，让人们的出行更加方便，耗费在农作物的种植与收割上的人力要减少了一些。就我自身的感受而言，道路平坦宽敞了，不仅是路程变得简单了，而且心情也变好了。除此之外，道路的修建使人感觉土地也更加规整了，大片的农田一块一块划分得很清楚，给人们减少了不少麻烦。

此外，田间小路的修建本质上就是为了减轻农民的负担，它也确实起到了预期的效果，我调查了我们村小组成员的意见，大家对这个小路的修建都非常满意，这是切实落在实处的、造福于人民的措施。

三、田间水井

田间水井的修建，是为了解决农田的浇水问题。我们村里有一个很大的水井，基本可以满足周围农田的灌溉需求，但是离这个水井远一点的土地，浇水就成了问题。以前我看到的都是远远地扯一根管子，从农田附近有水井的人家里扯出来，但浇地所需要的水比较多，所以总会有几片农田得不到充分的灌溉。

田间水井是我在小路上看到的最意外的事情。一开始我不知道它的作用，后来明白是专门灌溉田地用的，感觉非常惊讶，从而真的意识到我们这个小乡村在发展、在进步。并且为安全起见，每个水井都被围了起来。这种专门用来灌溉的水井打得非常深，分布比较均匀，基本能够保证每片农田都能得到充分灌溉，也解决了之前人们浇水困难的问题，是又一项落在实处的惠民政策。

四、“新村”建设

“新村”，其实是在新建的柏油路两侧盖起来的用来居住或者进行商业活动的房子。因其地理位置好，交通方便，我们这里每逢五号、十号的“赶集”活动就挪到新村附近的路上展开了。同时周围也出现了超市、诊所、成衣店、家宴城等各种各样的店铺，其中最主要的是半扎的社区公共服务中心——半西村党员群众综合服务中心也挪到了这里。

半扎新村的建设中，社区公共文化服务设施的装备非常齐全：共有农家书屋两个，图书三千余册，订阅报刊十五种，拥有业余曲剧团一个，半西新村文化大舞台一座，民间文艺表演队一支，秧歌队一支，广场舞表演队一支。每逢集会日或重大节庆，村业余剧团都会在新村舞台上演出群众喜闻乐见的传统剧目，民间文艺表演队会准备一些表演项目为乡亲们演出，会场上人山人海，热闹非凡。

同时，镇政府也对半扎的新村建设高度重视，将半扎的特色文化加以保护，争取以一种更加科学合理的方式进行传承和创新。近年来，半西村曲剧团坚持在重大节庆或者集会日为群众演出。剧团在演出的同时，十分注重创新，能结合实际，突出当地特色，宣传孝老敬亲、扶老携幼等典型事迹，传播社会正能量，为弘扬社会正气做出了积极贡献，深受群众好评，也为群众的业余生活增添了许多乐趣。

五、古镇修复

半扎古镇由古楼、古巷、古井、古寨墙、古寨门等组成，将古风、古韵融为一体，具有浓厚的地方特色，2014年被纳入全国传统村落保护名录。古村寨东西狭长1.5公里，呈不规则椭圆形，南北两侧沿寨墙流淌着两条河流，两河南北不远处各横亘一脉坡岭，南坡为石龙坡，北坡为土龙坡，村子坐落在石龙坡，两条河流为水龙，半扎人称半扎古镇为“五龙之地”。

随着历史的发展和社会的进步，半扎古镇在商业上的作用渐渐没落，古镇在近几十年的发展中逐步落后，成为一个有着深厚文化底蕴却贫穷的地方。在教育上，之前村子里还有的初中也迁移到了稍近的城镇，只剩两所公办小学。

但历史的车轮不会忘却任何一个地方，近几年来，半扎也开始了古镇修复的工作，比如以前的古炮楼、古寨门等，都又重新修复起来，焕发了新的生机。在我们半扎小学附近就有一座重新修建的炮楼，看起来很有历史年代感，我想，以后学校的老师向学生讲述半扎的历史时，就可以带着学生感受一下古建筑的风味，学生会更有一种历史认同感，也更能明白自己生活在一个怎样幸福的时代。

六、旅游开发

半扎的美丽乡村建设也包括旅游业的发展，其实半扎的特色景点不少，历史也比较悠久，但因为半扎的经济发展缓慢，对人文历史景观的宣传力度也不大，导致景点的知名度不高。

1.龙嘴湖

龙嘴湖虽说叫“湖”，但它的面积并不大，只是有一股清泉从龙嘴形状的石头中流出，并且已经流淌了数百年，养活了全寨几代人。它的全貌是一个龙头形状的石板，接着龙身，连着龙嘴，流出来的是冬暖夏凉的泉水，这是全村人都喜欢的去处。奶奶家离龙嘴湖比较近，我小时候经常过去玩。在我的印象中，龙嘴的水从来没有断过，即使是在非常干旱的时候，依然有涓涓细流涌出，直到现在也没有断。以前自来水没有入户的时候，附近的人家都去龙嘴取水，水质干净，可以饮用；流出的水汇入河流，成了人们洗衣、玩耍、纳凉的好地方。

2.戴公馆和樊宅

戴公馆是戴民权的宅院，属于典型的北方三进四合院，房屋的设置和建筑严格按照四合院的模式建造，通体气势宏伟，气派宏大，而戴公馆本身也是一个充满历史色彩的地方，在我们村子里流传着戴民权的许多故事。后来宅子改建成了民权小学，现在成了一个庙，还定时会有戏剧演出。

樊宅是清代秀才樊光明所建，其屋梁上有“光绪十二年建”的字样，它也是典型的北方四合院建筑，十分精美，被誉为艺术性很高的古建筑。

在半扎村，像这样的古建筑、古院落有二十多处，其中有些被利用起来，成了半扎诊所、小卖铺或者有人继续居住，而更多的则是野草疯长、院落无人。来半扎参观古建筑，你会发现这样一个奇观：沿街一边是现代化的小楼，摆满琳琅满目商品的小店，而另一边则是古风古韵的宅子，虽有些荒凉，却也有其独到的韵味蕴含其中。

除了这几处之外，半扎古镇还有关帝庙、文昌阁、半扎石寨、东大桥等同样承载着地方历史和记忆、精美且气势恢宏的古建筑，这都可以成为旅游开发建设的好项目，以此来带动半扎村的美丽乡村建设进程。

建设“美丽乡村”，是农村构建社会主义和谐社会的重要基础，社会和谐离不开广阔农村的社会和谐。当前，我国农村社会关系总体是健康、稳定的，但也存在一些问题。通过推进“美丽乡村”建设，加快农村经济社会发展，有利于更好地维护农民群众的合法权益，缓解农村的社会矛盾，减少农村不稳定因素，为构建社会主义和谐社会打下坚实基础。

相信在国家、政府的大力支持下，半扎“美丽乡村”建设的路子会越走越宽广，越走越精彩！

——信阳师范学院文学院2019年度“大学生暑期社会调查与采写社会主义核心价值观故事”活动获奖作品

编后记

《半亩塘文萃(第二辑)》是信阳师范学院文学院大别山非虚构写作中心成立以来第二次编选出版的学生文学作品集,也是作为国内第一个本科作家班培养成果的集中展示,是创新中文专业人才培养模式的成果之一。

文学院长期以来重视学生写作能力的培养。自2016年文学院成立大别山非虚构写作中心至今已有五年,自2017年9月招收首届汉语言文学专业创意写作方向本科生以来,至2021年已历经四届。近年来,文学院采取多种举措,力求培养出既能从事教育行业,又能从事文学创作和文化产业的复合型人才。文学院开展"作家进校园"系列活动,使学生与作家近距离地接触并学习,营造写作第一现场的浓厚氛围。文学院也开展了多次文学采风活动,使学生在课堂接受写作知识之余,投入社会,融入自然,感受生动的现实世界,增加学生写作素材、丰富写作对象。采风作品经过修改与遴选,收入作品集《行行重行行》。2021年10月,文学院举办了第二届"大别山杯"大学生创意写作大赛,又一批新鲜的面孔出现在获奖名单中。同时,《半亩塘文萃(第二辑)》的编选工作也在进行,这是集中展示学生近年来整体创作风貌的重要窗口,也能发挥其在学生中"榜样"的作用,激励更多的学生投入文学创作。

《半亩塘文萃（第二辑）》分为小说、散文、诗歌、剧本、非虚构五部分，总数近80篇，这些均是学生近年来获奖或发表过的作品，体现出文学院创意写作团队老师的培养与学生努力创作的良好风貌，也体现出学生在创作过程中时刻主动关注文学大赛信息与文学刊物的定位风格等文坛动向。作品中存在些许实验稚嫩之作，而对于初学写作者来说，他们实现了零的突破，我们有理由相信，他们的创作热情能够支撑着他们继续写下去。在文学院一系列鼓励学生文学创作的举措实施后，大批学生敢于突破自我，投入文学创作中，并且取得了良好效果以及可圈可点的成绩。同时，不少创作者还发展成为河南省诗歌学会、信阳市作家协会等会员，扩大了文学交流圈，更利于在写作实践上与他人交流学习。本辑中，每一类体裁前都加上了创意写作团队教师的总评，分析作品的优点和缺点，以便适当地指引作者的创作，也能更好地引导读者的阅读。

从总体上来看，《半亩塘文萃（第二辑）》具有以下几个方面的艺术特点。

关注广阔的社会现实，具有视野美。小说类作品中，如崔琪琪的《浅水湾》，讲一对夫妻面对孩子成长、物质生活等金钱现实下的无奈与心酸；韩情情的《指标》写小人物在“指标”和“申请书”之间的辗转，也代表着社会弱势群体在艰难现实中的辗转，体现着作者对弱势群体的悲悯与关怀；王文君的《苹苹》，书写小山村的变迁。剧本类作品中，如焦雅婷的《世界上所有的夜晚》改编了迟子建的小说，讲述人间冷暖。而更多的现实题材的作品则集中在非虚构作品中，包括对农村环境、地方发展、农村教育以及空巢老人等社会问题等的关注，如杜梦菲的《对农村环境问题的调查与研究——由垃圾桶的变化看农村环境的变迁》、侯一凡的《函谷关重建发展忧思录》、王晨的《农村中小学教育问题的调查与研究》、王晨露的《留在巢里的“老鸟”——农村空巢老人生活调研》、杨晓鸽的《半扎村美丽乡村建设调查报告》等。

注重挖掘人与人之间的温情与悲凉，具有情感美。小说类作品中，如杨家美的《十一月》，讲述了校园爱恋和家庭伤痕，在微妙的细节刻画中展现了一幅细腻的青春水彩，在家庭的背景映衬下，这样青涩的感情显得尤为纯美，也使得这样的纯美在沉重的家庭背景下越发缥缈、迷离；如刘新静的《傀儡师》，想象奇特，构思新巧，一个小小的傀儡贯全篇，傀儡师对傀儡小莲的呵护也是对艺术、对信念的呵护，人与物之间的感应和共鸣给那个悲凉的时代罩上了一缕信仰之光；如冯译冉的《路口》，情节跌宕起伏，讲述了一名年轻警察在职业操守和亲情之间的抉择，读来让人动容；如吕鸣宇的《鱼的庆生》，讲述一个中年男人的担当，“鱼”的无奈也是人的无奈，“鱼”的庆生也是人的庆生；如彭文文的《帮衬帮衬》，以“傻福巨”的儿子有老婆这一事件展开，那些没有线索的往事，那些失了名字的人物，那些玩笑中的人生，让人读起来深深地感受到人心的冷漠，然而，一切又无能为力，一切又无法改变；再如袁曼曼的《狼狈》，女明星白莉爆红，经纪人王琪琪追随，在声色繁华中二人又双双狼狈，迷失后，再也无法找回那曾经虚耗的青春，让人为之扼腕。散文类作品中，如李沂蔓的《外婆家的院子》、孙好静的《那份榆钱情》、翟淑琦的《土馍》等，抒写旧时光里的人情味，读来回韵绵长，令人意犹未尽。

或构思新巧，或语言独特，极富文学的艺术美。小说类作品中，如张俊晓的《田埂上的梦》，语言自然淳朴、清新脱俗，主人公“毛蛋”仿佛一个自然之子在田野间做梦，在湖水边悠游，在树林间穿梭，在童年的不易察觉的孤单里学会人的悲伤，也学会不再做梦，让人读起来不禁想到莫言的《透明的红萝卜》；阮思浓的《重山》，作者眼光成熟犀利，小说开头一根“绣花针”刺痛了主人公的腹部也刺痛了读者的心，这根针，它在梦里穿梭，也在现实中穿梭，一针针密缝，它试图缝补，就像小说中的主人公在努力缝补一样，只可惜，人心的裂缝太大，而此针也只是一根无线的针；如张帅欣的《女贞子》，题材新颖、别致，构思缜密，讲述了一个离奇的故事，语言时而黑色沉重，时而浓墨重彩，其悲情意味带有“六月飞雪”之态；如李佳佳的《绛珠仙子外传——林黛玉香消玉殒之后》对古典文学进行改编，写法有趣；如刘可人的《不闻鹿铃》，揭露了人对兽的冷漠，体现物种之间的距离之悲；宋慧敏的《越狱》，讲述女大学生被心理扭曲的男友囚禁，遭到精神和身体的双重伤害，两人撕扯的过程已是青春最痛的伤害，语言逼仄，力量感极强。诗歌作品中，如李国栋的《绽放如斯(组诗)》，意象丰富，空间开阔，现代性的表达中散发古典诗歌的气质；如李妍的《少女变奏曲》，诗体设计精巧，将诗与乐相结合，诗与乐的韵味使诗歌具有整体的和谐美；如贾颖的《干枯的花(组诗)》，情感细腻、婉转含蓄，于平淡的生活中感受存在的跌宕；如薛颖珊的《寻光录(组诗)》，空间繁复，意象出奇，语言具有开放性和创造性。剧本类作品中，温家祥的《鱼藏》取材于中国历史故事；韩江雪的《变形的狐狸》，想象奇特。优秀作品各具特色。

本辑选录的文章是教师与学生共同努力的结果，其中蕴含着教师们谆谆教导的敬业精神和学生们孜孜不倦的创作态度。学生能够获奖或发表作品，也是文学院写作教学能力更上一层楼的展现。近年来，文学院学生的文学创作展现出了良好的态势，不单表现在获奖或发表，还体现在学生的课上与课余文学小组的讨论中。他们或三五成群围坐在操场，或三三两两集聚在茶吧小屋，一起讨论写作技巧，朗读彼此创作的作品，对作品互提意见进行修改等，无不流露着对文学的热情、对写作的热爱。

半亩方塘之上漂着秋日留下的淡痕，微风悄悄，似一块巨大的明镜与天空对照。《半亩塘文萃(第二辑)》亦如明镜，镜上浮掠过年复一年学子们笔尖下的童话镇，或深沉，或旷达，似火山，似清溪，像云影，像天光，如临山涧，又如置身田野。希望“文萃”能够以其独特的艺术魅力打开读者的审美之门，让读者在文学接受中与作者进行深层次的心灵沟通，完成意味的传达。也希望“文萃”如动力燃料一般推动着热爱文学创作的学生们在文学的海洋里勇敢探索，领略变化之中的盛景，一直游向海尽头。

《半亩塘文萃（第二辑）》编委会

2021年11月22日